prépaBAC

Toute la Tle

STI2D STL

MATIÈRES COMMUNES

PHYSIQUE-CHIMIE
Walter Vassiaux

MATHÉMATIQUES
Bernard Verlant

PHILOSOPHIE
Audrey Bebert-Mion

HISTOIRE-GÉOGRAPHIE
Stéphane Leteuré

ANGLAIS
Frédérique Le Graverend
Annie Goulvent

GRAND ORAL
Stéphane Leteuré

FOUCHER

Les ressources numériques

Au fil des pages, des QR codes à flasher vous renvoient à de nombreuses ressources : quiz, corrigés, schémas, presse, documents, vidéos, cartes, exercices...

Mode d'emploi

foucherconnect.fr

Votre Prépabac Foucher s'enrichit de ressources numériques

Lorsque je rencontre un pictogramme ressource au fil des pages :

 # vidéo
L'acidification des océans
foucherconnect.fr/ 23tersti2d06

Des FLASHCODES permettent aussi d'accéder aux ressources depuis un smartphone

1. Je vais sur **www.foucherconnect.fr**
J'enregistre cette page dans mes favoris pour les prochaines fois.
2. Je saisis **le code de la ressource** indiqué dans le pictogramme.
3. **Je visualise** ma ressource.

À la fin de chaque section de cours, un QR code vous permet de tester vos connaissances de manière interactive. Bonnes révisions !

 # quiz
Des questions pour réviser
foucherconnect.fr/ 23tersti2d05

Maquette intérieure : Frédéric Jély
Mise en page, infographies et cartographie : STDI

ISBN 978-2-216-17000-5

SOMMAIRE

PHYSIQUE-CHIMIE

L'évaluation de la Physique-Chimie au bac

L'enseignement de physique-chimie appartient à la spécialité « Physique-chimie et mathématiques ». Cette spécialité vise à donner aux élèves une formation scientifique solide les préparant à des poursuites d'études dans les domaines des sciences appliquées ou de la production. Pour cela, il est indispensable de conforter les outils mathématiques nécessaires pour la conceptualisation, la modélisation et le calcul des grandeurs associées aux notions de physiques et de chimie.

1 L'épreuve écrite

- L'épreuve dure 3 heures et est notée sur 20 points : 6 points pour les mathématiques et 14 points pour la physique-chimie. Le sujet comporte **de 3 à 5 exercices indépendants** les uns des autres abordant des domaines différents du programme.
- L'un au moins des exercices propose l'étude d'une situation où **les mathématiques et la physique-chimie interagissent** et se complètent pour apporter chacune son éclairage. Les autres exercices permettent d'évaluer les connaissances et les compétences propres à chacune des disciplines.
- L'un au moins des exercices comporte une partie d'évaluation des compétences expérimentales, d'instrumentation et de mesures, adaptée aux contraintes de l'épreuve écrite.
- Les sujets traités en physique-chimie portent sur des situations contextualisées en prenant appui sur des applications scientifiques et technologiques contemporaines. À ce titre, ils peuvent contenir des **documents à analyser** ou des **données expérimentales à exploiter**.
- Le sujet précise si l'usage de la calculatrice est autorisé.

2 L'oral de rattrapage

- L'épreuve consiste en un **entretien de 30 minutes** entre le candidat et deux examinateurs, un professeur de physique-chimie et un professeur de mathématiques. Cet entretien est précédé d'un temps de préparation de 30 minutes.
- Le candidat tire au sort un sujet comportant **3 questions** : 2 questions portent sur la partie physique-chimie et une question sur la partie mathématiques.
- Les exercices permettent d'évaluer la capacité du candidat à mobiliser ses connaissances en situation et son aptitude à raisonner, démontrer, calculer, argumenter, analyser des résultats expérimentaux et exercer son esprit critique.
- En cas de besoin, un moyen de calcul (calculatrice ou ordinateur) est fourni au candidat.

Préambule : mesure et incertitudes

Nous effectuons des mesures quotidiennement : taille, masse, tension... Réaliser plusieurs mesures d'une grandeur physique permet d'augmenter la précision et d'associer des outils statistiques.

1 Les grandeurs physiques et les unités

- Une **grandeur physique** correspond à une **propriété physique** pouvant être mesurée ou calculée. Les différentes valeurs possibles s'expriment à l'aide d'un nombre réel souvent accompagné d'une **unité de mesure**.
- Les unités de mesure en France font partie du **système international SI**. Il quantifie les 7 grandeurs indépendantes : la masse en kilogramme (kg), le temps en seconde (s), la longueur en mètre (m), la température en kelvin (K), l'intensité électrique en ampère (A), la quantité de matière en mole (mol) et l'intensité lumineuse en candela (cd).
- Il est important de connaître ces unités principales pour établir des relations homogènes.

2 L'étude statistique

On ne mesure pas une grandeur seulement pour obtenir la valeur de cette grandeur mais aussi pour lui associer une incertitude afin de pouvoir **qualifier la qualité de la mesure**. Cette incertitude est liée aux **erreurs de mesures** qui peuvent être dues à l'instrument de mesure (précision, entretien, etc.), à l'opérateur ou à la variabilité de la grandeur mesurée. L'incertitude de mesure est la valeur qui caractérise la dispersion des valeurs qui peuvent être attribuées à la grandeur mesurée. **On la note u**.

A Exploiter une série de mesures

- On considère la série suivante de mesures de la masse d'une femme de 17 ans.

57,0	57,2	57,1	57,2	57,5	57,1	57,1	57,0	56,9	57,0
56,8	57,3	57,5	57,1	57,1	56,8	57,3	57,4	57,2	57,1

- On peut regrouper ces mesures par tranche de 0,2 kilogramme et ensuite les représenter par un histogramme.

Masse m (kg)	56,8 à 56,9	57,0 à 57,1	57,2 à 57,3	57,4 à 57,5
Nombre de mesures	3	9	5	3

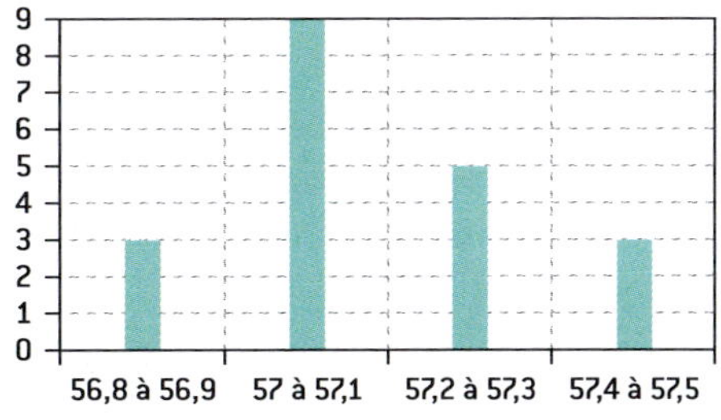

- La **moyenne** de cette série est la somme des mesures divisée par le nombre de mesures :

$$\bar{m} = \frac{1}{n}\sum_{i=1}^{n} m_i = 57,1 \text{ kg}$$

■ **L'écart-type σ_{n-1}** indique la dispersion des mesures autour de la moyenne : $\sigma_{n-1} = \sqrt{\frac{1}{n-1}\sum_{i=1}^{n}(m_i - \bar{m})^2}$

REMARQUE

Plus les valeurs sont proches de la valeur moyenne et plus l'écart-type est faible.

B L'incertitude-type

Les erreurs de mesure sont de deux types : **aléatoire** ou **systématique**.

a L'incertitude-type aléatoire ou de répétabilité U_A

Lorsqu'une même personne répète plusieurs fois, dans les mêmes conditions, la mesure d'une même grandeur, les valeurs obtenues peuvent être différentes : il s'agit d'**erreurs de mesure aléatoires**. L'incertitude associée est une **incertitude de répétabilité U_A** dite de type A, pouvant être évaluée par des méthodes statistiques. On utilise la moyenne et l'écart-type σ_{n-1}, issus de l'exploitation d'un nombre important de valeurs mesurées : $U_A = 2u_A = 2\frac{\sigma_{n-1}}{\sqrt{n}}$.

b L'incertitude-type systématique U_B

Il faut prendre en compte la précision de l'appareil de mesure, la façon dont il est utilisé et la qualité du mesurage. L'erreur correspondante est l'**erreur systématique** et l'incertitude associée est dite de **type B**. Alors, l'incertitude de mesure est l'incertitude élargie $U_B = 2U_B$, pour un niveau de confiance de 95 %.

EXEMPLES

Détermination de quelques erreurs systématiques

- Pour la mesure avec un instrument à affichage digital, l'incertitude est égale à 1 unité du **dernier chiffre stable** affiché à l'écran. Ici, l'incertitude sur la pression est $u_B = 1$ hPa et l'incertitude élargie à 95 % est $U_B(P) = 2u_B(P) = 2$ hPa. Ainsi la pression est $P = 975 \pm 2$ hPa.
- Pour la mesure avec un instrument gradué, l'incertitude peut être considérée comme égale à la moitié de la plus petite graduation de l'appareil. Ici, l'incertitude sur la température est $u_B = 0{,}5$ °C et l'incertitude élargie à 95 % est $U_B(T) = 2u_B(T) = 1$ °C. Ainsi la température est $T = 20 \pm 1$ °C.

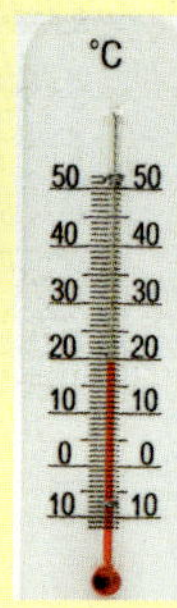

c L'incertitude-type composée U

■ Il faut associer les 2 incertitudes-types afin de trouver l'incertitude-type composée.

■ Le résultat de la mesure est la somme de la valeur vraie de l'erreur aléatoire et de l'erreur systématique.

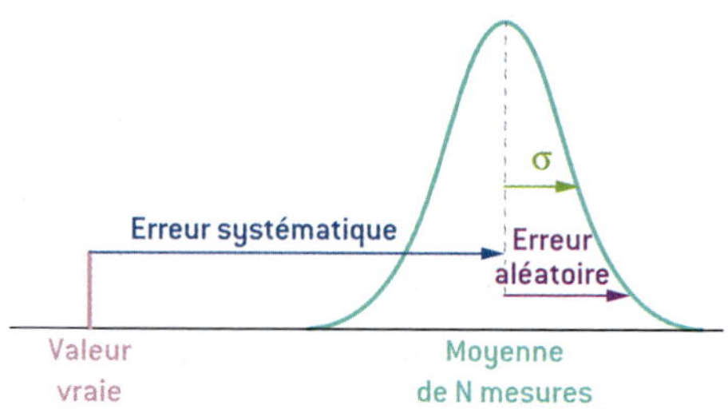

■ Ainsi, si l'on dispose d'un ensemble de mesures d'une grandeur X, où chacune d'entre elles est affectée d'une incertitude de type B, on obtient l'incertitude-type composée : $u = \sqrt{u_A^2 + u_B^2}$; $U = 2u$; $M = \bar{m} \pm U$.

■ Le résultat X des mesures est donc : $X = x \pm U(X)$, où x est la moyenne des mesures et U(X) est l'incertitude élargie à 95 % de confiance.

d L'incertitude-type sur une mesure indirecte

■ Une **mesure indirecte** d'une grandeur X consiste à mesurer plusieurs grandeurs physiques a, b, etc. et à calculer X à partir de ces grandeurs mesurées.

■ La relation permettant le calcul d'une mesure indirecte sera toujours donnée.

C Écrire le résultat d'une mesure

■ En physique, le nombre de chiffres avec lequel on écrit une valeur correspond aux **chiffres significatifs**.

■ Les règles pour compter les chiffres significatifs (CS) sont :

1. Pour une valeur écrite en notation non scientifique, tous les chiffres sont significatifs, sauf les zéros au début de la valeur.

2. Dans le cas d'une valeur écrite en notation scientifique sous la forme $a \times 10^n$, les chiffres qui composent l'écriture de a sont significatifs.

EXEMPLES

d = 625,2 m : cette valeur comporte 4 CS
d = $6{,}28 \times 10^2$ m : cette valeur comporte 3 CS
d = $0{,}62 \times 10^3$ m : cette valeur comporte 2 CS
d = $6{,}20 \times 10^2$ m : cette valeur comporte 3 CS

3. Les zéros : un zéro à gauche d'un nombre n'est jamais significatif mais un zéro à droite d'un nombre est significatif.

■ La valeur d'une grandeur physique doit être écrite afin que le dernier chiffre écrit soit **le seul chiffre affecté par l'incertitude.**

■ Ainsi, l'incertitude doit s'exprimer avec un seul chiffre et l'estimation de la grandeur mesurée admet comme dernier CS celui de même position que celui de l'incertitude.

EXEMPLE

La mesure d'une intensité électrique donne une valeur I = 50,15875 A avec une incertitude U(I) = 0,09258 A.
On garde tout d'abord un chiffre pour l'incertitude U(I) = 0,09 A, puis on exprime le résultat de l'intensité mesurée I avec comme dernier chiffre significatif l'arrondi à deux chiffres après la virgule : I = 50,16 ± 0,09 A.

D Évaluer et améliorer l'acceptabilité d'un résultat

Il est possible de comparer la valeur mesurée I avec une valeur de référence $I_{réf}$ en calculant leur écart relatif : $\left|\frac{I - I_{réf}}{I_{réf}}\right|$ souvent exprimé sous la forme d'un pourcentage. Plus il est faible et plus la mesure donne un résultat proche de celui attendu.

E Améliorer une mesure

La mesure est d'autant meilleure que son incertitude de mesure est faible. Pour l'améliorer, il est possible :
- d'augmenter le nombre de mesures, puisqu'une série de mesures a une incertitude plus faible qu'une mesure ponctuelle, et d'éliminer les valeurs aberrantes ;
- d'exploiter les appareils de mesures dans la gamme de valeur où leur précision est la meilleure et de les contrôler ;
- de faire réaliser des mesures dans un laboratoire certifié afin de valider la qualité des mesures des appareils.

1 La structure spatiale des espèces chimiques (STL)

Les biomolécules ont des structures particulières dans l'espace qui leur permettent d'avoir une action spécifique, comme les enzymes qui servent de catalyseur.

1 La représentation spatiale d'une molécule

■ On peut représenter des molécules dans l'espace avec la **représentation de Cram** :
- les liaisons dans le plan utilisent des traits fins : ——
- les liaisons en arrière du plan sont en pointillé : 
- les liaisons en avant du plan sont un triangle plein : 

■ Ainsi, l'alanine, un acide aminé, est représentée de la façon suivante :

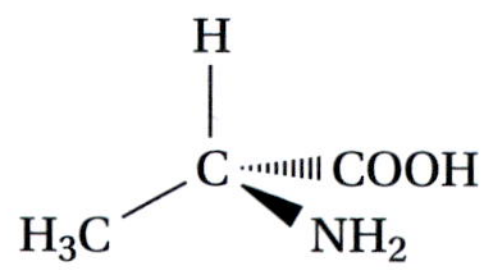

2 L'atome de carbone asymétrique

A Définition

■ Un carbone est **asymétrique** s'il comporte 4 atomes ou groupes d'atomes différents. On le met en évidence en le marquant d'un petit astérisque : C*.

■ Tous les acides aminés, sauf le plus simple, la glycine, ont au moins un carbone asymétrique dans leur formule.

EXEMPLE

Le carbone pointé de l'alanine porte : 1 H, 1 COOH, 1 CH_3 et 1 NH_2. Ces 4 groupes d'atomes sont différents donc ce carbone est asymétrique.
Il n'y a pas de carbone asymétrique dans la glycine car le carbone porteur de NH_2 et de COOH est lié à deux H. Il n'y a donc pas 4 groupes d'atomes différents.

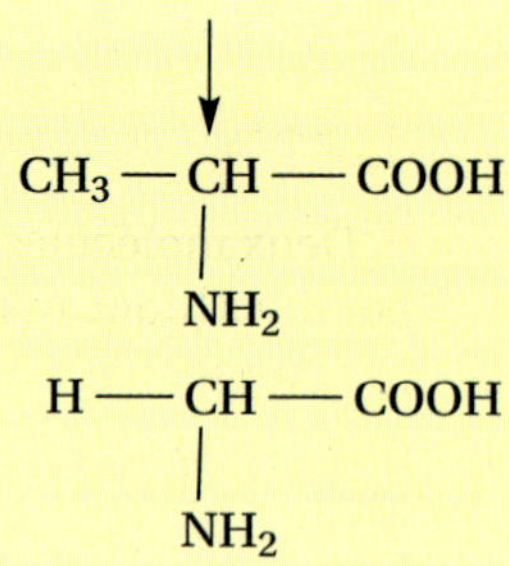

■ Il est possible de représenter en perspective une molécule ayant plusieurs atomes de carbone asymétriques, comme l'acide tartrique :

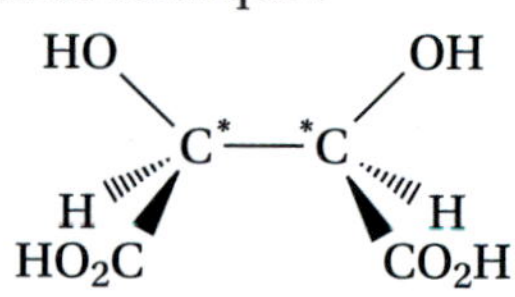

B La configuration absolue d'un atome de carbone asymétrique

Pour chaque atome de carbone **asymétrique**, il existe deux possibilités de placer les quatre atomes ou groupes d'atomes différents. Pour enlever toute ambiguïté, on associe à chacune des deux une configuration absolue R ou S fondée sur les règles de **Cahn, Ingold** et **Prelog** (CIP) pour les carbones asymétriques :

– on détermine les quatre substituants de l'atome de carbone : pour l'acide tartrique, il y a deux carbones asymétriques, portant chacun les mêmes substituants : H, OH, CO_2H, CHO-HCO_2H ;

– la priorité d'un substituant est donnée par le **numéro atomique Z** de l'atome directement lié, l'atome avec le numéro atomique le plus élevé ayant la priorité la plus importante. Lorsque deux substituants sont liés au carbone asymétrique par des atomes identiques, on étudie les substituants de ces atomes et on poursuit la comparaison dans les proximités suivantes de la ramification prioritaire. Ici, on a : OH (1), CO_2H (2), $CHOHCO_2H$ (3) et H (4) ;

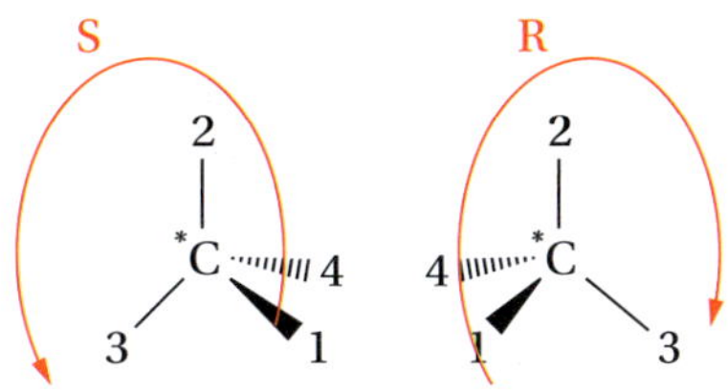

– on observe alors l'espèce chimique dans l'axe C*-substituant ayant la plus petite priorité (4). La configuration absolue est **R** (du latin *rectus*) si les substituants prioritaires « tournent » (1 puis 2 puis 3) dans le sens **horaire**, donc vers la droite. La configuration absolue **S** (du latin *sinister*) correspond à la rotation **anti-horaire**.

EXEMPLE

Pour la molécule d'acide tartrique, le deuxième et le troisième atomes de carbone sont asymétriques et ont des configurations différentes : S et R. On l'écrit donc acide (2S, 3R) tartrique.

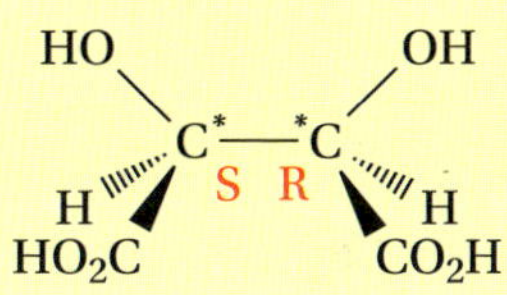

3 Les stéréoisomères

A Les isomères de conformation

■ Deux molécules peuvent avoir la même formule semi-développée mais être non superposables (donc non identiques) : ce sont des **stéréoisomères**. Si on passe de l'une à l'autre par une simple rotation, ce sont alors des **isomères de conformation**.

■ Ainsi, l'éthane, de formule brute C_2H_6, de formule semi-développée $CH_3—CH_3$, comporte une infinité de conformations, dont deux particulières sont :

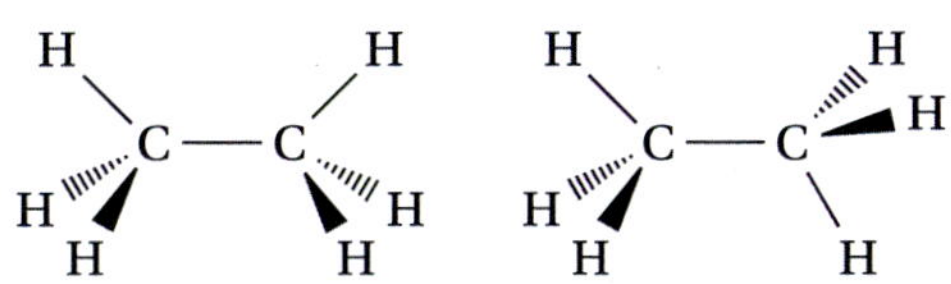

B La chiralité

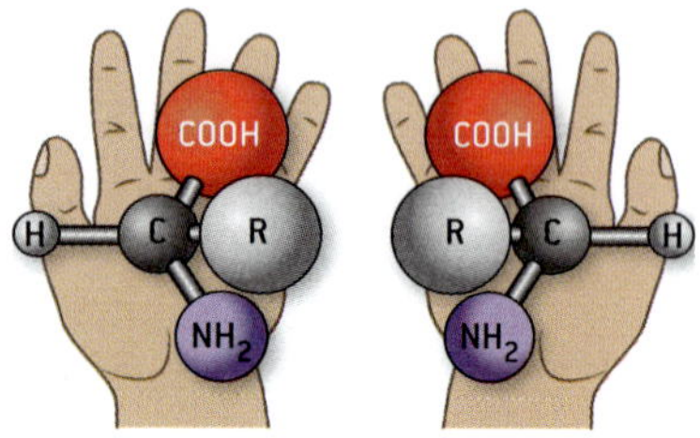

■ Nos deux mains ne peuvent pas se superposer l'une sur l'autre ; en revanche, elles sont symétriques l'une de l'autre par rapport à un plan ou dans un miroir plan. Nos deux mains sont **chirales**.

■ Une molécule A est **chirale** si son symétrique B par rapport à un plan ne lui est pas identique.

■ Une molécule comportant un seul atome de carbone asymétrique est chirale.

C Les énantiomères

■ Deux molécules A et B symétriques l'une de l'autre par rapport à un plan mais qui ne sont pas superposables sont des **énantiomères**, il y a une relation d'**énantiomérie** entre les deux.

■ Une molécule comportant un seul atome de carbone asymétrique a deux énantiomères. Ainsi, l'alanine comporte un carbone asymétrique, elle a deux énantiomères :

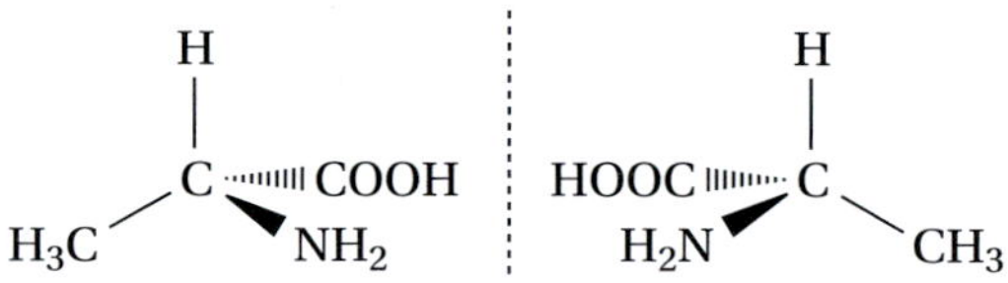

R S

■ Chaque énantiomère est chiral.

REMARQUES

- « Énantiomère » est un terme réservé aux molécules et il nécessite deux molécules symétriques par rapport à un plan mais non identiques.
- Le terme « chiral » concerne tous les objets ne comportant pas d'axe ou de plan de symétrie.

D Les diastéréoisomères

■ Deux molécules A et B ayant la même formule semi-développée, qui ne sont pas des isomères de conformation non symétriques l'une de l'autre par rapport à un plan et non superposables, sont des **diastéréoisomères**, il y a une relation de **diastéréoisomérie** entre les deux. On obtient souvent des diastéréoisomères avec des molécules ayant une double liaison C=C ou avec plusieurs atomes de carbone asymétriques.

■ Pour qu'une molécule ayant une double liaison C=C conduise à des **diastéréoisomères**, il faut que chaque atome de carbone de la double liaison porte deux substituants différents. On attribue aussi une configuration absolue à chaque diastéréoisomère Z ou E en utilisant les règles CIP.

REMARQUES

Z signifie *zusammen* ou « ensemble » : les deux substituants prioritaires sont du même côté de la double liaison C=C.
E signifie *entgegen* ou « opposé » : les deux substituants prioritaires sont de part et d'autre de la double liaison.

- Pour l'acide 3-chlorobut-2-ènoïque, on a ainsi :

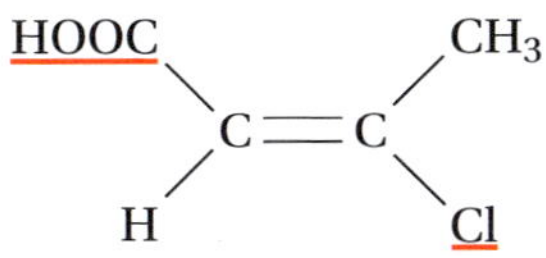

E

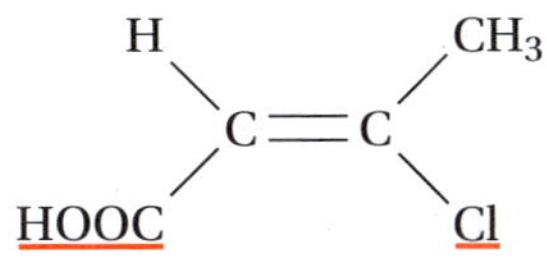

Z

4 Je mémorise autrement

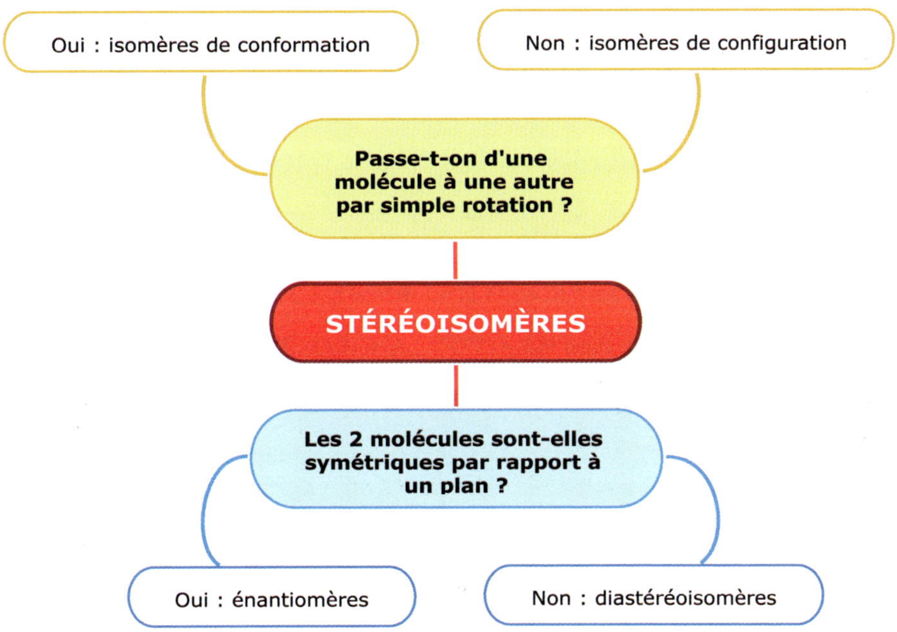

 # quiz
Des questions pour réviser
foucherconnect.fr/23tersti2d05

2 Les réactions acido-basiques (STL)

Les acides faibles ne réagissent pas totalement avec l'eau, cela dépend de leur concentration. Ils permettent, avec leur base associée, de préparer des solutions tampon, omniprésentes dans les milieux vivants.

1 La constante d'équilibre K_a

A Rappels

- Les propriétés acides ou basiques d'une solution vont dépendre de la **concentration en ion oxonium H_3O^+**, notée **$[H_3O^+]$**.
- Le pH est donc une grandeur liée à la concentration en ion oxonium :

$pH = -\log [H_3O^+]$, où $[H_3O^+]$ est exprimée en $mol.L^{-1}$.

- Inversement, la concentration en ions oxonium $[H_3O^+]$ est liée au pH par : **$[H_3O^+] = 10^{-pH}$**.
- Plus une solution **contient des ions H_3O^+**, plus son **pH est faible**.

B La constante d'acidité K_a et pK_a

- On appelle constante d'acidité dans l'eau du couple HA/A^-, notée K_a, la grandeur sans dimension associée à l'équation $HA + H_2O \rightleftarrows A^- + H_3O^+$: $K_a = \frac{[A^-]\times[H_3O^+]}{[HA]}$.
- Le pK_a d'un couple acide-base est défini par $pK_a = -\log K_a$.
- Le pK_a d'un couple HA/A^- est lié au pH de la solution par la relation $pH = pK_a + \log\frac{[A^-]}{[HA]}$.

pK_a	K_a	Couples acide/base	Nom de la forme acide	Nom de la forme basique	Demi-équation protonique
-7	10^7	HCl/Cl^-	Chlorure d'hydrogène	Ion chlorure	$HCl = Cl^- + H^+$
0	1	H_3O^+/H_2O	Ion oxonium	Eau	$H_3O^+ = H_2O + H^+$
4,8	$10^{-4,8}$	CH_3COOH/CH_3COO^-	Acide éthanoïque	Ion éthanoate	$CH_3COOH = CH_3COO^- + H^+$
6,3	$10^{-6,3}$	$H_2O,CO_2/HCO_3^-$	Dioxyde de carbone	Ion hydrogénocarbonate	$H_2O, CO2 = HCO_3^- + H^+$
9,2	$10^{-9,2}$	NH_4^+/NH_3	Ion ammonium	Ammoniaque	$NH_4^+ = NH_3 + H^+$
14	10^{-14}	H_2O/OH^-	Eau	Ion hydroxyde	$H_2O = OH^- + H^+$

- Les acides et bases faibles ont une valeur de pK_a du couple associé comprise entre 0 et 14.

C Le coefficient de dissociation α d'un acide faible

■ Le **coefficient de dissociation** α correspond au pourcentage de transformation de l'acide faible en sa base faible conjuguée lors de la réaction avec l'eau : $AH + H_2O \rightleftarrows A^- + H_3O^+$.

■ Si on note $C_o = [AH]_0$ la concentration molaire en acide apporté, alors, en utilisant le coefficient de dissociation α : $[AH] = (1 - \alpha) \times C_o = (1 - \alpha) \times [AH]_0$ et $[A^-] = \alpha \times C_o = \alpha \times [AH]_0$.

■ En effet, la conservation de la matière indique que l'acide AH s'est soit transformé en base conjuguée A^-, soit est resté sous sa forme AH. Par conséquent, la concentration initiale en acide AH, $[AH]_0$, est bien la **somme des concentrations réelles** de l'acide AH et de la base A^- : $[AH]_0 = [AH] + [A^-] = (1 - \alpha) \times [AH]_0 + \alpha \times [AH]_0$.

REMARQUE

D'après l'équation de la réaction, $[H_3O^+] = [A^-]$, on a : $[H_3O^+] = [A^-] = \alpha \times C_o = \alpha \times [AH]_0$.
Il est donc possible de calculer le taux de dissociation α à partir de la concentration initiale $[AH]_0$ et de la valeur du pH, puisque $[H_3O^+] = 10^{-pH}$.
La constante d'acidité s'écrit alors :
$K_a = [A^-] \times [H_3O^+]/[AH] = (\alpha \times [AH]_0) \times (\alpha \times [AH]_0)/(1 - \alpha) \times [AH]_0) = (\alpha^2/(1 - \alpha)) \times [AH]_0$.

EXEMPLE

La valeur du pH d'une solution d'acide éthanoïque de concentration $[CH_3COOH]_0 = C_0 = 0{,}10$ mol.L^{-1} est égale à 2,9.
La réaction responsable de cette acidité est $CH_3COOH + H_2O \rightleftarrows CH_3COO^- + H_3O^+$.
La concentration en ion oxonium vaut $[H_3O^+] = 10^{-2,9} = 1{,}3 \times 10^{-3}$ mol.L^{-1}.
Or, $[CH_3COO^-] = [H_3O^+] = 10^{-2,9} = 1{,}3 \times 10^{-3}$ mol.L^{-1} et $[CH_3COO^-] = \alpha \times [CH_3COOH]_0$, ainsi $\alpha = [CH_3COO^-]/[CH_3COOH]_0 = 1{,}3 \times 10^{-3}/0{,}10 = 1{,}3 \times 10^{-2} = 1{,}3$ %.
L'acide éthanoïque réagit peu avec l'eau.

D L'évolution du coefficient de dissociation avec la dilution

■ La constante d'acidité K_a peut s'exprimer en fonction du coefficient de dissociation et de la concentration initiale : $K_a = (\alpha^2/(1 - \alpha)) \times [AH]_0$.

■ Or, K_a est constante pour une température donnée. Lors de la dilution de l'acide, la concentration $[AH]_0$ diminue. Le rapport $\alpha^2/(1 - \alpha)$ doit augmenter, ce qui se produit si α augmente aussi.

■ Ainsi, lorsque l'on dilue un acide dans l'eau, il réagit davantage avec l'eau et il en reste moins en proportion.

EXEMPLE

La valeur du pH d'une solution d'acide éthanoïque de concentration $[CH_3COOH]_0 = C_0 = 0{,}010$ mol.L^{-1} est égale à 3,4. La concentration en ion oxonium vaut $[H_3O^+] = 10^{-3,4} = 4{,}0 \times 10^{-2}$ mol.L^{-1}.
Or $[CH_3COO^-] = [H_3O^+] = 4{,}0 \times 10^{-2}$ mol.L^{-1}, ainsi $\alpha = [CH_3COO^-]/[CH_3COOH]_0 = 4{,}0 \times 10^{-2}/0{,}10 = 4{,}0$ %.
L'acide éthanoïque réagit nettement plus en étant dilué 10 fois même si la réaction n'est pas totale.
Le coefficient de dissociation augmente rapidement avec la dilution :

C0 (mol.L^{-1})	$1{,}0 \times 10^{-1}$	$1{,}0 \times 10^{-2}$	$1{,}0 \times 10^{-3}$	$1{,}0 \times 10^{-4}$	$1{,}0 \times 10^{-5}$
pH	2,9	3,4	3,9	4,4	5,1
α en %	1,3	4,0	13	36	73

■ Pour montrer l'**invariance** de la valeur du pK_a ou de la valeur de K_a d'un couple acide/base, on peut utiliser le coefficient de dissociation. On peut réaliser le protocole suivant à 25 °C, consistant à préparer des solutions d'acide éthanoïque de concentration $1{,}0 \times 10^{-1}$, $1{,}0 \times 10^{-2}$ et $1{,}0 \times 10^{-3}$. La mesure du pH permet alors la détermination du coefficient de dissociation qui donne par calcul la valeur de la constante d'acidité K_a et du pK_a du couple.

C_0 (mol.L^{-1})	$1{,}0 \times 10^{-1}$	$1{,}0 \times 10^{-2}$	$1{,}0 \times 10^{-3}$
pH	2,9	3,4	3,9
α en %	1,3	4,0	13
$K_a = (\alpha^2/(1 - \alpha)) \times [AH]_0$.	$1{,}6 \times 10^{-5}$	$1{,}6 \times 10^{-5}$	$1{,}6 \times 10^{-5}$
$pK_a = -\log K_a$	4,8	4,8	4,8

■ La valeur du pK_a est bien constante, quelle que soit la concentration initiale en acide. Cette invariance peut aussi être mise en évidence avec la **spectrophotométrie**.

2 Les solutions tampon

■ On appelle **solution tampon** une solution constituée d'un mélange comportant des concentrations identiques ou proches d'un acide et de sa base conjuguée. Le pH d'une solution tampon est égal au pK_a (ou en est très voisin) du couple considéré. Ainsi, pour obtenir une solution tampon d'un pH donné, il suffit de trouver un couple acide/base courant ayant un pK_a proche de cette valeur cible et ensuite d'ajuster la proportion entre l'acide et la base pour avoir la bonne valeur de pH.

EXEMPLE

Le couple acide éthanoïque/ion éthanoate CH_3COOH/CH_3COO^- a un $pK_a = 4{,}8$: on pourra facilement préparer des solutions tampon dont le pH est compris entre 4,3 et 5,3.

■ Le pH d'une solution tampon **varie peu** lors d'un ajout d'une quantité modérée d'acide fort ou de base forte et **ne varie pas** lors d'une dilution.

■ Plusieurs liquides biologiques sont tamponnés, comme le **sang** ou les **larmes** :
- le pH moyen du sang vaut 7,4 à 37 °C. Il est tamponné par deux couples acido-basiques contenant des espèces carbonées ou phosphorées. Une variation de ce pH a des répercussions sur les réactions biochimiques ;
- le liquide lacrymal est aussi tamponné vers 7,4. Ce liquide humidifie constamment la cornée de l'œil. L'intérieur des cellules est aussi tamponné.

3 La solubilité du dioxyde de carbone

■ La valeur maximale d'exposition au CO_2 est de **0,5 %** dans l'air ambiant sur le lieu de travail, pendant une durée de travail quotidienne de 8 heures. Normalement, l'air ambiant contient environ **0,04 %** de CO_2. L'inhalation de concentrations de CO_2 plus élevées provoque les symptômes suivants :
- à 1 % : légère accélération de la respiration ;
- à 2 % : la respiration devient plus profonde et jusqu'à 50 % plus rapide, avec des maux de tête et des signes de fatigue au bout de quelques heures ;

– à 3 % : la respiration devient difficile, le rythme respiratoire peut doubler. Les maux de tête se produisent rapidement, l'acuité auditive diminue, le pouls s'accélère et la tension artérielle augmente ;
– à 4-5 % : le rythme de la respiration s'accélère jusqu'à quadrupler ;
– à 5-10 % : l'odeur du CO_2 est légèrement piquante. La respiration devient très difficile et on ressent un épuisement et des maux de tête ; la vue se brouille et les oreilles sonnent. La perte de conscience peut intervenir en l'espace de quelques minutes ;
– Au-delà de 10 % : perte de conscience rapide pouvant conduire à la mort sans des soins d'urgence.

■ Le dioxyde de carbone est un **gaz peu soluble dans l'eau neutre ou acide**. Sa solubilité **augmente dans les milieux basiques** car c'est une espèce acide faisant partie du couple H_2O, CO_2/HCO_3^-. On note le dioxyde de carbone en solution H_2O, CO_2 et aussi parfois H_2CO_3, on lui donne alors le nom d'acide carbonique. Il contribue à l'acidification de l'atmosphère et des océans.

■ L'**acidification des océans** correspond à la baisse progressive du pH des océans liée particulièrement aux pollutions humaines. L'océan devient alors de plus en plus acide, ce qui perturbe l'écosystème océanique. Le pH de l'océan a diminué de 0,1 en une centaine d'années.

■ L'acidification est surtout causée par l'**absorption de surplus de CO_2** par les océans. Le dioxyde de carbone est massivement produit par les sociétés humaines depuis la révolution industrielle. Ue partie est absorbée par les plantes et les arbres, et un tiers est absorbée par les océans. Le CO_2 se dissout progressivement dans l'eau et réduit le pH de l'eau.

 # vidéo
L'acidification des océans
foucherconnect.fr/23tersti2d06

■ Le dioxyde de carbone est un des **gaz à effet de serre**, qui contribue en raison de l'augmentation de sa concentration, à l'élévation de la température de l'atmosphère terrestre de surface et au dérèglement climatique.

3 Les réactions d'oxydoréduction (STL)

De nombreuses réactions mettent en œuvre des échanges d'électrons : au sein des piles, dans l'organisme, dans les combustions.

1 L'oxydant et le réducteur

A Le nombre d'oxydation dans une espèce inorganique

■ Un **nombre d'oxydation** est le nombre de charges électriques élémentaires réelles ou fictives que porte un atome au sein d'une espèce chimique. On le note en chiffre romain.

■ Sa valeur :
– est **nulle** dans le cas d'un atome ou d'une molécule ne contenant qu'une sorte d'atome. Exemple : 0 pour l'élément aluminium dans Al, pour l'élément hydrogène dans H_2 ;
– est **égale à la charge** dans le cas d'un ion monoatomique. Exemple : – I pour l'élément chlore dans l'ion chlorure Cl^-, + III pour l'élément aluminium dans l'ion aluminium Al^{3+} ;
– se **calcule** en considérant que l'élément :
  - possède tous les électrons des liaisons chimiques établies avec les atomes moins électronégatifs que lui, ce qui se traduit donc pour lui par un gain d'électron(s) ;
  - ne possède aucun des électrons des liaisons chimiques établies avec les atomes plus électronégatifs que lui, ce qui se traduit par une perte d'électron(s).

EXEMPLES

• Dans CO_2, O = C = O, l'élément oxygène est plus électronégatif que l'élément carbone, on considère que l'oxygène a pris les deux électrons des liaisons chimiques : son nombre d'oxydation est donc – II, ce qui est le cas en général. La molécule étant neutre, la somme des nombres d'oxydation est nulle, ainsi n.o.(C) + 2 n.o.(O) = 0. Le nombre d'oxydation du carbone vaut donc IV car n.o.(C) = -2 n.o.(O) = + IV.
• Dans MnO_4^-, l'élément oxygène, plus électronégatif que l'élément manganèse, a un nombre d'oxydation égal à – II. Il s'agit d'un ion, aussi la somme des nombres d'oxydation est égale à la charge de l'ion -I. Ainsi, n.o.(Mn) + 4 n.o.(O) = -I. Le nombre d'oxydation du manganèse vaut donc VII car n.o.(Mn) = - I - 4 n.o.(O) = + VII.
• Dans $Cr_2O_7^{2-}$, l'élément oxygène, plus électronégatif que l'élément chrome, a un nombre d'oxydation égal à -II. Il s'agit d'un ion, aussi la somme des nombres d'oxydation est égale à la charge de l'ion – II. Ainsi 2 n.o.(Cr) + 7 n.o.(O) = – II. Le nombre d'oxydation du chrome vaut donc VI car n.o.(Cr) = ½ (- II – 7 n.o.(O)) = + VI.

■ Dans une réaction chimique d'oxydoréduction, on peut déterminer l'**oxydant** et le **réducteur** en prenant en compte les nombres d'oxydation. L'oxydant est l'espèce pour laquelle le nombre d'oxydation de l'élément chimique a la plus grande valeur et le réducteur, l'espèce pour laquelle le nombre d'oxydation a la plus petite valeur.

EXEMPLE

Dans la réaction $2\ I^- + H_2O_2 + 2\ H^+ \rightarrow I_2 + 2\ H_2O$, les valeurs des nombres d'oxydation sont :
– pour l'élément iode : -I dans I^- et 0 dans I_2, donc l'oxydant est le diiode I_2 et le réducteur est l'ion iodure I^- ;

– pour l'élément oxygène : –I dans H_2O_2 (car la molécule s'écrit H–O–O–H : chaque atome d'oxygène ne peut prendre que l'électron de la liaison O-H mais pas celui de la liaison O–O) et –II dans H_2O, donc l'oxydant est l'eau oxygénée H_2O_2 et le réducteur est l'eau H_2O.
Il se produit une réaction entre l'oxydant – l'eau oxygénée H_2O_2 – et le réducteur – l'ion iodure I^-.

B Définitions

■ Un **oxydant** est une espèce chimique capable de **capter** un ou plusieurs électrons en solution aqueuse. Quand l'oxydant a capté un ou plusieurs électrons, il est réduit.

EXEMPLE
L'ion Fe^{2+} est un oxydant, il se transforme en fer métallique en captant 2 électrons :
$Fe^{2+} + 2\ e^- = Fe$.

■ Quelques oxydants usuels : le dioxygène gazeux O_2, le dichlore gazeux Cl_2, le diiode I_2 en solution, l'eau oxygénée H_2O_2 en solution.

■ Un **réducteur** est une espèce chimique capable de **céder** un ou plusieurs électrons en solution aqueuse. Quand le réducteur a cédé un ou plusieurs électrons, il est oxydé.

EXEMPLE
Le lithium métallique est réducteur, il se transforme en ion lithium en cédant un électron :
$Li = Li^+ + e^-$.

■ Quelques réducteurs usuels : le dihydrogène gazeux H_2, l'ion fer (II) en solution.

C Les couples oxydant/réducteur et la demi-réaction électronique

■ Un couple oxydant/réducteur comporte un oxydant Ox et un réducteur Réd. Une demi-équation électronique ou d'oxydoréduction lie les deux espèces chimiques :

$$\textbf{Oxydant} + \textbf{n}\ \textbf{e}^- = \textbf{Réducteur} \quad \textbf{ou} \quad \textbf{Ox} + \textbf{n}\ \textbf{e}^- = \textbf{Réd}$$

■ Ox et Réd forment le couple oxydant/réducteur Ox/Réd.

■ Attention, la forme oxydante est toujours écrite en premier dans un couple oxydant réducteur ! On utilise un signe égal dans les demi-équations électroniques.

EXEMPLE
En milieu acide : couple $Cr_2O_7^{2-}(aq)/Cr^{3+}(aq)$.
La demi-équation électronique est : $Cr_2O_7^{2-}(aq) + n\ e^- = Cr^{3+}(aq)$.
Il faut assurer la conservation de l'élément chrome. Or, à gauche, l'ion dichromate $Cr_2O_7^{2-}$ contient 2 éléments chrome. Il en faut aussi 2 à droite, ce qui est obtenu en plaçant un coefficient 2 devant Cr^{3+} : $Cr_2O_7^{2-}(aq) + n\ e^- = 2\ Cr^{3+}(aq)$.
Il faut assurer la conservation de l'élément oxygène. Or, à gauche, l'ion dichromate contient 7 éléments oxygène, il en faut donc 7 à droite sous forme d'eau :
$Cr_2O_7^{2-}(aq) + n\ e^- = 2\ Cr^{3+}(aq) + 7\ H_2O(l)$. Ceci ajoute 14 hydrogènes à droite, qui doivent figurer à gauche sous forme de H^+ : $Cr_2O_7^{2-}(aq) + n\ e^- + 14\ H^+(aq) = 2\ Cr^{3+}(aq) + 7\ H_2O(l)$.
Il reste à équilibrer la charge : $Cr_2O_7^{2-}(aq) + 6\ e^- + 14\ H^+(aq) = 2\ Cr^{3+}(aq) + 7\ H_2O(l)$.

D La réaction d'oxydoréduction

■ Une réaction d'oxydoréduction se produit entre l'oxydant Ox_1 d'un couple Ox_1/Red_1 et le réducteur $Réd_2$ d'un autre couple $Ox_2/Réd_2$. Il y a **transfert d'électrons** :
- le réducteur 2 cède des électrons et est oxydé en oxydant 2 ;
- l'oxydant 1 capte les électrons cédés et est réduit en réducteur 1.

■ Le nombre d'électrons cédés par le réducteur 2 est **égal** au nombre d'électrons captés par l'oxydant 1, car les électrons ne peuvent pas exister à l'état libre en solution aqueuse.

EXEMPLE

La réaction entre le diiode I_2 et les ions thiosulfate $S_2O_3^{2-}$.
Il faut identifier les couples oxydant/réducteur mis en jeu et souligner les réactifs : $\underline{I_2}/I^-$ et $S_4O_6^{2-}/\underline{S_2O_3^{2-}}$
On écrit alors les demi-équations avec les réactifs à gauche :
I_2/I^- : $I_2 + 2\,e^- = 2\,I^-$
$S_4O_6^{2-}/S_2O_3^{2-}$: $2\,S_2O_3^{2-} = 2\,e^- + S_4O_6^{2-}$
On ajoute les deux demi-équations pour former l'équation. Comme chaque demi-équation nécessite deux électrons, ces électrons vont disparaître en faisant la somme :
L'équation est donc : $I_2 + 2\,S_2O_3^{2} \rightarrow 2\,I^- + S_4O_6^{2-}$
Cette équation signifie qu'il faut deux moles d'ions thiosulfate pour réagir avec une mole de diiode. On utilise une simple flèche si la réaction est totale.

2 Les piles

■ Initialement, le nom de « **pile** » désignait un empilement de rondelles de deux métaux différents en contact grâce à une solution ionique conduisant le courant, appelée électrolyte. Aujourd'hui, on appelle « pile » un générateur électrochimique monobloc constitué d'un seul élément, non rechargeable.

■ Une pile est un convertisseur d'énergie comme le montre le schéma ci-dessous.

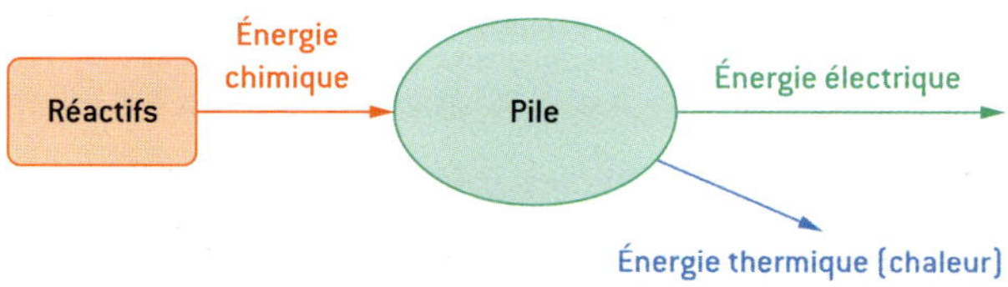

A Le fonctionnement d'une pile

a Le transfert direct d'électrons

■ Si on plonge une lame métallique de zinc dans un bécher contenant une solution d'ions cuivre $Cu^{2+}(aq)$, la lame se couvre progressivement de cuivre métallique et la solution se décolore. Deux couples oxydant/réducteur interviennent : $Cu^{2+}(aq)/Cu(s)$ et $Zn^{2+}(aq)/Zn(s)$.

■ Une réaction d'oxydoréduction se produit entre le zinc et les ions cuivre selon :

$Zn(s) + Cu^{2+}(aq) \rightarrow Zn^{2+}(aq) + Cu(s)$.

■ Un **transfert d'électrons** se produit directement entre le zinc et les ions cuivre.

b La constitution d'une pile au laboratoire

■ Il est possible de réaliser un transfert d'électrons, de manière indirecte, en réalisant une **pile**.

■ La pile permettant de reproduire la réaction précédente comporte :
– deux compartiments, appelés **demi-piles**, contenant une solution ionique d'un ion métallique dans laquelle trempe une électrode métallique du même métal ;
– un **pont salin** permettant la circulation des ions entre les deux demi-piles. Ce pont salin est constitué d'une solution ionique gélifiée placée dans un tube en U ou d'un simple papier imbibé d'une solution ionique. Les ions présents dans le pont salin assurent la continuité électrique entre les deux solutions : des électrons ne pourraient pas passer directement. Cette pile met en jeu les deux couples $Cu^{2+}(aq)/Cu(s)$ et $Zn^{2+}(aq)/Zn(s)$.

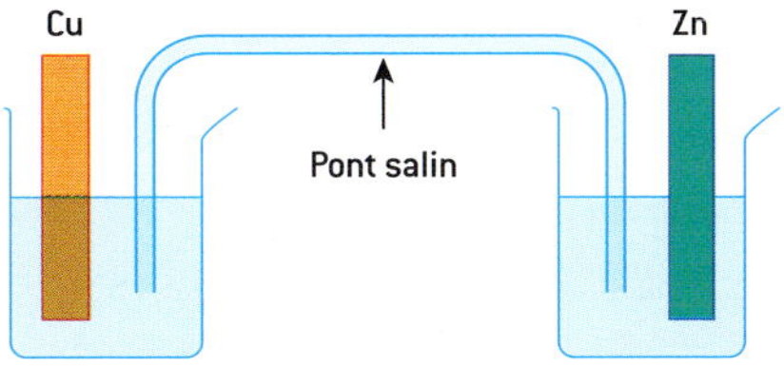

B L'utilisation d'un appareil de mesure

Pour que le courant circule, la pile est connectée à un circuit électrique. Les électrons doivent alors circuler dans les fils électriques du circuit.

a La mesure de la tension électrique

■ La tension aux bornes de la pile est mesurée à l'aide d'un voltmètre numérique placé en dérivation en mode continu. La tension électrique U_{AB} est mesurée en reliant la borne « V » du voltmètre en A et la borne « com » en B. On obtient alors directement la polarité de la pile étudiée.

■ Si la tension mesurée est positive, alors la borne « V » du voltmètre est connectée à la borne positive de la pile, **la cathode**, et la borne « com » est connectée à la borne négative de la pile, **l'anode** : la tension entre la borne positive et la borne négative de la pile est positive.

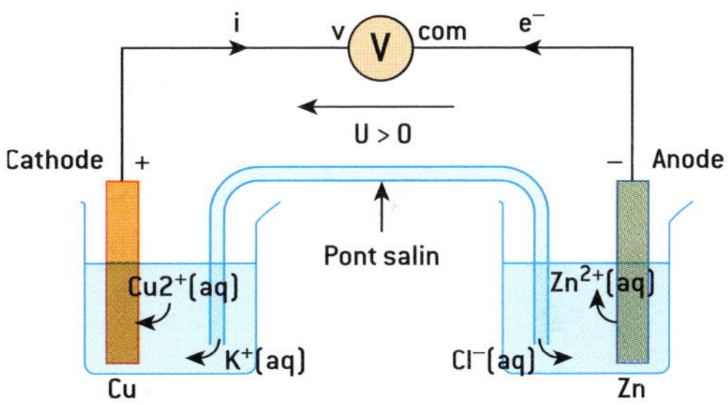

■ Inversement, si la tension mesurée est négative, alors la borne « V » du voltmètre est connectée à la borne négative de la pile et la borne « com » est connectée à la borne positive de la pile : la tension entre la borne négative et la borne positive de la pile est négative.

b La mesure de l'intensité électrique

■ On utilise le sens conventionnel du courant pour orienter un circuit : le courant parcourt le circuit, à l'extérieur du générateur, de la borne positive à la borne négative.

■ L'**intensité** du courant s'exprime en **ampère** de symbole **A**.

■ L'intensité du courant électrique se mesure à l'aide d'un ampèremètre numérique, branché en série en mode continu dans la branche étudiée. L'intensité du courant a la même valeur en tout point d'un circuit en série ou d'une branche.

■ L'indication lue est positive si le courant électrique arrive sur la borne « A » de l'ampèremètre.

■ Si la valeur lue est négative, c'est que le courant traverse l'ampèremètre de la borne « com » à la borne « A ». L'utilisation d'un ampèremètre permet donc de déterminer facilement quelle est la borne positive de la pile.

ATTENTION

Il faut toujours prendre le calibre le plus élevé de l'ampèremètre ou du voltmètre avant de réaliser les mesures.

c La polarité d'une pile : mise en évidence des réactifs

■ Si l'on connecte l'électrode de cuivre à la borne volt du voltmètre et l'électrode de zinc à la borne « com », on mesure une tension positive.

■ L'**oxydation** se fait sur l'électrode d'où sont issus les électrons, l'anode, donc la **borne négative**. La **réduction** se produit sur l'autre électrode, la **cathode**, qui reçoit les électrons, donc la **borne positive**.

■ Cette pile comporte deux demi-piles contenant les couples Cu^{2+}(aq)/Cu(s) et Zn^{2+}(aq)/Zn(s).

■ L'**oxydation** a lieu sur l'électrode négative. Il y a oxydation du réducteur du couple, donc oxydation du zinc selon l'équation : $Zn = Zn^{2+} + 2\ e^{-}$.

■ La **réduction** a lieu sur l'électrode positive de cuivre, il y a donc réduction des ions Cu^{2+}, ce qui conduit à un dépôt de cuivre métallique sur cette électrode selon l'équation : $Cu^{2+}(aq) + 2\ e^{-} = Cu(s)$.

■ La réaction globale se produisant dans la pile est donc :

$$Zn(s) + Cu^{2+}(aq) \rightarrow Zn^{2+}(aq) + Cu(s)$$

■ C'est la **même réaction** que celle qui s'effectue spontanément entre une lame métallique de zinc et des ions cuivre en solution. La pile permet d'utiliser une partie de l'énergie chimique transformée en énergie électrique.

■ La transformation chimique correspond à la réaction entre l'oxydant d'un couple et le réducteur d'un autre couple. La réaction ne se fait pas directement entre les deux espèces (c'est pour cela que le transfert est indirect), sinon on ne pourrait pas extraire d'énergie électrique de cette réaction.

■ Dans le pont salin, les cations se déplacent dans le même sens que celui du courant alors que les anions se déplacent dans le même sens que les électrons.

C La quantité d'électricité disponible

■ Une pile transfère de l'énergie électrique au circuit. Il faut pouvoir établir un lien entre les quantités de réactifs mises en jeu et la quantité d'électricité qui va circuler.

■ La **constante de Faraday (F)** est la charge portée par une mole de charge élémentaire :
$1\ F = 9{,}65 \times 10^{4}\ C.mol^{-1}$.

■ La **charge électrique Q** est liée à la quantité d'électrons ayant circulé dans le circuit électrique.

$$Q = n_e \times F$$

Q : charge en coulomb (C)
n_e : quantité d'électrons ayant circulé en mole (mol)
F : constante de Faraday en coulomb par mol ($C.mol^{-1}$)

- Pour pouvoir établir un lien entre les quantités de charge débitées par la pile et les quantités de réactifs consommés, il faut prendre en compte les demi-réactions.

- Pour la pile précédente, on a $Cu^{2+}(aq) + 2e^- = Cu(s)$. Il faut deux fois plus d'électrons que d'ions cuivre, donc $n_{e^-} = 2\, n_{Cu^{2+}}$.

EXEMPLE

On dispose d'une pile pour laquelle l'ion cuivre (II) serait le réactif limitant avec une quantité initiale $n_{Cu^{2+}} = 0{,}020$ mol. Cette pile peut donc mettre en jeu une quantité d'électrons $n_{e^-} = 2\, n_{Cu^{2+}} = 0{,}040$ mol. La capacité théorique $Q = n_{e^-} \times F = 0{,}040 \times 96\,500 = 3{,}9 \times 10^3$ C.

3 Je mémorise autrement

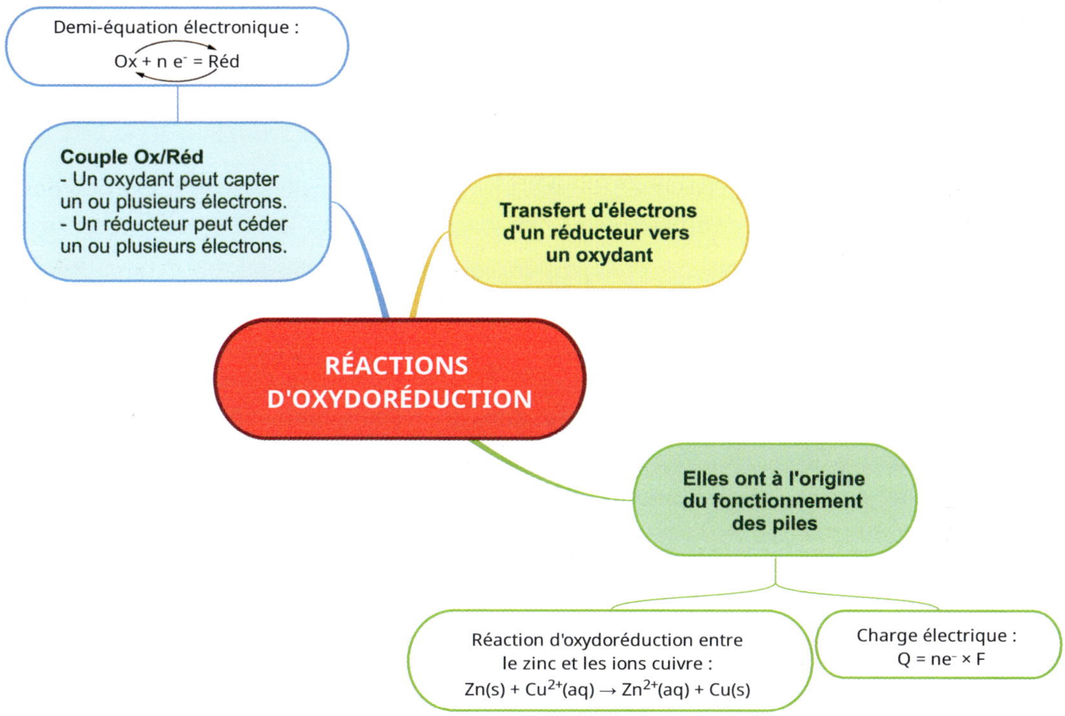

4 La cinétique d'une réaction chimique (STL)

Les réactions chimiques sont souvent lentes et il est parfois possible de déterminer l'évolution de leur vitesse au cours du temps de manière théorique.

1 La loi de vitesse

Une réaction est dite rapide lorsqu'elle se fait pendant un laps de temps trop court pour que l'on puisse suivre l'évolution à l'œil nu, soit environ 0,1 seconde.

A La vitesse de formation d'un produit et la vitesse de réaction

- On considère une réaction chimique lente dont l'équation est : $A + 2B \rightarrow 2C + D$.
- La **vitesse de formation d'un produit** est la dérivée de la concentration du produit par rapport au temps. Elle s'exprime pour **C** par $v_C = \frac{d[C]}{dt}$ et pour **D** par $v_D = \frac{d[D]}{dt}$ et elle est **positive**. Puisqu'il se forme deux fois plus de C que de D par unité de temps, d'après l'équation de la réaction, on peut écrire $v_C = 2\,v_D$.
- La **vitesse de formation des réactifs** s'exprime pour **A** par $v_A = \frac{d[A]}{dt}$ et pour **B** par $v_B = \frac{d[B]}{dt}$ et elle est **négative**, les concentrations des réactifs diminuant au cours du temps.
- **La vitesse de réaction** est notée **v**. Comme elle est liée au temps, on devrait la noter v(t). Elle est liée aux vitesses de formation par la relation : $v = ½\,v_C = v_D = -½\,v_B = -v_A$.
- La vitesse de réaction est égale à la vitesse de formation d'un produit divisée par le coefficient stœchiométrique du produit ; elle est aussi égale à la vitesse de formation d'un réactif divisée par l'opposé du coefficient stœchiométrique du réactif.

EXEMPLE

On considère l'équation de réaction suivante : $CH_3\text{—}COOCH_3 + HO^- \rightarrow CH_3\text{—}COO^- + CH_3OH$.
La relation entre la vitesse de réaction et les vitesses de formation des différentes espèces intervenant s'écrit : $v = v_{CH3\text{—}COO-} = v_{CH3OH} = -v_{CH3\text{—}COOCH3} = -v_{HO-}$ puisque tous les coefficients stœchiométriques valent 1.

B La loi de vitesse et l'ordre de réaction

- La vitesse de réaction peut parfois s'exprimer en fonction de la concentration d'un ou de plusieurs réactifs. Elle s'écrit alors : $\mathbf{v = k \times [A]^n \times [B]^m}$.
- n est l'**ordre partiel** de la réaction par rapport à A et m est l'ordre partiel de la réaction par rapport à B. n + m est l'ordre de la réaction. Les valeurs n et m peuvent être nulles, entières, fractionnaires, voire plus complexes. k est la **constante de réaction** qui a une unité dépendant de la valeur (n + m).

C Le cas d'une réaction d'ordre 0

■ On considère une réaction dont l'équation est A → B + C. La vitesse de réaction s'écrit donc $v = k \times [A]^0 = k$ puisque l'ordre est nul.

■ La vitesse de réaction s'exprime en $mol.L^{-1}.s^{-1}$, or $v = k$, donc la constante de réaction k s'exprime aussi en $mol.L^{-1}.s^{-1}$.

■ Or $v = -v_A$ et $v_A = \frac{d[A]}{dt}$, donc $v = -\frac{d[A]}{dt} = k$. Cette équation se transforme en $d[A] = -k \times dt$: c'est une équation différentielle. En intégrant cette relation, on trouve $[A] = [A]_0 - k \times t$, où $[A]_0$ est la concentration initiale du réactif A. On obtient de la même manière l'évolution des concentrations des produits au cours du temps : $[B] = [C] = k \times t$, s'il n'y a pas de produit au début de la réaction.

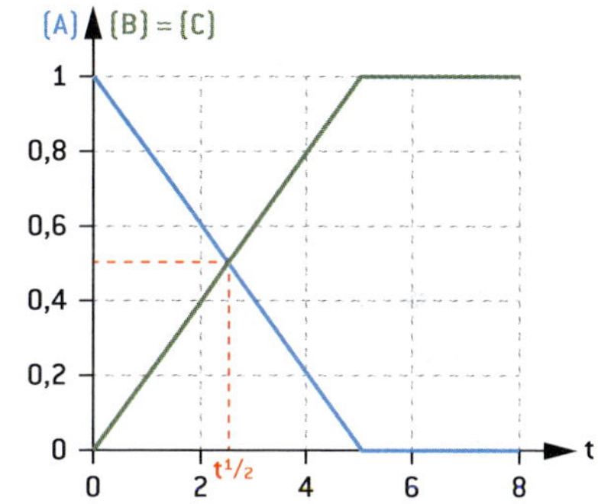

■ L'évolution de la concentration du réactif A est de type affine au cours du temps tandis que celle des produits est de nature linéaire. On considère sur le graphe ci-contre que $[A]_0 = 1,0\ mol.L^{-1}$.

■ On peut déterminer la constante de réaction k grâce à la pente de la droite d'évolution de la concentration de B. Il faut 5,0 minutes pour que la réaction soit finie, la pente vaut $k = 1,0/5 = 0,20\ mol.L^{-1}.min^{-1} = 3,3\ mmol.L^{-1}.s^{-1}$.

■ Le **temps de demi-réaction, noté $t_{½}$**, est le temps nécessaire pour atteindre la moitié de la concentration finale en produit ou pour détruire la moitié de la concentration de réactif. Ainsi lorsque $t = t_{½}$, $[A] = [A]_0/2 = [A]_0 - k \times t_{½}$, soit $t_{½} = \frac{[A]_0}{2\,k}$. Le temps de demi-réaction est donc proportionnel à la concentration initiale.

D Le cas d'une réaction d'ordre 1

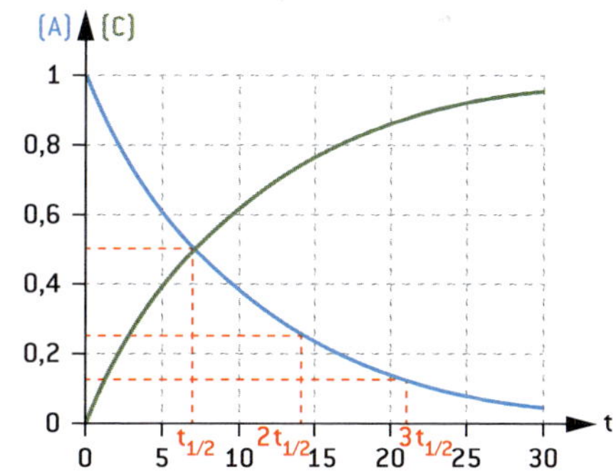

■ On considère une réaction dont l'équation est A → B + C. La vitesse de réaction s'écrit donc $v = k \times [A]^1 = k \times [A]$ puisque l'ordre vaut 1.

■ La vitesse de réaction s'exprime en $mol.L^{-1}.s^{-1}$, or $v = k \times [A]$, donc la constante de réaction k s'exprime en s^{-1} puisque la concentration a comme unité $mol.L^{-1}$.

■ Or, $v = -v_A$ et $v_A = \frac{d[A]}{dt}$, donc $v = -\frac{d[A]}{dt} = k \times [A]$. Cette équation se transforme en $\frac{d[A]}{[A]} = -k \times dt$: c'est une équation différentielle du premier ordre en [A].

■ En intégrant cette relation, on trouve $\ln \frac{[A]}{[A]_0} = -k \times t$, où $[A]_0$ est la concentration initiale du réactif A. On peut obtenir facilement l'évolution de la concentration [A] au cours du temps : $[A] = [A]_0 \times e^{-k \times t}$.

■ L'évolution de la concentration du réactif A est de type exponentiel décroissant.

■ Lorsque le temps est égal au temps de demi-réaction, alors $[A] = [A]_0/2$ et donc $\ln \frac{[A]}{[A]_0} = -k \times t_{1/2}$, soit $\ln \frac{1}{2} = -k \times t_{1/2}$ ou $\ln 2 = k \times t_{1/2}$. Le temps de demi-réaction ne dépend pas de la concentration initiale en réactif.

■ Ici, on trouve graphiquement $t_{1/2} = 7$ min = 420 s. On peut alors calculer la constante de réaction $k = \ln 2/t_{1/2} = 1{,}7 \times 10^{-3}\ s^{-1}$.

2 Le suivi cinétique et l'ordre de réaction

■ On souhaite étudier l'ordre d'une réaction chimique : pour cela, on réalise le suivi de la concentration d'un réactif ou d'un produit [M] au cours du temps. On peut alors tracer une ou plusieurs courbes à partir des valeurs obtenues expérimentalement.

■ La réaction est d'ordre 0 si la courbe [M] en fonction du temps est une portion de droite.

■ La réaction est d'ordre 1 si :
- la courbe [M] en fonction du temps est curviligne décroissante et qu'il faut toujours la même durée $t_{1/2}$ pour diviser la concentration du réactif par 2 ;
- la courbe ln [M] en fonction du temps est une portion de droite.

EXEMPLE

On considère la décomposition de la phosphine au contact d'un filament de tungstène $4\ PH_3(g) \rightarrow P_4(g) + 6\ H_2(g)$, qui est suivie soit par l'évolution de la pression dans une enceinte, soit par l'évolution du volume de gaz produit par la réaction. On obtient les résultats suivants :

$[PH_3]$ (mol.L^{-1})	2,0	1,5	1,0	0,5	0	0
t (s)	0	10	20	30	40	50

On peut alors tracer l'évolution de la concentration en phosphine au cours du temps : il s'agit d'une portion de droite affine, aussi la réaction est d'ordre 0 par rapport à la phosphine (il s'agit d'un ordre 0 car la réaction est limitée par la surface du tungstène qui est un catalyseur).

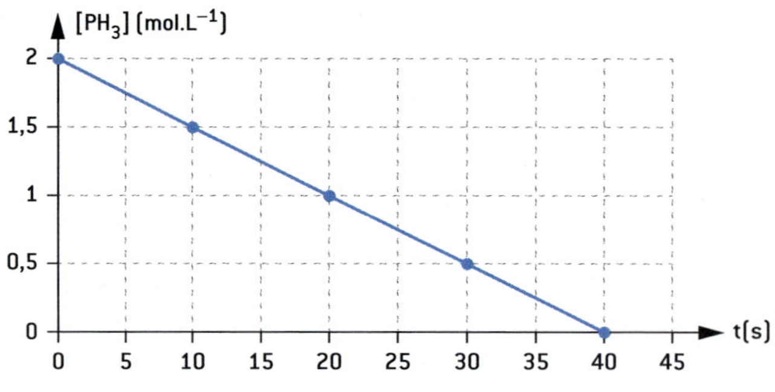

La détermination graphique du temps de demi-réaction donne 20 secondes.
La constante de réaction a pour valeur l'opposé de la pente. Ainsi, $k = 2{,}0/40 = 0{,}050$ mol.L^{-1}.s^{-1}.

5 La décomposition des noyaux atomiques (STL)

Les noyaux atomiques peuvent parfois se décomposer spontanément : c'est la radioactivité, qui peut être dangereuse. Elle est maîtrisée par l'homme. De nombreuses applications ont émergé dans le domaine médical pour l'imagerie, mais aussi en thérapie.

1 La radioactivité

La **radioactivité** est la désintégration de noyaux atomiques instables. Un **noyau radioactif** se décompose spontanément en un noyau fils différent avec émission de particule ou de rayonnement.

A Les quatre types d'émissions radioactives

■ Trois sont des émissions de particules de matière :

Radioactivité	Particule émise	Symbole	Charge
Alpha (α)	Noyau d'atome d'hélium	${}^{4}_{2}He$	+ 2
Béta moins (β^-)	Électron	${}^{0}_{-1}e$	− 1
Béta plus (β^+)	Positron ou positon	${}^{0}_{1}e$	+ 1

■ Le rayonnement **gamma (γ)** est de nature électromagnétique ; il est constitué de photons. Les rayonnements γ ont une fréquence comprise entre 3×10^{19} Hz et 3×10^{22} Hz, ce qui correspond à une longueur d'onde dans le vide λ_0 comprise entre 10^{-11} et 10^{-14} m. Les rayons gamma ont des longueurs d'onde plus petites que les rayons X et donc des fréquences plus grandes : ils sont produits par désintégration radioactive, contrairement aux rayons X.

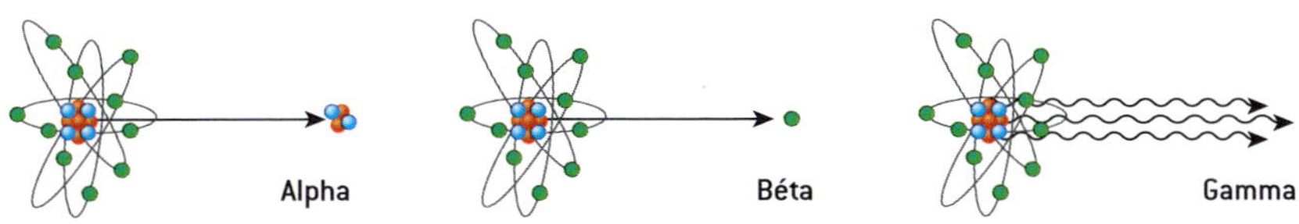

B L'écriture d'une réaction nucléaire : les lois de conservation

■ Les équations de décomposition sont régies par les **lois de conservation de Soddy**, selon lesquelles, au cours de toute réaction nucléaire, il y a :
– **conservation du nombre de charge** : la somme des numéros atomiques à gauche est égale à celle à droite dans l'équation nucléaire ($\sum Z =$ **constante**) ;
– **conservation du nombre de masse ou de nucléons** : la somme des nombres de masse à gauche est égale à celle à droite dans l'équation nucléaire ($\sum A =$ **constante**).

■ Les équations nucléaires de décomposition sont données dans le tableau suivant :

Radioactivité	Schéma général	Exemple
Alpha : α	${}^{A}_{Z}X \rightarrow {}^{4}_{2}He + {}^{A-4}_{Z-2}Y$	Le polonium 210 : ${}^{210}_{84}Po \rightarrow {}^{4}_{2}He + {}^{206}_{82}Pb$
Béta moins : β^-	${}^{A}_{Z}X \rightarrow {}_{Z+1}^{A}Y^* + {}^{0}_{-1}e$	Le bismuth 210 : ${}^{210}_{83}Bi \rightarrow {}^{0}_{-1}e + {}^{210}_{84}Po$
Béta plus : β^+	${}^{A}_{Z}X \rightarrow {}_{Z-1}^{A}Y^* + {}^{0}_{1}e$	Le phosphore 30 : ${}^{30}_{15}P \rightarrow {}^{30}_{14}Si + {}^{0}_{1}e$

■ Lors d'une réaction nucléaire α ou β, le noyau formé est initialement dans un état « **excité** », à cause du bouleversement important suscité par l'éjection de la particule α ou β. Le noyau retrouve son état fondamental en émettant l'excès d'énergie sous forme de **radiations ou photons** γ : ${}^{A}_{Z}X^* \rightarrow {}^{A}_{Z}X + n\gamma$.

EXEMPLE

Un radio-isotope ${}^{238}_{92}U$ uranium 238 se décompose en ${}^{238}_{93}Np$ neptunium 238.
L'équation nucléaire est : ${}^{238}_{92}U \rightarrow {}^{A}_{Z}X + {}^{238}_{93}Np$. Pour trouver le rayonnement émis, on utilise les lois de Soddy : 238 = A + 238 et 92 = Z + 93, ce qui permet de trouver A = 0 et Z = –1.
Le rayonnement émis est donc ${}^{0}_{-1}X$, c'est un électron, il s'agit donc de radioactivité β^-.

2 L'évolution de la population moyenne d'un ensemble de noyaux radioactifs

A La loi de décroissance radioactive

■ Le nombre de noyaux radioactifs qui se décomposent dN est **proportionnel** au nombre de noyaux radioactifs présents N et à la durée dt. La relation s'écrit sous forme différentielle : $\mathbf{dN = -\lambda \times N \times dt}$, où λ est la constante de désintégration du noyau radioactif considéré en par seconde (s^{-1}) : c'est une fréquence liée à la probabilité de décomposition. dN est la variation du nombre de noyaux (ou nombre de noyaux qui se désintègrent), elle est **négative**.

■ En transformant la relation précédente, on obtient $\frac{dN}{N} = -\lambda \times t$. C'est une équation différentielle du premier ordre en N, qui ressemble à celle vue dans le cadre des réactions chimiques d'ordre 1 : $\frac{d[A]}{[A]} = -k \times t[A]$.

■ En intégrant la relation, on obtient alors $\ln \frac{N}{N_0} = -\lambda \times t$, où N_0 est le nombre de noyaux radioactifs présents initialement (à t = 0). On peut aussi transformer cette relation en $\mathbf{N = N_0 \times e^{-\lambda \times t}}$.

B La demi-vie radioactive $t_{1/2}$

■ On appelle **demi-vie radioactive $t_{1/2}$** (ou période) la durée au bout de laquelle l'activité est divisée par 2, c'est-à-dire où la moitié du nombre de noyaux initialement présents s'est désintégrée.

■ Au bout d'une demi-vie, l'activité est divisée par 2 : $N = \frac{N_0}{2}$; après 2 demi-vies, l'activité est redivisée par 2, soit 4 depuis le début : $N = \frac{N_0}{4} = \frac{N_0}{2^2}$.

■ Comme dans le cas de la cinétique d'ordre 1, la demi-vie est indépendante du nombre de noyaux de départ.

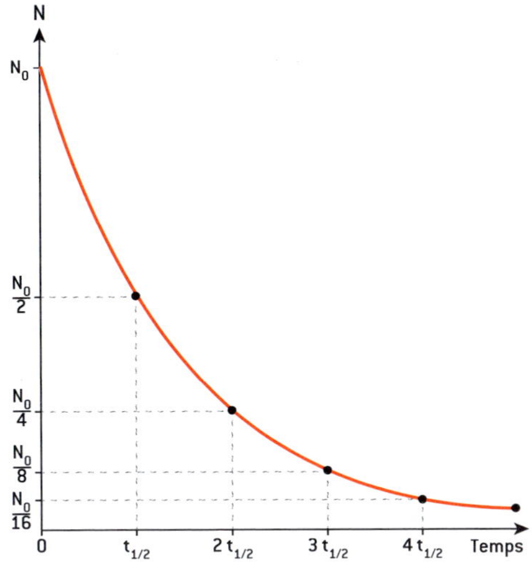

■ Lorsque l'on a atteint 10 demi-vies, le nombre de noyaux radioactifs de l'échantillon est considéré comme négligeable par rapport au début (il a été divisé par 2^{10}).

■ Quelques exemples de radionucléides et leurs demi-vies sont donnés dans le tableau suivant. Les demi-vies radioactives sont très différentes d'un élément radioactif à un autre et même d'un isotope radioactif à un autre.

Radionucléide	${}^{235}_{92}U$	${}^{14}_{6}C$	${}^{212}_{84}Po$	${}^{232}_{90}Th$	${}^{224}_{90}Th$
Demi-vie radioactive	$4{,}5 \times 10^9$ ans	5 730 ans	3×10^{-7} s	$1{,}41 \times 10^{10}$ ans	1,05 s

C La relation entre la demi-vie radioactive t½ et la constante radioactive

Lorsque le temps écoulé est égal au temps de demi-réaction, alors $N = N_0/2$ et donc $\ln \frac{N}{N_0} = -\lambda \times t_{1/2}$, soit $\ln \frac{1}{2} = -\lambda \times t_{1/2}$ ou $\mathbf{Ln\ 2 = \lambda \times t_{1/2}}$. Le temps de demi-réaction ne dépend pas de la concentration initiale en réactif. $t_{1/2}$ s'exprime en seconde et λ s'exprime en par seconde.

D L'activité

■ L'**activité A** au temps t est le nombre de désintégrations par unité de temps. Elle dépend du nombre de noyaux présents et du radionucléide. L'activité est proportionnelle au nombre de noyaux radioactifs présents N : $A = \lambda \times N$.

■ L'activité s'exprime en becquerel (Bq) : un becquerel correspond à une désintégration par seconde. L'activité d'un radioélément peut être mesurée avec un compteur Geiger-Müller.

■ On peut définir l'activité par unité de masse : l'unité s'exprime alors en becquerel par kilogramme ($Bq.kg^{-1}$).

APPLICATION

Un échantillon contenant des noyaux radioactifs β^- d'iode $^{131}_{53}I$ a une activité $A_0 = 1\ 000$ Bq au temps t = 0 s. On donne l'évolution de l'activité de cet échantillon en fonction du temps sur le graphe ci-dessous.

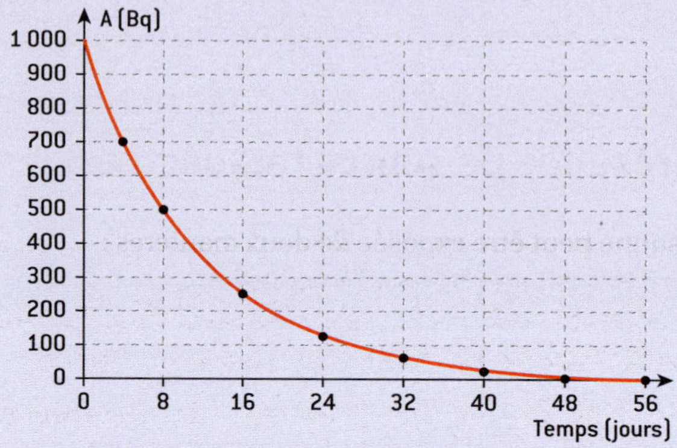

Courbe de décroissance radioactive de l'iode 131

1. Déterminer graphiquement la demi-vie $t_{1/2}$ de l'iode 131 et en déduire sa constante radioactive λ.

2. En déduire le nombre de noyaux d'iode ^{131}I initialement présents.

Solution

1. Graphiquement, il faut 8 jours pour que l'activité soit divisée par 2 en passant de 1 000 à 500 becquerels : c'est la valeur de la demi-vie radioactive de l'iode 131 : $t_{1/2} = 8$ J.

D'après la relation $\ln 2 = \lambda \times t_{1/2}$, on trouve la constante radioactive $\lambda = \ln 2/t_{1/2} = 0{,}69/8 = 0{,}087$ j^{-1}.

2. Le lien entre l'activité et le nombre de noyaux radioactifs est $A(t) = \lambda\, N(t)$, soit $N(t) = \dfrac{A(t)}{\lambda}$

Cette loi est valable aussi au temps 0. Or A(0) = 1 000 Bq et l = 0,087 j^{-1}. Il faut convertir la constante λ en s^{-1} en la divisant par 86 400 (nombre de seconde en un jour) car l'activité est en jour, ainsi $\lambda = 1{,}0 \times 10^{-6}$ s^{-1}.

On calcule le nombre de noyaux initialement présents : $N(0) = \dfrac{A(0)}{\lambda} = \dfrac{1\ 000}{1{,}0 \times 10^{-6}} = 1{,}0 \times 10^{9}$ noyaux.

E Les applications de la radioactivité

■ La radioactivité est employée pour les rayonnements qu'elle produit :
- en médecine : imagerie, radio, scanner, scintigraphie, radiothérapie, stérilisation des matériels et des instruments ;
- en science : datation (univers, sites) ;
- dans l'industrie : marquage ;
- en alimentation : stérilisation et conservation.

■ Quelques valeurs d'activités naturelles ou artificielles :
- 1 litre d'eau de pluie 0,3 à 1 Bq ;
- 1 litre d'eau de mer 10 Bq ;
- 1 litre de lait 80 Bq ;
- 1 kg de poisson 100 Bq ;
- 1 kg de pomme de terre 150 Bq ;
- 1 kg de café 1 000 Bq ;
- 1 kg de granite 1 000 Bq ;

- 1 kg d'engrais (phosphate) 5 000 Bq ;
- 1 homme (70 kg) 7 000 Bq ;
- détecteur d'incendie 30 000 Bq ;
- 1 kg de minerai d'uranium 25 MBq,
- radio-isotope pour les diagnostics médicaux 70 MBq ;
- 1 kg de déchets nucléaires de haute activité (vieux de 50 ans), vitrifiés 10 TBq ;
- 1 source radioactive médicale 100 TBq.

F La radioprotection du personnel en présence de source radioactive

■ Une personne peut être exposée de deux manières :
- soit par une exposition externe : l'**irradiation** ;
- soit par une exposition interne : la **contamination** (elle peut se faire par inhalation, par ingestion de substance radioactive ou de manière cutanée).

■ Cette exposition a alors différents effets biologiques, qui peuvent être somatiques (sur l'organisme) ou génétiques :
- les effets **somatiques** apparaissent sous forme de malaises, nausées, vomissement. La peau peut aussi être brûlée. Les défenses immunitaires peuvent être réduites. Des cancers peuvent apparaître, tels que la leucémie, de manière d'autant plus probable que l'irradiation est forte ;
- au niveau **génétique**, une personne irradiée ou contaminée peut devenir stérile ou subir des dégâts graves : modification de l'ADN (mutations génétiques) ou des chromosomes.

■ La **radioprotection** est l'ensemble des mesures qui tendent à protéger les personnes des irradiations ou des contaminations. Il faut agir sur tous les points possibles en éloignant la source des techniciens, ainsi qu'en réduisant la dose reçue et la durée d'exposition. Le personnel travaillant dans un environnement de sources nucléaires (médecine ou centrale nucléaire) doit porter des vêtements protecteurs et se tenir à l'abri derrière des écrans sûrs (utilisation de plomb). Le travail à proximité de la source doit être limité dans le temps. De plus, un compteur de dose absorbée est accroché aux vêtements.

3 Je mémorise autrement

#quiz
Des questions pour réviser
foucherconnect.fr/23tersti2d05

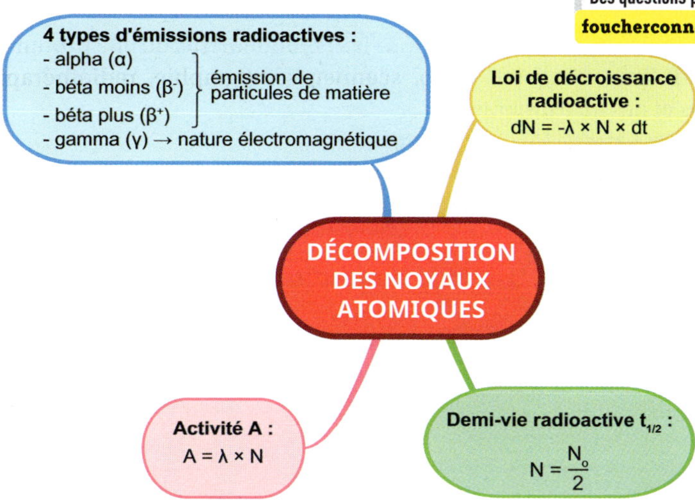

6 Les mouvements et les interactions (STL)

Les mouvements de particules chargées soumises à une force électrique peuvent être analogues à ceux de solides lancés dans l'air. Les forces de frottement conduisent souvent à un mouvement uniforme après une phase d'accélération. Dans tous les cas, les lois de Newton permettent de réaliser l'étude dynamique et d'aboutir à des équations différentielles assez simples.

1 Les interactions

A Le champ électrostatique entre deux armatures planes

Entre deux armatures A et B planes séparées d'une distance d par un isolant et soumises à une tension électrique U_{AB}, un champ électrostatique $\vec{E}$ uniforme est présent. Ce champ est vectoriel, perpendiculaire aux armatures et dirigé de l'armature positive vers l'armature négative. Sa norme E vaut $E = \frac{U}{d}$ et elle s'exprime en volt par mètre ($V.m^{-1}$).

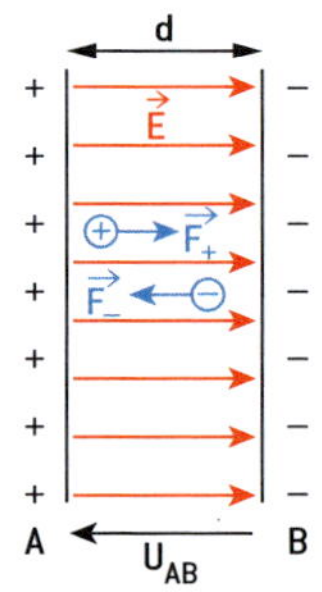

B La force électrostatique exercée sur une particule chargée

- Une particule chargée q, placée dans un champ électrique $\vec{E}$ est soumise à une force $\vec{F}$, dont la norme est :

F = |q| × E

- **|q|** : la charge de la particule en coulomb (C)
- **E** : la valeur du champ électrique en volt par mètre ($V.m^{-1}$)
- **F** : la valeur de la force électrostatique en newton (N)

- La force exercée est colinéaire au vecteur champ électrostatique :
- dans le même sens si la charge q est positive (voir $\vec{F}_+$ sur le schéma) ;
- dans le sens opposé si la charge q est négative (voir $\vec{F}_-$ sur le schéma).

EXERCICE RÉSOLU

ÉNONCÉ

Deux armatures planes parallèles séparées d'une distance d = 2,0 cm par un isolant sont soumises à une tension U = 120 V. Une particule de charge q = –2,0 mC est placée entre les deux armatures.
Calculer la valeur E du champ électrostatique entre les deux armatures, puis la valeur de la force électrostatique F exercée sur la charge q. Indiquer les caractéristiques du vecteur force électrostatique F.

CORRIGÉ

La valeur E du champ électrostatique vaut $E = \frac{U}{d} = \frac{120}{0{,}020} = 6{,}0 \times 10^3$ V.m^{-1}. La valeur de la force électrostatique F vaut $F = |q| \times E = 2{,}0 \times 10^{-3} \times 6{,}0 \times 10^3 = 12$ N.
Les caractéristiques du vecteur force électrostatique $\vec{F}$ sont : vecteur perpendiculaire aux armatures, dans le sens contraire du vecteur champ électrostatique, donc dirigé de l'armature négative vers l'armature positive et de norme F = 12 N.

2 Le bilan de forces exercées sur un système

En mécanique, on étudie un **système** (en général un solide) et plus particulièrement un point, le centre de gravité G ou centre de masse. On recherche alors quelles sont les **forces** qui s'exercent sur ce système. Pour ne pas en oublier, on recherche les **interactions** possibles avec ce qui se trouve autour du système.

EXEMPLES

• Un livre est posé sur une table. Il y a autour de lui :
– la table : interaction de contact $\vec{F}_{table/livre}$ dirigée verticalement vers le haut ;
– l'air : pas d'interaction ;
– la terre : interaction à distance, le poids $\vec{P} = \vec{F}_{terre/livre}$ dirigé verticalement vers le bas.
Le livre est immobile et donc soumis à deux forces verticales qui se compensent.
• Un skieur descend une piste enneigée. Il y a autour de lui :
– l'air : interaction de contact $\vec{F}_{air/skieur}$ dirigée à l'opposé du mouvement (sans vent) ;
– la neige : interaction de contact $\vec{F}_{neige/skieur}$ perpendiculaire à la piste s'il n'y a pas de frottement ou en biais s'il y en a ;
– la terre : interaction à distance, le poids $\vec{P} = \vec{F}_{terre/skieur}$ dirigé verticalement vers le bas.
Si le skieur a un mouvement uniforme, alors la somme des vecteurs forces est nulle ; s'il accélère, alors la somme des vecteurs forces est dirigée vers le bas de la pente, et s'il ralentit, alors la somme des vecteurs forces est dirigée dans le sens contraire du mouvement.

3 Le vecteur accélération

■ L'**accélération moyenne**, notée a_{moy}, est liée à la variation de la vitesse Δv et à la durée Δt.

$$\mathbf{a}_{moy} = \frac{\Delta v}{\Delta t}$$

Δv : la variation de la vitesse (m.s^{-1})
Δt : la durée du parcours en seconde (s)
a : l'accélération en mètre par seconde au carré (m.s^{-2})

■ L'**accélération instantanée** du point est le rapport de la variation de vitesse Δv par une durée Δt infiniment petite.

■ Ainsi, l'accélération a est la limite de l'accélération moyenne a_{moy} lorsque Δt tend vers 0. C'est donc mathématiquement la dérivée de la variation de vitesse Δv par rapport au temps :

$$a = \lim_{\Delta t \to 0} a_{moy} = \lim_{\Delta t \to 0} \frac{\Delta v}{\Delta t} = \frac{dv}{dt}.$$

■ Si on dispose d'une courbe indiquant la vitesse au cours du temps, l'accélération à une date donnée est la pente de la tangente à la courbe pour cette date.

■ L'accélération moyenne ou instantanée permet d'obtenir la norme de l'accélération, mais sans apporter d'information sur sa direction ou son sens.

■ Le **vecteur accélération**, noté $\vec{a}$, est la dérivée du vecteur vitesse par rapport au temps : $\vec{a} = \frac{d\vec{v}}{dt}$.

■ Dans le cas d'un mouvement plan, le vecteur vitesse $\vec{v}$ (v_x, v_y) et le vecteur accélération $\vec{a}$ (a_x, a_y) ont deux coordonnées. L'abscisse du vecteur accélération a_x est la dérivée de l'abscisse du vecteur vitesse par rapport au temps : $\mathbf{a_x} = \frac{\mathbf{dv_x}}{\mathbf{dt}}$. L'ordonnée du vecteur accélération a_y est la dérivée de l'ordonnée du vecteur vitesse par rapport au temps : $\mathbf{a_y} = \frac{\mathbf{dv_y}}{\mathbf{dt}}$.

■ En ayant le vecteur accélération, on dispose d'informations sur sa direction, son sens et sa norme au cours du temps.

REMARQUE

En physique, l'étude des mouvements est réalisée en fonction du temps. Les coordonnées des vecteurs s'expriment donc en fonction du temps. La dérivation par rapport au temps fonctionne comme la dérivation par rapport à x en mathématiques : la dérivée f′(x) est la dérivée de la fonction f par rapport à x, on peut la noter $\mathbf{f'(x) = \frac{df(x)}{dx}}$.

Si $f(x) = 4x - 2$ alors $f'(x) = 4$; si $f(x) = 9x^2 - 3x + 5$ alors $f'(x) = 18x - 3$.

En physique, la technique à utiliser est la même :

Si $x(t) = 4t - 2$ alors $\frac{dx(t)}{dt} = 4$; si $y(t) = 9t^2 - 3t + 5$ alors $\frac{dy(t)}{dt} = 18t - 3$.

 # exo

Exercices résolus de physique-chimie

foucherconnect.fr/23tersti2d72

4 Les lois de Newton

A La première loi de Newton

Dans un référentiel galiléen, si la somme vectorielle des forces extérieures appliquées à un système est nulle, alors le vecteur vitesse du centre de gravité du système est constant, ce qui équivaut à un mouvement rectiligne et uniforme de son centre de gravité (cela signifie que le vecteur accélération est nul).

REMARQUE

Inversement, si le centre de gravité est immobile ou s'il adopte un mouvement rectiligne et uniforme, c'est que la somme vectorielle des forces extérieures appliquées à ce système est nulle.

B La deuxième loi de Newton

Dans un référentiel galiléen, la somme vectorielle des forces extérieures appliquées à un système est égale au produit de la masse de ce système par son vecteur accélération : $\Sigma \vec{F}_{ext} = \mathbf{m} \times \vec{a}$.

REMARQUE

La première loi de Newton est un cas particulier de la deuxième loi : si $\Sigma \vec{F}_{ext} = \vec{0}$, alors $\vec{a} = \vec{0}$, donc le vecteur vitesse est constant et le mouvement est rectiligne et uniforme.

C La troisième loi de Newton (principe des interactions)

Dans un référentiel galiléen, lorsque deux points matériels A et B sont en interaction, alors les forces $\vec{F}_{A/B}$ et $\vec{F}_{B/A}$ ont la même direction, la même norme et ont un sens opposé.

REMARQUE

C'est le cas de la force d'interaction gravitationnelle : la Terre exerce sur la Lune une force ayant la même direction, la même norme et un sens opposé par rapport à la force exercée par la Lune sur la Terre. Cependant, c'est la Lune qui tourne autour de la Terre, car cette dernière a une masse beaucoup plus importante.

5 L'application des lois de Newton

A Le mouvement plan de chute libre

- Un système est considéré en chute libre lorsqu'il est uniquement soumis à son poids.

- On considère un terrain de football et un ballon partant de l'origine 0(0 ; 0) d'un repère avec un vecteur vitesse $\vec{v}_0$ faisant un angle α avec l'horizontale. Sa trajectoire sera parabolique (voir ci-contre).

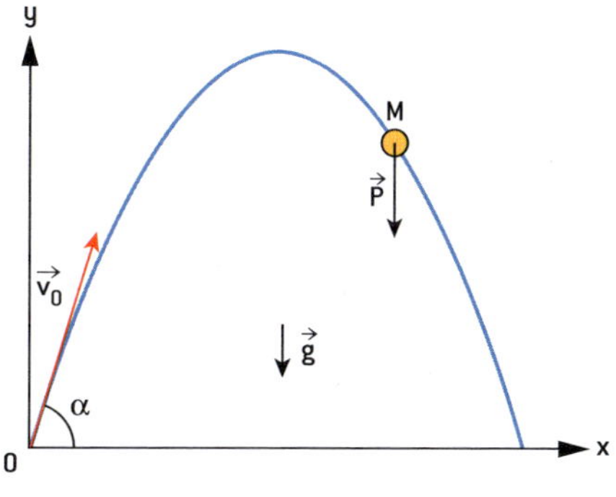

- L'étude mécanique de ce mouvement se fait de manière rigoureuse et dans l'ordre suivant :
  - le système est le ballon ;
  - le référentiel est le terrain de football, considéré comme galiléen pendant le tir ;
  - le bilan des forces se limite au poids $\vec{P} = m.\vec{g}$, puisqu'il s'agit d'une chute libre ;
  - la deuxième loi de Newton s'écrit alors $\Sigma \vec{F}_{ext} = m\,\vec{a}$, soit $\vec{P} = m.\vec{g}. = m.\vec{a}$. Ainsi $\vec{a} = \vec{g}$.

- Or, le champ de pesanteur a comme coordonnées $\vec{g}$ (0 ; – g), puisqu'il est vertical vers le bas, et sa norme est g. Le vecteur accélération a les mêmes coordonnées $\vec{\mathbf{a}}\mathbf{(t)}$ **(0 ; – g)**.

- Le vecteur accélération est constant et vertical vers le bas :
  - le mouvement sera uniforme sur l'axe des abscisses puisque $a_x = 0$;
  - le mouvement sera uniformément varié sur l'axe des ordonnées puisque a_y = constante.

■ L'étude mécanique continue en intégrant les coordonnées du vecteur accélération $\vec{a}(t)$ par rapport au temps afin de trouver celles du vecteur vitesse $\vec{v}(t)$ (puisque le vecteur accélération est la dérivée du vecteur vitesse par rapport au temps).

■ Une primitive de 0 est une constante C_1 et une primitive d'une constante $-g$ est une fonction affine $-g \times t + C_2$.

■ Ainsi, le vecteur vitesse a les coordonnées : $\vec{v}(t)$ $(v_x(t) = C_1 ; v_y(t) = -g \times t + C_2)$.

■ C_1 et C_2 sont des constantes d'intégration, que l'on détermine grâce aux conditions initiales de vitesse du tir. Au temps $t = 0$, le vecteur vitesse est $\vec{v}_0$ $(v_0.\cos \alpha ; v_0.\sin \alpha)$ (ses coordonnées sont obtenues en projetant l'hypoténuse v_0 qui est la norme du vecteur), il doit être égal à $\vec{v}(0)$ $(v_x(0) = C_1 ; v_y(0) = -g.0 + C_2)$. On obtient alors $C_1 = v_0.\cos \alpha$ et $C_2 = v_0.\sin \alpha$.

■ Le vecteur vitesse a donc pour coordonnées : **$\vec{v}(t)$ $(v_x(t) = v_0.\cos \alpha ; v_y(t) = -g.t + v_0.\sin \alpha)$.**

■ L'étude mécanique continue en intégrant les coordonnées du vecteur vitesse $\vec{v}(t)$ par rapport au temps afin de trouver celles du vecteur position $\overrightarrow{OG}(t)$ (puisque le vecteur vitesse est la dérivée du vecteur position par rapport au temps). Une primitive de $v_0.\cos \alpha$ est une fonction affine $(v_0.\cos \alpha) \times t + C_3$ et une primitive de $(-g.t + v_0.\sin \alpha)$ est une fonction du second degré $- \frac{1}{2} g.t^2 + (v_0.\sin \alpha) \times t + C_4$.

■ Ainsi, le vecteur position a les coordonnées : $\overrightarrow{OG}(t)$ $(x(t) = (v_0.\cos \alpha).t + C_3 ; y(t) = -\frac{1}{2} g.t^2 + (v_0.\sin \alpha).t + C_4)$.

■ C_3 et C_4 sont des constantes d'intégration, que l'on détermine grâce aux conditions initiales de position du tir. Au temps $t = 0$, le vecteur position est $\overrightarrow{OG_0} = \overrightarrow{OO}$ $(0 ; 0)$ (le point de départ est l'origine), il doit être égal à $\overrightarrow{OG}(0)$ $(x(0) = (v_0.\cos \alpha).0 + C_3 ; y(0) = -g.0 + (v_0.\sin \alpha).0 + C_4)$. On obtient alors $C_3 = 0$ et $C_4 = 0$.

■ Le vecteur position a donc pour coordonnées : **$\overrightarrow{OG}(t)$ $(x(t) = (v_0.\cos \alpha).t ; y(t) = -\frac{1}{2} g.t^2 + (v_0.\sin \alpha).t)$.**

■ Le mouvement est bien uniforme selon x et uniformément varié selon y.

■ En éliminant le temps des équations horaires, on obtient alors l'équation cartésienne $y(x) = \frac{-g}{2v_0^2\cos^2\alpha} x^2 + \tan \alpha \, x$, qui a la forme $y(x) = A\,x^2 + B\,x$ d'une parabole. Le mouvement est parabolique.

B Le mouvement rectiligne avec une force de frottement

■ On considère un ion de charge $q = e$ dans une cuve d'électrophorèse comportant deux chevalets séparés d'une distance d et soumises à une tension U. Un champ électrostatique uniforme $\vec{E}$ de norme $E = \frac{U}{d}$ est présent entre les armatures.

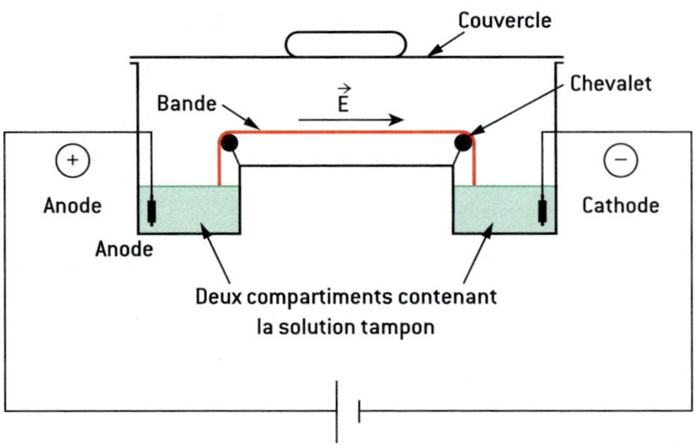

■ L'étude mécanique de ce mouvement se fait de manière rigoureuse et dans l'ordre suivant :
- le système est l'ion ;
- le référentiel est la cuve d'électrophorèse ou le laboratoire considéré comme galiléen pendant la manipulation ;
- le bilan des forces comporte la force électrique $\vec{F}_e = q \times \vec{E}$ ainsi qu'une force de frottement fluide colinéaire et de sens contraire au vecteur vitesse $\vec{F} = -k \times \vec{v}$, où k est une constante pour la force de frottement. On considère que le poids est négligeable ;
- la deuxième loi de Newton s'écrit alors $\Sigma \vec{F}_{ext} = m \times \vec{a} = \vec{F}_e + \vec{F} = q \times \vec{E} - k \times \vec{v}$.

■ L'ion va accélérer jusqu'à ce que la force de frottement fluide compense la force électrique, alors l'accélération sera nulle : $\vec{a} = \vec{0}$, soit $m \times \vec{0} = \vec{0} = q \times \vec{E} - k \times \vec{v}$.

■ La vitesse limite est déterminée par $\vec{v} = \frac{q}{k} \times \vec{E}$ soit en norme $v_{lim} = \frac{|q| \times E}{k}$.

C Le mouvement rectiligne vertical avec frottement visqueux

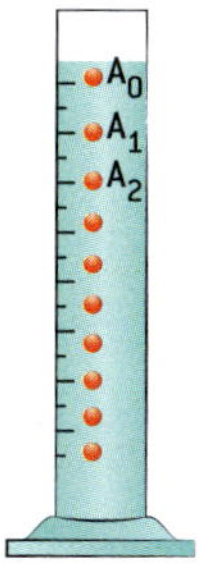

■ On considère une bille lâchée sans vitesse initiale dans un liquide visqueux. L'étude mécanique de ce mouvement se fait de manière rigoureuse et dans l'ordre suivant :
- le système est la bille ;
- le référentiel est le tube contenant le liquide visqueux considéré comme galiléen pendant la manipulation ;
- le bilan des forces comporte le poids $\vec{P} = m \times \vec{g}$ et aussi une force frottement fluide colinéaire et de sens contraire au vecteur vitesse $\vec{F} = -k \times \vec{v}$. On considère que la poussée d'Archimède est négligeable ;
- la deuxième loi de Newton s'écrit alors $\Sigma \vec{F}_{ext} = m \times \vec{a} = \vec{P} + \vec{F} = m \times \vec{g} - k \times \vec{v}$.

■ Or $\vec{a} = \frac{\overrightarrow{dv}}{dt}$, donc $\mathbf{m \times \frac{\overrightarrow{dv}}{dt} = m \times \vec{g} - k \times \vec{v}}$: c'est une équation différentielle du premier ordre en $\vec{v}$.

■ Le régime permanent sera atteint lorsque la force de frottement fluide compensera le poids, alors l'accélération sera nulle : $\vec{a} = \frac{\overrightarrow{dv}}{dt} = \vec{0}$, soit $m \times \vec{0} = \vec{0} = m \times \vec{g} - k \times \vec{v}$.

■ La vitesse limite est déterminée par $\vec{v} = \frac{m}{k} \times \vec{g}$ soit en norme $v_{lim} = \frac{m \times g}{k}$.

■ La solution de l'équation différentielle se trouve en deux étapes :
- on recherche la solution générale de l'équation sans second membre en enlevant les vecteurs : $m \times \frac{dv}{dt} = -k \times v$, soit $\frac{dv}{dt} = -\frac{k}{m} \times v$, ce qui donne une solution $v(t) = A \times e^{-\frac{k \times t}{m}} + B$. Or à $t = 0$, $v(0) = 0$, ainsi $0 = A \times e^{-\frac{k \times 0}{m}} + B = A + B$, donc $A = -B$. Donc $v(t) = B \times (1 - e^{-\frac{k \times t}{m}})$.
- la solution particulière a été trouvée avant avec le régime permanent. La vitesse $v(t) = B \times (1 - e^{-\frac{k \times t}{m}})$ est alors égale B et à la vitesse limite puisque $\exp(-e^{-\frac{k \times 0}{m}})$ tend vers 0. Ainsi, $B = v_{lim} = \frac{m \times g}{k}$ et donc $\mathbf{v(t) = \frac{m \times g}{k} \times (1 - e^{-\frac{k \times t}{m}})}$.

- La courbe obtenue expérimentalement est présentée ci-contre :
  - elle comporte d'abord le régime transitoire tant que la vitesse limite n'est pas atteinte,
  - puis le régime permanent, alors la bille a un mouvement rectiligne et uniforme puisque l'accélération est nulle.

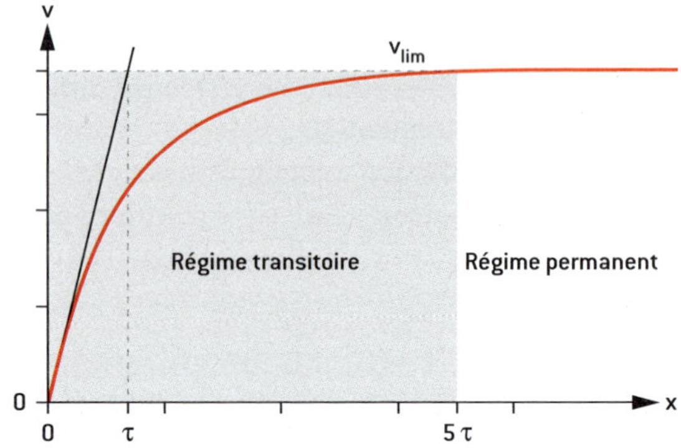

- Le temps caractéristique τ est trouvé graphiquement lorsque la tangente à la courbe au temps 0 croise l'asymptote $v = v_{lim}$. Le régime transitoire dure 5 τ.

- On peut montrer que $\tau = \frac{m}{k}$. La solution s'écrit alors $\mathbf{v(t) = v_{lim} \times (1 - e^{-\frac{t}{\tau}})}$.

6 Je mémorise autrement

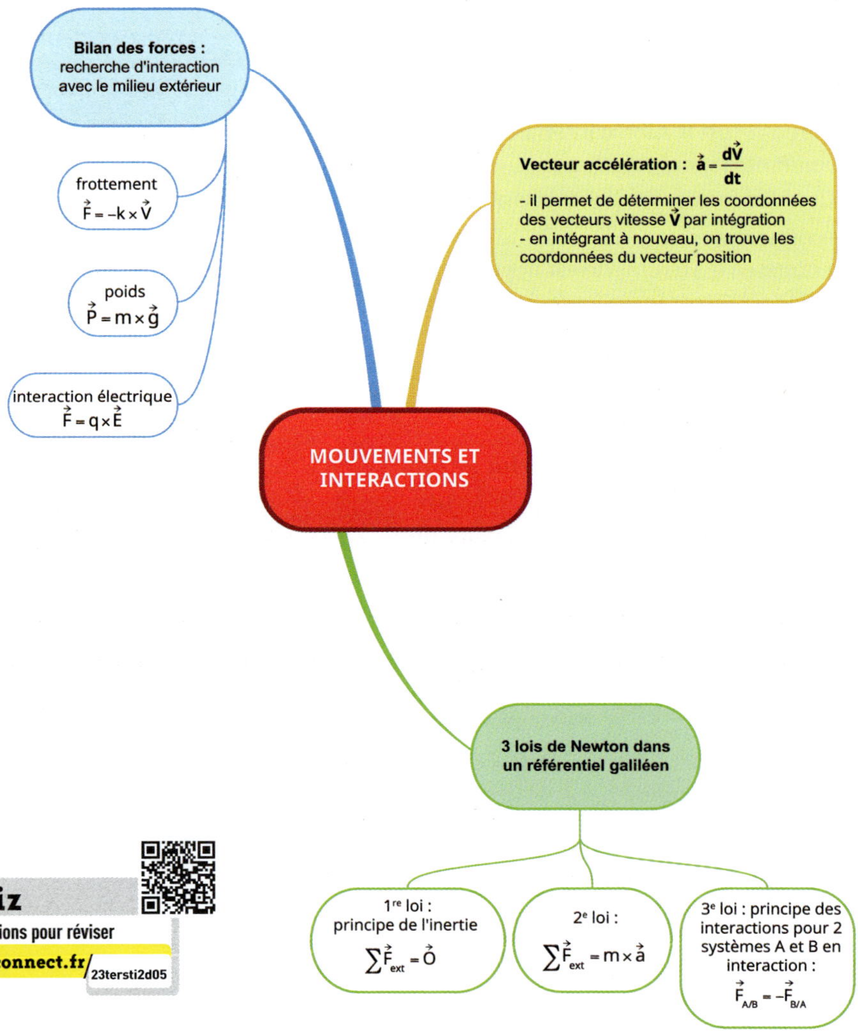

 # quiz
Des questions pour réviser
foucherconnect.fr/23tersti2d05

7 Les chaînes énergétiques (STL)

Dans différentes applications quotidiennes, de l'énergie est consommée sous une forme pour produire une autre forme d'énergie utile, ainsi que de l'énergie dégradée. Un usage raisonné de l'énergie et l'emploi d'appareils économes sont pris en compte par les citoyens.

1 La notion de convertisseur d'énergie

■ L'**énergie** est une grandeur physique pouvant prendre différentes formes : thermique, électrique, rayonnante, chimique, nucléaire, mécanique, etc.

■ Un convertisseur d'énergie est un dispositif qui permet **de passer d'une forme d'énergie à une ou plusieurs autres**. On obtient alors une chaîne énergétique, que l'on représente sous la forme ci-dessous :

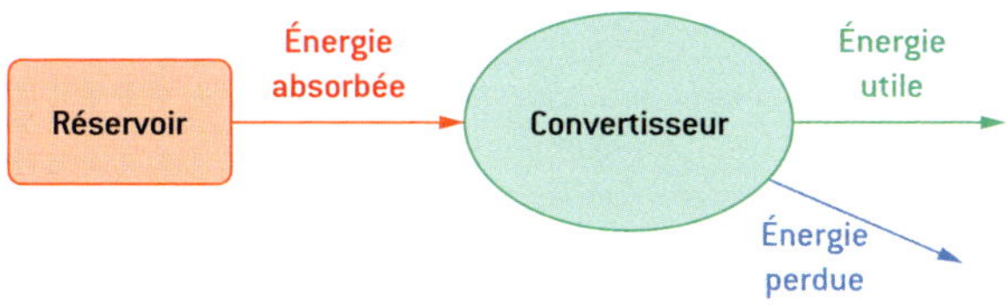

 # vidéo
La conversion d'énergie
foucherconnect.fr/20pbtersti2d04

2 La conservation de l'énergie et le rendement énergétique

■ Une dissipation d'énergie correspond à un transfert thermique : l'énergie perdue va chauffer l'appareil ou l'atmosphère.

■ Au cours d'une conversion, l'énergie se conserve : **l'énergie utilisée est la somme des énergies produites**. Dans le schéma précédent, l'énergie absorbée = l'énergie utile + l'énergie perdue.

■ Le rendement d'un convertisseur r ou η est le rapport de l'énergie utile sur l'énergie absorbée depuis le réservoir : $r = \eta = \frac{E_{utile}}{E_{absorbée}}$. Il s'exprime en pourcentage et sans unité car c'est un rapport de deux grandeurs identiques (deux énergies).

EXERCICE RÉSOLU

ÉNONCÉ

Un moteur de voiture absorbe une énergie chimique $E_{chimique} = 56,8$ MJ ; il produit une énergie mécanique $E_{mécanique} = 12,5$ MJ, permettant au véhicule d'avancer et dissipe une énergie thermique $E_{thermique}$ dans l'atmosphère.

Déterminer la valeur de l'énergie thermique $E_{thermique}$ produite par le moteur, puis son rendement η.

Représenter le moteur en tant que convertisseur dans une chaîne énergétique

CORRIGÉ

On détermine la valeur de l'énergie thermique $E_{thermique}$ produite grâce à la conservation de l'énergie :

$E_{chimique} = E_{mécanique} + E_{thermique}$, soit $E_{thermique} = E_{chimique} - E_{mécanique} = 56,8 - 12,5 = 44,3$ MJ.

On calcule le rendement avec la formule $\eta = \frac{E_{utile}}{E_{absorbée}} = \frac{E_{mécanique}}{E_{absorbée}} = \frac{12,5}{56,8} = 22\ \%$. Ainsi moins d'un quart de l'énergie est utile, le reste réchauffe et pollue l'atmosphère.

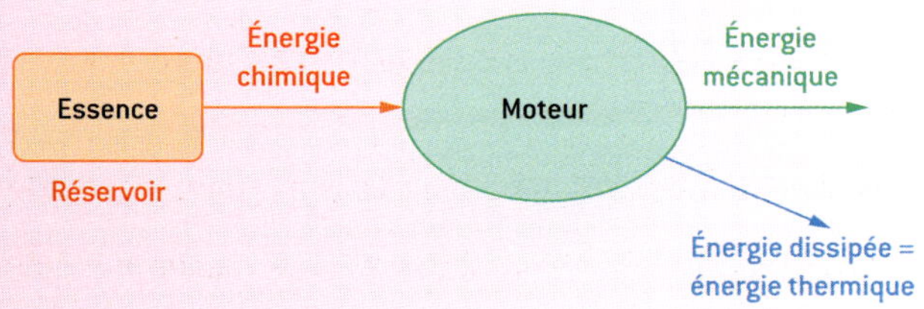

3 Des chaînes énergétiques plus complexes

Une chaîne énergétique comporte souvent plusieurs convertisseurs. Le rendement global de la chaîne complète est le produit des rendements de chaque convertisseur.

EXEMPLE

La chaîne énergétique d'un véhicule peut être figurée ci-dessous :

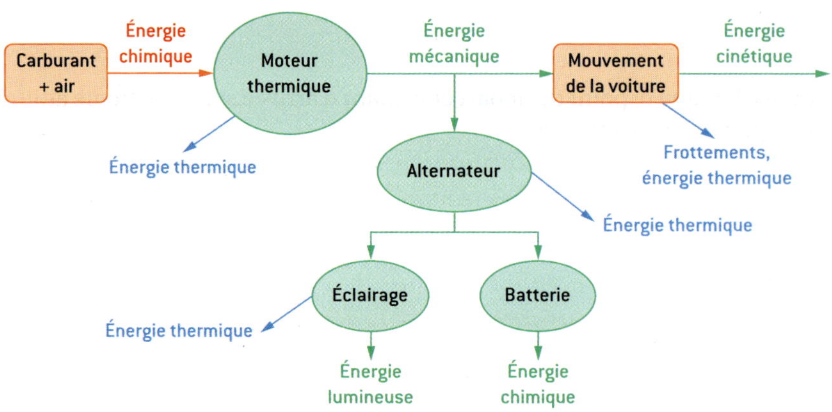

Chaîne énergétique d'une automobile à moteur thermique

8 L'énergie mécanique (STL)

Lors du déplacement d'un solide, de l'énergie est mise en œuvre : elle peut être liée à la vitesse ou à la hauteur. S'il n'y a pas de frottement, le solide ne dissipe pas d'énergie et le mouvement peut durer longtemps.

1 Le travail élémentaire d'une force

A Le travail d'une force sur un déplacement élémentaire

■ Le travail d'une force mesure l'effet de cette force sur le déplacement de son point d'application :
– si cette force contribue au déplacement de son point d'application, on dit que son travail est **moteur** ;
– si cette force tend à s'opposer au déplacement de son point d'application, on dit que son travail est **résistant**.

■ Un déplacement élémentaire $\vec{dl}$ est un très petit déplacement le long de la trajectoire.

■ Le travail $dW(\vec{F})$ d'une force $\vec{F}$ au cours d'un déplacement élémentaire $\vec{dl}$ s'écrit $\mathbf{dW(\vec{F}) = \vec{F}.\vec{dl}}$. C'est un produit scalaire et le travail s'exprime en joule (J).

REMARQUE
On utilise le travail $dW(\vec{F})$ pour montrer que la force ne travaille pas ou pour déterminer le travail de la force dans des cas plus complexes nécessitant le calcul d'une intégrale le long du parcours suivi.

B Les forces dont le travail est nul

■ Lorsque le travail $dW(\vec{F})$ d'une force $\vec{F}$ est nul au cours de tout déplacement élémentaire $\vec{dl}$ sur un parcours de A vers B, alors le travail de la force $\vec{F}$ est nul sur le parcours de A vers B sans que la force $\vec{F}$ soit constante. $W_{AB}(\vec{F}) = 0$.

EXEMPLES
- Le poids, lorsque le point de départ et le point d'arrivée sont à la même altitude.
- La réaction normale au plan.
- La force de tension d'un fil, lorsque le fil est inextensible.
- La force d'interaction gravitationnelle lors d'un mouvement circulaire.

C Le travail d'une force constante

Le travail $W_{AB}(\vec{F})$ d'une **force constante** $\vec{F}$, lorsque son point d'application se déplace d'un point A jusqu'à un point B, a pour expression :

$$\mathbf{W_{AB}(\vec{F}) = F \times AB \times \cos\alpha}$$

F : force considérée en newton (N)
AB : déplacement en mètre (m)
α : angle entre $\vec{AB}$ et $\vec{F}$ en radian (rad) ou en degré (°)
$\mathbf{W_{AB}(\vec{F})}$: travail de $\vec{F}$ en joule (J)

APPLICATION

Calculer le travail de la force $\vec{F}$ (F = 100 N) sur le chemin AB = 10 m.

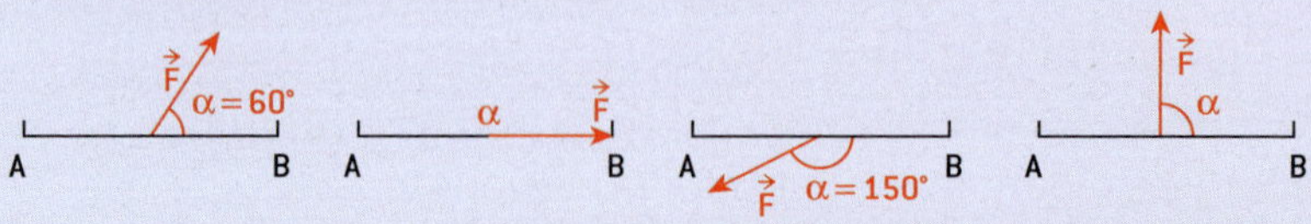

Solution

$W_{AB}(\vec{F})$ = 100 × 10 × cos 60 = 500 J W > 0 : travail moteur	$W_{AB}(\vec{F})$ = 100 × 10 × cos 0 = 1 000 J W > 0 : travail moteur	$W_{AB}(\vec{F})$ = 100 × 10 × cos 150 = – 866 J W < 0 : travail résistant	$W_{AB}(\vec{F})$ = 100 × 10 × cos 90 = 0 W = 0 : F ne travaille pas

2 Le travail du poids et l'énergie potentielle de pesanteur

A Le travail du poids

■ Le poids est une **force constante**, son travail entre deux points A et B dépend de la masse m de l'objet, de la valeur du champ de pesanteur g et de la différence d'altitude entre le point de départ A et le point d'arrivée B :

$$\mathbf{W_{AB}(\vec{P}) = m \times g \times (h_A - h_B)}$$

m : masse en kilogramme (kg)

g : champ de pesanteur en mètre par seconde carrée ($m.s^{-2}$)

$(h_A - h_B)$: différence d'altitude en mètre (m)

$W_{AB}(\vec{P})$: travail du poids en joule (J)

■ Le travail est indépendant du chemin suivi.

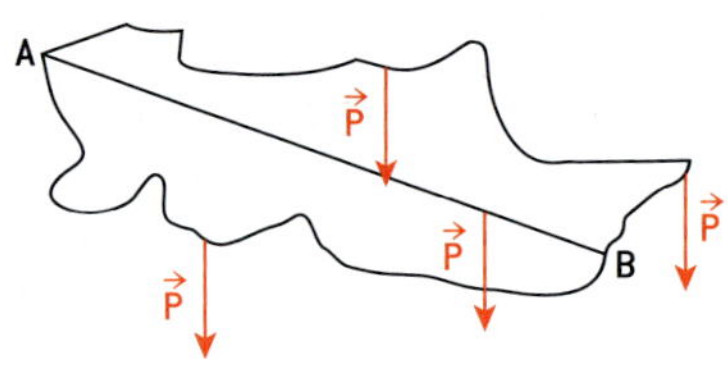

EXEMPLE

On veut calculer le travail du poids d'une boule de masse m = 2,5 kg lors d'une chute de 20 m.
Le travail du poids s'exprime par $W_{AB}(\vec{P}) = m \times g \times (h_A - h_B)$, avec $h_A - h_B = + 20$ m, soit $W_{AB}(\vec{P})$ = 2,5 × 10 × 20 = 500 J.

B L'énergie potentielle de pesanteur

■ L'**énergie potentielle de pesanteur** résulte de l'interaction gravitationnelle entre le solide et la Terre. Cette énergie est liée à sa position par rapport à la Terre.

■ L'énergie potentielle de pesanteur est notée $\mathbf{E_{pp}}$. Un solide de **masse m**, placé à une **hauteur h** par rapport à une référence, a une énergie potentielle de pesanteur :

$$\mathbf{E_{pp} = m \times g \times h}$$

m : masse du solide en kilogramme (kg)
g : champ de pesanteur en newton par kilogramme ($N.kg^{-1}$)
h : altitude par rapport à la référence en mètre (m)
$\mathbf{E_{pp}}$: énergie potentielle de pesanteur en joule (J)

REMARQUE

h, la hauteur, dépend de la référence fixée.

APPLICATION

Un cube de petite taille, de masse m = 10 kg, est placé en 2 endroits différents : en A, au niveau du sol ; en B, sur une chaise.

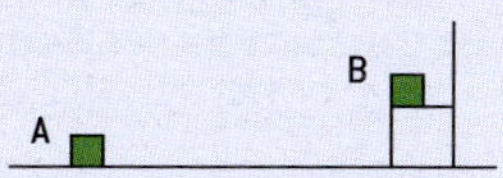

Le champ de pesanteur est uniforme et a une norme $g = 10\ N.kg^{-1}$.
Déterminer la hauteur du cube dans les 2 cas, si on considère que le sol est la référence de hauteur h = 0 et que l'assise de la chaise est à 0,50 m du sol, puis l'énergie potentielle de pesanteur du cube dans les 2 cas.

Solution

L'altitude du centre d'inertie correspond à la hauteur où il est placé car la référence est le sol, donc :
– en A : $h_A = 0$ m soit $E_{ppA} = m \times g \times h_A$ ainsi $E_{ppA} = 10 \times 10 \times 0 = 0$ J ;
– en B : $h_B = 0{,}50$ m soit $E_{ppB} = m \times g \times h_B$ soit $E_{ppB} = 10 \times 10 \times 0{,}50 = 50$ J ;

C La variation de l'énergie potentielle de pesanteur

■ La variation de l'énergie potentielle de pesanteur E_{pp} entre un point de départ A et un point d'arrivée B est la différence de l'énergie potentielle de pesanteur finale (en B) moins l'énergie potentielle de pesanteur initiale (en A), soit $\Delta E_{pp} = E_{pp}(B) - E_{pp}(A) = m \times g \times h_B - m \times g \times h_A = m \times g \times (h_B - h_A)$.

■ La variation de l'énergie potentielle est l'opposé du travail du poids :

$$\mathbf{\Delta E_{pp} = -W_{AB}(\vec{P})}.$$

3 L'énergie mécanique

A Définition

L'**énergie mécanique** d'un solide est son énergie macroscopique, c'est la somme de son **énergie cinétique** (de translation et de rotation) et de son **énergie potentielle** (de pesanteur et élastique) :

$\mathbf{E_m = E_c + E_p}$ $\mathbf{E_m}$: énergie mécanique en joule (J)

B La conservation de l'énergie mécanique

- Lorsque l'on frappe un ballon vers le haut, il a une trajectoire en cloche.

- On considère un ballon de masse m = 450 g partant depuis un point O avec une vitesse initiale v_0 = 15 m.s^{-1}. Le point O est pris comme la référence de l'énergie potentielle, c'est-à-dire que O a une altitude nulle. Le mouvement du ballon s'effectue dans l'air sans frottement.

- On peut filmer le mouvement du ballon et déterminer l'**énergie cinétique**, l'**énergie potentielle** et l'**énergie mécanique** en différentes positions de la trajectoire. On obtient un ensemble de courbes d'énergies en fonction du temps.

- Lorsque le ballon monte, son énergie cinétique E_c diminue. Il ralentit et son énergie potentielle de pesanteur E_p augmente. De l'énergie cinétique est donc transformée en énergie potentielle de pesanteur.

- Cet échange se réalise dans l'autre sens lors de la descente. L'énergie potentielle de pesanteur diminue car l'altitude du ballon diminue et en même temps, la vitesse du ballon augmente ainsi que son énergie cinétique.

- La variation de l'énergie cinétique est l'opposé de la variation de l'énergie potentielle de pesanteur puisque l'énergie mécanique E_m, qui est la somme des 2, reste constante.

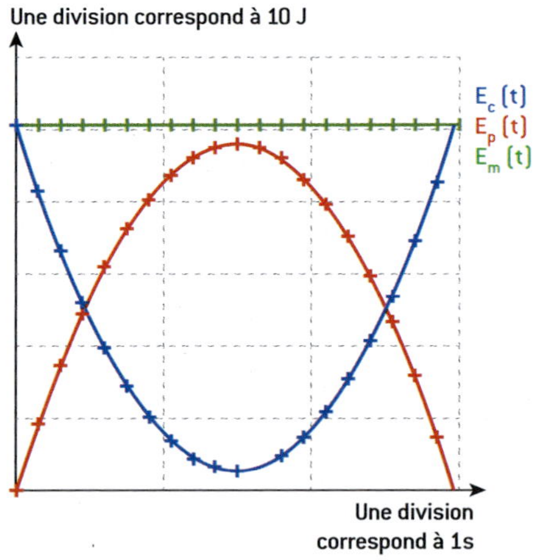

- Il y a **conservation de l'énergie mécanique** du ballon au cours de ce mouvement : il n'y a pas de transformation d'énergie mécanique sous forme d'énergie interne ou de transfert thermique, c'est pour cela que l'énergie mécanique se conserve.

C La non-conservation de l'énergie mécanique

- L'**énergie mécanique** d'un solide ne se conserve pas en général, à cause de frottements. Il y a alors augmentation de l'**énergie interne** du solide, qui se traduit par une élévation de sa température ou un transfert thermique vers le milieu extérieur. La variation de l'énergie mécanique est alors égale au travail des forces de frottement : $\Delta E_m = W(\vec{f}_{\text{frottement}}) < 0$: l'énergie mécanique diminue alors, ce qui entraîne une diminution de l'énergie cinétique et/ou de l'énergie potentielle du solide.

EXEMPLE

On considère un objet glissant avec une force de frottement $\vec{f}$ le long d'une pente.

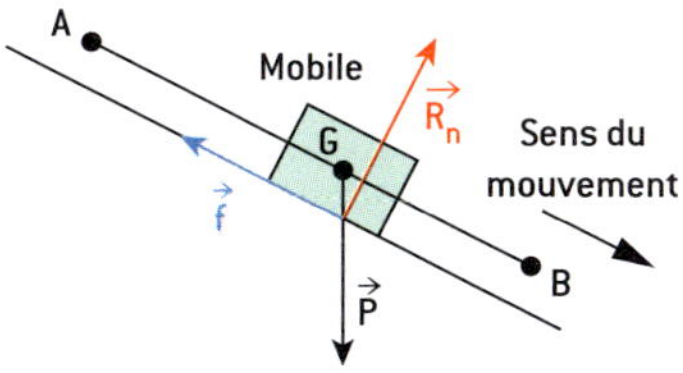

Les forces appliquées au mobile sont le poids $\vec{P}$, la réaction normale au plan $\vec{R}_n$ et $\vec{f}$.

Si on emploie le théorème de l'énergie cinétique entre A et B :

$E_c(B) - E_c(A) = W(\vec{P}) + W(\vec{f}) + W(\vec{R}_n)$ or la réaction normale ne travaille pas donc $E_c(B) - E_c(A) = W(\vec{P}) + W(\vec{f})$. Or $W(\vec{P}) = -\Delta E_{pp} = -(E_{pp}(B) - E_{pp}(A))$.

Ainsi $E_c(B) - E_c(A) = -(E_{pp}(B) - E_{pp}(A)) + W(\vec{f})$ soit $(E_c(B) - E_{pp}(B)) - (E_c(A) + E_{pp}(A)) = W(\vec{f}) < 0$, ce qui revient à écrire que la différence d'énergie mécanique $E_m(B) - E_m(A) = W(\vec{f})$ est négative.

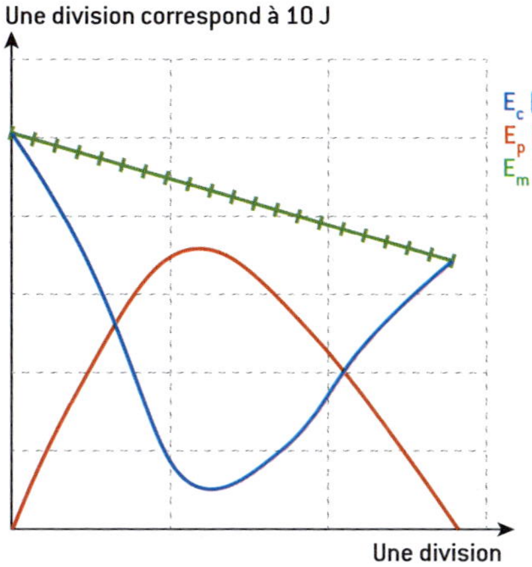

■ Lorsqu'une force de frottement est présente, l'énergie mécanique du système diminue, sauf si elle est compensée par un apport d'énergie pour relancer le système.

4 L'énergie et la puissance disponibles

■ Un réservoir d'essence est une forme d'énergie disponible : ce n'est pas une forme macroscopique, comme l'énergie potentielle de pesanteur ou l'énergie cinétique.

■ Lors d'un tir parabolique, l'énergie cinétique donnée au ballon lui permet de gagner de l'altitude, donc de l'énergie potentielle de pesanteur. La puissance mise en œuvre au cours de ce déplacement est la puissance moyenne P_{moy} en watt (W) du poids pendant une durée Δt. C'est le rapport du travail effectué $W(\vec{P})$ en joule (J) sur la durée Δt en seconde (s) : $P_{moy} = \frac{W(\vec{P})}{\Delta t}$.

5 Je mémorise autrement

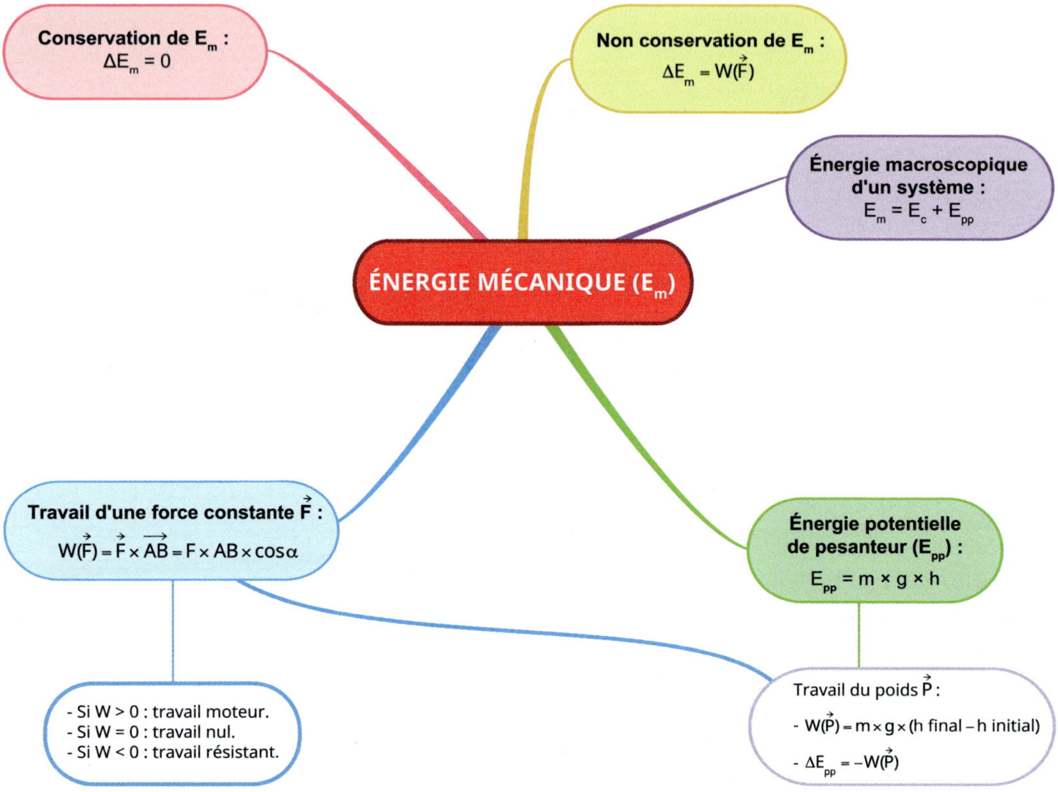

9 L'énergie chimique (STL)

Les liaisons chimiques, dans les molécules ou entre ces dernières, sont des réservoirs d'énergie permettant de stocker ou de restituer de l'énergie. Les transformations sont étudiées à pression constante ce qui permet d'introduire une grandeur essentielle en chimie : l'enthalpie.

1 Le diagramme d'état d'un corps pur

A Les changements d'état

- Le **changement d'état** d'un corps est une transformation physique au cours de laquelle le corps passe d'un état physique à un autre.
- Un **corps pur** est un corps constitué d'une seule espèce chimique, contrairement à un mélange. Sous une pression donnée, le changement d'état d'un corps pur se fait à une température constante, caractéristique de ce corps pur. Cette température est appelée **température de changement d'état.**

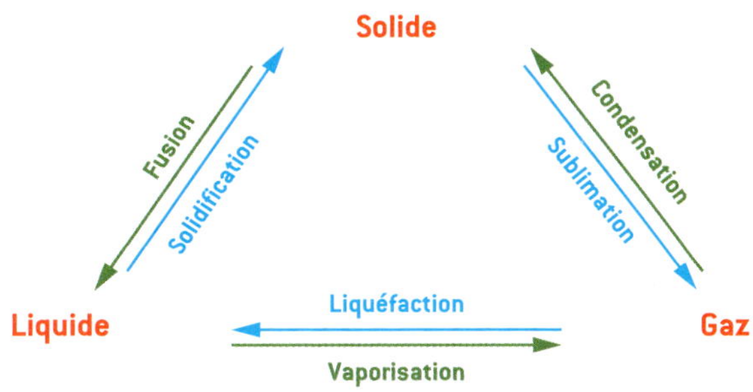

EXEMPLE
Pour l'eau, sous une pression de 1,0 bar, $\theta_{fus} = 0{,}0$ °C et $\theta_{vap} = 100$ °C.

B Les diagrammes d'état

Connaissant sa température et sa pression, on peut **prévoir l'état physique d'un corps pur** en utilisant son **diagramme d'état**. Le diagramme d'état d'un corps pur est une représentation graphique en deux dimensions (pression en fonction de la température). Les trois lignes représentent les frontières entre l'état solide, l'état liquide et l'état gazeux.

EXEMPLE
On considère un corps pur dont on propose le diagramme d'état ci-contre. Il est initialement à la pression P_A et à la température θ_A. D'après le diagramme, ce corps pur est à l'état liquide. On le chauffe à pression constante. Sa température augmente jusqu'au point B situé à la frontière entre l'état liquide et l'état gazeux. Au point B, le corps se vaporise à la température θ_B, qui

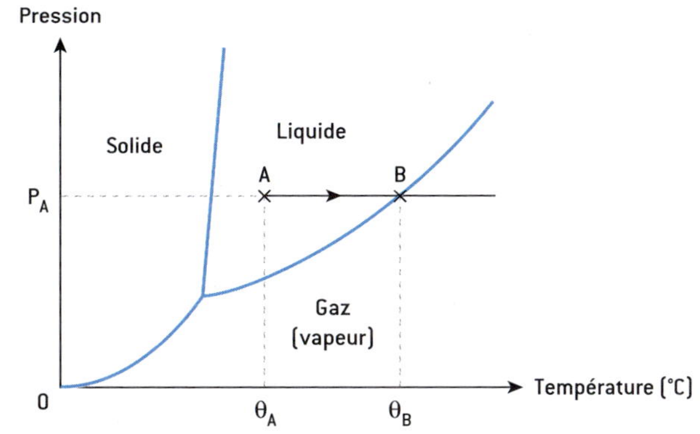

est la température de vaporisation de ce corps pur à la pression P_A. Dès lors, si l'on poursuit le chauffage, le corps pur est entièrement à l'état gazeux et sa température augmente.

C L'enthalpie de changement d'état

Pendant un changement d'état de l'état 1 vers l'état 2, à pression constante, l'enthalpie ΔH (ou l'énergie thermique échangée) avec le milieu extérieur par une masse m d'un corps pur est égale au produit de la masse m de corps pur par l'enthalpie molaire de changement d'état $\Delta_1 \rightarrow_2 H$ du corps pur :

$$\Delta H = m \times \Delta H_1 \rightarrow_2 H$$

m : masse en kilogramme

$\mathbf{\Delta H_1 \rightarrow_2 H}$: enthalpie molaire de changement d'état en joule par kilogramme (**J.kg–1**). $\Delta H_1 \rightarrow_2 H$ est également appelée chaleur latente et notée $L_1 \rightarrow_2$

ΔH : enthalpie de changement d'état en joule (J)

REMARQUE

Il faut préciser le changement d'état considéré : le corps pur reçoit de l'énergie ($\Delta H_1 \rightarrow_2 H > 0$) lors d'une fusion, d'une vaporisation ou d'une sublimation (passage vers un état moins organisé). Inversement, le corps pur cède de l'énergie ($\Delta H_1 \rightarrow_2 H < 0$) lors d'une condensation, d'une liquéfaction ou d'une solidification (passage vers un état plus organisé).

$\Delta H_S \rightarrow_L H = -\Delta H_L \rightarrow_S H$ $\Delta H_L \rightarrow_G H = -\Delta H_G \rightarrow_L H$ $\Delta H_S \rightarrow_G H = -\Delta H_G \rightarrow_S H$

EXEMPLE

On fait fondre une masse m = 45 g de glaçons à 0 °C. $\Delta H_S \rightarrow_L H = 334$ kJ.kg^{-1}.
La masse vaut m = 0,045 kg, ainsi les glaçons vont recevoir une énergie $\Delta H = m \times \Delta H_S \rightarrow_L H = 0{,}045 \times 334 = 15$ kJ.

D La variation d'enthalpie lors d'une variation de température

- L'enthalpie d'une phase condensée varie lorsque la température passe de la température initiale T_i à la température finale T_f. Cette variation est proportionnelle à la différence de température ($T_f - T_i$), à la masse m de phase condensée et à la capacité thermique massique c de la phase condensée (plus c est grande, moins la variation de température est élevée pour une même masse).

$$\Delta H = m \times c \times (T_f - T_i)$$

m : masse en kilogramme

c : capacité thermique massique en joule par kilogramme et par kelvin (J.kg^{-1}.K^{-1})

$\mathbf{T_f - T_i}$: différence de température en kelvin (K) ou en degré Celsius (°C),

ΔH : enthalpie de changement d'état en joule (J)

- Lors d'une élévation de température, la phase condensée voit son enthalpie augmenter.

EXEMPLE

L'eau produite par la fonte des glaçons à 0 °C voit ensuite son enthalpie augmenter de 3,0 kJ par chauffage. $c_{eau} = 4{,}2$ J.g^{-1}.K^{-1}. On peut alors calculer la température finale de l'eau. La formule $\Delta H = m \times c_{eau} \times (T_f - T_i)$, permet d'écrire $(T_f - T_i) = \Delta H/m \times c_{eau}$ soit $T_f = T_i + \Delta H/m \times c_{eau} = 0 + 3{,}0 \times 10^3/(45 \times 4{,}2) = 16$ °C.

REMARQUE

Lorsqu'un corps reçoit de l'énergie thermique du milieu extérieur, son enthalpie augmente, ce qui se traduit soit par une élévation de température, soit par un changement d'état, soit par une élévation de température et un changement d'état.

2 Les enthalpies standards

A L'enthalpie standard de formation d'un corps pur ΔH_f^0

■ Un corps pur simple est un corps pur ne comportant qu'un seul élément chimique : le graphite C, le dihydrogène gazeux H_2, etc. Un corps pur composé en comporte plusieurs : CO_2, H_2O, C_2H_6O, etc.

■ L'**état standard** d'un composé chimique pur est défini sous la pression standard : $p° = 1$ bar $= 10^5$ Pa.

■ L'**enthalpie standard de formation $\Delta H_f^0(T)$** à la température T d'un corps pur est la différence d'enthalpie mise en jeu lors de la formation d'une mole de ce corps pur à partir des corps purs simples, considérés dans l'état standard, stables à la température considérée T. L'**enthalpie standard de formation $\Delta H_f^0(T)$** s'exprime en joule par mole ($J.mol^{-1}$).

EXEMPLE

L'enthalpie standard de formation à T de l'eau liquide H_2O (l) est la variation d'enthalpie lors de la réaction de formation à partir du dioxygène et du dihydrogène gazeux dans l'état standard à T :

$H_2\,(g) + ½\, O_2\,(g) \rightarrow H_2O\,(l)$.

REMARQUE

L'enthalpie standard de formation d'un corps pur simple stable, à la température T, est nulle. Ainsi, l'enthalpie de formation du graphite, $\Delta H_f^0(T)$ (Cgraphite), la forme stable du carbone, est nulle à 298 K ; en revanche, celle du carbone diamant ne l'est pas puisque ce n'est pas la forme stable du carbone dans les conditions standards à 298 K.

B L'enthalpie standard de réaction ΔH_r^0 et la loi de Hess

■ L'**enthalpie standard de réaction ΔH_r^0** est l'énergie libérée ou prélevée au milieu extérieur par une réaction dans l'état standard.

■ Si la valeur de l'enthalpie standard de réaction ΔH_r^0 est :

– positive, le système chimique reçoit de l'énergie du milieu extérieur, la réaction est **endothermique** ;

– négative, le système chimique cède de l'énergie au milieu extérieur, la réaction est **exothermique** ;

– nulle, le système chimique ne reçoit pas d'énergie du milieu extérieur ni ne lui en cède, la réaction est **athermique**.

■ L'enthalpie standard de réaction ΔH_r^0 est déterminée à partir des **enthalpies standards de formation ΔH_f^0** des réactifs et des produits de la réaction et de leurs coefficients stœchiométriques. Si une réaction chimique s'écrit a A + b B → c C + d D, alors : $\Delta H_r^0 = (d\,\Delta H_f^0(D) + c\,\Delta H_f^0(C)) - (a\,\Delta H_f^0(A) + b\,\Delta H_f^0(B))$: c'est la **loi de Hess**

REMARQUE

L'enthalpie standard ΔH_f^0 de formation d'un corps pur est l'enthalpie standard de réaction à partir des corps simples stables dans l'état standard.

EXEMPLE

L'équation de combustion du propane est : $C_3H_8\ (g) + 5\ O_2\ (g) \rightarrow 3\ CO_2\ (g) + 4\ H_2O\ (g)$.
$\Delta H_f^0(CO_2\ (g)) = -394$ kJ.mol^{-1}, $\Delta H_f^0(H_2O(g)) = -242$ kJ.mol^{-1}, $\Delta H_f^0(C_3H_8\ (g)) = 104$ kJ.mol^{-1} et $\Delta H_f^0(O_2\ (g)) = 0$ kJ.mol^{-1}.
$\Delta H_r^0 = (3\ \Delta H_f^0(CO_2\ (g)) + 4\ \Delta H_f^0(H_2O(g))) - (\Delta H_f^0(C_3H_8\ (g)) + 5\ \Delta H_f^0(O_2\ (g)))$
$= (3 \times (-394) + 4 \times (-242)) - (-104 + 5 \times 0) = -2{,}05 \times 10^6$ J.mol^{-1} = 2,05 MJ/mol.

C L'énergie de liaison

■ En phase gazeuse, la dissociation d'une liaison chimique AB conduit aux atomes A et B isolés :

$AB\ (g) \rightarrow A\ (g) + B\ (g)$.

■ Cette dissociation nécessite de l'énergie : c'est l'**énergie de liaison**, notée $E_{A\text{-}B}$ ou $E_{m,A\text{-}B}$, exprimée en joule par mole (J.mol^{-1}).

■ Les valeurs des énergies de liaisons que l'on trouve dans les tables sont des moyennes car la force d'une liaison dépend aussi des autres liaisons établies par les atomes liés.

Énergie (kJ.mol^{-1})	Liaison
436	H-H
415	H-C
463	H-O
345	C-C
615	C=C
804	C=O
498	*O=O*

■ L'**enthalpie standard de combustion ΔH_r^0** est négative puisque les combustions sont exothermiques. Elle peut être calculée de manière assez précise à partir des liaisons rompues et formées au cours de la combustion : c'est la somme des énergies des liaisons rompues moins la somme des énergies des liaisons formées : $\mathbf{\Delta H_r^0 = \Sigma E_{\text{liaisons rompues}} - \Sigma E_{\text{liaisons formées}}}$.

EXEMPLE

L'équation de combustion du propane est : $C_3H_8\ (g) + 5\ O_2\ (g) \rightarrow 3\ CO_2\ (g) + 4\ H_2O\ (g)$.
Au cours de cette combustion, 5 liaisons O=O, 2 liaisons C–C et 8 liaisons C–H sont rompues, tandis que 6 liaisons C=O et 8 liaisons O–H sont formées. L'énergie molaire de réaction est :
$\Delta H_r^0 = (5\ E_{O=O} + 2\ E_{C\text{-}C} + 8\ E_{C\text{-}H}) - (6\ E_{C=O} + 8\ E_{O\text{-}H}) = (5 \times 498 + 2 \times 345 + 8 \times 415) - (6 \times 804 + 8 \times 463) = -2{,}0 \times 10^3$ kJ.mol^{-1} = $-2{,}0$ MJ/mol.
On retrouve le résultat déterminé à partir des enthalpies de formation.

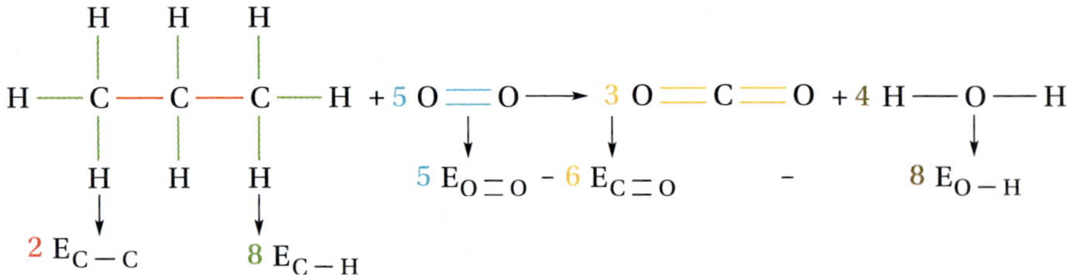

3 L'énergie produite par une combustion

A Le pouvoir calorifique d'un combustible

■ Le **pouvoir calorifique massique** d'un combustible, noté **PC**, est l'énergie dégagée par la combustion complète d'un kilogramme de combustible. Il s'exprime en joule par kilogramme ($J.kg^{-1}$).

■ On parle de pouvoir calorifique supérieur (PCS) si l'eau produite par la combustion est à l'état liquide. Dans le cas où l'eau formée est à l'état de vapeur, il s'agit du pouvoir calorifique inférieur (PCI).

Combustible	PCI $MJ.kg^{-1}$
Bois	15
Charbon	15 à 27
Méthane	50
Éthanol	29
Heptane	44,6
Gazole	45
Octane	45

B Enthalpie de réaction d'une combustion

L'**enthalpie de réaction d'une combustion ΔH_r** mettant en jeu une masse m de combustible est calculée à partir du pouvoir calorifique massique du combustible mis en jeu : la valeur de E_{lib} est positive car PC est toujours positif par convention.

$|\Delta H_r| = m \times PC$

- **ΔH_r** : enthalpie de réaction d'une combustion en joule (J)
- **m** : masse de combustible (en kg)
- **PC** : Pouvoir calorifique massique (en $J.kg^{-1}$)

REMARQUE

- On peut aussi écrire la relation sans valeur absolue $\Delta H_r = -m \times PC$.
- Dans le cas d'un corps pur, l'enthalpie standard de combustion ΔH_r^0 ($J.mol^{-1}$) et le pouvoir calorifique PC ($J.kg^{-1}$) sont liés par la relation : $|\Delta H_r^0| = M \times PC$, où M est la masse molaire du combustible en kilogramme par mol ($kg.mol^{-1}$). Il faut placer une valeur absolue autour de l'enthalpie standard de combustion car le pouvoir calorifique est positif.

C Détermination du pouvoir calorifique d'un combustible

■ Il faut peser un brûleur à alcool rempli d'alcool (m_0 = 160 g) et l'utiliser pour faire chauffer un bécher contenant de l'eau, le total ayant une masse m = 300 g.

■ On relève aussi la température de l'eau avant chauffage : θ_i, puis on fait chauffer l'eau jusqu'à obtenir une augmentation de température de l'eau de 30 °C. $\theta_f = \theta_i + 30$.

■ On arrête le chauffage et on pèse alors le brûleur : m_1 = 157 g. La masse m_{alcool} d'alcool qui a brûlé est donc $m_{alcool} = m_1 - m_0$ = 3,0 g.

■ La réaction subie par l'éthanol est une combustion, c'est une réaction exothermique.

■ L'équation de la réaction de l'éthanol avec le dioxygène de l'air est :

$C_2H_6O + 3\ O_2 \rightarrow 2\ CO_2 + 3\ H_2O$.

■ L'énergie produite par cette réaction a pu chauffer l'eau et le bécher.

■ On appelle ΔH_r l'enthalpie de combustion de l'alcool : c'est l'opposé de $\Delta H_{eau + bécher}$ l'enthalpie reçue par l'eau et le bécher sous forme thermique. $E_{lib} = -Q_{eau + bécher}$.

■ Sachant que la capacité thermique massique de l'eau est $c_{eau} = 4{,}2$ J.g^{-1}.°C^{-1}, la valeur de $\Delta H_{eau + bécher} = m.c_{eau}.(\theta_f - \theta_i) = 300 \times 4{,}2 \times 30 = 3{,}8 \times 10^4$ J.

■ Cette énergie provient de la combustion, l'enthalpie de combustion de l'alcool est donc $\Delta H_r = -3{,}8 \times 10^4$ J.

■ En supposant que l'alcool est exclusivement constitué d'éthanol, on détermine la valeur de l'enthalpie massique de combustion par gramme d'éthanol lors de sa combustion en divisant la valeur précédente par la masse d'éthanol qui a brûlé : $\Delta H_r/m_{alcool} = -1{,}3 \times 10^4$ J.g^{-1}.

■ Le pouvoir calorifique massique PC est la valeur absolue de l'enthalpie massique d'un kilogramme de combustible (le pouvoir calorifique est positif), soit 1 000 fois plus que la valeur précédente, soit $PC_{éthanol} = 1{,}3 \times 10^7$ J.kg^{-1} = 13 MJ.kg^{-1}. On trouve environ la moitié de la valeur théorique. Ce résultat est bon malgré tout, car il y a beaucoup de pertes thermiques au cours de la manipulation.

4 Je mémorise autrement

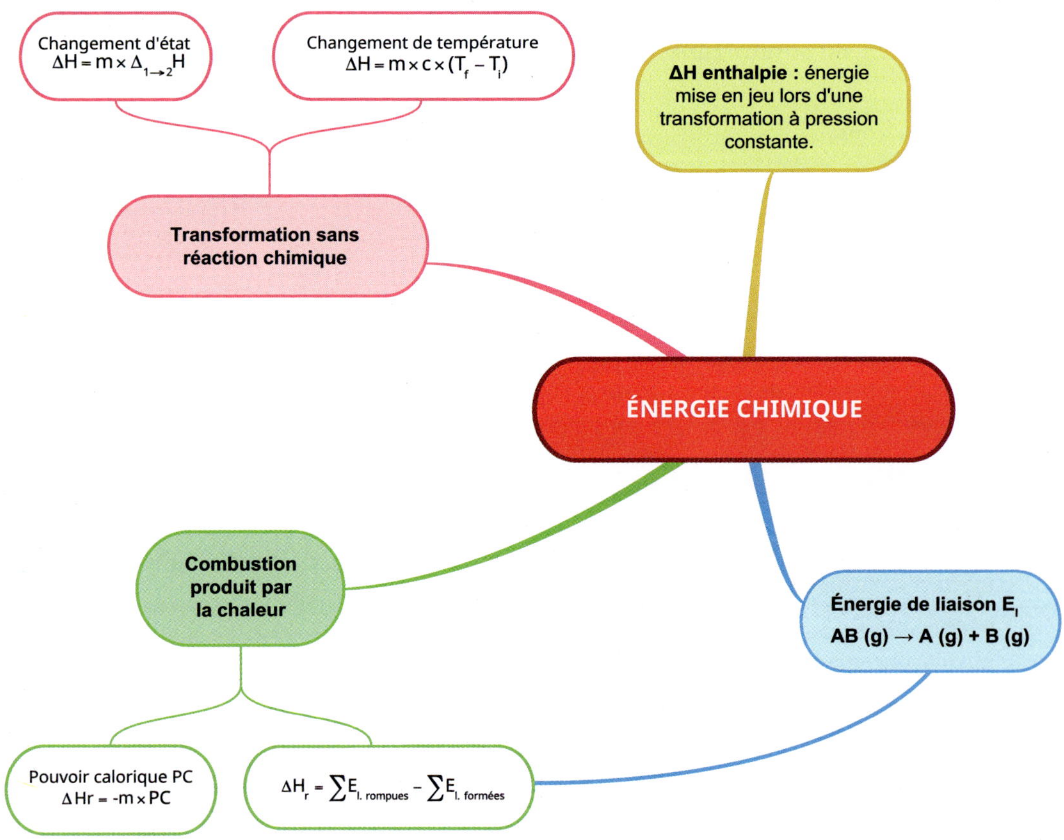

10 L'énergie électrique (STL)

L'électricité est la forme d'énergie associée aux dernières avancées technologiques. Nous ne pourrions plus nous en passer. Au laboratoire ou à la maison, les lois régissant les circuits électriques sont les mêmes. Les sources d'énergie des appareils nomades sont des piles ou des accumulateurs, dont les durées de fonctionnement dépendent des récepteurs.

1 Le circuit électrique

A Définitions

Un circuit électrique est composé de dipôles reliés entre eux par des **fils électriques.** Il comporte :
- un **générateur** qui fournit l'énergie électrique au circuit ;
- un ou plusieurs **récepteurs** qui reçoivent de l'énergie électrique du générateur. Ils peuvent être de différentes natures : conducteur ohmique, moteur, électrolyseur, etc.

B Les symboles des dipôles les plus importants

Générateur		Lampe	Interrupteur	
Pile	G	ou	Ouvert	Fermé

Conducteur ohmique	Condensateur	Bobine	DEL	Moteur
R	C	L		M

C Le circuit électrique en série

■ Chaque dipôle est relié directement à un autre dipôle par un **fil électrique**. Les schémas électriques de ces circuits sont simples.

■ Pour réaliser correctement un **montage électrique en série** à partir d'un schéma, il faut placer les dipôles dans le même ordre et à la même place que sur le schéma, puis les connecter avec des fils électriques.

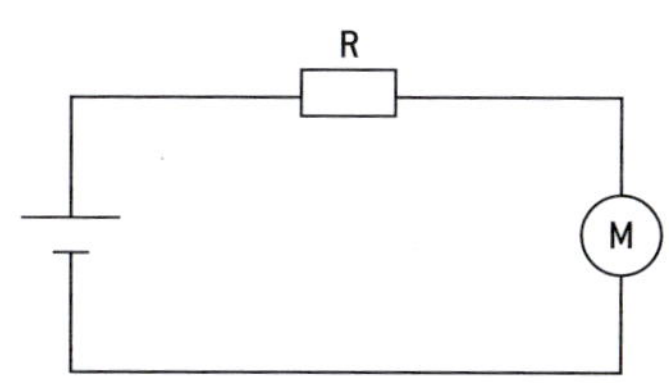

Schéma d'un circuit électrique en série

D Le circuit électrique en dérivation

■ Dans un circuit en dérivation, il y a présence de plusieurs nœuds. Un **nœud** est un point du circuit où convergent au moins 3 fils électriques. Les points A et B sont des nœuds. Une **branche** est une portion du circuit comprise entre 2 nœuds.

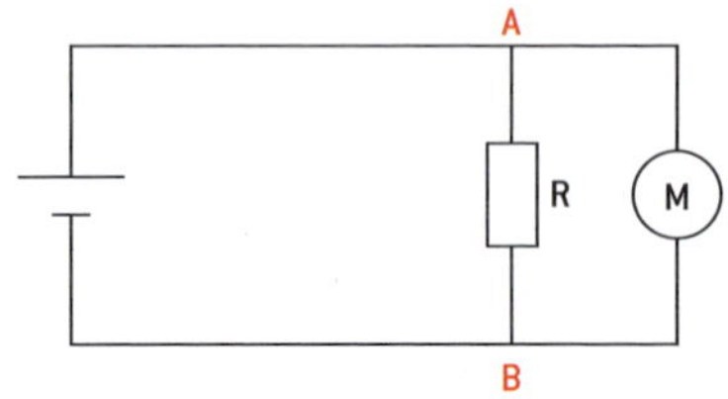

Schéma d'un circuit électrique en dérivation

2 La tension électrique

A Rappels

a Définition

■ La tension **électrique** s'exprime en **volt** de symbole **V**.

■ La tension électrique U_{AB} entre deux points A et B est une grandeur algébrique.

■ La tension U_{AB} est représentée sur le schéma par une flèche allant de B vers A.

b La mesure avec un voltmètre

■ Pour mesurer la tension électrique U_{AB}, on utilise un voltmètre placé en dérivation du dipôle AB : la borne « V » du voltmètre est connectée en A et la borne « com » est connectée en B.

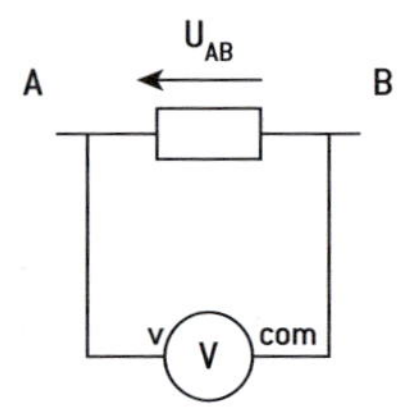

REMARQUE
Il faut bien prêter attention au branchement des appareils de mesure, sinon ils risquent d'être dégradés.

■ La tension U_{BA} entre le point B et le point A est l'opposé de la tension U_{AB}. $U_{BA} = -U_{AB}$.

■ La tension aux bornes d'un fil électrique est toujours nulle.

■ Si l'on branche le voltmètre à l'envers, on mesure une tension opposée.

■ Le voltmètre mesure la valeur efficace de la tension. Il faut choisir au départ le calibre le plus grand pour ne pas abimer l'appareil de mesure.

B La loi des mailles

■ Dans un circuit électrique, une **maille** est un chemin permettant aux électrons libres de se déplacer et d'effectuer un tour complet (c'est-à-dire de partir d'un point et de pouvoir y revenir).

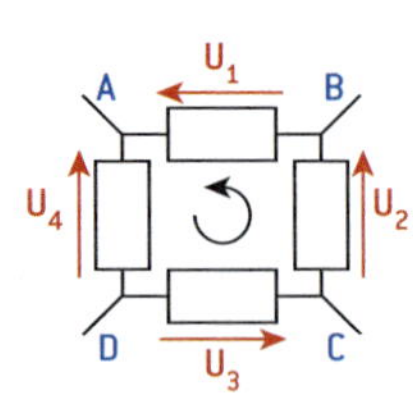

■ Dans un **circuit en série**, il n'y a qu'**une seule maille**, alors qu'on en trouve **plusieurs** dans les **circuits en dérivation**.

■ Dans une maille, la **somme algébrique des tensions est nulle.** On peut écrire ici : $U_1 + U_2 + U_3 - U_4 = 0$, soit $\mathbf{U_{AB} + U_{BC} + U_{CD} - U_{AD} = 0}$.

EXEMPLE

Si $U_1 = U_{AB} = 3{,}0$ V, $U_2 = U_{BC} = 5{,}0$ V et $U_3 = U_{CD} = 2{,}0$ V alors $U_4 = U_1 + U_2 + U_3 = 10$ V.
Cette relation permet de trouver facilement une tension inconnue dans un circuit.

3 L'intensité du courant électrique

A Rappels

■ On utilise le sens conventionnel du courant pour orienter un circuit : le courant parcourt le circuit, à l'extérieur du générateur, de la **borne positive à la borne négative**.

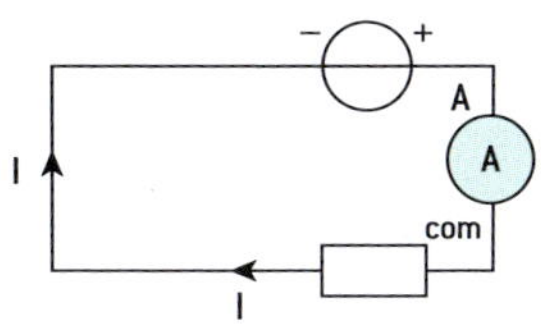

■ L'**intensité** du courant s'exprime en **ampère** de symbole **A**.

■ L'intensité du courant électrique se mesure à l'aide d'un **ampèremètre**, **branché en série** dans le circuit.

■ La borne « A » de l'ampèremètre est branchée du côté où arrive le courant électrique pour avoir une **indication positive**. Si la valeur lue est négative, c'est que le courant traverse l'ampèremètre de la borne « com » à la borne « A ».

■ L'intensité du courant a la **même valeur en tout point d'un circuit** en série ou d'une branche.

B Le circuit comportant des dérivations : la loi des nœuds

■ La somme des intensités des courants qui arrivent à un nœud est égale à la somme des intensités des courants qui en repartent.

■ On peut écrire pour le nœud ci-contre : $\mathbf{I_1 + I_4 = I_2 + I_3}$.

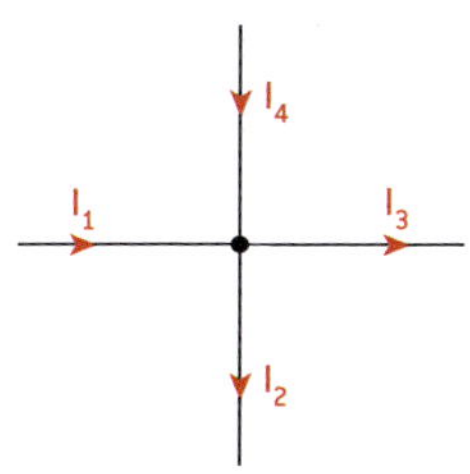

4 Le transfert d'énergie

A La convention récepteur

■ Pour un récepteur, si l'**intensité du courant I est positive** lorsqu'il circule de A vers B, alors la **tension U_{AB} est aussi positive**.

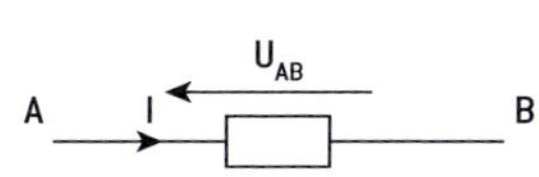

■ Il faut donc flécher I et U_{AB} en sens opposés. Inversement, si l'intensité I est négative, alors la tension U_{AB} l'est aussi.

B La convention générateur

Le courant I et la tension ont le même signe pour un générateur comme sur le schéma ci-contre. Si l'intensité délivrée est positive, alors la tension l'est aussi.

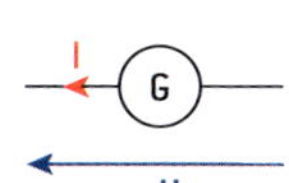

C L'énergie électrique $W_{él}$

■ L'énergie électrique $W_{él}$ reçue ou fournie, dans le cas d'un dipôle AB traversé par une intensité I et soumis à une tension U_{AB} pendant une durée Δt, est :

$$\mathbf{W_{él} = U_{AB} \times I \times \Delta t}$$

$W_{él}$: énergie électrique reçue par le récepteur en joule (J)
U_{AB} : tension électrique aux bornes du récepteur en volt (V)
I : intensité du courant traversant le dipôle en ampère (A)
Δt : durée d'utilisation du récepteur en seconde (s)

■ Un générateur délivre une énergie W_g qui est la somme des énergies reçues par les dipôles récepteurs du circuit.

EXEMPLE

Un dipôle AB traversé par un courant $I = 2,5$ mA de A vers B, est soumis à une tension $U_{AB} = 12$ V.
L'énergie électrique reçue par ce dipôle pendant une durée $\Delta t = 8$ minutes est calculée directement avec la formule précédente : $W_{él} = U_{AB} \times I \times \Delta t$.
Il faut exprimer les grandeurs intervenant avec la bonne unité :
$U_{AB} = 12$ V, $I = 2,5$ mA $= 2,5 \times 10^{-3}$ A et $\Delta t = 8$ minutes $= 480$ s.
Ainsi, $W_{él} = 12 \times 2,5 \times 10^{-3} \times 480 = 14$ J. Ce dipôle AB a reçu une énergie égale à 14 J du générateur.

D La puissance électrique reçue $P_{él}$

■ La puissance électrique $P_{él}$ reçue ou délivrée par un dipôle est le rapport :

$$\mathbf{P_{él} = \frac{W_{él}}{\Delta t}}$$

$P_{él}$: puissance reçue par le récepteur en watt (W)
$W_{él}$: énergie reçue par le récepteur en joule (J)
Δt : durée considérée en seconde (s)

■ Cette formule peut s'exprimer aussi autrement, car $W_{él} = U_{AB} \times I \times \Delta t$. Si on divise cette expression par Δt, on trouve alors : $\mathbf{P_{él} = U_{AB} \times I}$.

■ Cette relation est aussi valable pour les appareils ménagers utilisant la tension du réseau EDF. L'unité d'énergie utilisée par les fournisseurs d'énergie n'est pas le joule mais le **kilowatt-heure (kW.h)**. C'est l'énergie consommée par un appareil ayant une puissance de 1 kilowatt durant 1 heure.

EXEMPLE

Avec l'exemple précédent, le dipôle AB reçoit donc une puissance $P_{él} = 12 \times 2,5 \times 10^{-3} = 0,030$ W.

■ La puissance électrique optimale d'utilisation d'un récepteur (appelée aussi « **puissance nominale** ») est souvent indiquée sur les dipôles. Elle permet d'avoir une idée de la **rapidité du transfert d'énergie électrique**.

■ La puissance fournie par le générateur est la somme des puissances consommées par les récepteurs.

E Les conducteurs ohmiques

■ Un **conducteur ohmique** est un dipôle vérifiant la loi d'Ohm. La tension à ses bornes est proportionnelle à l'intensité du courant qui le traverse.

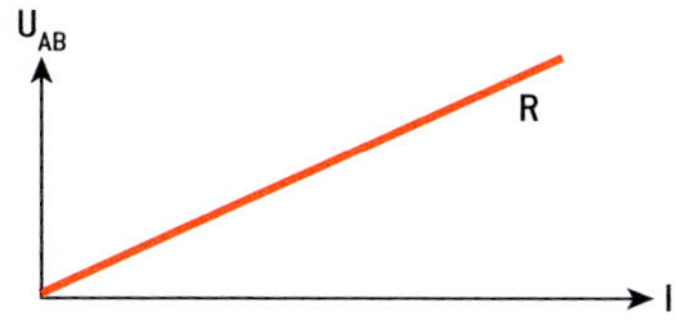

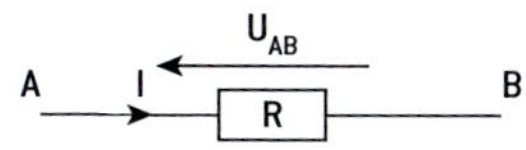

$\mathbf{U_{AB} = R \times I}$

- $\mathbf{U_{AB}}$: tension électrique en volt (V)
- **R** : résistance du conducteur ohmique en ohm (Ω)
- **I** : intensité du courant traversant le dipôle en ampère (A)

■ Un conducteur ohmique est un convertisseur d'énergie, qui transforme toute l'énergie électrique qu'il reçoit en énergie thermique par **effet Joule** (effet thermique se manifestant dans les conducteurs ohmiques et dans tous ceux comportant une résistance interne).

■ L'énergie électrique reçue par le conducteur ohmique est $W_{él} = U_{AB} \times I \times \Delta t$, or pour ce dipôle $U_{AB} = R \times I$, donc : $\mathbf{W_{él} = R \times I^2 \times \Delta t}$.

■ La puissance électrique reçue est alors : $\mathbf{P_{él} = R \times I^2}$.

REMARQUE

L'effet Joule a de multiples applications : chauffages électriques, lampes à incandescence, fusibles, etc., mais aussi des effets gênants comme l'échauffement des circuits, les pertes d'énergie dans les lignes, la destruction de composants en raison de l'augmentation de la température, etc.

5 Différents générateurs électriques

A Les sources idéales de tension

Un générateur idéal de tension délivre une tension indépendante de l'intensité électrique débitée. Sa caractéristique est représentée ci-contre :

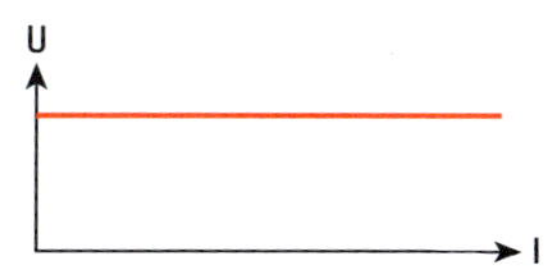

B La quantité d'électricité Q

■ La quantité d'électricité Q reçue ou délivrée est liée à l'intensité du courant I et à la durée Δt :

$\mathbf{Q = I \times \Delta t}$

- **Q** : quantité d'électricité en coulomb (C)
- **I** : intensité du courant traversant le dipôle en ampère (A)
- **Δt** : durée de fonctionnement en seconde (s)

■ Cette quantité d'électricité apparaît sur les accumulateurs sous la forme A.h. Des accumulateurs AA disposent de quantité d'électricité de l'ordre de 2,5 A.h, alors qu'une batterie de voiture atteint 100 A.h.

■ L'énergie disponible $W_{él}$ (en joule) dans une pile ou un accumulateur dépend de la tension à vide U (en volt). Elle s'exprime par $W_{él} = U \times I \times \Delta t$. Or $Q = I \times \Delta t$, donc $\mathbf{W_{él} = Q \times U}$.

■ Cette énergie disponible est aussi indiquée sur les batteries de voitures en W.h, par exemple 90 W.h. Elle permet une durée de fonctionnement dépendant des caractéristiques du récepteur.

EXEMPLE

Un accumulateur ayant une énergie de 50 W.h permettra d'alimenter une ampoule à LED de puissance nominale P = 5,0 W pendant une durée $\Delta t = 10$ h, alors qu'une ampoule à filament de puissance P = 50,0 W ne pourrait fonctionner que durant une durée $\Delta t = 1,0$ h.

C Les panneaux photovoltaïques

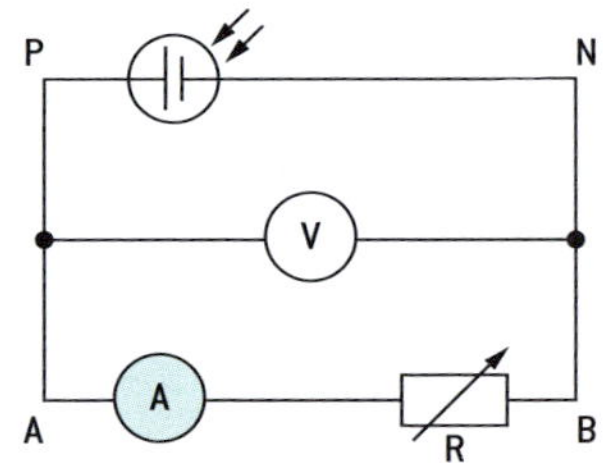

■ Les panneaux photovoltaïques sont des convertisseurs d'énergie, transformant l'énergie lumineuse en énergie électrique et en énergie thermique.

■ Il est possible de mesurer les caractéristiques d'une cellule photovoltaïque, en la plaçant comme un générateur de tension et en l'éclairant par une source de lumière blanche. La distance entre la cellule et la lampe, ainsi que l'orientation de la cellule sont fixées afin d'avoir toujours le même éclairement E (mesuré avec un luxmètre).

■ La résistance variable permet de faire varier l'intensité I (mesurée avec un ampèremètre). Le voltmètre placé en dérivation mesure la valeur de la tension U aux bornes de la cellule.

■ On obtient alors le graphe de l'intensité I en fonction de la tension U.

■ On peut alors calculer la puissance P = U × I et tracer le graphe P en fonction de la tension U.

■ On remarque que la puissance est maximale pour un couple de valeur U et I.

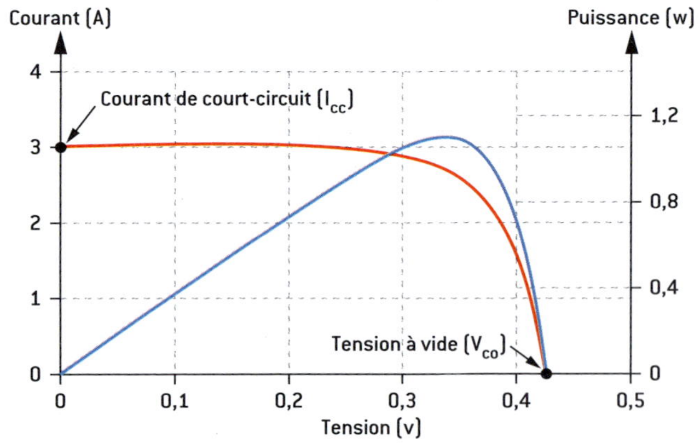

6 Je mémorise autrement

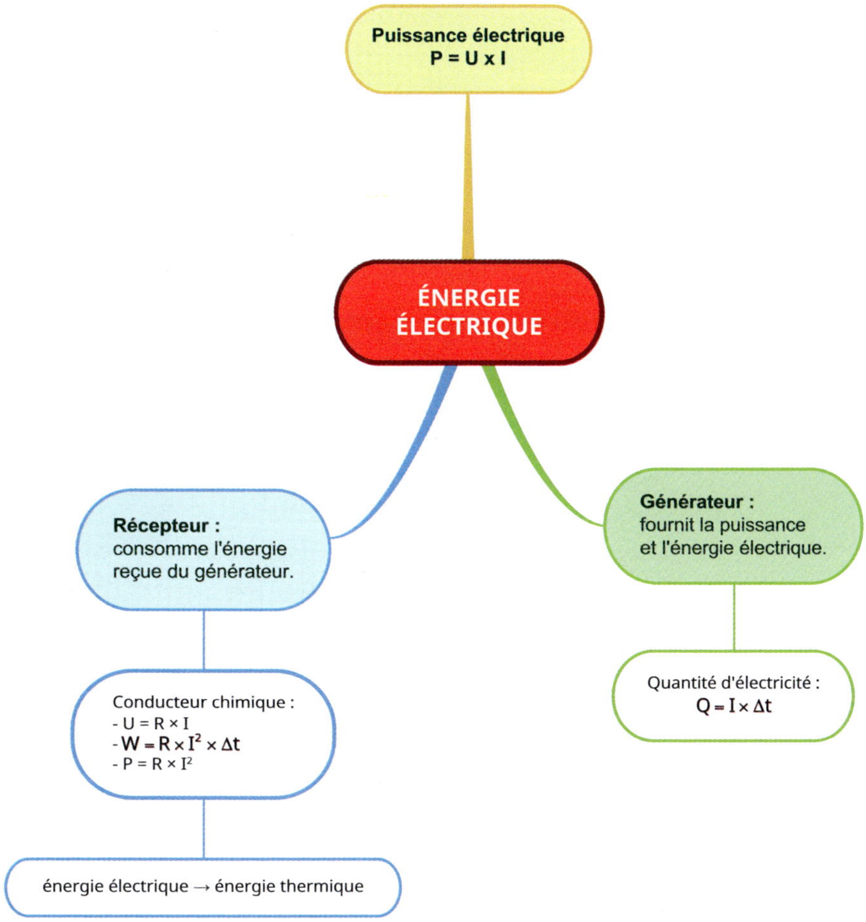

11 L'énergie et les ondes (STL)

Les panneaux photovoltaïques convertissent une partie de la lumière solaire en énergie électrique et le laser réalise la conversion inverse. Les flux énergétiques ne sont pas les mêmes dans les deux cas.

1 La puissance transportée par la lumière

A Les flux et l'éclairement énergétiques

■ L'**irradiance** (ou éclairement énergétique) quantifie la puissance d'un rayonnement électromagnétique reçu perpendiculairement à une surface. Elle est mesurée à l'aide d'un **pyranomètre** : son capteur reçoit la lumière extérieure et il indique la valeur de l'**irradiance** en watt par mètre carré ($W.m^{-2}$). L'irradiance I est donc le rapport d'une puissance par une surface S :

Pyranomètre

$$I = \frac{P}{S}$$

P : puissance en watt ou $\Phi_é$ flux énergétique (W)

S : surface en mètre carré (m^2)

I : irradiance ou éclairement énergétique en watt par mètre carré ($W.m^{-2}$)

■ L'éclairement solaire équivaut à 1 400 $W.m^{-2}$ dans de bonnes conditions (le jour sans couverture nuageuse).

EXEMPLE

Le soleil au zénith éclaire un champ de 1 000 m^2 perpendiculairement à sa surface avec une irradiance $I = 1\,200\ W.m^{-2}$.
Ce champ reçoit donc une puissance lumineuse $P = I \times S = 1\,200 \times 1\,000 = 1{,}2 \times 10^6\ W = 1{,}2\ MW$.
Cette puissance est considérable !

■ L'ordre de grandeur de la puissance lumineuse totale reçue par la Terre de la part du soleil est 10^{17} watts, soit une puissance moyenne de 340 $W.m^{-2}$ au sol. L'ordre de grandeur de l'énergie reçue pendant un an est 10^{25} J. Cependant, environ 70 % de l'énergie est absorbée par la Terre, soit 10^{24} J, car une part de cette énergie est réfléchie par le système Terre-atmosphère. Ceci correspond à environ 10^{14} tonnes d'équivalent pétrole soit 12 000 fois la consommation énergétique mondiale.

DÉFINITION

Tonne d'équivalent pétrole (tep) : énergie moyenne libérée par la combustion d'une tonne de pétrole. 1 tep $= 4{,}2 \times 10^{10}\ J = 1{,}2 \times 10^4\ kWh$.

B La conversion photovoltaïque

■ La **conversion photovoltaïque** est la transformation directe du rayonnement solaire en électricité dans une photopile. L'**effet photovoltaïque** a été découvert en 1839 par Antoine Becquerel.

■ Une **cellule photovoltaïque** est un très mince disque de silicium monocristallin. On dope cette cellule avec des atomes de bore et de phosphore pour former 2 zones superposées (n) et (p). En soumettant la cellule au rayonnement solaire, une tension de l'ordre de 0,6 V apparaît entre ces zones.

■ Les **photons** incidents, entrant en collision avec les atomes de la cellule, lui cèdent leur énergie. Il apparaît un **mouvement de charges électriques** (d'électrons en l'occurrence) permettant la circulation d'un **courant électrique** dans un récepteur branché aux bornes de la cellule.

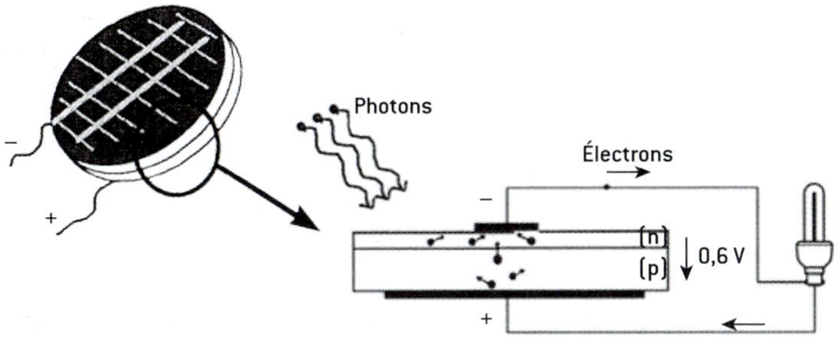

■ On définit :
- le **courant crête,** exprimé en ampère-crête (Ac) : c'est le courant maximum que peut délivrer la cellule soumise à l'irradiation maximale ;
- la **puissance crête,** exprimée en watt-crête (Wc) : c'est la valeur maximale de la puissance électrique délivrée par la cellule soumise à l'irradiation maximale ;
- le **rendement** η (« *éta* ») de conversion : c'est le rapport de la puissance électrique délivrée par la puissance reçue (pour une même surface).

■ Il existe 3 types de cellules photovoltaïques de rendements variables suivant la méthode de fabrication :
- les **cellules monocristallines** : le rendement est correct (15 à 20 %) mais le coût de fabrication est élevé ;
- les **cellules polycristallines** : constituées de plusieurs cristaux, elles sont moins chères à fabriquer et le rendement est un peu moins bon (10 à 12 %) ;
- les **cellules amorphes** : leur coût est faible et le rendement l'est aussi (5 à 10 %).

■ En plein soleil, correspondant à une irradiation de 1 000 W par m^2 (en été au sud de la France), une cellule de bonne qualité peut délivrer une densité de courant de l'ordre de $J = 3\ A.dm^{-2}$ soit 300 A par mètre carré. La densité de courant J est égale au quotient du courant délivré par la surface ($A.m^{-2}$).

■ La détermination du rendement d'un panneau photovoltaïque se réalise selon un protocole précis : un panneau photovoltaïque de surface S soumis à un éclairement E reçoit une puissance $P_{reçue}$. On détermine par lecture graphique la puissance électrique maximale $P_{élec}$ pour ce panneau. Le rendement est alors $\eta = \frac{P_{élec}}{P_{reçue}}$.

 # vidéo
L'étude d'un panneau photovoltaïque
foucherconnect.fr/23tersti2d07

2 Le rayonnement laser

A Le flux énergétique d'un laser

■ Le flux énergétique $\Phi_é$ d'une source lumineuse est le rapport de l'énergie lumineuse rayonnée par la source W par la durée Δt.

$$\Phi_é = \frac{W}{\Delta t}$$

W : énergie lumineuse rayonnée par la source en joules (J)
Δt : durée en secondes (s)
$\Phi_é$: flux énergétique en watt (W)

■ On peut aussi écrire $W = \Phi_é \times \Delta t$

ATTENTION

Ici, W est à la fois une grandeur physique et le symbole de flux énergétique.

EXEMPLE

Un laser dont le flux énergétique vaut $\Phi_é = 5{,}0$ mW éclaire une surface $S = 6{,}0\ mm^2$ pendant une durée $\Delta t = 40$ s.
L'éclairement énergétique ou irradiance I est le rapport du flux énergétique $\Phi_é$ par la surface S :
$W = \Phi_é/S = 5{,}0 \times 10^{-3}/6{,}0 \times 10^{-6} = 8{,}3 \times 10^2\ W.m^{-2}$.
On détermine aussi l'énergie lumineuse rayonnée par le laser : $W = \Phi_é \times \Delta t = 5{,}0 \times 10^{-3} \times 40 = 0{,}20$ J.

B Les propriétés

■ Un faisceau laser est unidirectionnel, intense, monochromatique et cohérent :
- **unidirectionnel** : le faisceau se dirige dans une seule direction sans diverger contrairement à la lumière émise par une ampoule à incandescence, pour laquelle le faisceau s'écarte ;
- **intense** : la lumière émise est très intense, car elle se répartit sur une petite surface de l'ordre de quelques millimètres carrés. Cette puissance par unité de surface importante offre au laser de nombreuses applications mais le rend dangereux pour les yeux : le faisceau laser peut entraîner une cécité irréversible en cas de vision directe ;
- **monochromatique** : le laser émet une seule longueur d'onde. Le spectre d'un laser ne comporte qu'une seule radiation ;
- **cohérent** : la lumière produite par un laser est ordonnée dans le temps et dans l'espace.

■ Les puissances ou flux énergétiques retenus pour un laser continu émettant dans le domaine visible sont : la **classe 1** jusqu'à 0,39 µW ; la **classe 2** de 0,39 µW à 1 mW ; la **classe 3** de 1 à 500 mW et la **classe 4** au-delà de 500 mW.

REMARQUE

Plus la classe du laser augmente, plus des conditions de sécurité sont importantes.

■ Un faisceau laser est peu divergent et fin, il a donc une irradiance considérable. Dans le cas d'un « stylo laser » de puissance P = 1,0 mW ayant un faisceau de diamètre d = 2,0 mm, l'irradiance vaut $I = \frac{P}{S}$ avec $P = 1{,}0 \times 10^{-3}$ W et $S = \frac{\Pi d^2}{4} = 3{,}1 \times 10^{-6}\ m^2$, soit $I = 322\ W.m^{-2}$. S'il est reçu au niveau de la pupille, focalisé sur la rétine, il peut causer des dégâts irréversibles.

C Les applications des lasers

■ En **ophtalmologie** : les lasers femto seconde permettent de vaporiser une partie de la cornée avant qu'un autre laser n'en modifie la courbure. Les opérations de la cataracte utilisent aussi des lasers.

■ En **dermatologie** : les lasers servent pour l'épilation, la réduction d'angiomes ou la cicatrisation. Selon l'objectif souhaité, un laser pulsé à colorant (λ = 595 nm) ou un laser presque continu YAG (1 064 nm) sera employé. La cible traitée doit absorber le faisceau laser. Le graphique ci-dessous indique les zones d'absorption (mélanine, globules rouges, eau) en fonction de la longueur d'onde.

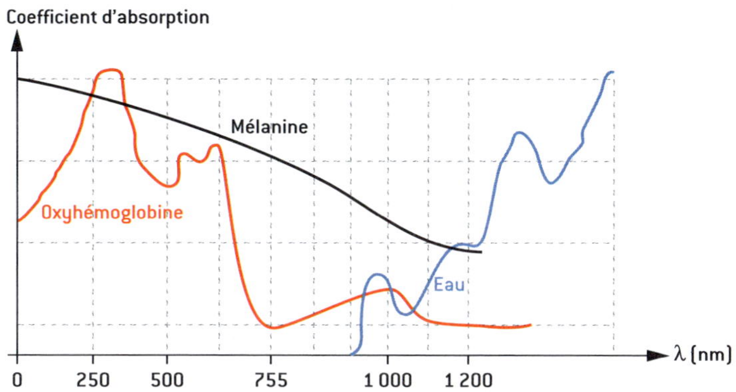

■ En **dentisterie** : pour le traitement des caries, en chirurgie des tissus mous, en implantologie.

■ En **physiothérapie** : le laser facilite la guérison des tissus blessés et accélère la reconstruction des tissus tout en réduisant l'inflammation et la douleur.

■ En **chirurgie** : le laser sert de bistouri et réduit considérablement les saignements.

■ Dans **l'industrie** : le laser permet de découper des matériaux rapidement et précisément.

■ En **urbanisme** ou en **construction** : le laser permet la mesure de distances.

 # vidéo
Le laser VCL-T100
foucherconnect.fr/23tersti2d08

D La protection contre les risques

■ Le **symbole de danger** (ci-contre) doit être affiché sur les appareils comportant une source de lumière laser ou dans un espace où un faisceau laser risque d'être présent.

■ Pour des questions de sécurité, la législation française interdit l'utilisation de lasers de classe supérieure à 2 en dehors d'un cadre professionnel.

■ Pour travailler dans des conditions de sécurité optimales, il faut suivre des consignes strictes :
- **utiliser** une peinture mate sur les murs ;
- **manipuler** des matériaux peu inflammables ;
- **prévoir** peu de lumière dans la pièce pour que la pupille de l'œil ne soit pas trop ouverte ;
- **afficher** un pictogramme de danger de faisceau laser dans la pièce et sur la porte du laboratoire ;
- **relier** le laser à la terre, car il y a présence de source électrique haute tension à l'intérieur du boîtier ;
- **éviter** de pointer le faisceau vers une porte ou une fenêtre ;
- **utiliser** des écrans protecteurs ;
- **placer** le faisceau à une hauteur différente de celle de l'œil ;
- **éviter** la présence de tout objet réfléchissant (bijoux, outils, etc.) ;
- **porter** des vêtements et des lunettes de protection adaptés au laser utilisé ;
- **atténuer** la puissance du faisceau au minimum nécessaire pour les expériences réalisées (filtres, atténuateurs) et en particulier lors des réglages ;
- **utiliser** un laser de classe 1 ou 2 est conseillé pour vérifier les alignements ;
- **réduire** au maximum la présence de personnes dans la salle de manipulation ;
- **avoir suivi** une formation sur la sécurité des lasers.

4 Je mémorise autrement

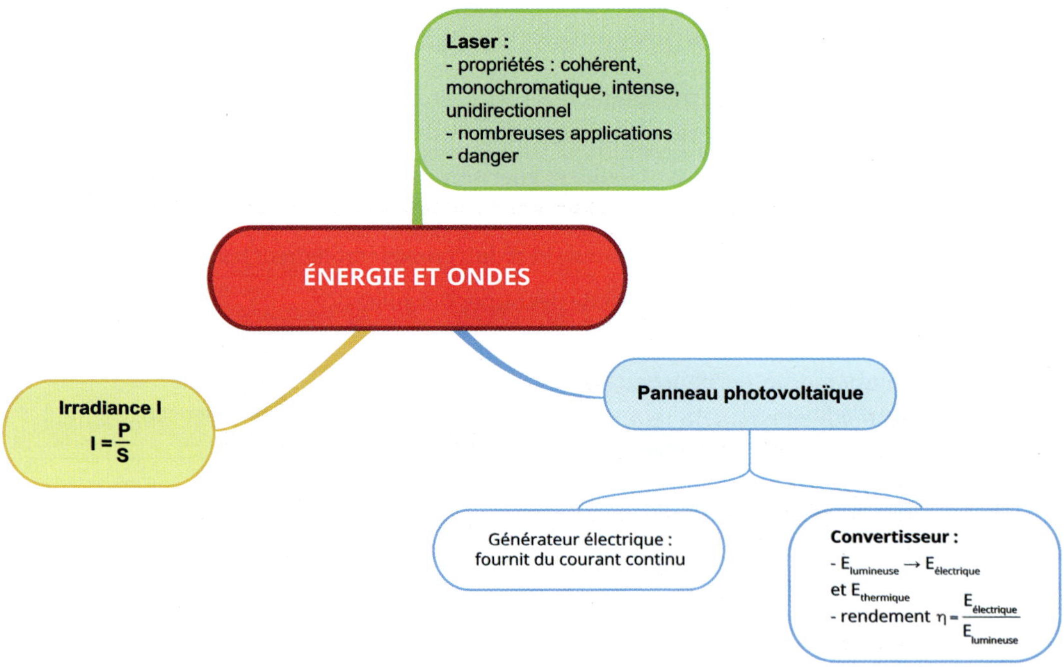

 # quiz
Des questions pour réviser
foucherconnect.fr/23tersti2d05

12 L'énergie et ses enjeux (STI2D)

Nous utilisons depuis longtemps des énergies primaires telles que le charbon ou le pétrole. Ces énergies sont converties en énergie électrique, en énergie thermique, en énergie mécanique... Le rendement étant variable selon les convertisseurs, les durées d'utilisation seront plus ou moins longues pour un réservoir donné dans le cas d'appareils autonomes.

1 L'énergie et la puissance

■ L'**énergie** se note en général **E** et s'exprime en **joule (J)**. C'est une façon d'exprimer l'intensité des phénomènes.

■ La **puissance** se note **P** et s'exprime en **watt (W)**. Elle mesure la capacité à mettre en jeu une certaine énergie en un temps donné.

A La puissance instantanée

■ La **puissance moyenne** est le rapport de l'énergie E mise en jeu par un phénomène, divisée par la durée Δt du phénomène :

$$P_{moy} = \frac{E}{\Delta t}$$

E : énergie en joule (J)

Δt : durée en seconde (s)

P : puissance en watt (W)

■ La **puissance instantanée** est la limite de la puissance moyenne pour une durée Δt infiniment petite. La puissance instantanée est donc la dérivée de l'énergie par rapport au temps.

$$P_{inst} = \lim_{\Delta t \to 0} P_{moy} = \lim_{\Delta t \to 0} \frac{E}{\Delta t} = \frac{dE}{dt}.$$

EXEMPLE

On suit l'évolution de l'énergie reçue par un système au cours du temps et on obtient les résultats présentés dans le tableau ci-contre.

La courbe correspondant à l'évolution de l'énergie au cours du temps est présentée ci-contre. La puissance est calculée pour chaque intervalle de temps Δt = 0,2 s : on considère que $P_i = (E_{i+1} - E_i)/\Delta t$. Ainsi entre 0 et 0,2 seconde, la puissance vaut (5 – 0)/0,2 = 25 W.

E (J)	0	5	10	15	25	32	41	50
t (s)	0	0,2	0,4	0,6	0,8	1	1,2	1,4

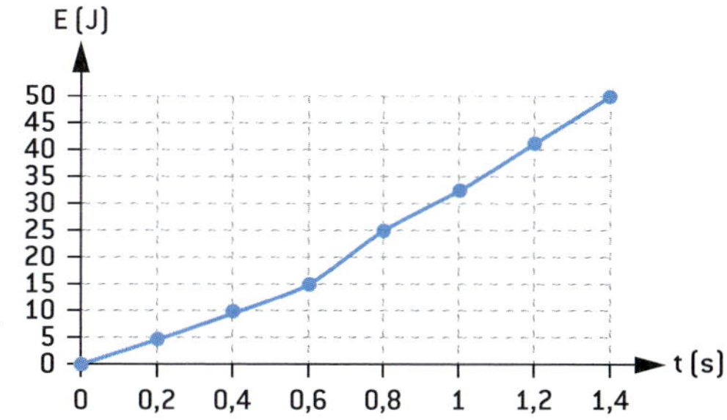

B La détermination de l'énergie à partir de la puissance instantanée

■ Si la puissance instantanée est la dérivée de l'énergie par rapport au temps, alors l'énergie est calculée par l'intégrale de la puissance instantanée sur l'intervalle de temps pris en compte :

$$\mathbf{E} = \int \mathbf{P_{inst}} \times \mathbf{dt}$$

■ Si on dispose d'une courbe correspondant à l'évolution de la puissance d'un système au cours du temps, alors la valeur de l'énergie est l'aire se trouvant entre la courbe de puissance et l'axe du temps. Ce calcul est réalisé par approximation avec la **méthode des rectangles**.

EXEMPLE

On suit l'évolution de la puissance d'un système au cours du temps et on obtient les résultats présentés dans le tableau ci-contre.

P (W)	10	12	13	12	15	18	16	14
t (s)	0	1	2	3	4	5	6	7

La courbe correspondant à l'évolution de la puissance au cours du temps est présentée en bleu ci-contre : l'énergie, en rouge, correspond à l'aire bleue sous la courbe. On obtient l'évolution de la valeur de l'énergie au cours du temps par calcul numérique : pour chaque intervalle de temps $\Delta t = 1$ s, on considère que $E_i = (P_i + P_{i+1})/2 \times \Delta t$ et on fait la somme des énergies sur chaque intervalle.

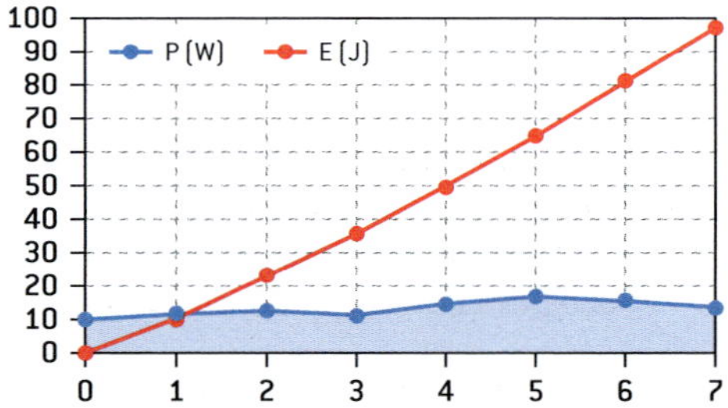

Ainsi entre 0 et 1 seconde, l'énergie vaut $(10 + 12)/2 \times 1 = 11$ J. L'énergie totale vaut 97 J.

C La durée de fonctionnement d'un système autonome

■ Un système autonome dispose d'un réservoir d'énergie, dans lequel il puise l'énergie qu'il absorbe : son autonomie en durée Δt est liée à l'énergie stockée $E_{réservoir}$ dans le réservoir et à la puissance $P_{absorbée}$ qu'il va absorber lors de son fonctionnement.

■ Ces trois grandeurs sont liées par la relation $\mathbf{E_{réservoir} = P_{absorbée} \times \Delta t}$, en considérant $P_{absorbée}$ comme la puissance moyenne de fonctionnement du système. La durée d'autonomie est donc $\mathbf{\Delta t = \dfrac{E_{réservoir}}{P_{absorbée}}}$.

EXEMPLE

Une voiture électrique dispose d'un accumulateur pouvant stocker $E = 80$ kW.h $= 2,8 \times 10^8$ J (1 kW.h $= 3,6 \times 10^6$ J). Elle absorbe une puissance $P_{absorbée} = 20$ kW en roulant à une vitesse moyenne $v = 90$ km.h^{-1} sur une route horizontale.

Ce véhicule peut donc fonctionner pendant une durée $\Delta t = \dfrac{E}{P_{absorbée}} = \dfrac{2,8 \times 10^{10}}{20 \times 10^3} = 1,4 \times 10^4$ s $= 3,9$ h, ce qui lui permet de parcourir une distance $d = v \times \Delta t = 90 \times 3,9 = 350$ km.

2 La puissance dans les convertisseurs

■ Un **convertisseur** peut être considéré comme un **système isolé** : toute la puissance absorbée est convertie intégralement en une ou plusieurs autres formes de puissance. Il y a conservation de la puissance : la valeur totale de la puissance absorbée se retrouve à l'issue du convertisseur. $P_{absorbée} = P_{utile} + P_{perdue}$. La puissance perdue est dissipée sous forme thermique.

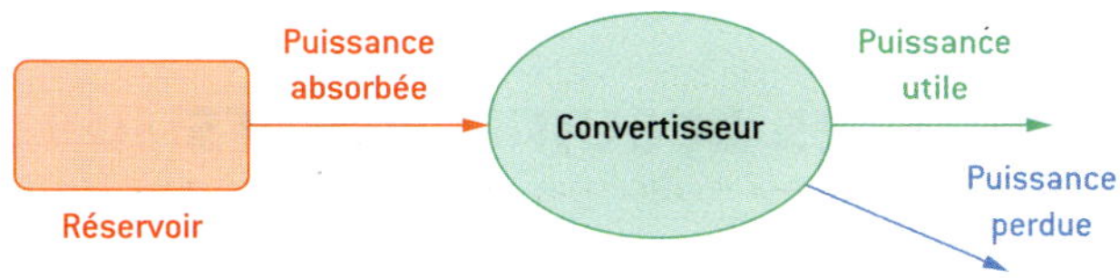

■ Le **rendement** η (« *éta* ») de conversion est le **rapport de la puissance utile par la puissance absorbée**. Il s'exprime en pourcent. $\eta = \frac{P_{utile}}{P_{absorbée}}$.

■ Les meilleurs moteurs de série pour usage automobile ont des rendements pouvant atteindre 36 % pour un moteur à essence à allumage commandé et 42 % pour un moteur diesel, tandis que les meilleurs moteurs industriels à fioul lourd peuvent avoisiner 50 %.

■ Les centrales électriques produisent de l'électricité à partir de la **combustion de charbon ou de pétrole**. Leur rendement est au mieux de 35 %, le reste étant dissipé en chaleur. De plus, les pertes en lignes sont de 7 à 15 % : ainsi, pour 100 MJ d'énergie (charbon, gaz, pétrole, uranium), il n'arrive plus que 100 × 36 % × (1 – 7 %) = 33 MJ chez l'utilisateur

■ Avec une **centrale à cogénération**, on utilise l'électricité et la chaleur. 100 MJ de combustible produisent 35 MJ d'électricité et 55 MJ de chaleur, soit un rendement de 90 %.

■ Un convertisseur peut avoir un **fonctionnement réversible ou irréversible**. Un radiateur électrique convertit de l'énergie électrique en énergie thermique : il a un fonctionnement irréversible. Un capteur piézoélectrique convertit de l'énergie électrique en énergie mécanique et peut réaliser la conversion inverse : il a un fonctionnement réversible.

13 L'énergie chimique (STI2D)

Les piles et leurs versions rechargeables, les accumulateurs, sont utilisées dans la plupart des appareils nomades. Leurs caractéristiques (tension, capacités électriques) conditionnent la durée d'utilisation.

1 Les piles et les accumulateurs

■ Initialement, le nom de « **pile** » désignait un empilement de rondelles de deux métaux différents en contact grâce à une solution ionique conduisant le courant, appelée électrolyte. Aujourd'hui, on appelle « pile » un générateur électrochimique monobloc constitué d'un seul élément, non rechargeable.

■ Un exemple de pile saline est présenté ci-contre.

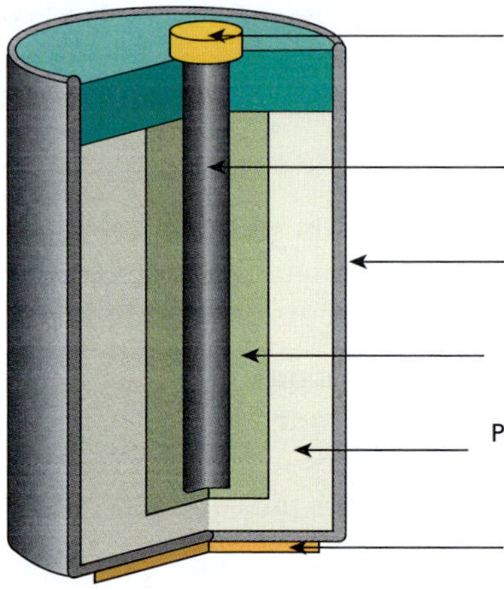

■ Un exemple de pile à combustible est présenté au chapitre 20, p. 121. Les piles à combustible utilisent des espèces chimiques : l'électricité est produite par l'**oxydation à l'anode** d'un combustible réducteur, comme le dihydrogène ou le méthanol, en même temps que la **réduction à la cathode** d'un oxydant, tel que le dioxygène de l'air. La réaction d'oxydation est accélérée en utilisant un catalyseur, comme le platine.

■ Une pile est un convertisseur d'énergie :

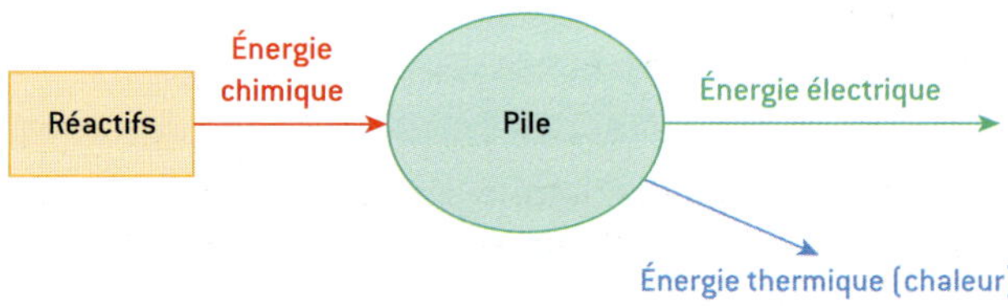

Chaîne énergétique d'une pile

■ Un **accumulateur** est une pile pouvant être rechargée. On trouve des accumulateurs dans les voitures, les camions, les motocyclettes (accumulateurs au plomb). On peut constituer un ensemble d'accumulateurs, qu'on appelle alors une batterie d'accumulateurs.

■ Lorsqu'un accumulateur se **décharge**, il fonctionne comme une pile : de l'énergie chimique est transformée en énergie électrique et en énergie thermique.

■ Lorsque l'on **charge** un accumulateur à l'aide d'énergie électrique, de l'énergie chimique est produite. Il y a souvent de l'énergie thermique dissipée au cours de la charge, car un accumulateur est un convertisseur d'énergie :

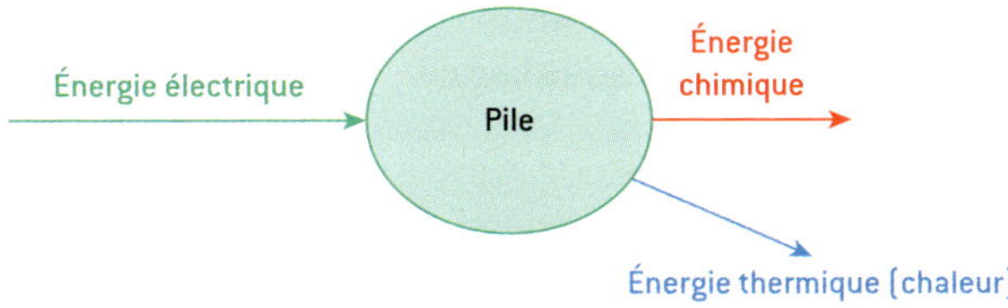

Chaîne énergétique d'un accumulateur en charge

■ Pour recharger l'accumulateur, il faut relier la borne positive de l'accumulateur à la borne positive d'un générateur extérieur, et la borne négative à la borne négative du même générateur.

2 L'énergie stockée

A La quantité d'électricité disponible Q

■ Une pile transfère de l'énergie électrique à l'appareil qu'elle alimente en consommant des réactifs chimiques. La **quantité d'électricité disponible Q** peut être déterminée à partir de la quantité de matière de réactif limitant et de la quantité d'électricité qui va circuler.

■ La **constante de Faraday (F)** est la charge portée par une mole de charge élémentaire :

$1\ F = 9{,}65 \times 10^4\ C.mol^{-1}$.

■ La **charge électrique Q** est liée à la quantité d'électrons ayant circulé dans le circuit électrique.

$Q = n_e \times F$

- **Q** : charge en coulomb (C)
- **n_e** : quantité d'électrons ayant circulé en mole (mol)
- **F** : constante de Faraday en coulomb par mol ($C.mol^{-1}$)

■ Le lien entre les quantités de charge débitées par la pile et les quantités de réactifs consommées est établi grâce aux demi-réactions : si une pile consomme des ions cuivre II et les transforme en cuivre métallique, on a $Cu^{2+}_{(aq)} + 2e^- = Cu_{(s)}$. Il faut alors deux fois plus d'électrons que d'ions cuivre. Ainsi $n_{e-} = 2\ n_{Cu2+}$.

EXEMPLE

On dispose d'une pile pour laquelle l'ion cuivre (II) serait le réactif limitant avec une quantité initiale $n_{Cu2+} = 0{,}020$ mol. Cette pile peut donc mettre en jeu une quantité d'électrons $n_e = 2\ n_{Cu2+} = 0{,}040$ mol. La capacité théorique est donc $Q = n_e \times F = 0{,}040 \times 96\,500 = 3{,}9 \times 10^3$ C.

■ La **quantité d'électricité disponible Q** peut également être indiquée par le constructeur sous la forme d'une valeur théorique sur la pile ou l'accumulateur (pour un accumulateur complètement chargé pendant un cycle complet de décharge ou pour une pile neuve) en A.h ou en mA.h. 1,0 A.h est bien à une charge électrique $Q = I.\Delta t = 1{,}0 \times 3\,600 = 3\,600$ C.

B L'énergie disponible E

■ L'**énergie disponible E** est l'énergie stockée sous forme chimique dans la pile ou dans l'accumulateur (ou la batterie d'accumulateur). Elle est égale à sa charge électrique Q multipliée par la tension moyenne U sous laquelle cette charge est déchargée :

$\mathbf{E = Q \times U}$.

■ L'énergie stockée se mesure en général en watt.heure (W.h), bien que l'unité officielle soit le joule (J).

■ Il est possible d'associer plusieurs accumulateurs en série afin d'augmenter la tension aux bornes de l'ensemble. En associant 6 accumulateurs au plomb en série, ayant chacun une tension de 2,25 V, on obtient une batterie ayant une tension de 13,5 V.

REMARQUE

Un watt.heure correspond à une puissance $P = 1{,}0$ W fonctionnant pendant une durée $\Delta t = 1$ h $= 3\,600$ s. Ceci correspond à une énergie $E = P \times \Delta t = 1{,}0 \times 3\,600 = 3\,600$ J $= 3{,}6$ kJ.
De même, un kilowatt.heure correspond à une énergie $E = 1{,}0$ kW.h $= 1{,}0 \times 10^3 \times 3\,600 = 3\,600 \times 10^3$ J $= 3{,}6$ MJ.

14 L'énergie électrique (STI2D)

Nous utilisons l'énergie électrique quotidiennement : elle est produite à partir de centrales et distribuée grâce à un réseau dense de lignes électriques. Son emploi n'est pas anodin : il faut savoir s'en protéger.

1 Le régime sinusoïdal

A La puissance apparente S

- La **puissance apparente S** s'exprime en volt.ampère (V.A) et a la dimension d'une puissance en watt (W). Elle est égale au produit des valeurs efficaces de la tension U_{eff} en volt (V) et de l'intensité I_{eff} en ampère (A) du courant : $\mathbf{S = U_{eff} \times I_{eff}}$.
- C'est une grandeur de dimensionnement d'une installation électrique.

B La puissance active P

La **puissance active P** est égale à la **puissance moyenne** mise en jeu par une installation électrique. Elle s'exprime en watt (W).

C Le facteur de puissance k

- Le **facteur de puissance k** est le rapport de la puissance active P par la puissance apparente S en régime sinusoïdal : $\mathbf{k = \frac{P}{S}}$. Il est sans dimension et compris entre 0 et 1.
- Ainsi, la puissance active s'écrit $P = k \times S = k \times U_{eff} \times I_{eff}$.
- Dans un circuit électrique, les dipôles n'ont pas le même impact sur la puissance active, c'est pour cela que le facteur de puissance est inférieur ou égal à 1. Pour un circuit ne comportant que des résistances, k égale 1 ; s'il y a des inductances (bobines) ou des capacités, alors k devient inférieur à 1.

APPLICATION

Les courbes ci-dessous représentent l'évolution de la puissance instantanée en bleu foncé (produit de la tension et du courant instantanés) consommée par un dipôle soumis à une tension efficace $U_{eff} = 230$ V et traversé par un courant d'intensité efficace $I_{eff} = 18$ A. La puissance apparente vaut donc $S = 4,4 \times 10^3$ V.A.

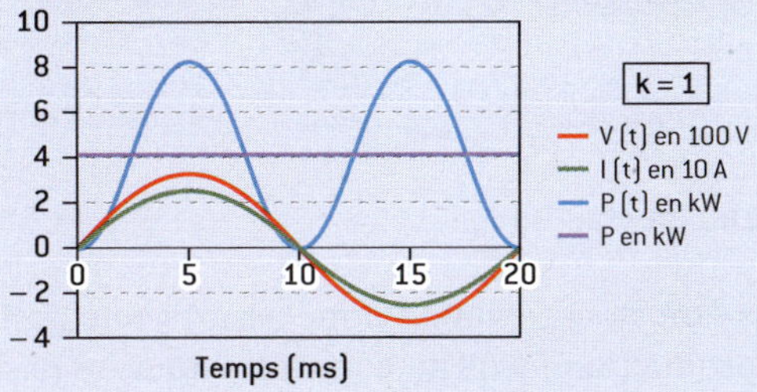

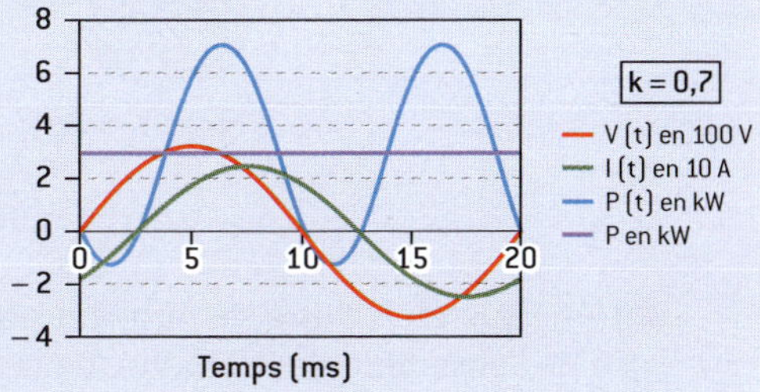

Les deux cas présentés ont des facteurs de puissance k différents :
– à gauche, le facteur de puissance k est égal à 1 (valeur maximale) : la tension et le courant sont en phase. La puissance instantanée est toujours positive et la puissance active (puissance moyenne) est maximale et égale à la puissance apparente ;
– à droite, le facteur de puissance est égal à 0,7 : le courant est « en retard » par rapport à la courbe de la tension. La puissance instantanée prend par moments des valeurs négatives, le dipôle refoule périodiquement de l'énergie sur le réseau, aussi la puissance active est plus faible que la puissance apparente.

2 Le transport et la distribution de l'énergie électrique

A Le réseau

a Définition

■ Un réseau électrique achemine l'énergie électrique des centres de production vers les consommateurs finaux.

■ Il comporte de nombreuses **lignes électriques** (sur des pylônes, enterrées) travaillant à des tensions définies. Ces lignes sont connectées entre elles grâce aux postes électriques, qui permettent de modifier la tension de la ligne à l'aide de transformateurs et de la diriger vers les consommateurs.

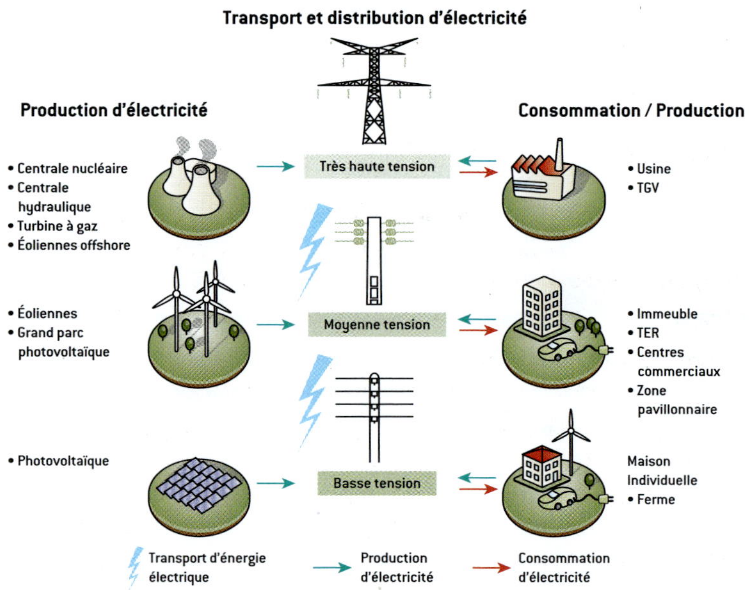

Le réseau électrique

■ L'**énergie électrique** ne pouvant pas être stockée, il faut donc assurer une gestion efficace de l'ensemble de la chaîne, de la production jusqu'au consommateur en passant par le transport.

b La production de l'énergie

■ L'électricité peut être produite de différentes manières, mais en utilisant presque toujours le même principe : la transformation d'un mouvement de rotation en énergie électrique à l'aide d'un alternateur.

■ En France, la production d'électricité est essentiellement **d'origine nucléaire** (72 %). Le reste est produit par des usines hydrauliques et thermiques. Les énergies renouvelables, telles que l'éolien ou le photovoltaïque, produisent une part croissante d'électricité, qui reste cependant limitée.

c L'acheminement de l'énergie

■ La tension produite est portée à la sortie du site de production à une tension de 400 kV, grâce à un transformateur élévateur de tension, ce qui permet de transporter de grandes quantités d'énergie sur de longues distances avec le minimum de pertes d'électricité. Ce réseau assure le lien entre les régions, il est interconnecté aux réseaux des pays voisins en Europe.

■ À l'échelle régionale ou locale, le transport est assuré en **très haute tension** (225 kV) et en **haute tension** (63 à 90 kV). Cette partie du réseau achemine l'électricité jusqu'aux grands consommateurs industriels et aux réseaux de distribution.

■ L'électricité passe du réseau de transport aux réseaux de distribution dans des postes de transformation abaisseurs de tension : la haute et très haute tension sont transformées en **moyenne tension** (15 à 20 kV) ou en **basse tension** (400 et 230 V). Les réseaux de distribution alimentent les particuliers, les petits commerçants, les collectivités locales et les petites et moyennes entreprises.

■ La tension délivrée par les prises électriques chez les particuliers a une fréquence de 50 hertz et une tension efficace de 230 V.

B Le choix de la tension alternative

■ Le réseau électrique européen a globalement la même structure d'un pays à l'autre, pour pouvoir faire transiter de fortes puissances électriques au sein de l'Europe. Les distances à parcourir sont énormes, les pertes énergétiques par **effet Joule** doivent être réduites au maximum. Le choix de la tension alternative a donc été fait pour pouvoir transporter de grandes quantités d'énergie électrique sur de longues distances.

DÉFINITION

L'**effet Joule** est une perte d'énergie sous forme de chaleur.

■ La justification se trouve dans les pertes thermiques créées par l'effet Joule. En effet, une ligne électrique ayant une résistance R peut être considérée comme un conducteur ohmique. La puissance Joule s'exprime par $P_J = R.I^2$. Pour transporter une puissance électrique élevée en tension continue, il faut faire passer une intensité forte, ce qui engendre une **perte importante sous forme thermique** sur de grandes distances.

■ Ainsi, l'utilisation de la tension continue entraîne des pertes d'énergie élevées et oblige à avoir de nombreux sites de production, très proches des consommateurs. La tension continue a donc été abandonnée au profit de **tensions alternatives triphasées**, qui permettent de transporter de très fortes puissances électriques à travers un pays ou un continent. Pour limiter l'effet Joule, il faut augmenter la tension électrique U.

C Les transformateurs de tension

■ Les transformateurs permettent d'élever ou d'abaisser la valeur d'une tension alternative. Un transformateur est représenté par le schéma ci-contre. On les trouve aux extrémités des réseaux de transport et de distribution :

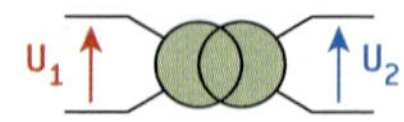

- un transformateur élévateur de tension à la sortie des centrales de production d'électricité ;
- un transformateur abaisseur après le transport de l'électricité.

■ Un transformateur est constitué d'un circuit magnétique. Il comporte deux enroulements. On définit le **rapport de transformation**, noté m, comme le rapport du nombre de spires à l'enroulement secondaire N_2 par le nombre de spires à l'enroulement primaire N_1.

■ Ce rapport de transformation m est égal au rapport de la tension de sortie U_2 au secondaire par la tension d'entrée U_1 au primaire :

$$\mathbf{m = \frac{N_2}{N_1} = \frac{U_2}{U_1}}.$$

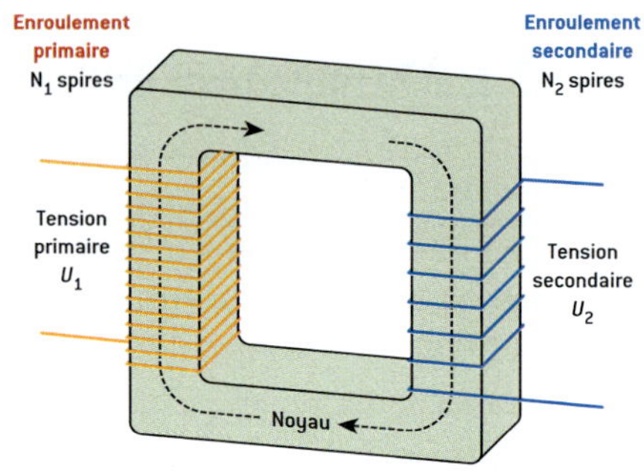

Fonctionnement d'un transformateur

■ Un transformateur ne fonctionne pas en courant continu, la tension de sortie est alors nulle.

EXEMPLE

Un transformateur comporte $N_1 = 500$ spires au primaire et $N_2 = 50$ spires au secondaire. Calculez le rapport de transformation et la tension de sortie U_2 si la tension d'entrée U_1 est égale à 12,0 V.

Le rapport de transformation vaut donc $\frac{50}{500} = 0{,}10$. Ce rapport est aussi égal au rapport de tension $\frac{U_2}{U_1}$, donc $\frac{U_2}{U_1} = 0{,}10$, soit $U_2 = 0{,}10 \times U_1 = 1{,}2$ V.

REMARQUE

- Si $N_1 < N_2$ alors $m > 1$ et $U_2 > U_1$, c'est un transformateur élévateur de tension.
- Si $N_1 > N_2$ alors $m < 1$ et $U_2 < U_1$, c'est un transformateur abaisseur de tension.

3 La protection

A La protection des individus contre les risques du courant électrique

a Les principaux effets physiologiques du courant

■ Les effets physiologiques de l'électricité sont liés à **l'intensité du courant** qui circule dans le corps humain et non à la tension. Cependant, l'intensité du courant dépend de la **tension appliquée** et de la **résistance du corps humain**. Les effets seront différents selon le chemin suivi par ce courant dans le corps humain et selon la fréquence : un courant circulant entre les doigts d'une même main ou traversant la cage thoracique n'aura pas les mêmes conséquences. Considérons les dangers liés à un courant passant entre les deux mains ou entre une main et les pieds d'une personne.

■ Les tableaux suivants présentent les effets du courant en fonction de l'intensité :

En courant continu	Effet
130 mA	Seuil de fibrillation cardiaque
Non défini	Seuil de non-lâcher
2 mA	Seuil de perception

En courant alternatif	Effet
1A	Arrêt du cœur
40 mA à 75 mA	Seuil de fibrillation cardiaque
30 mA	Seuil de paralysie respiratoire
10 mA	Seuil de non-lâcher, contraction musculaire
0,5 mA	Seuil de perception, sensation très faible

■ La **fibrillation cardiaque** provoque un dérèglement du rythme cardiaque, conduisant à un arrêt du cœur. Au-delà de quelques ampères, le courant peut créer des brûlures internes ou externes.

 # application
Application sur les effets physiologiques d'un courant alternatif
foucherconnect.fr/23tersti2d77

b Le seuil de dangerosité des tensions

■ Le corps présente une résistance différente selon qu'il est sec, humide ou immergé. Le courant qui traverse le corps est donc différent selon que le corps est sec ou non. Les tensions présentant un danger varient et on définit des tensions limites au-dessus desquelles une personne est en danger.

Tension limite U	
Milieu sec	$U < 50$ V
Milieu humide	$U < 25$ V
Milieu mouillé	$U < 12$ V

c Les dispositifs de protection

■ L'ensemble de l'installation électrique doit être raccordée à la terre. Cela nécessite :
- une prise de terre ;
- des conducteurs associés aux différents circuits de l'installation électrique ;
- une liaison équipotentielle principale reliant à la terre les canalisations métalliques rentrant dans le bâtiment, afin d'éviter des tensions électriques entre différents points du réseau d'eau.

■ Les hommes sont alors protégés de l'électrocution par le **disjoncteur différentiel**. Celui-ci se déclenche dès qu'il détecte un courant de fuite au niveau de la terre, supérieur à un seuil. En général, ce seuil est choisi à 30 mA. Le disjoncteur différentiel est placé sur le panneau électrique principal.

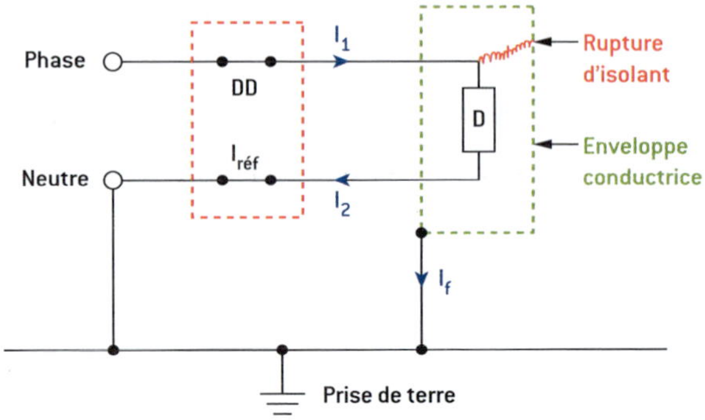

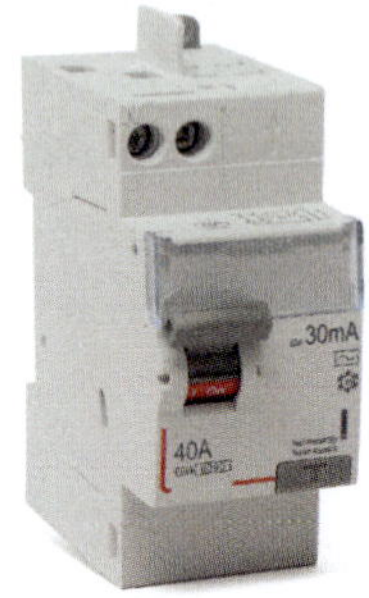

Disjoncteur différentiel

■ S'il n'y a pas de défaut (pas de rupture d'isolant), $I_1 = I_2$, le disjoncteur différentiel (DD) ne se déclenche pas.

■ En présence d'un défaut d'isolement, $I_1 - I_2 = I_f$, le circuit de détection du disjoncteur différentiel compare le courant de fuite I_f et l'intensité de référence permise $I_{réf}$. Si I_f atteint $I_{réf}$ (intensité de déclenchement), les interrupteurs s'ouvrent et l'équipement sera automatiquement mis hors tension.

B La protection des matériels contre les risques du courant électrique

■ Le réseau électrique comporte des fils électriques dont la section doit être adaptée à l'intensité électrique alimentant les appareils.

■ La protection des installations est réalisée par un système qui coupe l'alimentation dès que le courant dépasse un seuil jugé dangereux (qui pourrait par exemple conduire à un incendie par mise en contact des fils conducteurs après fusion des gaines de protection) pour les instruments électriques à travers lesquels ce courant passe. On trouve dans cette catégorie :
– les fusibles, qui fondent dès que l'intensité du courant devient trop élevée, ce qui coupe le circuit. Il faut changer le fusible lorsqu'il a coupé le circuit, car il n'est plus utilisable ;
– les disjoncteurs, des interrupteurs qui coupent le circuit à chaque fois que l'intensité du courant est trop élevée. Il suffit de le réenclencher en le mettant sur la position « marche » lorsque l'on veut remettre l'installation sous tension (après avoir trouvé et éliminé l'origine de déclenchement du disjoncteur).

C Comment éviter l'électrocution et l'électrisation ?

■ Couper le courant avant de travailler sur les circuits électriques (changement de prise ou d'ampoule, etc.) ;

■ Ne jamais utiliser d'appareils électriques (sèche-cheveux, rasoir électrique, etc.) sur un sol mouillé et éloigner les appareils électriques des points d'eau ;

■ Débrancher les appareils électriques pour les nettoyer ;

■ Ne pas surcharger les prises électriques ;

■ Ne jamais laisser de fils électriques dénudés ;

- Faire vérifier vos installations : prises, interrupteurs, etc. ;
- Faire installer, si possible, un système qui coupe le courant au moindre court-circuit (disjoncteur différentiel à haute sensibilité) ;
- Sensibiliser les jeunes enfants aux risques d'électrocution et équiper les prises électriques d'un dispositif de sécurité.

4 Je mémorise autrement

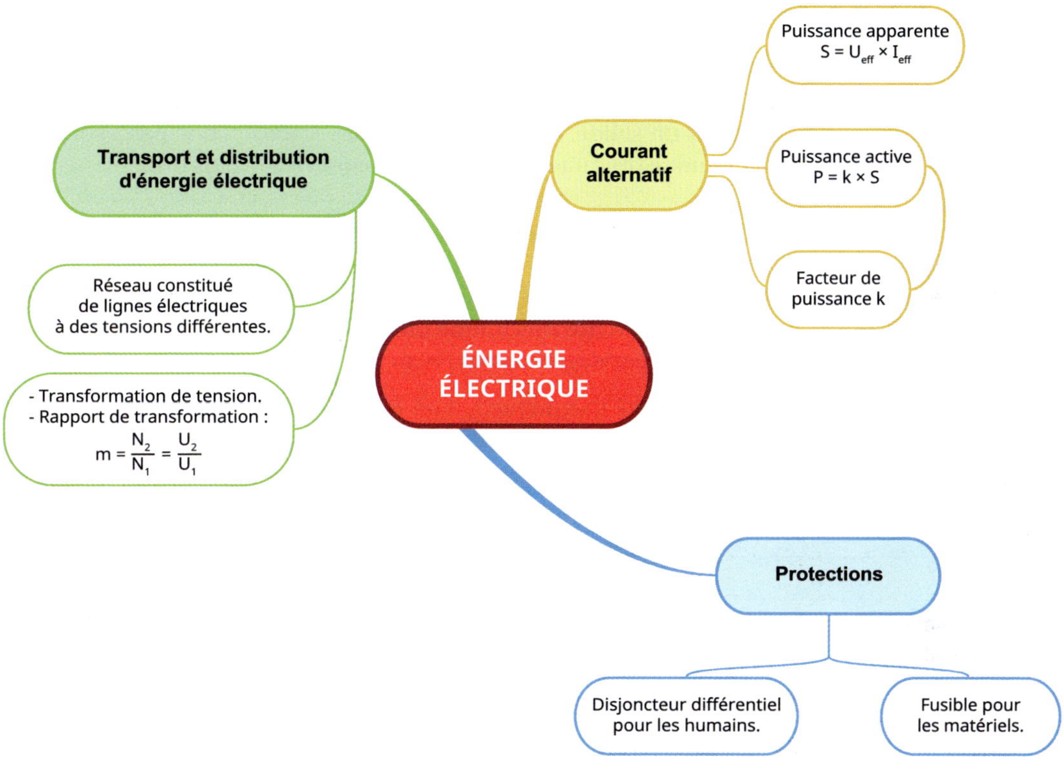

15 L'énergie interne (STI2D)

Les matériaux constituant les vêtements ou les murs des maisons ne doivent pas laisser facilement l'énergie thermique, pour nous protéger du chaud et du froid.

1 Le flux thermique à travers une paroi

La **conduction thermique** est le phénomène qui permet d'avoir une température homogène au sein d'un corps. Elle se produit par la **transmission de l'agitation thermique entre molécules**, que ce soit pour un solide, un liquide ou un gaz. À travers une paroi solide, ce mode de transfert thermique se produit du côté le plus chaud vers le plus froid.

A La conductivité thermique d'un matériau

■ Les matériaux sont plus ou moins bons conducteurs de la chaleur. On attribue à chacun une constante λ, appelée **conductivité thermique** du matériau, qui s'exprime en watt par mètre par kelvin ($W.m^{-1}.K^{-1}$) ou par degré Celsius ($W.m^{-1}.°C^{-1}$).

■ Plus la valeur de la conductivité thermique λ d'un matériau est **élevée**, plus le transfert thermique par conduction est **facile**. Les meilleurs conducteurs thermiques sont les métaux.

■ Le tableau ci-dessous indique les valeurs de conductivités thermiques de différents matériaux.

Matériaux	λ($W.m^{-1}.K^{-1}$)
Acier	46
Air (à pression atmosphérique)	0,026
Amiante	0,168
Argent	418
Béton	0,92
Bois	0,15 à 0,30
Brique	0,84
Cuivre	390

Matériaux	λ($W.m^{-1}.K^{-1}$)
Laine	0,05
Laine de roche	0,045
Liège	0,04
Mousse de polyuréthane	0,025
Ouate de cellulose	0,041
Paille	0,04
Terre	0,75
Verre	1,2

■ Lorsque l'on cherche un matériau pour isoler une maison, il faut bien sûr privilégier les matériaux qui ont des valeurs de conductivité thermique **les plus petites possibles**. Les meilleurs isolants thermiques sont l'air et les matériaux qui emprisonnent de l'air. Ce sont donc ces matériaux qui sont utilisés dans l'isolation thermique des maisons.

■ Le bois est un bon isolant thermique, il est très fréquemment utilisé dans les pays du nord de l'Europe. En France, de nombreuses constructions sont réalisées en béton, qui n'a pas les mêmes caractéristiques thermiques que le bois.

B La résistance thermique

■ Une paroi s'oppose plus ou moins au passage de l'énergie thermique, ce qui est caractérisé par la **résistance thermique R_{th}** d'une paroi. Cette résistance s'écrit :

$$R_{th} = \frac{e}{\lambda S}$$

λ : conductivité thermique du matériau en watt par mètre par degré Celsius ($W.m^{-1}.°C^{-1}$)

e : épaisseur de la paroi en mètre (m)

S : surface latérale de la paroi en mètre carré (m^2)

R_{th} : résistance thermique en mètre carré degré Celsius par watt ($°C.W^{-1}$)

■ On remarque que la résistance thermique d'une paroi augmente lorsque l'épaisseur de la paroi augmente et diminue lorsque la conductivité thermique du matériau et la surface augmentent.

C Le flux thermique

a Propriétés

■ Un flux thermique, noté Φ, est un débit d'énergie thermique par unité de temps : c'est donc une puissance, qui s'exprime en watt (W).

EXEMPLE

Une paroi laisse passer une énergie thermique $E_{th} = 270$ kJ pendant une durée $\Delta t = 1{,}5$ h.
On transforme la durée en seconde $\Delta t = 1{,}5 \times 3\,600 = 5{,}4 \times 10^3$ s. Le flux thermique à travers cette paroi vaut donc : $\Phi = 2{,}7 \times 10^5 / 5{,}4 \times 10^3 = 50$ W.

■ On considère une paroi de surface S, d'épaisseur e, séparant deux milieux ayant des températures constantes θ_1 et θ_2. On suppose que la température θ_1 est supérieure à la température θ_2.

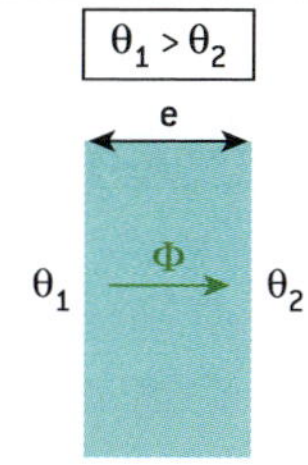

Flux thermique à travers une paroi

■ La partie gauche de la paroi, en contact avec le milieu 1, est à une température θ_1 et la partie droite, en contact avec le milieu 2, est à une température θ_2. La température diminue à l'intérieur de la paroi en allant de la partie gauche vers la partie droite.

■ Grâce à la conduction thermique, un transfert thermique va se produire spontanément du milieu ayant la température la plus élevée vers celui qui a la température la plus faible, c'est-à-dire du milieu 1 vers le milieu 2, à travers la paroi.

■ Le flux thermique Φ est la puissance thermique qui va transiter à travers la paroi. Il s'exprime en fonction des différents paramètres :

$$\Phi = \frac{\lambda \times S}{e} \times (\theta_1 - \theta_2)$$

λ : conductivité thermique du matériau en $W.m^{-1}.°C^{-1}$

S : surface considérée de la paroi en mètre carré (m^2)

e : épaisseur de la paroi en mètre (m)

θ_1 et θ_2 : températures des deux milieux en degré Celsius (°C)

Φ : flux thermique en watt (W)

b Conséquences pour l'isolation thermique

■ Le flux thermique est proportionnel à la conductivité thermique des matériaux, à la surface de la paroi, à la différence de température entre les deux milieux et inversement proportionnel à l'épaisseur de la paroi.

■ Pour limiter le flux thermique d'une habitation et éviter des déperditions de chaleur, il faut donc employer des matériaux isolants thermiques (ayant une faible valeur de conductivité thermique), limiter si possible la surface des parois en contact avec des milieux froids et ne pas hésiter à avoir des épaisseurs de murs importantes. On peut diminuer la différence de température entre les deux milieux en ne maintenant pas une température trop élevée à l'intérieur.

■ Une paroi s'oppose donc au transfert thermique par conduction. Plus sa résistance thermique est grande, moins le flux thermique sera important : il y aura donc moins de déperdition d'énergie.

c Autres notations et relations

■ D'après la formule $\mathbf{R_{th}} = \dfrac{\mathbf{e}}{\boldsymbol{\lambda}\,\mathbf{S}}$, le flux thermique s'écrit aussi : $\boldsymbol{\Phi} = \dfrac{(\boldsymbol{\theta_1} - \boldsymbol{\theta_2})}{\mathbf{R_{th}}}$.

■ On note parfois **Δθ** la différence de température ($\theta_1 - \theta_2$). Dans ce cas, le flux thermique s'écrit : $\Phi = \dfrac{\Delta\theta}{R_{th}}$.

■ On peut transformer cette relation pour exprimer la différence de température :

$\Delta\theta = R_{th}\,\Phi$.

REMARQUE

Cette relation est analogue à la loi d'Ohm concernant une résistance électrique (analogue à une résistance thermique). La résistance électrique R d'un conducteur ohmique permet d'établir une relation entre l'intensité I (analogue au flux thermique) qui le traverse et la tension à ses bornes U (analogue à la différence de températures). On a ainsi **U = R.I**.

2 La résistance thermique globale d'une paroi constituée de différents matériaux

■ Pour limiter les déperditions à travers les parois de la maison, on est amené à placer plusieurs épaisseurs de matériaux différents les unes sur les autres.

■ On considère un mur constitué de trois matériaux A, B et C plaqués les uns contre les autres, séparant deux milieux ayant des températures différentes θ_1 et θ_4.

■ La température du milieu 1 est plus élevée que les autres : la température diminue donc dans la paroi de la gauche vers la droite. Un transfert thermique va alors s'établir par conduction entre le milieu le plus chaud et le milieu le plus froid à travers la paroi.

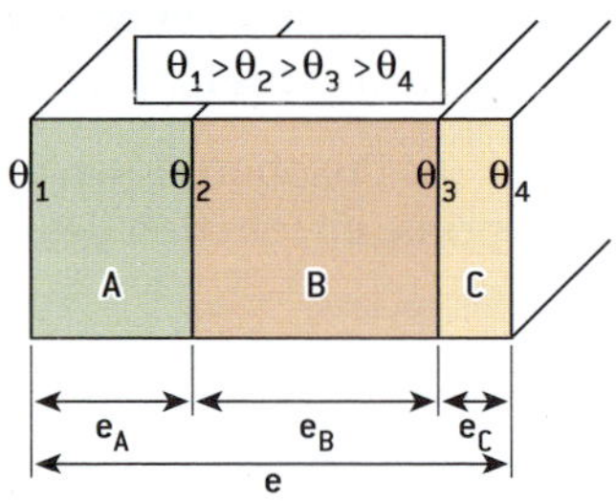

Paroi composée de trois matériaux

■ θ_2 est la température entre le matériau A et le matériau B. θ_3 est la température entre le matériau B et le matériau C.

■ Le flux thermique Φ traversant les différentes parois se conserve à travers les trois épaisseurs. On peut donc écrire :

– à travers la paroi A : $\Phi = \frac{(\theta_1 - \theta_2)}{R_{thA}}$ soit $(\theta_1 - \theta_2) = R_{thA}\,\Phi$;

– à travers la paroi B : $\Phi = \frac{(\theta_2 - \theta_3)}{R_{thB}}.S$ soit $(\theta_2 - \theta_3) = R_{thB}\,\Phi$;

– à travers la paroi C : $\Phi = \frac{(\theta_3 - \theta_4)}{R_{thC}}.S$ soit $(\theta_3 - \theta_4) = R_{thC}\,\Phi$.

■ La différence de température entre les deux milieux est égale à $(\theta_1 - \theta_4)$. C'est la somme des différences de températures au niveau des trois parois.

$$(\theta_1 - \theta_4) = (\theta_1 - \theta_2) + (\theta_2 - \theta_3) + (\theta_3 - \theta_4) = R_{thA} \times \Phi + R_{thB} \times \Phi + R_{thC} \times \Phi$$
$$= (R_{thA} + R_{thB} + R_{thC}) \times \Phi = R_{th} \times \Phi$$

■ Ainsi, cette paroi composée de trois matériaux superposés a pour résistance thermique R_{th} la somme des résistances thermiques des trois matériaux associés :

$\mathbf{R_{th} = R_{thA} + R_{thB} + R_{thC}.}$

■ On généralise cette relation : **la résistance thermique d'une paroi constituée de plusieurs matériaux superposés est la somme des résistances thermiques des différents matériaux**. Cette relation est la même que pour une association de résistances électriques en série.

■ Cette relation est la même que par une association de résistances électriques en série.

3 Je mémorise autrement

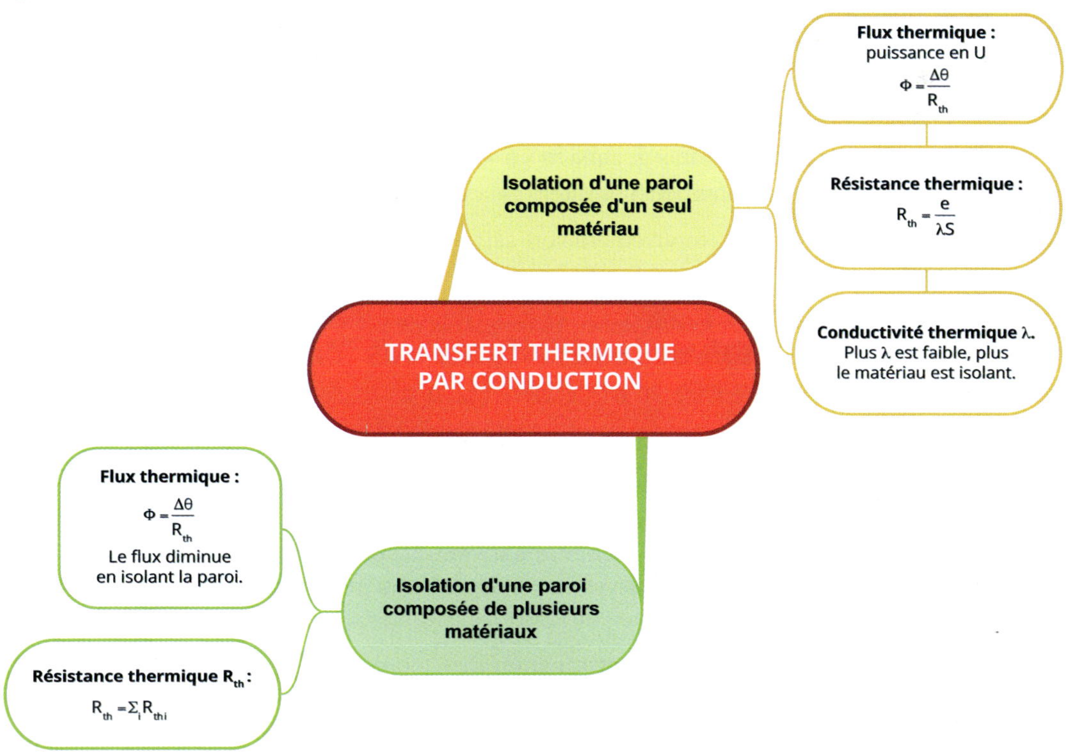

16 L'énergie mécanique (STI2D)

Les lois de Newton permettent d'étudier un système et de déterminer sa trajectoire au cours du temps. Les mouvements peuvent être rectilignes ou circulaires. Les forces permettent ces mouvements curvilignes ou génèrent la pression sur des parois ou entre des fluides.

1 La deuxième loi de Newton

A Énoncé

Dans un référentiel galiléen, la **somme vectorielle des forces extérieures** appliquées à un système est égale au produit de la **masse** de ce système par son **vecteur accélération** :

$\Sigma \vec{F}_{ext} = m \times \vec{a}$.

B Détermination de l'accélération pour une chute libre

■ Lorsqu'un objet est en chute libre, il n'est soumis qu'à son poids :

$\vec{P} = m \times \vec{g}$, où $\vec{g}$ est l'accélération de la pesanteur.

■ C'est le cas pour une bille d'acier placée à une hauteur h = 1,0 m et lâchée sans vitesse initiale à t = 0. Cette bille est dense, elle ne subira que très peu les frottements de l'air et la poussée d'Archimède.

■ On écrit alors la deuxième loi de Newton appliquée à la bille : $\Sigma \vec{F}_{ext} = m \times \vec{a}$, or $\Sigma \vec{F}_{ext} = \vec{P} = m \times \vec{g}$, ainsi $m \times \vec{a} = m \times \vec{g}$. L'accélération est donc égale au champ de pesanteur : $\vec{a} = \vec{g}$.

■ La bille adopte alors un mouvement vertical vers le bas uniformément accéléré.

C Détermination de la résultante des forces à partir du vecteur accélération

■ Une vidéo peut être analysée en pointant les positions successives occupées par un point d'un solide. On obtient ainsi la trajectoire de ce point. Ainsi, la position du centre d'inertie d'un parachutiste a été trouvée de cette manière et figure sur le **schéma à droite**. La durée entre deux images ou deux positions successives est 30 ms. On obtient alors l'évolution de la vitesse et de l'accélération au cours du temps.

■ Un logiciel permet alors la détermination des coordonnées en indiquant un étalon de distance, ce qui conduit à trouver les coordonnées du vecteur vitesse et ensuite celles du vecteur accélération. On construit

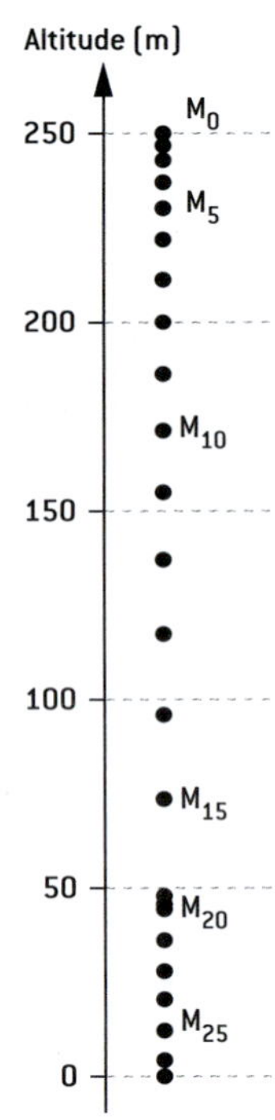

alors le **graphe ci-dessous** représentant l'évolution des valeurs de la vitesse et de l'accélération au cours du temps.

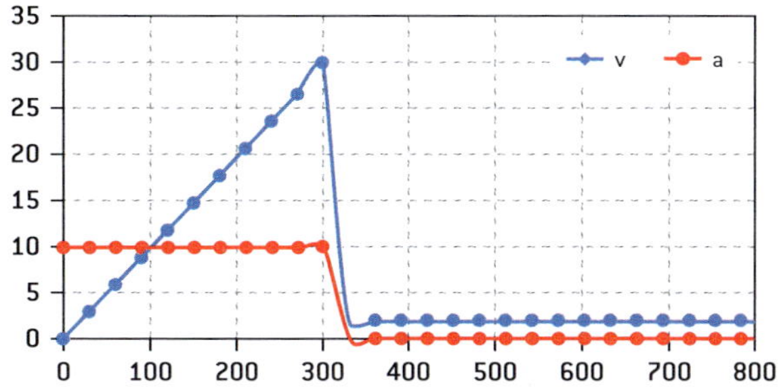

■ Il y a deux phases :
- une phase de chute libre verticale avec une accélération constante $a = 10$ m.s^{-2} et une résultante des forces égale au poids de l'ensemble parachute et parachutiste ;
- une seconde phase avec un mouvement vertical et une accélération nulle. La résultante des forces est donc nulle, la force de frottement liée au parachute ouvert compense le poids de l'ensemble parachute et parachutiste.

2 Les forces de frottement

A Théorème de l'énergie cinétique

■ Rappel : le théorème de l'énergie cinétique établit la relation entre la variation d'énergie cinétique et le travail des forces. Dans un référentiel galiléen, la variation d'énergie cinétique d'un solide de masse m en translation entre deux positions A et B est égale à la somme des travaux des forces extérieures appliquées au solide entre les positions A et B :

$\mathbf{\Delta E_{cA \to B} = E_{cB} - E_{cA} = \Sigma\, W(\vec{F}_{ext})_{A \to B} = \frac{1}{2}\, mv^2_B - \frac{1}{2}\, mv^2_A}$ où v_A et v_B sont les vitesses instantanées du solide aux positions A et B.

■ En général, le travail d'une force de frottement est résistant.

B Cas d'une force de frottement entre un solide et un fluide

■ La force de frottement entre un solide et un fluide est liée à la vitesse : sa valeur peut être proportionnelle à la valeur de la vitesse ($f = k \times v$) ou au carré de la vitesse ($f = k \times v^2$). Le travail d'une force de frottement $\vec{f}$ est résistant.

■ Un solide lâché sans vitesse initiale dans un fluide moins dense que lui accélère de moins en moins vite jusqu'à ce que sa vitesse soit constante (voir le schéma ci-contre).

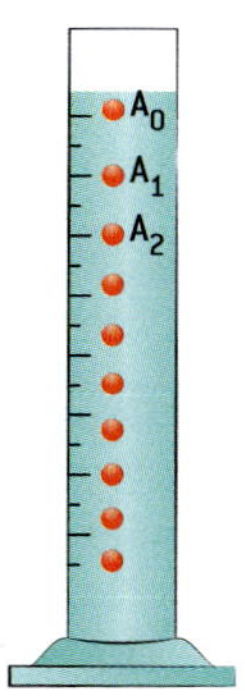

■ La vitesse augmente donc et se stabilise comme sur le graphe page suivante.

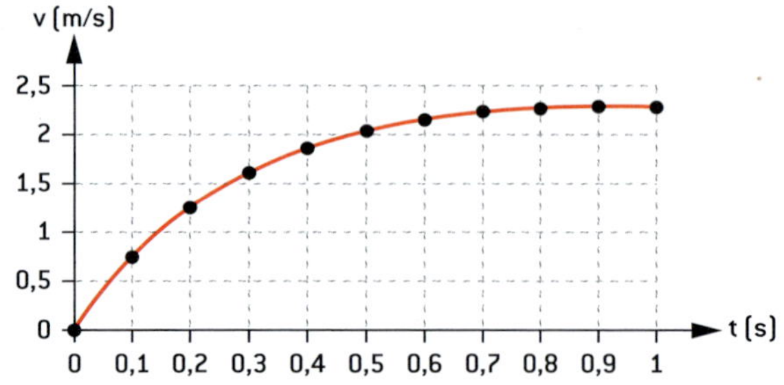

C Cas d'une force de frottement entre solides

■ Le travail d'une force de frottement constante $\vec{f}$ sur un déplacement rectiligne de longueur AB vaut $\mathbf{W(\vec{f})_{A \to B} = -f \times AB}$.

■ Pour déterminer la valeur f de la force de frottement constante $\vec{f}$, on détermine la longueur AB du parcours horizontal d'un solide ayant une vitesse initiale v_A avant de s'arrêter.

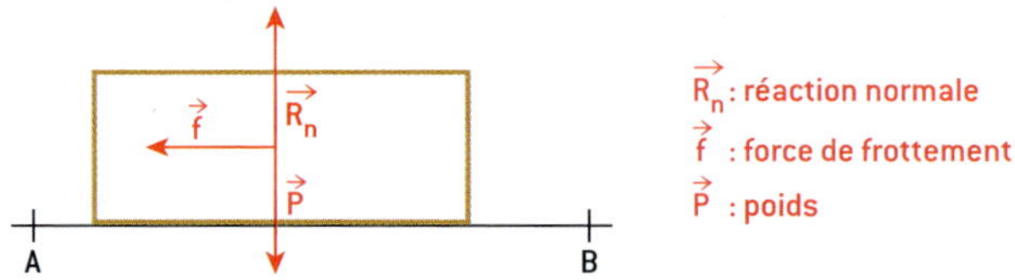

■ Les travaux de la force poids $\vec{P}$ et de la réaction normale $\vec{R}_N$ sont nuls, aussi la variation d'énergie cinétique est égale au travail de la force de frottement : $\Delta E_{cA \to B} = E_{cB} - E_{cA} = W(\vec{f})_{A \to B} = -f \times l$, donc $\frac{1}{2}mv_B^2 - \frac{1}{2}mv_A^2 = -f \times AB$.

■ Or le solide stoppe en B, ainsi $v_B^2 = 0$, donc $-\frac{1}{2}mv_A^2 = -f \times AB$, soit $\frac{1}{2}mv_A^2 = f \times AB$ ou $f = \frac{m \times v_A^2}{2 \times AB}$.

■ La valeur f est inversement proportionnelle à la distance d'arrêt.

3 Les mouvements de rotation

A La relation entre les vitesses angulaire ω et linéaire v

■ Lors d'une rotation, un point mobile M de l'objet décrit un arc de cercle centré sur l'axe de rotation passant par O pendant une durée Δt. La vitesse angulaire ω est le quotient de l'angle α balayé par la durée Δt mise pour effectuer cette rotation.

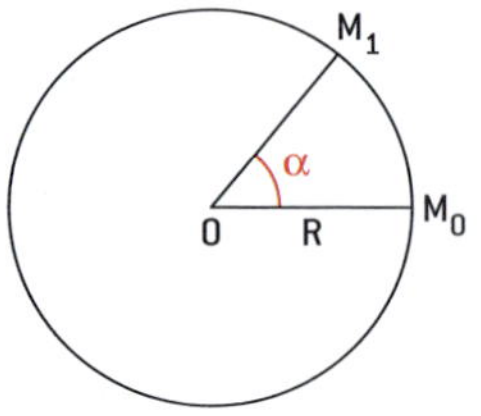

$$\omega = \frac{\alpha}{\Delta t}$$

α : angle en radians (rad)

Δt : durée en secondes (s)

ω : vitesse angulaire en radian par seconde ($rad.s^{-1}$)

■ Le point M parcourt alors le cercle avec une vitesse v liée à la vitesse angulaire ω et au rayon R :

$$\mathbf{v = R \times \omega}$$

R : rayon du cercle en mètre (m)
ω : vitesse angulaire en radian par seconde ($rad.s^{-1}$)
v : vitesse en mètre par seconde ($m.s^{-1}$)

B Le moment d'une force

■ Le **moment M d'une force** de valeur F par rapport à un point O mesure la capacité pour cette force de faire tourner un système autour du point O. Soit M le point d'application de $\vec{F}$ et α l'angle entre $\overrightarrow{OM}$ et $\vec{F}$. La valeur de M est donnée par :

$$\mathbf{M = F \times OM \times \sin \alpha}$$

M : le moment de la force en newton mètre (N.m)
F : la valeur de la force en newton (N)
OM : la distance en mètre (m)
α : l'angle formé entre les vecteurs $\overrightarrow{OM}$ et $\vec{F}$ en radian (rad)

■ Le moment est une **grandeur algébrique**. Après avoir défini un sens positif de la rotation, il faut déterminer le signe du moment. Si la force contribue à la rotation du système dans le sens positif, son moment est positif. Dans le cas contraire, il est négatif.

EXEMPLE

Une main exerce une force $\vec{F}$ de valeur F = 100 N faisant un angle α = 70° par rapport à la clé. Le point d'application de F, noté M, se trouve à une distance de 22 cm du centre de l'écrou, noté O. Le moment de cette force par rapport au centre de l'écrou vaut :
$M = F \times OM \times \sin\alpha = 100 \times 0{,}22 \times \sin 70 = 21$ N.m.

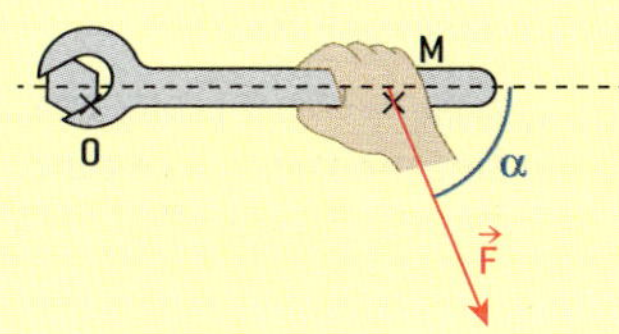

C Le moment d'un couple de forces

■ Un **couple de forces** est l'ensemble formé par deux forces F_1 et F_2 telles que :
- $\vec{F}_1 + \vec{F}_2 = \vec{0}$;
- $\vec{F}_1$ et $\vec{F}_2$ ont des droites d'action différentes.

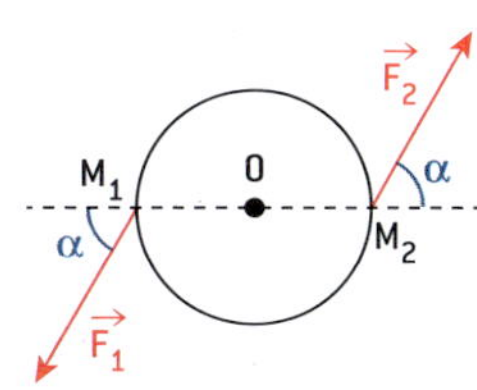

■ La valeur du **moment M d'un couple de forces** $\vec{F}_1$ et $\vec{F}_2$, dont les points d'application M_1 et M_2 sont alignés avec le point O autour duquel l'objet est en rotation, est donnée par :

$$\mathbf{M = F \times M_1M_2 \times \sin \alpha}$$

$\mathbf{F = F_1 = F_2}$: en newton (N)
$\mathbf{M_1M_2}$: distance en mètre (m)
α : l'angle entre $\overrightarrow{OM_1}$ et $\vec{F}_1$ en radian (rad) ou en degrés (°)
M : moment du couple de force en newton mètre (N.m)

■ On définit un sens positif de la rotation. Si le couple de forces contribue à la rotation du système dans le sens positif, son moment est positif. Dans le cas contraire, il est négatif.

4 Les fluides incompressibles

A Définitions

■ Un **fluide** est un milieu matériel déformable qui n'a pas de forme propre, c'est-à-dire qu'il épouse la forme de son contenant. Ce peut être un liquide ou un gaz. On dit qu'un **fluide est parfait** lorsque sa viscosité est nulle et qu'il ne conduit pas la chaleur.

■ Un **fluide incompressible** ne peut être ni comprimé ni dilaté. Sa masse volumique est donc constante : elle ne dépend pas de la température ni de la pression. Les liquides sont considérés comme des fluides incompressibles, contrairement aux gaz.

B La pression et la force pressante

Une force pressante est représentée par un vecteur force $\vec{F}$ agissant uniformément et perpendiculairement sur la surface S. Elle exerce alors une pression P sur la surface S. La pression P s'exprime par :

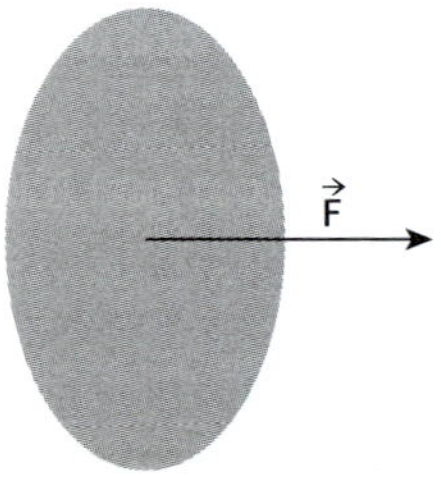

$$P = \frac{F}{S}$$

P : la pression en newton par mètre carré ($N.m^{-2}$) ou pascal (Pa)

F : la force pressante en newton (N)

S : l'aire en mètre carré (m^2)

REMARQUES

La pression de l'air ambiant est la pression atmosphérique, elle a une valeur voisine de 10^5 Pa.
Une pression égale à 1 pascal est une toute petite pression. 1 Pa = 1 $N.m^{-2}$.
On emploie aussi fréquemment comme unité de pression :
– l'hectopascal : 1 hPa = 1×10^2 Pa ;
– le bar : 1 bar = 1×10^5 Pa ;
– l'atmosphère : 1 atm = $1{,}013 \times 10^5$ Pa ;
– le centimètre de mercure : 1 cm Hg = 1,3 kPa.

APPLICATION

Une force pressante $\vec{F}$, dont la valeur est F = 500 N, s'exerce perpendiculairement à une paroi d'aire S = 50 cm^2. Calculer alors la pression exercée par cette force sur cette surface.
On convertit l'aire en mètre carré : $S = 50 \times 10^{-4}\ m^2$.
La pression se calcule selon $P = \frac{F}{S}$ soit $P = \frac{500}{50 \times 10^{-4}} = 1{,}0 \times 10^5$ Pa.

C La pression absolue, relative ou différentielle

On mesure la pression dans un fluide avec un **manomètre**. Pour mesurer la pression atmosphérique, on utilise un **baromètre**. Il existe trois types de pressions mesurées :
- la **pression absolue** dans un fluide : c'est la pression dans ce fluide par rapport à la pression dans le vide (dans le vide, la pression est nulle) ;
- la **pression relative** dans un fluide : c'est la pression dans ce fluide par rapport à la pression atmosphérique ($P_{relative} = P_{absolue} - P_{atmosphérique}$) ;
- une **pression différentielle** : c'est la différence entre deux pressions, la seconde pouvant servir de pression de référence.

D Le principe fondamental de l'hydrostatique

On considère un fluide incompressible de masse volumique ρ, à l'équilibre dans le référentiel terrestre (c'est-à-dire qu'il est immobile par rapport au référentiel terrestre). Ce fluide n'étant soumis qu'à la pesanteur terrestre, la **différence de pression** ΔP entre deux points A et B situés à des profondeurs h_A et h_B est donnée par la relation :

$$\Delta P = P_B - P_A = \rho \times g \times (h_B - h_A)$$

P_A et **P_B** : pressions du fluide aux points A et B (en Pa)
h_A et **h_B** : profondeurs des points A et B (en m)
ρ : la masse volumique du fluide (en $kg.m^{-3}$)
g : l'intensité de pesanteur ($g = 9{,}81\ N.kg^{-1}$)

REMARQUES

Un réservoir en U est schématisé ci-contre. Il contient un fluide en contact avec une pression P_0. Comparons les pressions en A, B, C, D, E, F et G.

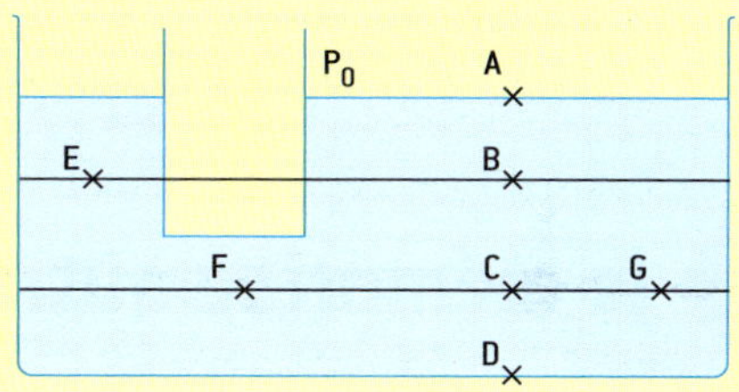

- Plus la profondeur augmente, plus la pression augmente ($P_A < P_B < P_C < P_D$).
- Deux points situés à la même profondeur sont à la même pression ($P_B = P_E$, $P_F = P_C = P_G$).
- Il y a continuité de la pression à l'interface entre deux fluides ($P_A = P_0$).

EXERCICE RÉSOLU

ÉNONCÉ

Un manomètre différentiel est constitué d'un tube en U de section constante S. Il contient de l'huile et de l'eau, deux liquides non miscibles et incompressibles de masses volumiques respectives $\rho_1 = 910\ kg.m^{-3}$ et $\rho_2 = 1\,000\ kg.m^{-3}$.

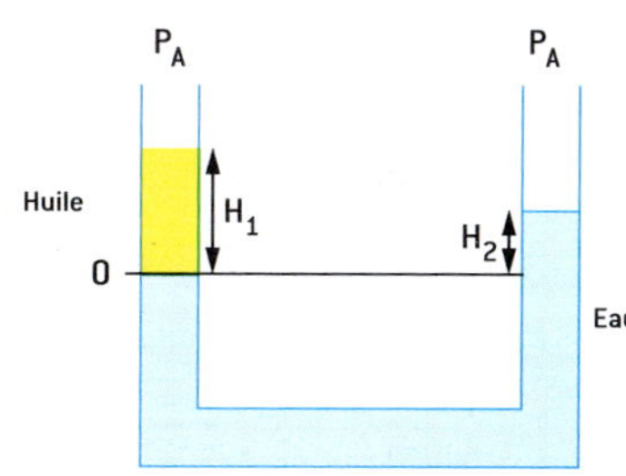

Initialement, la pression à la surface des deux liquides est la même et vaut P_A. L'interface entre l'huile et l'eau est prise comme origine des ordonnées. On note respectivement H_1 et H_2 les hauteurs des surfaces de l'huile et de l'eau par rapport à l'origine.

1. Établir la relation entre H_1, ρ_1, H_2 et ρ_2.

2. On applique maintenant une surpression ΔP à la surface de l'huile. L'interface se déplace de Δh.

a. Exprimer de deux façons différentes la pression P_O à l'interface.

b. En déduire l'expression de la surpression ΔP en fonction du déplacement Δh (on pourra utiliser le résultat de la question 1 pour simplifier cette expression).

c. On mesure $\Delta h = 5{,}00$ cm. Calculer la valeur de ΔP.

Donnée : l'intensité de pesanteur $g = 9{,}81\ N.kg^{-1}$.

MÉTHODE

Pour chaque fluide incompressible au repos, utiliser le principe fondamental de l'hydrostatique entre la surface et l'interface.

CORRIGÉ

1. Ces deux fluides sont incompressibles et au repos. Appliquons le principe fondamental de l'hydrostatique entre la surface et l'interface :
- pour l'huile : $P_O - P_A = \rho_1 \times g \times H_1$;
- pour l'eau : $P_O - P_A = \rho_2 \times g \times H_2$.

On en déduit l'égalité $\rho_1 \times g \times H_1 = \rho_2 \times g \times H_2$. Après simplification : $\rho_1 \times H_1 = \rho_2 \times H_2$.

2. a. L'interface s'est déplacée de Δh. On note O' sa nouvelle position. Les fluides étant incompressibles, la surface de l'huile s'est également déplacée de Δh vers le bas tandis que la surface de l'eau s'est déplacée de Δh vers le haut. Appliquons le principe fondamental de l'hydrostatique entre la surface et l'interface :
- pour l'huile : $P_{O'} - (P_A + \Delta P) = \rho_1 \times g \times H_1$ donc $P_{O'} - P_A = \Delta P + \rho_1 \times g \times H_1$;
- pour l'eau : $P_{O'} - P_A = \rho_2 \times g.(H_2 + 2 \times \Delta h)$.

b. Ainsi $\Delta P + \rho_1 \times g\ H_1 = \rho_2 \times g \times (H_2 + 2 \times \Delta h)$, soit $\Delta P = -\rho_1 \times g \times H_1 + \rho_2 \times g \times H_2 + 2 \times \rho_2 \times g \times \Delta h$.

Or d'après la question 1, $\rho_1 \times H_1 = \rho_2 \times H_2$, donc $\Delta P = 2 \times \rho_2 \times g \times \Delta h$.

c. $\rho_2 = 1\ 000\ kg.m^{-3}$; $g = 9,81\ N.kg^{-1}$ et $\Delta h = 5,00\ cm = 5,00 \times 10^{-2}\ m$. Ainsi $\Delta P = 981\ Pa$.

5 Je mémorise autrement

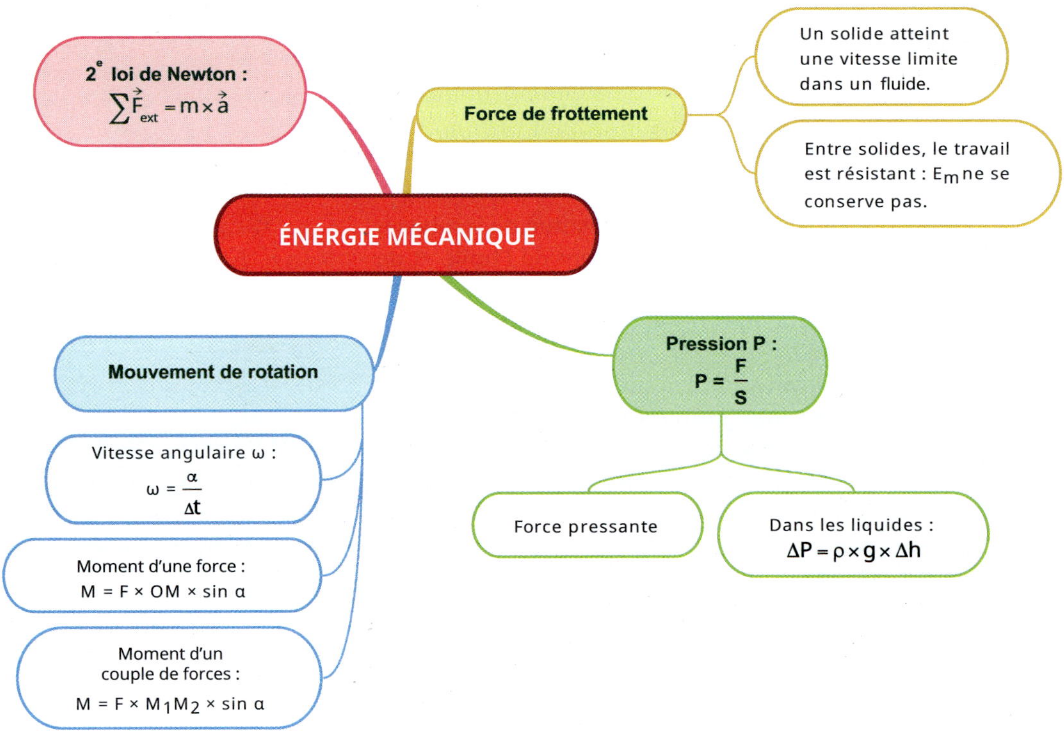

17 L'énergie transportée par la lumière (STI2D)

La Terre reçoit une énergie considérable du soleil sous forme de rayonnements : la partie visible nous éclaire et les infrarouges nous chauffent. Nous pouvons convertir une partie de cette lumière solaire en énergies électrique et thermique.

1 Le photon, ou le modèle corpusculaire de la lumière

- La physique du XXe siècle a montré que l'énergie transportée par la lumière est quantifiée. On appelle **photon** le quantum d'énergie, c'est-à-dire la plus petite quantité d'énergie indivisible. C'est aussi une particule (ou un corpuscule) dénuée de masse.
- L'existence de cette particule ne contredit pas la théorie des ondes électromagnétiques. Il revient à Isaac Newton d'avoir proposé le premier une **théorie corpusculaire de la lumière**.
- C'est en 1905 qu'Albert Einstein reprend l'idée que la lumière peut avoir une nature corpusculaire : il explique l'effet photoélectrique en proposant l'existence des photons, sorte de grains d'énergie lumineuse. Einstein admet que la **fréquence** ν de cette lumière est liée à l'**énergie E** d'un photon par la relation dite de Planck-Einstein :

DÉFINITION
Effet photoélectrique : émission d'électrons par un matériau soumis à l'action de la lumière.

$$E = h \times \nu$$

h : la constante de Planck, qui vaut $6{,}63 \times 10^{-34}$ joules-seconde (J.s)
ν : la fréquence en hertz (Hz)
E : l'énergie en joule (J)

APPLICATION

L'émission d'un laser hélium-néon a pour longueur d'onde $\lambda = 632$ nm dans l'air : il est donc visible et de couleur rouge. Calculer l'énergie d'un photon de cette lumière.
Rappel : $c = 3{,}00 \times 10^{8}$ m.s^{-1}.
$E = h \times \nu$, or $\lambda = \frac{c}{\nu}$ soit $\nu = \frac{c}{\lambda}$.
Ainsi, $E = \frac{h \times c}{\lambda} = \frac{6{,}626 \times 10^{-34} \times 3 \times 10^{8}}{632 \times 10^{-9}} = 3{,}14 \times 10^{-19}$ J.
On utilise aussi une autre unité d'énergie, l'électron-volt : 1 eV $= 1{,}60 \times 10^{-19}$ J.
Dans le cas de ce laser, l'énergie correspondant à cette longueur d'onde vaut donc :
$E = 3{,}14 \times 10^{-19} / 1{,}60 \times 10^{-19} = 1{,}96$ eV.

2 La conversion photovoltaïque

A Présentation

■ La **conversion photovoltaïque** est la transformation directe du rayonnement solaire en électricité dans une photopile. L'**effet photovoltaïque** a été découvert en 1839 par Antoine Becquerel.

■ Une **cellule photovoltaïque** est un très mince disque de silicium monocristallin. On dope cette cellule avec des atomes de bore et de phosphore pour former 2 zones superposées (n) et (p). En soumettant la cellule au rayonnement solaire, une tension de l'ordre de 0,6 V apparaît entre ces zones.

■ Les **photons incidents**, entrant en collision avec les atomes de la cellule, lui cèdent leur énergie. Il apparaît un **mouvement de charges électriques** (d'électrons en l'occurrence) permettant la circulation d'un **courant électrique** dans un récepteur branché aux bornes de la cellule.

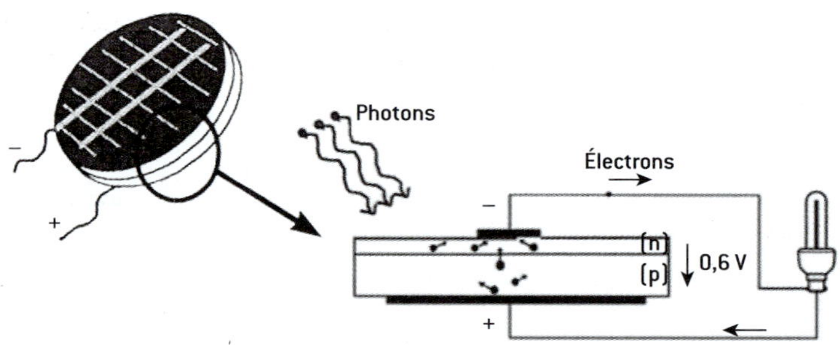

Cellule photoélectrique

■ On définit :
- l'**irradiation solaire**, exprimée en watt par m² (W.m⁻²) : c'est la puissance solaire disponible par unité de surface sur le plan de la cellule ;
- le **courant crête**, exprimé en ampère-crête (Ac) : c'est le courant maximum que peut délivrer la cellule soumise à l'irradiation maximale ;
- la **puissance crête**, exprimée en watt-crête (Wc) : c'est la valeur maximale de la puissance électrique délivrée par la cellule soumise à l'irradiation maximale ;
- le **rendement** η (« éta ») de conversion : c'est le rapport de la puissance électrique délivrée sur la puissance reçue (pour une même surface).

■ Il existe 3 types de cellules photovoltaïques de rendements variables suivant la méthode de fabrication :
- les **cellules monocristallines** : le rendement est correct (15 à 20 %) mais le coût de fabrication est élevé ;
- les **cellules polycristallines** : constituées de plusieurs cristaux, elles sont moins chères à fabriquer et le rendement est un peu moins bon (10 à 12 %) ;
- les **cellules amorphes** : leur coût est faible et le rendement l'est aussi (5 à 10 %).

■ En plein soleil, correspondant à une irradiation de 1 000 W par m² (en été au sud de la France), une cellule de bonne qualité peut délivrer une densité de courant de l'ordre de J = 3 A.dm⁻² soit 300 A par mètre carré. La densité de courant J est égale au quotient du courant délivré par la surface (A.m⁻²).

B Le rendement d'une conversion photovoltaïque

■ Les panneaux photovoltaïques sont des convertisseurs d'énergie, transformant l'énergie lumineuse en énergie électrique et en énergie thermique. Dans le cas d'un panneau photovoltaïque, seule l'énergie électrique est recherchée.

■ Il est possible de mesurer les caractéristiques d'une cellule photovoltaïque, en la plaçant comme un générateur de tension et en l'éclairant par une source de lumière blanche. La distance entre la cellule et la lampe ainsi que l'orientation de la cellule sont fixées afin d'avoir toujours le même éclairement E (mesuré avec un luxmètre).

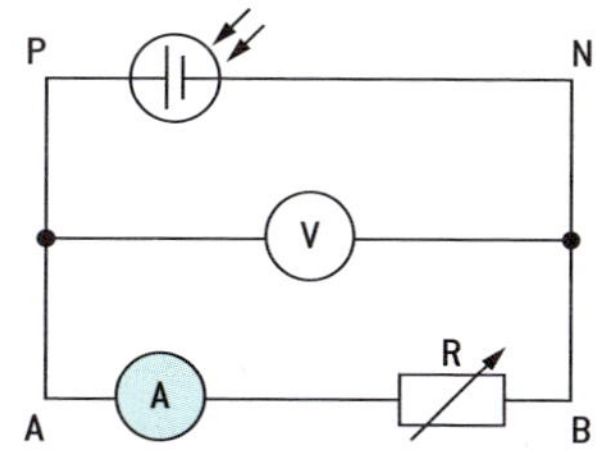

Montage électrique pour l'étude de la cellule

■ La résistance variable permet de faire varier l'intensité I (mesurée avec un ampèremètre). Le voltmètre placé en dérivation mesure la valeur de la tension U aux bornes de la cellule photovoltaïque.

■ On obtient le graphe de l'intensité I en fonction de la tension U (courbe rouge). On peut alors calculer la puissance $P = U \times I$ et tracer le graphe P en fonction de la tension U (courbe bleue). On remarque que la puissance est maximale pour un couple de valeur U et I : c'est la puissance électrique maximale $P_{élec}$.

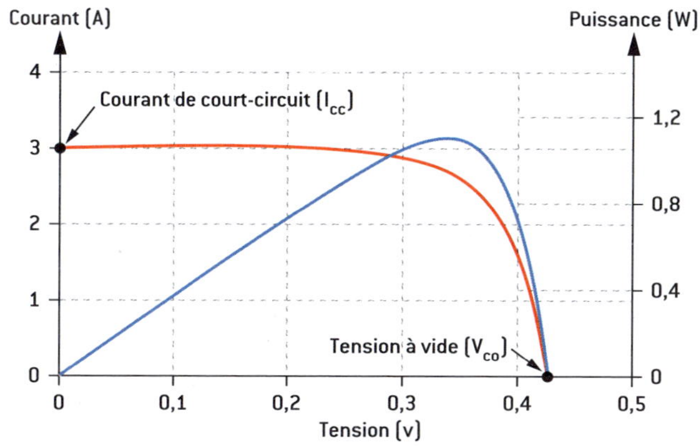

Évolution de l'intensité et de la puissance électriques en fonction de la tension aux bornes de la cellule

 # vidéo
L'étude d'un panneau photovoltaïque
foucherconnect.fr/23tersti2d07

■ Le rendement est alors $\eta = \frac{P_{élec}}{P_{reçue}}$.

EXERCICE RÉSOLU

ÉNONCÉ

Une cellule monocristalline circulaire de diamètre 8,0 cm est exposée en plein soleil sous l'irradiation maximale $P = 1\,000$ W.m^{-2}. On considère une densité de courant $J = 300$ A.m^{-2}.

1. La puissance électrique est le produit de la tension par l'intensité électrique. Quelle puissance électrique peut délivrer cette cellule, sachant que la tension U à ses bornes est de 0,60 V ?

2. Quel est son rendement de conversion ?

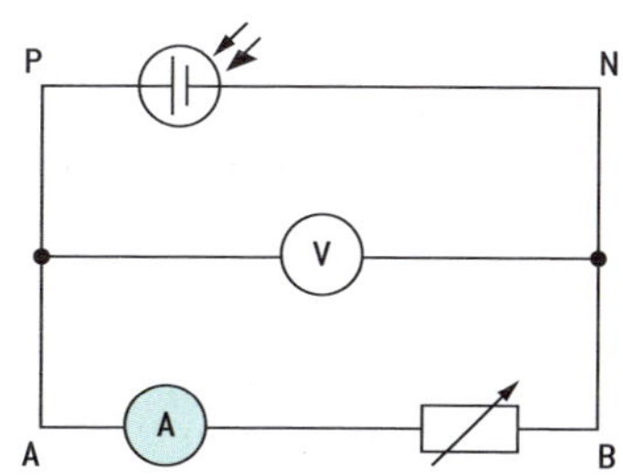

SOLUTION

1. La surface de la cellule est : $S = \frac{\pi \times d^2}{4} = \frac{\pi \times 0{,}080^2}{4} = 5{,}0 \times 10^{-3}\ m^2$.

La puissance reçue est : $P_{reçue}$ = irradiation × surface = $P \times S = 1\,000 \times 5{,}0 \times 10^{-3} = 5{,}0$ W.

Le courant crête vaut : Ic = densité de courant maximale × surface = $J \times S = 300 \times 0{,}005 = 1{,}5$ Ac.

Donc la puissance crête délivrée sera : Pc = tension × courant crête = $U \times Ic = 0{,}60 \times 1{,}5 = 0{,}90$ Wc.

2. Le rendement de conversion de la cellule est : $\eta = \frac{Pc}{P} = \frac{0{,}90}{5{,}0} = 18\ \%$.

Il faut grouper un grand nombre de cellules pour obtenir une puissance substantielle. C'est ce que l'on fait avec les panneaux photovoltaïques ayant une puissance crête unitaire de l'ordre de 150 à 200 Wc pour une surface d'environ 1 m², soit un rendement de 15 à 20 %.

3 La conversion photothermique

A Présentation

■ Il est possible d'utiliser l'énergie fournie par le soleil en la convertissant directement en énergie thermique immédiatement utilisable. Pour ce faire, on utilise des **capteurs solaires à circulation d'eau**, en exploitant le principe de l'échange thermique.

■ Le capteur est constitué d'un circuit tubulaire noir exposé de face au rayonnement solaire et isolé au dos. On fait circuler en circuit fermé de l'eau (avec antigel) ou un autre fluide caloporteur dans le capteur, puis dans un autre échangeur interne à un ballon d'eau chaude sanitaire (ECS), à un stockage d'eau chaude ou à un plancher chauffant.

DÉFINITION

Un **fluide caloporteur** est un liquide utilisé pour transporter de la chaleur d'un point à un autre.

■ Au contact des tubes irradiés par le rayonnement solaire, donc chauds, l'eau qui circule dans le capteur s'échauffe, puis cède l'énergie récupérée à l'eau du ballon grâce à l'échangeur interne. On a ainsi deux circuits d'eau séparés, ce qui assure la non-pollution du réseau d'ECS.

■ Du fait de l'intermittence de l'énergie solaire, le ballon d'ECS sert de stock tampon (c'est-à-dire qu'il y a de l'eau chaude en réserve) pour assurer la disponibilité en eau chaude à toute heure. Une chaudière classique ou une résistance électrique fournit le complément d'énergie en cas d'absence prolongée d'ensoleillement ou d'énergie solaire insuffisante (par exemple, en période hivernale).

B Le rendement d'une conversion photothermique

■ Le capteur absorbe une énergie égale à l'irradiation solaire moyenne reçue (considérée à une latitude donnée en France) multipliée par le nombre d'heures d'ensoleillement. L'énergie absorbée vaut : $E_{reçue} = 1\,000\ W.m^{-2} \times 2\,000\ h = 2\,000\ kW.h.m^{-2}.an^{-1}$.

■ L'énergie thermique économisée est de l'ordre de : E_{utile} = 350 kWh par an et par m² de capteur.

■ Le **rendement** η de conversion est le **rapport d'énergie utile par l'énergie reçue**. Il s'exprime en pourcent. $\eta = \frac{E_{utile}}{E_{reçue}} = \frac{350}{2\ 400} = 15\ \%$.

4 Je mémorise autrement

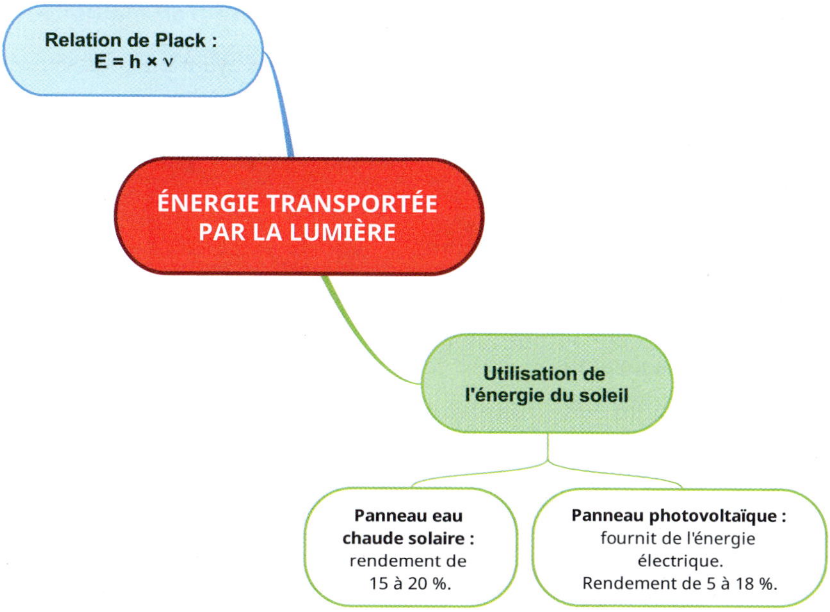

quiz
Des questions pour réviser
foucherconnect.fr/23tersti2d05

18 Les propriétés des matériaux et l'organisation de la matière (STI2D)

Les liaisons chimiques intra ou intermoléculaires sont des réservoirs d'énergie permettant de stocker ou de restituer de l'énergie. Les noyaux atomiques peuvent parfois se décomposer spontanément : c'est la radioactivité. Ils peuvent aussi être utilisés pour produire des quantités massives d'énergie.

1 Le diagramme d'état d'un corps pur

A Les changements d'état

■ Le **changement d'état** d'un corps est une transformation physique au cours de laquelle le corps passe d'un état physique à un autre.

■ Un **corps pur** est un corps constitué d'une seule espèce chimique, contrairement à un mélange. Sous une pression donnée, le changement d'état d'un corps pur se fait à une température constante, caractéristique de ce corps pur. Cette température est appelée **température de changement d'état.**

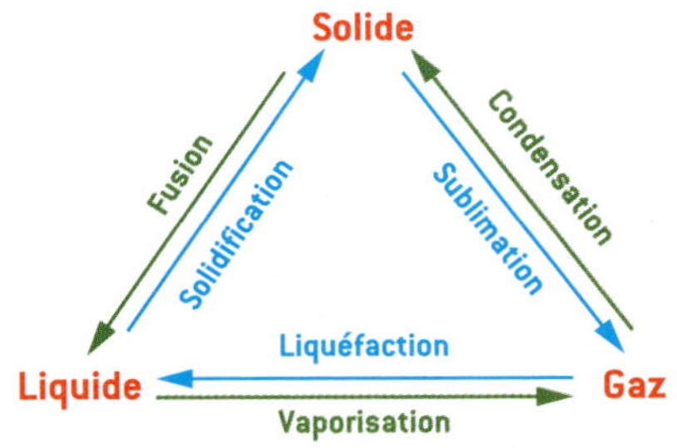

B Les diagrammes d'état

■ Connaissant sa température et sa pression, on peut **prévoir l'état physique d'un corps pur** en utilisant son **diagramme d'état,** qui est une représentation graphique en deux dimensions (pression en fonction de la température). On peut y voir trois lignes, qui représentent les frontières entre l'état solide, l'état liquide et l'état gazeux.

■ Dans le cas de l'eau, les changements d'état correspondent à des ruptures (lors de la vaporisation) ou à l'établissement (lors de la liquéfaction) de **liaisons hydrogène** entre les molécules d'eau.

EXEMPLE

Soit un corps pur dont le diagramme d'état est ci-contre. Il est initialement à la pression P_A et à la température θ_A. D'après le diagramme, ce corps pur est à l'état liquide. On le chauffe à pression constante. Sa température augmente jusqu'au point B situé à la frontière entre l'état liquide et l'état gazeux. Au point B, le corps se vaporise à la température θ_B, qui est la température de vaporisation de ce corps pur à la pression P_A. Dès lors, si l'on poursuit le chauffage, le corps pur est entièrement à l'état gazeux et sa température augmente.

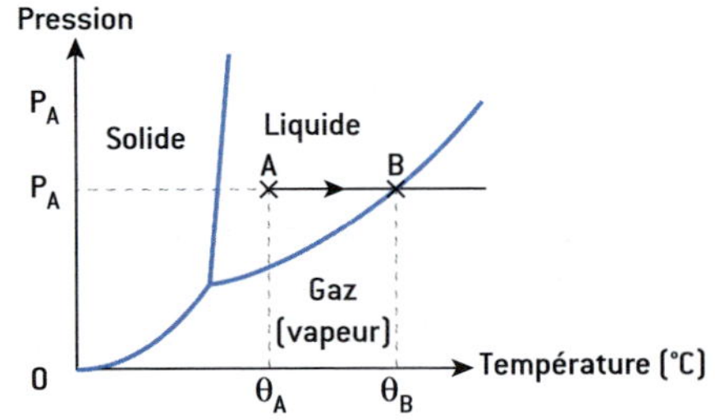

C Les énergies massiques de changement d'état

Pendant un changement d'état de l'état 1 vers l'état 2, la variation d'énergie est égale à l'énergie thermique échangée avec le milieu extérieur. Elle dépend de la masse m du corps pur et de l'énergie massique de changement d'état $L_{1\to2}$ du corps pur :

$$\mathbf{Q = m \times L_{1\to2}}$$

m : la masse en kilogramme

$\mathbf{L_{1\to2}}$: l'énergie massique de changement d'état en joule par kilogramme ($J.kg^{-1}$)

Q : l'énergie thermique échangée en joule (J)

REMARQUE

Il faut préciser le changement d'état considéré :
– le corps pur reçoit de l'énergie ($L_{1\to2} > 0$) lors d'une fusion, d'une vaporisation ou d'une sublimation (passage vers un état moins organisé) ;
– inversement, le corps pur cède de l'énergie ($L_{1\to2} < 0$) lors d'une condensation, d'une liquéfaction ou d'une solidification (passage vers un état plus organisé).
$\mathbf{L_{S\to L} = -L_{L\to S}}$; $\mathbf{L_{L\to G} = -L_{G\to L}}$; $\mathbf{L_{S\to G} = -L_{G\to S}}$.

EXEMPLE

On fait fondre une masse m = 45 g = 0,045 kg de glaçons à 0 °C. $L_{S\to L} = 334$ $kJ.kg^{-1}$.
Les glaçons vont recevoir une énergie $Q = m \times L_{S\to L} = 0{,}045 \times 334 = 15$ kJ.

D La variation d'énergie lors d'une variation de température

■ Lorsque la température d'un matériau dans un seul état physique passe de la température initiale T_i à la température finale T_f, il se produit un échange d'énergie thermique Q avec le milieu extérieur.

■ Q est proportionnelle à la différence de température ($T_f - T_i$), à la masse m de phase condensée et à la capacité thermique massique c de la phase condensée (plus c est grande, moins la variation de température est élevée pour une même masse) :

$$\mathbf{Q = m \times c \times (T_f - T_i)}$$

m : masse en kilogramme

c : capacité thermique massique en joule par kilogramme et par kelvin ($J.kg^{-1}.K^{-1}$)

$\mathbf{T_f - T_i}$: différence de température en kelvin (K) ou en degré Celsius (°C)

Q : énergie thermique échangée en joule (J)

EXEMPLE

L'eau liquide produite par la fonte des glaçons à 0 °C reçoit ensuite une énergie thermique Q = 3,0 kJ. $c_{eau} = 4{,}2$ $J.g^{-1}.K^{-1}$.
On peut alors calculer la température finale de l'eau.
La formule $Q = m \times c_{eau} \times (T_f - T_i)$ permet d'écrire $(T_f - T_i) = Q/m \times c_{eau}$.
Soit $T_f = T_i + Q/m \times c_{eau} = 0 + 3{,}0 \times 10^3/(45 \times 4{,}2) = 16$ °C.

REMARQUE

Lorsqu'un corps reçoit de l'énergie thermique du milieu extérieur, son énergie augmente, ce qui se traduit soit par une élévation de température, soit par un changement d'état, soit par une élévation de température et un changement d'état.

2 La radioactivité

La **radioactivité** est la désintégration de noyaux atomiques instables. Un **noyau radioactif** se décompose spontanément en un noyau fils différent avec émission de particule ou de rayonnement. La radioactivité peut être naturelle ou artificielle, lorsque c'est l'homme qui a créé les radioisotopes.

A Les quatre types d'émissions radioactives

■ Trois sont des émissions de particules de matière :

Radioactivité	Particule émise	Symbole	Charge
Alpha (α)	Noyau d'atome d'hélium	${}^{4}_{2}He$	+ 2
Béta moins (β^-)	Électron	${}^{0}_{-1}e$	− 1
Béta plus (β^+)	Positron ou positon	${}^{0}_{1}e$	+ 1

■ Le rayonnement **gamma (γ)** est de nature électromagnétique : il est constitué de photons. Les rayonnements γ ont une fréquence comprise entre 3×10^{19} Hz et 3×10^{22} Hz, ce qui correspond à une longueur d'onde dans le vide λ_0 comprise entre 10^{-11} et 10^{-14} m. Les rayons gamma ont des longueurs d'onde plus petites que les rayons X, et donc des fréquences plus grandes : ils sont produits par désintégration radioactive, contrairement aux rayons X.

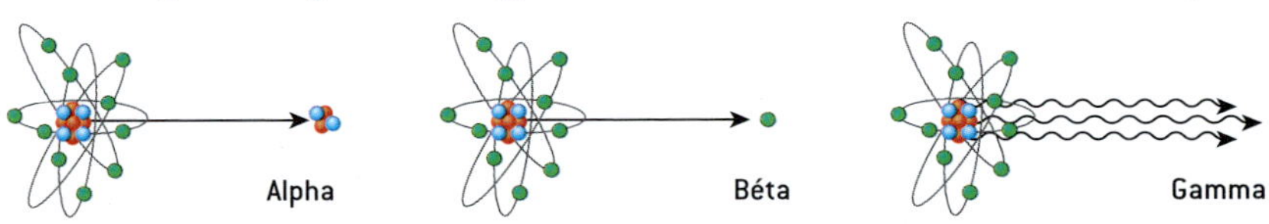

B L'écriture d'une réaction nucléaire : lois de conservation

■ Les équations de décomposition sont régies par les **lois de conservation de Soddy**, selon lesquelles, au cours de toute réaction nucléaire, il y a :

– **conservation du nombre de charge** : la somme des numéros atomiques à gauche est égale à celle à droite dans l'équation nucléaire (**ΣZ = constante**) ;

– **conservation du nombre de masse ou de nucléons** : la somme des nombres de masse à gauche est égale à celle à droite dans l'équation nucléaire (**ΣA = constante**).

■ Les équations nucléaires de décomposition sont données dans le tableau suivant :

Radioactivité	Schéma général	Exemple
Alpha : α	${}^{A}_{Z}X \rightarrow {}^{4}_{2}He + {}^{A-4}_{Z-2}Y$	Le polonium 210 : ${}^{210}_{84}Po \rightarrow {}^{4}_{2}He + {}^{206}_{82}Pb$
Béta moins : β^-	${}^{A}_{Z}X \rightarrow {}^{A}_{Z+1}Y^{*} + {}^{0}_{-1}e$	Le bismuth 210 : ${}^{210}_{83}Bi \rightarrow {}^{0}_{-1}e + {}^{210}_{84}Po$
Béta plus : β^+	${}^{A}_{Z}X \rightarrow {}^{A}_{Z-1}Y^{*} + {}^{0}_{1}e$	Le phosphore 30 : ${}^{30}_{15}P \rightarrow {}^{30}_{14}Si + {}^{0}_{1}e$

■ Lors d'une réaction nucléaire α ou β, le noyau formé est initialement dans un état « **excité** », à cause du bouleversement important suscité par l'éjection de la particule α ou β. Le noyau retrouve son état fondamental en émettant l'excès d'énergie sous forme de **radiations ou photons γ** : ${}^{A}_{Z}X^{*} \rightarrow {}^{A}_{Z}X + n\gamma$.

EXEMPLE

Un radioisotope ${}^{238}_{92}U$ (uranium 238) se décompose en ${}^{238}_{93}Np$ (neptunium 238).
L'équation nucléaire est : ${}^{238}_{92}U \rightarrow {}^{A}_{Z}X + {}^{238}_{93}Np$. Pour trouver le rayonnement émis, on utilise les lois de Soddy : $238 = A + 238$ et $92 = Z + 93$, ce qui permet de trouver $A = 0$ et $Z = -1$.
Le rayonnement émis est donc ${}^{0}_{-1}X$. C'est un électron, il s'agit donc de radioactivité β^-.

3 L'évolution de la population moyenne d'un ensemble de noyaux radioactifs

A La loi de décroissance radioactive

Le nombre noyaux radioactifs diminue au cours du temps selon une loi mathématique :

$\mathbf{N(t) = N_0 \times e^{-t/\tau}}$

N(t) et $\mathbf{N_0}$: les nombres de noyaux au temps t et initialement
t : le temps écoulé depuis le début de l'observation en seconde (s)
τ : la constante de temps en seconde (s)

B La demi-vie radioactive $t_{1/2}$

■ On appelle **demi-vie radioactive** $\mathbf{t_{1/2}}$ (ou période) le temps au bout duquel la moitié du nombre de noyaux initialement présents s'est désintégrée.

■ Au bout d'une demi-vie, l'activité est divisée par 2 : $N = \frac{N_0}{2}$. Après 2 demi-vies, l'activité est à nouveau divisée par 2, soit 4 depuis le début : $N = \frac{N_0}{4} = \frac{N_0}{2^2}$.

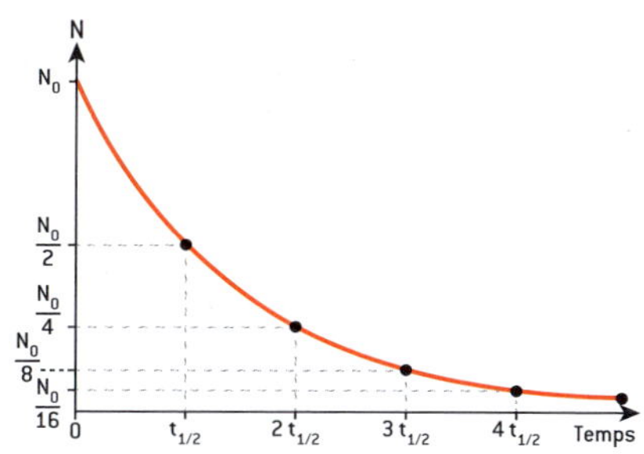

■ Les demi-vies radioactives sont très différentes d'un élément radioactif à un autre et même d'un isotope radioactif à un autre. La décroissance radioactive du tritium ${}^{3}_{1}H$ est trois cents millions de fois plus rapide que celle de l'uranium 235. Voici quelques exemples de radionucléides et leur demi-vie :

Radionucléide	${}^{235}_{92}U$	${}^{3}_{1}H$	${}^{14}_{6}C$	${}^{232}_{90}Th$	${}^{224}_{90}Th$
Demi-vie radioactive	$4,5 \times 10^9$ ans	12,3 ans	5 730 ans	$1,41 \times 10^{10}$ ans	1,05 s

C La relation entre la demi-vie radioactive $t_{1/2}$ et la constante de temps τ

Lorsque le temps écoulé est égal au temps de demi-réaction, alors $N = N_0/2$ et donc $\text{Ln}\,\frac{N}{N_0} = -t_{1/2}/\lambda$, soit $\text{Ln}\,\frac{1}{2} = -t_{1/2}/\tau$ ou $\tau \times$ **Ln 2 =** $\mathbf{t_{1/2}}$. Le temps de demi-réaction ne dépend pas de la concentration initiale en réactif. $t_{1/2}$ et τ s'expriment tous les deux en seconde.

D L'activité

L'activité A au temps t est le **nombre de désintégrations par unité de temps**. Elle est mesurée avec un compteur Geiger-Müller. Elle dépend du nombre de noyaux présents et du radionucléide. Elle s'exprime en becquerel (Bq) : un becquerel correspond à une désintégration par seconde.

4 Les réactions nucléaires

A Les réactions de fusion et de fission

■ Lors d'une réaction de fusion, deux noyaux ayant un petit nombre de masse fusionnent pour produire un noyau ayant un plus grand nombre de masse.

Exemples : ${}^{2}_{1}H + {}^{2}_{1}H \rightarrow {}^{3}_{1}H + {}^{1}_{1}H$ ${}^{2}_{1}H + {}^{3}_{1}H \rightarrow {}^{4}_{2}He + {}^{1}_{0}n$

■ Lors d'une réaction de fission, on bombarde un noyau ayant un grand nombre de masse avec un neutron pour le casser en produisant alors deux noyaux de nombres de masse plus petits et deux à trois neutrons (qui pourront alors casser d'autres gros noyaux et engendrer une réaction en chaîne).

Exemple : ${}^{235}_{92}U + {}^{1}_{0}n \rightarrow {}^{91}_{40}Zr + {}^{142}_{58}Ce + 3\,{}^{1}_{0}n + 6\,{}^{0}_{-1}e$

B Le défaut de masse et l'énergie libérée au cours d'une réaction nucléaire

■ Au cours d'une réaction nucléaire spontanée, il y a diminution de la masse globale du système. Pour calculer la masse Δm ayant disparu au cours d'une réaction nucléaire, il faut calculer la différence entre la somme des masses des produits et la somme des masses des réactifs. Cette variation Δm est négative puisque la masse du système diminue.

$\mathbf{\Delta m = \Sigma\, m_{produits} - \Sigma\, m_{réactifs}}$.

EXEMPLE

Le radium 226 se décompose spontanément en radon 222 par radioactivité α selon la réaction : ${}^{226}Ra \rightarrow {}^{222}Rn + {}^{4}He$.

On a $m({}^{226}Ra) = 3{,}7524385 \times 10^{-25}$ kg, $m({}^{222}Rn) = 3{,}6859056 \times 10^{-25}$ kg et $m({}^{4}He) = 0{,}0664467 \times 10^{-25}$ kg.

La masse des noyaux avant désintégration est $\Sigma\, m_{réactifs} = 3{,}7524385 \times 10^{-25}$ kg.

La masse des noyaux après désintégration est $\Sigma\, m_{produits} = 3{,}6859056 \times 10^{-25} + 0{,}0664467 \times 10^{-25} = 3{,}7523523 \times 10^{-25}$ kg.

Au cours de cette désintégration alpha, il n'y a pas conservation de la masse. La variation de masse vaut $\Sigma\, m_{produits} - \Sigma\, m_{réactifs} = -8{,}62 \times 10^{-30}$ kg.

■ L'énergie libérée ΔE est calculée en utilisant la **relation d'Einstein** :

$$\Delta E = |\Delta m| \times c^2$$

|Δm| : valeur absolue de la variation de masse en kilogramme (kg)

c : célérité de la lumière dans le vide $c = 3{,}00 \times 10^8$ m.s^{-1}

ΔE : énergie libérée en joule (J)

EXEMPLE

L'énergie libérée pour chaque noyau de radium 226 qui se désintègre est :
$\Delta E = |\Delta m| \times c^2 = |8{,}62 \times 10^{-30}| \times (3{,}00 \times 10^8)^2 = 7{,}76 \times 10^{-13}$ J.
Cette énergie peut aussi s'exprimer en électronvolt, avec 1 eV $= 1{,}60 \times 10^{-19}$ J. Dans ce cas, l'énergie vaut donc : $E = 7{,}76 \times 10^{-13}/1{,}60 \times 10^{-19} = 4{,}85$ MeV.

REMARQUE

Les énergies mises en jeu dans le domaine nucléaire sont environ un million de fois plus grandes que dans le domaine des liaisons chimiques.

5 Je mémorise autrement

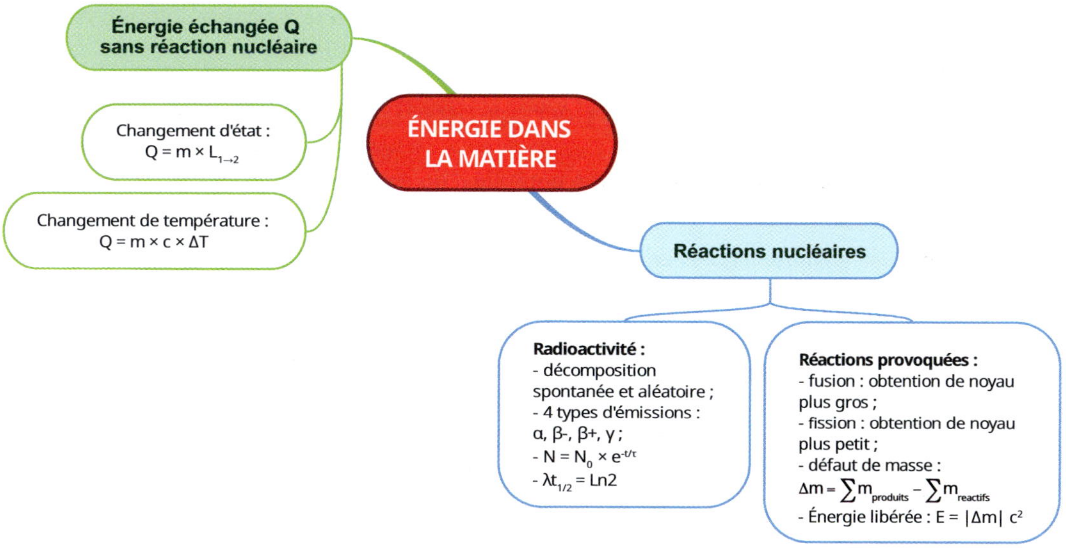

19 Les combustions (STI2D)

Les combustions sont au cœur de notre monde, car elles lui assurent l'essentiel de l'énergie consommée. Nous devons économiser les ressources fossiles et préserver notre environnement.

1 Le bilan chimique

A Les produits de combustion

■ Lors de la **combustion complète** d'un alcane, d'un alcène ou d'un alcool, le carburant réagit avec du dioxygène pour former, comme seuls produits, du **dioxyde de carbone** et de l'**eau**. Cette réaction est **exothermique**. La flamme est alors bleue et peu éclairante.

DÉFINITION
Une **réaction exothermique** produit de la chaleur.

■ L'eau peut être mise en évidence avec du sulfate de cuivre anhydre blanc, qui va devenir bleu en sa présence. Le dioxyde de carbone, lui, est détecté avec une solution d'eau de chaux, que sa présence va troubler.

B L'équation chimique de combustion

■ Lors de l'écriture d'une combustion complète, on écrit les réactifs à gauche de la flèche et les produits à droite.

■ On utilise ensuite la conservation des éléments **carbone** et **hydrogène** pour ajuster les nombres stœchiométriques devant les réactifs et les produits.

■ On écrit enfin la conservation de l'élément **oxygène** en ajustant le nombre stœchiométrique devant le dioxygène O_2.

EXEMPLE
L'équation de la combustion complète du propane s'écrit :
$C_3H_8\,(g) + 5\,O_2\,(g) \rightarrow 3\,CO_2\,(g) + 4\,H_2O\,(g)$.

■ Il est possible de déterminer les quantités de matière des réactifs et de trouver s'il y a un réactif limitant. On peut alors calculer les quantités de produits formés.

RAPPEL
Dans une réaction chimique, le réactif limitant est le réactif qui est totalement transformé, qui disparaît complètement. Il est dit « limitant » car il est responsable de l'arrêt de la réaction.

2 Le pouvoir calorifique d'un combustible

■ Le **pouvoir calorifique massique** d'un combustible, noté **PC,** est l'énergie dégagée par la combustion complète d'un kilogramme de combustible. Il s'exprime en joule par kilogramme ($J.kg^{-1}$).

■ On parle de **pouvoir calorifique supérieur** (PCS) si l'eau produite par la combustion est à l'état liquide. Dans le cas où l'eau formée est à l'état de vapeur, on parle de **pouvoir calorifique inférieur** (PCI).

■ La différence entre le PCS et le PCI est mise en évidence dans les chaudières à condensation par rapport aux chaudières classiques.

Combustible	PCI (en $MJ.kg^{-1}$)
Bois	15
Charbon	15 à 27
Éthanol	29
Heptane	44,6
Gazole	45
Octane	45
Méthane	50

EXEMPLE

Dans une chaudière classique, lors de la combustion du méthane, l'eau produite est à l'état gazeux et directement évacuée vers l'extérieur par un conduit. On ne récupère qu'une partie de l'énergie puisqu'on a laissé partir de l'eau à l'état gazeux qui emporte avec elle de l'énergie. On utilise alors le pouvoir calorifique inférieur du méthane : PCI = 50 $MJ.kg^{-1}$.
Dans une chaudière à condensation, l'eau à l'état gazeux change d'état pour devenir liquide dans le condenseur, ce qui permet de récupérer l'énergie de changement d'état de l'eau de l'état gazeux à l'état liquide. L'eau est ensuite évacuée par une canalisation. On utilise alors le pouvoir calorifique supérieur : PCS = 56 $MJ.kg^{-1}$.
Le rendement est donc meilleur avec une chaudière à condensation, ce qui permet de limiter la consommation de méthane, de diminuer la facture de chauffage et surtout de moins polluer.

■ L'énergie thermique libérée E_{lib} par une réaction de combustion mettant en jeu une masse m de combustible est calculée à partir du pouvoir calorifique massique du combustible mis en jeu. La valeur de E_{lib} est négative, alors que le PC est toujours positif par convention.

$$E_{lib} = -m \times PC$$

E_{lib} : l'énergie thermique libérée en joule (J)

m : la masse de combustible en kilogramme (kg)

PC : le pouvoir calorifique massique joule par kilogramme ($J.kg^{-1}$)

20 L'oxydoréduction : piles, accumulateurs et piles à combustible (STI2D)

Les piles et accumulateurs sont omniprésents. Ils ont été étudiés au chapitre 13 au point de vue énergétique. Dans ce chapitre, c'est à l'aspect chimique que l'on va s'intéresser, en considérant la réaction entre un oxydant et un réducteur avec échange indirect d'électrons entre des espèces à travers un circuit électrique.

1 Les transformations chimiques et les générateurs électriques

■ La polarité d'une pile permet de déterminer les demi-réactions se produisant au niveau de chaque électrode.

■ Dans le cas d'une pile cuivre-zinc, la tension mesurée entre l'électrode de cuivre connectée à la borne « volt » du voltmètre et l'électrode de zinc connectée à la borne « com » du voltmètre est positive :

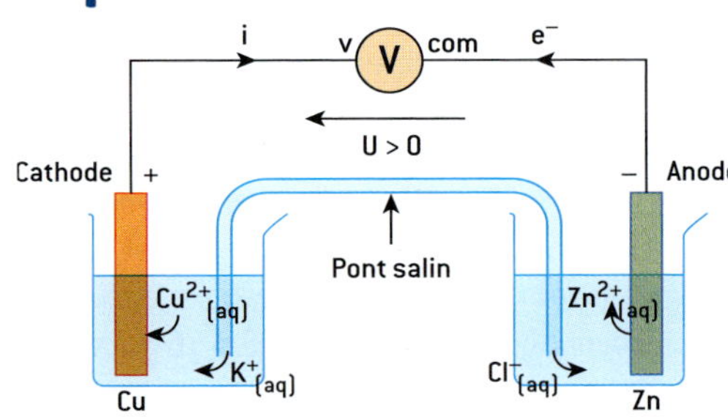

Pile cuivre-zinc

- l'électrode de cuivre est donc la **borne positive** et l'électrode de zinc la **borne négative** ;
- l'**oxydation** se produit sur l'électrode négative, d'où sont issus les électrons, appelée **anode.** Il s'agit ici de l'électrode de zinc : $Zn = Zn^{2+} + 2\ e^-$. Cette électrode est consommée progressivement car le métal disparaît ;
- la **réduction** se produit sur l'électrode positive, qui reçoit les électrons, appelée **cathode.** Il s'agit ici de l'électrode de cuivre : $Cu^{2+} + 2\ e^- = Cu$. Il s'y produit un dépôt de cuivre.

■ Cette pile comporte les deux demi-piles contenant les couples Cu^{2+} (aq)/Cu (s) et Zn^{2+} (aq)/Zn (s). La réaction globale se produisant dans la pile est donc :

$Zn\ (s) + Cu^{2+}\ (aq) \rightarrow Zn^{2+}\ (aq) + Cu\ (s)$.

APPLICATION

Écrire la réaction se produisant dans une pile argent-cuivre, mettant en jeu les couples Cu^{2+} (aq)/Cu (s) et Ag^+ (aq)/Ag (s), sachant que l'électrode d'argent est la cathode.

Solution

L'électrode d'argent est la cathode, c'est-à-dire la borne positive où se produit la réduction : $Ag^+ + e^- = Ag$, ainsi qu'un dépôt d'argent. L'électrode de cuivre est donc négative, c'est l'anode où se produit l'oxydation : $Cu = Cu^{2+} + 2\ e^-$. L'électrode est consommée.

La réaction globale se produisant dans la pile est donc :

$2\ Ag^+\ (s) + Cu\ (s) \rightarrow 2\ Ag^+\ (s) + Cu^{2+}\ (aq)$.

2 Le bilan de matière

A La quantité d'électricité disponible Q

■ La **charge électrique Q** est aussi liée à l'intensité du courant électrique I délivrée et à la durée **Δt** pendant laquelle la pile débite :

$\mathbf{Q = I \times \Delta t}$

Q : la charge en coulomb (C)
I : l'intensité électrique en ampère (A)
Δt : la durée en seconde (s)

■ La charge **électrique Q** est aussi liée à la quantité d'électrons $\mathbf{n_e}$ ayant circulé dans le circuit électrique. $\mathbf{Q = n_e \times F}$ (voir le chapitre 13).

B Le cas d'un accumulateur

■ On considère un accumulateur « nickel-métal-hydrure » (NiMH). La structure de ses électrodes est spiralée. À l'état chargé, l'électrode positive est constituée d'un oxyhydroxyde de nickel (NiO(OH)) et l'électrode négative d'un hydrure métallique. L'électrolyte est à base de potasse (KOH).

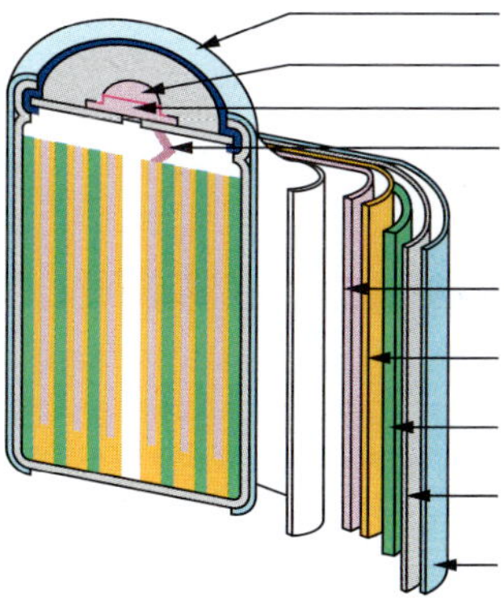

DÉFINITION

Un **hydrure métallique** est un alliage capable d'absorber plus d'un atome d'hydrogène par atome métallique.

■ Les réactions chimiques aux électrodes sont :
- au niveau de l'électrode positive : $NiO(OH) + H_2O + e^- \rightleftarrows Ni(OH)_2 + OH^-$;
- au niveau de l'électrode négative : $MH + OH^- \rightleftarrows M + H_2O + e^-$.

■ Pour les deux demi-équations, l'accumulateur :
- se décharge avec les réactifs à gauche. L'équation globale est alors :
$NiO(OH) + MH \rightarrow Ni(OH)_2 + M$;
- se charge avec les réactifs à droite. L'équation globale est alors :
$Ni(OH)_2 + M \rightarrow NiO(OH) + MH$.

■ Lorsque l'accumulateur se décharge, il alimente un appareil pendant une durée Δt avec une intensité I. Il transfère une charge $Q = I \times \Delta t$ à l'appareil. Or, on a aussi $Q = n_e \times F$. D'après la demi-équation contenant NiO(OH), il faut un électron par NiO(OH), donc $n_e = n_{Ni}$. La durée de fonctionnement pour une intensité donnée lors de la décharge est directement liée à la quantité de nickel ou d'hydrure métallique de la pile : $\Delta t = \frac{n \times F}{I}$.

■ Inversement, lors de la charge, l'accumulateur est relié à un générateur imposant un courant d'intensité I (plus fort que le courant de décharge) circulant à l'envers du courant de décharge de l'accumulateur. Cette charge s'effectue pendant une durée Δt. On peut reprendre la même formule que précédemment : $\Delta t = \frac{n \times F}{I}$ où n est la quantité de matière de NiO(OH) ou de MH à reformer.

C Le cas d'une pile à combustible

■ On considère une pile à combustible à hydrogène.

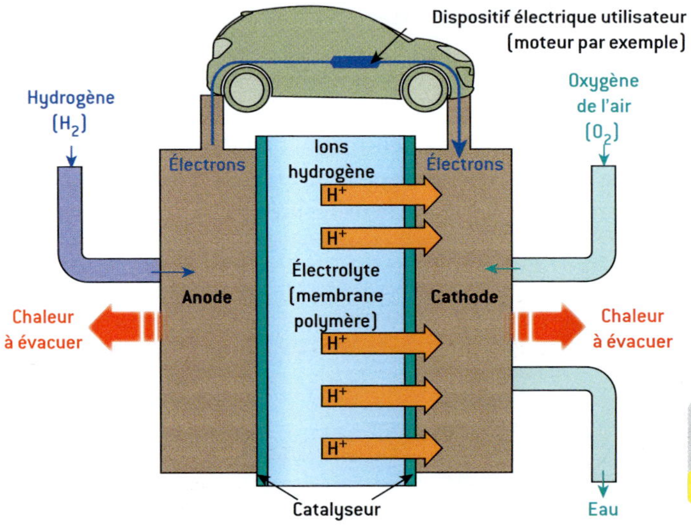

 # info
La pile à combustible
foucherconnect.fr/23tersti2d10

■ Le dihydrogène provient d'un réservoir sous pression contenant au départ une quantité de matière n de dihydrogène H_2. L'autre réactif est le dioxygène O_2 prélevé dans l'air ambiant : il est donc en excès. La pile pourra donc fonctionner tant qu'il reste du dihydrogène.

■ Les couples mis en jeu sont O_2/H_2O et H^+/H_2 :
- l'**oxydation** se fait sur l'**anode**, l'électrode négative d'où sont issus les électrons, donc celle où arrive le dihydrogène : $H_2 = 2\ H^+ + 2\ e^-$;
- la **réduction** se produit sur la **cathode**, l'électrode positive où arrivent les électrons, donc celle où arrive le dioxygène : $O_2 + 4\ H^+ + 4\ e^- = 2\ H_2O$;
- la **réaction globale** se produisant dans la pile est donc : $O_2 + 2\ H_2 \rightarrow 2\ H_2O$.

■ Lorsque la pile fonctionne, elle alimente un appareil ou un moteur pendant une durée Δt avec une intensité I. Elle transfère une charge $Q = I \times \Delta t = n_e \times F$. D'après la demi-équation contenant le dihydrogène, il faut deux électrons par molécules de dihydrogène donc $2\ n_e = n_{H2}$. Ainsi $Q = I \times \Delta t = ½ \times n_{H2} \times F$. La durée de fonctionnement pour une intensité donnée lors de la décharge est directement liée à la quantité de dihydrogène : $\Delta t = \frac{n_{H_2} \times F}{2 \times I}$.

EXEMPLE

Une pile à hydrogène comporte un réservoir contenant 80 mol de dihydrogène. Elle alimente un moteur avec une intensité I = 35 A. Cette pile pourra fonctionner durant $\Delta t = \frac{n_{H_2} \times F}{I} = \frac{80 \times 96\ 500}{2 \times 35}$ $= 1,1 \times 10^5$ s = 31 h. Cette durée est théorique, elle ne prend pas en compte les pertes énergétiques (effet Joule, réactions parasites, etc.).

21 Les réactions acido-basiques (STI2D)

Nous utilisons quotidiennement des solutions acides telles que le vinaigre ou des détartrants, et également des solutions basiques comme l'eau de Javel ou les déboucheurs. Ces produits sont prêts à l'emploi ou doivent être dilués. Nos modes de vie créent aussi des gaz acides, que l'on retrouve dans les pluies, ou du dioxyde de carbone, gaz à effet de serre qui acidifie les océans.

1 Le pH d'une solution aqueuse

A Définitions

a Le pH : potentiel hydrogène

■ Les domaines de pH sont :
- une solution **acide** a un pH compris entre 0 et 7 ;
- une solution **neutre** a un pH égal à 7,0 ;
- une solution **basique** a un pH compris entre 7 et 14.

■ Plus le pH est bas (< 7) et plus la solution est acide. Inversement, plus le pH est élevé (> 7) et plus la solution est basique.

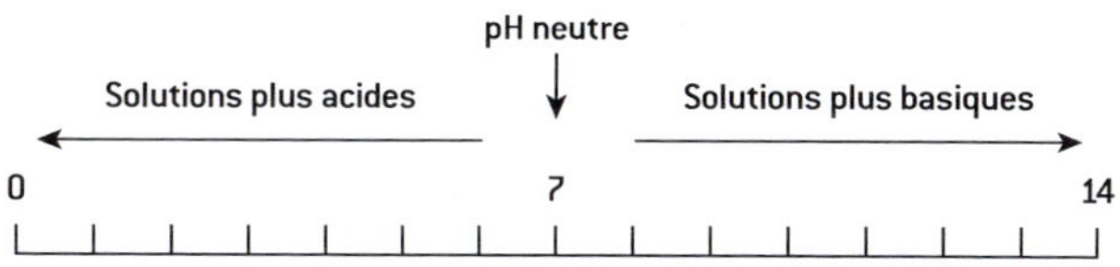

b La relation entre pH et concentration en ion H_3O^+

■ Les propriétés acides ou basiques d'une solution vont dépendre de la **concentration en ion oxonium H_3O^+**, notée **$[H_3O^+]$**.

■ Le pH est donc une grandeur liée à la concentration en ion oxonium selon une **relation valable entre 0 et 14 : $pH = -\log [H_3O^+]$**, où $[H_3O^+]$ est exprimée en mol.L^{-1}.

■ Inversement, la concentration en ion oxonium $[H_3O^+]$ est liée au pH par : **$[H_3O^+] = 10^{-pH}$**.

■ **Plus une solution contient des ions H_3O^+, plus son pH est faible.**

APPLICATION

1. Le pH d'une solution est 3,5. La solution est-elle acide ou basique ?
2. Quelle est la concentration en ion oxonium $[H_3O^+]$de cette solution ?

Solution

1. Comme le pH est inférieur à 7, la solution est acide.
2. La concentration en ion oxonium se calcule avec $[H_3O^+] = 10^{-pH}$, soit :
$[H_3O^+] = 10^{-3,5} = 3,1 \times 10^{-4}$ mol.L^{-1}.

B La mesure du pH

■ Le pH peut être mesuré avec du **papier pH** en trempant un agitateur en verre dans la solution à tester et en touchant ensuite le papier pH avec l'agitateur en verre. Le papier pH prend ensuite une teinte qui correspond à un certain pH. La méthode est rapide mais peu précise : le pH est déterminé à une unité près.

Papier pH

■ Une technique plus précise consiste à utiliser un **pH-mètre** : il faut rincer la sonde de pH avec de l'eau déminéralisée puis l'essuyer avant de la tremper dans la solution. Il faut homogénéiser la solution pour mesurer correctement la valeur du pH. Cette méthode est plus précise : le pH est déterminé à 0,1 près.

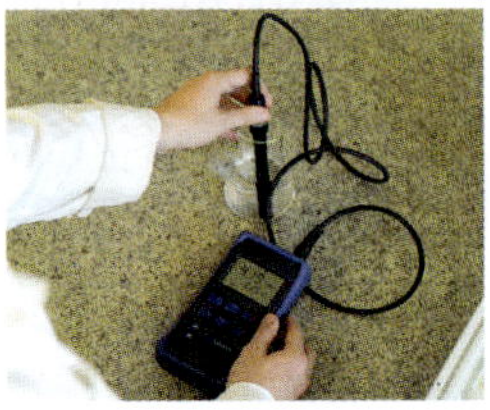

pH-mètre

ATTENTION
Il faut étalonner le pH-mètre avant de l'utiliser.

2 Les acides et les bases en solution aqueuse

A Les acides et les bases selon la théorie de Brønsted

■ Un **acide** est une espèce chimique capable de **céder un proton H^+** en solution aqueuse.

■ Une **base** est une espèce chimique capable de **capter un proton H^+** en solution aqueuse.

EXEMPLE
L'acide éthanoïque CH_3COOH est un acide, il peut donc céder un proton H^+ selon la demi-équation : $CH_3COOH = CH_3COO^- + H^+$.

B Les couples acide/base

a Définitions

■ Un couple acide/base comporte un **acide AH** et une **base A^-**. Une demi-équation lie les deux espèces chimiques : **$AH = A^- + H^+$**.

■ Les espèces AH et A^- sont dites **conjuguées** et forment le couple AH/A^-. **La forme acide est écrite en premier** dans un couple acide-base. AH et A^- peuvent être des molécules ou des ions : il y a simplement une différence d'un proton entre les deux.

EXEMPLE
L'acide méthanoïque a pour formule HCOOH. C'est un acide, il est donc possible d'écrire la demi-équation où il intervient : $HCOOH = HCOO^- + H^+$.
Ainsi, l'ion méthanoate $HCOO^-$ est la base conjuguée de l'acide méthanoïque.
Les deux espèces forment le couple $HCOOH/HCOO^-$.

b Les couples acide/base importants

Couple	Demi-équation protonique
H_3O^+/H_2O (ion oxonium/eau)	$H_3O^+ = H_2O + H^+$
H_2O/OH^- (eau/ion hydroxyde)	$H_2O = OH^- + H^+$
CH_3COOH/CH_3COO^- (acide éthanoïque/ion éthanoate)	$CH_3COOH = CH_3COO^- + H^+$
NH_4^+/NH_3 (ion ammonium/ammoniaque)	$NH_4^+ = NH_3 + H^+$

■ La molécule d'eau fait partie de deux couples acide/base : elle peut soit capter, soit céder un proton H^+.

■ Il faut aussi connaître l'**acide chlorhydrique** : $H_3O^+ + Cl^-$, qui est obtenu par la réaction du chlorure d'hydrogène HCl avec l'eau : $HCl + H_2O = Cl^- + H_3O^+$.

■ Pour obtenir une solution aqueuse d'**acide sulfurique**, il faut dissoudre H_2SO_4, qui est un diacide pouvant réagir avec l'eau selon la réaction : $H_2SO_4 + 2\,H_2O = SO_4^{2-} + 2\,H_3O^+$.

C Les réactions acido-basiques

Une réaction se produit entre l'acide AH_1 d'un couple et la base A_2^- d'un autre couple, au cours de laquelle l'acide AH_1 cède un proton à la base A_2^-. Les produits formés sont les espèces conjuguées A_1^- et AH_2. La réaction s'écrit alors : $AH_1 + A_2^- = A_1^- + AH_2$. Les couples acido-basiques mis en jeu sont AH_1/A_1^- et AH_2/A_2^-. Au cours de cette réaction, il y a donc transfert de proton.

MÉTHODE

On considère la réaction se produisant entre l'acide chlorhydrique et l'ammoniaque. Les couples acide-base sont $\mathbf{H_3O^+}/H_2O$ et $NH_4^+/\mathbf{NH_3}$.

L'ammoniaque NH_3, base du couple NH_4^+/NH_3 réagit selon : $NH_3 + H^+ = NH_4^+$.

L'acide chlorhydrique est $H_3O^+ + Cl^-$. H_3O^+, acide du couple H_3O^+/H_2O réagit selon la demi-équation : $H_3O^+ = H_2O + H^+$.

On ajoute les deux demi-équations dans le bon sens : $H_3O^+ + NH_3 + H^+ = NH_4^+ + H_2O + H^+$

Les protons se simplifient de part et d'autre et on obtient : $H_3O^+ + NH_3 = NH_4^+ + H_2O$

D Préparation d'une solution par dilution

■ Il est possible d'obtenir une solution aqueuse d'une espèce chimique de concentration donnée à partir d'une solution contenant la même espèce mais ayant une **concentration plus importante**. La solution la plus concentrée s'appelle la **solution mère** et la solution diluée est la **solution fille**.

■ Le volume de solution mère à prélever est obtenu avec la relation $C_{fille} \times V_{fille} = C_{mère} \times V_{mère}$, où :
- C_{fille} est la concentration de la solution diluée ;
- $C_{mère}$ est la concentration de la solution mère ;
- V_{fille} est le volume final de la solution diluée ;
- $V_{mère}$ est le volume à prélever de la solution mère.

■ Le rapport $C_{mère}/C_{fille}$ ou $V_{fille}/V_{mère}$ s'appelle « facteur de dilution ». Il indique que la solution a été diluée x fois.

■ Pour préparer une solution aqueuse de concentration précise par dilution, il faut utiliser de la verrerie jaugée. Le mode opératoire est le suivant :
- **rincer** la pipette jaugée avec la solution mère ;
- **prélever** le volume de solution mère nécessaire avec la pipette jaugée munie d'une propipette ;
- **introduire** le volume de solution mère dans une fiole jaugée (ayant le volume approprié) propre et remplie à moitié avec de l'eau distillée ou déminéralisée ;
- **compléter** la fiole jaugée jusqu'au trait de jauge avec de l'eau déminéralisée et **homogénéiser**.

■ Lors de la dilution d'une solution acide, la concentration en ions oxonium diminue : le pH de la solution fille est donc plus élevé que celui de la solution mère. Dans le cas d'une solution basique, c'est le contraire, le pH de la solution fille est plus faible (moins basique) que celui de la solution mère.

 # exo
Exercices résolus de physique-chimie
foucherconnect.fr/23tersti2d72

3 L'acidification d'une eau

A L'acidification des océans

■ L'acidification des océans correspond à la **baisse progressive du pH des océans**, liée particulièrement aux pollutions humaines. L'océan devient alors de plus en plus acide, ce qui perturbe l'écosystème océanique. Le pH de l'océan a diminué de **0,1 en une centaine d'années**.

■ L'acidification est surtout causée par l'**absorption de surplus de CO_2 par les océans**. Le dioxyde de carbone est en effet massivement produit par les sociétés humaines depuis la révolution industrielle : il a pour conséquence le réchauffement climatique. Cependant, un tiers du CO_2 produit est absorbé par les océans. Le CO_2 se dissout progressivement dans l'eau et réduit son pH.

■ Les conséquences sont multiples :
- la principale est la difficulté du **plancton océanique** à se renouveler : si le pH est trop bas, ces espèces ne parviennent plus à structurer leurs squelettes calcaires et ont du mal à se développer. Or le plancton est à la base de l'écosystème marin car il sert de fondation à la chaîne alimentaire et contribue à l'oxygénation des océans ;
- les **coraux** sont des animaux à la structure souvent calcaire, ayant du mal à croître en milieu trop acide, ce qui les rend vulnérables, perturbant tout un écosystème de poissons, d'algues et d'organismes endémiques ;
- la **biodiversité marine** est affectée puisque certaines espèces sont plus fragiles en milieu plus acide, tandis que d'autres auront du mal à trouver leur nourriture…

 # vidéo
L'océan et le climat
foucherconnect.fr/23tersti2d12

B Les pluies acides

■ Le **dioxyde de carbone** est une espèce chimique acide, qui participe au couple acide/base $CO_2, H_2O/HCO_3^-$. La réaction avec l'eau s'écrit : $CO_2, H_2O + H_2O \rightarrow HCO_3^- + H_3O^+$. La solution devient alors acide.

■ Le **dioxyde de soufre** est majoritairement présent sous forme gazeuse. Il se transforme en SO_3 par réaction avec le dioxygène de l'air et la lumière. Le trioxyde de soufre SO_3 produit alors de l'**acide sulfurique H_2SO_4** par hydratation avec la vapeur d'eau atmosphérique : $SO_3 + H_2O \rightarrow H_2SO_4$. L'acide sulfurique peut réagir avec l'eau, c'est un diacide : $H_2SO_4 + 2\ H_2O \rightarrow 2\ SO_4^{2-} + 2\ H_3O^+$.

■ Le dioxyde d'azote de la pollution atmosphérique forme de l'**acide nitrique** (HNO_3).

■ L'acide sulfurique et l'acide nitrique rendent les pluies acides, dont le pH, qui est de l'ordre de 4, peut atteindre 2. Ces pluies acidifient les lacs, faisant disparaître la faune et la flore, détruisent les arbres, attaquent l'acier et le béton, mettant en danger un grand nombre de monuments.

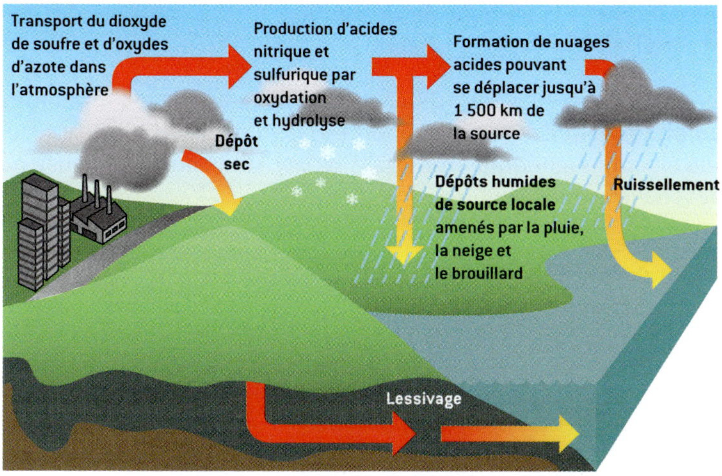

Les pluies acides et le milieu aquatique

 # quiz
Des questions pour réviser
foucherconnect.fr/23tersti2d05

4 Je mémorise autrement

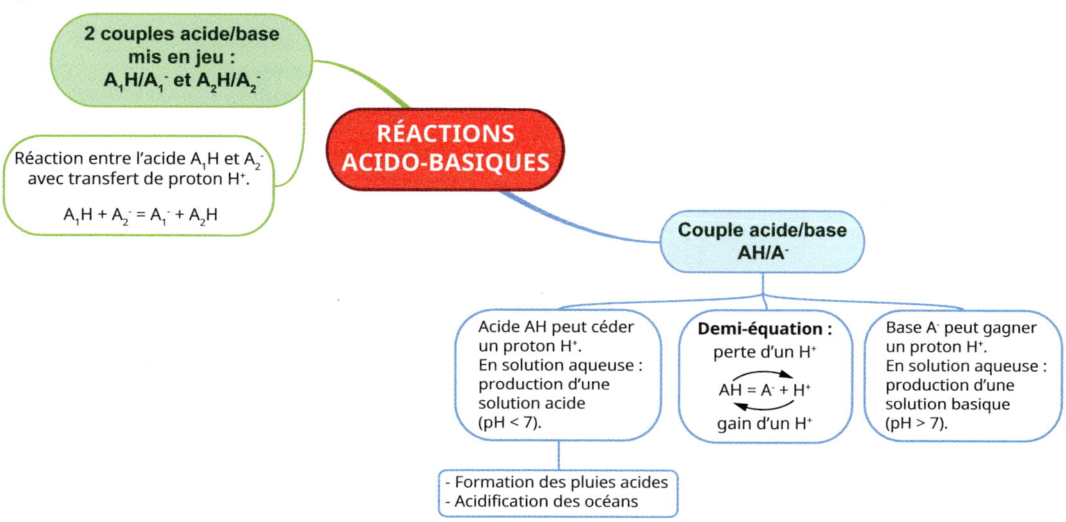

22 La notion d'onde (STI2D)

Les signaux périodiques complexes sont utilisés dans les communications. Ils peuvent être analysés et décomposés en des sommes de signaux simples. On peut alors déterminer la bande passante nécessaire pour les transmettre.

1 Le spectre d'amplitude d'un signal périodique

A Différents signaux

■ De nombreux signaux analogiques ou numériques sont utilisés dans les communications entre machines ou entre humains. Le support est, le plus souvent, une tension mais ce peut être une onde électromagnétique (radio, TV, radar), une onde lumineuse ou infrarouge (fibres optiques) ou une onde sonore.

■ L'information transportée est :
- un message audio (parole, musique) ;
- un message vidéo (image TV) ;
- un message binaire ;
- un signal analogique de l'état d'un capteur.

■ Une façon naturelle de connaître un signal est d'observer son allure en fonction du temps, ou **représentation temporelle**. On observe ainsi plusieurs types de signaux :

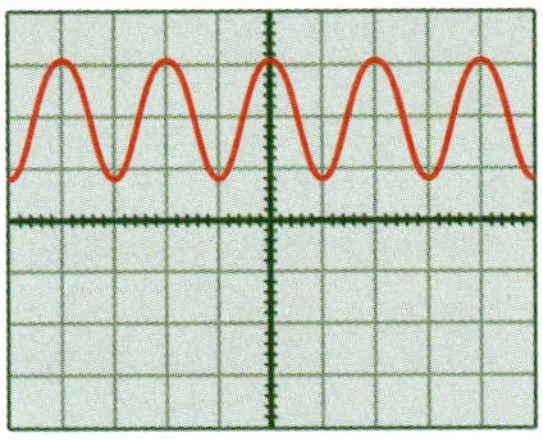

Signal sinusoïdal

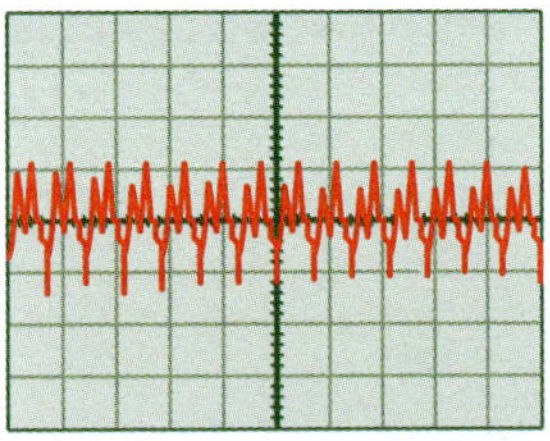

Signal périodique

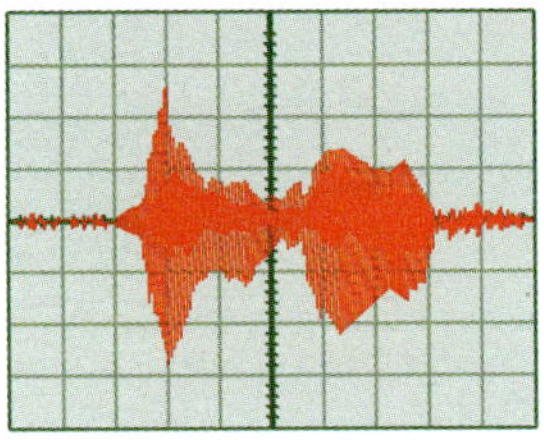

Signal périodique plus complexe

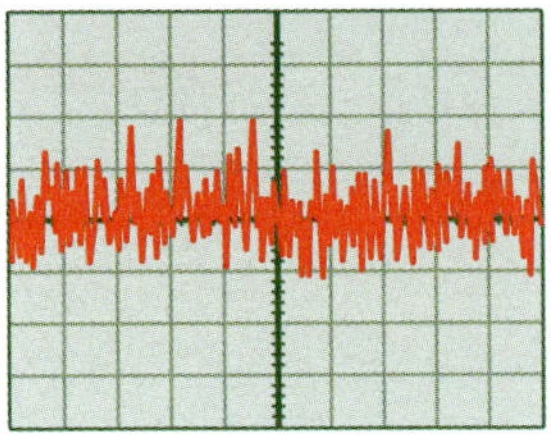

Bruit

REMARQUE
Le bruit n'est pas un signal périodique.

B La représentation fréquentielle d'un signal

■ Un signal continu a une représentation temporelle horizontale, ici s(t) = 5 en noir.

Un signal sinusoïdal a une forme caractéristique, ici $s_1(t) = 3 \sin (2\Pi\, t)$ en violet.

Un signal sinusoïdal associé à une composante continue donne : $s_2(t) = 3 + 2 \sin (4\Pi\, t)$ en vert.

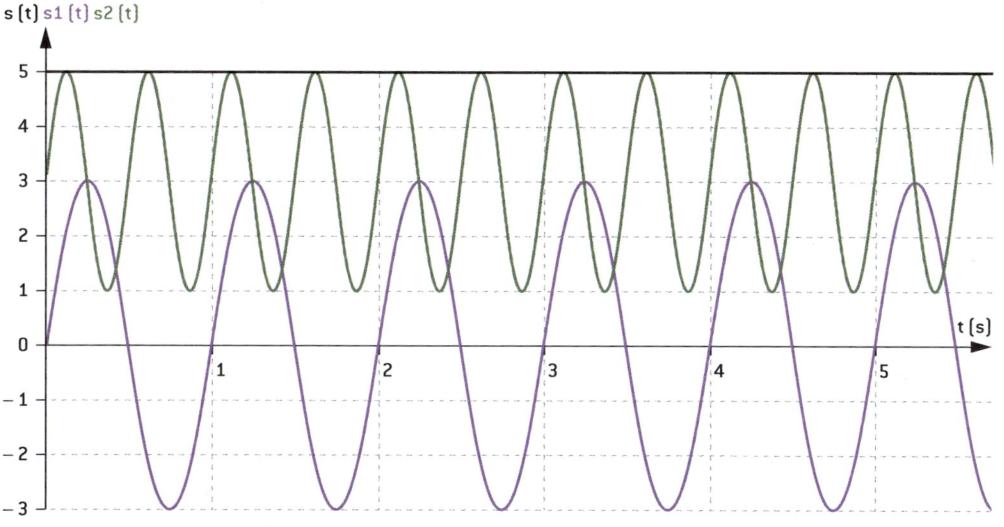

Évolution temporelle des signaux s, s_1 et s_2

■ Un signal sinusoïdal s'écrit :

$$s(t) = S \sin (2\Pi \times f \times t + \varphi)$$

S : l'amplitude du signal

f : la fréquence du signal en hertz

φ : la phase du signal au temps initial en radian

■ La représentation en fréquence d'un signal est un graphe faisant apparaître l'amplitude en fonction de la fréquence :

– s(t) apparaît pour la fréquence f = 0 et une amplitude égale à 5 ;

– $s_1(t) = 3 \sin (2\Pi\, t) = 3 \sin (2\Pi \times 1 \times t)$ a une amplitude valant 3 pour une fréquence f = 1 Hz. Il est représenté par un segment vertical d'amplitude 3 à la fréquence f = 1 Hz ;

– $s_2(t) = 3 + 2 \sin (4\Pi\, t) = 3 + 2 \sin (2\Pi \times 2 \times t)$ a une amplitude valant 2 pour une fréquence f = 2 Hz. Il est représenté par un segment vertical d'amplitude 2 à la fréquence f = 2 Hz, et sa composante continue par un segment vertical d'amplitude 3 pour f = 0.

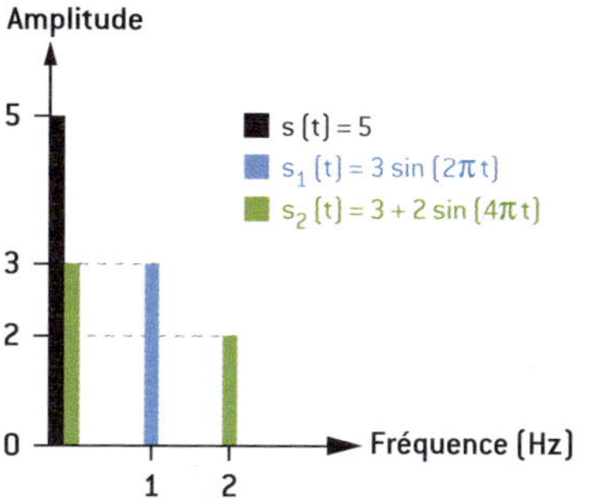

Amplitude en fonction de la fréquence

C La décomposition d'un signal périodique

■ Il est possible de trouver le spectre d'amplitude d'un signal périodique avec la décomposition en série de Fourier. En effet, le mathématicien Fourier a démontré que la fonction x(t), de forme quelconque, mais périodique de période To, peut s'écrire sous la forme suivante :

$x(t) = X_0 + X_1\sin(2\Pi.f_1\,t + \varphi_1) + X_2\sin(2\Pi.2f_1\,t + \varphi_2) + X_3\sin(2\Pi.3f_1 + \varphi_3) + ... + X_n\sin(2\Pi.nf_1\,t + \varphi_n)$,

avec X_0 la valeur moyenne du signal, X_1 l'amplitude du fondamental, X_2 l'amplitude de l'harmonique 2, ..., X_n l'amplitude de l'harmonique n.

■ **La première fréquence f_1 est le fondamental, c'est la fréquence du signal**. L'harmonique de rang n est à la fréquence nf_1.

■ Cette décomposition peut aussi s'écrire de la façon suivante :

$x(t) = X_0 + \Sigma\, X_n\sin(2\Pi\, nf_1\, t + \varphi_n)$.

■ Le spectre représentant les amplitudes X_n en fonction de la fréquence n f_1 a l'allure suivante :

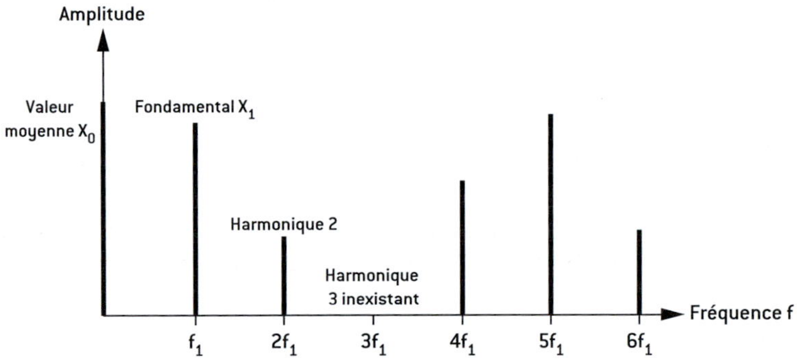

■ Le spectre d'un signal périodique est toujours **un spectre de raies, qui ne peuvent se trouver qu'aux fréquences nf_1**.

EXEMPLE

Un signal périodique a une fréquence f = 170 Hz. Il comporte aussi un harmonique de fréquence f_n = 850 Hz. En faisant le rapport $\frac{fn}{f} = \frac{850}{170} = 5$, on en déduit qu'il s'agit de l'harmonique de rang 5.

REMARQUE

Deux signaux périodiques ayant le même spectre peuvent avoir des formes différentes !
Le spectre en fréquence ne suffit pas à caractériser un signal.

2 La transmission d'un signal périodique

■ Pour transmettre un signal complexe sans le détériorer, il faut déterminer l'intervalle de fréquence nécessaire pour le nombre d'harmoniques choisis. L'analyse de Fourier aide au choix du dernier harmonique à conserver.

■ Ainsi, pour un signal de fréquence f_1 = 250 Hz, comportant des amplitudes importantes jusqu'au septième harmonique, il faut un intervalle de fréquence minimal de 7 f_1 = 1 750 Hz = 1,75 kHz.

23 Les ondes sonores (STI2D)

Les sons sont des ondes mécaniques possédant une intensité acoustique et un niveau sonore. Comme ce sont des ondes, il est possible d'obtenir leur spectre d'amplitude. Notre perception des sons évolue avec l'âge.

1 Le spectre d'amplitude d'un son

A Son pur et son complexe

- Un **son pur** a une représentation temporelle de nature sinusoïdale et donc un spectre d'amplitude contenant une raie de fréquence égale à celle du son.

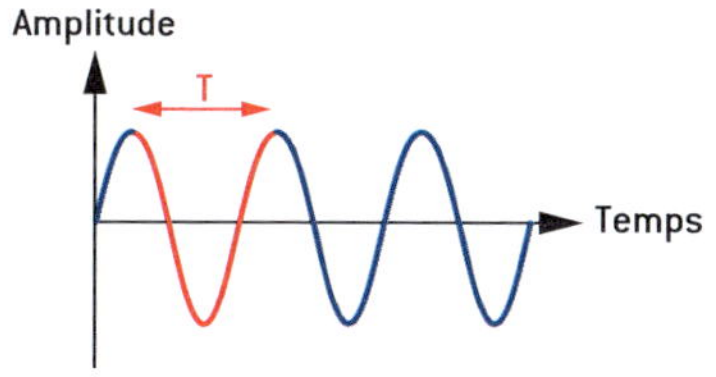

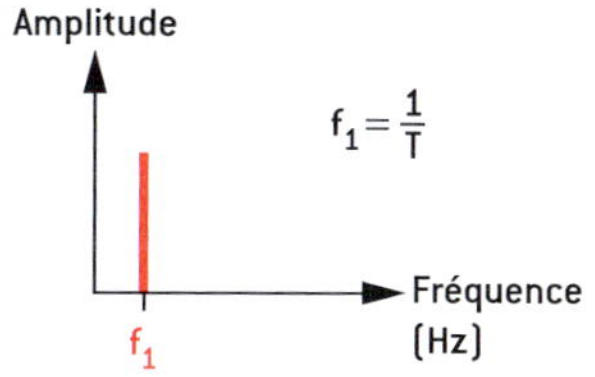

- Un **son complexe** est un son périodique qui est la somme de signaux sinusoïdaux : son spectre d'amplitude contient donc plusieurs raies de fréquences égales à des multiples de la fréquence la plus petite, qui est la fréquence fondamentale (égale à celle du son).

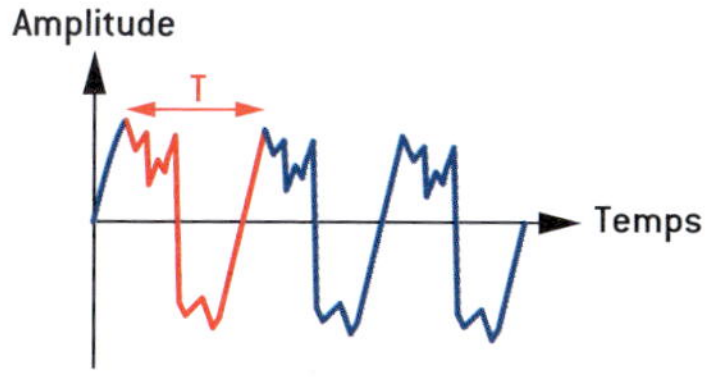

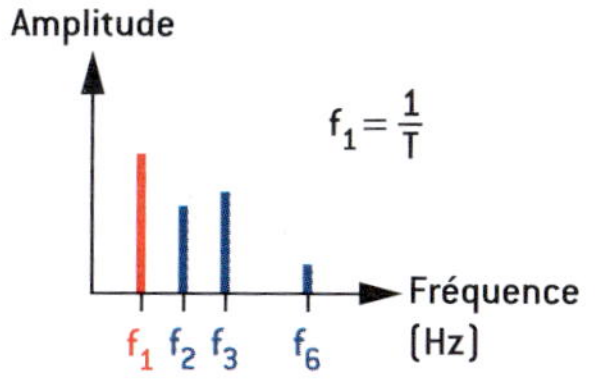

- La **hauteur** d'un son pur ou complexe est sa fréquence en hertz (Hz), c'est donc la valeur de la fréquence fondamentale f_1 et c'est aussi l'inverse de la **période T** en seconde (s).

B Le timbre d'un son

Lorsque deux instruments de musique différents jouent la même note (même fréquence f_1), on ne perçoit pas le même son alors que la fréquence de la note jouée est la même : ils ont un **timbre** différent. Les deux sons ont des spectres d'amplitude différents avec la même fréquence fondamentale.

 # vidéo
L'analyse spectrale d'un son
foucherconnect.fr/23tersti2d13

EXEMPLE

Le spectre en amplitude du mi_4 (660 Hz) pour une guitare (à gauche) et pour une flûte (à droite). Les deux sons ont bien la même hauteur (660 Hz) puisque la même note est jouée. Cependant, celui de la guitare est plus riche en harmoniques : il sera perçu différemment.

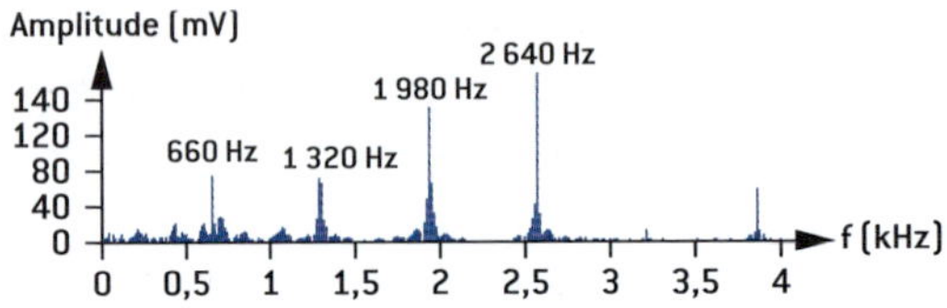

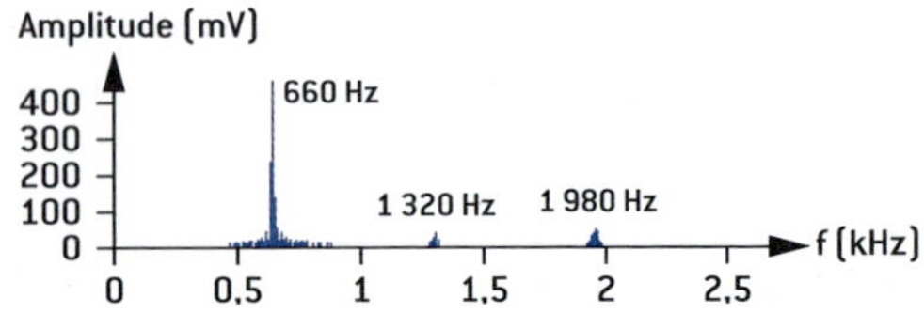

2 L'intensité acoustique I et le niveau sonore L

A La relation entre les deux grandeurs

Sonomètre

- L'**intensité acoustique I** est mesurée en **watt par mètre carré** ($W.m^{-2}$) : c'est une puissance par unité de surface. L'intensité de référence, par rapport à laquelle sont mesurés les sons, est fixée à $I_0 = 1,0 \times 10^{-12}\ W.m^{-2}$.

- Les intensités sonores s'ajoutent. Ainsi, en un point, deux sons d'intensités sonores $I_1 = 7,0 \times 10^{-4}\ W.m^{-2}$ et $I_2 = 4,0 \times 10^{-4}\ W.m^{-2}$ donnent une intensité $I = I_1 + I_2 = 1,1 \times 10^{-3}\ W.m^{-2}$.

- Le **niveau sonore** L (*level* en anglais) s'exprime en **décibel** (dB). C'est une échelle subjective, car elle ne prend pas en compte la sensibilité de l'oreille, qui dépend de la fréquence. Le niveau sonore est lié à l'intensité acoustique par la formule $\mathbf{L = 10 \log \frac{I}{I_0}}$. Il est mesuré avec un **sonomètre**. Les niveaux sonores ne s'ajoutent pas !

EXEMPLE

Un instrument de musique produit un son dont l'intensité acoustique vaut $I = 5,0 \times 10^{-4}\ W.m^{-2}$.
Pour calculer le niveau sonore correspondant, on utilise la formule $L = 10 \log \frac{I}{I_0} = 10 \log \frac{5,0 \times 10^{-4}}{1,0 \times 10^{-12}} = 87$ dB.

- Lorsque l'intensité acoustique est multipliée par 10, alors le niveau sonore augmente de 10 dB. Lorsque l'on passe d'un niveau sonore de 50 dB à 70 dB, cela veut donc dire que l'intensité sonore a été multipliée par 100.

- Pour déterminer l'intensité acoustique à partir du niveau sonore, il faut transformer la formule pour obtenir $\mathbf{I = I_0\ 10^{L/10}}$.

EXEMPLE

Un klaxon émet un bruit dont le niveau sonore vaut L = 75 dB à 20 m.
L'intensité acoustique est calculée avec la formule $I = I_0\ 10^{L/10} = 1,0 \times 10^{-12} \times 10^{75/10}$ $= 3,2 \times 10^{-5}\ W.m^{-2}$.

B L'oreille humaine

a Les seuils de perception

■ La valeur 0 dB correspond au **seuil d'audibilité**, c'est-à-dire la valeur la plus faible pouvant être perçue par une oreille humaine. Cette valeur a été définie en réalisant des expériences avec un son de fréquence 1 000 Hz. L'intensité sonore correspondante vaut 10^{-12} W.m^{-2} (c'est l'intensité de référence).

■ Le **seuil de douleur** est de 130 dB. Cependant, l'oreille peut subir des traumatismes à partir de 80 dB. La législation sur le bruit au travail impose l'utilisation de protections auditives ou limite l'exposition à des niveaux sonores pendant des durées déterminées.

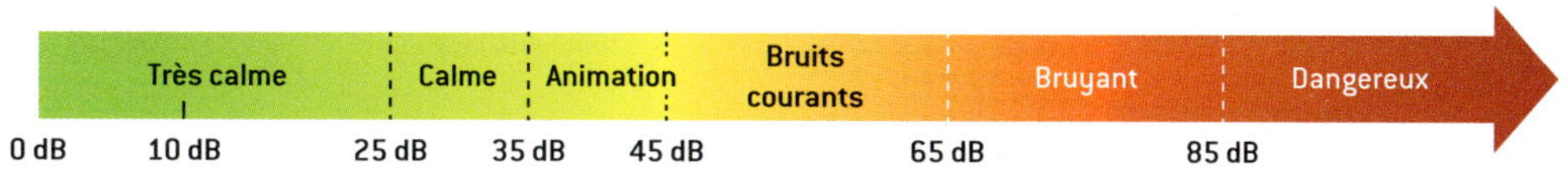

Échelle des niveaux sonores

■ La perception de l'oreille humaine augmente avec la fréquence pour être maximale vers 3 à 4 kHz ; elle diminue ensuite rapidement.

b Le contrôle de l'audition

■ Avec l'âge, les sons ayant une fréquence supérieure à 12 kHz sont moins bien perçus et deviennent parfois inaudibles. On peut faire un bilan d'audition et obtenir un **audiogramme**, qui permet de mesurer la capacité auditive d'une personne. Il est basé sur des sons purs à fréquences choisies, pour lesquelles on mesure le seuil de l'audition. À l'aide d'un casque, on adresse à une oreille les différentes fréquences en augmentant le niveau sonore : lorsque le patient entend un son, il prévient le médecin.

■ Les différents résultats sont placés sur un graphe et comparés au seuil normal d'audition pour les mêmes fréquences afin de déterminer le déficit auditif du patient. La courbe rouge correspond à l'oreille gauche et la courbe bleue à l'oreille droite.

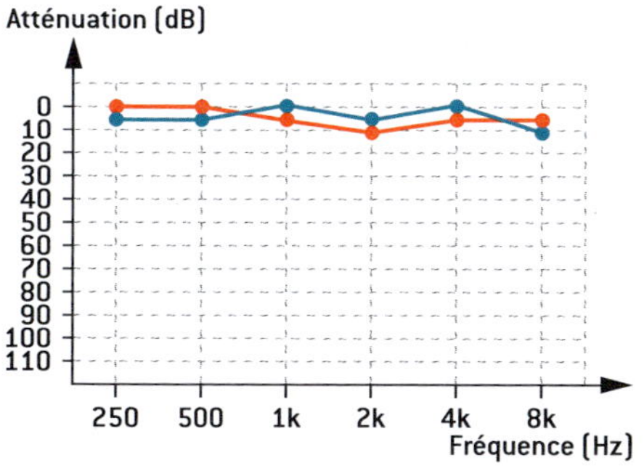

Personne entendante

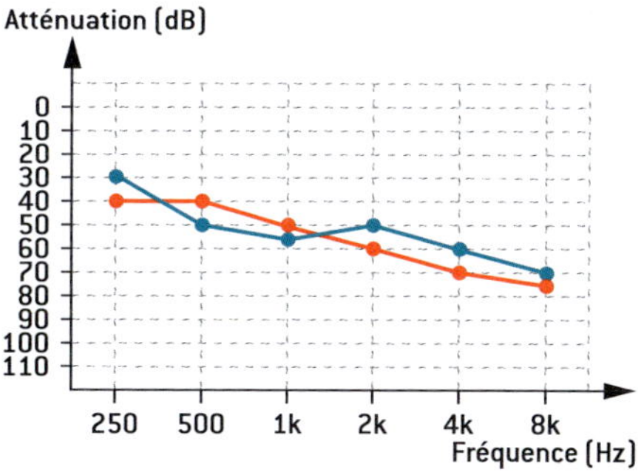

Personne avec une déficience auditive

Audition	Perte moyenne	Incidence
Normale	< 20 dB	Aucune
Surdité légère	de 21 à 40 dB	Voix normale perçue
Surdité moyenne	de 41 à 70 dB	Voix criée perçue
Surdité sévère	de 71 à 90 dB	Voix criée proche de l'oreille perçue
Surdité profonde	> 90 dB	Rien n'est perçu

3 La transmission et l'absorption des ondes sonores

■ Lorsqu'une onde sonore se propageant dans un premier milieu rencontre un milieu différent, une partie de l'énergie est **transmise**, une partie est **absorbée** par le matériau et le reste est **réfléchi**.

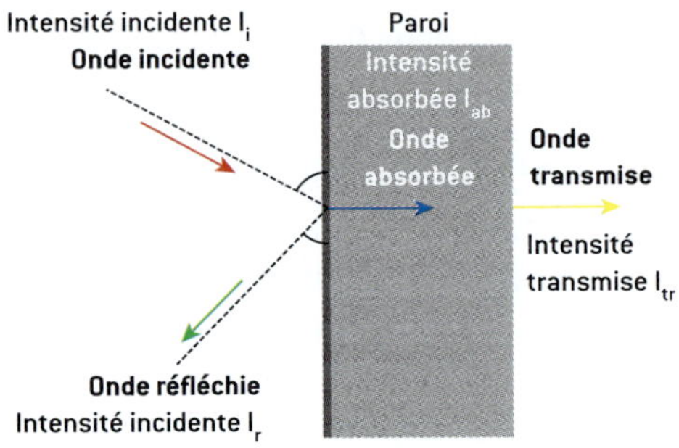

■ On définit alors les **coefficients** correspondants sans unité :

- coefficient de transmission : $t = \frac{I_{tr}}{I_i}$;
- coefficient d'absorption : $a = \frac{I_{ab}}{I_i}$.

■ Les phénomènes de transmission et d'absorption sont facilement mis en évidence en utilisant un sonomètre avant et après un obstacle.

■ Certains matériaux absorbent fortement les sons en ayant des coefficients de valeur d'absorption proches de 1. Dans les immeubles, il faut surtout limiter la transmission et avoir des coefficients de transmission faibles, inférieurs à 10^{-3}.

24 Les ondes électromagnétiques (STI2D)

Les ondes électromagnétiques sont utilisées dans de nombreux domaines de communication : GSM, Wi-Fi, Bluetooth, télécommande infra-rouge, fibre optique...

1 Le spectre des ondes électromagnétiques

A Une brève histoire des télécommunications

■ L'histoire des télécommunications a commencé avec le **télégraphe optique** de Claude Chappe en **1794** : deux tours d'observations éloignées de plusieurs dizaines de kilomètres s'échangent des messages codés par les différentes positions d'un bras articulé placé en haut de la tour.

■ Vers la fin du XIXe siècle, le physicien allemand **Heinrich Hertz** développe la transmission d'informations sans fil grâce à la découverte de l'existence des **ondes électromagnétiques**. Ensuite, la radio s'est développée, suivie par la télévision, les deux recevant des ondes sans fil.

■ Depuis le début du XXIe siècle, l'évolution des communications sans fil s'est poursuivie, d'abord avec le téléphone mobile, puis avec le Wi-Fi grâce auquel nos ordinateurs communiquent. L'Internet des objets est en pleine explosion et envahit notre quotidien.

 # info
Les ondes électromagnétiques dans le domaine de la communication
foucherconnect.fr/23tersti2d14

B Les domaines fréquentiels

a Définitions

■ La **fréquence** d'une onde électromagnétique est notée **ν** (« nu ») ou f. Elle s'exprime en hertz (Hz).

■ La **période T**, exprimée en seconde (s), est l'inverse de la fréquence : $\mathbf{T} = \dfrac{1}{\nu}$.

■ La **longueur d'onde λ** (« lambda ») est la distance en mètre parcourue par l'onde en une période T. Si le milieu de propagation est le vide, elle est notée λ_0 :

$$\lambda_0 = c \times T$$

λ_0 : la longueur d'onde dans le vide en mètre (m)
T : la période en seconde(s)
c : la célérité de la lumière dans le vide, soit $3{,}00 \times 10^8$ m.s^{-1}

■ On peut aussi écrire, avec la fréquence ν exprimée en hertz (Hz) : $\lambda_0 = \dfrac{c}{\nu}$.

EXEMPLE

Une station radio de la bande FM émet sur la fréquence de 103,5 MHz.
Dans l'air, la vitesse de propagation des ondes radio est très proche de celle observée dans le vide. La période sera $T = \frac{1}{103{,}5 \times 10^6} = 9{,}66\ \text{ns}$.

La longueur d'onde mesurera $\lambda = \frac{3{,}00 \times 10^8}{103{,}5 \times 10^6} = 2{,}90\ \text{m}$.

b Utilisation

■ Les domaines d'ondes électromagnétiques auxquels ont recours les télécommunications sont les ondes radioélectriques et les infrarouges :
- les **ondes radioélectriques** occupent la bande de fréquence du spectre s'étendant de 30 kHz à 300 GHz (Giga = 10^9). Cela correspond à des longueurs d'onde qui s'échelonnent de 1 mm à 10 km, soit un rapport de 10^6. Cette bande de fréquence, bien que très large, est en pratique très encombrée ;
- les **infrarouges** occupent la bande de fréquence du spectre s'étendant de 300 GHz à 380 THz (Téra = 10^{12}), pour des longueurs d'onde allant de 800 nm à 1 mm.

■ La répartition sur une échelle de fréquence et de longueur d'onde est donc :

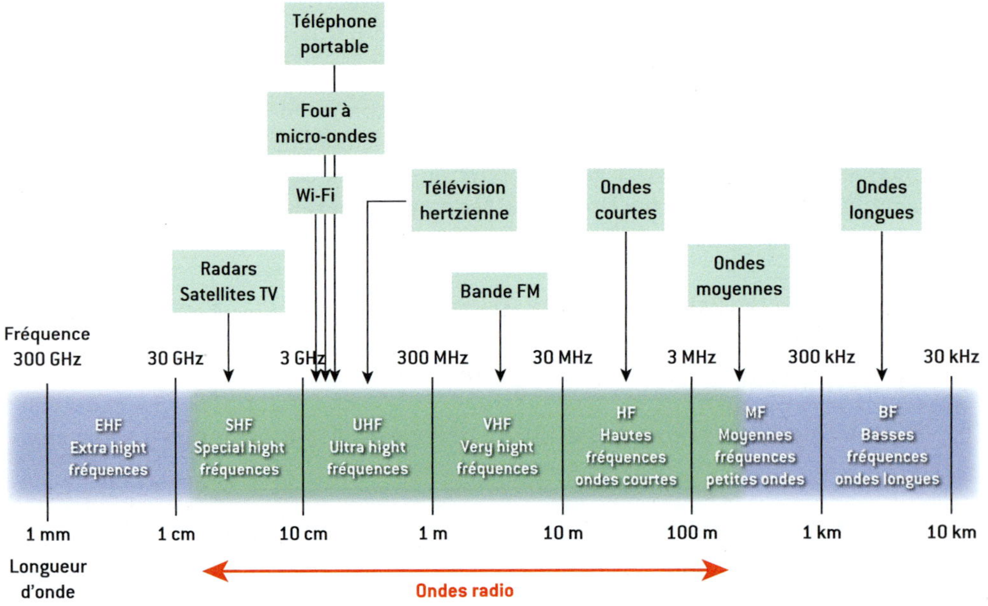

■ Le **réseau 5G** est disponible depuis 2020. Il a un débit 50 fois plus important que la 4G, avec un temps d'acheminement des données plus court qu'actuellement. La 5G occupe des bandes de fréquence entre 800 MHz et 56 GHz : l'atténuation des ondes avec la distance parcourue est plus importante.

2 La transmission d'informations

A Préambule

■ Les ondes électromagnétiques, utilisées en télécommunications, se propagent dans l'air ou le vide à grande vitesse et servent de support à l'information à transmettre. Elles ne sont pas déformées lors de la transmission.

■ L'information à transmettre s'étend sur une bande B1 de fréquences composant le signal, qui peut être de nature variée : voix, sons captés par un microphone et numérisés, signal audio et vidéo de nature analogique ou numérique, etc.

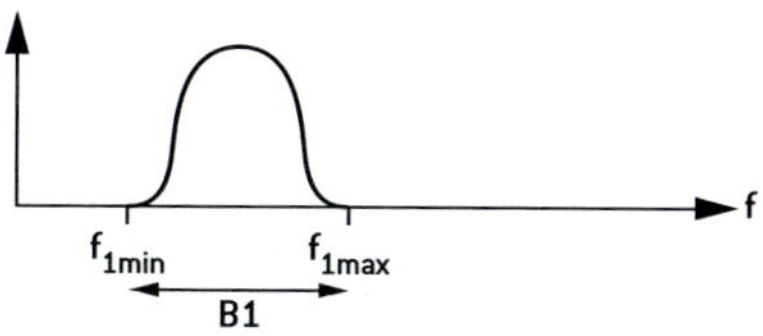

■ La **modulation** consiste à transposer un signal de largeur de bande B1, représentant une information, vers un autre signal, dans un autre domaine de fréquences, sans modifier sensiblement l'information transportée. Cette information va alors être « portée » par une onde électromagnétique. Par exemple, dans le cas d'une modulation d'amplitude (voir juste après), on obtient :

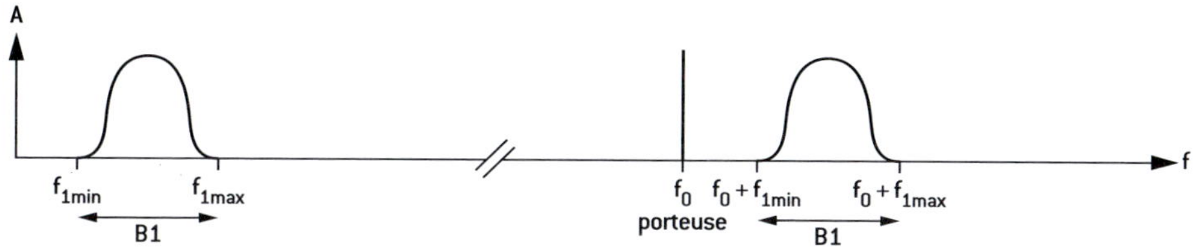

B L'onde modulée

Une onde peut être **modifiée pour transporter une information** : c'est alors une **onde porteuse**. L'émetteur modifie l'onde à l'aide d'un **modem** (modulateur démodulateur) qui la déforme soit en amplitude, soit en fréquence.

a La modulation d'amplitude

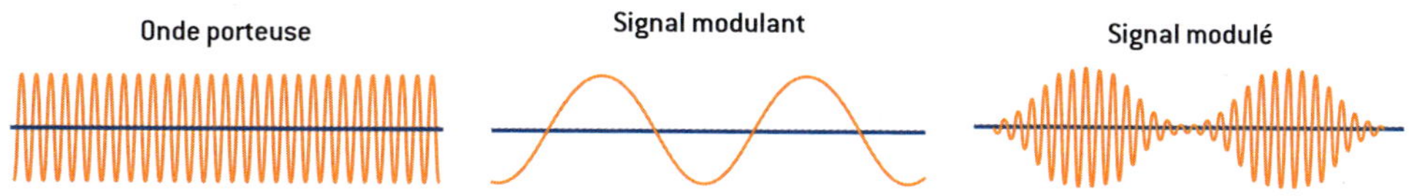

b La modulation de fréquence

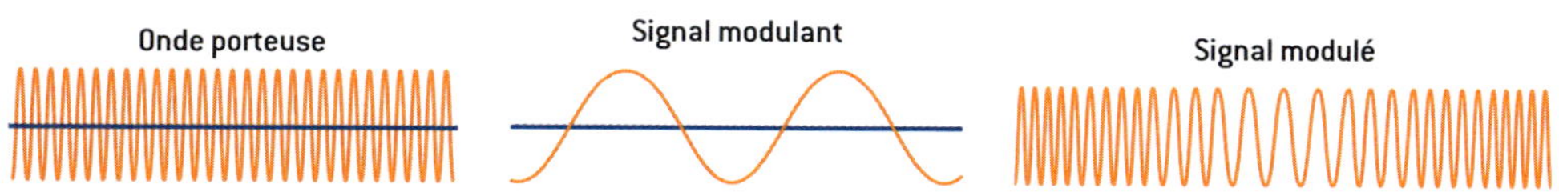

c Exemple : la modulation d'un signal électrique délivré par un microphone

Voici la chaîne complète : l'émetteur module le signal électrique délivré par un microphone avant de l'émettre sous forme d'une onde radio. Cette onde radio est captée par un récepteur qui va démoduler le signal et le transmettre à un haut-parleur.

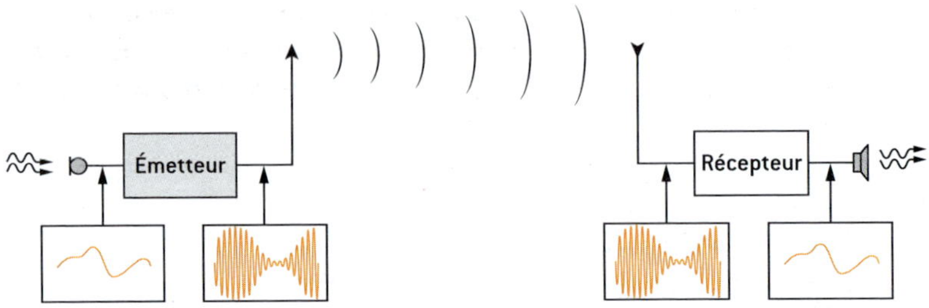

Utilisation des courants porteurs des prises électriques

C La dimension des antennes utilisées

La taille L des antennes de smartphone est en général voisine du quart de la longueur d'onde reçue ou émise : $L = \lambda/4$. Dans le cas d'une onde utilisée en 4G de fréquence $f = \nu = 2\ 600$ MHz, la longueur d'onde vaut $\lambda = \frac{c}{\nu} = \frac{3{,}00 \times 10^8}{2\ 600 \times 10^6} = 0{,}115$ m. L'antenne aura donc une taille voisine de 3 cm.

- Les antennes en 5G sont plus petites que celles utilisées pour la 4G.

 # quiz
Des questions pour réviser
foucherconnect.fr/23tersti2d05

1 LA STRUCTURE SPATIALE DES ESPÈCES CHIMIQUES (STL)

EXERCICE 1

1. Représenter un isomère de conformation de cette molécule :

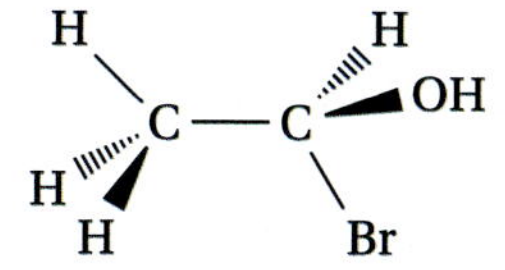

2. Représenter la molécule $CH_2Br—CHBr_2$ en représentation de Cram.

EXERCICE 2

1. Mettre en évidence le ou les atomes de carbone asymétriques de la molécule ci-contre :

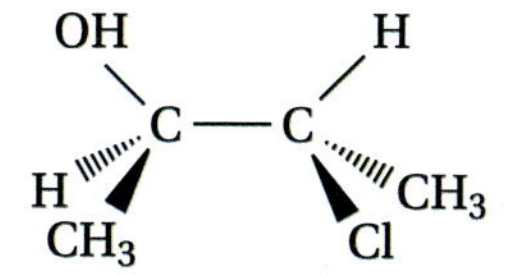

2. Déterminer la configuration absolue de chacun.

EXERCICE 3

On dispose de couples de molécules ayant la même formule semi-développée. Indiquer les couples d'énantiomères, de diastéréoisomères et ceux pour lesquels il n'y a pas de stéréoisomérie :

1.

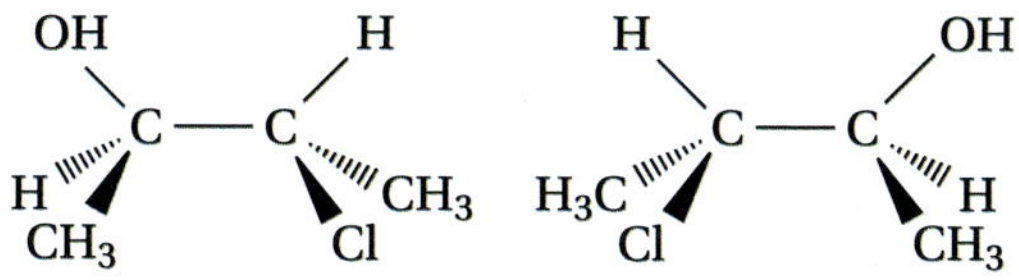

2.

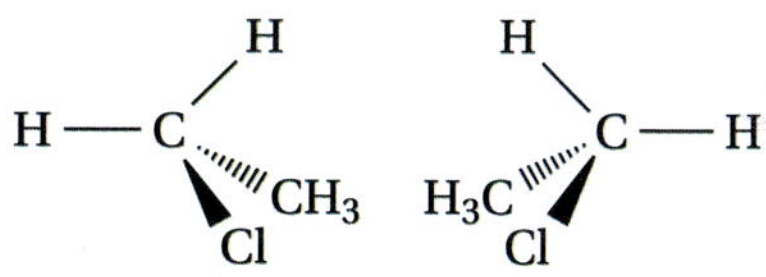

3.

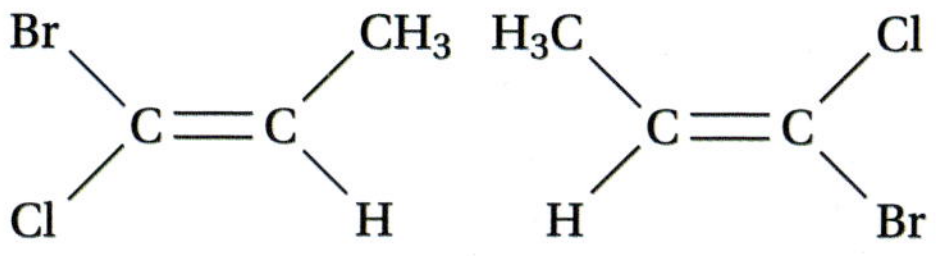

4.

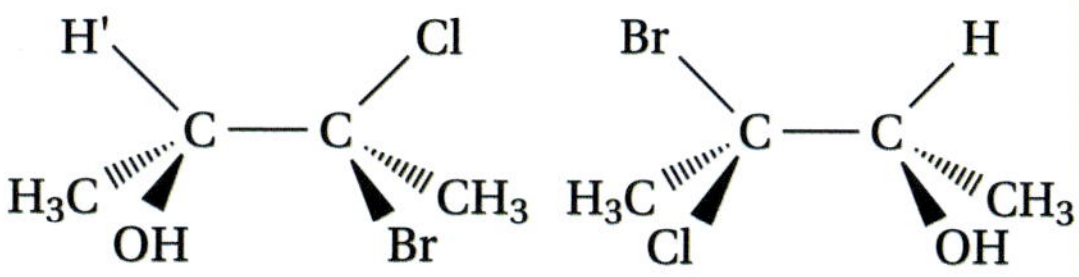

2 LES RÉACTIONS ACIDO-BASIQUES (STL)

EXERCICE 1

On dispose d'une solution saturée S d'acide benzoïque C_6H_5COOH. On la filtre et on obtient une solution homogène dont le pH vaut 2,9. L'acide benzoïque fait partie du couple $C_6H_5COOH/C_6H_5COO^-$.

Données :

– solubilité dans l'eau à 25 °C de l'acide benzoïque : $s = 2,5\ g.L^{-1}$;

– masse molaire de l'acide benzoïque $M(C_6H_5COOH) = 122\ g\ mol^{-1}$.

1. Montrer que la concentration initiale en acide benzoïque de la solution S est $C_0 = 2,0 \times 10^{-2}\ mol.L^{-1}$.

2. Écrire l'équation bilan de la réaction se produisant entre l'acide benzoïque et l'eau.

3. Déterminer le coefficient de dissociation de l'acide benzoïque dans l'eau à la concentration C_0.

4. En déduire si l'acide benzoïque est un acide fort ou faible dans l'eau.

5. Calculer alors la valeur de la constante d'acidité K_a et le pK_a du couple $C_6H_5COOH/C_6H_5COO^-$.

EXERCICE 2

On dispose d'un mélange comportant du toluène $C_6H_5CH_3$ n'ayant pas de propriété acido-basique et d'acide benzoïque C_6H_5COOH faisant partie du couple $C_6H_5COOH/C_6H_5COO^-$ dont le pK_a vaut 4,2. L'ion benzoate $C_6H_5COO^-$ est très soluble dans l'eau contrairement à l'acide benzoïque C_6H_5COOH. Solubilité dans l'eau à 25°C de l'acide benzoïque : s = 2,5g.L^{-1}.

1. Proposer un protocole permettant la séparation du toluène et de l'acide benzoïque du mélange.

2. Proposer une technique pour obtenir ensuite l'acide benzoïque sous forme solide.

3 LES RÉACTIONS D'OXYDORÉDUCTION (STL)

EXERCICE 1

Déterminer les nombres d'oxydation des éléments contenus dans les espèces chimiques suivantes :

Fe^{3+}, F_2, P_2O_5, ClO_3^-, H_2S.

Électronégativités : H : 2,0 ; Cl : 3,0 ; O : 3,5 ; F : 4,0 ; S : 2,5 ; P : 2,1 ; Fe : 1,8.

EXERCICE 2

Couples acido-basiques : H_3O^+/H_2O ; H_2O/HO^- ; $TrisH^+/Tris$ (pKa = 8,1)

M(H) = 1,0 g.mol^{-1}, M(C) = 12,0 g.mol^{-1}, M(N) = 14,0 g.mol^{-1}, M(O) = 16,0 g.mol^{-1}

La technique « Western Blot » permet la détection d'anticorps anti-VIH, basée sur la caractérisation d'anticorps contre chacune des protéines virales. Elle nécessite la préparation d'une solution tampon, dont les différentes étapes de cette technique sont indiquées ci-dessous :

Préparation de la solution tampon TRIS/HCl pour électrophorèse

TRIS :

Dans cette fiole d 500 mL :

- introduire 418 mL d'acide chlorhydrique ($H_3O^+ + Cl^-$) à 0,40 mol.L^{-1} ;
- ajouter 37,25 g de TRIS ;
- après dissolution, compléter avec de l'eau distillée jusqu'au trait de jauge.

1. Rappeler les propriétés d'une solution tampon.

2. Rappeler la définition d'une espèce acide.

3. a. Rappeler la relation liant le pH d'une solution à la concentration en ion oxonium $[H_3O^+]$ pour une solution diluée.

On admet que cette relation est valable pour l'acide chlorhydrique utilisé.

b. Déterminer le pH de cette solution.

On donne la réaction acido-basique qui a lieu lors de la préparation de cette solution tampon :

$Tris + H_3O^+ = TrisH^+ + H_2O$

4. Montrer que la masse molaire de la molécule appelée « Tris » est 149,0 g.mol^{-1}.

5. La réaction étant considérée comme totale, déterminer les quantités finales en $TrisH^+$ et en Tris exprimées en moles.

6. Calculer alors les concentrations finales de ces deux espèces.

7. Sachant que le pH de cette solution tampon est donné par la relation : $pH = pKa + \log\frac{[Tris]}{[TrisH^+]}$, vérifier que la valeur du pH de la solution ainsi préparée est pH = 7,8.

4 LA CINÉTIQUE D'UNE RÉACTION CHIMIQUE (STL)

EXERCICE 1

L'équation bilan de la combustion du propane s'écrit :

$C_3H_8(g) + 5\ O_2(g) \rightarrow 3\ CO_2(g) + 4\ H_2O(g)$

Écrire la relation liant la vitesse de réaction aux vitesses de formation des différentes espèces chimiques.

EXERCICE 2

On suit la transformation chimique se produisant entre les ions iodure et peroxodisulfate, modélisée par l'équation : $S_2O_{8\ (aq)}^{2-} + 2\ I–(aq) \rightarrow 2\ SO_{2\ (aq)}^{2-} + I_2(aq)$. On souhaite déterminer l'ordre de la réaction par rapport aux ions iodure et peroxodisulfate en conduisant des expériences avec des conditions initiales différentes.

L'évolution de la concentration en diiode I2 (espèce colorée) est suivie par spectrophotométrie ce qui permet de trouver les vitesses initiales de la transformation.

Expérience	$[S_2O_8^{2-}]$ en $mmol.L^{-1}$	$[I^-]$ en $mmol.L^{-1}$	v_i Vitesse initiale en $mmol.L^{-1}.s^{-1}$
1	10	20	$2{,}0 \times 10^{-3}$
2	10	40	$4{,}0 \times 10^{-3}$
3	20	20	$4{,}0 \times 10^{-3}$

1. Déterminer l'ordre initial de réaction par rapport aux ions peroxodisulfate $S_2O_8^{2-}$ en utilisant le tableau.
2. Faire de même pour les ions iodure I^-.
3. En déduire les exposants de l'équation de vitesse initiale sous la forme $v_i = k\ [S_2O_8^{2-}]^a\ [I^-]^b$.

5 LA DÉCOMPOSITION DES NOYAUX ATOMIQUES (STL)

EXERCICE 1

Un échantillon d'uranium 238 contient $6{,}02 \times 10^{23}$ noyaux d'uranium radioactifs. La constante radioactive de l'uranium 238 est $\lambda = 1{,}5 \times 10^{-10}\ an^{-1}$.

1. Calculer le nombre de noyaux ayant disparu au bout d'un an.
2. Calculer la demi-vie de l'uranium 238.

EXERCICE 2

L'isotope 99 du technétium, noté $^{99}_{42}Tc$, est un radionucléide utilisé dans une grande majorité des examens de médecine nucléaire. Il peut être associé à de nombreuses molécules ayant un intérêt biologique et il est relativement peu coûteux par rapport à d'autres isotopes. Sa demi-vie $t_{1/2}$ vaut 6 heures.

L'activité d'une dose utilisée lors de l'injection à un patient est $A_0 = 5{,}6 \times 10^7$ Bq à l'instant $t = 0$.

1. Définir la « demi-vie » $t_{1/2}$.
2. Quelle sera l'activité A_1 de la dose utilisée au bout de 6 heures ?
3. Quelle sera son activité A_2 au bout de 12 heures ?
4. À combien de demi-vies correspondent 120 heures ?
5. Que peut-on dire de l'activité A au bout de 120 heures ?
6. Un examen utilisant du technétium peut-il être réalisé une semaine après l'injection de la dose ?

EXERCICE 3

On mesure l'évolution de l'activité A d'une source radioactive au cours du temps grâce à un compteur. On obtient les résultats suivants :

t (h)	0	1	2	3	4	5	6	7	8
A (Bq)	560	395	278	196	138	97	69	48	34

1. Tracer la courbe de l'évolution de l'activité au cours du temps.
2. En déduire la valeur de la demi-vie et de la constante radioactive de l'isotope radioactif présent.

6 LES MOUVEMENTS ET LES INTERACTIONS (STL)

EXERCICE 1

1. Déterminer le bilan des forces appliquées à un ensemble (parachutiste et son parachute ouvert).
2. Quelle est la nature du mouvement du parachutiste avant l'ouverture du parachute ? Que se passe-t-il dans les secondes suivant l'ouverture ?

EXERCICE 2

Une bille est lancée avec une vitesse horizontale $v = 3{,}0\ m.s^{-1}$ d'un point A de coordonnées A(0 ; 2,0) au temps t = 0. Il s'agit d'une chute libre.

Donnée : $g = 10\ m.s^{-2}$

1. À l'aide d'une étude mécanique, déterminer les équations x(t) et y(t) après avoir indiqué les coordonnées du vecteur vitesse initial $\vec{v}_0$.
2. Déterminer alors le temps auquel la bille touche le sol en S ($y(t_S) = 0$).
3. En déduire l'abscisse du point de contact S.

EXERCICE 3

La chute d'une bille de masse m = 20 g, lâchée sans vitesse initiale dans un fluide visqueux, est enregistrée par une webcam avant d'être traitée informatiquement.

On obtient la courbe d'évolution de la vitesse au cours du temps :

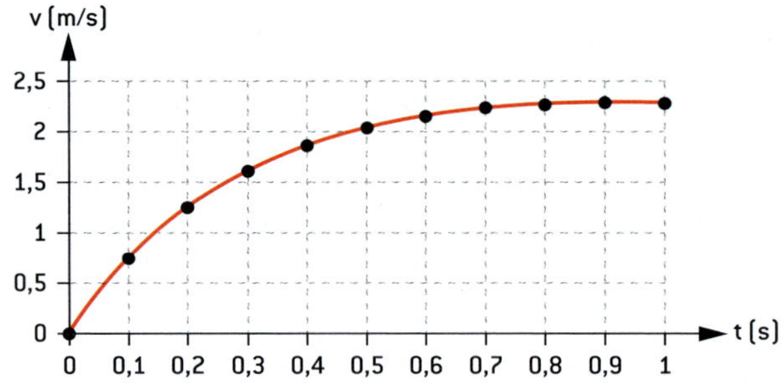

1. Déterminer la vitesse limite de la bille. Quelle est alors la nature de son mouvement ?
2. Déterminer alors le temps caractéristique du mouvement.
3. En déduire la valeur k du coefficient de frottement de la force $F = k \times v$.

7 LES CHAÎNES ÉNERGÉTIQUES (STL)

EXERCICE 1

Un convecteur électrique de puissance P = 1000 W comporte une résistance électrique. Il permet de chauffer une pièce en fonctionnant 10 minutes chaque heure.

1. Ce convecteur est-il un convertisseur énergétique ?
2. Déterminer son rendement.
3. Calculer sa consommation énergétique quotidienne en kWh.

EXERCICE 2

Un ensemble d'éoliennes produit de l'énergie électrique $E_{électrique}$ (grâce à l'énergie mécanique du vent). Une partie de cette énergie électrique $E_{électrique}$ est stockée sous forme d'énergie chimique ($E_{chimique}$ = 310 MJ) grâce à un électrolyseur qui produit du dihydrogène à partir d'une solution acide, mais aussi de l'énergie thermique ($E_{thermique}$ = 95 MJ) ; une autre partie de l'énergie électrique, dont on ne tient pas compte ici, est utilisée directement dans l'installation.

Le dihydrogène est utilisé dans une pile à combustible qui fournit de l'énergie électrique ($E'_{électrique}$ = 270 MJ) lorsqu'il n'y a pas de vent et bien sûr de l'énergie thermique $E'_{thermique}$.

1. Compléter la chaîne énergétique de l'installation.

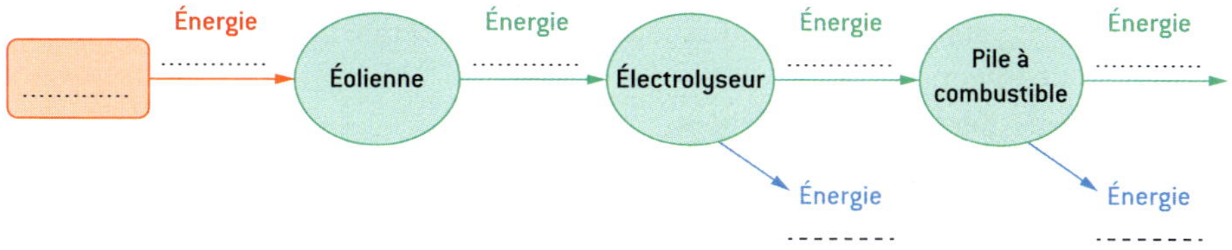

2. Déterminer l'énergie électrique $E_{électrique}$ fournie à l'électrolyseur par l'éolienne. En déduire le rendement de l'électrolyseur $\eta_{électrolyseur}$.
3. Déterminer l'énergie thermique $E'_{thermique}$ produite par la pile à combustible. En déduire le rendement de la pile à combustible $\eta_{pile\ à\ combustible}$.
4. En déduire le rendement global η_{global} depuis l'électrolyseur jusqu'à la production d'énergie électrique par la pile à combustible.

8 L'ÉNERGIE MÉCANIQUE (STL)

EXERCICE 1

Un planeur évolue à vitesse constante $v_A = 30\ m.s^{-1}$ sans frottement à une altitude $h_A = 500$ m. Le pilote décide de descendre et d'atteindre l'altitude $h_B = 200$ m.

1. Comment évolue son énergie potentielle de pesanteur ? Calculer la variation de l'énergie potentielle de pesanteur.
2. Ce mouvement se fait à énergie mécanique constante. Déterminer la vitesse v_B atteinte par le planeur à cette nouvelle altitude.
3. La valeur réelle de la vitesse est $v'_B = 70\ m.s^{-1}$. Proposer une explication et calculer la variation de l'énergie mécanique au cours du mouvement de A vers B.

Données : la masse du planeur et du pilote est m = 250 kg, le champ de pesanteur est $g = 10\ N.kg^{-1}$.

EXERCICE 2

Un mobile de petite taille et de masse m = 50 g est lancé vers le haut depuis un point A, situé à la base d'un plan incliné avec une vitesse $v_A = 15$ m.s^{-1}. Il évolue sans frottement sur le plan incliné qui fait un angle $\alpha = 15°$ par rapport à l'horizontale.

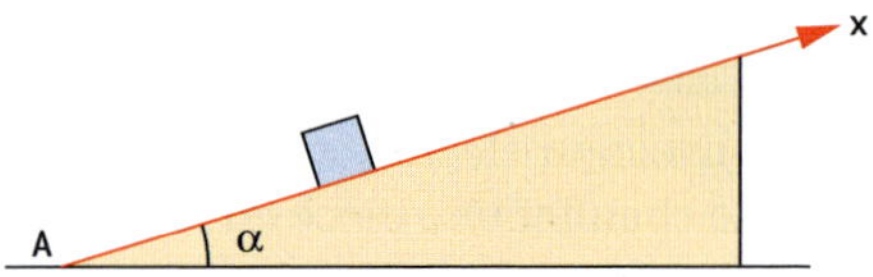

Le champ de pesanteur vaut g = 10 N.kg^{-1}.

1. Exprimer l'énergie potentielle de pesanteur du système {mobile} en fonction de x.
2. Déterminer pour quelle valeur x_B la valeur de la vitesse $v_B = 8$ m.s^{-1}.
3. Quelle est la valeur de la vitesse au point C d'abscisse $x_C = 10$ m ?

EXERCICE 3

Solar impulse est un avion expérimental de masse m = 2 300 kg, fonctionnant grâce à l'énergie solaire. L'aire de ses ailes vaut S = 270 m^2. L'avion est soumis à quatre forces :

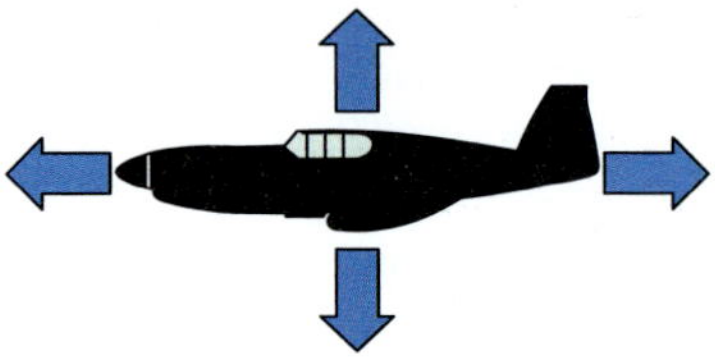

- son poids $\vec{P}$;
- la portance $\vec{F}_{portance}$ générée par l'écoulement de l'air perpendiculaire à la direction du mouvement et orientée vers le haut ;
- la trainée $\vec{F}_{trainée}$, générée par l'écoulement de l'air, de même direction et de sens contraire au mouvement de l'avion ;
- la force exercée par l'air sur les hélices.

Données : $F_{portance} = ½ \rho v^2 S C_z$, $F_{portance} = ½ \rho v^2 S C_x$

Avec ρ la masse volumique de l'air en kg.m^{-3}, v la vitesse de déplacement en m.s^{-1}, S l'aire des ailes en m^2, C_x le coefficient de trainée : 0,03, C_z le coefficient de portance : 0,60 g = 10 m.s^{-2}.

1. Compléter le schéma en faisant apparaître ces quatre forces.

L'avion vole à une altitude de 8,0 km, la masse volumique de l'air ρ = 0,50 kg.m^{-3}

2. Déterminer la valeur de la portance pour une vitesse v = 90 km.h^{-1}.
3. À quelle condition sur les forces verticales, l'avion peut-il maintenir une trajectoire horizontale ?
4. Cette condition est-elle vérifiée pour cette vitesse ?
5. Déterminer la valeur de la trainée puis celle de la traction.

9 L'ÉNERGIE CHIMIQUE (STL)

EXERCICE 1

1. Indiquer sur le diagramme d'état de l'eau ci-contre les domaines de la glace, de l'eau liquide et de la vapeur d'eau.
2. Quel est l'état physique d'une eau à 300 °C sous une pression de 1,0 hPa ? Marquer la position de ce point P.
3. Quelle serait la température de vaporisation d'une eau sous une pression de 1,0 $\times 10^3$ Pa ?
4. Indiquer par des flèches le sens de la condensation et de la liquéfaction sur le diagramme.

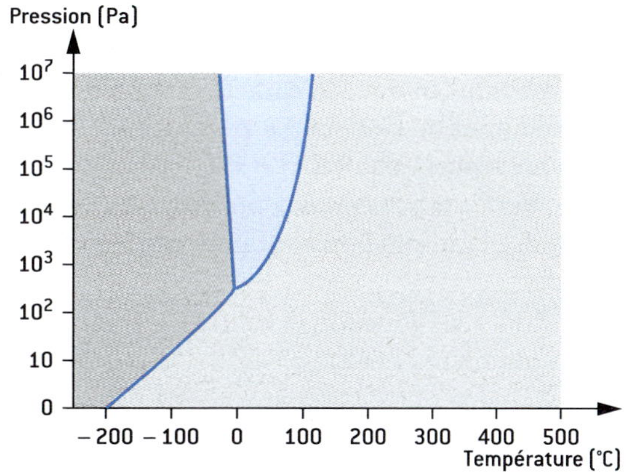

EXERCICE 2

1. Écrire l'équation de combustion complète du pentane C_5H_{12} liquide dans le dioxygène gazeux produisant du dioxyde de carbone gazeux et de l'eau gazeuse.
2. Déterminer l'enthalpie standard de cette combustion en utilisant la loi de Hess.
3. Déterminer l'enthalpie standard de cette réaction en utilisant les énergies de liaison.
4. En déduire le pouvoir calorifique du pentane liquide.

Données :

– les enthalpies standards de formation en kJ.mol^{-1} : $\Delta H_f^0(CO_2(g)) = -394$, $\Delta H_f^0(H_2O(g)) = -242$, $\Delta H_f^0(C_5H_{12}(g)) = -147$, $\Delta H_f^0(O_2(g)) = 0$;

– les énergies de liaison en kJ.mol^{-1} : $E_{O=O} = 498$, $E_{C-C} = 345$, $E_{C-H} = 415$, $E_{C=O} = 804$, $E_{O-H} = 463$;

– la masse molaire du pentane $M(C_5H_{12}) = 72$ g.mol^{-1}.

EXERCICE 1

On souhaite déterminer les caractéristiques d'une cellule photovoltaïque de dimension $6{,}0 \times 2{,}5$ cm. On trace la caractéristique tension/courant de celle-ci. Le montage utilisé est représenté ci-contre.

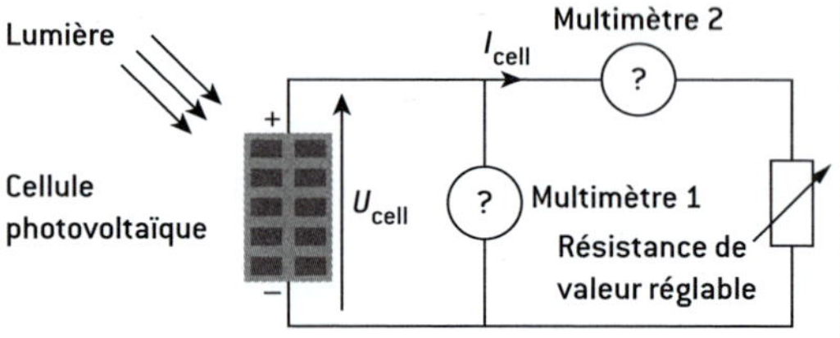

On note U_{cell} la tension aux bornes de la cellule et I_{cell} l'intensité du courant fourni par la cellule.

1. Indiquer les fonctions (voltmètre V ou ampèremètre A) des multimètres 1 et 2.

2. Indiquer le rôle de la résistance de valeur réglable dans le montage expérimental.

3. Compléter le diagramme énergétique ci-contre :

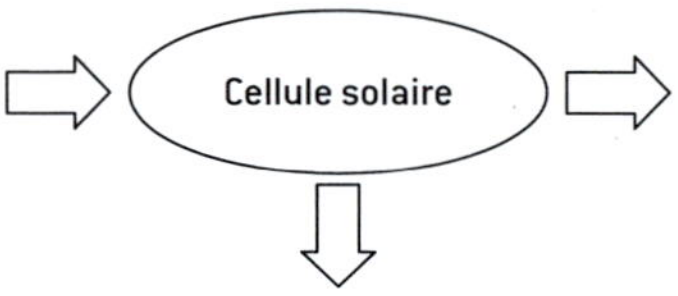

Grâce au montage expérimental, on relève différentes valeurs de la tension U_{cell} aux bornes de la cellule et de l'intensité I_{cell} du courant débité par celle-ci, pour un éclairement reçu par la cellule de 800 W.m^{-2} puis, on trace la caractéristique tension/courant de la cellule. Celle-ci est représentée ci-dessous.

4. On appelle tension à vide la tension aux bornes de la cellule lorsque le circuit est ouvert.

On appelle intensité de court-circuit, l'intensité du courant débitée par la cellule lorsqu'on court-circuite ses bornes.

En utilisant la caractéristique tension-courant, déterminer :

- la valeur de la tension à vide U_{CO} ;
- la valeur de l'intensité de courant de court-circuit I_{CC}.

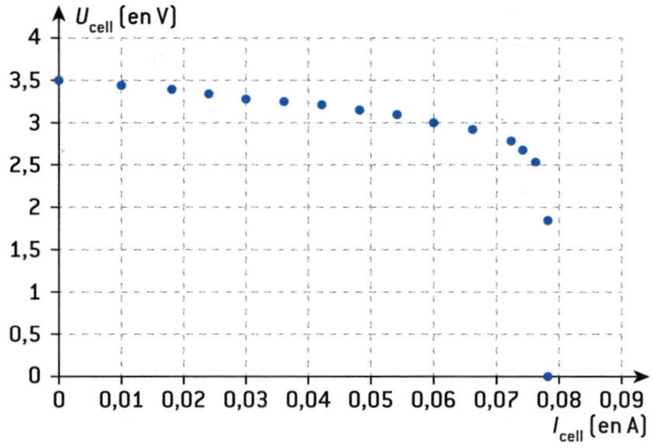

5. On s'intéresse également à la puissance électrique P_{ELEC} délivrée par la cellule. Pour cela, les valeurs de P_{ELEC} sont calculées à partir des valeurs expérimentales de la tension U_{cell} et de l'intensité I_{cell}. La courbe ci-dessous représente la puissance électrique en fonction de la tension aux bornes de la cellule.

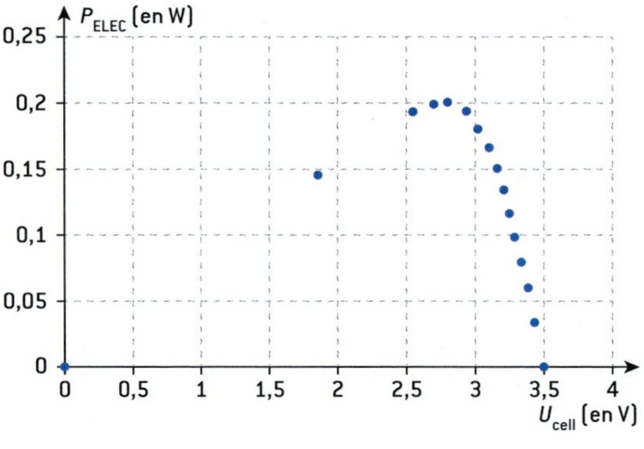

Donner, en précisant les unités, l'expression liant la puissance électrique P_{ELEC} délivrée par la cellule, la tension U_{cell} aux bornes de celle-ci et l'intensité I_{cell} du courant qu'elle génère.

Déterminer :

- la valeur de la puissance maximale (appelée *puissance crête*) P_C délivrée par la cellule ;
- la valeur de la tension U_C correspondant à la puissance crête.

6. Déduire des questions précédentes la valeur de I_C, intensité à la puissance crête.

7. Comparer les valeurs de U_C et I_C avec les valeurs indiquées à l'arrière de cellule photovoltaïque U = 3,0 V et I = 70 mA. Commenter la cohérence de ces valeurs.

8. Montrer que, lorsque la cellule fonctionne au point de puissance maximale, son rendement est de l'ordre de 17 %.

EXERCICE 2

Une famille dispose des appareils électriques suivants et il n'y a pas de chauffage électrique. Les puissances électriques et les durées de fonctionnement des appareils sont indiquées dans le tableau ci-dessous pour une journée :

Appareils électriques	Puissance électrique (kW)	Durée de fonctionnement (h)
Plaques électriques	5,5	1,5
Four électrique	3,0	1,0
Ampoule électrique	1,0	4,0
Aspirateur	1,1	1,0
Télévision	0,50	3,0

1. Quelle puissance électrique doit être souscrite dans le contrat auprès des fournisseurs d'énergie électrique ? 18 kW, 9 kW, 6 kW, 3 kW ?

2. Calculer l'énergie consommée par chaque appareil, en kWh

3. Déduire l'énergie délivrée par le fournisseur d'énergie à cette famille.

11 L'ÉNERGIE ET LES ONDES (STL)

EXERCICE

L'étiquette d'un laser comporte les informations suivantes 280 nm ; 2 mW ; diamètre du faisceau 1,0 mm :

1. Quelle énergie lumineuse fournit ce laser en 10 secondes ?

2. Quelle est la valeur de son irradiance ?

corrigés
foucherconnect.fr/23tersti2d15

12 L'ÉNERGIE ET SES ENJEUX (STI2D)

EXERCICE 1

Le transport de passagers et de marchandises constitue le deuxième émetteur de gaz à effet de serre avec une part de 30 % des émissions en 2017, dont 16 % uniquement pour les voitures particulières.

Les 32 millions de véhicules particuliers en circulation sont à l'origine de plus de la moitié (53 %) des émissions de gaz à effet de serre du secteur du transport, devant les poids lourds (22 %) et les véhicules utilitaires légers (20 %).

On constate une baisse de 3,3 % des émissions des véhicules particuliers depuis 2003, mais en 2019, le niveau reste supérieur de 8 % à celui de 1990.

1. Expliquer à l'aide du schéma suivant la baisse de la production de gaz à effet de serre depuis 2003 par les véhicules particuliers.

2. Pourquoi la baisse n'est que de 3,3 % des émissions des véhicules particuliers depuis 2003 ?

3. Quels facteurs ont, selon vous incité les Français à acheter des véhicules produisant moins de gaz à effet de serre ?

4. Si un véhicule produit moins de gaz à effet de serre, quel impact cela a-t-il sur son autonomie en gardant un même volume de carburant ?

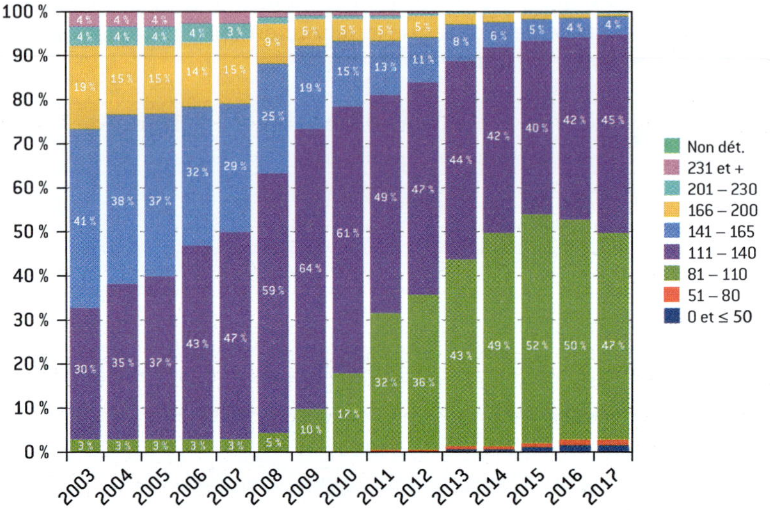

Répartition des ventes de voiture particulières neuves par classe de CO_2 (gCO_2/km)

EXERCICE 2

Une centrale de cogénération produit de la chaleur et de l'électricité en faisant brûler un combustible. Voici les puissances moyennes produites par cette centrale dans le tableau au cours de la journée.

Heure	1	2	3	4	5	6	7	8	9	10	11	12
Puissance (MW)	4,8	4,8	4,6	4,4	4,5	6,6	6,0	5,9	5,9	5,1	4,5	3,4
Heure	13	14	15	16	17	18	19	20	21	22	23	24
Puissance (MW)	2,2	2,0	2,4	2,2	4,1	4,6	6,5	5,7	5,1	5,1	5,0	4,5

On trouve ci-après la courbe de la puissance moyenne produite chaque heure par cette centrale de cogénération.

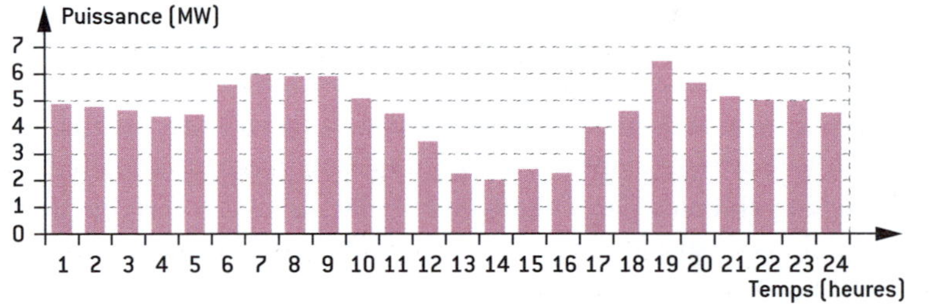

1. Quelle est la puissance maximale produite ?
2. Comment calculer l'énergie produite en une journée ? Déterminer sa valeur.
3. Calculer le rendement de cette centrale sachant que l'énergie de combustion mise en jeu chaque jour vaut $E_{comb} = 450$ GJ.

13 L'ÉNERGIE CHIMIQUE (STI2D)

EXERCICE 1

Un accumulateur délivre une tension U = 1,5 V et sa charge théorique est Q = 2 500 mA.h. Calculer l'énergie théorique disponible dans cet accumulateur.

EXERCICE 2

Un smartphone est alimenté électriquement par l'élément dont l'image est ci-contre.

1. S'agit-il d'une pile ou d'un accumulateur ? Justifier.
2. Trois valeurs numériques, auxquelles sont associées des unités, figurent sur cette image. Pour chacune d'elles, expliquer à quelle grandeur physique elle fait référence.
3. Quelle relation existe-t-il entre ces trois grandeurs physiques ? La vérifier par un calcul numérique.
4. Si le dispositif est vide, faudra-t-il apporter plus ou moins de 7,4 W.h pour le recharger ?

Données : 1W.h = 3,6 kJ.

14 L'ÉNERGIE ÉLECTRIQUE (STI2D)

EXERCICE 1

Un moteur électrique reçoit une puissance active P = 1,5 kW, sous une tension efficace $U_{eff} = 230$ V. Son facteur de puissance k = 0,87.

1. Calculer l'intensité efficace I_{eff}.
2. Calculer la valeur de la puissance apparente S.

EXERCICE 2

Une ligne très haute tension transporte une tension de valeur efficace $U_{eff} = 400$ kV. Un transformateur abaisseur de tension comportant $N_1 = 1\ 000$ spires sur l'enroulement primaire permet d'abaisser cette valeur à 63 kV.

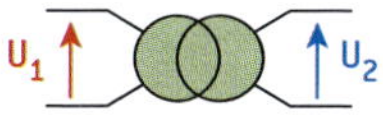

1. Calculer le rapport de transformation m. En déduire le nombre de spires N_2 sur l'enroulement secondaire.
2. On applique une tension continue de valeur U = 100 V au primaire de ce transformateur. Déterminer la valeur de la tension obtenue au secondaire.

EXERCICE 3

1. Dans une installation électrique domestique, quel appareil de protection place-t-on à l'entrée des circuits ?

2. Dans une installation domestique qui possède une bonne prise de terre, quel est l'appareil qui protège le corps humain ? Où est-il dans l'installation ?

3. Expliquer à partir du schéma l'importance d'un disjoncteur différentiel.

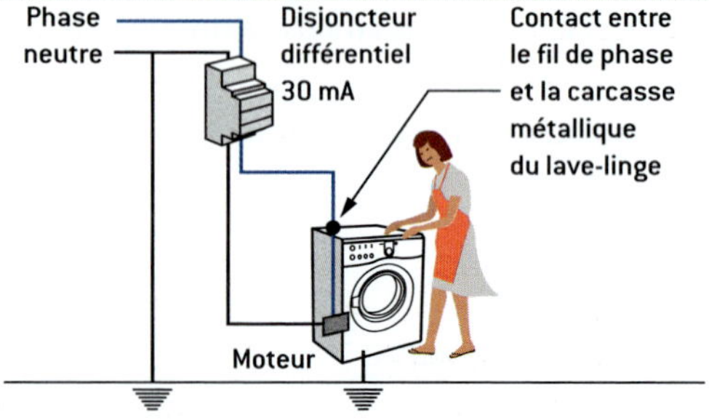

15 L'ÉNERGIE INTERNE (STI2D)

EXERCICE 1

Une paroi de surface S = 4,0 m², d'épaisseur e = 25 cm est constituée de bois. Elle sépare un milieu ayant une température de 28 °C d'un autre milieu ayant une température de 10 °C.

Donnée : $\lambda_{bois} = 0{,}19$ W.m^{-1}.°C^{-1}.

Déterminer le flux thermique traversant cette paroi, placée entre les deux milieux.

EXERCICE 2

Comparer les résistances thermiques de deux parois ayant la même surface S = 1,0 m² :

– l'une en béton ayant une épaisseur $e_{béton} = 0{,}20$ cm ;

– l'autre en laine de roche ayant une épaisseur $e_{laine} = 0{,}10$ cm.

Données : $\lambda_{béton} = 0{,}92$ W.m^{-1}.°C^{-1}, $\lambda_{laine} = 0{,}045$ W.m^{-1}.m^{2}.°C^{-1}.

EXERCICE 3

Un mur en béton ayant une surface S = 25 m² et une épaisseur $e_{béton} = 20$ cm a été isolé avec une épaisseur $e_{laine\ de\ verre} = 20$ cm contre laquelle se trouve une épaisseur de brique $e_{brique} = 5{,}0$ cm. La température intérieure est stabilisée à 19 °C et la température extérieure vaut – 5 °C.

Données : $\lambda_{béton} = 0{,}92$ W.m^{-1}.°C^{-1}, $\lambda_{laine} = 0{,}040$ W.m^{-1}.°C^{-1} et $\lambda_{brique} = 0{,}84$ W.m^{-1}.°C^{-1}.

1. Déterminer les résistances thermiques de chaque matériau. Quel est le matériau qui assure la plus grande part de l'isolation ?

2. Déterminer alors la résistance thermique R_{th} de ce mur isolé.

3. Calculer le flux thermique Φ traversant cette paroi. Dans quel sens le transfert thermique se fait-il ?

16 L'ÉNERGIE MÉCANIQUE (STI2D)

EXERCICE 1

Une moto roule à 130 km.h^{-1}. Le conducteur freine et la vitesse diminue à 110 km.h^{-1} en 3,0 s. Le système {moto + motard} pèse 250 kg. On suppose que le motard n'utilise que son frein avant pour ralentir. La roue avant est équipée d'un disque de frein de 25 cm de diamètre.

1. Calculer la valeur de l'accélération de la moto (considérée comme constante) pendant la phase de décélération.

2. Calculer la vitesse de rotation des roues de la moto aux deux vitesses indiquées.

3. On considère que le moment de la force de freinage $\vec{F}$ vaut M = 3,2 N.m. En déduire la valeur F de la force qui doit s'exercer sur le disque du frein pour permettre ce freinage.

EXERCICE 2

Une automobile, de masse m = 1 380 kg roule sur une route horizontale et rectiligne à la vitesse v = 80 km.h^{-1}. Tout à coup, elle freine et parcourt une distance d = 400 m avant de s'immobiliser. Tout se passe comme si l'automobile était soumise à une force de freinage $\vec{F}$ constante tout au long de la distance d et dont la direction est parallèle à la route.

1. Répertorier toutes les forces qui s'exercent sur l'automobile.

2. Déterminer la valeur de la force $\vec{F}$.

EXERCICE 3

La chute d'une bille de masse m = 20 g, lâchée sans vitesse initiale dans un fluide visqueux, est enregistrée par une webcam avant d'être traitée informatiquement.

On obtient la courbe d'évolution de la vitesse au cours du temps :

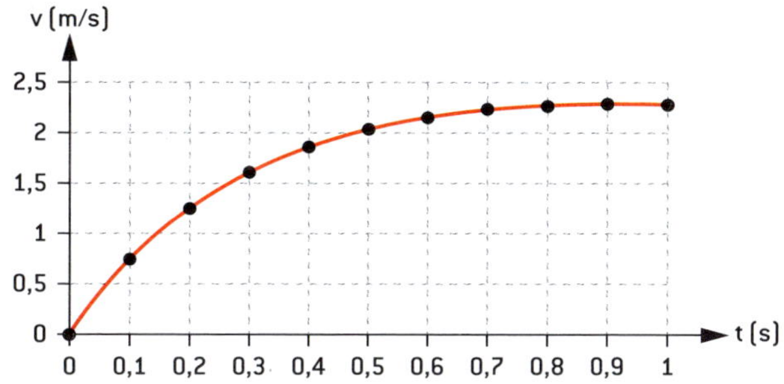

1. Déterminer la vitesse limite de la bille. Quelle est alors la nature de son mouvement ?

2. En déduire la valeur k du coefficient de frottement de la force F = k × v.

17 L'ÉNERGIE TRANSPORTÉE PAR LA LUMIÈRE (STI2D)

EXERCICE 1

Un particulier possède sur la toiture de sa maison 15 panneaux photovoltaïques d'une puissance crête égale à 200 Wc (watt crête) chacun. Un quart de l'énergie électrique produite est consommée et le reste est revendu.

On estime qu'un watt crête (Wc) produit chaque année une énergie égale à 1,4 kWh (en tenant compte de tous les paramètres : caractéristiques de montage, irradiation moyenne annuelle suivant le lieu, pertes joule dans les câbles et l'onduleur, ombrage, etc.)

Le coût de l'installation est de 15 000 € après avoir enlevé les subventions. On suppose que le particulier vend chaque kilowatt.heure produit par son installation et non consommé 0,10 € par kWh et doit payer 0,15 € par kWh qu'il consomme lorsque les panneaux photovoltaïques ne produisent pas.

1. Calculer la puissance crête totale Pc.

2. Calculer l'énergie électrique W produite sur l'année par ses panneaux photovoltaïques.

3. Quel est le gain (énergie économisée et vendue) pour l'année ?

4. Combien d'années seront-elles nécessaires pour amortir le capital investi ?

EXERCICE 2

Pour la construction d'une maison neuve, une famille de 4 personnes souhaite installer des capteurs solaires thermiques pour produire son eau chaude sanitaire (ECS).

Pour ce foyer de 4 personnes, la consommation moyenne d'eau chaude à 55 °C est estimée à 180 L par jour. L'eau froide du réseau est à une température constante de 15 °C. La capacité thermique de l'eau est de $c_{eau} = 4{,}18 \times 10^3$ J.kg^{-1}.°C^{-1}. Les capteurs solaires thermiques envisagés peuvent fournir 350 kWh.an^{-1}.m^{-2}.

> **À SAVOIR**
>
> Équivalence J (joule) et kWh :
>
> 1 W = 1 J par seconde = 1 J.s^{-1}.
>
> 1 kW = 1 kJ par seconde = 1 kJ.s^{-1}.
>
> 1 heure = 3 600 s.
>
> 1 kWh = 1 kJ.s^{-1}.3 600 s.
>
> Ainsi **1 kWh = 3 600 kJ.**

1. Calculer l'énergie annuelle à fournir pour produire cette ECS en kW.h.
2. Quelle surface de capteurs sera-t-elle nécessaire ?

18 LES PROPRIÉTÉS DES MATÉRIAUX ET L'ORGANISATION DE LA MATIÈRE (STI2D)

EXERCICE 1

1. Le cobalt 60 ($^{60}_{27}Co$) est utilisé en radiothérapie. Il est émetteur β^-. Écrire l'équation de sa désintégration et déterminer la nature du noyau fils parmi les noyaux suivant : le fer Fe (Z = 26) ou le nickel Ni (Z = 28).
2. Un échantillon a une activité A égale à 400 becquerels. Ceci correspond à :

a. 400 désintégrations par seconde ; b. 400 désintégrations par minute ; c. 2 400 désintégrations par seconde.

3. Au bout de 2 demi-vies, l'activité d'un échantillon est :

a. divisée par 2 ; b. divisée par 4 ; c. inchangée.

EXERCICE 2

On considère la réaction nucléaire suivante : $^{235}_{92}U + ^{1}_{0}n \rightarrow ^{94}_{38}Sr + ^{139}_{54}Xe + 3\,^{1}_{0}n$.

Données : $m(^{1}_{0}n) = 1{,}674928 \times 10^{-27}$ kg, $m(^{235}_{92}U) = 3{,}902999 \times 10^{-25}$ kg, $m(^{94}_{38}Sr) = 1{,}559156 \times 10^{-25}$ kg et $m(^{139}_{54}Xe) = 2{,}3063107 \times 10^{-25}$ kg.

1. S'agit-il d'une fusion ou d'une fission ?
2. Déterminer le défaut de masse au cours de cette réaction nucléaire.
3. En déduire l'énergie libérée par le noyau d'uranium 235, en joule puis en mégaélectronvolt.

EXERCICE 3

Voici le diagramme pression – température de l'eau :

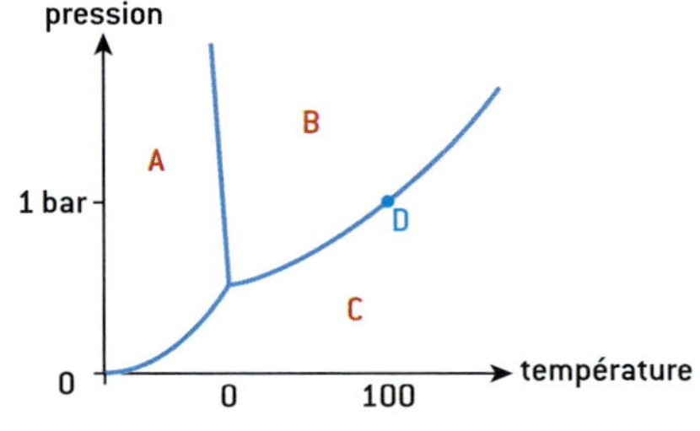

1. Quelle est la zone correspondant à l'état solide ? À l'état liquide ? À l'état gazeux ?
2. Quel changement d'état nécessite la transition de « A » vers « B » ?
3. À quoi correspond la branche « D » ?

EXERCICE 4

Une masse m = 30 kg de vapeur d'eau à 130 °C est envoyée dans un échangeur de chaleur. Elle refroidit rapidement, devient liquide à 100 °C et refroidit encore jusqu'à 50 °C. La capacité thermique massique de la vapeur est $c_{vapeur} = 2{,}0\ kJ.kg^{-1}.°C^{-1}$, celle de l'eau liquide est $c_{eau} = 4{,}2\ kJ.kg^{-1}.°C^{-1}$. La chaleur latente de liquéfaction est $L_{G \to L} = -2{,}3 \times 10^3\ kJ.kg^{-1}$.

1. Comment évolue l'énergie interne de l'eau au cours de ce processus ?
2. Quelles sont les trois étapes dans ce processus ?
3. Déterminer la chaleur ou énergie thermique céder par la vapeur.

19 LES COMBUSTIONS (STI2D)

EXERCICE 1

Équilibrer les équations suivantes :

1. $CH_4 + O_2 \rightarrow CO_2 + H_2O$.
2. $C_7H_{16} + O_2 \rightarrow CO_2 + H_2O$.
3. $C_4H_{10}O + O_2 \rightarrow CO_2 + H_2O$.
4. $C_2H_6 + O_2 \rightarrow CO_2 + H_2O$.
5. $C_2H_6O + O_2 \rightarrow CO_2 + H$.

EXERCICE 2

Un brûleur à alcool de masse $m_0 = 75{,}3$ g est utilisé pour faire chauffer un bécher contenant de l'eau, de masse totale m = 300 g ayant une température initiale avant chauffage $\theta_i = 18{,}5$ °C. On fait chauffer l'eau jusqu'à obtenir une température de l'eau de $\theta_f = 47{,}6$ °C. On arrête le brûleur qui a alors une masse $m_1 = 72{,}9$ g.

1. Calculer la masse d'alcool m_{alcool} qui a brûlé.
2. Écrire l'équation de la combustion complète de l'éthanol C_2H_6O. Cette réaction produit de l'eau H_2O et du dioxyde de carbone CO_2.
3. On appelle E_{lib} l'énergie libérée par la combustion de l'alcool : on la considère égale à l'opposé de l'énergie thermique $Q_{eau+bécher}$ reçue par l'eau et le bécher. $E_{lib} = - Q_{eau+bécher}$. Sachant que la capacité thermique massique de l'eau est $c_{eau} = 4{,}2\ J.g^{-1}.°C^{-1}$, calculer la valeur de $Q_{eau+bécher}$.
4. En déduire la valeur E_{lib} de l'énergie libérée par la combustion de l'alcool.
5. Déterminer le pouvoir calorifique de l'éthanol.

EXERCICE

La production d'électricité, à partir de dioxygène O_2(g) et de dihydrogène H_2(g) s'accompagne de la formation d'eau. C'est le principe de fonctionnement de la pile à combustible.

La pile à combustible est constituée de deux électrodes qui sont le siège d'une réaction d'oxydoréduction. Les électrons échangés lors de cette réaction sont contraints de passer par un circuit extérieur, les deux électrodes étant séparées par un électrolyte qui bloque le passage des électrons. Un courant électrique à l'extérieur de la pile est alors produit.

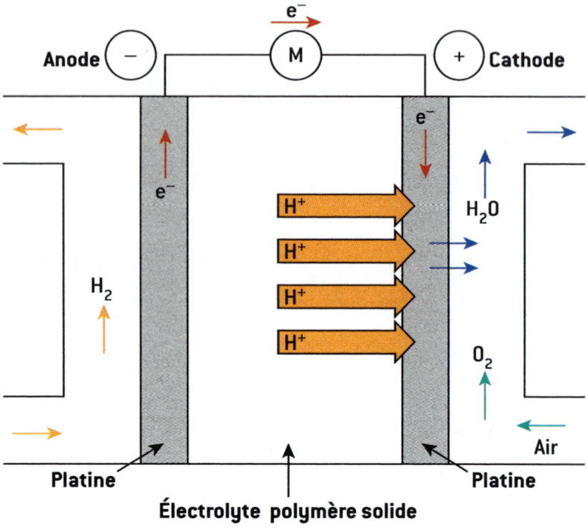

Schéma de principe de la pile à combustible

Données :

- Couples oxydant/réducteur intervenant : $H^+(aq)/H_2(g)$ et $O_2(g)/H_20(l)$;
- 1 Faraday = 1 F = 96 500 C.mol^{-1} ;
- Masse molaire moléculaire du dihydrogène : $M(H_2) = 2{,}0$ g.mol^{-1} ;
- le réservoir contient 20 kg de dihydrogène.

1. À l'aide du schéma de la pile ci-contre, préciser quelle électrode est le siège d'une oxydation. Justifier.

À l'anode, le dihydrogène libère des électrons et des ions H+ selon la demi-équation : $H_2(g) \rightarrow 2\ H^+(aq) + 2\ e^-$.

2. En s'appuyant sur les données, écrire la demi-équation se déroulant à la cathode. Quel nom qualifie ce type de réaction ?

3. Montrer que l'équation de fonctionnement de la pile est : $O_2(g) + 2\ H_2(g) \rightarrow 2\ H_2O(l)$

4. Exprimer puis calculer la quantité de matière de dihydrogène disponible lorsque le réservoir est plein.

5. À l'aide de la demi-équation se déroulant à l'anode, déterminer la quantité de matière d'électrons n(e-) qui circule dans le circuit extérieur si on consomme la totalité du dihydrogène.

6. On rappelle qu'un Faraday est la quantité d'électricité portée par une mole d'électrons.

En déduire la quantité d'électricité totale, notée Q, débitée par la pile.

7. Choisir, en justifiant la démarche, la relation à appliquer pour calculer l'énergie électrique, E, disponible dans cette pile lorsqu'on mesure une tension, U, aux bornes de la pile qui débite : $E = \frac{Q}{U}$, $E = \frac{U}{Q}$ ou $E = Q \times U$.

8. On estime que la tension aux bornes de la pile lorsqu'elle débite vaut 1,3 V. Montrer que l'énergie électrique maximum disponible est alors d'environ $2{,}5 \times 10^9$ J.

21 LES RÉACTIONS ACIDO-BASIQUES (STI2D)

EXERCICE 1

Choisir la ou les bonnes réponses

1. Un acide est une espèce :

a. capable de céder un proton. b. capable de capter un proton. c. capable de céder un électron.

2. Une solution d'acide éthanoïque CH_3COOH a un pH égal à 4 :

a. $[H_3O^+] = 1{,}0 \times 10^{-4}$ mol.L^{-1}. b. la base conjuguée de l'acide éthanoïque est CH_3COO^-.

3. Une solution d'ammoniac NH_3 a un pH égal à 9 :

a. cette solution est neutre. b. NH_3 est une base dans l'eau.

EXERCICE 2

Compléter le tableau

pH	$[H_3O^+]$ (mol.L^{-1})	Nature de la solution
4,5		
	$1{,}6 \times 10^{-2}$	

EXERCICE 3

Du lait contient de l'acide lactique dont la formule est CH_3–CH(OH)–COOH.

1. Écrire la formule chimique de sa base conjuguée, l'ion lactate, puis la demi-équation protonique liant les deux membres du couple.

2. Une solution d'acide lactique de concentration c = 0,10 mol.L^{-1} a un pH = 2,5.

Écrire l'équation de la réaction de l'acide lactique avec l'eau.

3. On veut obtenir un volume V = 100 mL d'une solution diluée de concentration c′ = 0,010 mol.L^{-1}.

a. Comment obtenir cette solution fille à partir de la solution mère ?

b. Comment va évoluer le pH lors de la dilution ?

22 LA NOTION D'ONDE (STI2D)

EXERCICE 1

On dispose d'un signal $s(t) = 4 + \sin(20\Pi\, t) + 2\sin(30\Pi\, t)$.

Justifier quel est le spectre en fréquence de ce signal parmi ceux proposés.

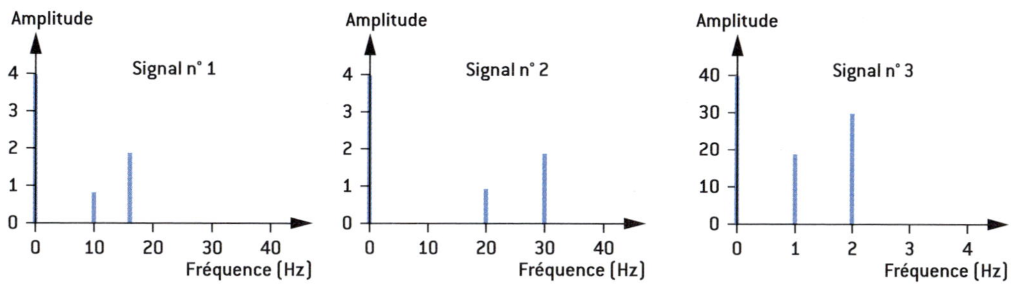

EXERCICE 2

Le spectre en fréquence d'un signal est donné ci-dessous.

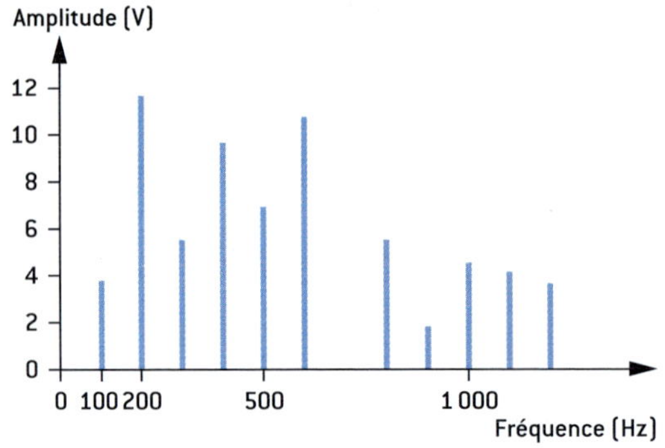

1. Quelle est la fréquence de ce signal ?
2. Ce signal comporte-t-il tous les harmoniques ?
3. Quel est le rang de l'harmonique le plus haut ?
4. Quel intervalle de fréquence minimal faut-il prendre pour conserver intégralement le signal ?
5. Quelle est l'amplitude du fondamental et des harmoniques de rang pair ?

EXERCICE 3

On dispose d'un signal dont le spectre après analyse de Fourier est indiqué ci-contre.

En supposant que les phases de chaque harmonique soient nulles, indiquer quelle fonction temporelle est représentée.

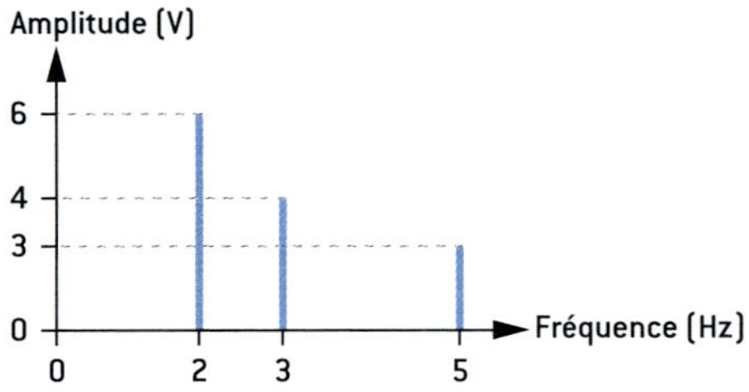

23 LES ONDES SONORES (STI2D)

EXERCICE 1

Une flûte joue un mi, dont la représentation temporelle se trouve ci-dessous.

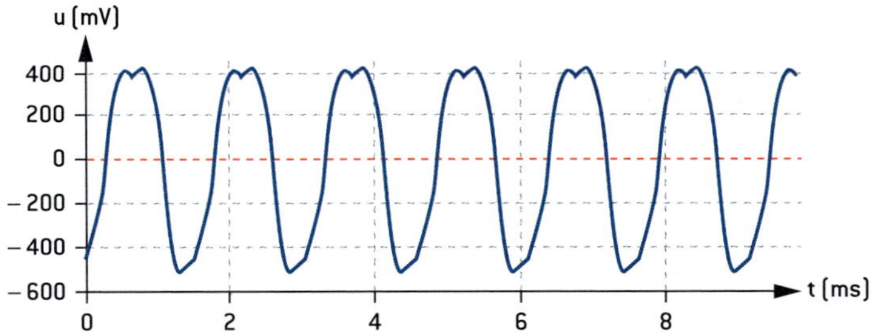

1. Déterminer la période de ce son.
2. En déduire sa fréquence.

3. Indiquer quel est le mi joué :
- mi_1 : 82,5 Hz ;
- mi_2 : 165 Hz ;
- mi_3 : 330 Hz ;
- mi_4 : 660 Hz ;
- mi_5 : 1 320 Hz.

4. Ce son est-il pur ou complexe ?
5. Quel est le spectre de ce son ?

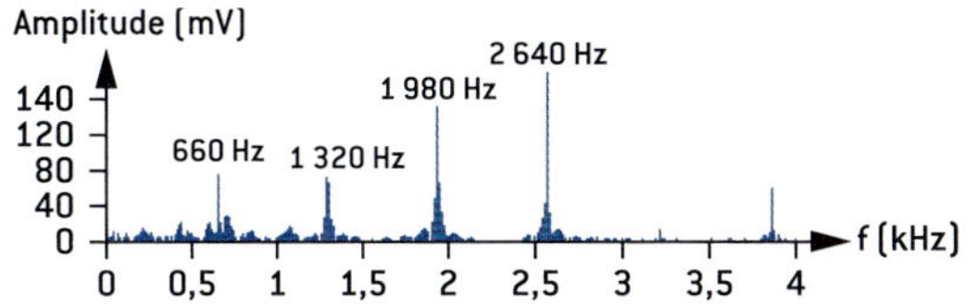

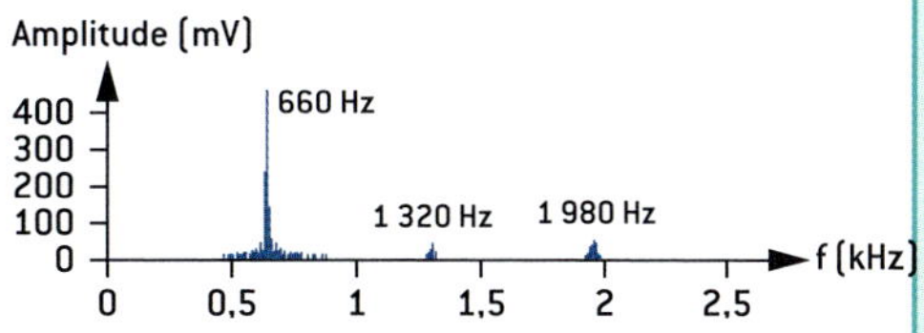

6. Quelle est la fréquence f_3 de l'harmonique de rang 3 ?

EXERCICE 2

Le schéma ci-dessous représente les audiogrammes pour une personne au cours de sa vie.

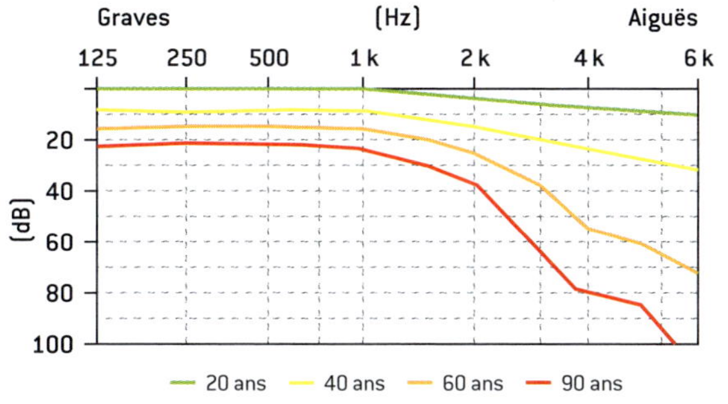

1. Quelles sont les grandeurs physiques représentées sur les axes des courbes ?
2. Quelle partie de l'audiogramme est surtout impactée au cours du vieillissement ?
3. Pour les sons graves, quelle est la perte moyenne en dB à 60 ans ?

EXERCICE 3

Un appartement n'est pas isolé phoniquement : les murs sont en béton ayant un coefficient d'absorption a = 0.

On les recouvre de panneaux perforés ayant un coefficient d'absorption $a_1 = 0,75$.

$I_0 = 1,0 \times 10^{-12}$ W.m^{-2}.

Un son d'intensité sonore $I = 1,0 \times 10^{-4}$ W.m^{-2} parvient perpendiculairement au niveau du mur de la pièce d'à côté. On considère qu'il n'y a pas de réflexion.

1. Quelle est le niveau sonore L de ce son ?
2. Quelle est l'intensité sonore I_1 du son après le mur isolé.
3. Quelle est le niveau sonore L_1 correspondant.

24 LES ONDES ÉLECTROMAGNÉTIQUES (STI2D)

EXERCICE

Un signal musical de fréquence comprise entre 20 et 20 kHz ne peut pas être transmis directement par voie électromagnétique, la portée serait très faible : il faudrait donc plusieurs émetteurs au voisinage du récepteur. Le récepteur capterait en même temps aussi bien la chanson qu'un discours politique d'un autre émetteur sans pouvoir les séparer.

On utilise alors une onde électromagnétique de haute fréquence, qui transporte le signal musical sur une longue distance (plus sa fréquence est élevée, plus sa portée est importante). C'est la porteuse. Il suffit, alors, de ne régler le récepteur que sur la porteuse du signal musical (chanson) pour ne plus être gêné par un discours politique (autre porteuse).

1. Associer aux lettres du schéma ci-contre les termes suivants : émetteur, récepteur, modulateur, démodulateur, haut-parleur.

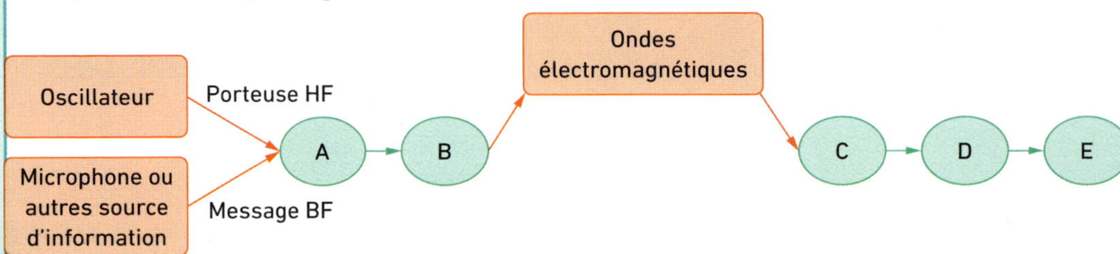

2. On fait apparaître ci-contre le signal musical, la porteuse et le signal modulé. Associer les lettres aux termes correspondants.

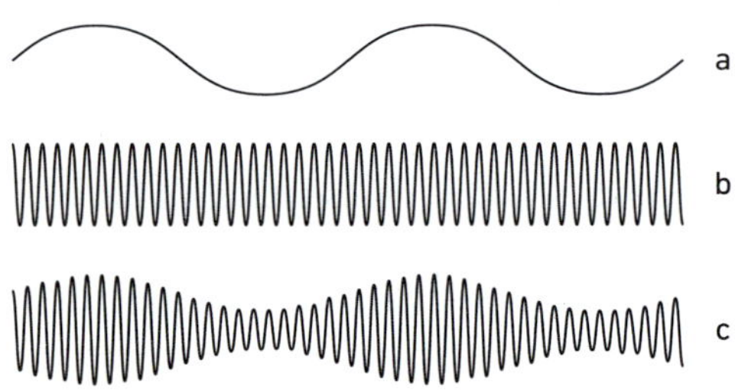

3. Pourquoi parle-t-on ici de modulation d'amplitude.

4. On suppose que la fréquence F de la porteuse vaut F = 200 kHz et que la fréquence maximale f du signal musical vaut f = 12 kHz, indiquer la plage de fréquence du signal modulé.

 # exo
Exercices supplémentaires de physique-chimie
foucherconnect.fr/23tersti2d75

 # corrigés
foucherconnect.fr/23tersti2d15

MATHÉMATIQUES

MATHÉMATIQUES

L'évaluation des Mathématiques au bac

1 Le contrôle continu pour évaluer l'enseignement commun de mathématiques

■ Dans la voie technologique, 40 % de la note globale obtenue au baccalauréat provient du contrôle continu en classes de Première et de Terminale.

■ Les Mathématiques font partie des disciplines évaluées tout au long de l'année par le biais du contrôle continu. La moyenne des moyennes trimestrielles obtenues pour la classe de Première STI2D-STL est affectée d'un coefficient 3. **Le coefficient est aussi de 3** pour la moyenne de Mathématiques obtenue en Terminale STI2D-STL.

2 L'épreuve terminale de la spécialité Physique-chimie et mathématiques

■ **Cette épreuve dure 3 heures.**

■ Le sujet comporte **trois à cinq exercices indépendants les uns des autres**, abordant des domaines différents du programme. Il comporte des exercices de mathématiques, de physique-chimie et au moins un exercice proposant l'étude d'une situation où les mathématiques et la physique-chimie interagissent.

■ Les sujets traités en mathématiques peuvent porter sur des **situations contextualisées** ou sur des **situations internes** aux mathématiques.

■ Le sujet précise si l'usage de la calculatrice est autorisé.

3 Dans cet ouvrage

■ À la fin de cette partie figurent des **sujets d'entraînement corrigés pour les épreuves de contrôle continu** ou des **sujets d'entraînement corrigés pour l'épreuve terminale de spécialité**.

■ Sont aussi accessibles par flashcode : des exercices supplémentaires, des quiz pour réviser à la fin de chaque chapitre, des documents sur la programmation en Python et des fiches « Utilisation de la calculatrice », signalés par les pictos :

 # exo
Exercices supplémentaires de mathématiques
foucherconnect.fr/23tersti2d01

 # quiz
Des questions pour réviser
foucherconnect.fr/23tersti2d02

 # doc
Utilisation de la calculatrice pour les suites
foucherconnect.fr/23tersti2d03

1 Suites numériques

Les résultats de Première sur les suites arithmétiques et géométriques sont complétés. Les suites arithmétiques et géométriques sont notamment utilisées dans les autres disciplines de STI2D/STL (traitement numérique d'un signal, évolution d'une colonie bactérienne…) et dans la vie quotidienne (évolution d'une production, de l'effectif d'une population, du prix d'un produit…).

1 Suites arithmétiques

A Définition, sens de variation et représentation graphique

DÉFINITION

Une **suite arithmétique** est une suite numérique dont chaque terme s'obtient en ajoutant au précédent un nombre réel constant $\boldsymbol{r}$ appelé **raison**.

- Pour tout nombre entier naturel n, $\boldsymbol{u_{n+1} = u_n + r}$.

EXEMPLES

1° La suite (u_n) des nombres entiers naturels pairs est une suite arithmétique de premier terme $u_0 = 0$ de raison $r = 2$: pour tout entier naturel n, $u_{n+1} = u_n + 2$.
2° Soit (v_n) la suite arithmétique de premier terme $v_0 = 2$ et de raison $r = -1$;
$v_1 = v_0 + r$; $v_1 = 2 - 1$; $v_1 = 1$. $v_2 = v_1 + r$; $v_2 = 1 - 1$; $v_2 = 0$. $v_3 = v_2 + r$; $v_3 = -1$.

- Une suite arithmétique de raison r est :
croissante, si $r > 0$; **décroissante**, si $r < 0$; **constante** si $r = 0$.

- **La représentation graphique d'une suite arithmétique (u_n) dans un repère est constituée de points de coordonnées (n, u_n) alignés sur la droite d'équation $y = rx + u_0$.**

B Suite arithmétique et moyenne arithmétique

DÉFINITION

La moyenne **arithmétique** des deux nombres x et y est le nombre $\boldsymbol{\frac{x+y}{2}}$.

EXEMPLE

La moyenne arithmétique de 10 et 13 est 11,5.

- **Propriété**

Trois nombres a, b, c sont, dans cet ordre, trois termes consécutifs d'une **suite arithmétique** si et seulement si le nombre du milieu b est la **moyenne arithmétique** des deux autres nombres a et c.

C Expression du terme u_n en fonction de n

- Pour une suite **arithmétique** de **premier terme** u_0 et de raison r :
$\boldsymbol{u_n = u_0 + nr}$, pour tout entier naturel n.

- Pour une suite **arithmétique** de **premier terme** u_1 et de raison r :
$\boldsymbol{u_n = u_1 + (n - 1)r}$, pour tout entier naturel n.

EXEMPLE

La suite (u_n) est la suite arithmétique de premier terme $u_0 = 3$ et de raison $r = 2$.
$u_{10} = u_0 + 10 \times r$. $u_{10} = 3 + 20 = 23$.

D Somme de termes consécutifs d'une suite arithmétique

- Pour une suite **arithmétique** de **premier terme** $\boldsymbol{u_0}$ et de **raison** $\boldsymbol{r}$:

$$\boldsymbol{u_0 + u_1 + \ldots + u_n = (n+1)\left(\frac{u_0 + u_n}{2}\right)} \text{ pour tout entier naturel } n.$$

- Pour une suite **arithmétique de premier terme** $\boldsymbol{u_1}$ et de **raison** $\boldsymbol{r}$:

$$u_1 + \ldots + u_n = n\left(\frac{u_1 + u_n}{2}\right) \text{ pour tout entier } n \text{ de } \mathbb{N}^*.$$

$\mathbb{N}^*$ est l'ensemble des nombres entiers naturels strictement positifs.

À RETENIR

Pour une somme de termes consécutifs d'une suite arithmétique commençant par u_0, u_1, ..., on peut retenir que : $(\textbf{Somme de termes successifs}) = (\textbf{Nombre de termes}) \times \dfrac{\begin{pmatrix}\textbf{Premier}\\ \textbf{terme}\end{pmatrix} + \begin{pmatrix}\textbf{Dernier}\\ \textbf{terme}\end{pmatrix}}{\textbf{2}}$.

EXEMPLE

La suite arithmétique (u_n) est définie par le premier terme $u_0 = 500$ et la raison $r = 25$.
On note $S = u_0 + u_1 + \ldots + u_9$. $u_9 = u_0 + 9 \times r$; $u_9 = 500 + 225$; $u_9 = 725$.

$S = 10 \times \dfrac{u_0 + u_9}{2}$; $S = 10 \times \dfrac{500 + 725}{2}$; $S = 6125$.

De u_0 à u_9, il y a 10 termes.

2 Suites géométriques à termes positifs

A Définition, exemples, sens de variation

DÉFINITION

- Une **suite géométrique** est une suite numérique dont chaque terme s'obtient en multipliant le précédent par une constante q appelée **raison**.

En STI2D/STL, on prend $q > 0$.

- Pour tout nombre entier naturel $\boldsymbol{u_{n+1} = qu_n}$.

EXEMPLE

On considère la suite géométrique (u_n) de premier terme $u_0 = 2$ et de raison $q = 0{,}9$.
$u_1 = qu_0$; $u_1 = 0{,}9 \times 2$; $u_1 = 1{,}8$;
$u_2 = qu_1$; $u_2 = 0{,}9 \times 1{,}8$; $u_2 = 1{,}62$;
$u_3 = qu_2$; $u_3 = 0{,}9 \times 1{,}62$; $u_3 = 1{,}458$...

- **Pour démontrer qu'une suite est géométrique**, il suffit de vérifier que, pour tout entier n, $\dfrac{u_{n+1}}{u_n}$ est constant. Cette constante est la raison q.

EXEMPLE

La suite de terme général $u_n = 3^n$, où n est un entier naturel, est une suite géométrique puisque pour tout entier naturel n,

$\dfrac{u_{n+1}}{u_n} = \dfrac{3^{n+1}}{3^n} = 3$. La raison est 3 et le premier terme est : $u_0 = 1$.

$u_0 = 3^0 = 1$.

■ **La suite géométrique (u_n) de raison q est croissante si $q > 1$, décroissante si $0 < q < 1$, constante si $q = 1$.**

B Suite géométrique et moyenne géométrique

DÉFINITION

La **moyenne géométrique** des deux nombres positifs x et y est le nombre $\sqrt{xy}$.

■ **Propriété**

Trois nombres positifs a, b, c sont, dans cet ordre, trois termes successifs d'une **suite géomérique** si et seulement si le **nombre du milieu** b est la **moyenne géométrique** des deux autres nombres a et c.

C Expression du terme u_n en fonction de n

■ **Théorème**

Soit (u_n) une suite géométrique de premier terme u_0 ou u_1, et de raison q.
Lorsque le premier terme de la suite est u_0 : pour tout entier n de $\mathbb{N}$, $\boldsymbol{u_n = u_0q^n}$.
Lorsque le premier terme de la suite est u_1 : pour tout entier n de $\mathbb{N}^*$, $\boldsymbol{u_n = u_1q^{n-1}}$.

EXEMPLES

• La suite (u_n) est la suite géométrique de premier terme $u_0 = 500$ et de raison $q = 1{,}1$.
$u_4 = u_0q^4$; $u_4 = 500(1{,}1)^4 = 732{,}05$.
• La suite (u_n) est la suite géométrique de premier terme $u_1 = 100$ et de raison $q = 0{,}8$.
$u_5 = u_1q^4$; $u_5 = 100(0{,}8)^4 = 40{,}96$.

D Somme de termes consécutifs d'une suite géométrique

■ **Théorème**

Lorsque le premier terme de la suite est u_0 : $\boldsymbol{u_0 + u_1 + \ldots + u_n = u_0 \frac{1-q^{n+1}}{1-q}, q \neq 1}$.

À RETENIR

Pour une somme de termes consécutifs d'une suite géométrique commençant par u_0, u_1, ..., on peut retenir que : $\begin{pmatrix}\textbf{Somme de termes}\\ \textbf{successifs}\end{pmatrix} = \begin{pmatrix}\textbf{Premier}\\ \textbf{terme}\end{pmatrix} \times \frac{\textbf{1}-(\textbf{Raison})^{\text{nombre de termes}}}{\textbf{1}-(\textbf{Raison})}$.

EXEMPLE

La suite géométrique (u_n) est définie par le premier terme $u_0 = 1\,000$ et la raison $q = 1{,}1$.
On note $S = u_0 + u_1 + u_2 + u_3 + u_4 + u_5$.
$S = u_0 \times \frac{1-(1{,}1)^6}{1-1{,}1}$; $S = 7\,715{,}61$.

De u_0 à u_5, il y a six termes.

E Augmentation ou diminution de x % par heure, par mois, par an...

■ Chaque fois qu'on est confronté à une situation du type « une population, un prix, une concentration... augmente de x % par an, par mois, par heure... », on peut définir une suite géométrique de raison $1+\frac{x}{100}$.

- S'il s'agit d'une diminution de x %, on peut définir une suite géométrique de raison $1-\frac{x}{100}$.

EXERCICE RÉSOLU

Montrer que, lorsqu'une quantité augmente ou diminue de x % par heure, par semaine, par mois, par an…, on peut définir une suite géométrique.

ÉNONCÉ

On prévoit que le nombre de malades atteints d'une certaine pathologie virale, en France, augmente de 6 % par an à partir de 2023. On désigne par u_n le nombre de malades l'année $(2023 + n)$. On a $u_0 = 61\,353$.

Dans ce qui suit, tous les résultats sont à arrondir à l'unité.

1. Pour tout entier n, exprimer u_{n+1} en fonction de u_n.
2. En déduire la nature de la suite (u_n).
3. Donner, pour tout entier naturel n, l'expression de u_n en fonction de n.
4. Déterminer le nombre de malades que l'on peut prévoir pour 2029.
5. Déterminer le nombre total de malades qui auront développé cette pathologie entre le début de 2023 et la fin de 2029.

MÉTHODE

- Déduire de $u_{n+1} = u_n + \frac{x}{100}u_n$ que :

$u_{n+1} = qu_n$, où q est un nombre réel à déterminer.

- q est la raison de la suite géométrique.

CORRIGÉ

1. Pour tout entier n, $u_{n+1} = u_n + \frac{6}{100}u_n = \left(1+\frac{6}{100}\right)u_n$; $u_{n+1} = (1 + 0{,}06)u_n$; $u_{n+1} = 1{,}06u_n$.
2. La suite (u_n) est donc une suite géométrique de raison 1,06.

> Voir le paragraphe ② C. du cours.

3. Pour tout entier n, $u_n = u_0(1{,}06)^n$, $u_n = 61\,353(1{,}06)^n$.
4. On a 2 029 = 2 023 + 6. On calcule donc $u_6 = 61\,353(1{,}06)^6$; $u_6 \approx 87\,030$. On peut prévoir 87 030 malades pour 2029.
5. Sur l'ensemble des sept années de 2023 à 2029, le nombre total de malades est : $S_6 = u_0 + u_1 + u_2 + u_3 + u_4 + u_5 + u_6$.

D'après un théorème du cours :

$u_0 + u_1 + \ldots + u_n = u_0\frac{1-q^{n+1}}{1-q}$,

> Voir le paragraphe ② D. du cours.

Donc $S_6 = u_0\frac{1-q^7}{1-q} = 61\,353\,\frac{1-1{,}06^7}{1-1{,}06} \approx 514\,987$.

 # doc
Utilisation de la calculatrice pour les suites
foucherconnect.fr/23tersti2d03

3 Algorithme programmation et suites

A Notion de liste en informatique

DÉFINITION

Une **liste** en informatique est une collection **ordonnée** d'éléments (entiers, flottants, chaînes de caractères, booléens...) séparés par des virgules et mis entre crochets.

EXEMPLE

`L = [2, 3, 5, 8, 13]` est une liste de 5 entiers, distincte de la liste `[3, 2, 5, 8, 13]`.
`notes = ['1e3', 12, 9.5, 18]` est une liste de 4 éléments :
une chaîne de caractère (`1e3`), deux entiers (12 et 18) et un flottant (`9.5`).

REMARQUES

- Une liste d'entiers ou de flottants peut représenter une suite numérique comme la liste L.
- On peut visualiser une liste comme une série de « boîtes » dans lesquelles chaque élément de la liste est rangé. Les boîtes sont numérotées par un **indice**.
- **Attention : la numérotation commence à 0.**

`notes = ['1e3', 12, 9.5, 18]`

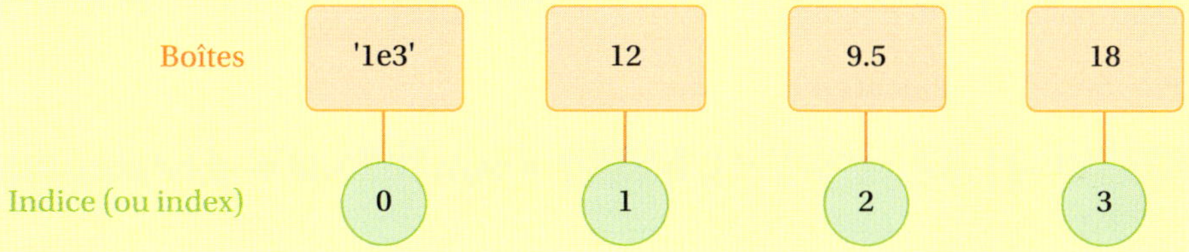

EXEMPLE

L'élément d'indice 0 de `L`, noté `L[0]`, a pour valeur `2` ; `L[1]` a pour valeur `3` ; `L[4]` a pour valeur `13`.
`notes[0]` a pour valeur `'1e3'`, `notes[1]` a pour valeur `12`, `notes[3]` a pour valeur `18`.

Générer une liste

– Voyons d'abord le cas particulier de la fonction **range**. L'instruction `range(6)` permet de générer la liste `[0, 1, 2, 3, 4, 5]` (faire `list(range(6))` pour afficher la liste) et `range(1, 6)` permet de générer la liste `[1, 2, 3, 4, 5]`.

Attention : range(n) correspond à la liste des entiers de 0 à $n - 1$ et range(n, m) à celle des entiers de n à $m - 1$.

– Une liste peut être générée « **en extension** », c'est-à-dire en écrivant l'ensemble de ses éléments.

EXEMPLE

`jours = ['lundi', 'mardi', 'mercredi', 'jeudi', 'vendredi']`

– On peut également générer une liste par **ajouts successifs** d'un élément. L'instruction `L.append(x)` ajoute x à la fin de la liste `L` (append signifie « ajouter » en anglais).

EXEMPLES

L'instruction `jours.append('samedi')` crée la liste :
`['lundi', 'mardi', 'mercredi', 'jeudi', 'vendredi', 'samedi']`.
Le programme suivant crée la liste `[2, 4, 6, 8, 10]`.

```
L = []
for   k in range(1, 6):
      L.append(2 * k)
```

– On peut aussi générer une liste « **en compréhension** », notamment par une formule définissant ses éléments.

EXEMPLES

L'instruction `L = [2 * n for n in range(1,6)]` crée la liste `[2, 4, 6, 8, 10]`.
On peut ajouter une condition dans laquelle != signifie $\neq$.
L'instruction `L = [2 * n for n in range(1,6) if n !=3]` crée la liste `[2, 4, 8, 10]`.

Manipuler des éléments d'une liste et leur indice

Le tableau suivant résume les principales manipulations sur les éléments d'une liste.

On considère la liste `L = [2, 4, 6, 8, 10]`.

Objectif	Instruction	Résultat
Obtenir le 3e élément de la liste, d'indice 2.	`L[2]`	`6`
Donner le nombre d'éléments de la liste.	`len(L)`	`5`
Rechercher l'indice d'un élément de la liste.	`L.index(8)`	`3`
Ajouter le nombre 12 à la liste.	`L.append(12)`	`[2, 4, 6, 8, 10, 12]`
Supprimer l'élément d'indice 2.	`del L[2]`	`[2, 4, 8, 10, 12]`

Parcourir les éléments d'une liste

Pour parcourir un à un les éléments x d'une liste `L`, on utilise `for x in L:`.

EXEMPLE

Le programme suivant calcule la somme des nombres de la liste `pairs`.

```
pairs = [2, 4, 6, 8, 10]
somme = 0
for i in pairs:
    somme = somme + i
```

La valeur de la variable `somme` en fin d'exécution est 30.

B Suites et situations algorithmiques

Calculer un terme de rang donné d'une suite définie par récurrence

On considère la suite (u_n) définie par $u_0 = 1$ et, pour tout entier naturel n, $u_{n+1} = 2u_n + 3$. On souhaite calculer u_{20}.

– **Avec un tableur**

Comme ci-contre, on entre en B2 la valeur de u_0 et en B3 la formule =2*B2+3 correspondant à la relation de récurrence.
On recopie la cellule B3 vers le bas jusqu'en B22.
La cellule B22 affiche la valeur de $u_{20} = 4\,194\,301$.

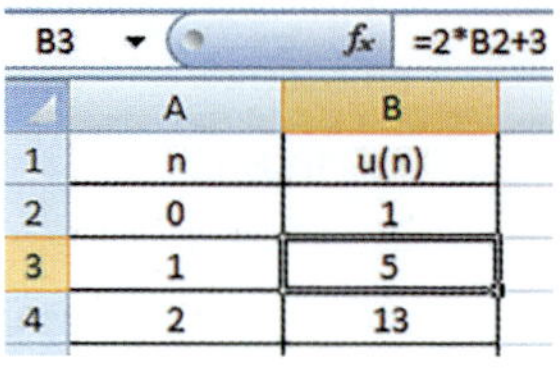

– **Avec Python**

Langage naturel	Python

$u \leftarrow 1$
Pour k de 1 à 20
$u \leftarrow 2u + 3$
Fin Pour
	`u = 1`
	`for k in range(1, 21):`
	`    u = 2 * u + 3`

 # doc
Mémento Python
foucherconnect.fr/23tersti2d04

En fin d'algorithme, la variable u contient la valeur de u_{20}. Le programme Python fournit la valeur 4 194 301.

Attention, en Python `range(1, 21)` correspond à la liste des entiers consécutifs de 1 à 20. Pour que la boucle `for` s'exécute 20 fois, il faut donc indiquer `range(1, 21)`.

Déterminer et représenter une liste de termes

• Cas d'une suite définie par son terme général

On considère la suite (u_n) définie, pour tout entier naturel n, par $u_n = n^2$. On souhaite calculer et représenter en Python les termes de u_0 à u_{10}.

On peut exécuter l'un des deux programmes suivants qui utilisent le module `matplotlib.pyplot` de représentation graphique.

Programme 1

```
import matplotlib.pyplot as plt
for n in range(11):
    u = n**2
    plt.scatter(n,u)
plt.show()
```

Programme 2

```
import matplotlib.pyplot as plt
L = [n**2 for n in range(11)]
plt.scatter(range(11), L)
plt.show()
```

• Dans le **programme 1**, comme lorsque la représentation graphique est réalisée à la main, la boucle `for` calcule l'ordonnée d'un point et le représente avant de passer au point suivant.

L'instruction `plt.scatter(n,u)` représente le point de coordonnées `(n,u)`.

REMARQUE

Ce programme est présenté ici pour introduire de façon progressive l'utilisation du langage Python dans l'étude des suites.

• Le **programme 2** commence par dresser la liste de toutes les ordonnées des points à tracer.

La liste L est : `[0, 1, 4, 9, 16, 25, 36, 49, 64, 81, 100]`.

Les points sont ensuite représentés. L'instruction `plt.scatter(range(11), L)` représente le « nuage de points » dont les abscisses sont données par la liste `range(11)` et les ordonnées par la liste `L`. Le mot « scatter » signifie disperser en anglais.

REMARQUE

C'est ce programme que nous utiliserons désormais pour faciliter l'appropriation de la notion de liste en informatique.

Voir la figure 1 page suivante.

- **Cas d'une suite définie par récurrence**

EXEMPLE

On considère la suite (u_n) définie par $u_0 = \frac{3}{4}$ et, pour tout entier naturel n, $u_{n+1} = u_n^2$.

On souhaite calculer et représenter en Python les termes de u_0 à u_5.
On exécute le programme suivant.

Programme

```
import matplotlib.pyplot as plt
u = 3/4
L = [u]
for   k in range(1, 6):
      u = u ** 2
      L.append(u)
plt.scatter(range(6), L)
plt.show()
```

La liste `L` est : `[0.75, 0.5625, 0.31640625, 0.1001129150390625, 0.010022595757618546, 0.00010045242572063329]`.

REMARQUE

On rappelle que l'instruction `'L.append(u)'` ajoute u à la fin de la liste L.

Voir la figure 2 ci-dessous.

Figure 1

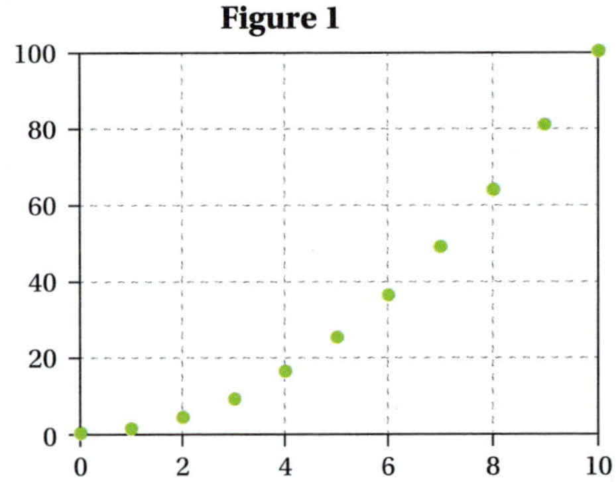

Figure 2

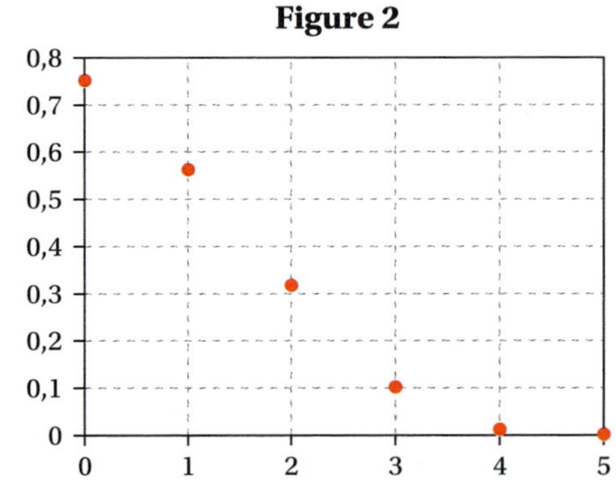

Algorithme de seuil

EXEMPLE

On considère la suite (u_n) définie pour tout entier naturel n par $u_n = 0{,}9^n$.
On admet que (u_n) est décroissante et on recherche le plus petit entier n pour lequel $u_n \leq 0{,}5$.
On ne sait pas combien d'itérations seront nécessaires, on utilise donc une boucle `while` avec un compteur qui s'incrémente tant que u_n est supérieur à 0,5.

Langage naturel	Python

$n \leftarrow 0$
Tant que $0{,}9^n > 0{,}5$
    $n \leftarrow n+1$
Fin Tant que
	`n = 0`
	`while 0.9 ** n > 0.5:`
	    `n = n + 1`

La valeur de la variable n en fin de programme est 7. On en déduit que $0{,}9^7$ est la plus petite puissance de 0,9 inférieure ou égale à 0,5.

Calculer une somme écrite à l'aide du symbole Σ

On considère la suite des carrés définie pour tout entier naturel k par $u_k = k^2$. Pour un entier naturel n non nul, on souhaite calculer la somme s_n des n premiers carrés :

$$s_n = \sum_{k=1}^{n} u_k = \sum_{k=1}^{n} k^2 = 1^2 + 2^2 + \ldots + n^2.$$

- **Avec un tableur**

Comme ci-contre, on calcule en colonne B les valeurs de u_k en entrant en B2, dans cet exemple, la formule =A2^2 que l'on recopie vers le bas.

En colonne C, on calcule les valeurs de s_k. En C2, on entre la formule =B2. Puis en C3, pour cumuler les valeurs de la colonne B, on entre la formule =C2+B3 que l'on recopie vers le bas.

Il faut recopier vers le bas jusqu'à la valeur n désirée. Par exemple, pour $n = 7$, on lit $s_7 = 140$.

C3 ▾ fx =C2+B3

	A	B	C
1	k	u(k)	s(k)
2	1	1	1
3	2	4	5
4	3	9	14
5	4	16	30
6	5	25	55
7	6	36	91
8	7	49	140

- **Avec une fonction en Python utilisant une boucle**

La fonction en Python suivante a pour argument un entier n et renvoie la valeur de $s_n = \sum_{k=1}^{n} k^2$.

Langage naturel	Python

$s \leftarrow 0$
Pour k de 1 à n
  $s \leftarrow s + k^2$
Fin Pour
Renvoyer s
	`def somme(n):`
	`    s = 0`
	`    for k in range(1, n + 1):`
	`        s = s + k ** 2`
	`    return s`

REMARQUE

La variable k est le « **compteur** » de la boucle. Ses valeurs de début et de fin correspondent à ce qui est indiqué en bas et en haut du symbole Σ. Attention, en Python, $\sum_{k=1}^{n}$ correspond à `range(1, n + 1)`.

La variable s est l'« **accumulateur** » dans lequel on ajoute la valeur de u_k à chaque tour de la boucle. L'accumulateur est initialisé à 0.

- **Avec une fonction en Python utilisant une liste en compréhension**

La fonction `sum`, qui fait la somme des termes d'une liste, permet d'éviter le recours à une boucle et à un accumulateur. On utilise alors une liste définie en compréhension comme ci-dessous.

```
def somme(n):
    return sum([k ** 2 for k in range(1, n + 1)])
```

 # doc
Mémento Python
foucherconnect.fr/23tersti2d04

 # quiz
Des questions pour réviser
foucherconnect.fr/23tersti2d02

2 Fonctions exponentielles $x \mapsto a^x$, logarithme décimal, inverse

Ces fonctions permettent de modéliser des situations d'évolutions continues et d'étendre le champ des représentations graphiques rencontrées en mathématiques, en physique-chimie, en technologie, dans la vie courante, en économie…

1 Fonctions exponentielles $x \mapsto a^x$

A Extension de a^n

DÉFINITION

Soit a un nombre **strictement positif** fixé.

Il existe une fonction f définie et dérivable sur $\mathbb{R}$, notée $f : x \mapsto a^x$, qui étend aux puissances non entières la définition et les propriétés algébriques des puissances entières.

La fonction $f : x \mapsto a^x$ est appelée **fonction exponentielle (de base a)**.

■ La touche [^] ou [x^y] ou [y^x] de la calculatrice permet d'obtenir les valeurs numériques de a^x avec une précision suffisante pour les situations étudiées en Terminale STI2D/STL.

EXEMPLES

Avec votre calculatrice, retrouver les valeurs approchées arrondies à 10^{-2} suivantes :
$(3,5)^{1,6} \approx 7,42$; $(1,06)^{-1,5} \approx 0,92$; $(0,98)^{0,32} \approx 0,99$.

■ Soit a un nombre **strictement positif** fixé. **Pour tout réel x, $a^x > 0$.**

■ On admet que les **propriétés algébriques** des puissances entières s'étendent aux puissances non entières.

Soit a un nombre **strictement positif** fixé. Pour tous réels x et y :

$$a^x \times a^y = a^{x+y} \; ; \qquad (a^x)^y = a^{xy} \; ; \qquad a^{-x} = \frac{1}{a^x} \; ; \qquad \frac{a^x}{a^y} = a^{x-y}.$$

B Sens de variation et courbe représentative des fonctions $x \mapsto a^x$

■ **Sens de variation**

Soit a un nombre **strictement positif** fixé.
- **Si $a > 1$, la fonction exponentielle $x \mapsto a^x$ est strictement croissante sur $\mathbb{R}$.**
- **Si $0 < a < 1$, la fonction exponentielle $x \mapsto a^x$ est strictement décroissante sur $\mathbb{R}$.**

$a > 1$

x	$-\infty$	$+\infty$
Variation de $x \mapsto a^x$	↗	

$0 < a < 1$

x	$-\infty$	$+\infty$
Variation de $x \mapsto a^x$	↘	

EXEMPLES

- La fonction $x \mapsto 10^x$ est strictement croissante sur $\mathbb{R}$.
- La fonction $x \mapsto (0,2)^x$ est strictement décroissante sur $\mathbb{R}$.

Courbe représentative

On obtient deux types de courbes représentatives selon que $a > 1$ ou que $0 < a < 1$.

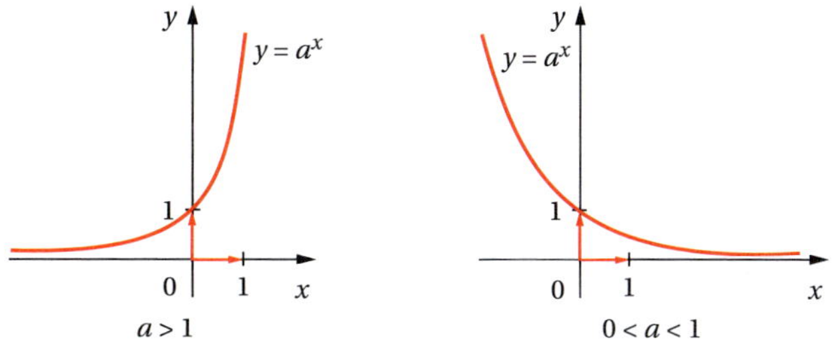

C Sens de variation des fonctions $x \mapsto ka^x$

Soit a un nombre **strictement positif** fixé et soit k un nombre **non nul** fixé.

- Si $k > 0$, la fonction $x \mapsto ka^x$ a le même sens de variation que la fonction $x \mapsto a^x$.
- Si $k < 0$, la fonction $x \mapsto ka^x$ a le sens de variation contraire à celui de la fonction $x \mapsto a^x$.

EXEMPLE

La fonction $x \mapsto (0{,}1)^x$ est strictement décroissante sur $\mathbb{R}$.
Donc la fonction $x \mapsto 4 \times (0{,}1)^x$ est strictement décroissante sur $\mathbb{R}$ et la fonction $x \mapsto -5 \times (0{,}1)^x$ est strictement croissante sur $\mathbb{R}$.

D Taux d'évolution moyen

t étant le taux d'évolution global pendant une certaine période,
le taux d'évolution moyen équivalent t_m pendant une période n fois plus courte est défini par la relation :

$$\mathbf{1 + t_m = (1 + t)^{\frac{1}{n}}}.$$

EXEMPLE

Le chiffre d'affaires d'un magasin de téléphonie mobile a augmenté de 31 % en 4 ans. Le taux d'évolution moyen annuel équivalent au taux d'évolution de 31 % pour 4 ans, t_m, est défini par la relation : $1 + t_m = (1 + 0{,}31)^{\frac{1}{4}}$, donc $1 + t_m \approx 1{,}07$ et $t_m = 0{,}07 = 7\ \%$.

2 Fonctions logarithme décimal

A Définition

DÉFINITION

Le **logarithme décimal d'un nombre réel strictement positif *a*** est le nombre réel b tel que $\mathbf{10^b = a}$.

EXEMPLES

$10^0 = 1$, donc $\mathbf{\log 1 = 0}$; $10^1 = 10$, donc $\mathbf{\log 10 = 1}$.

À RETENIR

Soit a un nombre réel **strictement positif**. $b = \log a$ **si et seulement si** $a = 10^b$.

■ **Fonction logarithme décimal**

Associons à tout nombre réel strictement positif x le nombre réel log (x) :
on définit la **fonction logarithme décimal** notée **log :** $\boldsymbol{x \mapsto \log(x)}$ définie sur l'intervalle $]0, +\infty[$ et à valeurs dans $\mathbb{R}$.

■ **Obtenir une valeur approchée de log a**

La touche [log] de la calculatrice ou la fonction log 10() d'un tableur permet d'obtenir les valeurs numériques de log a avec une précision suffisante pour les situations étudiées en Terminale STI2D/STL.

EXEMPLES

Retrouver avec votre calculatrice les valeurs approchées suivantes :
$\log 2 \approx 0{,}30103$; $\log(0{,}5) \approx -0{,}30103$; $\log 3 \approx 0{,}47712$; $\log 6 \approx 0{,}77815$.

B Sens de variation et courbe représentative

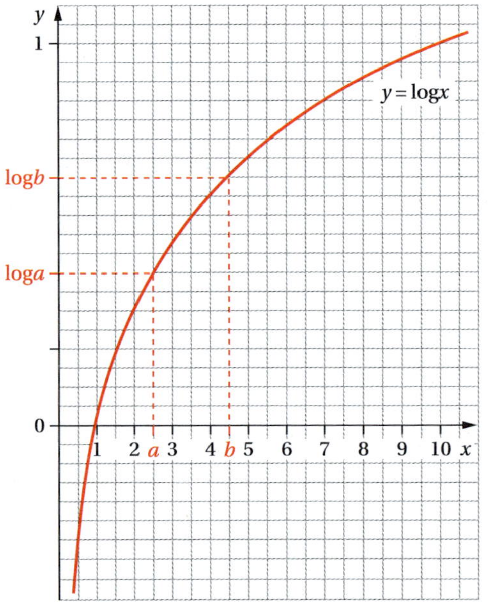

■ On admet que la fonction logarithme décimal, notée log, est strictement croissante sur son intervalle de définition $]0, +\infty[$.

■ La courbe représentative de la fonction $x \mapsto \log x$ peut être obtenue facilement avec une calculatrice graphique ou un tableur.

■ Le résultat suivant s'interprète immédiatement sur la figure :
Pour tous nombres réels strictement positifs a et b, $\boldsymbol{a \leq b}$ **si et seulement si :** $\boldsymbol{\log a \leq \log b}$.

■ **Conséquence**

Pour tout nombre réel **strictement positif** $\boldsymbol{a}$:

- **si** $\boldsymbol{0 \leq a \leq 1}$**, alors** $\boldsymbol{\log a \leq 0}$;
- **si** $\boldsymbol{a > 1}$**, alors** $\boldsymbol{\log a > 0}$.

C Propriétés algébriques

Pour tous nombres réels **strictement positifs** a et b, pour tout entier naturel n et pour tout réel x :

$\boldsymbol{\log(a \times b) = \log a + \log b}$; $\boldsymbol{\log\left(\frac{1}{a}\right) = -\log a}$; $\boldsymbol{\log\left(\frac{a}{b}\right) = \log a - \log b}$; $\boldsymbol{\log(a^n) = n \log a}$; $\boldsymbol{\log(a^x) = x \log a}$.

Voir les exemples d'applications de ces formules à l'exercice 5, page 208.

3 Exemples de résolution d'équations du type $a^x = b$ ou d'inéquations du type $a^x \leq b$

A Exemple de résolution d'équation de la forme $a^x = b$

EXERCICE RÉSOLU

ÉNONCÉ

La puissance électrique, exprimée en mégawatt (MW) que peut délivrer l'ensemble des éoliennes terrestres installées en France s'appelle « puissance éolienne installée ».
La puissance éolienne installée était de 13 500 MW en 2017. On admet que la puissance éolienne installée augmente de 13 % par an depuis 2017. Au bout de combien d'années la puissance éolienne installée aura-t-elle doublée ?

SOLUTION

La suite des valeurs de la puissance éolienne installée est une suite géométrique de premier terme $u_0 = 13\,500$ et de raison $q = 1 + 0{,}13 = 1{,}13$. Donc la puissance éolienne installée pour l'année n est : $u_n = 13\,500 \times (1{,}13)^n$. La condition de doublement de la puissance au bout de n années est $u_n = 27\,000$, c'est-à-dire : $13\,500\,(1{,}13)^n = 27\,000$. $(1{,}13)^n = 2$.
On cherche à résoudre l'équation $(1{,}13)^x = 2$ où l'inconnue x est un nombre réel (l'équation $(1{,}13)^n = 2$ n'a pas de solution entière).

À RETENIR

Pour résoudre une équation de la forme $a^x = b$, on écrit que : $\log(a^x) = \log b$, donc $x \log a = \log b$.
(Voir un résultat du ② C.)

D'où : $\log(1{,}13)^x = \log 2$ et $x \log(1{,}13) = \log 2$, $x = \dfrac{\log 2}{\log 1{,}13} \approx 5{,}7$.

On en déduit que la puissance éolienne installée atteindra (et dépassera) 27 000 MW au bout de 6 ans, en 2023.

B Exemple de résolution d'inéquation de la forme $a^x \leq b$

EXERCICE RÉSOLU

ÉNONCÉ

Le prix d'un équipement pour les entreprises du secteur de la construction est $P_0 = 10\,000$ € et baisse chaque année de 5 %. Au bout de combien d'années le prix de cet équipement deviendra-t-il inférieur à 8 000 € ?

SOLUTION

Avec des notations analogues à celles utilisées pour l'exercice résolu au A, on obtient $P_n = 10\,000 \times 0{,}95^n$.
L'inéquation $P_n < 8\,000$ devient : $10\,000 \times 0{,}95^n < 8\,000$.
$0{,}95^n < \dfrac{8\,000}{10\,000}$, $0{,}95^n < 0{,}8$. On résout $0{,}95^x < 0{,}8$.

À RETENIR

Pour résoudre une inéquation de la forme $a^x \leq b$, on écrit que : $\log(a^x) \leq \log b$, donc que $x \log a \leq \log b$.

Donc $\log(0{,}95^x) < \log 0{,}8$, $x \log 0{,}95 < \log 0{,}8$.

En divisant les deux membres par log 0,95 qui est un nombre **négatif** on obtient $x > \dfrac{\log 0{,}8}{\log 0{,}95}$.

REMARQUES

- Si $0 < a < 1$, $\log a < 0$.
- On sait que, lorsqu'on divise les deux membres d'une inégalité par un même nombre strictement négatif, l'inégalité change de sens.

$\dfrac{\log 0{,}8}{\log 0{,}95} \approx 4{,}35$. On en déduit que le prix de l'équipement deviendra inférieur à 8 000 € au bout de 5 ans.

4 Fonction inverse

A Dérivée et sens de variation

DÉFINITION

La fonction **inverse** est la fonction définie sur $\mathbb{R}^* =]-\infty, 0[\cup]0, +\infty[$ par $\boldsymbol{f(x) = \dfrac{1}{x}}$.

Dérivée de la fonction inverse

La **dérivée** de la fonction inverse $f : x \mapsto \dfrac{1}{x}$ est la fonction f' définie sur $\mathbb{R}^*$ par $\boldsymbol{f'(x) = -\dfrac{1}{x^2}}$.

EXEMPLE

$f'(1) = -1$; $f'(-1) = -1$; $f'(2) = -\dfrac{1}{4}$.

Sens de variation de la fonction inverse

Sur chacun des deux intervalles $]-\infty, 0[$ et $]0, +\infty[$, $f'(x) = -\dfrac{1}{x^2} < 0$; donc **la fonction inverse est strictement décroissante sur chacun de ces deux intervalles.**

B Courbe représentative

Nous savons que la courbe représentative de la fonction inverse est une **hyperbole** : elle est composée de deux branches symétriques par rapport à l'origine du repère.

Sur le graphique, l'hyperbole vient se coller contre l'axe des abscisses sans le toucher car $\dfrac{1}{x} \neq 0$. Il en est de même pour l'axe des ordonnées. Ces deux axes de coordonnées sont les **asymptotes** de l'hyperbole.

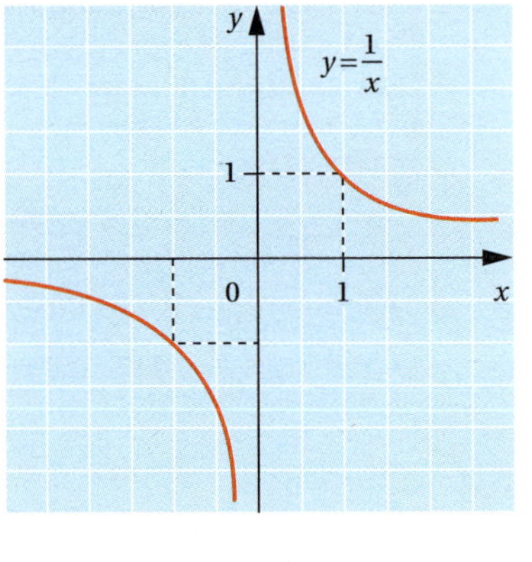

C Étude d'un coût moyen

EXERCICE RÉSOLU

ÉNONCÉ

UN PEU DE GESTION

Le **coût moyen unitaire** d'un article quand on a fabriqué q est $\boldsymbol{C_m = \frac{C(q)}{q}}$ où $\boldsymbol{C(q)}$ est le coût total de production pour q articles.

Une entreprise fabrique, chaque mois, une quantité q, en tonnes, d'un produit pour l'industrie chimique. Le coût total de production est donné en euros pour tout nombre q de l'intervalle [10, 100] par : $C(q) = 3q^2 + 40q + 2\,700$.
On définit le **coût moyen unitaire** de production pour toute quantité produite q, par : $C_m(q) = \frac{C(q)}{q}$.

1. Vérifier que, pour tout q de [10, 100] : $C_m(q) = 3q + 40 + \frac{2\,700}{q}$.

2. On désigne par C'_m la fonction dérivée de la fonction C_m sur [10, 100].
Démontrer que, pour tout q de [10, 100] : $C'_m(q) = \frac{3(q-30)(q+30)}{q^2}$.

3. Étudier le signe de $C'_m(q)$ lorsque x varie dans [10, 100].

4. Établir le tableau de variation de la fonction C_m sur [10, 100].

5. Déterminer la valeur q_0 de q pour laquelle le coût moyen unitaire est minimal.

RAPPELS

Dérivées des fonctions usuelles	Opérations sur les fonctions dérivables
$f(x) = k\,;f'(x) = 0$	$f(x) = u(x) + v(x)\,;f'(x) = u'(x) + v'(x)$. $f(x) = ku(x)\,;f'(x) = ku'(x)$.
$f(x) = x\,;f'(x) = 1$	
$f(x) = mx + p\,;f'(x) = m$	
$f(x) = ax^2 + bx + c\,;f'(x) = 2ax + b$	
$f(x) = ax^3 + bx^2 + cx + d$ $f'(x) = 3ax^2 + 2bx + c$	
$f(x) = \frac{1}{x}\,;f'(x) = -\frac{1}{x^2}$	

SOLUTION

1. $C_m(q) = \frac{3q^2+40q+2\,700}{q} = \frac{3q^2}{q} + \frac{40q}{q} + \frac{2\,700}{q} = 3q + 40 + \frac{2\,700}{q}$.

2. Pour tout q de l'intervalle $[10, 100]$, $C'_m(q) = 3 + 2\,700 \times \left(-\frac{1}{q^2}\right)$.

$C'_m(q) = 3 - \frac{2\,700}{q^2} = \frac{3q^2 - 2\,700}{q^2} = \frac{3(q^2-900)}{q^2} = \frac{3(q^2-30^2)}{q^2}$.

$C'_m(q) = \frac{3(q-30)(q+30)}{q^2}$.

Utiliser les résultats rappelés dans l'énoncé.

3. Lorsque q varie dans $[10, 100]$, $C'_m(q)$ a même signe que : $(q-30)(q+30)$. Le signe de $(q-30)(q+30)$ est donné par le tableau :

q	10		30		100
Signe de $q + 30$		+		+	
Signe de $q - 30$		–	0	+	
Signe de $(q - 30)(q + 30)$		–	0	+	

4. On déduit du **3.** le tableau de variation :

q	10		30		100
$C'_m(q)$		–	0	+	
$C_m(q)$	340	↘	220	↗	367

5. La fonction C_m a sa plus petite valeur pour $q = 30$ et $C_m(30) = 220$. Le coût moyen de production est minimal pour une fabrication de 30 tonnes de produit. Ce coût est alors de 220 euros.

5 Programmation et fonctions

A Fonctions en informatique

- La syntaxe d'une fonction en langage Python est :

```
def nom(paramètre1, paramètre2):
    Instructions
    return résultat
```

 # doc
Mémento Python
foucherconnect.fr/23tersti2d04

- Une fonction peut avoir aucun, un ou plusieurs paramètres.
- Le résultat éventuel d'une fonction, renvoyé par le mot-clé `return`, est utilisable dans un programme ou une autre fonction.

B Résolution approchée d'une équation par balayage

- On considère la situation suivante : rechercher une valeur approchée à 0,01 près de la solution x_0 de l'équation $10^x = 25$. Considérons la fonction f définie par $f : x \mapsto 10^x$. En langage Python, on peut définir cette fonction par :

```
def f(x) :
    return 10 ** x
```

On a le tableau de variation suivant :

x	1	x_0	2
$f(x)$	10 ↗	25	100

■ La fonction f est dérivable, strictement croissante sur l'intervalle [1, 2] où l'équation $f(x) = 25$ admet une solution unique x_0. Le principe de l'algorithme de balayage à un « pas » donné, à partir de $x = 1$, consiste à :
- ajouter à x la valeur du pas ;
- calculer l'image par f;
- recommencer jusqu'à ce que l'image par f dépasse la valeur 25.

■ En prenant comme valeur du pas 0,01, l'algorithme suivant fournit un encadrement de x_0 de longueur 0,01.

Langage naturel	Python

Fonction balayage(pas)
$x \leftarrow 1$
Tant que $f(x) < 25$
$x \leftarrow x + \text{pas}$
Fin Tant que
Renvoyer x – pas et x
	`def balayage(pas) :`
	`x = 1`
	`while f(x) < 25 :`
	`x = x + pas`
	`return(x - pas, x)`

■ On sait que la solution de l'équation $10^x = 25$ est log (25) qui vaut environ 1,39794.

Pour un pas de 0,01, la fonction `balayage` renvoie le couple (1.3900000000000003, 1.4000000000000004) qui correspond à l'encadrement [1,39 ; 1,40].

C Révolution approchée d'une équation par dichotomie

■ On reprend la situation précédente : rechercher une valeur approchée à 0,01 près de la solution x_0 de l'équation $10^x = 25$. Considérons, à présent, la fonction f définie par $f : x \mapsto 10^x - 25$ de sorte que l'on recherche x_0 tel que $f(x_0) = 0$. En langage Python, on peut définir cette fonction par :

```
def f(x) :
    return 10 ** x - 25
```

■ La fonction f est dérivable, strictement croissante sur l'intervalle [1, 2] avec $f(1) < 0$ et $f(2) > 0$. L'équation $f(x) = 0$ admet donc une solution unique x_0 dans l'intervalle [1, 2]. Le principe de l'algorithme de dichotomie pour une approximation donnée, consiste, à partir de l'intervalle $[a, b]$ où $a = 1$ et $b = 2$, à :
- calculer l'image par f du milieu de l'intervalle $[a, b]$, $f\left(\frac{a+b}{2}\right)$;
- si $f\left(\frac{a+b}{2}\right) < 0$, remplacer l'intervalle $[a, b]$ par l'intervalle $\left[\frac{a+b}{2}, b\right]$;
- sinon, remplacer l'intervalle $[a, b]$ par l'intervalle $\left[a, \frac{a+b}{2}\right]$;
- recommencer tant que la longueur de l'intervalle (qui est divisée par 2 à chaque étape) est supérieure à l'approximation donnée.

■ En prenant comme valeur d'approximation 0,01, l'algorithme suivant fournit un encadrement de x_0 de longueur 0,01.

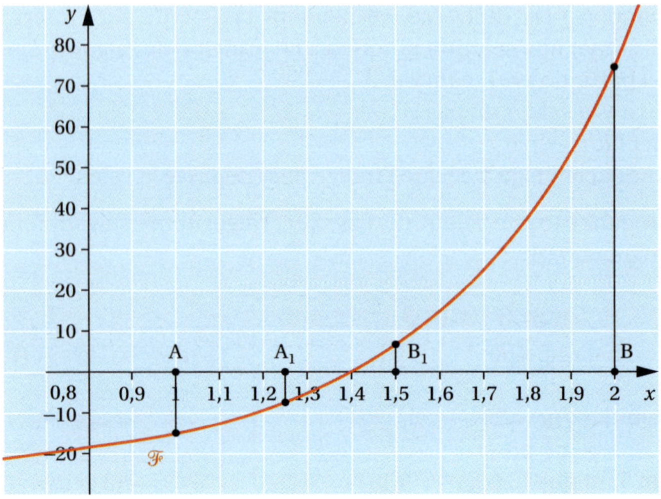

Langage naturel	Python

Fonction dichotomie(approx)
$a \leftarrow 1$
$b \leftarrow 2$
Tant que $b - a >$ approx
$x \leftarrow \dfrac{a+b}{2}$
Si $f(x) < 0$ alors $a \leftarrow x$
Sinon $b \leftarrow x$
Fin Tant que
Renvoyer a et b
	`def dichotomie(approx):`
	`a = 1`
	`b = 2`
	`while b - a > approx:`
	`x = (a + b)/2`
	`if f(x) < 0:`
	`a = x`
	`else:`
	`b = x`
	`return(a, b)`

■ La requête `dichotomie(0.25)` renvoie (`1.25, 1.5`) qui correspond à l'illustration graphique ci-dessus, où deux étapes aboutissent à situer x_0 dans l'intervalle [1,25 ; 1,5].

■ La requête `dichotomie(0.01)` renvoie (`1.390625, 1.3984375`) qui permet d'affirmer que x_0 est compris entre 1,39 et 1,40.

REMARQUE

Dans le cas où f est décroissante, la condition `if f(x) < 0` est remplacée par `if f(x) > 0`.

3 Séries statistiques à deux variables

Dans ce chapitre, on se propose d'utiliser des séries statistiques à deux variables pour établir des prévisions de productions, de ventes et de chiffres d'affaires dans les domaines des biotechnologies, de la démographie et de la santé.

1 Tableau de données, nuage de points

A Tableau de données

EXEMPLE

Le tableau suivant donne le nombre d'habitants d'une ville nouvelle entre 1992 et 2022.

Année	1992	1997	2002	2007	2012	2017	2022
Rang de l'année : x_i	0	5	10	15	20	25	30
Nombre d'habitants en milliers : y_i	18	21	25	30	36	44	50

B Nuage de points

■ Le plan étant muni d'un repère, nous pouvons associer au couple (x_i, y_i) de la série statistique double le point M_i de coordonnées x_i et y_i.

■ L'ensemble des points M_i obtenus constitue le **nuage de points représentant la série statistique**.

EXEMPLE

Avec l'exemple du ① A, on obtient le nuage de points ci-contre.
Dans cet exemple, on peut penser, qu'en première approximation, une droite $\mathscr{D}$ peut être tracée « le plus près possible » des sept points du nuage. C'est **le problème de l'ajustement affine**.

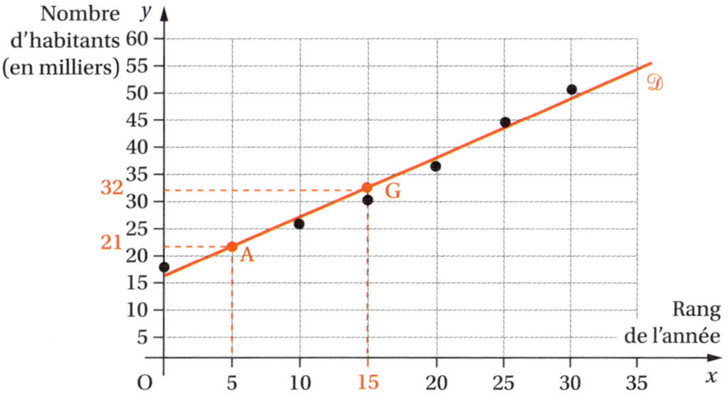

C Point moyen

■ Lorsqu'on pense pouvoir réaliser un ajustement affine d'un nuage, il peut sembler intéressant, avant de tracer la droite d'ajustement, de placer le point G dont l'abscisse est la moyenne $\overline{x}$ des abscisses x_i et l'ordonnée, la moyenne $\overline{y}$ des ordonnées y_i.

DÉFINITION

On appelle **point moyen** d'un nuage de n points M_i de coordonnées (x_i, y_i) le point G de coordonnées : $x_G = \overline{x}$ et $y_G = \overline{y}$.

EXEMPLE

On vérifie que, dans l'exemple du paragraphe ① A, le point moyen G a pour coordonnées : (15, 32). Le point G a été placé sur la figure du paragraphe ① B.

2 Ajustement affine

A Ajustement affine par une méthode graphique

EXEMPLE

On reprend le nuage de points de l'exemple du paragraphe ① A. On se propose de faire des prévisions pour le nombre d'habitants de la ville nouvelle à partir des données relevées entre 1992 et 2022.

Un moyen d'y parvenir est de tracer « au jugé » une droite $\mathcal{D}$ passant le plus près possible des points du nuage et d'admettre que les nombres d'habitants y_i et les rangs de l'année x_i sont liés par l'équation $y = ax + b$ de $\mathcal{D}$.

On peut, par exemple, prendre pour droite $\mathcal{D}$ la droite passant par le point moyen G et par le point A(5, 21). Une équation de cette droite est $y = 1,1x + 15,5$. La droite $\mathcal{D}$ est tracée sur la figure au ① B.

En remplaçant x par 35 dans l'équation de $\mathcal{D}$, on obtient $y = 54$. On peut estimer à 54 000 le nombre d'habitants en 1992 + 35 = 2027.

On peut choisir une autre droite...

B Ajustement affine par la méthode des moindres carrés

EXEMPLE

Une entreprise fabriquant des équipements pour l'automobile s'intéresse au lien entre ses dépenses publicitaires et son chiffre d'affaires : elle recueille les données suivantes, exprimées en millions d'euros, portant sur cinq périodes où les dépenses publicitaires sont notées $x_1, x_2, ..., x_5$ et les chiffres d'affaires $y_1, y_2, ..., y_5$.

Dépenses publicitaires : x_i	0,5	2,0	2,9	4,5	5,6
Chiffre d'affaires : y_i	35	37	75	92	90

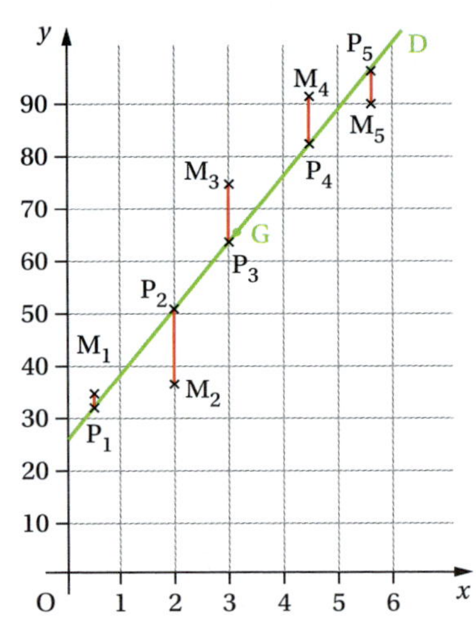

Représentons ces données par cinq points M_i dans un repère où des dépenses publicitaires x_i sont en abscisses et les chiffres d'affaires y_i en ordonnées. Le point moyen du nuage est G(3,1 ; 65,8).

Vérifiez-le !

La **méthode des moindres carrés** consiste à prendre pour **droite d'ajustement** du nuage de points une droite $\mathcal{D}$ telle que la somme des carrés $P_1M_1^2 + ... + P_5M_5^2$ soit minimale.

D'où le nom : « moindres carrés ».

Une équation de la droite $\mathcal{D}$, aussi appelée **droite de régression de y en x** s'obtient directement avec une calculatrice ou un tableur. En arrondissant les coefficients à 10^{-3}, on obtient dans cet exemple $y = 12{,}768x + 26{,}219$.

C Déterminer une équation de la droite de régression à l'aide d'une calculatrice

EXEMPLE

Le tableau ci-dessous donne le chiffre d'affaires du e-commerce en France entre 2011 et 2017. Il s'exprime en milliard d'euros et est arrondi au dixième.

Année	2011	2012	2013	2014	2015	2016	2017
Rang de l'année : x_i	1	2	3	4	5	6	7
Chiffre d'affaires du e-commerce (en milliard d'euros) : y_i	36,5	43,6	49,5	55,0	62,9	71,5	81,7

On souhaite utiliser une calculatrice pour ajuster le nuage des points de coordonnées (x_i, y_i) à l'aide d'une droite d'équation $y = ax + b$, puis exploiter cette équation pour effectuer une prévision.

Procédure sur une calculatrice CASIO

Se placer dans le menu **Statistique**. Effacer le contenu des listes par **DEL-ALL**. Entrer les valeurs x_i en List 1 et les valeurs y_i en List 2. Régler les colonnes pour le calcul par **CALC** **SET** puis **2Var X List : List 1 ; 2Var Y List : List 2 ; 2 Var Freq : 1 ;** **EXE**.

Afficher les résultats de la « régression linéaire » (ajustement affine) par **REG** **ax+b**.

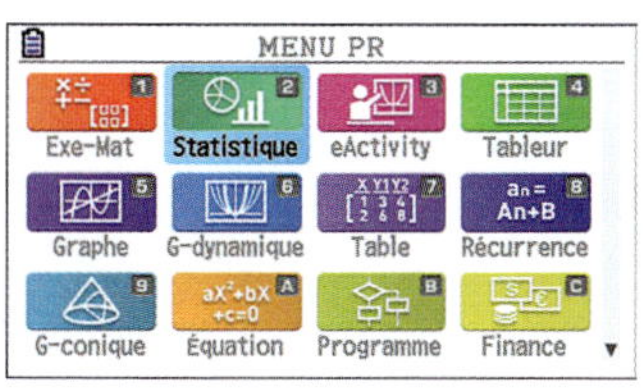

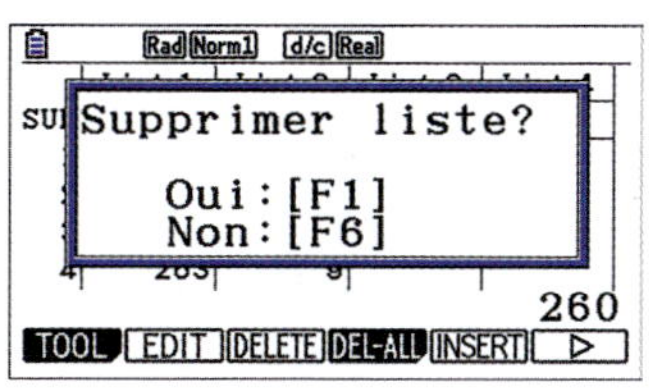

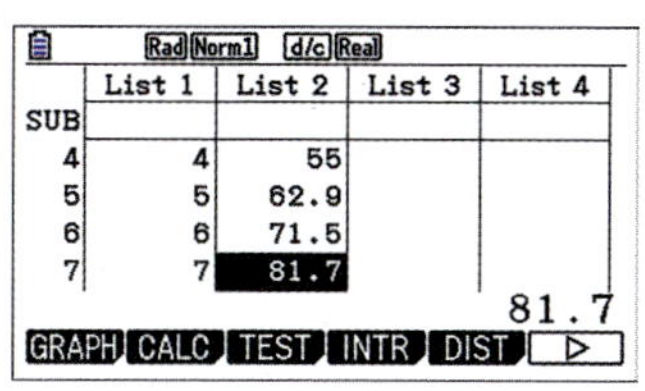

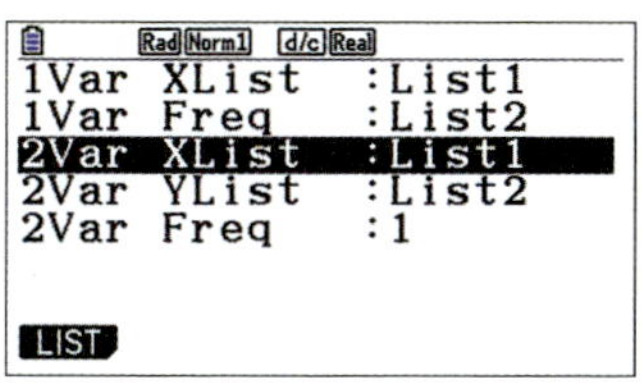

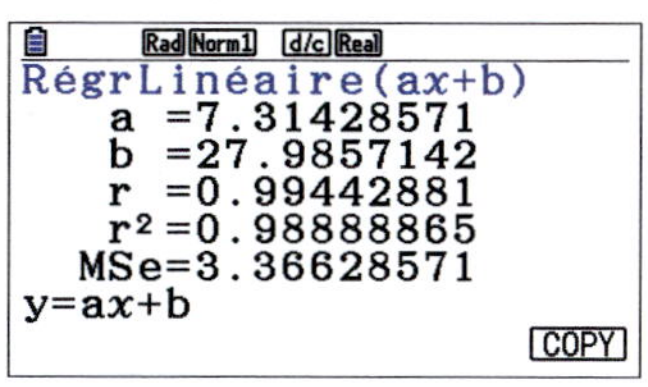

Procédure sur une calculatrice TI

Se placer dans le menu de statistique par la touche **stats**. Effacer les listes par **stats** **4 : EffListe L_1, L_2** (les noms des listes L_1 et L_2 sont au clavier). Entrer les données par **stats** **1 : Modifier...** puis saisir les x_i en L_1 et les y_i en L_2.

Afficher les résultats de la « régression linéaire » (ajustement affine) par **stats** **CALC** **4 :RegLin(ax+b) Xliste : L_1 , Yliste : L_2** **Calculer**.

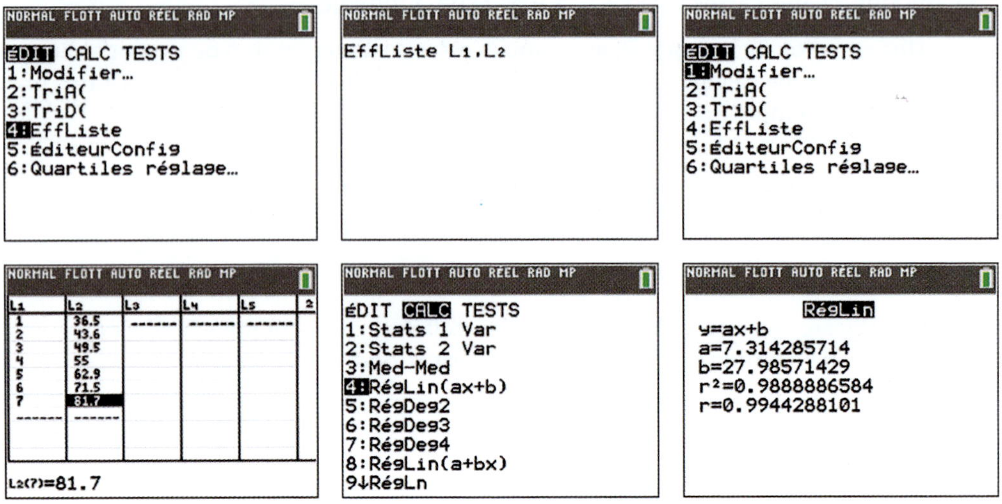

Procédure sur une calculatrice NumWorks

Se placer dans l'application **Régressions**. Pour effacer des données, se placer dans l'onglet **Donnees**, sélectionner le nom d'une colonne, faire **OK** puis **Effacer la colonne**.

Sous l'onglet **Donnees**, entrer les valeurs dans les colonnes **X1** et **Y1**.

Sélectionner l'onglet **Stats** pour afficher les calculs statistiques.

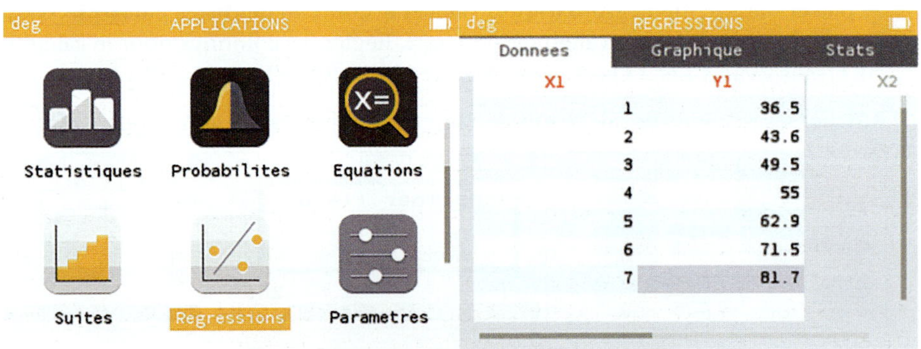

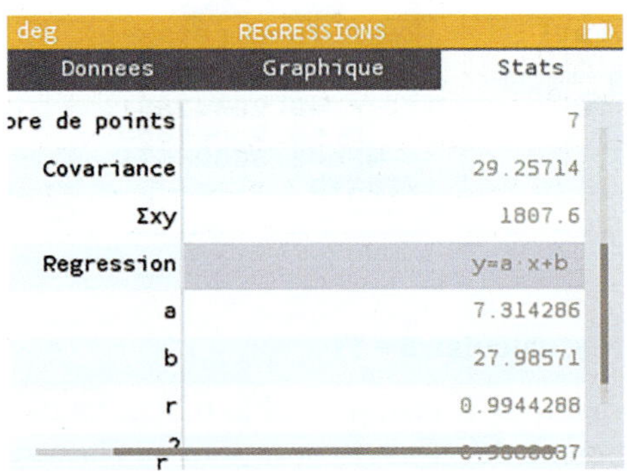

EXERCICE RÉSOLU

ÉNONCÉ

1. D'après l'exemple précédent, donner l'équation réduite de la droite d'ajustement de y en x obtenue avec la calculatrice. Les coefficients sont à arrondir au centième.

2. D'après ce modèle, quel chiffre d'affaires du e-commerce peut-on prévoir en France pour l'année 2026 ?

SOLUTION

1. Les trois calculatrices donnent l'équation $y = 7{,}31\ x + 27{,}99$.

2. 2026 est l'année de rang 16 : $7{,}31 \times 16 + 27{,}99 = 144{,}95$.

En arrondissant à 10^{-1}, on peut prévoir un chiffre d'affaires de 145 milliards d'euros pour 2026.

D Exemple d'ajustement affine après changement de variable

EXERCICE RÉSOLU

ÉNONCÉ

Le tableau ci-dessous donne le nombre n de personnes nouvellement contaminées par une épidémie dans une région pendant six semaines consécutives ($1 \leq i \leq 6$) de mi-février à début avril.

Valeur de i	1	2	3	4	5	6
Numéro de la semaine dans l'année : x_i	8	9	10	11	12	13
Nombre de nouveaux contaminés : n_i	16 650	11 620	8 100	5 660	3 950	2 750

L'allure du nuage des points $M_i\,(x_i, n_i)$ ne justifiant pas un ajustement affine, on effectue un changement de variable en posant $y_i = \log(n_i)$.

1. Calculer les six valeurs de $y_i = \log\,(n_i)$. Arrondir à 0,01.

2. Représenter le nuage des points $N_i\,(x_i, y_i)$ dans un repère où les axes se coupent au point A (7, 3). avec pour unités 1 cm en abscisse et 10 cm en ordonnée.

3. Calculer les coordonnées du point moyen G du nuage des points N_i (arrondir à 0,01) et placer G sur le graphique.

4. On choisit de prendre comme ajustement affine la droite passant par le point G et le point N_6. Déterminer l'équation de cette droite de la forme $y = mx + p$. Arrondir m et p à 0,01.

5. En utilisant cette équation, évaluer le nombre de personnes nouvellement contaminées la semaine numéro 15 si la tendance observée se prolonge. Arrondir à la dizaine.

SOLUTION

1.

x_i	8	9	10	11	12	13
$y_i = \log n_i$	4,22	4,07	3,91	3,75	3,60	3,44

2.

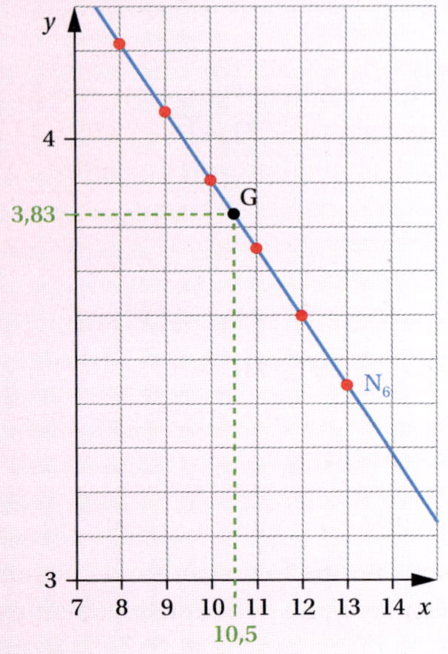

3. Les coordonnées du point moyen G sont :
$\overline{x} = 10{,}5$ et $\overline{y} = 3{,}83$.

4. Le coefficient directeur de la droite (GN_6) est
$m = \dfrac{3{,}44 - 3{,}83}{13 - 10{,}5} = \dfrac{-0{,}39}{2{,}5} \approx -0{,}16.$

RAPPEL

Soit $M_1(x_1, y_1)$ et $M_2(x_2, y_2)$ deux points d'une droite $\mathcal{D}$ d'abscisses différentes, alors le coefficient directeur de la droite $\mathcal{D}$ est : $m = \dfrac{y_2 - y_1}{x_2 - x_1}$.

L'équation de la droite (GN_6) s'écrit : $y = -0{,}16x + p$.
La droite passe par G(10,5 ; 3,83) d'où $3{,}83 = -0{,}16 \times 10{,}5 + p$ d'où $p = 5{,}51$. Donc $y = -0{,}16x + 5{,}51$.

5. Pour $x = 15$, on obtient : $y = 3{,}11$. Pour la semaine numéro 15, $i = 8$, donc $\log n_8 = 3{,}11$, donc $n_8 = 10^{3{,}11} \approx 1\,288$.
Le nombre de personnes nouvellement contaminées la semaine numéro 15 peut être estimé à 1 288.

 # exo
Exercices supplémentaire de mathématiques
foucherconnect.fr/23tersti2d01

 # quiz
Des questions pour réviser
foucherconnect.fr/23tersti2d02

4 Probabilités

Il s'agit d'utiliser les probabilités conditionnelles pour déterminer la probabilité d'événements issus de différents domaines (industriels, technologiques, biotechnologiques, économiques...). La loi binomiale complète le travail fait en classe de Première sur la répétition d'épreuves indépendantes selon une même loi de Bernoulli.

1 Calcul des probabilités

- La **probabilité d'un événement** A d'un univers fini Ω est la somme des probabilités des événements élémentaires qui constituent A. La probabilité de Ω est 1.
- Pour tout événement A, $\mathbf{0 \leq P(A) \leq 1}$.
- L'**équiprobabilité** correspond au cas où tous les événements élémentaires ont la même probabilité.

Dans ce cas, la probabilité d'un événement élémentaire est : $\dfrac{\mathbf{1}}{\textbf{nombre d'éléments de }\Omega}$

et pour tout événement A,

$$P(A)=\frac{\textbf{nombre d'éléments de } A}{\textbf{nombre d'éléments de } \Omega}=\frac{\textbf{nombre de cas favorables}}{\textbf{nombre de cas possibles}}.$$

- Pour tous événements **disjoints** A, B, $\mathbf{P(A \cup B) = P(A) + P(B)}$.
- Pour tout événement A, $\mathbf{P(\overline{A})=1-P(A)}$. En particulier $\mathbf{P(\emptyset) = 0}$.
- Pour tous événements A, B, $\mathbf{P(A \cup B) = P(A) + P(B) - P(A \cap B)}$.

EXEMPLE

Une enquête, concernant l'hygiène alimentaire, a été réalisée sur un échantillon de 800 personnes. Les personnes sont réparties en trois groupes.
Type 1 : les végétariens ; type 2 : les végétariens qui mangent néanmoins du poisson ; type 3 : les non-végétariens. La répartition des personnes est donnée dans le tableau suivant.

	Type 1	Type 2	Type 3	Total
Femmes	22	105	313	440
Hommes	12	27	321	360
Total	34	132	634	800

On choisit, au hasard, une des 800 personnes de l'échantillon, chacune ayant la même probabilité d'être choisie. On définit les événements suivants :
A : « La personne choisie est non végétarienne » ;
B : « La personne choisie est un homme ».

Il y a équiprobabilité des tirages donc, d'après un résultat rappelé ci-dessus, $P(A)=\dfrac{634}{800}$; $P(A)=0{,}7925$; $P(B)=\dfrac{360}{800}$; $P(B)=0{,}45$.

$A \cap B$ est l'événement : « La personne choisie est un homme non végétarien ».

$P(A \cap B)=\dfrac{321}{800}=0{,}40125$.

$A \cup B$ est l'événement : « La personne choisie est non végétarienne ou est un homme ».
$P(A \cup B) = P(A) + P(B) - P(A \cap B)$; $P(A \cup B) = 0{,}79250 + 0{,}45000 - 0{,}40125$;
$P(A \cup B) = 0{,}84125$.

2 Probabilités conditionnelles

A Conditionnement par un événement de probabilité non nulle

DÉFINITION

Lorsque les issues de l'univers Ω sont **équiprobables**, pour tous événements A et B de cardinaux non nuls, **la probabilité de B sachant A est $P_A(B) = \dfrac{\text{Card}(A \cap B)}{\text{Card}(A)}$**.

■ **Propriété**

La probabilité de B sachant A est $P_A(B) = \dfrac{P(A \cap B)}{P(A)}$.

EXERCICE RÉSOLU

ÉNONCÉ

Un laboratoire pharmaceutique élabore un nouveau test de dépistage pour une maladie. Les essais sur un groupe de 10 000 personnes ont donné les résultats suivants :
- 4 % des individus du groupe sont atteints par la maladie ;
- 85 % des personnes atteintes par la maladie réagissent positivement au test ;
- 99 % des personnes non atteintes par la maladie réagissent négativement au test.

1. Compléter, après l'avoir reproduit, le tableau suivant.
Le jour d'une épreuve d'évaluation, une feuille réponse avec le tableau peut être fournie.

	Personnes malades	**Personnes non malades**	**Total**
Personnes testées « négatif »			
Personnes testées « positif »			
Total			10 000

2. On choisit au hasard un individu dans le groupe témoin ; on admet que chaque individu a la même probabilité d'être choisi.
Pour tout évènement E, on note $\overline{E}$ l'évènement contraire de E.
Si F est un évènement de probabilité non nulle, la probabilité de E sachant F est notée $P_F(E)$.
On note les évènements suivants :
- M : « l'individu choisi est atteint par la maladie » ;
- T : « l'individu choisi réagit positivement au test ».

a. Déterminer les probabilités $P(M)$ et $P(T)$.
b. Déterminer la probabilité qu'un individu réagisse positivement au test sachant qu'il est atteint par la maladie.
c. Calculer la probabilité qu'un individu ne soit pas atteint par la maladie sachant qu'il réagit positivement au test.
Arrondir le résultat au centième.

SOLUTION

1.

	Malades	Non malades	Total
Négatif	60	9 504	9 564
Positif	340	96	436
Total	400	9 600	10 000

2. a. $P(M)=\dfrac{400}{10\,000}=0{,}04$; $P(T)=\dfrac{436}{10\,000}=0{,}0436.$

b. $P_M(T)=\dfrac{340}{400}=0{,}85.$

c. $P_T(\overline{M})=\dfrac{96}{436}\approx 0{,}22.$

Propriétés

P_A est une probabilité (comme P)

Cela signifie que les calculs de probabilités conditionnelles ont les mêmes propriétés que les calculs avec une probabilité P : $\boldsymbol{P_A(\Omega)=1}$.

- Pour tout événement $\boldsymbol{B}$, $\boldsymbol{0\leq P_A(B)\leq 1}$.
- Pour tous événements **disjoints** (ou incompatibles) $\boldsymbol{B}$, $\boldsymbol{C}$:

$$\boldsymbol{P_A(B\cup C)=P_A(B)+P_A(C)}.$$

- Pour tout événement $\boldsymbol{B}$, $\boldsymbol{P_A(\overline{B})=1-P_A(B)}$.
- Pour tous événements $\boldsymbol{B}$, $\boldsymbol{C}$:

$$\boldsymbol{P_A(B\cup C)=P_A(B)+P_A(C)-P_A(B\cap C)}$$

B Événements indépendants

DÉFINITION

Deux événements A et B sont **indépendants** si et seulement si $\boldsymbol{P(A\cap B)=P(A)\times P(B)}$ ou $\boldsymbol{P_A(B)=P(B)}$.

REMARQUE

Ne pas confondre pour deux événements A, B :
- A et B sont **incompatibles** : $A\cap B=\varnothing$,
- A et B sont **indépendants** : $P(A\cap B)=P(A)\times P(B)$.

EXEMPLE

Considérons le tirage **au hasard** d'une carte d'un jeu de 32 cartes.

L'expression « au hasard » permet de considérer qu'il y a équiprobabilité des 32 événements élémentaires : « tirer l'as de pique », « tirer l'as de cœur », « tirer le 7 de trèfle »... Soit A l'événement « tirer un as ».

A a quatre éléments, puisqu'il y a quatre as dans le jeu. Donc $P(A)=\dfrac{4}{32}=\dfrac{1}{8}$.

Soit B l'événement « tirer un cœur » : B a huit éléments, puisqu'il y a huit cœurs dans le jeu.

Donc $P(B)=\dfrac{8}{32}=\dfrac{1}{4}$.

$A\cap B$ est l'événement « tirer l'as de cœur » ; $P(A\cap B)=\dfrac{1}{32}$.

Nous constatons que $P(A)\times P(B)=\frac{1}{8}\times\frac{1}{4}=\frac{1}{32}=P(A\cap B)$. $P(A\cap B)=P(A)\times P(B)$

Donc, **les événements A et B sont indépendants**.

C Arbres pondérés

EXEMPLE

On a réalisé une enquête de santé auprès de 10 000 personnes employées dans une grande entreprise. Les résultats figurent dans le tableau suivant.

	Nombre de fumeurs	Nombre de non-fumeurs	Totaux
Nombre de personnes atteintes de bronchites	300	140	440
Nombre de personnes non atteinte de bronchites	2 700	6 860	9 560
Totaux	3 000	7 000	10 000

On prélève au hasard un questionnaire parmi l'ensemble des questionnaires remplis au cours de cette enquête. Tous les questionnaires ont la même probabilité d'être choisis.

On note :

- B l'événement : « La personne correspondante est atteinte de bronchite » et $\overline{B}$ l'événement contraire de B ;
- F l'événement : « La personne correspondante est un fumeur » et $\overline{F}$ l'événement contraire de F.

On déduit immédiatement du tableau que : $P(F) = 0{,}3$, donc que $P(\overline{F})=1-P(F)=0{,}7$.

À l'aide de la définition de **probabilité conditionnelle** et du tableau, on obtient les probabilités conditionnelles suivantes :

$P_F(B) = 0{,}10$; $P_F(\overline{B})=0{,}90$; $P_{\overline{F}}(B)=0{,}02$ et $P_{\overline{F}}(\overline{B})=0{,}98$; et les probabilités :

$P(F\cap B) = 0{,}03$; $P(F\cap\overline{B})=0{,}27$; $P(\overline{F}\cap B)=0{,}014$ et $P(\overline{F}\cap\overline{B})=0{,}686$.

On appelle **arbre pondéré** un arbre pour lequel chaque branche est associée à une probabilité comme ci-dessous.

Étape 1	Étape 2	Résultat	Probabilité du résultat
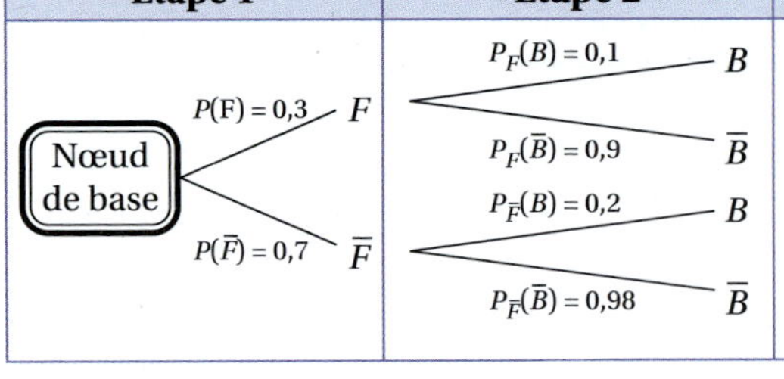		$B\cap F$	$P(B\cap F) = P(F)\times P_F(B) = 0{,}03$
		$\overline{B}\cap F$	$P(\overline{B}\cap F)=P(F)\times P_F(\overline{B})=0{,}27$
		$B\cap\overline{F}$	$P(B\cap\overline{F})=P(\overline{F})\times P_{\overline{F}}(B)=0{,}014$
		$\overline{B}\cap\overline{F}$	$P(\overline{B}\cap\overline{F})=P(\overline{F})\times P_{\overline{F}}(\overline{B})=0{,}686$

En généralisant ce qu'on observe sur l'arbre pondéré de l'exemple précédent, on obtient les résultats suivants.

REMARQUE

Pour chacune des quatre « successions de branches » à partir du nœud de base, il est important de distinguer :

- l'événement réalisé à l'issue de chaque étape ;
- le « résultat » qui est l'événement réalisé à l'issue de l'ensemble des deux étapes : c'est l'intersection des deux événements réalisés au cours des deux étapes.

Cas général

• Pour chacune des deux étapes, deux branches partent de chaque nœud et la somme des probabilités inscrites sur les branches issues d'un même nœud est égale à 1.
• À la seconde étape, les nombres inscrits sur les branches sont des probabilités conditionnelles.

Les résultats pour les arbres avec deux branches à la première étape s'étendent aux arbres avec trois branches à la première étape.

TROIS PROPRIÉTÉS À RETENIR

1. Les probabilités indiquées sur les branches partant d'un même nœud ont pour somme 1.
2. La probabilité d'un chemin est le produit des probabilités indiquées sur ses branches.
3. La probabilité d'un événement constitué de plusieurs chemins est la somme des probabilités de ces chemins.

EXEMPLE

- Sur l'arbre pondéré précédent, on lit : $P(B \cap F) = P(F) \times P_F(B)$ d'après la propriété **2.** (de l'encadré ci-dessus).
- En appliquant la propriété **3.** (de l'encadré ci-dessus) on obtient, par exemple, dans l'exemple du début du **2. C.** :
$P(\overline{B}) = P(\overline{B} \cap F) + P(\overline{B} \cap \overline{F})$, $P(\overline{B}) = 0{,}270 + 0{,}686 = 0{,}956$.
- *Un exemple avec trois branches à la première étape.*

On donne l'arbre pondéré suivant :

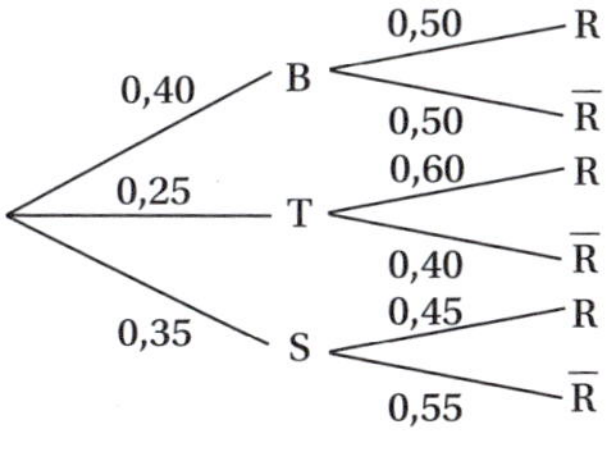

Ici le nombre de branches issues d'un même nœud est supérieur à 2.

Le calcul de la probabilité de l'événement R s'effectue en appliquant les propriétés 2 et 3 :

$P(R) = P(B \cap R) + P(T \cap R) + P(S \cap R)$
(d'après la propriété 3) ;

$P(R) = 0{,}40 \times 0{,}50 + 0{,}25 \times 0{,}60 + 0{,}35 \times 0{,}45$
(d'après la propriété 2) ;

$P(R) = 0{,}20 + 0{,}15 + 0{,}157\,5 = 0{,}507\,5$.

Formule des probabilités totales

La formule des probabilités totales traduit le résultat 3 ci-dessus qui se généralise à n chemins (ci-dessous $n = 3$).

Soit A_1, A_2 et A_3 des événements de probabilités non nulles, deux à deux disjoints, dont l'union est l'univers Ω. Pour tout événement B, on a : $\boldsymbol{P(B) = P(B \cap A_1) + P(B \cap A_2) + P(B \cap A_3)}$.

3 Variables aléatoires discrètes finies

À retenir

Une **variable aléatoire discrète X** prend, lors d'une expérience aléatoire, des valeurs x_1, $x_2,\dots, x_i,\dots, x_n$ avec des probabilités p_1, $p_2,\dots, p_i,\dots, p_n$.

Loi de probabilité d'une variable aléatoire discrète

Soit X une variable aléatoire discrète prenant, lors d'une expérience aléatoire, des valeurs $x_1, x_2,\dots, x_i,\dots, x_n$ avec des probabilités $p_1, p_2,\dots, p_i,\dots, p_n$.

La loi de probabilité associée à X est la fonction f qui à tout x_i associe $f(x_i)=P(X=x_i)=p_i$.

Espérance d'une variable aléatoire discrète

L'**espérance** d'une variable aléatoire X prenant m valeurs x_i avec les probabilités $p_i=P(X=x_i)$ est : $\boldsymbol{E(X)=p_1x_1+p_2x_2+\dots+p_nx_n}$.

EXERCICE RÉSOLU

ÉNONCÉ

Une urne contient 10 boules indiscernables au toucher.
Sur chacune d'elles est inscrit un nombre comme l'indique le tableau ci-dessous :

Nombre inscrit	1	2	5	10
Nombre de boules	4	3	2	1

Un joueur mise 4 € puis tire une boule au hasard. Chaque boule a la même probabilité d'être tirée. Il reçoit le montant (en euros) inscrit sur la boule.
Soit X la variable aléatoire qui, à chaque tirage, fait correspondre le « gain » du joueur (positif s'il gagne, négatif s'il perd).

1. Quelles sont les valeurs prises par la variable aléatoire X ?
2. Présenter la loi de probabilité de X dans un tableau.
3. Calculer l'espérance $E(X)$.

CORRIGÉ

1. On peut rajouter une ligne « gain », au tableau de l'énoncé, dont les nombres sont obtenus en retirant la mise de 4 euros dans chaque cas.

Nombre inscrit	1	2	5	10
Nombre de boules	4	3	2	1
Gain en euros	–3	–2	1	6

L'ensemble des valeurs prises par la variable aléatoire X est : $\{-3\,;-2\,;1\,;6\}$.

2. À l'aide du tableau du 1., on obtient :

$P(X=-3)=\dfrac{4}{10}=0{,}4$; $P(X=-2)=\dfrac{3}{10}=0{,}3$;

$P(X=1)=\dfrac{2}{10}=0{,}2$; $P(X=6)=\dfrac{1}{10}=0{,}1$.

La loi de probabilité de la variable aléatoire X est donc donnée par :

x_i	-3	-2	1	6
p_i	0,4	0,3	0,2	0,1

On vérifie que $\sum p_i = 1$. Cela permet de s'autocontrôler.

3. $E(X) = -3 \times 0,4 - 2 \times 0,3 + 1 \times 0,2 + 6 \times 0,1$.

$E(X) = -1$.

4 Loi binomiale

A Épreuve de Bernoulli

EXEMPLE

On prélève une boule d'une urne contenant 7 boules vertes et 3 boules noires. Les boules sont indistinguables au toucher et le tirage est équiprobable. Le tirage d'une boule verte est considéré comme un succès et celui d'une boule noire comme un échec.

Cette épreuve aléatoire correspond à l'arbre des probabilités ci-contre :

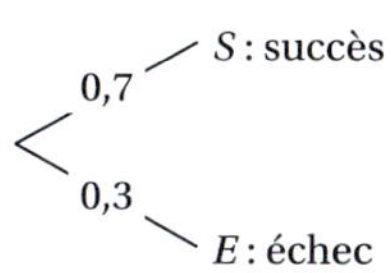

DÉFINITION

Une **épreuve de Bernoulli de paramètre p** (nombre réel compris entre 0 et 1) est une épreuve aléatoire comportant deux issues.

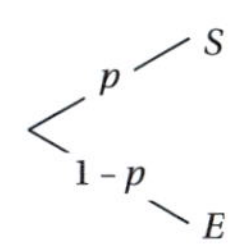

B Schéma de Bernoulli

EXEMPLE

Deux prélèvements dans l'urne de l'exemple du ④ A. sont successivement réalisés, en remettant la première boule tirée dans l'urne avant d'effectuer le second tirage (tirage avec remise). Il s'agit de la répétition de deux épreuves de Bernoulli identiques et indépendantes.

1er tirage **2e tirage**

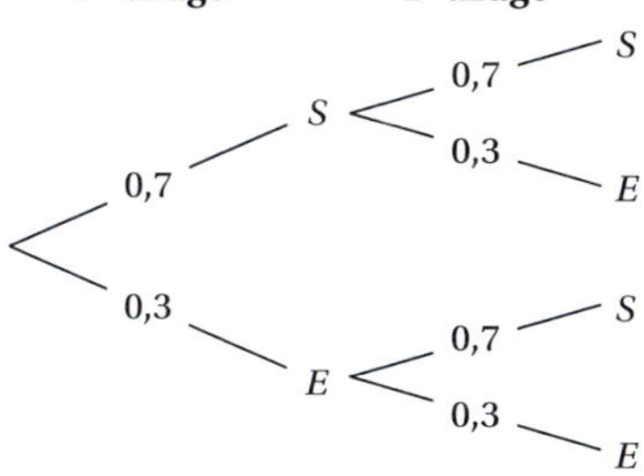

Issue	Probabilité de l'évènement	
(S, S)	$0,7 \times 0,7 = 0,49$	d'après la propriété 2 du paragraphe ②C.
(S, E)	$0,7 \times 0,3 = 0,21$	
(E, S)	$0,3 \times 0,7 = 0,21$	
(E, E)	$0,3 \times 0,3 = 0,09$	

DÉFINITION

Un **schéma de Bernoulli de paramètres n et p** est une épreuve aléatoire consistant à répéter n fois, de façon identique et indépendante, une épreuve de Bernoulli de paramètre p.

Dans l'exemple ci-dessus, $n = 2$ et $p = 0,7$.

C Loi binomiale

■ Si n est un entier naturel et si k est un entier compris entre 0 et n, on note $\begin{pmatrix} n \\ k \end{pmatrix}$ et on lit « k parmi n » le nombre de chemins qui réalisent exactement k succès dans l'arbre à n niveaux associé à un schéma de Bernoulli. Ces nombres sont appelés **coefficients binomiaux**.

On verra au paragraphe ④ D. comment calculer les coefficients binomiaux pour $n \leq 10$.

■ La **loi binomiale de paramètres n et p** notée $\mathcal{B}(n, p)$ est la loi de la variable aléatoire X qui donne le nombre de succès dans la répétition de n épreuves de Bernoulli identiques et indépendantes de paramètre p.

■ Pour la variable aléatoire X qui suit la loi binomiale $\mathcal{B}(n, p)$, où n est un entier naturel et p un nombre réel de l'intervalle $[0, 1]$, on a pour tout entier k compris entre 0 et n :

$$P(X = k) = \begin{pmatrix} n \\ k \end{pmatrix} p^k (1 - p)^{n-k}.$$

■ **L'espérance** d'une variable aléatoire X suivant une loi binomiale $\mathcal{B}(n, p)$ est : $\boldsymbol{E(X) = np}$.

EXERCICE RÉSOLU

ÉNONCÉ

Dans une société, on assemble et on installe un certain type d'équipement informatique pour les sièges sociaux de grandes entreprises industrielles.

Dans cet exercice, les résultats approchés sont à arrondir à 10^{-3}.

On considère un lot important d'équipements de ce type.

On note E l'événement : « un équipement prélevé au hasard dans le lot est défectueux ».

On suppose que $P(E) = 0{,}025$.

On prélève au hasard 10 équipement dans le lot pour vérification. Le lot est assez important pour que l'on puisse assimiler ce prélèvement à un tirage avec remise de 10 équipements.

On considère la variable aléatoire X qui, à tout prélèvement ainsi défini, associe le nombre d'équipements défectueux de ce prélèvement.

1. Justifier que la variable aléatoire X suit une loi binomiale dont on déterminera les paramètres.

2. On donne : $\begin{pmatrix} 10 \\ 2 \end{pmatrix} = 45$; $\begin{pmatrix} 10 \\ 1 \end{pmatrix} = 10$; $\begin{pmatrix} 10 \\ 0 \end{pmatrix} = 1$.

a. Calculer la probabilité que, dans un tel prélèvement, il y ait exactement deux équipements défectueux.

b. Calculer la probabilité que, dans un tel prélèvement, il y ait au plus deux équipements défectueux.

SOLUTION

1. La variable aléatoire X mesure le nombre de succès dans la répétition, de façon identique et indépendante, de 10 épreuves de Bernoulli de paramètre $p = 0{,}025$. Donc X suit la loi binomiale de paramètre $n = 10$ et $p = 0{,}025$.

2. a. La probabilité cherchée est : $P(X=2)=\binom{10}{2}\times(0{,}025)^2\times(0{,}975)^8$.

$P(X=2)=45\times(0{,}025)^2(0{,}975)^8\approx 0{,}023$.

b. On cherche : $P(X\leq 2)=P(X=0)+P(X=1)+P(X=2)$.

$P(X\leq 2)=\binom{10}{0}(0{,}025)^0(0{,}975)^{10}+\binom{10}{1}(0{,}025)^1(0{,}975)^9+\binom{10}{2}(0{,}025)^2(0{,}975)^8$

$P(X\leq 2)=0{,}975^{10}+10\times 0{,}025\times(0{,}975)^9+45\times(0{,}025)^2(0{,}975)^8$

$P(X\leq 2)\approx 0{,}998$.

D Triangle de Pascal

■ **Le triangle de Pascal permet d'obtenir les nombres $\binom{n}{k}$**

Dans le triangle de gauche ci-dessous, dit « triangle de Pascal », chaque nombre est la somme des deux nombres situés immédiatement à gauche et à droite sur la ligne du dessus, par exemple ① + ② → ③. On obtient alors les différentes valeurs de $\binom{n}{k}$ indiquées à droite.

On a : $\binom{n}{k}=\binom{n-1}{k-1}+\binom{n-1}{k}$

1
1 1
① + ② 1
1 ③ 3 1
1 4 6 4 1
1 5 10 10 5 1
1 6 15 20 15 6 1
1 7 21 35 35 21 7 1

$\binom{0}{0}$
$\binom{1}{0}\ \binom{1}{1}$
$\binom{2}{0}\ \binom{2}{1}\ \binom{2}{2}$
$\binom{3}{0}\ \binom{3}{1}\ \binom{3}{2}\ \binom{3}{3}$
$\binom{4}{0}\ \binom{4}{1}\ \binom{4}{2}\ \binom{4}{3}\ \binom{4}{4}$
$\binom{5}{0}\ \binom{5}{1}\ \binom{5}{2}\ \binom{5}{3}\ \binom{5}{4}\ \binom{5}{5}$
$\binom{6}{0}\ \binom{6}{1}\ \binom{6}{2}\ \binom{6}{3}\ \binom{6}{4}\ \binom{6}{5}\ \binom{6}{6}$
$\binom{7}{0}\ \binom{7}{1}\ \binom{7}{2}\ \binom{7}{3}\ \binom{7}{4}\ \binom{7}{5}\ \binom{7}{6}\ \binom{7}{7}$

 # quiz
Des questions pour réviser
foucherconnect.fr/23tersti2d02

 # exo
Exercices supplémentaires de mathématiques
foucherconnect.fr/23tersti2d01

MATHÉMATIQUES ENSEIGNEMENT COMMUN

5 Fonction exponentielle de base e, fonction logarithme népérien

La fonction exponentielle de base e sert de modèle pour étudier des situations aussi diverses que la décharge d'un condensateur à travers un résistor, un profil de la Tour Eiffel, la flèche d'un câble d'une ligne à haute tension, des évolutions dans le domaine du laboratoire... En physique-chimie, en technologie, on utilise des formules où intervient un logarithme népérien.

1 Fonction exponentielle de base e

A Définition et notation

PROPRIÉTÉ

Il existe une valeur unique de a pour laquelle la courbe représentative de la fonction $x \mapsto a^x$ a, au point d'abscisse 0, une tangente de coefficient directeur égal à 1.

■ **Cette valeur de a est notée e, $\mathbf{e \approx 2{,}72}$.**

> L'étude des fonctions $x \mapsto a^x$ figure au paragraphe ① du chapitre 2.

DÉFINITION

La fonction $x \mapsto \mathrm{e}^x$ est la fonction exponentielle de base e, souvent appelée plus simplement **fonction exponentielle**.

> À l'aide d'une calculatrice, découvrez $\mathrm{e}^{1{,}32}$, $\mathrm{e}^{-0{,}7}$.

B Relations fonctionnelles

La fonction $x \mapsto \mathrm{e}^x$ possède les propriétés des fonctions $x \mapsto a^x$.

Pour tous nombres réels a et b, $\mathbf{e}^{a+b} = \mathbf{e}^a \times \mathbf{e}^b$; $\mathbf{e}^{-a} = \dfrac{1}{\mathbf{e}^a}$ et $\mathbf{e}^{a-b} = \dfrac{\mathbf{e}^a}{\mathbf{e}^b}$;

• Pour tout nombre réel a et tout nombre entier relatif n, $(\mathbf{e}^a)^n = \mathbf{e}^{na}$.

C Dérivation

THÉORÈME

> La fonction exponentielle $f : x \mapsto \mathrm{e}^x$ est dérivable sur $\mathbb{R}$ et a pour fonction dérivée $f' : x \mapsto \mathrm{e}^x$.
> **La fonction exponentielle (de base e) est égale à sa fonction dérivée.**

On en déduit la propriété suivante.

PROPRIÉTÉ

Soit a et b des constantes réelles.

La fonction $g : x \mapsto \mathrm{e}^{ax+b}$ est dérivable sur $\mathbb{R}$ et $g'(x) = a\,\mathrm{e}^{ax+b}$ pour tout x réel.

EXEMPLES

• Soit f la fonction définie sur $\mathbb{R}$ par : $f(x) = \mathrm{e}^{\frac{1}{2}x+1}$. Pour tout x de $\mathbb{R}$, $f'(x) = \dfrac{1}{2}\,\mathrm{e}^{\frac{1}{2}x+1}$.
• Soit f la fonction définie sur $\mathbb{R}$ par : $f(t) = (-t+3)\mathrm{e}^{-t}$.

Pour tout t de $\mathbb{R}$. :
$f'(t)=(-1)\mathrm{e}^{-t}+(-t+3)(-\mathrm{e}^{-t})$,
$f'(t)=[(-1)-(-t+3)]\,\mathrm{e}^{-t}=(-1+t-3)\,\mathrm{e}^{-t}=(t-4)\,\mathrm{e}^{-t}$.

Un résultat de première : $(uv)'=u'v+uv'$.

D Limites en $-\infty$ et en $+\infty$

Limite en $+\infty$

En remplissant un tableau de valeurs à l'aide d'une calculatrice ou d'un tableur, on constate que e^x augmente très vite quand x augmente (par exemple : $\mathrm{e}^{10}\approx 22\,026{,}5$).

On démontre, et nous l'admettons, que 10^n étant choisi aussi grand que l'on veut, e^x est supérieur à 10^n dès que x est assez grand. Cette propriété s'énonce :
« *la limite de* e^x *quand* x *tend vers* $+\infty$ *est égale à* $+\infty$. »

THÉORÈME 1

$\lim\limits_{x\to+\infty} \mathrm{e}^x=+\infty$

Limite en $-\infty$

D'après la relation $\mathrm{e}^{-x}=\dfrac{1}{\mathrm{e}^x}$, on a $\mathrm{e}^{-10}\approx\dfrac{1}{22\,026{,}5}\approx 0{,}000\,05$. On constate que quand x « tend vers $-\infty$ », e^x « tend vers zéro ».

On démontre, et nous l'admettons, que 10^{-n} étant choisi aussi proche de 0 que l'on veut, e^x est compris entre 0 et 10^{-n} dès que le nombre négatif x est assez grand en valeur absolue. Cette propriété s'énonce : « *la limite de* e^x *quand* x *tend vers* $-\infty$ *est égale à* 0 ».

THÉORÈME 2

$\lim\limits_{x\to-\infty} \mathrm{e}^x=0$.

Limites des fonctions monômes

Un théorème analogue concerne les fonctions monômes.

THÉORÈME 3

Pour tout entier naturel non nul n, $\lim\limits_{x\to+\infty} x^n=+\infty$. $\lim\limits_{x\to-\infty} x^n=\begin{cases}+\infty \text{ si } n \text{ est pair,}\\ -\infty \text{ si } n \text{ est impair.}\end{cases}$

E Courbe représentative

Tableau de variation et courbe représentative

x	$-\infty$ $\qquad$ $+\infty$
$f'(x)=\mathrm{e}^x$	+
$f(x)=\mathrm{e}^x$	0 ↗ $+\infty$

Pour tout x de $\mathbb{R}$, **$\mathrm{e}^x>0$.**

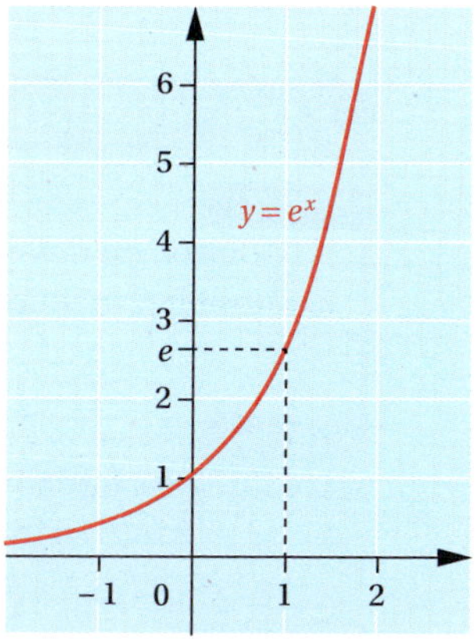

Croissance comparée en $+\infty$

Pour les grandes valeurs de x, l'exponentielle e^x l'emporte sur toute fonction puissance $x\mapsto x^n$.

THÉORÈME

Pour tout nombre entier naturel n, $\lim\limits_{x \to +\infty} \dfrac{e^x}{x^n} = +\infty$ et $\lim\limits_{x \to +\infty} x^n e^{-x} = 0$.

2 Fonction logarithme népérien

A Définition

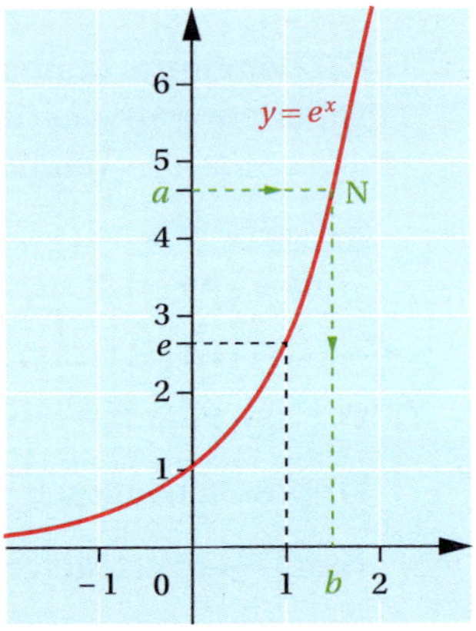

DÉFINITION

Soit $\boldsymbol{a}$ un nombre réel **strictement positif**.
Le **logarithme népérien de $\boldsymbol{a}$**, noté **ln ($\boldsymbol{a}$)** ou plus simplement **ln $\boldsymbol{a}$**, est le nombre $\boldsymbol{b}$ tel que $\mathbf{e}^{\boldsymbol{b}} = \boldsymbol{a}$.

EXEMPLES

- $e^0 = 1$, donc $\mathbf{ln\ 1 = 0}$.
- $e^1 = e$, donc $\mathbf{ln\ e = 1}$.

À RETENIR

La fonction logarithme népérien est la fonction définie sur $]0, +\infty[$ par : $\boldsymbol{x \mapsto y = \ln x}$ **avec** $\boldsymbol{x = e^y}$.

EXEMPLES

La touche [ln] de la calculatrice, ou la fonction LN() d'un tableur permettent d'obtenir la valeur numérique de $\ln(x)$ pour tout $x > 0$ avec une précision suffisante.
Par exemple : $\ln 2 \approx 0{,}693$; $\ln 3 \approx 1{,}098$...

B Propriétés algébriques

Le logarithme népérien a les mêmes propriétés algébriques que le logarithme décimal.

PROPRIÉTÉS

Pour tous nombres réels **strictement positifs** a et b, pour tout entier naturel n et pour tout réel x :

$\ln(a \times b) = \ln a + \ln b$; $\ln\left(\dfrac{1}{a}\right) = -\ln a$; $\ln\left(\dfrac{a}{b}\right) = \log a - \log b$;

$\ln(a^n) = n \ln a$; $\ln(\sqrt{a}) = \dfrac{1}{2} \ln a$; $\ln(a^x) = x \ln a$.

EXERCICE RÉSOLU

ÉNONCÉ

1. Montrer, en détaillant vos calculs, que : $\ln(2025) = 4\ln(3) + 2\ln(5)$.
2. Simplifier le nombre A ci-dessous en détaillant les calculs :

$$A = 2\ln(e^4) - 3\ln\left(\frac{1}{e}\right).$$

CORRIGÉ

1. $4\ln(3) + 2\ln(5) = \ln(3^4) + \ln(5^2)$; $4\ln(3) + 2\ln(5) = \ln(3^4) \times \ln(5^2)$;
$4\ln(3) + 2\ln(5) = \ln(2025)$.
2. $A = 2\ln(e^4) - 3\ln\left(\dfrac{1}{e}\right)$; $A = 2 \times 4\ln(e) - 3 \times (-\ln e)$; $A = 2 \times 4 - 3 \times (-1)$; $A = 11$.

C Lien avec le logarithme décimal

À RETENIR

Pour tout nombre réel strictement positif x, $\log x = \dfrac{\ln x}{\ln 10}$.

D Variations et courbe représentative

Dérivée

THÉORÈME

La fonction logarithme népérien ln est dérivable sur son intervalle de définition $]0, +\infty[$ et $\ln'(x) = \dfrac{1}{x}$.

Limites

THÉORÈME

$\lim\limits_{x \to +\infty} \ln x = +\infty$; $\lim\limits_{x \to 0} \ln x = -\infty$; $\lim\limits_{x \to +\infty} \dfrac{\ln x}{x} = 0$.

Tableau de variation et courbe représentative

x	$-\infty$	$+\infty$
$f'(x) = \dfrac{1}{x}$	+	
$f(x) = \ln x$	0 ↗	$+\infty$

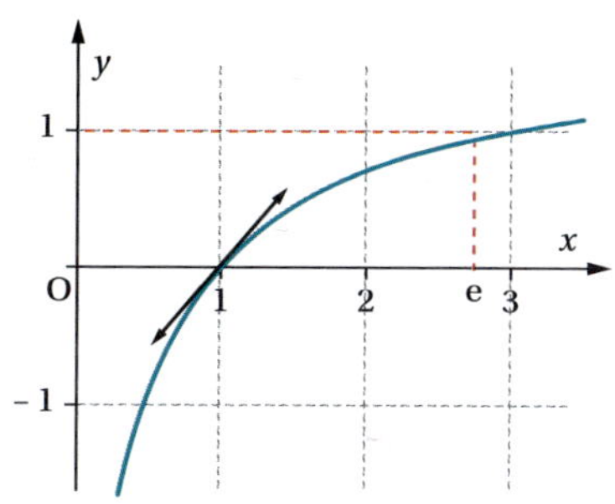

PROPRIÉTÉ

La fonction **logarithme népérien ln est strictement croissante** sur son intervalle de définition $]0, +\infty[$.

Conséquences

À RETENIR

- Pour tous nombres réels **strictement positifs a et b : $a < b$ si et seulement si $\ln a < \ln b$;**
  $a = b$ si et seulement si $\ln a = \ln b$.
- **Pour tout nombre réel strictement positif a : si $0 < a < 1$, alors $\ln a < 0$; si $a > 1$, alors $\ln a > 0$.**

3 Limites de fonctions (compléments)

A Limite au voisinage d'une valeur a pour laquelle la fonction f est définie

Dans le cas où $f(a)$ existe, nous pouvons observer à l'aide d'un tableur ou d'une calculatrice que, pour une fonction f usuelle, $f(x)$ prend des valeurs proches de $f(a)$ lorsque x est suffisamment proche de a. Plus précisément $f(x)$ peut être aussi proche de $f(a)$ que l'on veut dès que x est suffisamment proche de a. On note cette propriété $\lim\limits_{x \to a} f(x) = f(a)$.

EXEMPLE

Soit f la fonction définie sur $\mathbb{R}$ par $f(x) = e^x$. $f(0) = 1$.
Donc $\lim\limits_{x \to 0} f(x) = 1$.

B Limites et opérations

Dans les théorèmes admis ci-après, présentés sous forme de tableaux, u et v sont des fonctions définies sur un même intervalle I et α désigne $+\infty$, $-\infty$ ou un nombre réel a ; L et L' sont des nombres réels.

Somme de deux fonctions

Si $\lim\limits_{x \to \alpha} u(x) =$	L			$+\infty$		$-\infty$
et $\lim\limits_{x \to \alpha} v(x) =$	L'	$+\infty$	$-\infty$	$+\infty$	$-\infty$	$-\infty$
alors $\lim\limits_{x \to \alpha} [u(x) + v(x)] =$	$L + L'$	$+\infty$	$-\infty$	$+\infty$	?	$-\infty$

? signifie que l'on ne peut conclure directement.

EXEMPLE

Soit f la fonction définie sur $\mathbb{R}$ par $f(x) = e^x + x^2$.
D'après ① D, $\lim\limits_{x \to +\infty} e^x = +\infty$ et $\lim\limits_{x \to +\infty} x^2 = +\infty$. Donc $\lim\limits_{x \to +\infty} f(x) = +\infty$.

Produit d'une fonction par une constante k

Si $\lim\limits_{x \to \alpha} u(x) =$	L	$+\infty$	$-\infty$
alors $\lim\limits_{x \to \alpha} ku(x) =$	KL	$^*\infty$	$^*\infty$

* ∞ correspond soit à $+\infty$, soit à $-\infty$. Le signe + ou − s'obtient de façon évidente dans chaque exemple.

EXEMPLES

1. $\lim\limits_{x \to +\infty} x^2 = +\infty$, donc $\lim\limits_{x \to +\infty} -3x^2 = -\infty$.
2. $\lim\limits_{x \to +\infty} e^x = +\infty$, donc $\lim\limits_{x \to +\infty} -2e^x = -\infty$.
3. $\lim\limits_{x \to -\infty} e^x = 0$, donc $\lim\limits_{x \to -\infty} 5e^x = 0$.
4. $\lim\limits_{x \to 0} \ln x = -\infty$, donc $\lim\limits_{x \to 0} -\ln x = +\infty$.

Produit de deux fonctions

Si $\lim\limits_{x \to \alpha} u(x) =$	L	$L \neq 0$	$+\infty$ ou $-\infty$
et $\lim\limits_{x \to \alpha} v(x) =$	L'	$+\infty$ ou $-\infty$	$+\infty$ ou $-\infty$
alors $\lim\limits_{x \to \alpha} [u(x) + v(x)] =$	LL'	$^*\infty$	$^*\infty$

* ∞ correspond soit à $+\infty$, soit à $-\infty$. Le signe + ou − s'obtient de façon évidente dans chaque exemple.

EXEMPLES

1. $\lim\limits_{x \to +\infty} -4x = -\infty$, d'après un théorème sur le produit d'une fonction par une constante.
$\lim\limits_{x \to +\infty} e^x = +\infty$, d'après le ① D.
Donc, $\lim\limits_{x \to +\infty} (-4xe^x) = -\infty$.
2. $\lim\limits_{x \to +\infty} x^2 = +\infty$, d'après le théorème 3 du ① D.
$\lim\limits_{x \to +\infty} \dfrac{e^x}{x^2} = +\infty$, d'après le théorème du ① E.

D'où $\lim\limits_{x \to +\infty} 1 - \dfrac{e^x}{x^2} = -\infty$, d'après les théorèmes sur la somme de deux fonctions et le produit d'une fonction par une constante.

Donc $\lim\limits_{x \to +\infty} x^2\left(1 - \dfrac{e^x}{x^2}\right) = -\infty$.

Limites de e^u

THÉORÈMES

1. Si $\lim\limits_{x \to +\infty} u(x) = +\infty$, alors $\lim\limits_{x \to +\infty} e^{u(x)} = +\infty$.

2. Si $\lim\limits_{x \to +\infty} u(x) = -\infty$, alors $\lim\limits_{x \to -\infty} e^{u(x)} = 0$.

EXERCICE RÉSOLU

ÉNONCÉ

Une société de peinture utilise, dans le cadre de son activité, une nacelle élévatrice (dite « nacelle à ciseaux »). On note $h(t)$ la hauteur (en mètres) de la nacelle à l'instant t (en secondes) suivant la mise en route. On suppose que h, est la fonction de la variable réelle t définie et dérivable sur $[0\,, +\infty[$ par : $h(t) = -15e^{-0,2t} + 18$.

1. Déterminer la hauteur initiale de la nacelle.

2. Déterminer la limite de la fonction h en $+\infty$. Interpréter cette limite dans le contexte de l'exercice.

SOLUTION

1. La hauteur initiale de la nacelle est, en mètres, $h(0)$.

$h(0) = -15e^0 + 18 = -15 + 18 = 3$.

2. $\lim\limits_{t \to +\infty} t = +\infty$, d'où, d'après un théorème sur la limite du produit d'une fonction par une constante, $\lim\limits_{t \to +\infty} -0,2t = -\infty$.

Le théorème **2.** ci-dessus s'écrit :

si $\lim\limits_{t \to +\infty} u(t) = -\infty$, alors $\lim\limits_{t \to -\infty} e^{u(t)} = 0$.

D'où : $\lim\limits_{t \to +\infty} e^{-0,2t} = 0$.

$\lim\limits_{t \to +\infty} -15e^{-0,2t} = 0$, d'après un théorème sur la limite du produit d'une fonction par une constante.

D'où : $\lim\limits_{t \to +\infty} (-15e^{-0,2t} + 18) = 18$, d'après un théorème sur la limite de la somme de deux fonctions.

$\lim\limits_{t \to +\infty} h(t) = 18$, la nacelle ne peut pas dépasser une hauteur de 18 mètres.

 # exo
Exercices supplémentaires de mathématiques
foucherconnect.fr/23tersti2d16

 # quiz
Des questions pour réviser
foucherconnect.fr/23tersti2d17

6 Calcul différentiel et intégral

On utilise des intégrales pour calculer des aires, des valeurs moyenne, des quantités d'énergie, des puissances.

1 Nombre dérivé ; fonction dérivée

A Définitions (rappels)

Définition et notation du nombre dérivé

Soit f une fonction dont la courbe représentative a une tangente au point d'abscisse a.

- Le **nombre dérivé de f en a** est le coefficient directeur de cette tangente.
- Le nombre dérivé de f en a est noté $\boldsymbol{f'(a)}$.

Définition de fonction dérivable et de fonction dérivée

- Une fonction f **est dérivable sur un intervalle I** si, et seulement si f admet un nombre dérivé en tout point de I.
- La fonction qui, à tout x de I, associe le nombre dérivé de f en x s'appelle **fonction dérivée de f** et se note f'.

B Dérivées des fonctions usuelles

Le tableau suivant, dans lequel la variable est x, donne les résultats « à savoir ».

$\mathbb{N}^*$ désigne l'ensemble des nombres entiers strictement positifs.

	$f(x)$	$f'(x)$	Intervalle de validité
①	$f(x) = k$	$f'(x) = 0$	$]-\infty, +\infty[$
②	$f(x) = x$	$f'(x) = 1$	$]-\infty, +\infty[$
③	$f(x) = mx + p$	$f'(x) = m$	$]-\infty, +\infty[$
④	$f(x) = x^n \ (n \in \mathbb{N}^*)$	$f'(x) = nx^{n-1}$	$]-\infty, +\infty[$
⑤	$f(x) = \frac{1}{x}$	$f'(x) = -\frac{1}{x^2}$	$]-\infty, 0[$ ou $]0, +\infty[$
⑥	$f(x) = \sin x$	$f'(x) = \cos x$	$]-\infty, +\infty[$
⑦	$f(x) = \cos x$	$f'(x) = -\sin x$	$]-\infty, +\infty[$
⑧	$f(t) = \sin(\omega t + \varphi)$	$f'(t) = \omega\cos(\omega t + \varphi)$	$]-\infty, +\infty[$
⑨	$f(t) = \cos(\omega t + \varphi)$	$f'(t) = -\omega\sin(\omega t + \varphi)$	$]-\infty, +\infty[$
⑩	$f(x) = e^x$	$f'(x) = e^x$	$]-\infty, +\infty[$
⑪	$f(x) = e^{ax+b}$	$f'(x) = ae^{ax+b}$	$]-\infty, +\infty[$
⑫	$f(x) = \ln x$	$f'(x) = \frac{1}{x}$	$]-\infty, +\infty[$

C Opérations sur les fonctions dérivables (rappels)

Dans ce qui suit, u et v sont deux fonctions définies et dérivables sur un même intervalle I.

⑬ $(u+v)' = u' + v'$	⑯ $\left(\frac{1}{v}\right)' = -\frac{v'}{v^2}$, où $v(x) \neq 0$ pour tout x de I
⑭ $(ku)' = ku'$, où k est une constante réelle	
⑮ $(uv)' = u'v + uv'$	⑰ $\left(\frac{u}{v}\right)' = \frac{u'v - uv'}{v^2}$, où $v(x) \neq 0$ pour tout x de I

EXEMPLES

1. Soit f la fonction définie sur [1, 10] par : $f(x) = x + \frac{1}{x}$;
pour tout x de [1, 10], $f'(x) = 1 - \frac{1}{x^2}$.

On utilise ②, ⑤ et ⑬.

2. Soit g la fonction définie sur $]0, +\infty[$ par : $g(x) = \frac{3}{4}\left(x + \frac{1}{x}\right)$;
pour tout x de $]0, +\infty[$, $g'(x) = \frac{3}{4}\left(1 - \frac{1}{x^2}\right)$.

On utilise ⑭ et le 1°.

3. Soit h la fonction définie sur $\mathbb{R}$ par : $h(x) = (3x+1)(-x+2)$;
pour tout x de $\mathbb{R}$, $h'(x) = 3(-x+2) + (3x+1)(-1)$; $h'(x) = -6x + 5$.

On utilise ③ et ⑮.

4. Soit i la fonction définie sur $\mathbb{R}$ par : $i(x) = 4x^3 - 7x^2 + 2x + 7$;
pour tout x de $\mathbb{R}$, $i'(x) = 4(3x^2) - 7(2x) + 2$; $i'(x) = 12x^2 - 14x + 2$.

On utilise ④, ⑭ et ⑬.

5. Soit j la fonction définie sur [0, 10] par : $j(x) = \frac{2x+1}{3x+4}$.
Pour tout x de [0, 10], $j'(x) = \frac{(2)(3x+4) - (2x+1)(3)}{(3x+4)^2}$; $j'(x) = \frac{5}{(3x+4)^2}$.

On utilise ③ et ⑰.

6. Soit k la fonction définie sur $\mathbb{R}$ par :
$k(t) = \sin\left(3t + \frac{\pi}{4}\right) + \cos\left(2t + \frac{\pi}{6}\right)$.
Pour tout t de $\mathbb{R}$, $k'(t) = 3\cos\left(3t + \frac{\pi}{4}\right) - 2\sin\left(2t + \frac{\pi}{6}\right)$.

On utilise ⑧, ⑬ et ⑨.

7. Soit ℓ la fonction définie sur $\mathbb{R}$ par : $\ell(x) = (2x-1)e^x$.
Pour tout x de $\mathbb{R}$, $\ell'(x) = 2e^x + (2x-1)e^x = [2 + (2x-1)]e^x$, $\ell'(x) = (2x+1)e^x$.

On utilise ⑮, ③, et ⑩.

D Dérivées des fonctions composées usuelles

Dans ce qui suit, u est une fonction définie et dérivable sur un intervalle I.

	$f(x)$	$f'(x)$
⑱	$f(x) = [u(x)]^n$, n entier relatif non nul	$f'(x) = nu'(x)[u(x)]^{n-1}$
⑲	*Cas particulier* : $n = -1$ $f(x) = \frac{1}{u(x)}$, avec $u(x) \neq 0$ sur I	$f'(x) = \frac{-u'(x)}{[u(x)]^2}$
⑳	$f(x) = e^{u(x)}$	$f'(x) = u'(x)e^{u(x)}$
㉑	$f(x) = \ln(u(x))$ u fonction strictement positive sur I	$f'(x) = \frac{u'(x)}{u(x)}$

EXEMPLES

On a utilisé ⑱ et ③.

1. Soit f la fonction définie sur $\mathbb{R}$ par : $f(x)=(7x+1)^2$; pour tout x de $\mathbb{R}$, $f'(x)=2(7)(7x+1)^{2-1}=14(7x+1)$.

2. Soit g la fonction définie sur $\left]\frac{1}{2},+\infty\right[$ par $g(x)=\dfrac{3}{(2x-1)^2}$. La fonction g est de la forme : $g=3u^{-2}$ où u est définie sur $\left]\frac{1}{2},+\infty\right[$ par : $u(x)=2x-1$.

Donc $g'(x)=3\times(-2)\times u^{-3}$, d'après le résultat ⑱. $u'(x)=2$ donc $g'(x)=-6(2x-1)^{-3}=\dfrac{-6}{(2x-1)^3}$.

3. Soit h la fonction définie sur $\mathbb{R}$ par $h(t)=(2t+3)\,\mathrm{e}^{-2t+\frac{1}{2}}$. La fonction h est le produit des deux fonctions v et w définies sur $\mathbb{R}$ par $v(t)=2t+3$ et $w(t)=\mathrm{e}^{-2t+\frac{1}{2}}$. Donc $h'(t)=v'(t)\times w(t)+v(t)\times w'(t)$, d'après le résultat ⑮. $v'(t)=2$ et, comme $w(t)=\mathrm{e}^{u(t)}$ avec $u(t)=2t+\frac{1}{2}$, donc $u'(t)=-2$, on a : $w'(t)=u'(t)\times \mathrm{e}^{u(t)}=-2\mathrm{e}^{-2t+\frac{1}{2}}$, d'après le résultat ⑳.

Donc $h'(t)=2\times \mathrm{e}^{-2t+\frac{1}{2}}+(2t+3)\times\left(-2\mathrm{e}^{-2t+\frac{1}{2}}\right)$.

$h'(t)=2\times \mathrm{e}^{-2t+\frac{1}{2}}-4t\,\mathrm{e}^{-2t+\frac{1}{2}}-6\mathrm{e}^{-2t+\frac{1}{2}}=(-4-4t)\,\mathrm{e}^{-2t+\frac{1}{2}}$.

4. Soit k la fonction définie sur $\left]-\frac{1}{3},+\infty\right[$ par $k(t)=\ln(3t+1)$. On a $k(t)=\ln\big(u(t)\big)$ avec $u(t)=3t+1$. On a $u'(t)=3$. D'après le résultat ㉑, on a $k'(t)=\dfrac{u'(t)}{u(t)}=\dfrac{3}{3t+1}$.

E Sens de variation d'une fonction

■ Si f est dérivable sur l'intervalle I et si la dérivée f' est **nulle** sur I, alors f est **constante** sur I.

■ Si f est dérivable sur l'intervalle I et si la dérivée f' est **positive** sur I, alors f est **croissante** sur I.

■ Si f est dérivable sur l'intervalle I et si la dérivée f' est **négative** sur I, alors f est **décroissante** sur I.

2 Primitives d'une fonction dérivable sur un intervalle

A Ensemble des primitives d'une fonction dérivable sur un intervalle

■ Soit f une fonction définie et dérivable sur un intervalle I. Une fonction F définie sur I est une ***primitive*** de f sur I lorsqu'elle est dérivable sur I et que $\boldsymbol{F'=f}$.

■ Soit f une fonction dérivable sur un intervalle I et soit F une primitive de f.
Toutes les primitives de f sont les fonctions définies sur I par $x\mapsto F(x)+C$, où C est une constante réelle.

EXEMPLE

Soit f une fonction définie sur $\mathbb{R}$ par $f(x)=3x^2-2$.
Une primitive de f est définie sur $\mathbb{R}$ par $g(x)=x^3-2x$.
Toutes les primitives de f sont définies sur $\mathbb{R}$ par :
$F(x)=x^3-2x+C$ où C est une constante réelle quelconque.

Vérifier que, pour tout x de $\mathbb{R}$, $g'(x)=f(x)$

B Primitives des fonctions usuelles

F donne la forme générale des primitives sur un intervalle I de la fonction f. C est une constante réelle quelconque.

$f(x)$	$F(x)$	Intervalle de validité
① $f(x)=a$	$F(x)=ax+C$	$\mathbb{R}$
② $f(x)=x$	$F(x)=\frac{1}{2}x^2+C$	$\mathbb{R}$
③ $f(x)=x^n$ n entier non nul positif ou négatif ($n\neq-1$)	$F(x)=\frac{1}{n+1}x^{n+1}+C$	• si $n>0$, $\mathbb{R}$ • si $n<0$, $]-\infty, 0[$ ou $]0,+\infty[$
④ $f(x)=\frac{1}{x^2}$	$F(x)=-\frac{1}{x}+C$	$]-\infty, 0[$ ou $]0,+\infty[$
⑤ $f(x)=\cos x$	$F(x)=\sin x+C$	$\mathbb{R}$
⑥ $f(x)=\sin x$	$F(x)=-\cos x+C$	$\mathbb{R}$
⑦ $f(t)=\sin(\omega t+\varphi)$	$F(t)=-\frac{1}{\omega}\cos(\omega t+\varphi)+C$	$\mathbb{R}$
⑧ $f(t)=\cos(\omega t+\varphi)$	$F(t)=\frac{1}{\omega}\sin(\omega t+\varphi)+C$	$\mathbb{R}$
⑨ $f(t)=e^x$	$f(t)=e^x+C$	$\mathbb{R}$
⑩ $f(x)=\frac{1}{x}$	$F(x)=\ln x+C$	$]0,+\infty[$

C Primitives d'une somme de fonctions, d'un produit d'une fonction par un nombre réel

■ Si F est une primitive de f sur un intervalle I et si G une primitive de g sur I, alors $F+G$ est une primitive de $f+g$ sur I. ⑪

■ Si F est une primitive de f sur un intervalle I, et si a est un nombre réel, alors aF est une primitive de af sur I. ⑫

EXEMPLES

1. Soit f la fonction définie sur $\mathbb{R}$ par : $f(x)=-3t+2$.
Toutes les primitives de f sont définies sur $\mathbb{R}$ par :
$F(t)=-3\left(\frac{1}{2}t^2\right)+2t+C$, $F(t)=-\frac{3}{2}t^2+2t+C$, où C est une constante réelle quelconque.

> • La variable est t.
> • On utilise ①, ②, ⑪ et ⑫.

2. Soit f la fonction définie sur $\mathbb{R}$ par : $f(x)=-2x^2+4x+5$.
Toutes les primitives de f sont définies sur $\mathbb{R}$ par :
$F(x)=-2\left(\frac{1}{3}x^3\right)+4\left(\frac{1}{2}x^2\right)+5x+C$, $F(x)=-\frac{2}{3}x^3+2x^2+5x+C$,

> On utilise ③, ⑪ et ⑫.

où C est une constante réelle quelconque.
3. Soit f la fonction définie sur $\mathbb{R}$ par : $f(x) = 2 \sin 3x - \cos 4x$.
Toutes les primitives de f sont définies sur $\mathbb{R}$ par :
$f(x)=2\left(-\frac{1}{3}\cos 3x\right)-\left(\frac{1}{4}\sin 4x\right)+C$, où C est une constante réelle quelconque ; $f(x)=-\frac{2}{3}\cos 3x-\frac{1}{4}\sin 4x+C$.

On utilise ⑦, ⑧, ⑪ et ⑫.

REMARQUE

Lorsqu'on dispose d'une calculatrice équipée d'un logiciel de calcul formel, on peut vérifier les calculs de primitives et de dérivées.

D Primitives de fonctions composées

Dans les formules suivantes, u est une fonction dérivable sur un intervalle I, et C une constante réelle quelconque.

f est définie sur I par :	Les primitives F de f sont définies sur I par :
⑬ $f(x)=u'(x)[u(x)]^n$ $n \in \mathbb{Z} - \{-1\}$	$F(x)=\frac{1}{n+1}[u(x)]^{n+1}+C$
Cas particulier : $n = -2$: ⑭ $f(x)=\frac{u'(x)}{[u(x)]^2}$	$F(x)=-\frac{1}{u(x)}+C$
⑮ $f(x)=\frac{u'(x)}{u(x)}$ où $u(x)$ est strictement positif sur I.	$F(x)=\ln[u(x)]+C$
⑯ $f(x)=u'(x)e^{u(x)}$	$F(x)=e^{u(x)}+C$
⑰ Conséquence $f(x)=e^{kx}$ où k est constante réelle quelconque non nulle	$F(x)=\frac{1}{k}e^{kx}+C$

EXEMPLES

1. Soit f la fonction définie sur $\mathbb{R}$ par : $f(x) = 4\,(4x + 1)^2$.
$f(x)$ est de la forme $u'(x)[u(x)]^n$, avec $u(x) = 4x + 1$, donc $u'(x) = 4$ et $n = 2$.
Toutes les primitives de f sont définies sur $\mathbb{R}$ par :
$F(x)=\frac{1}{2+1}(4x+1)^{2+1}+C$; $G(x)=\frac{1}{3}(4x+1)^3+C$,
où C est une constante réelle quelconque.

On utilise ⑬.

2. Soit g la fonction définie sur $\mathbb{R}$ par : $g(x)=\frac{x}{(x^2+1)^2}$.
$g(x)$ ressemble à $\frac{u'(x)}{[u(x)]^2}$. On pose alors $u(x) = x^2 + 1$, donc $u'(x) = 2x$.
On peut transformer l'écriture de $g(x)$: $g(x)=\frac{1}{2}\left[\frac{2x}{(x^2+1)^2}\right]$.

Toutes les primitives de g sont donc définies sur $\mathbb{R}$ par : $G(x)=\frac{1}{2}\left(-\frac{1}{x^2+1}\right)+C$, où C est une constante réelle quelconque ;
$G(x)=-\frac{1}{2(x^2+1)}+C$, où C est une constante réelle quelconque.

Dans le crochet de la page précédente on fait apparaître « exactement » $\frac{u'(x)}{[u(x)]^2}$. On utilise ⑭.

3. Soit h la fonction définie sur $]-3, +\infty[$ par $f(x)=\frac{1}{x+3}$.

En posant $u(x)=x+3$, nous avons $u'(x)=1$, et $h(x)=\frac{u'(x)}{u(x)}$. Pour tout x de $]-3, +\infty[$, $u(x)>0$.

Les primitives de f sur $]-3, +\infty[$ sont donc définies par $H(x)=\ln(x+3)+C$ où C est une constante réelle. (On utilise ⑮].

4. Déterminons les primitives de la fonction i définie sur $\mathbb{R}$ par $i(x)=\mathrm{e}^{3x}$.
i « ressemble à » $u'\mathrm{e}^u$ avec $u(x)=3x$ et $u'(x)=3$.

Nous sommes donc conduits à écrire : $i(x)=\frac{1}{3}(3\mathrm{e}^{3x})$. (On utilise ⑯).

Les primitives de f sont donc définies sur $\mathbb{R}$ par $I(x)=\frac{1}{3}\mathrm{e}^{3x}+C$ où C est une constante réelle quelconque.

3 Intégrale d'une fonction

A Définition de l'intégrale

■ Soit f une fonction de signe quelconque définie sur un intervalle I, F une primitive de f sur I, a et b deux éléments de I.
On appelle **intégrale de a à b de f le nombre réel $F(b)-F(a)$.**

- On note : $\int_a^b f(x)\mathrm{d}x=F(b)-F(a)$.
- On lit : « somme de a et b de $f(x)$ dx.

■ On écrit aussi : $\int_a^b f(x)\mathrm{d}x=[F(x)]_a^b$.

EXEMPLES

- $\int_1^2(2x+1)\mathrm{d}x=[x^2+x]_1^2=6-2=4$.
- $\int_0^2(3x^2+2x)\mathrm{d}x=[x^3+x^2]_0^2=8+4=12$.
- $\int_1^e\frac{1}{t}\mathrm{d}t=[\ln t]_1^e=\ln e-\ln 1=1$.
- $\int_2^1\frac{1}{t^2}\mathrm{d}t=\left[-\frac{1}{t}\right]_2^1=-1-\left(-\frac{1}{2}\right)=-1+\frac{1}{2}=-\frac{1}{2}$.
- $\int_0^{\ln 2}e^{3x}\,\mathrm{d}x=\left[\frac{1}{3}e^{3x}\right]_0^{\ln 2}=\frac{1}{3}e^{3\ln 2}-\frac{1}{3}=\frac{1}{3}e^{\ln 2^3}-\frac{1}{3}=\frac{1}{3}e^{\ln 8}-\frac{1}{3}=\frac{1}{3}\times 8-\frac{1}{3}=\frac{8}{3}-\frac{1}{3}=\frac{7}{3}$.
- $\int_0^{\frac{\pi}{4}}\sin t\,\mathrm{d}t=[-\cos t]_0^{\frac{\pi}{4}}=-\cos\frac{\pi}{4}-(-\cos 0)=-\frac{\sqrt{2}}{2}+1$.

B Propriétés de l'intégrale

I désigne un intervalle de $\mathbb{R}$, f et g des fonctions définies et positives sur I et a, b et c des éléments de I.

MATHÉMATIQUES SPÉCIALITÉ

■ **Linéarité**

Pour tous nombres réels α et β :

$$\int_a^b [\alpha f(x)+\beta g(x)]\mathrm{d}x = \alpha\int_a^b f(x)\mathrm{d}x + \beta\int_a^b g(x)\mathrm{d}x.$$

■ **Positivité**

Si $a \leqslant b$ et $f(x) \geqslant 0$ sur $[a, b]$, alors $\int_a^b f(x)\mathrm{d}x \geqslant 0$.

■ **Croissance**

Si $f(x) \geq g(x)$ pour tout x de $[a,b]$, alors $\int_a^b f(x)\,\mathrm{d}x \geq \int_a^b g(x)\,\mathrm{d}x$.

■ **Relation de Chasles**

$$\int_a^c f(x)\mathrm{d}x = \int_a^b f(x)\mathrm{d}x + \int_b^c f(x)\mathrm{d}x.$$

C Valeur moyenne d'une fonction

Soit f une fonction définie sur un intervalle I ; soient a et b deux éléments de I tels que $a < b$.
On appelle ***valeur moyenne*** de f sur $[a, b]$ le nombre réel :

$$\boldsymbol{V_m = \frac{1}{b-a}\int_a^b f(x)\mathrm{d}x}.$$

EXEMPLE

Soit f la fonction définie sur $\left[0, \frac{\pi}{2}\right]$ par $f(x) = \sin 2x$.

La valeur moyenne de f sur $\left[0, \frac{\pi}{2}\right]$ est : $V_m = \dfrac{1}{\frac{\pi}{2}-0}\displaystyle\int_0^{\frac{\pi}{2}} \sin 2x\,\mathrm{d}x$.

Une primitive de $x \mapsto \sin 2x$ est $x \mapsto -\frac{1}{2}\cos 2x$.

Voir le résultat ⑦ du paragraphe ②B.

D'où $V_m = \dfrac{2}{\pi}\left[-\dfrac{1}{2}\cos 2x\right]_0^{\frac{\pi}{2}}$; $V_m = \dfrac{2}{\pi}\left[-\dfrac{1}{2}\cos\pi - \left(-\dfrac{1}{2}\cos 0\right)\right]$;

$\cos\pi = -1$ et $\cos 0 = 1$; d'où $V_m = \dfrac{2}{\pi}\left(\dfrac{1}{2}+\dfrac{1}{2}\right) = \dfrac{2}{\pi}$.

4 Intégrale fonction de sa borne supérieure

La fonction $x \mapsto \int_a^x f(t)\,\mathrm{d}t$ est l'unique primitive de f sur $[a,b]$ prenant la valeur 0 pour $x = a$.

5 Calculs d'aire

A f positive sur [a, b]

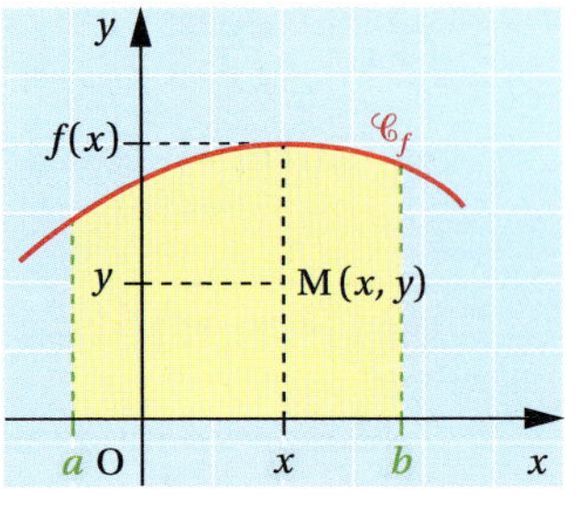

Soit f une fonction positive sur un intervalle $[a, b]$. L'aire $\mathscr{A}$, en unités d'aire, de la partie du plan, ensemble des points M de coordonnées x et y telles que :

$a \leq x \leq b$ et $0 \leq y \leq f(x)$, est : $\mathscr{A} = \displaystyle\int_a^b \boldsymbol{f(x)\mathrm{d}x}$.

EXEMPLE

On considère la courbe représentative H de la fonction f définie sur $]0, +\infty[$ par : $f(x)=\dfrac{1}{x}$.

L'aire, en unités d'aire, de la partie du plan limitée par la courbe H, l'axe des abscisses et les droites d'équations $x=1$ et $x=3$ est $\mathscr{A}=\int_1^3 \frac{1}{x}\mathrm{d}x$ (puisque $\frac{1}{x}>0$ sur $[1, 3]$).

$\mathscr{A}=[\ln x]_1^3=\ln 3-\ln 1=\ln 3-0=\ln 3\approx 1{,}1$ unité d'aire.

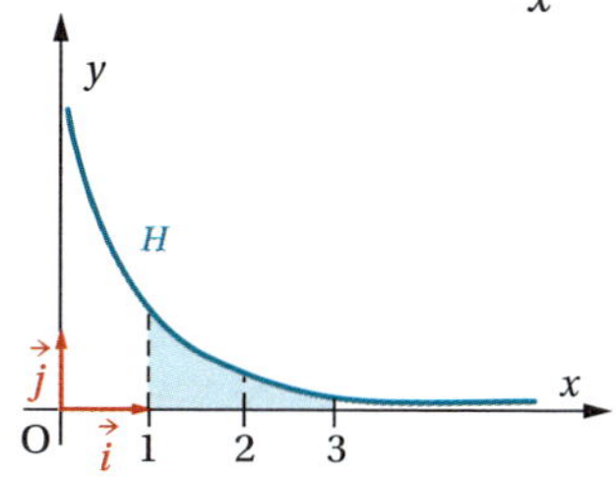

Vérifier toujours sur la figure l'ordre de grandeur du résultat d'un calcul d'aire en « comptant les carreaux ».

B *f* est négative sur [*a*, *b*]

Soit f une fonction négative sur un intervalle $[a, b]$. L'aire $\mathscr{A}$, en unités d'aire, de la partie du plan ensemble des points M de coordonnées x et y telles que :

$a\leq x\leq b$ et $f(x)\leq y\leq 0$,

est : $\mathscr{A}=-\int_a^b f(x)\mathrm{d}x$ (attention au signe moins).

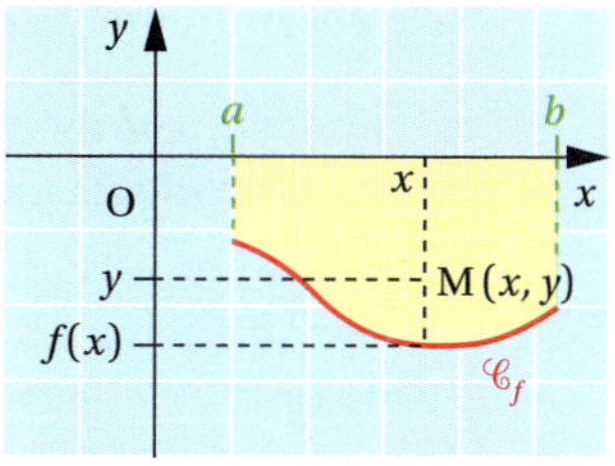

C Aire limitée par deux courbes représentatives

Soient f et g deux fonctions telles que pour tout x de $[a, b]$, $g(x)\leq f(x)$. L'aire $\mathscr{A}$, en unités d'aire, de la partie du plan limitée par les courbes représentatives de f et g et les deux droites d'équations respectives $x=a$ et $x=b$ est :

$$\mathscr{A}=\int_a^b[f(x)-g(x)]\mathrm{d}x$$

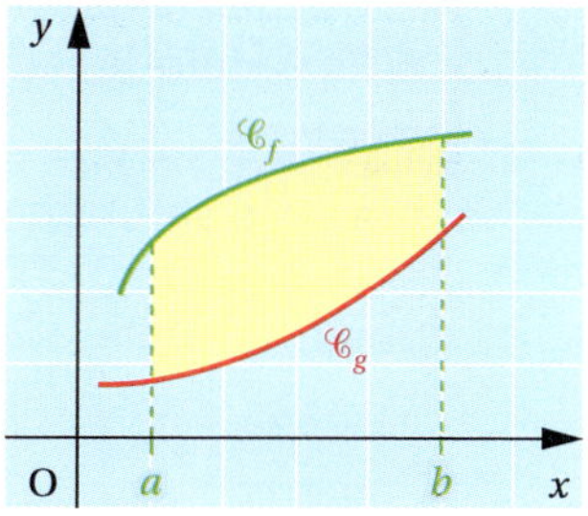

EXEMPLE

Le plan est muni d'un repère orthonormé $(O\,;\vec{i},\vec{j})$ unité : 1 cm sur chaque axe. Sur la figure, C est la courbe représentative de la fonction f définie sur $]0, +\infty[$ par $f(x)=x+\dfrac{1}{x}$. La droite Δ d'équation $y=x$ est une asymptote de C.

Calculons l'aire en cm² de la partie limitée par C, Δ et les droites d'équations $x=1$ et $x=2$.

Les deux fonctions $g: x\mapsto x$ et $f: x\mapsto x+\dfrac{1}{x}$ sont telles que pour tout x de $[1, 2]$ $g(x)\leq f(x)$. D'où l'aire cherchée est :

$\mathscr{A}=\int_1^2[f(x)-g(x)]\mathrm{d}x=\int_1^2\frac{1}{x}\mathrm{d}x=[\ln x]_1^2$; $\mathscr{A}=(\ln 2)\text{cm}^2\approx 0{,}7\text{ cm}^2$.

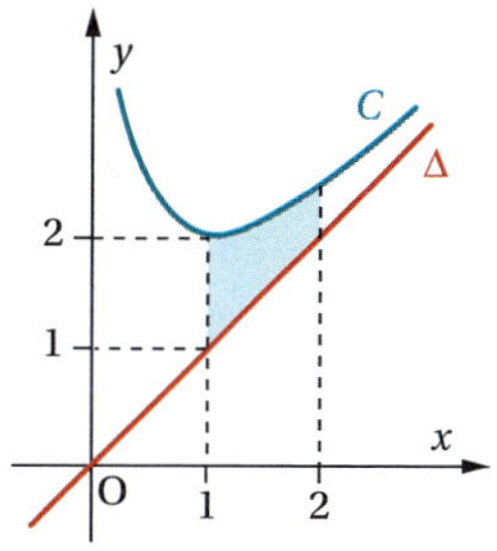

D Exemples d'unités d'aire

L'aire $\mathscr{A}$ considérée dans les résultats des paragraphes A, B, C ci-dessus est exprimée en **unités d'aire**.

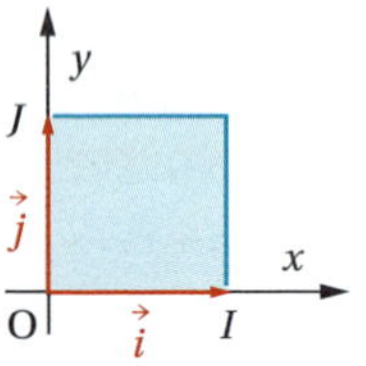

- Dans un repère **orthonormé** $(O\,;\vec{i},\vec{j})$ l'unité d'aire est l'aire du carré défini par les vecteurs unitaires $\overrightarrow{OI}$ et $\overrightarrow{OJ}$ du repère.
Si sur l'axe des abscisses et sur l'axe des ordonnées l'unité choisie est 1 cm, alors l'unité d'aire est 1 cm²; si l'unité choisie sur chaque axe de coordonnée est 2 cm, alors l'unité d'aire est 4 cm².

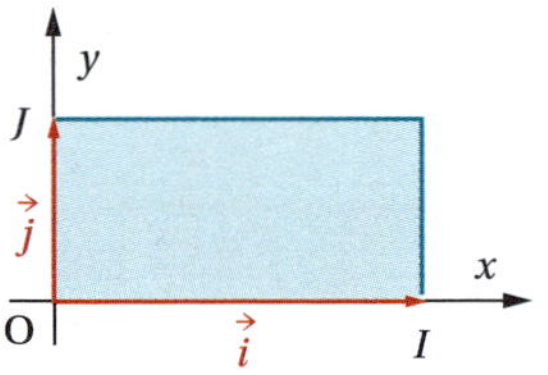

- Dans un repère **orthogonal** $(O\,;\vec{i},\vec{j})$ l'unité d'aire est l'aire du rectangle défini par les vecteurs unitaires $\overrightarrow{OI}$ et $\overrightarrow{OJ}$ du repère.
Si l'unité choisie sur l'axe des abscisses est 2 cm et si l'unité sur l'axe des ordonnées est 1 cm, alors l'unité d'aire est 2 cm².

EXERCICE RÉSOLU

ÉNONCÉ

Le flux d'énergie dissipée vers l'extérieur par une pièce chauffée d'une habitation entre 22 heures et 7 heures, exprimé en kilowatts (kW), est donné par la fonction g telle que, pour tout nombre réel t de l'intervalle $[0, 9]$, $g(t) = 0{,}7\mathrm{e}^{-0{,}12t}$.
L'énergie E ainsi dissipée entre 22 h et 7 h, exprimées en kilowattheures (kWh), s'obtient en calculant l'intégrale :

$$E = \int_0^9 g(t)\,\mathrm{d}t.$$

1. Calculer la valeur exacte de l'énergie dissipée.
2. En déduire la valeur arrondie de E à 0,1 kWh.

SOLUTION

1. $E = \int_0^9 0{,}7\mathrm{e}^{-0{,}12t}\,\mathrm{d}t$. Une primitive de $t \mapsto \mathrm{e}^{-0{,}12t}$ est définie par : $F(t) = \dfrac{1}{-0{,}12}\mathrm{e}^{-0{,}12t}$.

Donc, $E = \left[0{,}7 \times \dfrac{1}{-0{,}12}\mathrm{e}^{-0{,}12t}\right]_0^9$; $E = \left[-\dfrac{0{,}7}{0{,}12}\mathrm{e}^{-0{,}12t}\right]_0^9$;

$E = \left[\dfrac{-0{,}7}{0{,}12}\mathrm{e}^{-0{,}12\times 9} - \dfrac{-0{,}7}{0{,}12}\mathrm{e}^{0}\right]$; $\mathrm{e}^0 = 1$ d'où :

$E = \dfrac{-0{,}7}{0{,}12}\mathrm{e}^{-1{,}08} + \dfrac{0{,}7}{0{,}12}$; $E = \dfrac{0{,}7}{0{,}12}(1 - \mathrm{e}^{-1{,}08}) = \dfrac{7}{12}(1 - \mathrm{e}^{-1{,}08})$

2. $E \approx 0{,}4$ kWh.

On utilise ⑰ du ②D. puis ⑫ du ②C.

 # exo
Exercices supplémentaires de mathématiques
foucherconnect.fr/23tersti2d16

 # quiz
Des questions pour réviser
foucherconnect.fr/23tersti2d17

7 Équations différentielles

On utilise des équations différentielles, par exemple en électricité, pour étudier des circuits, en mécanique, pour étudier la déformation d'une poutre, en physique, en chimie…

1 Résolution de l'équation différentielle $y' = ay$ où a est une constante réelle

■ Les solutions de l'équation différentielle $\boldsymbol{y' = ay}$ **ou** $\boldsymbol{\dfrac{dy}{dx} = ay}$ sont les fonctions définies sur $\mathbb{R}$ par :

$\boldsymbol{x \mapsto ke^{ax}}$, où k est une constante réelle quelconque.

■ L'équation différentielle $\boldsymbol{y' = ay}$ **ou** $\boldsymbol{\dfrac{dy}{dx} = ay}$ admet une solution f, et une seule, définie sur $\mathbb{R}$, vérifiant la condition initiale $f(x_0) = y_0$, où x_0 et y_0 sont donnés.

EXEMPLE

On considère l'équation différentielle (E) : $y' = \dfrac{3}{4}y$, dans laquelle y est une fonction de la variable réelle x définie et dérivable sur $\mathbb{R}$ et y' la fonction dérivée de y.

• Toutes les solutions de (E) sont donc définies sur $\mathbb{R}$ par : $f(x) = ke^{\frac{3}{4}x}$, où k est une constante réelle quelconque.

• Déterminons la **solution particulière** f de (E) qui vérifie $f'(0) = -6$.

Pour tout x de $\mathbb{R}$, $f'(x) = k\left(\dfrac{3}{4}e^{\frac{3}{4}x}\right)$.

$(e^u)' = u'e^u$.

$f'(0) = 6$ se traduit par : $\dfrac{3}{4}ke^0 = 6$; $e^0 = 1$, donc $\dfrac{3}{4}k = 6$; $k = 8$.

La solution cherchée est définie sur $\mathbb{R}$ par : $f(x) = 8e^{\frac{3}{4}x}$.

2 Résolution de l'équation différentielle $y' = ay + b$ où a et b sont des constantes

■ Les solutions de l'équation différentielle $y' = ay + b$ ou $\dfrac{dy}{dx} = ay + b$ sont les fonctions définies sur $\mathbb{R}$ par :

$\boldsymbol{x \mapsto ke^{ax} - \dfrac{b}{a}}$, où k est une constante réelle quelconque.

■ L'équation différentielle $y' = ay + b$ ou $\dfrac{dy}{dx} = ay + b$ admet une solution f, et une seule, définie sur $\mathbb{R}$, vérifiant la condition initiale $f(x_0) = y_0$, où x_0 et y_0 sont donnés.

EXEMPLE

La modélisation d'un phénomène physique conduit à l'équation différentielle (E) : $2y' + y = \frac{1}{2}$, où y est une fonction de la variable réelle x, définie et dérivable sur $\mathbb{R}$ et y' est la fonction dérivée de y.

• L'équation différentielle (E) s'écrit : $y' = -\frac{1}{2}y + \frac{1}{4}$. C'est une équation de la forme $y' = ay + b$, avec $a = -\frac{1}{2}$ et $b = \frac{1}{4}$.

Les solutions sont donc définies sur $\mathbb{R}$ par : $x \mapsto ke^{ax} - \frac{b}{a} = ke^{-\frac{1}{2}x} - \frac{\frac{1}{4}}{-\frac{1}{2}} = ke^{-\frac{1}{2}x} + \frac{1}{2}$, où k est une constante réelle quelconque.

• Déterminons la **solution particulière** φ de (E) qui vérifie $\varphi(0) = 0$.

$\varphi(0) = 0$ se traduit par :

$ke^0 + \frac{1}{2} = 0$; $k + \frac{1}{2} = 0$; $k = -\frac{1}{2}$. φ est définie par : $\varphi(x) = -\frac{1}{2}e^{-\frac{1}{2}x} + \frac{1}{2}$.

EXERCICE RÉSOLU

ÉNONCÉ

On étudie l'évolution de la température d'une boisson contenue dans une bouteille isotherme.

L'évolution de la température (en °C) d'une boisson chaude en fonction du temps (en heures) est modélisée par la fonction f, solution de l'équation différentielle suivante :

(E) : $y' = -0{,}044y + 0{,}88$ où y est une fonction définie sur $\mathbb{R}$ et y' sa dérivée.

1. Déterminer l'ensemble des solutions de l'équation différentielle (E).

2. Sachant que la température initiale de la boisson est de 60°C, montrer que f est définie sur l'intervalle $[0, +\infty[$ par $f(t) = 40e^{-0{,}044t} + 20$.

3. En déduire la température de la boisson au bout de 8 heures.

SOLUTION

1. L'équation différentielle (E) est de la forme $y' = ay + b$, avec $a = -0{,}044$ et $b = 0{,}88$. Les solutions sont donc définies sur $\mathbb{R}$ par : $f(t) = ke^{at} - \frac{b}{a}$, où k est une constante réelle quelconque.

D'après ②.

C'est à dire : $f(t) = ke^{-0{,}044t} - \frac{0{,}88}{-0{,}044}$; $f(t) = ke^{-0{,}044t} + 20$.

2. $f(0) = 60$ est équivalent à $ke^0 + 20 = 60$; $e^0 = 1$, d'où : $k + 20 = 60$, $k = 40$. D'où $f(t) = 40e^{-0{,}044t} + 20$.

3. $f(8) = 40e^{-0{,}352} + 20 \approx 48$°C

 # exo
Exercices supplémentaires de mathématiques
foucherconnect.fr/23tersti2d16

 # quiz
Des questions pour réviser
foucherconnect.fr/23tersti2d17

8 Nombres complexes

Ce chapitre apporte des outils efficaces pour la résolution de problèmes rencontrés dans les enseignements scientifiques et technologiques en STI2D. Les nombres complexes ne concernent pas la série STL.

1 Fonctions circulaires (rappels)

A Rappels

- Pour tout nombre réel a ; $\sin^2 a + \cos^2 a = 1$.
- Si $\cos a \neq 0$, $\tan a = \dfrac{\sin a}{\cos a}$.

B Valeurs particulières

a	0	$\frac{\pi}{6}$	$\frac{\pi}{4}$	$\frac{\pi}{3}$	$\frac{\pi}{2}$
cos a	1	$\frac{\sqrt{3}}{2}$	$\frac{\sqrt{2}}{2}$	$\frac{1}{2}$	0
sin a	0	$\frac{1}{2}$	$\frac{\sqrt{2}}{2}$	$\frac{\sqrt{3}}{2}$	1
tan a	0	$\frac{\sqrt{3}}{3}$	1	$\sqrt{3}$	non définie

C Figures relatives aux angles associés

Plutôt que de chercher à retenir directement les formules suivantes, il vaut mieux apprendre à les retrouver sur une figure. Sur les quatre figures suivantes : les coordonnées de M donnent sin a et cos a, les coordonnées de M' donnent le sinus et le cosinus des angles associés en fonction de sin a et cos a.

- **Réels opposés : a et $-a$.**

Pour tout nombre réel a :
$\sin(-a) = -\sin a$;
$\cos(-a) = \cos a$.

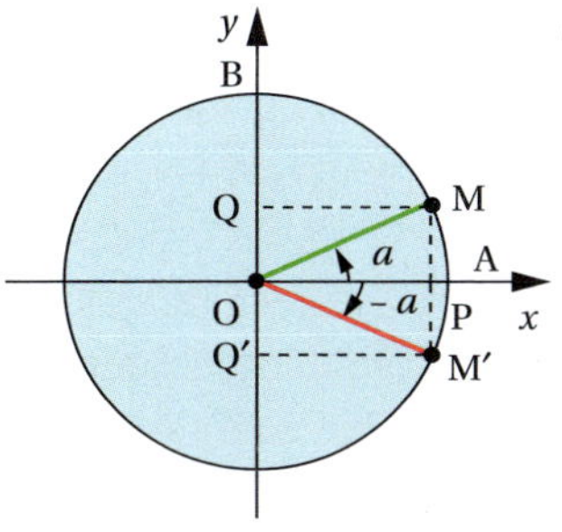

On peut retenir que la fonction sinus est impaire et que la fonction cosinus est paire.

- **Réels dont la somme est π : a et $\pi - a$.**

Pour tout nombre réel a :
$\sin(\pi - a) = \sin a$;
$\cos(\pi - a) = -\cos a$.

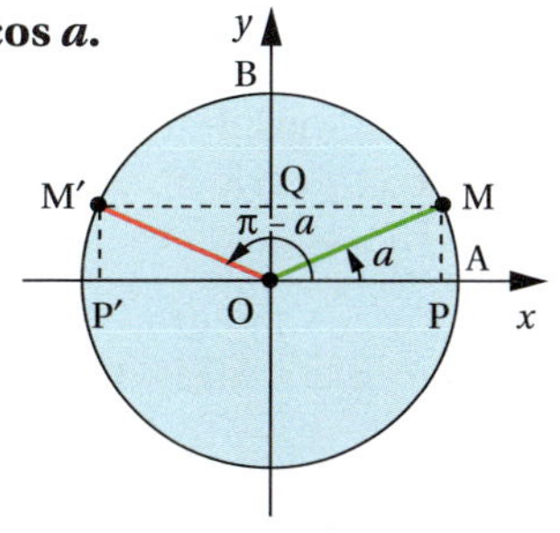

■ **Réels dont la différence est π : a et $\pi + a$.**

Pour tout nombre réel a :

$\sin(\pi + a) = -\sin a$;

$\cos(\pi + a) = -\cos a$.

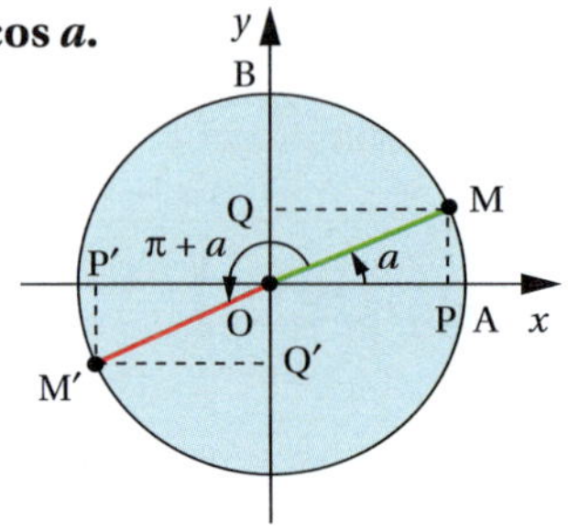

■ **Réels dont la somme est $\frac{\pi}{2}$: a et $\frac{\pi}{2} - a$.**

Le cosinus de l'un est le sinus de l'autre.

Pour tout nombre réel a :

$\sin\left(\frac{\pi}{2} - a\right) = \cos a$;

$\cos\left(\frac{\pi}{2} - a\right) = \sin a$.

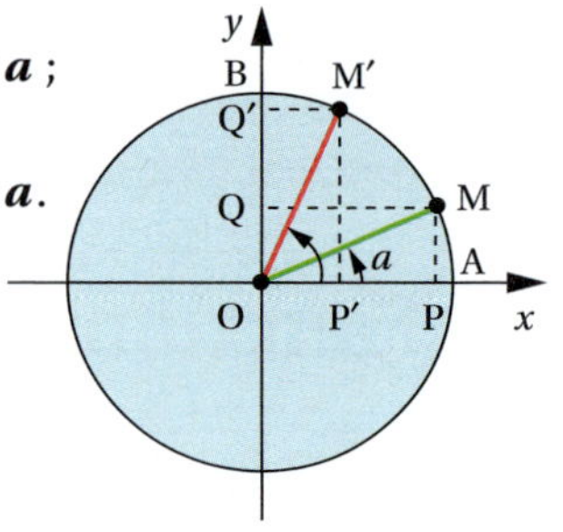

2 L'ensemble des nombres complexes (rappels)

A Forme algébrique d'un nombre complexe

■ En Première, nous avons admis l'existence d'un nouvel ensemble des nombres, noté $\mathbb{C}$, appelé **ensemble des nombres complexes**.

■ $z = a + b\text{i}$, où a et b sont deux nombres réels et i tel que $\text{i}^2 = -1$, est la **forme algébrique** du nombre complexe z.

REMARQUE

Les nombres complexes sont très utilisés en électricité ; afin d'éviter des confusions avec l'intensité i d'un courant électrique, un nombre complexe est alors noté $a + b\text{j}$ au lieu de $a + b\text{i}$ qui demeure l'écriture utilisée habituellement en mathématiques.

B Opérations sur les nombres complexes

■ On peut définir dans $\mathbb{C}$ une addition et une multiplication pour lesquelles les règles de calcul sont les mêmes que dans $\mathbb{R}$, avec $\text{i}^2 = -1$.

EXERCICE RÉSOLU

ÉNONCÉ

Soit les deux nombres complexes $z_1 = 3 + 2\text{i}$ et $z_2 = -1 - 4\text{i}$. On se propose de mettre sous la forme $a + b\text{i}$:

- La somme $z_1 + z_2$;
- Le produit $z_1 z_2$;
- Le carré z_1^2.

SOLUTION

- $z_1 + z_2 = (3 + 2\text{i}) + (-1 - 4\text{i})$,
  $z_1 + z_2 = (3 - 1) + (2 - 4)\text{i}$,
  $z_1 + z_2 = 2 - 2\text{i}$.

Calculer comme avec des nombres réels bien que i n'en soit pas un.

- $z_1z_2 = (3 + 2i)(-1 - 4i)$,
  $z_1z_2 = -3 - 12i - 2i - 8i^2$,
  $z_1z_2 = -3 - 14i - 8 \times (-1)$,
  $z_1z_2 = 8 - 3 - 14i$,
  $z_1z_2 = 5 - 14i$.

Calculer comme avec des nombres réels. Remplacer i^2 par – 1.

- $z_1^2 = (3 + 2i)^2$
  $z_1^2 = 9 + 12i + 4i^2$,
  $z_1^2 = 9 + 12i - 4$,
  $z_1^2 = 5 + 12i$.

Utiliser les mêmes identités remarquables que dans $\mathbb{R}$. Remplacer i^2 par – 1.

C Opérations sur les nombres complexes

■ $\overline{z} = a - bi$ est le **nombre complexe conjugué** de $z = a + bi$.

EXEMPLE

Le nombre complexe conjugué de $z = 6 + 2\sqrt{3}i$ est $\overline{z} = 6 - 2\sqrt{3}i$.

■ Mettre sous la forme $a + bi$ l'inverse d'un nombre complexe.

EXEMPLES

- On se propose de mettre sous la forme $a + bi$ le nombre complexe $z_3 = \frac{1}{3+2i}$, inverse de $z_1 = 3 + 2i$.

$z_3 = \frac{3-2i}{(3+2i)(3-2i)}$, $z_3 = \frac{3-2i}{9-4i^2}$, $z_3 = \frac{3-2i}{9+4}$, $z_3 = \frac{3}{13} - \frac{2}{13}i$.

- En procédant comme pour z_3, démontrer que :

$\frac{2-3i}{-4-i} = \frac{5}{17} + \frac{14}{17}i$

▸ On multiplie numérateur et dénominateur par le conjugué du dénominateur.
▸ On utilise les mêmes identités remarquables que dans $\mathbb{R}$. Remplacer i^2 par – 1.

■ **Propriétés**

Pour tous nombres complexes z_1 et z_2 :

- $\overline{z_1 + z_2} = \overline{z_1} + \overline{z_2}$;
- $\overline{z_1 \times z_2} = \overline{z_1} \times \overline{z_2}$;
- $z_1 \neq 0, \overline{\left(\frac{1}{z_1}\right)} = \frac{1}{\overline{z_1}}$;
- $z_2 \neq 0, \overline{\left(\frac{z_1}{z_2}\right)} = \frac{\overline{z_1}}{\overline{z_2}}$.

3 Représentation géométrique d'un nombre complexe

Le plan est muni du repère orthonormé direct $(O ; \vec{u}, \vec{v})$.

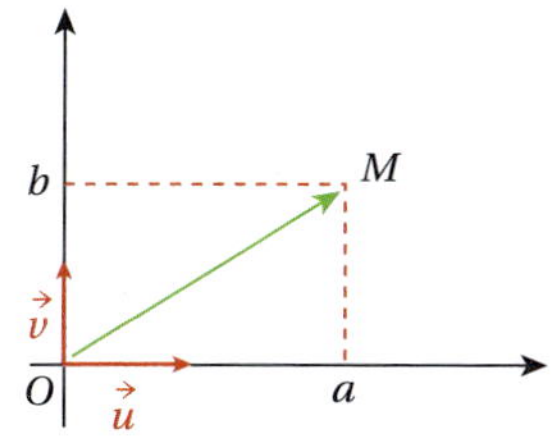

■ L'**image** du nombre complexe $z = a + bi$ est le point M de coordonnées (a, b).

■ L'**affixe** du point M de coordonnées (a, b) est le nombre complexe $z = a + bi$.

■ Le **vecteur image** du nombre complexe $z = a + bi$ est le vecteur $\vec{w} = a\vec{u} + b\vec{v}$.

■ L'**affixe du vecteur** $\vec{w} = a\vec{u} + b\vec{v}$ est le nombre complexe $z = a + bi$.

■ Si A et B sont deux points d'affixes respectives z_A et z_B, l'affixe du vecteur $\overrightarrow{AB}$ est : $z_B - z_A$.

EXEMPLE

Soit les points A et B d'affixes $z_A = 3 + \mathrm{i}$ et $z_B = 5 + 2\mathrm{i}$. A et B sont donc les points de coordonnées (3, 1) et (5, 2).

L'affixe du milieu I du segment $[AB]$ est $z_I = \dfrac{z_A + z_B}{2}$.

$z_I = \dfrac{3+\mathrm{i}+5+2\mathrm{i}}{2} = \dfrac{8+3\mathrm{i}}{2} = \dfrac{8}{2} + \dfrac{3}{2}\mathrm{i} = 4 + \dfrac{3}{2}\mathrm{i}$. Donc I a pour coordonnées $\left(4, \dfrac{3}{2}\right)$. L'affixe du vecteur $\overrightarrow{AB}$ est $z_{\overrightarrow{AB}} = z_B - z_A = 2+\mathrm{i}$.

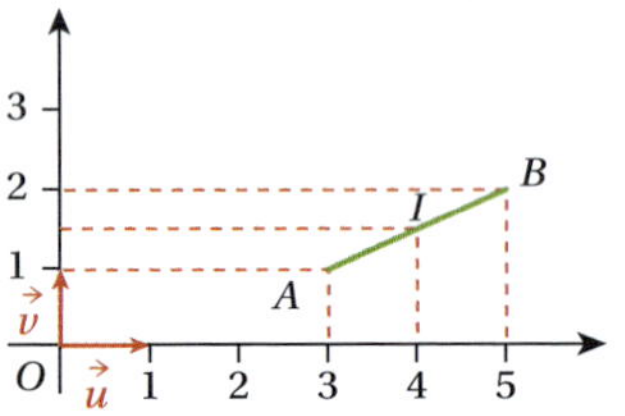

4 Module et argument d'un nombre complexe

A Forme algébrique d'un nombre complexe

- Le **module** du nombre complexe $z = a + b\mathrm{i}$ est le nombre $|\mathbf{z}| = \sqrt{\mathbf{a}^2 + \mathbf{b}^2}$.

EXEMPLES

- Le module de $1 + 2\mathrm{i}$ est : $\sqrt{1^2+2^2} = \sqrt{5}$.
- Le module de $-3\mathrm{i}$ est : $\sqrt{0^2+(-3)^2} = 3$.
- Le module de $-3 + \mathrm{j}$ est : $\sqrt{10}$.
- Le module de $-\dfrac{1}{2}$ est : $\dfrac{1}{2}$.

- Si M est l'image de z, $|z| = OM$.
- Pour tous points A et B d'affixes z_A et z_B, $\mathbf{AB} = |\mathbf{z_B} - \mathbf{z_A}|$.
- **Le module d'un produit est le produit des modules.**
- **Si $|z'| \neq 0$, le module du quotient $\dfrac{z}{z'}$ est le quotient des modules.**
- **Un argument** d'un nombre complexe non nul $z = a + b\mathrm{i}$ est un nombre réel θ tel que : $\begin{cases} \cos\theta = \dfrac{a}{\sqrt{a^2+b^2}} = \dfrac{a}{|z|}. \\ \sin\theta = \dfrac{b}{\sqrt{a^2+b^2}} = \dfrac{b}{|z|}.. \end{cases}$

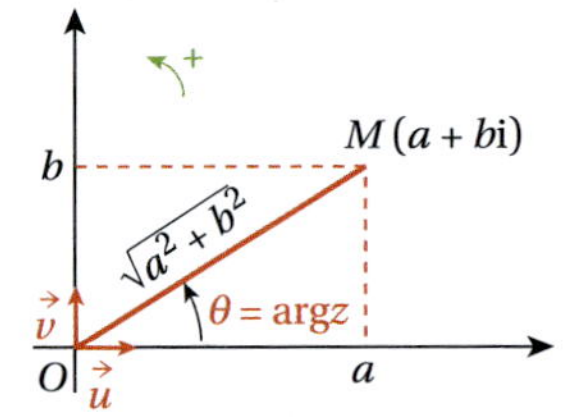

- **Notation** : un argument de z se note : $\arg z$.
- Un argument de z est une mesure de l'angle orienté $(\vec{u}, \overrightarrow{OM})$.

EXEMPLE

On considère le nombre complexe $z = \sqrt{2} + \mathrm{i}\sqrt{6}$.

Le module de z est $|z| = \sqrt{\left(\sqrt{2}\right)^2 + \left(\sqrt{6}\right)^2}$, $|z| = \sqrt{8}$, $|z| = \sqrt{2} \times \sqrt{4}$, $|z| = 2\sqrt{2}$.

Notons θ un argument de z.

$\cos\theta = \dfrac{\sqrt{2}}{|z|} = \dfrac{\sqrt{2}}{2\sqrt{2}}$, $\cos\theta = \dfrac{1}{2}$; $\sin\theta = \dfrac{\sqrt{6}}{|z|} = \dfrac{\sqrt{3}\times\sqrt{2}}{2\sqrt{2}}$, $\sin\theta = \dfrac{\sqrt{3}}{2}$.

On lit dans le tableau des valeurs particulières du paragraphe ① B que $\theta = \dfrac{\pi}{3}$ (+ $k2\pi$). Un argument de z est $\dfrac{\pi}{3}$.

Il faut savoir retrouver rapidement ces valeurs remarquables avec la calculatrice.

B Forme trigonométrique

Soit $z = a + bi$ un nombre complexe non nul, avec $|z| = r$ et $\arg z = \theta$.

■ **Une forme trigonométrique de z est : $z = r(\cos\theta + \mathrm{i}\sin\theta)$.**

EXEMPLE

On considère le nombre complexe $z = 6 + 2\sqrt{3}\mathrm{i}$. On a : $|z| = 4\sqrt{3}$ et $\arg z = \dfrac{\pi}{6}$.

Vérifiez-le !

Une *forme trigonométrique* de z est $z = 4\sqrt{3}\left(\cos\dfrac{\pi}{6} + \mathrm{i}\sin\dfrac{\pi}{6}\right)$.

C Forme exponentielle

■ **Exponentielle complexe**

• Pour tout nombre réel θ, on pose $\mathbf{\cos\theta + i\sin\theta = e^{i\theta}}$.

• Les règles de calcul avec les exponentielles complexes sont les mêmes que celles avec les exponentielles réelles.

■ **Forme (ou écriture exponentielle)**

Si $|z| = r$ et $\arg z = \theta$, la ***forme trigonométrique*** est : $z = r(\cos\theta + \mathrm{i}\sin\theta)$. Avec la notation $\cos\theta + i\sin\theta = \mathrm{e}^{i\theta}$, on obtient : $z = r\mathrm{e}^{i\theta}$.

DÉFINITION

L'écriture (ou forme) exponentielle du nombre complexe z de module r et d'argument θ est $z = r\mathrm{e}^{i\theta}$.

EXEMPLES

• On considère le nombre complexe $z = 2 + 2\mathrm{i}$.

On établit que $|z| = 2\sqrt{2}$ et que $\arg z = \dfrac{\pi}{4}$.

Vérifiez-le !

Une *forme trigonométrique* de z est $z = 2\sqrt{2}\left(\cos\dfrac{\pi}{4} + \mathrm{i}\sin\dfrac{\pi}{4}\right)$.

Une *forme (ou écriture) exponentielle* de z est $z = 2\sqrt{2}\,\mathrm{e}^{\mathrm{i}\frac{\pi}{4}}$.

• On considère le nombre complexe z dont la forme exponentielle est $z = 2\mathrm{e}^{-\mathrm{i}\frac{\pi}{3}}$.

On cherche la forme algébrique de z.

$$z_1 = 2\left(\cos\left(-\frac{\pi}{3}\right) + \mathrm{i}\sin\left(-\frac{\pi}{3}\right)\right) = 2\left(\frac{1}{2} - \mathrm{i}\frac{\sqrt{3}}{2}\right) = 1 - \mathrm{i}\sqrt{3}.$$

Utiliser les résultats du ①B et du ①C.

■ **Produit de deux nombres complexes**

Si $z_1 = r_1\mathrm{e}^{\mathrm{i}\theta_1}$ et $z_2 = r_1\mathrm{e}^{\mathrm{i}\theta_2}$, $z_1 z_2 = r_1 r_2 \mathrm{e}^{\mathrm{i}(\theta_1 + \theta_2)}$.

$|z_1 \times z_2| = |z_1| \times |z_2|$ et $\arg(z_1 \times z_2) = \arg z_1 + \arg z_2$ (à un nombre entier de tours près).

THÉORÈME

- **Le module d'un produit est le produit des modules.**
- **Un argument d'un produit est la somme des arguments** (à un nombre entier de tours près).

5 Formules d'addition et de duplication

Formules d'addition des sinus et cosinus

Pour tous nombres réels a et b :

- **$\cos(a - b) = \cos a \cos b + \sin a \sin b$;**
- **$\cos(a + b) = \cos a \cos b - \sin a \sin b$;**
- **$\sin(a + b) = \sin a \cos b + \cos a \sin b$;**
- **$\sin(a - b) = \sin a \cos b - \cos a \sin b$.**

EXERCICE RÉSOLU

ÉNONCÉ

La tension u aux bornes d'un générateur, exprimée en volt, dépendant du temps t, exprimé en seconde, est donnée à l'instant t par : $u(t) = 120\cos(70t) - 120\sin(70t)$.

1. Montrer que, pour tout t de l'intervalle $[0, +\infty[$, $u(t) = 120\sqrt{2}\cos\left(70t + \frac{\pi}{4}\right)$.

2. En déduire la fréquence $f = \frac{\omega}{2\pi}$, exprimée en Hz, délivrée par le générateur, où ω désigne la pulsation. Arrondir le résultat à l'unité.

SOLUTION

1. $u(t) = 120\sqrt{2}\left(\frac{\sqrt{2}}{2}\cos 70t - \frac{\sqrt{2}}{2}\sin 70t\right)$,

$u(t) = 120\sqrt{2}\left(\cos\frac{\pi}{4}\cos 70t - \sin\frac{\pi}{4}\sin 70t\right) = 120\sqrt{2}\cos\left(70t + \frac{\pi}{4}\right)$.

2. $f = \frac{70}{2\pi} \approx 11\,\text{Hz}$.

Formules de duplication

- Pour tout nombre réel a :

$\sin 2a = 2\sin a \cos a$;

$\cos 2a = \cos^2 a - \sin^2 a$.

- Pour tout nombre réel a :

$\cos 2a = 2\cos^2 a - 1$;

$\cos 2a = 1 - 2\sin^2 a$.

Formules de linéarisation

Pour tout nombre réel a : $\cos^2 a = \frac{1 + \cos 2a}{2}$; $\sin^2 a = \frac{1 - \cos 2a}{2}$.

EXEMPLE

Pour tout x de $\mathbb{R}$, $\cos^2 2x = \frac{1 + \cos 4x}{2}$.

Utiliser une formule de duplication ou de linéarisation pour calculer une intégrale.

EXEMPLE

Calcul de $I = \int_0^{\frac{\pi}{4}} \sin 2x \cos 2x \, dx$

Pour tout a de $\mathbb{R}$, $\sin a \cos a = \frac{1}{2}\sin 2a$, donc $\sin 2x \cos 2x = \frac{1}{2}\sin 4x$.

Donc $I = \int_0^{\frac{\pi}{4}} \frac{1}{2}\sin 4x \, dx$,

$I = \left[\frac{1}{2} \times \left(-\frac{1}{4}\cos 4x\right)\right]_0^{\frac{\pi}{4}}$, $I = -\frac{1}{8}(\cos\pi - \cos 0) = -\frac{1}{8}(-1 - 1)$.

car $\cos\pi = -1$ et $\cos 0 = 1$. D'où $I = -\frac{1}{8}(-2) = \frac{1}{4}$.

Pour calculer une primitive de $x \mapsto \cos 4x$ utiliser le résultat ⑦ du ②B du chapitre 6.

6 Expression complexe des translations, notations et homothéties

A Translation

THÉORÈME 1

Soit f l'application $z \mapsto f(z) = z + b$ où b est un **nombre complexe quelconque fixé**.
Soit M l'image de z et soit M′ l'image de $f(z)$ dans le plan complexe.
L'application M $\mapsto$ M′ ainsi définie est la **translation de vecteur $\vec{w}$ où $\vec{w}$ est le vecteur image de b.**

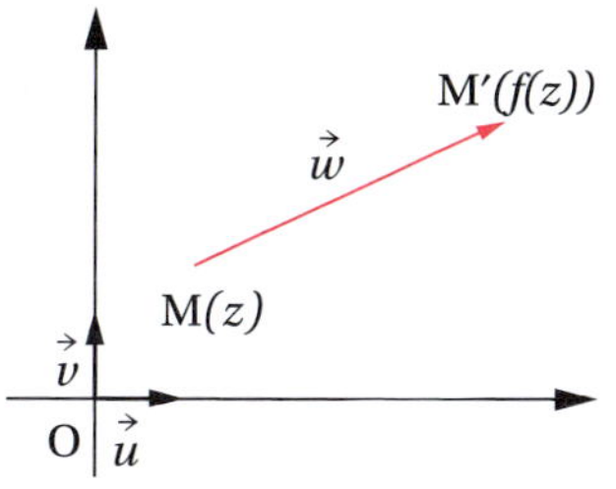

EXEMPLE

On considère l'application $f : z \mapsto z+1+\mathrm{i}$.
D'après le théorème 1, f est associée à la translation de secteur $\vec{w}$ où $\vec{w}$ est le vecteur image de $1 + \mathrm{i}$.
- On a, par exemple, $f(\mathrm{i})=\mathrm{i}+(1+\mathrm{i})=1+2\mathrm{i}$.
- Si A est le point d'affixe i et B le point d'affixe $2 - \mathrm{i}$, par exemple, l'image de la droite (AB) par la translation de vecteur $\vec{w}$ est la droite (A′B′) où A′ est le point d'affixe $f(\mathrm{i})=1+2\mathrm{i}$ et B′ le point d'affixe $f(2-\mathrm{i})=3$.

> ◗ On sait qu'une translation transforme une droite en une droite.
> ◗ Faire une figure.

B Rotation

THÉORÈME 2

Soit f l'application $z \mapsto f(z) = a\,z$ où $\boldsymbol{a = \mathrm{e}^{\mathrm{i}\alpha}}$ **est un nombre complexe fixé de module 1**.
Soit M l'image de z et soit M′ l'image de $f(z)$ dans le plan complexe orienté.
L'application M $\mapsto$ M′ ainsi définie est la **rotation de centre l'origine O du repère et d'angle α.**

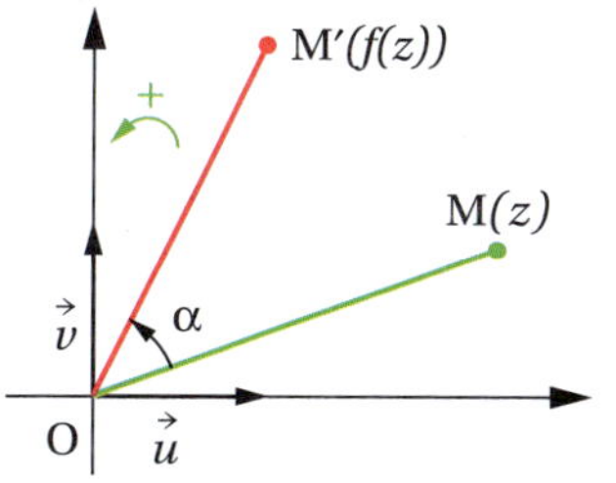

EXEMPLE

On considère l'application $f : z \mapsto \mathrm{e}^{\mathrm{i}\frac{\pi}{3}}z$.
D'après le théorème 2, f est associée à la rotation de centre l'origine O du repère et d'angle de mesure $\dfrac{\pi}{3}$.
- Si A est le point d'affixe 2, l'image du point A par la rotation est le point A′ d'affixe $f(2)=2\,\mathrm{e}^{\mathrm{i}\frac{\pi}{3}}=2\left(\cos\dfrac{\pi}{3}+\mathrm{i}\sin\dfrac{\pi}{3}\right)$, $f(2)=2\left(\dfrac{1}{2}+\mathrm{i}\dfrac{\sqrt{3}}{2}\right)=1+\mathrm{i}\sqrt{3}$.
- Par exemple, l'image du cercle de centre A, de rayon 2, par cette rotation est le cercle de centre A′, de rayon 2.

> ◗ On sait qu'une translation transforme un cercle en un cercle de même rayon.
> ◗ Faire une figure.

MATHÉMATIQUES SPÉCIALITÉ

C Homothétie

THÉORÈME 3

Soit f l'application $z \mapsto f(z) = a\,z$ où **a est un nombre réel fixé non nul**.
Soit M l'image de z et soit M′ l'image de $f(z)$ dans le plan complexe orienté.
L'application M $\mapsto$ M′ ainsi définie est l'**homothétie de centre l'origine O du repère et de rapport a.**

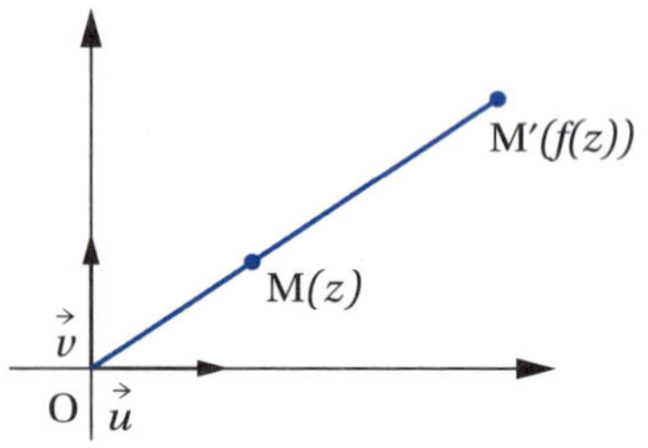

EXEMPLE

On considère l'application $f : z \mapsto 2z$.
D'après le théorème 3, f est associée à l'homothétie de centre O l'origine du repère et de rapport 2.

- Si A est le point d'affixe $2i$, l'image du point A par l'homothétie est le point A′ d'affixe $f(2i) = 4i$. L'image du point B d'affixe $1 + i$ est le point B′ d'affixe $f(1+i) = 2+2i$.
- L'image de la droite (AB) par cette homothétie est la droite (A′B′)

> On sait qu'une homothétie transforme une droite en une droite.
> Faire une figure.

EXERCICE RÉSOLU

ÉNONCÉ

On considère les nombres complexes $z_1 = 6e^{i\frac{\pi}{4}}$ et $z_2 = -\sqrt{3} + \mathrm{i}$, où i désigne le nombre complexe de module 1 et d'argument $\frac{\pi}{2}$.

1. Écrire z_2 sous forme exponentielle. Détailler les calculs.

2. En déduire une écriture du nombre complexe $Z = \frac{z_1}{z_2}$ sous forme exponentielle.

SOLUTION

1. Le module de z_2 est $r = |z_2| = \sqrt{\left(-\sqrt{3}\right)^2 + 1^2} = \sqrt{4} = 2$. Notons θ un argument de z_2.
$\cos\theta = \frac{-\sqrt{3}}{|z_2|} = -\frac{\sqrt{3}}{2}$ et $\sin\theta = \frac{1}{2}$. D'après le ①B. , $\cos\theta = -\cos\frac{\pi}{6}$ et $\sin\theta = \sin\frac{\pi}{6}$. D'après le résultat du ①C. , $\theta = \pi - \frac{\pi}{6} = \frac{5\pi}{6}$. Une forme exponentielle de z_2 est : $z_2 = re^{i\theta}$, $z_2 = 2e^{i\frac{5\pi}{6}}$.

2. $Z = \dfrac{6e^{i\frac{\pi}{4}}}{2e^{i\frac{5\pi}{6}}} = 3e^{i\left(\frac{\pi}{4} - \frac{5\pi}{6}\right)} = 3e^{i\frac{3\pi - 10\pi}{12}} = 3e^{i\left(\frac{-7\pi}{12}\right)}$.

 # exo
Exercices supplémentaires de mathématiques
foucherconnect.fr/23tersti2d16

 # quiz
Des questions pour réviser
foucherconnect.fr/23tersti2d17

1 SUITES NUMÉRIQUES

EXERCICE 1

Partie 1 : Automatismes *Sans calculatrice (20 minutes, 5 points)*

Aucune justification n'est demandée. Le jour d'une épreuve d'évaluation, une feuille réponse (avec les tableaux et figures à compléter) peut être fournie.

1. **Proportions et pourcentages** (1,5 point)

Recopier et compléter les phrases suivantes.

a. 0,1 % s'écrit sous forme décimale : … b. 20 % de 150 c'est : … .

c. Dans une classe de Terminale il y a 60 % de filles et 50 % des filles ont 18 ans. Dans cette classe le pourcentage de filles de 18 ans est : … .

2. **Passer d'une formulation additive à une formulation multiplicative et réciproquement** (1 point)

Recopier et compléter les phrases suivantes.

a. Augmenter de 40 %, c'est multiplier par : … b. Multiplier par 0,75, c'est diminuer de … %.

3. **Appliquer un taux d'évolution** (0,5 point)

Calculer le prix soldé d'un article coûtant 80 € après une remise de 40 %.

4. **Évolutions successives** (1 point)

a. Un prix augmente de 30% puis baisse de 30 %. Le prix est-il revenu à sa valeur initiale ?

b. Une baisse de 20 % suivie d'une baisse de 10 % est-elle équivalente à une baisse de 30 %.

5. **Évolution réciproque** (0,5 point)

Quel est le taux de l'évolution réciproque d'une hausse de 100 % ?

6. **Reconnaître une situation se modélisant par une suite géométrique** (0,5 point)

Une population de 1 500 individus augmente de 5 % par an à partir de 2023. On note $p_0 = 1\,500$ et p_1, p_2, …, p_n les populations successives au bout d'une année, … n années. Quelle est la nature de la suite (p_n) ? Donner sa raison.

À SAVOIR

Proportion d'une proportion

Si p est la proportion de A dans E et p' la proportion de E dans F, alors la proportion de A dans F est pp'.

Taux d'évolution et coefficient multiplicateur

- Si t est le **taux d'évolution** de y_1 à y_2, alors $y_2 = (1+t)y_1$.

$c = \dfrac{y_2}{y_1} = 1+t$ est le **coefficient multiplicateur** de y_1 à y_2.

Exemples

1. Une hausse de 10 % pour une quantité passant de y_1 à y_2 se traduit par :

$y_2 = y_1 + \dfrac{10}{100}y_1 = \left(1+\dfrac{10}{100}\right)y_1 = 1{,}1\,y_1$. Le coefficient multiplicateur est $c = 1{,}1$.

2. Une baisse de 10 % se traduit par :

$y_2 = y_1 - \dfrac{10}{100}y_1 = \left(1-\dfrac{10}{100}\right)y_1 = 0{,}9\,y_1$. Le coefficient multiplicateur est $c = 0{,}9$.

- **Deux évolutions (hausses ou baisses) successives**, de coefficients multiplicateurs c et c', correspondent à une évolution globale (hausse ou baisse) de coefficient multiplicateur $c.c'$. (Ou : **pour deux évolutions successives, on multiplie les coefficients multiplicateurs**).
- Deux évolutions (hausse et baisse) sont **réciproques** si et seulement si leurs coefficients multiplicateurs c et c' sont tels que $\boldsymbol{c.c' = 1}$.

EXERCICE 2

Partie 2 *Avec la calculatrice (5 points)*

Une PME fabrique un certain type de pièces pour l'industrie automobile. En 2022, la production annuelle a été de 5 000 unités.

On admet que la production augmente de 4 % chaque année.

Tous les résultats de production seront arrondis à l'unité.

1. Calculer la production en 2023 et 2024.
2. On note $P_0 = 5\,000$. Dans la suite on désigne par P_n la production de l'année $2022 + n$. Quelle est la nature de la suite (P_n) ? Justifier.
3. Exprimer P_n en fonction de n.
4. Déterminer la production en 2027.
5. Déterminer la production totale entre début 2022 et fin 2027.

EXERCICE 3

Partie 2 *Avec le tableur*

Une entreprise utilise depuis le 1er janvier 2019 une messagerie électronique professionnelle, sur laquelle elle conserve tous les messages reçus ou envoyés, en les classant par année.

Les responsables ont constaté au 31 décembre 2019 que la taille du dossier contenant les messages de l'année 2019 était de 4 mégaoctets (Mo).

Une étude a montré que la taille des messages électroniques professionnels augmentait en moyenne de 5 % par an. On fait l'hypothèse que cette augmentation se poursuivra au moins jusqu'en 2025.

On note u_n la taille, en mégaoctets, du dossier contenant les messages de l'année $(2019 + n)$. On a donc $u_0 = 4$.

On utilise une feuille de calcul d'un tableur *(voir l'annexe)* pour observer l'évolution de la taille de l'ensemble des dossiers de ce cabinet depuis 2019.

1. Quelle est la nature de la suite (u_n) ? Préciser sa raison.
2. Exprimer u_n en fonction de n.
3. Selon ce modèle, calculer la taille du dossier de l'année 2025. Arrondir à 0,01 Mo.
4. a) Donner une formule qui, saisie dans la cellule C3 puis recopiée vers le bas, permet d'obtenir les valeurs de la colonne C.

b) Parmi les formules suivantes, indiquer toutes celles qui, saisies dans la cellule D3, puis recopiées vers le bas, permettent d'obtenir les valeurs de la colonne D.

=SOMME(C2:C3) ; =SOMME($C$2:C3) ; =D2+C3 ; =$D$2+C3.

5. a) Calculer la taille de l'ensemble des dossiers au 31 décembre 2025. Arrondir à 0,01 Mo.

b) La capacité de stockage de la messagerie est limitée à 30 mégaoctets. Peut-on estimer que l'entreprise pourra conserver la totalité de ses messages ? Justifier.

Annexe

	A	B	C	D
1	Année	n	u_n	Taille de l'ensemble des dossiers (en Mo)
2	2019	0	4,00	4,00
3	2020	1	4,20	8,20
4	2021	2	4,41	12,61
5	2022	3		

	A	B	C	D
6	2023	4		
7	2024	5		
8	2025	6		

EXERCICE 4

Partie 2 ***Algorithmique en langage naturel (5 points)***

Le « continent de plastique » est la plus grande des plaques de déchets plastiques évoluant sur les océans. Elle occupe actuellement dans l'océan Pacifique une surface dont l'aire est évaluée à plus de 1,6 million de km², entre Hawaï et la Californie.

En 2017, des scientifiques ont estimé la masse totale de déchets plastiques dans les océans à 300 millions de tonnes et ont prévu une augmentation de 5,4 % par an au cours des années suivantes. On modélise l'évolution de la masse totale de ces déchets plastiques, si rien n'est fait pour la réduire, par une suite géométrique (u_n) de raison 1,054 et de premier terme $u_0 = 300$. L'arrondi au centième du terme u_n représente la masse totale de ces déchets, exprimée en millions de tonnes, pour l'année $(2017 + n)$.

1. Calculer u_1 et u_2.

2. Exprimer u_n en fonction de n.

3. On souhaite déterminer en quelle année la masse totale de ces déchets plastiques aura pour la première fois augmenté de 50 % par rapport à sa valeur de 2017.

a. Recopier et compléter l'algorithme ci-dessous pour que la variable N contienne la réponse au problème posé.

$N \leftarrow 2017$

$U \leftarrow 300$

Tant que $U < 450$:

  $N \leftarrow ...$

  $U \leftarrow ...$

Fin Tant que

b. Que contiennent les variables U et N après exécution de ce programme ? Interpréter les résultats dans le contexte de l'exercice.

EXERCICE 5

Partie 2 ***QCM : algorithme en Python (5 points)***

Un zoologiste étudie l'évolution d'une population de chevaux vivant en liberté dans une zone montagneuse.

Il a observé depuis 2012 que cette population diminue chaque année en moyenne de 5 %.

Le 1er mars 2020, la population comptait 2 375 individus. Le zoologiste a émis l'hypothèse que cette baisse annuelle de 5 % devait se poursuivre jusqu'en 2027.

1. Le nombre d'individus de la population au 1er mars 2024 est estimé, à la dizaine près, à :

a. 1 840 ; b. 1 930 ; c. 2 040 ; d. 2 890.

2. Le nombre d'individus au 1er mars 2019 était de :

a. 2 300 ; b. 2 400 ; c. 2 500 ; d. 2 600.

3. Le zoologiste souhaite connaître l'année à partir de laquelle la population aura diminué de plus de 25 % par rapport à sa valeur de 2020.

Parmi les quatre programmes suivants, en Python, celui pour lequel le contenu de la variable n fournit, après exécution, l'information souhaitée est :

a)
```
n = 2020
v = 2375
while v >= 0.75 * v:
    v = v - 0.05 * v
    n = n + 1
```

b)
```
n = 2020
v = 2375
while v >= 0.75 * 2375:
    v = 0.95 * v
    n = n + 1
```

c)
```
n = 2020
v = 2375
while v <= 0.75 * 2375:
    v = 0.95 * v
    n = n + 1
```

d)
```
n = 2020
v = 2375
while v >= 0.75 * 2375:
    v = v - 0.05
    n = n + 1
```

2 FONCTIONS EXPONENTIELLES $x \mapsto a^x$, LOGARITHME DÉCIMAL, INVERSE

EXERCICE 1

Partie 1 : Automatismes *Sans calculatrice (20 minutes, 5 points)*

Aucune justification n'est demandée. Le jour d'une épreuve d'évaluation, une feuille réponse (avec les tableaux et figures à compléter) peut être fournie.

A. **Proportion**

En 2018, le chiffre d'affaires des ventes de vélos était de 1 334 millions d'euros. Calculer le chiffre d'affaires des ventes de vélos électriques sachant qu'il représentait 40 % du chiffre d'affaires des ventes de vélos.

B. **Évolutions**

1. Une augmentation du prix d'un article de 15 % représente une augmentation du prix de 30 euros. Déterminer le prix de cet article avant l'augmentation.

2. Un équipement informatique perd 20 % de sa valeur chaque année. Au bout de 2 ans, il aura perdu :

a. 30 % ;

b. 36 % ;

c. 40 % ;

d. 60 % de sa valeur.

C. **Calcul numérique**

Compléter la phrase suivante : $0{,}65 \times 10^8$ est égal à... millions.

D. **Fonctions et représentations**

$\mathscr{P}$ est la courbe représentative d'une fonction f définie sur $[-2{,}4]$.

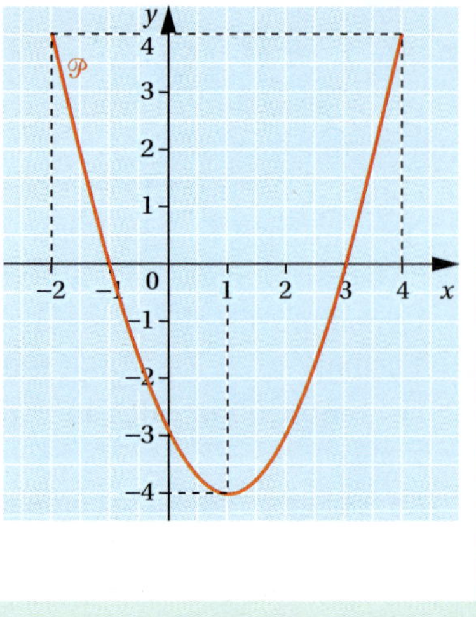

Compléter les phrases suivantes :

1. L'image de 4 par f est : ...

2. Un antécédent de -3 par f est : ...

3. L'ensemble des solutions de l'inéquation $f(x) \leq 0$ est : ...
4. L'ensemble des solutions de l'équation $f(x) = 0$ est : ...
5. L'ensemble des solutions de l'inéquation $f'(x) < 0$ est : ...
6. Sur quel intervalle f est-elle strictement croissante ?
7. f' est la fonction dérivée de la fonction f définie et dérivable sur $\mathbb{R}$.
$f(x) = x^2 - 2x - 3$; $f'(x) = ...$

EXERCICE 2

Partie 2 ***Avec calculatrice (5 points)***

On se propose de fabriquer avec le moins de tôle possible un conteneur en forme de parallélépipède rectangle dont le volume intérieur est 37,5 m³ (voir la figure).

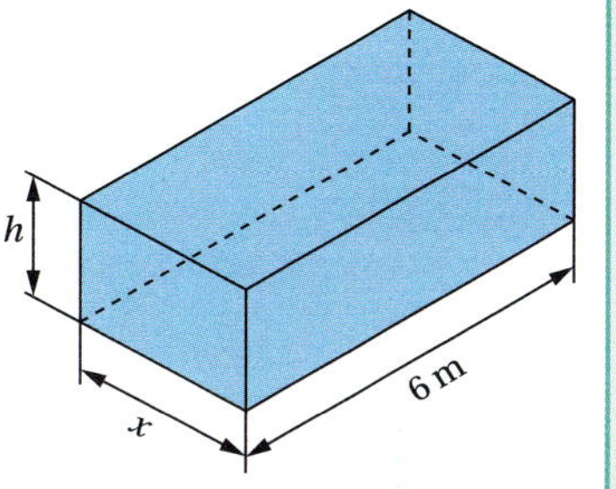

1. On admet que le volume du parallélépipède est $V = h \times x \times 6$. Déduire de l'information relative au volume une expression de h en fonction de x.
2. Montrer que l'aire totale du conteneur (c'est-à-dire la somme des aires des six faces) s'écrit en fonction de x :

$$S(x) = 12x + 12{,}5 + \frac{75}{x}.$$

3. On désigne par S la fonction définie sur [0,5 ; 6] par :

$$S(x) = 12x + 12{,}5 + \frac{75}{x}.$$

a. Démontrer que pour x de [0,5 ; 6] :

$$S'(x) = \frac{12(x - 2{,}5)(x + 2{,}5)}{x^2}.$$

b. Établir le tableau de variation de la fonction S sur [0,5 ; 6].
c. En déduire les valeurs de x et h correspondant à une aire minimale.

EXERCICE 3

Partie 2 ***Avec le tableur (5 points)***

Un médicament anitviral est prescrit sous forme d'injections qui doivent être administrées une fois par semaine. Le volume de la première dose est de 120 ml.

Chaque semaine, le volume de la dose administrée est augmenté de 5 %. Dès que le volume de la dose administrée est supérieur ou égal au double du volume initial, on interrompt le traitement après cette dernière injection.

On applique le traitement à une personne dont la masse corporelle est de 60 kg.

Pour déterminer les doses administrées, on s'aide de la feuille de calcul automatisé ci-dessous (les cellules de la plage [B2:G2] sont paramétrées pour afficher les valeurs arrondies au dixième).

	A	B	C	D	E	F	G
1	Numéro de l'injection	1	2	3	4	5	6
2	Dose administrée en ml à chaque injection	120	126	132,3	138,9	145,9	153,2

Tous les résultats seront arrondis au dixième.

1. Quelle formule peut-on saisir dans la cellule C2 qui, recopiée vers la droite, permet de calculer les valeurs des doses à administrer chaque semaine ?

2. On appelle V_n la valeur, en ml, du volume de la dose administrée lors de la n-ième injection. Ainsi, $V_1 = 120$.

a. Justifier que la suite (V_n) est géométrique et préciser sa raison.

b. Pour tout entier naturel n, exprimer V_n en fonction de n.

c. Calculer le volume administré lors de la 10e injection.

3. a. Expliquer pourquoi le nombre total d'injections administrées lors du traitement peut s'obtenir en résolvant l'inéquation d'inconnue n, entier naturel : $120 \times 1{,}05^{n-1} \geq 240$.

b. Justifier que le traitement comporte au total 16 injections.

4. Déterminer le volume total de médicament administré au patient lors de l'ensemble du traitement. Arrondir au dixième de ml.

RAPPEL

Si (u_n) est une suite géométrique de raison $q \neq 1$ et n un entier naturel supérieur ou égal à 1 alors : $u_1 + u_2 + ... + u_n = u_1 \times \dfrac{1-q^n}{1-q}$.

EXERCICE 4

Partie 2 *(5 points)*

Suite géométrique, programmation en Python, résolution d'une inéquation

En France, l'eau du robinet est l'une des substances les plus contrôlées. Elle fait l'objet d'un suivi sanitaire permanent, destiné à en garantir la sécurité. Depuis plusieurs années, la communauté scientifique s'interroge sur la présence dans l'eau, à l'état de traces, de résidus de médicaments de type anxiolytique. Chaque année, les pouvoirs publics en mesurent la concentration.

En 2010, on constatait qu'il y avait en moyenne dans l'eau du robinet 2 microgrammes par litre ($\mu g \cdot L^{-1}$) de molécules d'anxiolytique.

Depuis 2010, on constate une réduction de 2 % par an de la quantité de molécules d'anxiolytique dans l'eau du robinet. On choisit de modéliser la concentration de molécules d'anxiolytique par une suite. Pour tout entier naturel n, on note C_n la concentration de cette molécule d'anxiolytique dans l'eau l'année $(2010 + n)$. Cette concentration est exprimée en $\mu g \cdot L^{-1}$.

1. Donner la valeur de C_0 et calculer C_1.

2. a. Justifier que la suite (C_n) est géométrique. Préciser son premier terme et sa raison.

b. Pour tout entier naturel n, exprimer C_n en fonction de n.

3. Les pouvoirs publics souhaitent limiter la concentration en molécules d'anxiolytiques à $0{,}5\ \mu g.L^{-1}$.

Pour cela, on considère le programme en langage Python, incomplet, suivant :

```
1  c = 2
2  n = 0
3  while c > ...............:
4      n = n + 1
5      c = c * ...............
```

a. Recopier ce programme et compléter les lignes 3 et 5 afin que ce programme détermine la durée nécessaire à la réalisation de l'objectif fixé par les pouvoirs publics.

b. Déterminer la valeur de la variable n à la fin de l'exécution du programme. En quelle année l'objectif sera-t-il atteint ?

EXERCICE 5

Partie 2 *(3 points)*

Utiliser les propriétés de la fonction logarithme décimal

On note L le niveau sonore en décibels (dB) et I l'intensité sonore en $W \cdot m^{-2}$ d'un son. On désigne par log la fonction logarithme décimal.

On a : $L = 10\log\left(\frac{I}{I_0}\right)$, où $I_0 = 10^{-12}\,W \cdot m^{-2}$.

1. a. Quel est le niveau sonore L d'un son d'intensité sonore $I = 10^{-5}\,W \cdot m^{-2}$?

b. Une sirène d'alarme a un niveau sonore de 130 dB.

Quelle est son intensité sonore I ?

2. On souhaite faire baisser le niveau sonore de 10 dB.

On note $L' = L - 10$ et on note I' l'intensité sonore correspondant à L'.

C'est-à-dire : $L' = 10\log\left(\frac{I'}{I_0}\right)$. Exprimer I' en fonction de I.

3 SÉRIES STATISTIQUES À DEUX VARIABLES

EXERCICE 1

Partie 1 : Automatismes *Sans calculatrice (20 minutes, 5 points)*

Aucune justification n'est demandée.

Le jour d'une épreuve d'évaluation, une feuille réponse (avec les tableaux et figures à compléter) peut être fournie.

A. **Proportions et évolutions**

1. L'année dernière, il s'est vendu environ 340 000 vélos à assistance électrique (VAE) en France. 60 % étaient des vélos de ville. Donner le nombre de ces vélos de ville.

2. Entre 1961 et 2016, la consommation d'alcool annuelle par habitant, en France, est passée de 21 litres à 7 litres. Quel pourcentage de baisse cela représente-t-il ?

3. On a constaté que, depuis 2016, le chiffre d'affaires d'un laboratoire augmentait chaque année de 3 %. En 2016, ce chiffre d'affaires était de 3 millions d'euros. Par quelle suite peut-on modéliser cette situation ? En préciser la raison.

B. **Fonctions et représentations**

1. Une équation de la droite (AB) de la figure ci-contre est :

a. $y = \frac{1}{4}x - 2$; b. $y = -\frac{1}{4}x + 4$;

c. $y = -\frac{1}{4}x + 2$; d. $y = -\frac{1}{2}x + 2$;

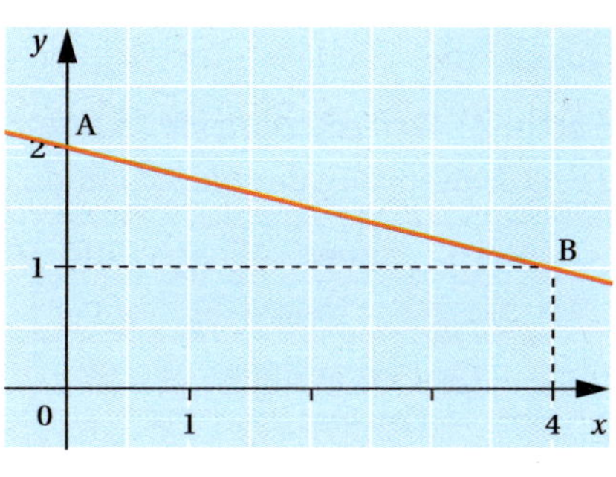

2. a. f est la fonction définie sur $\mathbb{R}$ par :

$f(x) = x^3 - 2x^2 - 1$. f' est la fonction dérivée de f.

Déterminer $f'(x)$.

b. Déterminer le coefficient directeur de la tangente à la courbe représentative de f, définie au a., au point d'abscisse -1.

3. Les quatre figures suivantes donnent la représentation graphique de fonctions avec leur tangente au point A.

Pour chaque figure, indiquer sans explication l'équation réduite de la tangente en A à choisir parmi les huit équations suivantes :

$E_1 : y = 4x + 1$; $E_2 : y = 2x + 1$; $E_3 : y = -4x - 1$; $E_4 : x = 0{,}5$;
$E_5 : y = -2x - 1$; $E_6 : y = 1{,}5$; $E_7 : y = 2x - 1$; $E_8 : y = 4x - 1$.

Figure 1

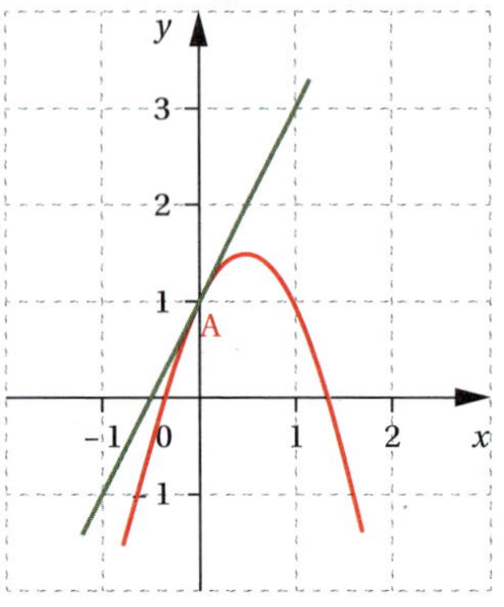

Figure 2

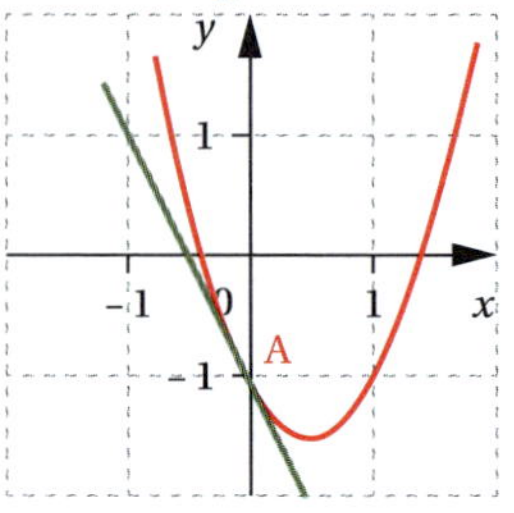

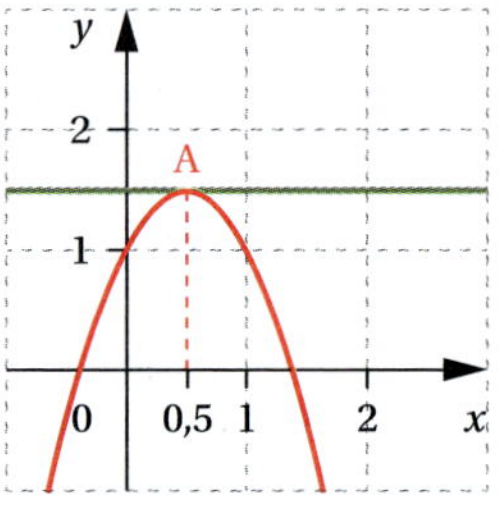

Figure 3

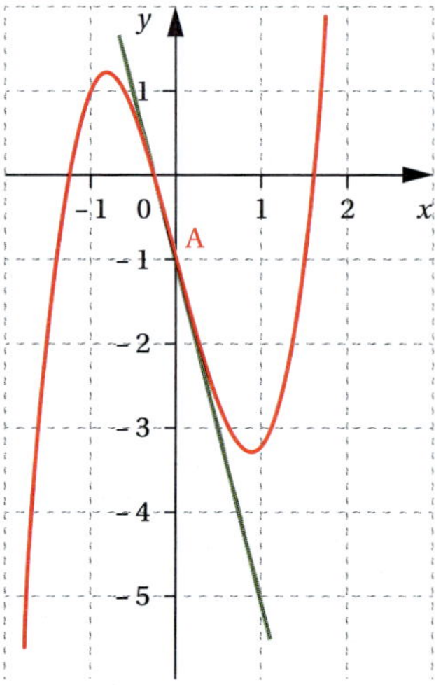

Figure 4

EXERCICE 2

Partie 2 *Avec calculatrice (5 points)*

Le tableau suivant donne l'évolution du chiffre d'affaires d'un artisan de 2015 à 2019 :

Année	2015	2016	2017	2018	2019
Rang de l'année : x_i	1	2	3	4	5
C.A. en milliers d'euros : y_i	92	99	103	107	112

1. Représenter le nuage de points $M_i(x_i, y_i)$ dans un repère où les axes se coupent au point A(0, 80) avec pour unités : 1 cm pour 1 en abscisse et 1 cm pour 10 en ordonnée.
2. On décide d'ajuster ce nuage de points par la droite D d'équation $y = 5x + 88$. Tracer la droite D dans le repère du 1.

3. Déterminer graphiquement une estimation du chiffre d'affaires en 2023.

4. Calculer une estimation du chiffre d'affaires en 2026.

5. On estime qu'il faudra embaucher une personne quand le chiffre d'affaires dépassera les 140 milliers d'euros. En utilisant l'ajustement affine, déterminer en quelle année cette embauche pourra avoir lieu.

EXERCICE 3

Partie 2 *Avec calculatrice (5 points)*

Exemple d'utilisation de la méthode des moindres carrés

Le tableau ci-dessous donne l'évolution sur plusieurs années de la production dans un pays asiatique d'une matière première utilisée dans l'industrie.

Année	1982	1992	2002	2007	2012	2017	2022
Rang de l'année : x_i	0	10	20	25	30	35	40
Production en tonnes : y_i	250	761	1 262	1 958	1 681	2 366	2 600

L'allure du nuage des points $M_i(x_i, y_i)$ ne justifiant pas un ajustement affine, on effectue un changement de variable en posant $z_i = \log(y_i)$.

1. Calculer les sept valeurs de $z_i = \log(y_i)$. Arrondir à 0,01.

2. Représenter le nuage des sept points $N_i(x_i, z_i)$ dans un repère où les axes se coupent au point A (0, 2) avec pour unités : 1 cm pour 5 en abscisse et 10 cm pour 1 en ordonnée.

3. Calculer les coordonnées du point moyen G du nuage des points N_i (arrondir à 0,01) et placer G sur le graphique.

4. À l'aide d'une calculatrice ou d'un tableur, déterminer une équation de la droite $\mathcal{D}$ d'ajustement de z en x obtenue par la méthode des moindres carrés sous la forme $z = a\,x + b$, où les coefficients a et b sont à arrondir à 10^{-3}. Tracer cette droite dans le repère.

5. On prend pour modèle d'ajustement la droite d'équation $z = 0{,}024\,x + 2{,}545$.
Quelle serait, selon ce modèle, la production de cette matière première en 2027 ?

EXERCICE 4

Partie 2 *(5 points)*

Taux d'évolution, utilisation du tableur et de la méthode des moindres carrés.

Le dioxyde d'azote (NO_2) est un polluant indicateur des activités de combustion, notamment du trafic routier. Pour la protection de la santé humaine, les normes européennes fixent la valeur limite annuelle d'émission de NO_2 à 40 microgrammes par mètre-cube.

On a reporté dans la feuille de calcul ci-après le nombre (en millions) d'habitants d'une région urbaine potentiellement exposée à un dépassement de la valeur limite annuelle de NO_2 entre 2015 et 2022. Ce dépassement est noté DVLA. La ligne 4 est au format pourcentage, arrondi à 0,1 %.

	A	B	C	D	E	F	G	H	I
1	Année	2015	2016	2017	2018	2019	2020	2021	2022
2	Rang de l'année (x_i)	0	1	2	3	4	5	6	7

	A	B	C	D	E	F	G	H	I
3	Nombre d'habitants, en millions, exposés à un DVLA (y_i)	2,9	2,7	2,6	2,6	2,4	1,6	1,5	1,3
4	Taux d'évolution annuel (en %)		– 6,9 %						

A. 1. Le nombre d'habitants de cette région en 2022 était de 12,2 millions. Calculer la proportion d'entre eux exposés à un DVLA. Donner le résultat en pourcentage, arrondi à 0,1 %.

2. a. Calculer le taux d'évolution global entre 2015 et 2022. Donner le résultat en pourcentage, arrondi à 0,1 %.

b. Quelle formule peut-on saisir dans la cellule C4 qui, recopiée vers la droite, permet de calculer les taux d'évolution du nombre d'habitants exposés à un DVLA entre deux années consécutives ?

B. On a représenté dans un repère orthogonal donné en **annexe**, à rendre avec la copie, le nuage de points de coordonnées (x_i, y_i).

1. Calculer les coordonnées du point moyen G puis le placer sur le graphique.

2. À l'aide d'une calculatrice, déterminer une équation de la droite d'ajustement de y en x obtenue par la méthode des moindres carrés sous la forme $y = ax + b$. Arrondir a et b à 10^{-2}.

3. On admet que la droite D d'équation : $y = -0{,}26x + 3{,}11$ réalise un ajustement affine du nuage de points jusqu'en 2027.

a. Construire la droite D sur la figure.

b. Estimer l'année au cours de laquelle le nombre d'habitants exposés à un DVLA deviendra inférieur à 500 000. Justifier la réponse et préciser la méthode utilisée.

Annexe (à rendre avec la copie le jour de l'évaluation)

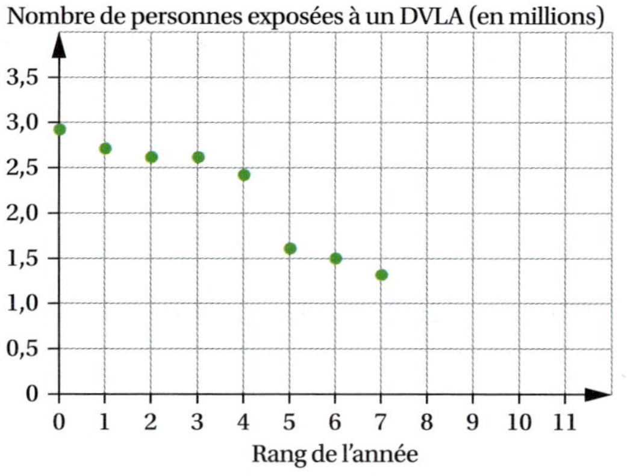

4 PROBABILITÉS

EXERCICE 1

Partie 1 : Automatismes ***Sans calculatrice (20 minutes, 5 points)***

Aucune justification n'est demandée. Le jour d'une épreuve d'évaluation, une feuille réponse (avec les tableaux et figures à compléter) peut être fournie.

A. Proportions

Un institut de santé publique réalise une étude sur l'efficacité de deux médicaments A et B soignant une même forme de migraine, auprès d'une population de patients prenant l'un de ces deux médicaments. En cas de migraine, 60 % des patients interrogés prennent le médicament A, les autres prennent le médicament B.

70 % des patients qui prennent le médicament A se déclarent soulagés.

90 % des patients qui prennent le médicament B se déclarent soulagés.

1. L'ensemble des patients qui prennent le médicament A et se déclarent soulagés représente : ...% de la population des patients interrogés.
2. Même question qu'au 1. en remplaçant A par B : ...%.
3. La proportion de patients de la population interrogée qui se déclarent soulagés après avoir pris l'un des deux médicaments est : ...%.

B. Évolutions

Un village comptait 1 100 habitants en 2019. On a constaté depuis cette date une diminution annuelle de la population d'environ 5 %. Compléter la phrase suivante.

On modélise le nombre d'habitants de ce village à partir de 2019 par une suite... de raison...

C. Calcul numérique

$E(X)=-2\times\frac{1}{3}-1\times\frac{1}{6}+2\times\frac{1}{6}+3\times\frac{1}{3}$. Une fraction irréductible égale à $E(X)$ est : $E(X)=$....

D. Fonctions et représentations

f' est la fonction dérivée de la fonction f définie et dérivable sur $\mathbb{R}$. Compléter les phrases suivantes.

1. $f(x)=-\frac{1}{6}x^2-\frac{4}{3}x+\frac{1}{5}$ $f'(x)=...$
2. $f(x)=-\frac{2}{3}x^3+\frac{3}{2}x^2-x+3$ $f'(x)=...$
3. Soit f la fonction définie sur $\mathbb{R}$ par $f(x)=x^3-3x^2+\frac{1}{2}x+1$. On désigne par $\mathscr{C}$ la courbe représentative de f dans un repère. Le coefficient directeur de la tangente à la courbe $\mathscr{C}$ au point d'abscisse -1 est :

a. $-0{,}5$; b. $-1{,}5$; c. $9{,}5$; d. $10{,}5$.

4. Soit f la fonction définie sur $[-3\,,3]$ par $f(x)=-x^2+1=-(x-1)(x+1)$. Donner dans un tableau le signe de $f(x)$ lorsque x varie dans $[-3\,,3]$.

5.

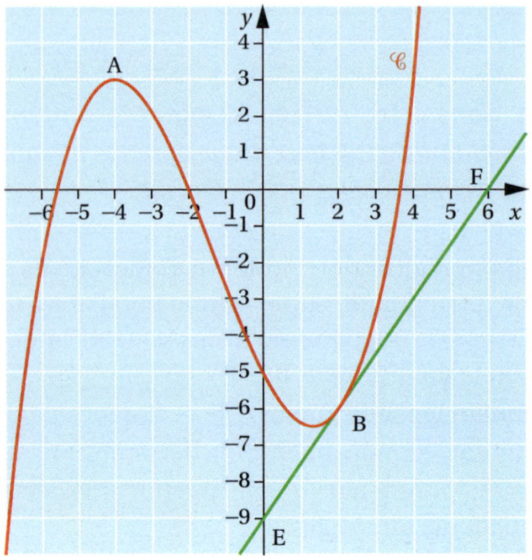

Le coefficient directeur de la tangente (EF) à la courbe 𝒞 au point B est : $m = ...$

EXERCICE 2

Partie 2 *Avec calculatrice (5 points)*

Calculer des probabilités conditionnelles avec un arbre de probabilité

Une entreprise est spécialisée dans le capsulage des bouteilles. Les salariés de l'entreprise sont sollicités, *via* un questionnaire en ligne, pour préparer une journée portes ouvertes. Tous les salariés ont répondu au questionnaire. Grâce aux fiches répertoriant les réponses au questionnaire, on sait que :

- 34 % des salariés de l'entreprise travaillant dans les ateliers de production ;
- 55 % des salariés travaillant dans les ateliers de production acceptent de s'impliquer dans l'organisation de la journée portes ouvertes, ainsi que 30 % des salariés travaillant dans les autres secteurs.

On choisit de façon équiprobable une fiche dans la base des réponses.

On définit les événements suivants :

- A : « la fiche choisie est celle d'un salarié travaillant dans les ateliers de production » ;
- B : « la fiche choisie est celle d'un salarié acceptant de s'impliquer dans l'organisation de la journée portes ouvertes ».

Pour tout événement E, on note $\overline{E}$ l'événement contraire de E, $P(E)$ la probabilité de E et, si C est un événement de probabilité non nulle, $P_C(E)$ la probabilité conditionnelle de E sachant que C est réalisé.

1. a. Donner la valeur de $P_A(B)$.

b. Compléter l'arbre de probabilité donné en annexe.

2. Quelle est la probabilité que la fiche choisie soit celle d'un salarié acceptant de s'impliquer dans l'organisation de la journée portes ouvertes et travaillant dans les ateliers de production ?

3. Peut-on affirmer qu'il y a plus d'une chance sur trois que la fiche choisie soit celle d'un salarié acceptant de s'impliquer dans l'organisation de cette journée ?

Annexe

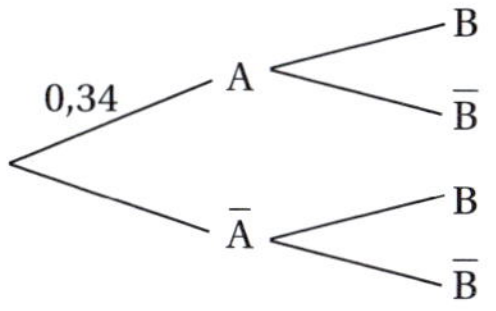

EXERCICE 3

Partie 2 *Avec calculatrice (5 points)*

Calculer des probabilités conditionnelles avec un arbre de probabilités

Une enquête a été réalisée dans une entreprise sur les habitudes alimentaires des salariés. Dans cette entreprise, on distingue trois types de salariés : des agents de maîtrise, des ouvriers et des cadres. Parmi les résultats obtenus, on observe que : 25 % des salariés interrogés sont des agents de maîtrise et parmi ceux-ci 80 % déjeunent au moins une fois par semaine au restaurant d'entreprise. L'entreprise compte 65 % d'ouvriers et parmi ceux-ci 88 % déjeunent au moins une fois par semaine au restaurant d'entreprise. Parmi les cadres, 50 % déjeunent au moins une fois par semaine au restaurant d'entreprise.

On choisit au hasard un salarié de l'entreprise. On considère les événements suivants :
O : « Le salarié interrogé est un ouvrier ». M : « Le salarié interrogé est un agent de maîtrise ».
C : « Le salarié interrogé est un cadre ». R : « Le salarié interrogé déjeune au moins une fois par semaine au restaurant d'entreprise ».

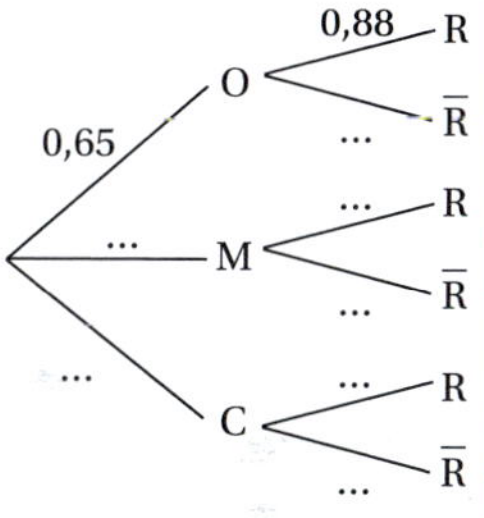

1. En utilisant les données de l'énoncé, compléter l'arbre de probabilité ci-contre, après l'avoir reproduit.
2. Décrire par une phrase l'événement : $O \cap R$ puis, calculer $P(O \cap R)$.
3. Justifier que $P(R) = 0{,}822$.
4. Calculer $P_R(O)$. Arrondir à 10^{-3}. Interpréter cette probabilité.

EXERCICE 4

Partie 2 *(5 points)*

Probabilités conditionnelles et loi binomiale.

A. Une entreprise fabrique un certain type de pièces pour les respirateurs utilisés dans les services de réanimation des hôpitaux et cliniques. Trois ateliers, notés 1, 2, 3, d'un site de production de l'entreprise fabriquent chaque jour ce type de pièces. Les ateliers 1, 2, 3 produisent chaque jour respectivement 25 %, 35 % et 40 % de la production totale de ce type de pièce sur le site.

Un jour donné, on admet que 2 % des pièces produites par l'atelier 1 sont défectueuses, que 1 % des pièces produites par l'atelier 2 sont défectueuses et que 2 % des pièces produites par l'atelier 3 sont défectueuses. On prélève au hasard une pièce dans la production totale des trois ateliers ce jour-là. Toutes les pièces ont la même probabilité d'être prélevées.

On considère les événements suivants :

E : « la pièce prélevée provient de l'atelier 1 » ;

F : « la pièce prélevée provient de l'atelier 2 » ;

G : « la pièce prélevée provient de l'atelier 3 » ;

D : « la pièce prélevée est défectueuse ».

1. Compléter, après l'avoir reproduit, l'arbre de probabilités suivant.

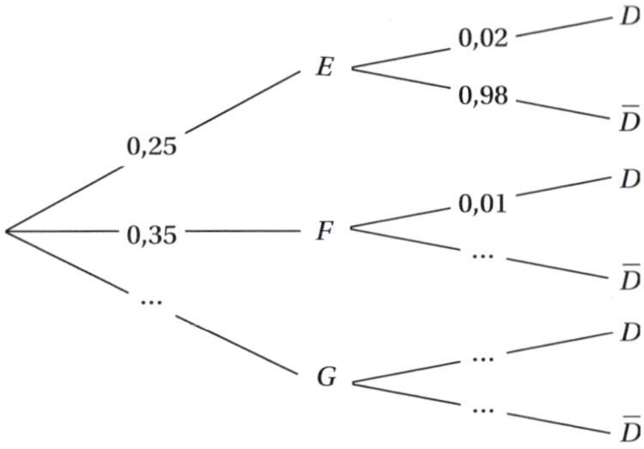

2. Décrire par une phrase l'événement $\overline{D}$, puis l'événement $G \cap D$.

3. Démontrer que la probabilité que la pièce prélevée ne soit pas défectueuse est 0,983 5.

B. Dans cette partie les résultats approchés sont à arrondir à 10^{-4}.

On note A l'événement : « une pièce prélevée au hasard dans un stock important est défectueux ». On admet que $P(A) = 0{,}02$. Les pièces sont livrées par huit. On note X la variable aléatoire qui à tout prélèvement de 8 pièces associe le nombre de pièces de ce prélèvement présentant un défaut. On admet que la variable aléatoire X suit une loi binomiale.

1. Préciser les paramètres de cette loi binomiale.

2. Calculer la probabilité dans un tel prélèvement il y ait au plus deux pièces défectueuses.

On donne : $\binom{8}{0} = 1$; $\binom{8}{1} = 8$ et $\binom{8}{2} = 28$.

Arrondir à 10^{-4}.

On peut obtenir ces résultats en complétant le triangle de Pascal du ④ D.

5 FONCTION EXPONENTIELLE DE BASE e, FONCTION LOGARITHME NÉPÉRIEN

EXERCICE

(4 points)

Le candidat doit traiter les quatre questions, indépendantes les unes des autres.

Question 1

Indiquer sur la copie le numéro de la question et la réponse choisie.

1. Le nombre ln(35) est égal à :

a. $\ln(5) \times \ln(7)$; b. $\ln(5) + \ln(7)$; c. $\ln(30) + \ln(5)$; d. $\ln(30) \times \ln(5)$.

2. Le nombre e^{20} est égal à :

a. $e^4 \times e^5$; b. $e^4 + e^5$; c. $e^5 + e^{15}$; d. $e^5 \times e^{15}$.

Question 2

On considère l'équation : $3\ln(x) - \ln(x+30) = 2\ln(5)$, où x appartient à l'intervalle $]0\ ,\ +\infty[$.

Donner, parmi les quatre propositions suivantes, la solution de cette équation.

a. 0 ; b. e^{-5} ; c. 10 ; d. 20.

Question 3

Lors d'une course, on a mesuré la fréquence cardiaque d'un coureur de 100 m.

Cette fréquence cardiaque, en battements par minute, est modélisée par la fonction f définie sur $[0{,}100]$ par : $f(x) = 28\ln(x+1) + 70$, où x est la distance parcourue, en mètres, depuis le départ de la course.

1. Selon ce modèle, quelle est la fréquence cardiaque de ce coureur au départ de la course ?

2. Selon ce modèle, au bout de combien de mètres la fréquence cardiaque de ce sportif est-elle égale à 185 battements par minute ? Arrondir à l'unité.

Question 4

L'iode 131 est un élément radioactif qui se désintègre selon la loi : $N(t) = N(0)e^{-0,086t}$, où $N(0)$ est le nombre de noyaux au début de l'observation et $N(t)$ le nombre de noyaux à l'instant t, exprimé en jours.

Déterminer t pour que la moitié des noyaux d'iode 131 soient désintégrés (cette valeur de t est appelée demi vie). Donner le résultat en nombre de jours arrondi à l'unité.

6 CALCUL DIFFÉRENTIEL ET INTÉGRAL

EXERCICE 1

Avec un logiciel de calcul formel

Soit f la fonction définie sur $[-1, +\infty[$ par $f(x) = \ln(2x+3)$.

Une primitive de f sur $[-1, +\infty[$ est donnée par un logiciel de calcul formel avec lequel ln est noté log.

```
(%i1) define(f(x),log(2*x+3));
(%o1) f(x):=log(2 x+3)

(%i2) integrate(f(x),x);
(%o2) (2 x+3) log(2 x+3)-2 x-3
      -------------------------
                  2
```

1. a. Donner, à l'aide du logiciel, l'expression d'une primitive F de f.

b. Justifier ce résultat par un calcul.

2. a. Donner la valeur exacte de l'intégrale $I = \int_0^1 f(x)dx$.

b. Donner la valeur approchée de I arrondie à 10^{-2}.

EXERCICE 2

(4 points)

Traiter quatre questions au choix parmi les cinq questions proposées.

Pour les questions 1 à 4, la fonction f est définie sur $[-1, +\infty[$ par : $f(x) = (4x-1)e^x$.

Question 1

Calculer $f(-1)$.

Question 2

Justifier que la limite de la fonction f en $+\infty$ est $+\infty$.

Question 3

On note f' la fonction dérivée de f sur $[-1, +\infty[$.

1. Démontrer que, pour tout x de $[-1, +\infty[$, $f'(x) = e^x(4x+3)$.

2. Établir le tableau de variations de la fonction f sur $[-1, +\infty[$.

Question 4

Soit F la fonction définie sur $[-1,+\infty[$ par : $F(x)=(4x-5)\mathrm{e}^x$.

1. Démontrer que, pour tout x de $[-1,+\infty[$, $F'(x)=f(x)$.

2. Calculer l'intégrale $I=\int_0^1 f(x)\,\mathrm{d}x$.

Question 5

On considère l'intégrale I suivante : $I=\int_{-1}^{2}(4x-1)\,\mathrm{d}x$. Démontrer que $I=3$.

EXERCICE 3

(3 points)

Traiter les deux questions suivantes.

Question 1

Soit f la fonction définie sur $\mathbb{R}$ par : $f(x)=(x^2+5x+4)\mathrm{e}^x$.

Soit F la fonction définie sur $\mathbb{R}$ par : $F(x)=(x^2+3x+1)\mathrm{e}^x$.

1. Montrer que, pour tout x appartenant à $\mathbb{R}$, $F'(x)=f(x)$.

2. Calculer $I_1=\int_0^1 f(x)\,\mathrm{d}x$.

Question 2

On considère la fonction g définie sur $[1,2]$ par : $g(x)=x+\mathrm{e}^x-\dfrac{1}{x}$.

Calculer $I_2=\int_1^2 g(x)\,\mathrm{d}x$.

7 ÉQUATIONS DIFFÉRENTIELLES

EXERCICE 1

(2 points)

Équation $y'=ay$

*Cet exercice est la partie mathématiques d'un exercice de « **Physique-chimie et mathématiques** », au total sur 4 points.*

1. On considère l'équation différentielle (E) : $y'+0{,}0434y=0$.

Déterminer sur $[0,+\infty[$ la solution P de cette équation différentielle qui vérifie la condition initiale $P(0)=6{,}75$.

2. Un signal de puissance initiale $P(0)=6{,}75$ mW parcourt une fibre optique. La puissance du signal, exprimée en mW, lorsque celui-ci a parcouru une distance de x kilomètres depuis l'entrée de la fibre optique, est donnée par $P(x)$ où P est la fonction déterminée à la question 1.

Démontrer que la perte de puissance une fois que le signal a parcouru un kilomètre depuis l'entrée est d'environ 0,287 mW.

EXERCICE 2

Équation $y'=ay+b$

*Exercice, **sur 4 points**, pourrait être proposé comme exercice de « **Physique-chimie et mathématiques** ».*

Dans une pièce, la température est de 22 °C à 23 h quand on éteint le chauffage. Nous allons étudier l'évolution de la température dans cette pièce au cours de la nuit.

Nous supposerons que la température extérieure est constante, toujours égale à $T_{ext}=10$ °C.

Soit t le temps écoulé depuis 23 h, exprimé en heures. La température dans la pièce est une fonction f de la variable t, définie sur l'intervalle [0, 8]. Elle est solution de l'équation différentielle : $Cy' + \lambda y = \lambda T_{ext}$, où C est la capacité thermique globale de la pièce et λ la conductivité thermique globale du mur donnant sur l'extérieur.

On admettra que l'équation s'écrit alors $(E) : y' = -0{,}15y + 1{,}5$.

1. a. Résoudre l'équation différentielle (E).

b. Déterminer la fonction f solution de l'équation (E), qui vérifie la condition initiale : $f(0) = 22$.

2. On admet dans la suite que f est la fonction définie sur [0, 8] par : $f(t) = 10 + 12\mathrm{e}^{-0{,}15t}$.

Au bout de combien de temps la température devient-elle inférieure à 16 °C ? En déterminer la valeur exacte à l'aide d'une inéquation. Quelle heure sera-t-il (arrondir à l'heure près) ?

3. À chaque instant t, le flux de chaleur vers l'extérieur est donné, en $\mathrm{MJh^{-1}}$ (mégajoule par heure), par la fonction j définie sur [0, 8] par : $j(t) = \lambda(f(t) - T_{ext}) = 2{,}88\mathrm{e}^{-0{,}15t}$.

L'énergie dissipée à l'extérieur entre 23 h et 7 h, exprimée en MJ, s'obtient en calculant : $E_d = \int_0^8 j(t)\,\mathrm{d}t$.

a. Calculer la valeur exacte E_d.

b. En donner la valeur approchée arrondie à 0,1 MJ par défaut.

8 NOMBRES COMPLEXES

EXERCICE 1

Un QCM

Le plan complexe est muni d'un repère orthonormé direct $(\mathrm{O}; \vec{u}, \vec{v})$.

On désigne par i le nombre complexe de module 1 et d'argument $\frac{\pi}{2}$.

1. La forme algébrique du nombre complexe $z = \frac{1}{2+\mathrm{i}}$ est :

a. $\frac{2}{3} - \frac{1}{3}\mathrm{i}$; b. $\frac{2}{5} - \frac{1}{5}\mathrm{i}$; c. $\frac{2}{5} + \frac{1}{5}\mathrm{i}$; d. $\frac{2}{3} + \frac{1}{3}\mathrm{i}$.

2. La forme algébrique du nombre complexe $z = 3e^{-\mathrm{i}\frac{\pi}{6}}$ est :

a. $-\frac{3\sqrt{3}}{2} + \frac{3}{2}\mathrm{i}$; b. $\frac{3\sqrt{3}}{2} - \frac{3}{2}\mathrm{i}$; c. $\frac{3\sqrt{3}}{2} + \frac{3}{2}\mathrm{i}$; d. $-\frac{3\sqrt{3}}{2} - \frac{3}{2}\mathrm{i}$

3. Le nombre complexe $z = -2 + 2\mathrm{i}$ peut se mettre sous la forme :

a. $2\sqrt{2}\mathrm{e}^{-\mathrm{i}\frac{\pi}{4}}$; b. $2\sqrt{2}\mathrm{e}^{\mathrm{i}\frac{3\pi}{4}}$; c. $2\sqrt{2}\mathrm{e}^{\mathrm{i}\frac{5\pi}{4}}$; d. $4\mathrm{e}^{\mathrm{i}\frac{3\pi}{4}}$.

4. Le nombre complexe conjugué de $z = 4\mathrm{e}^{\mathrm{i}\frac{\pi}{6}}$ est :

a. $-4\mathrm{e}^{\mathrm{i}\frac{\pi}{6}}$; b. $4\mathrm{e}^{\mathrm{i}\frac{7\pi}{6}}$; c. $4\mathrm{e}^{-\mathrm{i}\frac{\pi}{6}}$; d. $\frac{1}{4}\mathrm{e}^{-\mathrm{i}\frac{\pi}{6}}$.

5. Soient A et B deux points d'affixes respectives z_A et z_B. On sait que $|z_A| = \sqrt{3}$ et $|z_B| = 3$. On sait aussi qu'un argument de z_A est égal à $\frac{\pi}{3}$ et qu'un argument de z_B est égal à $\frac{\pi}{4}$.

L'écriture exponentielle du produit $z_A \times z_B$ est :

a. $3\mathrm{e}^{\mathrm{i}\frac{7\pi}{12}}$; b. $3\sqrt{3}\mathrm{e}^{\mathrm{i}\frac{7\pi}{12}}$; c. $3\sqrt{3}\mathrm{e}^{\mathrm{i}\frac{2\pi}{7}}$; d. $\frac{\sqrt{3}}{3}\mathrm{e}^{\mathrm{i}\frac{\pi}{12}}$.

6. Si $z_1 = 2\mathrm{e}^{\mathrm{i}\frac{2\pi}{3}}$ et $z_2 = \sqrt{2}\mathrm{e}^{-\mathrm{i}\frac{\pi}{4}}$, alors l'écriture exponentielle de $\frac{z_1}{z_2}$ est :

a. $\sqrt{2}\mathrm{e}^{\mathrm{i}\frac{5\pi}{12}}$; b. $\sqrt{2}\mathrm{e}^{\mathrm{i}\frac{11\pi}{12}}$; c. $\frac{\sqrt{2}}{2}\mathrm{e}^{-\mathrm{i}\frac{11\pi}{12}}$; d. $\sqrt{2}\mathrm{e}^{\mathrm{i}\frac{\pi}{12}}$.

EXERCICE 2

(4 points)

Traiter les deux questions suivantes.

Question 1

On considère le nombre complexe : $z = \frac{-1+\mathrm{i}}{3\mathrm{i}}$.

1. Mettre z sous forme algébrique. Détailler les calculs.
2. Mettre z sous forme exponentielle. Détailler les calculs.

Question 2

On considère les nombres complexes $z = \sqrt{3} - \mathrm{i}$ et $z' = \sqrt{2}\mathrm{e}^{\mathrm{i}\frac{\pi}{4}}$.

1. Déterminer la forme exponentielle de z. Détailler les calculs.
2. En déduire la forme exponentielle de $\frac{z}{z'}$.

EXERCICES PORTANT SUR L'ENSEMBLE DU PROGRAMME

EXERCICE 1

Traiter quatre questions au choix parmi les six questions proposées.

Question 1

1. Soit f la fonction définie sur l'intervalle $]0, +\infty[$ par : $f(x) = \frac{1}{2}x^2 - \ln(x)$.

On admet que f est dérivable sur l'intervalle $]0, +\infty[$ et on note f' sa fonction dérivée.

Démontrer que, pour tout x de $]0, +\infty[$, $f'(x) = \frac{(x-1)(x+1)}{x}$.

2. Étudier le sens de variation de f sur $]0, +\infty[$.

Question 2

Une voiture électrique, dont l'accumulateur est totalement déchargé, est branchée à une borne de rechargement. L'énergie emmagasinée par l'accumulateur (en kilowattheures), notée E, peut être modélisée en fonction du temps t écoulé (en heures) par la fonction E définie sur $[0, +\infty[$ par : $E(t) = 18(1 - \mathrm{e}^{-0,45t})$.

On admet que cette voiture a une énergie de stockage limitée à 18 kWh.

Déterminer l'instant t_0, arrondi à la minute, à partir duquel la moitié de cette énergie de stockage limite a été emmagasinée.

Question 3

Soit g la fonction définie sur $[0, +\infty[$ par : $g(t) = 6t\mathrm{e}^{-t}$.

1. Démontrer que, pour tout x de $[0, +\infty[$, $g'(t) = 6\mathrm{e}^{-t}(1-t)$.
2. Étudier le signe de $g'(t)$ sur $[0, +\infty[$. En déduire les variations de g sur $[0, +\infty[$.

Question 4

La température d'un four, exprimée en degré Celsius, en fonction du temps t, exprimé en minute, est modélisée par une fonction f définie et dérivable sur $[0, +\infty[$, solution de l'équation différentielle (E) : $y' = -0,2y + 44$.

1. Déterminer les solutions de cette équation différentielle sur $[0, +\infty[$.
2. On suppose que la température initiale du four est 25 °C. En prenant $f(0) = 25$, donner une expression de $f(t)$, pour tout t de $[0, +\infty[$.

Question 5

Soit le nombre complexe $z = -1 + \mathrm{i}$.

1. Montrer que $z = \sqrt{2}\mathrm{e}^{\mathrm{i}\frac{3\pi}{4}}$.
2. Quelle est la partie imaginaire de z^4 ? Justifier.

Question 6

ABCD est un carré de côté 4 et ABF est un triangle rectangle en B avec BF = 3 comme indiqué sur la figure ci-contre.

Calculer le produit scalaire $\overrightarrow{BF} \cdot \overrightarrow{BD}$.

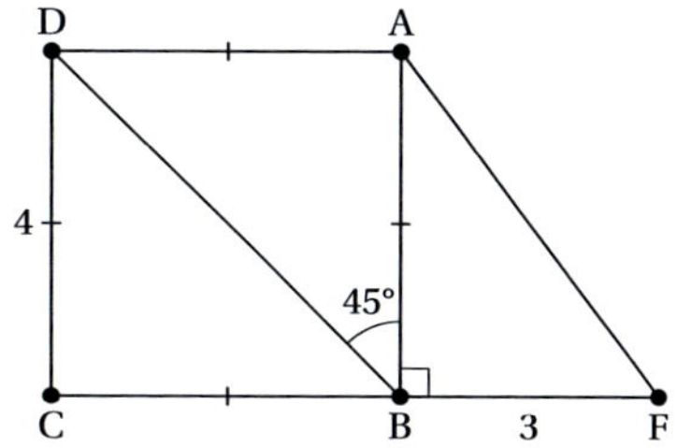

EXERCICE 2

Les questions 1, 2, 3 et 4 sont indépendantes les unes des autres. Chacune d'elles est notée sur un point.

Question 1

Pour cette question, indiquer la lettre de la réponse exacte. Aucune justification n'est demandée.

L'expression $\dfrac{(\mathrm{e}^{-3x}) \times (\mathrm{e}^{2x})^{-3}}{\mathrm{e}^{5x} \times \mathrm{e}^{6x}}$ vaut :

A	B	C	D
e^{-1}	$\dfrac{12}{5}x^{-3}$	e^{-x}	e^{-23x}

Question 2

Soit f la fonction définie sur $\mathbb{R}$ par $f(x) = \mathrm{e}^{2x}(-3x + 1)$. On admet que la fonction f est dérivable sur $\mathbb{R}$ et on note f' la fonction dérivée de f sur $\mathbb{R}$.

Montrer que $f'(x) = \mathrm{e}^{2x}(-6x - 1)$.

Question 3

On désigne par i le nombre complexe de module 1 et d'argument $\dfrac{\pi}{2}$.

Mettre le nombre complexe $\sqrt{3} + \mathrm{i}$ sous forme exponentielle en détaillant les calculs.

Question 4

Résoudre sur l'intervalle $]0\,;+\infty[$ l'équation (E) : $\dfrac{2}{3\,\mathrm{In}(10)}\mathrm{In}(x) - 2{,}88 = 4$.

 # corrigés
foucherconnect.fr/23tersti2d80

PHILOSOPHIE

PHILOSOPHIE

L'évaluation de la Philosophie au bac

L'épreuve de Philosophie fait l'objet d'une épreuve finale : elle se déroule à l'écrit et porte sur une dissertation ou une explication de texte philosophique. Elle est dotée d'un coefficient 4 et dure 4 heures.

1 Le programme de philosophie

L'année de terminale doit aborder les 7 notions au programme (la justice, l'art, la liberté, la nature, la religion, la technique, la vérité, sans que celles-ci ne fassent nécessairement l'objet d'un cours indépendant. Il s'agit aussi de savoir penser de grandes distinctions conceptuelles appelées repères (signalés par un encadré bleu dans cet ouvrage).

2 Les modalités de l'épreuve

A La dissertation

Au nombre de **deux**, les sujets de dissertation sont souvent posés sous la forme d'une **question**, renvoyant explicitement à un problème relatif à une ou plusieurs notions du programme. Une seule question est à traiter.

B L'explication de texte philosophique

- Le texte, dont l'auteur doit figurer dans la liste du programme, se rapporte à une ou plusieurs notions. Il est accompagné de **questions** qui guident le candidat dans son étude. Le candidat a le choix entre deux manières de rédiger l'explication de texte. Il peut soit répondre dans l'ordre, de manière précise et développée, aux questions posées (option n° 1) ; soit suivre le développement de son choix (option n° 2).

- Les questions posées permettent de faire apparaître le problème dont il est question dans le texte et son divisées en trois parties : la première partie (« A. Éléments d'analyse ») porte sur des extraits du texte ou des concepts clefs qu'il s'agit d'expliquer ; la deuxième (« B. Éléments de synthèse ») invite à dégager la problématique, l'idée principale et les étapes de l'argumentation de l'auteur ; la troisième (« C. Commentaire ») consiste en un ou deux sujets de réflexion en rapport avec la thèse du texte, c'est-à-dire la position défendue par l'auteur.

3 L'épreuve du second groupe

- L'épreuve du second groupe, l'oral de rattrapage, dure 20 minutes (10 minutes d'exposé et 10 minutes de discussion avec l'examinateur). Elle porte sur un des textes étudiés en classe pendant l'année. Le temps de préparation est de 20 minutes. L'épreuve est dotée d'un coefficient 4.

- Le candidat présente à l'examinateur la liste des textes étudiés, écrits par des auteurs inscrits au programme. Le candidat doit se présenter à cette épreuve avec deux exemplaires des textes de sa liste signés par son ou sa professeur et tamponnés par son établissement.

- Le candidat doit faire preuve de connaissances élémentaires (vocabulaire, problèmes fondamentaux, etc.) et tirer parti de ses qualités de réflexion et d'expression, ainsi que des lectures qu'il a pu faire au cours de l'année.

1 La justice

La justice est une notion recouvrant plusieurs concepts qui sont liés les uns aux autres, sans jamais se confondre. Ainsi, s'interroger sur la justice, c'est penser un principe à la fois philosophique, juridique, politique et moral.

1 Comment définir le juste ?

A Les trois aspects de la justice

 # œuvre
Claude Franchomme,
La Justice, 1718.
foucherconnect.fr/23tersti2d63

La justice est souvent représentée sous les traits d'une femme tenant une balance et ayant parfois les yeux bandés. Cette représentation indique que la justice est donc censée être affaire d'équilibre, de mesure et d'impartialité. Mais ce terme recouvre en fait trois aspects différents :
- **la justice comme idéal :** c'est ce qu'on cherche à définir lorsque l'on s'interroge sur ce qui est juste ou injuste. On va alors se demander si le juste et l'injuste peuvent être définis universellement : est-ce qu'il y a un idéal commun de justice pour tous les êtres humains, malgré les lois différentes selon les États et les cultures ? ;
- **la justice comme norme** : le juste comme idéal est ensuite censé s'incarner dans ce qu'on appelle les lois positives, c'est-à-dire le droit tel qu'il existe dans chaque État. La justice devient alors une norme, le droit, auquel on doit pouvoir se référer en cas de litiges entre particuliers (droit privé) ou en cas d'infractions manifestes envers la norme sociale et juridique en vigueur (droit public) ;
- **la justice comme institution :** ce qu'on appelle parfois la Justice (avec un J majuscule) est le pouvoir chargé de faire respecter les lois et de juger selon elles les litiges et les infractions commises.

B Le problème du critère de justice

■ « Plaisante justice qu'une rivière borne ! Vérité en-deçà des Pyrénées, erreur au-delà » : par cette phrase, **Blaise Pascal** (1623-1662) résume bien, dans les *Pensées*, **la difficulté à définir le juste.** Comme idéal, nous voudrions que la justice, comme la vérité, soit universelle. Mais nous sommes forcés de constater que ce qui est considéré comme juste dans un pays ne l'est pas nécessairement dans un autre : le juste s'incarne différemment dans les normes et les lois de chaque État et de chaque peuple ; ce qui est légal ici peut être illégal ailleurs, et inversemment.

■ Dans l'*Éthique à Nicomaque*, **Aristote** (384 av. J.-C.-322 av. J.-C.) propose de définir le juste par l'égal : **agir avec justice, ce serait traiter chacun avec égalité** (incarnée par la balance de la justice) sur le modèle de la justesse en mathématique. Mais on peut avoir deux conceptions différentes de ce que l'égalité veut dire.

■ Dans une première conception, on prend pour modèle **l'égalité arithmétique.** On parle alors de **« justice commutative »** : **à chacun la même chose.** La justice commutative préside aux échanges (un bien doit être égal au bien avec lequel on l'échange pour que l'échange soit considéré comme juste), mais aussi, dans les sociétés démocratiques, à ce qu'on appelle l'isonomie (l'égalité des citoyens devant la loi.) Pourtant, est-il juste de donner la même chose à tous ? À celui qui en a besoin comme à celui qui n'en a pas besoin ?

En effet, si les citoyens sont égaux devant la loi, ils ne sont pourtant pas identiques, mais différents (l'égalité de droit n'est pas une égalité de fait).

REPÈRES

Identité/égalité/différence

- L'**identité** est le caractère de ce qui est semblable à soi. Sont identiques deux choses parfaitement semblables.
- L'**égalité** est le caractère de ce qui est de même valeur, sans être pour autant nécessairement identique.
- La **différence** est le caractère qui distingue une chose d'une autre.

■ Dans une seconde conception, on prend pour modèle **l'égalité géométrique ou proportionnelle.** On parle alors de **« justice distributive » : à chacun ce qui convient.** Le problème est alors de savoir ce que « ce qui convient » veut dire : doit-on donner à chacun selon son mérite ou selon ses besoins ? Est-il juste de traiter de manière inégale des êtres censés être égaux, ou doit-on traiter de manière égale des gens pourtant inégaux ?

C L'égalité et l'équité

■ Cette distinction entre justice commutative et justice distributive recoupe celle entre **l'égalité et l'équité.** On peut définir l'équité comme l'égalité avec une juste dose d'inégalité. Traiter deux personnes de manière équitable, c'est les traiter de façon inégale, mais au nom de l'égalité.

EXEMPLE

Pour comprendre la différence entre l'égalité et l'équité, nous pouvons prendre l'exemple du partage d'un plat. Partager ce plat selon la stricte égalité, c'est donner à chacun une part exactement identique. Le partager de manière équitable, c'est attribuer à chacun une part selon sa faim et ses besoins.

■ De nombreuses lois sont aujourd'hui en vigueur selon un principe d'équité, plutôt que de stricte égalité. Par exemple, c'est sur le principe d'équité que se fonde l'octroi du congé maternité : si les parents sont égaux, ils ne sont pas exactement identiques face à la grossesse et à l'accouchement.

D La justice redistributive

■ Le principe d'équité peut même amener un État à corriger les inégalités selon le principe de la justice **non plus simplement distributive, mais redistributive**. Ainsi, **John Rawls** (1921-2002) dans *Théorie de la justice*, considère que le principe d'égalité des droits n'a plus aucun sens lorsqu'une société est si inégalitaire que les plus défavorisés ont des droits fondamentaux garantis par la loi, mais qui ne sont pas effectifs en réalité (c'est-à-dire qu'ils ne peuvent pas exercer ces droits dans les faits).

■ Pour fonder une société sur le principe de justice, Rawls propose une expérience de pensée : chacun des contractants (des signataires) du nouveau contrat social est placé sous un « voile d'ignorance », c'est-à-dire qu'il ignore ce que sera sa position sociale future dans la société pour qu'il puisse juger selon ce qui lui parait être juste, et non pas selon son seul intérêt puisqu'il l'ignore. Rawls explique que, sous cette condition, un consensus pourrait être trouvé sur ce que serait une société juste, selon les deux principes suivants :

FOCUS

1. **Le principe de liberté :** on doit garantir un accès égal au plus grand nombre de libertés de base (liberté d'expression, droit de vote et d'éligibilité, etc.).
2. **Le principe de différence :** les inégalités sociales et économiques sont acceptables si et seulement si :
- le principe d'égalité des chances est respecté (tout le monde peut accéder en principe à toutes les positions) ;
- un système de compensation permet de rétablir l'équilibre pour les plus défavorisés.

■ Rawls considère donc qu'une société juste **doit donner plus à ceux qui ont moins, et corriger les inégalités de naissance et de condition pour assurer l'égalité des chances.**

2 La loi est-elle toujours juste ?

A Qu'est-ce qu'une loi juste ?

■ Poser la question de la justice de la loi peut paraître paradoxal : en effet, la loi est censée dire le juste dans un État donné. Poser la question de la justice de la loi, c'est se demander, non pas si la loi est **légale** (elle l'est toujours par définition), mais si elle est **légitime.**

REPÈRES

Légal/légitime

- Est **légal** ce qui est conforme aux lois positives, c'est-à-dire au droit tel qu'il existe.
- Est **légitime** ce qui est conforme, non plus à la loi positive, mais à l'équité, à la morale, à la raison, c'est-à-dire à la justice en tant qu'idéal, en tant que valeur.

■ On peut en effet avoir **deux visions de la loi** :
- une vision « **conventionnaliste** » : la loi est le résultat d'une **convention**, d'un accord entre les parties de manière à régler la vie sociale et à éviter le désordre (par exemple, le Code de la route) ;
- une vision « **jusnaturaliste** » : la loi telle qu'elle existe, c'est-à-dire positive, devrait se rapprocher le plus possible d'une loi dite « naturelle », et donc exprimer un **idéal de justice**.

C'est en ce sens qu'on peut questionner la légitimité de la loi, c'est-à-dire sa conformité à un idéal de justice qu'il s'agit alors de définir. On peut par exemple critiquer une loi au nom des droits de l'homme que l'on considère alors comme universels.

REMARQUE

L'enjeu derrière cette question est celui de la **liberté politique**, c'est-à-dire de l'exercice de sa liberté dans le cadre d'une communauté politique encadrée et régie par des lois : celle-ci fait surtout sens si on pense la loi comme l'expression d'un idéal de justice (vision « jusnaturaliste »), car sinon l'obéissance à la loi a du mal à être définie autrement que comme une contrainte résultant de l'expression dans la loi d'un rapport de force. C'est par exemple ce que soutient Karl Marx (1818-1883), notamment dans sa *Critique du droit politique hégélien* et dans *L'Idéologie allemande* : le droit est la fixation dans la loi de l'intérêt de la classe dominante.

B Doit-on toujours obéir à la loi ?

■ La réponse à la question de savoir ce que l'on peut ou de ce qu'on a le droit de faire, face à une loi qu'on considère comme injuste, dépend de la conception qu'on a de la loi et de la distinction entre légal et légitime.

■ Ainsi, **Platon** (428 av. J.-C. - 348 av. J.-C.), dans le *Criton*, met en scène Socrate qui, injustement condamné par les lois de la cité, se voit proposer par son disciple Criton son aide pour s'évader. Socrate refuse parce qu'il considère que le danger qu'il y a à remettre en cause les lois est bien pire que la mort. En effet, pour Platon, **la distinction entre légal et légitime ne tient pas** : un citoyen n'est pas en mesure de juger les lois car il leur doit sa vie et son éducation.

■ À l'inverse, **Rawls** explique, dans *Théorie de la justice*, que la désobéissance civile, à condition qu'elle soit non violente et qu'elle ne soit pas le reflet d'intérêts privés, **se fait au nom du principe de justice qui sous-tend les lois en question**. Ainsi, la désobéissance civile « exprime la désobéissance dans le cadre de la fidélité à la loi, bien qu'elle se situe à sa limite extérieure ».

3 Je mémorise autrement

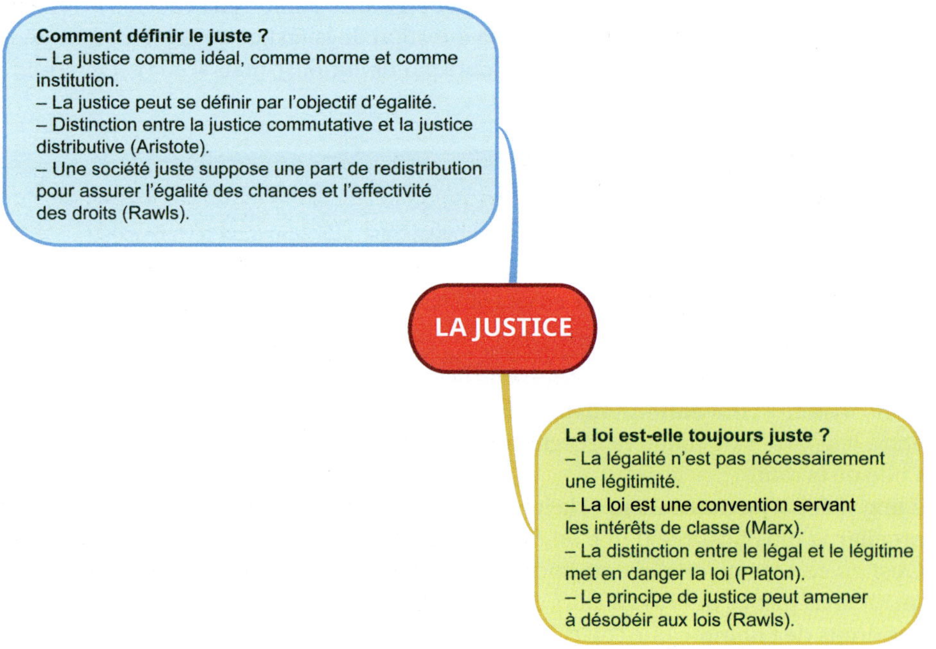

 # quiz
Des questions pour réviser
foucherconnect.fr/23tersti2d64

2 L'art

L'art est un terme difficile à définir car il revêt plusieurs sens. Or, cette difficulté à définir l'art entraîne nécessairement des questionnements sur la spécificité des œuvres artistiques (tout objet peut-il être une œuvre d'art ?), sur le statut de l'artiste (l'artiste exerce-t-il une profession comme les autres ?) et sur les limites du champ artistique (le jeu vidéo peut-il être considéré comme une forme d'art ?).

1 Qu'est-ce que l'art ?

A Une notion difficile à définir

Quand on parle d'art, on désigne à la fois :
- l'**activité productrice** consistant à fabriquer des objets : les œuvres d'art ;
- la **technique utilisée** pour leur fabrication : art de la peinture ou art de la sculpture ;
- le **résultat** de cette activité et de cette technique : l'œuvre en elle-même ;
- la **valeur** plus ou moins artistique de ce résultat : par exemple, toutes les peintures ne sont pas considérées comme des œuvres d'art.

B Art et technique

■ S'il est difficile de définir avec précision le terme d'art, c'est d'abord parce que son sens a évolué historiquement. L'étymologie du mot (du latin *ars, artis*, « habileté, métier, connaissance technique ») indique que **la distinction entre art, savoir et métier est assez récente**. Ainsi, on a pu parler d'art de la guerre et l'astronomie était qualifiée d'art libéral.

■ Les Grecs de l'Antiquité définissaient l'art par la **technique** : le terme de technique vient du grec *technê* (« art » ou « habileté ») et désigne **un savoir-faire**, c'est-à-dire la capacité à mettre en œuvre des règles vraies et connues dans le but d'obtenir le résultat souhaité.

C L'œuvre d'art est un objet artificiel

■ Dans la *Physique*, **Aristote** (384 av. J.-C. – 322 av. J.-C.) définit une chose artificielle (par exemple une sculpture ou une chaise) comme ce qui ne possède pas son propre principe d'existence, au contraire des êtres naturels (les êtres vivants) qui contiennent en eux-mêmes le principe de changement, c'est-à-dire le principe de vie.

■ Les artifices reçoivent donc leur principe d'existence d'une force extérieure à eux, ils sont créés par une main extérieure. La distinction fondamentale aristotélicienne entre les corps est celle qui sépare ce qui est **artificiel** (*technê*) de ce qui **naturel** (*phusis*).

PHILOSOPHIE

D L'artisan et l'artiste

■ Jusqu'à la Renaissance, **on ne distingue pas véritablement l'artiste de l'artisan**. Au XVIIIe siècle apparaît **la notion de Beaux-Arts** : l'art est donc désormais considéré à part, **parce qu'il ne vise pas l'utilité, mais le beau**, tandis que le domaine de la technique à proprement parler se définit par sa fin utilitaire.

■ À partir de cette distinction, **le statut de l'artiste change**. La signature des œuvres par leur auteurs se généralise et ce qui fait la valeur d'un artiste, et donc de l'œuvre d'art, n'est plus uniquement le degré de maîtrise technique employée, mais **le don, le talent** de créer une œuvre qui soit à la fois originale et susceptible de servir de modèle.

■ Cette idée se retrouve dans le **concept de génie** que définit ainsi **Emmanuel Kant** (1724-1804) dans la *Critique de la faculté de juger* : « le talent naturel qui donne ses règles à l'art ». Le génie de l'artiste est un don de la nature qui lui permet de créer une œuvre obéissant à des règles ; cependant, il ne peut rendre compte de ces règles, elles ne sont pas démontrables.

■ **Chaque œuvre d'art obéit donc à des règles, mais appliquer ces règles ne permet pas nécessairement de fabriquer un chef-d'œuvre.** C'est en cela que l'art diffère de la technique, ou même de la science : il n'y a pas de « mode d'emploi » déterminé à l'avance qui permettrait de garantir le caractère artistique d'une œuvre et donc de créer des chefs-d'œuvre à la chaîne.

2 À quoi sert une œuvre d'art ?

A L'art est inutile

■ L'œuvre d'art est **un objet sensible**, c'est-à-dire qu'il s'adresse à mes sens, mais contrairement aux autres objets, je ne l'utilise pas. C'est pour cela que **Kant** explique dans la *Critique de la faculté de juger* que le plaisir esthétique (qui vient de la contemplation d'une œuvre d'art) est un **plaisir désintéressé** : ce n'est pas la consommation ou l'utilisation de l'œuvre d'art qui me procure du plaisir dans l'expérience esthétique.

■ **L'art se définit donc par sa fin, qui est non utilitaire.** En fait, la plupart des œuvres d'art avaient une utilité au moment de leur création, mais **c'est une fois que cette utilité s'est estompée** qu'on peut véritablement dire que l'œuvre est une œuvre d'art. D'ailleurs, mon plaisir n'use pas cette œuvre (au contraire du plaisir que je prends quand je mange un gâteau au chocolat par exemple).

EXEMPLE

Le *Tympan du Jugement Dernier* de l'abbatiale de Conques avait pour but de susciter chez l'observateur la peur du Jugement et de l'Enfer, afin qu'il conforme sa vie aux préceptes de l'Église.

 # œuvre

Le Tympan du Jugement dernier de l'abbatiale de Conques

foucherconnect.fr/23tersti2d65

■ Cela signifie donc qu'en droit, **tout peut être une œuvre d'art**. Ce qui définit une œuvre d'art, c'est d'abord le rapport respectueux, mis à distance, désintéressé que j'entretiens avec elle. C'est d'ailleurs ce que veut signifier **Marcel Duchamp** (1887-1968) quand il cherche à exposer en 1917 à New York son œuvre *Fontaine*, qui n'est autre qu'un urinoir renversé, c'est-à-dire l'objet le plus banal et trivial qui soit. Si cet urinoir peut devenir une œuvre d'art, alors tout objet que je traite comme œuvre d'art peut l'être.

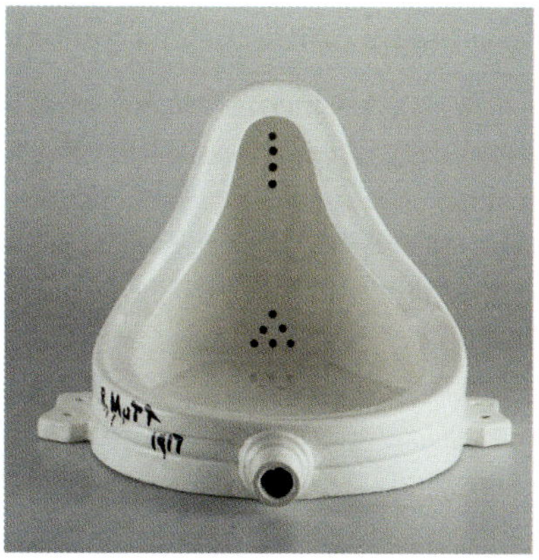

Marcel Duchamp, Fontaine, 1917

B Juger le beau

■ Si, en droit, tout peut être une œuvre d'art, **qui décide alors qu'une œuvre est une œuvre d'art ?** Quand j'estime que quelque chose est beau, quand je juge de la beauté d'une œuvre, tout le monde doit-il être d'accord avec moi ?

■ Kant, dans la *Critique de la faculté de juger*, explique qu'il faut distinguer le **beau** (par exemple, « *La Joconde* est belle »), de **l'agréable** (par exemple, « ce vin est très bon »). Ces deux phrases constituent un **jugement**, qui consiste à qualifier un **sujet** (« *La Joconde* » ou « ce vin ») au moyen d'un **prédicat** (« belle » ou « très bon »). De plus, ces jugements sont tous les deux **subjectifs** : même dans le cas de *La Joconde*, la beauté n'est pas une propriété de l'objet que je juge beau (si je dissèque ce tableau, je ne trouverai jamais une propriété chimique qui serait la beauté), ce n'est donc pas un jugement objectif.

■ Néanmoins, si nous acceptons très bien que le jugement du caractère agréable d'un objet soit particulier (« les goûts et les couleurs ne se discutent pas »), pour le beau, nous jugeons comme si tout le monde devait être d'accord avec nous. Le jugement esthétique est donc un **jugement subjectif universel**, dans le sens où il est universalisable : je sais que mon jugement ne va pas être partagé par tous, mais je juge comme si c'était le cas.

REMARQUES

- Une même œuvre peut faire l'objet d'un **jugement esthétique** (sur le beau) ou d'un **jugement sur son caractère agréable**. Ainsi, si on utilise *Le Printemps* d'Antonio Vivaldi comme musique d'attente, on le fait pour son caractère agréable, alors que si on l'écoute pour lui-même, celui-ci fait l'objet d'un jugement esthétique.
- De plus, une œuvre belle peut être en même temps assez **désagréable**, comme le poème « Une Charogne » de **Charles Baudelaire** (1821-1867) qui convoque des images de putréfaction et de corps mort.

 # œuvre
Le Printemps d'Antonio Vivaldi
foucherconnect.fr/23tersti2d70

 # œuvre
Charles Baudelaire, « Une Charogne », *Les Fleurs du mal*
foucherconnect.fr/23tersti2d66

PHILOSOPHIE

REPÈRES

Objectif/subjectif

Est **objectif** ce qui se rapporte à l'objet de la connaissance. Un jugement objectif ne dépend pas du sujet qui l'énonce et est donc nécessairement universel.

Est **subjectif** ce qui se rapporte au sujet de la connaissance. Un jugement subjectif devrait donc toujours dépendre du sujet qui l'énonce et être particulier, mais le jugement esthétique chez Kant est à la fois subjectif et universel.

Universel/particulier

Est **universel** ce qui vaut en tout temps et en tout lieu, c'est-à-dire ce qui ne souffre aucune exception.

Est **particulier** ce qui appartient en propre à un individu ou à un groupe restreint d'individus.

3 L'art doit-il imiter le réel ?

A L'art comme imitation du réel

Si nous nous interrogeons sur le rapport entre l'art et le réel, il semble que la première fonction de l'art serait d'**imiter la réalité**, de rendre présent ce qui est absent, de re-présenter (au sens de présenter à nouveau) ce qu'on ne peut voir à l'instant. Ainsi, la peinture funéraire permet de garder en mémoire le visage du défunt. En ce sens, on peut dire que **l'art sauve le réel**, c'est-à-dire qu'il permet de sauvegarder ce qui disparaîtrait ou ne serait pas présent sans lui.

Mais **Platon** (428 av. J.-C. - 348 av. J.-C.) critique cette idée que l'art imiterait la réalité. Ainsi, dans la *République*, il compare l'artiste et l'artisan : par exemple, si l'artisan fabrique un lit et que l'artiste en représente un en peinture, les deux créent en quelque sorte un lit, mais le lit que peint l'artiste n'est qu'une **copie de l'apparence** du lit, et non pas une véritable imitation de la réalité. L'artiste est un piètre imitateur, car il ne sait produire que l'image des choses. Il y a pour **Platon** une forme de **mensonge de l'art** qui semble imiter la réalité mais qui ne produit que l'illusion de cette réalité : **l'art nous détournerait alors du réel**.

B L'art comme dévoilement du réel

Pourtant, il est possible de remettre en question cette critique de l'art comme illusion : **si l'art imite mal le réel, ce serait parce qu'il ne vise en fait pas son imitation**. Ainsi, **Friedrich Hegel** (1770-1831) explique dans l'*Esthétique* que l'art ne doit pas avoir pour but d'imiter la nature, car il s'agirait d'une activité inutile (la nature crée déjà ses propres objets) et présomptueuse (« l'art est limité dans ses moyens d'expression et ne peut produire que des illusions partielles »). De plus, certains arts n'ont jamais eu pour but d'imiter la nature (par exemple l'architecture ou la poésie), et surtout, « l'imitation ne peut produire que des chefs-d'œuvre de la technique, jamais des œuvres d'art » : **reproduire de la manière la plus exacte possible un objet naturel ne serait qu'une prouesse technique, et non une qualité artistique.**

■ **Au lieu de nous détourner du réel, l'art est en fait une révélation, un dévoilement du réel.** Tout d'abord, l'art peut attirer notre regard sur des détails ou des aspects du réel que nous ne voyons pas ou plus, par désintérêt ou par habitude.

EXEMPLE

L'écrivain **Oscar Wilde** (1854-1900) affirme dans *Le Déclin du mensonge* que « sans doute y eut-il à Londres des brouillards depuis des siècles. C'est infiniment probable, mais personne ne les voyait, de sorte que nous n'en savions rien. Ils n'eurent pas d'existence tant que l'art ne les eut pas inventés ». Ainsi, en attirant le regard sur le brouillard de Londres, les peintres anglais l'ont en quelque sorte inventé, ont **créé du réel en le révélant**.

■ De plus, l'art peut permettre de **dévoiler l'essence des choses**, ce qu'elles sont véritablement. Ainsi, **Henri Bergson** (1859-1941) déclare dans *Le Rire* que nous avons un rapport à la réalité appauvri : nous collons des étiquettes sur les choses, nous les voyons sans les voir, dans une relation essentiellement utilitaire à elles. **Les artistes nous permettent alors de véritablement voir ce que nous avions déjà perçu** : grâce à l'art, nous nous arrêtons pour regarder vraiment l'objet représenté, sans être dans ce rapport purement pratique à lui.

EXEMPLE

Le sculpteur **Constantin Brancusi** (1876-1957) explique, à propos de sa sculpture *Poisson*, qu'il a représenté le poisson dans sa simplicité, le « sens réel » du poisson, c'est-à-dire non pas ses écailles, sa queue, ses nageoires, mais « la vitesse de son mouvement, [...] son corps étincelant et flottant, vu à travers l'eau ».

Constantin Brancusi, *Poisson*, 1924

4 Je mémorise autrement

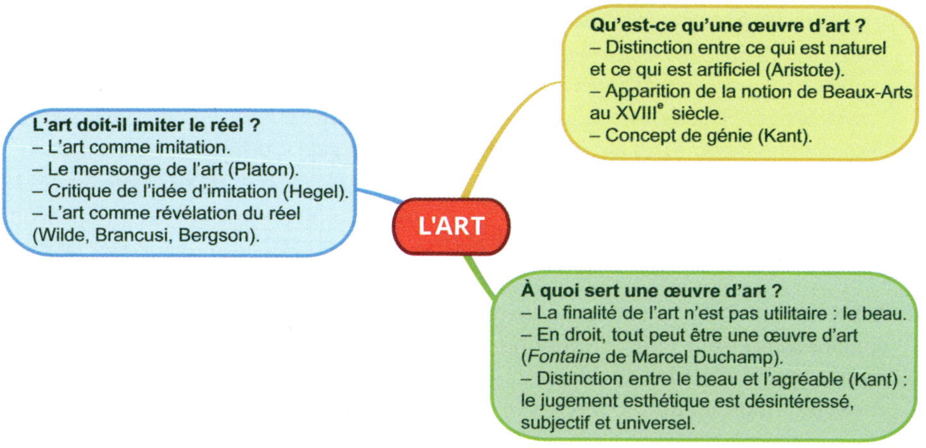

 # quiz
Des questions pour réviser
foucherconnect.fr/23tersti2d64

3 La liberté

La liberté est une notion complexe car ses champs d'application sont multiples (liberté d'action, liberté de pensée, liberté politique, etc.), mais aussi parce que la définition la plus évidente que nous pouvons donner de la liberté est une définition négative : la liberté se définit d'abord comme une absence de contraintes.

1 Qu'appelle-t-on être libre ?

A La liberté d'agir

■ La liberté peut se définir en premier lieu comme **l'absence de contraintes extérieures** : est libre celui qui n'est pas esclave, qui n'est pas enchaîné.

■ Cependant, cette définition de la liberté pose deux problèmes :
– c'est **une définition négative de la liberté** (la liberté est l'absence d'entraves). Or, cette définition négative ne permet pas de distinguer ce qui ferait la spécificité de la liberté humaine par rapport à celle des autres animaux ;
– **la contrainte n'est pas nécessairement extérieure :** si je peux physiquement faire ce que je veux, mais que je suis incapable de déterminer ma volonté, de choisir ce que je veux, on peut considérer que je ne suis pas libre, que je suis contraint de manière intérieure (voir la partie 2 A. Liberté et désir).

REPÈRES

Contrainte/obligation

- La **contrainte** est ce qui nous force à faire quelque chose, c'est donc de l'ordre du fait. Si je suis en prison, je suis contraint, je ne suis pas libre à cause de contraintes extérieures (les murs de la prison, la vigilance du gardien).
- La contrainte est à distinguer de **l'obligation**, qui elle est d'ordre moral ou politique : je ne dois pas faire quelque chose parce que la loi, morale ou politique, me l'interdit. Je peux par exemple avoir la possibilité de rentrer sur le terrain de mon voisin car il n'y a pas de clôture (absence de contrainte) mais ne pas avoir le droit de le faire parce que la loi me l'interdit (obligation).

B Le libre arbitre

■ Une définition plus satisfaisante de la liberté, ou en tout cas plus conforme à ce que nous considérons être la liberté humaine, serait alors de la définir **comme libre arbitre** : le libre arbitre, c'est la faculté qu'a la volonté de se déterminer, de choisir, de se décider pour un choix plutôt qu'un autre.

■ Le concept de libre arbitre a d'abord été élaboré pour poser **la question de l'origine du mal**. Dans *Du Libre Arbitre*, **Augustin d'Hippone** (354-430) répond au problème de l'origine du mal par le concept de libre arbitre : face à l'interrogation de savoir si Dieu est l'auteur du mal, Augustin répond que « Dieu a conféré à sa créature, avec le libre arbitre, la capacité de mal agir, et par-là même, la responsabilité du péché. » Pour Augustin, c'est donc parce que l'être humain est libre que le mal peut exister. Définir la liberté comme libre arbitre, c'est donc considérer que cette question a des **enjeux moraux** (par exemple, la responsabilité morale : suis-je responsable du mal que je fais**) et politiques** (par exemple, la question du vote pour tous : tout le monde est-il capable de déterminer l'intérêt général ?).

C Raison et volonté

■ Si le libre arbitre est la liberté d'orienter sa volonté, il convient de se demander **à quelle condition** ma volonté peut être considérée comme libre. On peut distinguer deux cas de figure :
– **la raison ne permet pas d'orienter ma volonté**, je n'ai pas plus de raisons de faire un choix plutôt qu'un autre : c'est ce qu'on appelle **la liberté d'indifférence** ;
– **la raison incline la volonté** car elle lui donne des raisons de choisir dans un sens ou dans un autre : on pourrait alors dire qu'il s'agit d'une **liberté éclairée par la raison**.

■ De prime abord, on pourrait croire que la volonté n'est libre que dans le cas de la liberté d'indifférence, car elle serait dans une situation de libre détermination face à la raison, qui pourrait alors être assimilée à une forme de contrainte intérieure. Pourtant, **René Descartes** (1596-1650) affirme dans la quatrième méditation des *Méditations métaphysiques* que **la liberté d'indifférence est en fait le plus bas niveau de la liberté**.

■ En effet, la liberté d'indifférence ne me permet de juger que dans les cas où mon choix n'a aucune importance ou qu'il est le résultat de mon ignorance : elle n'est donc qu'une forme de liberté négative. Au contraire, en me permettant de juger avec la connaissance des raisons qui me poussent à faire mon choix, la raison n'est pas une contrainte pour ma volonté : c'est ce qui la rend d'autant plus libre, qui lui permet d'acquérir une **liberté positive**. Ainsi, pour Descartes, **plus la raison incline la volonté, plus celle-ci est paradoxalement libre**.

2 La liberté n'est-elle qu'une illusion ?

La question de l'autonomie de la volonté pose le problème des **conditions de possibilité de la liberté.** Ainsi, si on considère que la contrainte peut être intérieure, pouvons-nous véritablement être libres, ou bien la prétention à la liberté est-elle en fait une **illusion** ?

A Liberté et désir

■ **Le désir se distingue du besoin**, qui est de l'ordre de la nécessité. Ainsi, la nécessité naturelle me pousse à manger pour me maintenir en vie, mais elle ne me force pas à manger quelque chose de particulier, par exemple du chocolat. Pour autant, le désir n'est pas forcément un acte libre : par exemple, on peut imaginer une forme de **contrainte intérieure** qui me pousse à manger du chocolat alors même que j'ai pris la résolution de ne plus en manger. **Je deviens alors esclave de mon désir.**

■ Cette idée que le désir est une forme de servitude dont on devrait pouvoir se libérer est au cœur du désaccord entre Calliclès et Socrate dans le *Gorgias* de **Platon** (428 av. J.-C. – 348 av. J.-C.). Socrate demande à Calliclès si la tempérance (le fait de maîtriser ses désirs) est une qualité que doivent posséder les gouvernants, ou bien s'il s'agit uniquement d'une qualité de ceux qui sont gouvernés. **Pour Calliclès, les puissants doivent accroître le plus possible leurs désirs**, et être tempérant reviendrait à être esclave des injonctions des

PHILOSOPHIE

faibles qui, ne pouvant satisfaire tous leurs désirs, exigent que tout le monde soit tempérant. **Socrate au contraire considère qu'il faut être tempérant pour ne pas être esclave de ses désirs**, et que l'être qui cherche à tous les satisfaire est incontinent, à la manière d'un homme qui chercherait à remplir sans cesse des tonneaux percés.

■ Mais pour **David Hume** (1711-1776), dans le *Traité de la nature humaine*, ce thème philosophique du combat de la passion et de la raison pour déterminer la volonté est absurde et illusoire, et ce pour deux raisons :
- la raison seule n'est jamais un motif de direction de la volonté, il faut qu'il y ait une passion qui la pousse dans une direction plutôt qu'une autre. Ce que nous appelons « raison » n'est en fait souvent qu'une autre forme de passion, mais moins intense, plus « tiède » ;
- la raison ne peut jamais s'opposer à la passion pour diriger la volonté, parce qu'elle n'a pas la force de la passion.

B La question du déterminisme

■ Le déterminisme est la doctrine selon laquelle l'enchaînement des événements, et notamment des actions humaines, obéit au **principe de causalité**. Il s'agit de se demander si la liberté ne serait pas une illusion car nous croirions être libres, mais par pure ignorance des causes qui déterminent nos actions.

DÉFINITION

Le **principe de causalité** s'appuie sur la relation de cause à effet. En vertu de ce principe, tout ce qui arrive a une cause, qu'il s'agit alors de déterminer.

■ Un exemple possible de déterminisme est celui que l'on trouve dans la **théorie de l'inconscient psychique** chez **Sigmund Freud** (1856-1939). Freud écrit ainsi dans l'*Introduction à la psychanalyse* que « Le moi n'est plus maître dans sa propre maison ». Ainsi, toute une part de notre psychisme serait en fait inaccessible à la conscience, et ce serait dans cette partie, l'inconscient, que l'on trouverait les véritables motifs de nos actions. Ce que nous dit Freud, c'est que là où l'on croit faire usage de notre liberté, en pleine conscience de nos actes et de nos choix, **il y a peut-être une large part d'inconscient dissimulé.**

EXEMPLE

Ainsi, j'ai oublié un rendez-vous qui était pourtant censé être important pour moi. Pour Freud, cet oubli n'en est pas véritablement un, il s'agit d'un « acte manqué ». Ma conscience croit que je voulais absolument être présent à ce rendez-vous, mais inconsciemment, je n'avais en fait aucune envie d'y aller. Je suis donc ignorant des causes qui me déterminent.

C Le sentiment de liberté est une illusion

■ **Descartes** considère, dans les *Principes de la philosophie*, que « la liberté de notre volonté se connaît sans preuve, par la seule expérience que nous en avons », c'est-à-dire que **le sentiment de liberté est de l'ordre de l'évidence**, et que cette évidence n'a pas besoin d'être prouvée par une démonstration rationnelle : son caractère évident suffit à me faire considérer ce sentiment comme véritable.

■ Mais **Hume**, dans le *Traité de la nature humaine*, critique ce sentiment de liberté comme une **fausse évidence**. Ainsi, il remet en question la distinction traditionnelle entre les **processus naturels** qui obéiraient au principe de **nécessité** (par exemple, le soleil doit se lever tous les matins) et les **actions humaines** qui seraient, elles, **libres**.

DÉMONSTRATION

◗ Hume explique que dans le cas des phénomènes naturels, c'est mon esprit qui « invente » la causalité : je ne fais qu'observer que chaque matin jusqu'ici le soleil s'est levé et mon esprit en conclut un rapport de cause à effet et croit donc percevoir la nécessité (le soleil doit se lever tous les matins), alors qu'il n'en est rien. Ainsi, **mon expérience ne me donne aucune preuve qu'il y ait des lois nécessaires qui régissent les phénomènes naturels** : je peux juste constater que j'ai fait l'expérience que le soleil s'est levé tous les matins depuis que je suis né. Mais passer de ce constat d'union constante (ici entre le lever de soleil et le matin) à l'idée que le soleil se lèvera tous les matins et que d'ailleurs il doit se lever tous les matins, c'est une invention de mon esprit : ce n'est pas nécessairement faux, mais **je n'ai aucune preuve de cela**. D'ailleurs, peut-être que demain matin, le soleil ne se lèvera pas.

◗ Or, Hume explique qu'on devrait ressentir de la même manière la nécessité en ce qui concerne les actions humaines : elle serait une invention de mon esprit, mais ni plus ni moins que dans le cas des processus naturels. Alors que je constate de la même manière une union constante entre les actions humaines, il est donc surprenant que, dans le cas des processus naturels, mon esprit conclue à une nécessité absolue, et dans le cas des actions humaines, il conclue à l'inverse, c'est-à-dire à la liberté totale des êtres humains en ce qui concerne leurs actions, qui est tout aussi illusoire. Si je constate qu'à chaque fois que je vole du pain, mon boulanger me court après, mon esprit devrait inventer de la même manière une forme de nécessité, et non de liberté absolue. D'ailleurs, nous nous comportons comme si nous pouvions prévoir les actions des autres aussi précisément que les processus naturels et l'esprit ne fait aucune différence entre des causes matérielles et des actions volontaires.

EXEMPLE

Hume affirme que ce qu'un prisonnier considère comme les causes de son impossibilité à être libéré se confondent entre causes matérielles (la solidité du mur de la prison) et causes humaines (l'inflexibilité du gardien) : le prisonnier ne fait aucune différence entre les deux.

■ Enfin, pour **Spinoza** (1632-1677), dans la *Lettre à Schuller*, l'homme qui se croit libre (parce qu'il a conscience de ses désirs mais pas des causes qui les déterminent) ressemble à une pierre qui aurait reçu par une cause extérieure une impulsion qui la ferait rouler. Une fois que la cause aurait disparu, la pierre continuerait de rouler, et si nous imaginons un instant que la pierre soit consciente de son mouvement, elle croirait alors être libre de continuer à rouler, puisque la cause de son mouvement ne serait plus présente. En effet, pour Spinoza, tout ce qui existe obéit aux lois de la nature, puisque tout ce qui existe est l'émanation de ce qu'il appelle Dieu ou la Nature, et l'être humain n'est pas une exception. Ainsi, **la liberté pensée comme libre arbitre est une illusion, et la seule liberté possible consiste à agir selon la nécessité de notre nature.**

3 Être libre, est-ce obéir à la loi ?

A La dialectique du maître et de l'esclave

■ Le problème de la liberté devient plus complexe encore quand on l'envisage dans **son rapport à autrui,** c'est-à-dire dans son rapport à la liberté d'autrui. Pour illustrer ce problème, **Friedrich Hegel** (1770-1831) expose dans la *Phénoménologie de l'Esprit* ce qu'on appellera par la suite « **la dialectique du maître et de l'esclave** » : deux hommes se rencontrent et se lancent dans ce qu'on peut considérer comme une lutte à mort pour la reconnaissance de sa liberté par l'autre. Le premier (l'esclave) finit par prendre peur et accepte de renoncer à sa liberté pour préserver sa vie, il devient alors l'esclave. Le second au contraire est prêt à sacrifier sa vie pour la reconnaissance de sa liberté, il devient le maître. **L'esclave n'est donc pas libre, et le maître l'est.**

■ **Mais le rapport de servitude va en quelque sorte s'inverser** avec le temps. En effet, l'esclave, en travaillant et en transformant le monde par son travail, acquiert une forme d'autonomie face à la nature, alors que le maître devenu complètement dépendant du travail de son esclave, n'a plus qu'une liberté négative. De plus, sa liberté n'est reconnue que par un être qui est lui-même non libre, elle n'est donc pas une véritable reconnaissance.

B Le problème de la liberté politique

Si nous avons vu que la loi ne peut pas être considérée comme une contrainte mais comme une obligation, **elle semble néanmoins limiter la liberté de l'être humain**. Pourquoi alors les êtres humains ont-ils accepté de se soumettre aux lois ? Pour répondre à cette question, de nombreux philosophes, dits contractualistes, ont inventé **la fiction de l'état de nature** pour essayer de penser l'homme avant la société, afin de comprendre ce qui avait pu le pousser à rentrer dans l'état civil.

a L'état de nature selon Hobbes

■ Pour **Thomas Hobbes** (1588-1679), l'état de nature est un « état de guerre de chacun contre chacun » (*Léviathan*) où les êtres humains, soumis à leurs passions, sont en compétition permanente les uns avec les autres. Ils sont donc, d'une certaine manière, libres, mais **cette liberté est en permanence menacée par autrui** : ainsi, c'est paradoxalement parce que les humains sont relativement égaux par nature qu'aucun homme n'a une force suffisamment supérieure aux autres pour lui garantir que sa liberté ne sera pas menacée par plus fort que lui. Il est donc raisonnable à l'état de nature de prendre les devants et d'attaquer le premier, de réduire les autres en esclavage par la violence ou par la ruse et de les priver de liberté avant qu'ils ne vous privent de la vôtre, mais cela est nécessairement temporaire et fragile puisqu'à tout moment le rapport de force peut se renverser.

■ La liberté de l'état de nature est donc une liberté qui paraît absolue, mais qui n'est qu'une **liberté en puissance**, que le passage à l'état civil et à la loi va permettre de garantir et donc de rendre effective.

REPÈRES

En puissance/en acte

- Est **en puissance** ce qui est présent comme potentialité, mais qui n'est pas encore réalisé.
- Est **en acte** ce qui est achevé, présent, réalisé.

Ainsi, tout être humain est en puissance un être parlant, mais cette potentialité ne sera actualisée que par l'apprentissage de la langue.

b La liberté civile selon Rousseau

■ La question de savoir **à quelle condition la loi permet véritablement la liberté de l'être humain** est l'objet de l'ouvrage *Du Contrat social* de **Jean-Jacques Rousseau** (1712-1778). Rousseau part du constat suivant : « L'homme est né libre et partout il est dans les fers. » À quelle condition alors le passage à l'état civil permet la liberté ? Dans quel cas la soumission à la loi n'est-elle pas une servitude mais une libération ?

■ Rousseau explique que l'être humain, avant l'état civil, voyait **sa liberté naturelle limitée** par ses propres forces, en vertu de ce qu'on pourrait appeler « la loi du plus fort » : « Ce que l'homme perd par le contrat social, c'est sa liberté naturelle et un droit illimité à tout ce qui le tente et qu'il peut atteindre ; ce qu'il gagne, c'est la liberté civile et la propriété de tout ce qu'il possède. » Ainsi, **la liberté civile est une liberté plus « sûre », car elle est garantie par la loi.** Et tant que tous ne sont pas forcés à adhérer au pacte social, la soumission à la loi n'est pas une servitude, car « l'obéissance à la loi qu'on s'est prescrite est liberté ». C'est ce qu'on appelle l'**autonomie.**

DÉFINITIONS

- **Indépendance** : est indépendant celui qui peut tout faire sans se soucier des autres, dans une absence totale de contrainte ou d'obligation. Cela n'est possible que dans deux cas :
  - soit il vit absolument et totalement isolé, mais nous pouvons nous demander si l'être humain n'est pas naturellement fait pour vivre en société (voir par exemple l'idée d'Aristote dans *La Politique* que « l'homme est par nature un animal politique ») ;
  - soit il exerce sur les autres une domination absolue et totale, mais nous avons vu avec la dialectique hégélienne du maître et de l'esclave que cette indépendance est à terme une illusion, puisque le maître devient dépendant du travail de l'esclave.
- L'indépendance est à distinguer de l'**autonomie** qui est la capacité à se donner à soi-même ses propres lois ou au moins à adhérer librement à une loi comme si elle émanait de soi.

■ Encore faut-il, pour Rousseau, que **la loi soit l'expression de la volonté générale**. Pour préserver sa liberté dans l'état civil, chaque individu doit paradoxalement renoncer à tous ses droits naturels, et ce pour deux raisons :
- si certains hommes conservaient des droits naturels, ceux-ci seraient nécessairement sources de conflits ;
- la soumission totale à la volonté générale permet de ne pas être lésé, puisqu'on ne se soumet à personne en particulier, et que, tous faisant de même, on gagne autant que l'on perd.

■ **La soumission à la loi nous rend donc libre à condition que celle-ci soit l'expression de la volonté générale.** Ce qui amène à une affirmation paradoxale : si quelqu'un refuse d'obéir à la loi comme expression de la volonté générale, il faut qu'il soit contraint à le faire par le corps social, c'est-à-dire, selon Rousseau, « qu'on le forcera à être libre ».

c La liberté comme autonomie selon Kant

Cette idée de liberté comme autonomie se retrouve dans le concept de **loi morale** chez **Emmanuel Kant** (1724-1804), dans la *Critique de la raison pratique* : je suis libre, donc je suis non seulement responsable de mes actes, mais **c'est ma liberté qui me permet d'agir moralement**, car c'est parce que je suis libre que je peux me donner à moi-même une loi et ensuite la suivre librement. Ma raison me permet en effet de me donner une loi qui doit pouvoir valoir universellement : ma liberté morale ne consiste donc pas à faire ce que je veux, mais à obéir à la loi morale que je me suis fixée. Il s'agit donc d'une **autonomie morale**, parce que cette loi ne vient pas de l'extérieur (je n'agis pas moralement parce que par exemple Dieu ou mes parents m'ont prescrit que je devais agir ainsi).

4 Je mémorise autrement

LA LIBERTÉ

Être libre, est-ce obéir à la loi ?
– La dialectique du maître et de l'esclave (Hegel).
– Les êtres humains dans l'état de nature sont en état de compétition permanente les uns avec les autres (Hobbes).
– La soumission à la loi est une liberté pensée comme autonomie (Rousseau).
– La liberté consiste à obéir à la loi morale (Kant).

Qu'appelle-t-on être libre ?
– Liberté d'agir comme absence de contrainte (liberté négative).
– Liberté comme libre-arbitre (liberté positive).
– La liberté d'indifférence est le plus bas degré de la liberté (Descartes).

La liberté n'est-elle qu'une illusion ?
– La contrainte intérieure du désir (Platon).
– Opposer désir et volonté est une absurdité (Hume).
– La conscience ignore les causes qui la déterminent (Freud).
– Le libre-arbitre comme évidence (Descartes) ≠ illusion de la liberté dans les actions humaines (Hume).
– La liberté consiste à agir selon la nécessité de notre nature (Spinoza).

 # quiz
Des questions pour réviser
foucherconnect.fr/23tersti2d64

4 La nature

La nature semble au premier abord être un concept évident, tant nous croyons avoir affaire à elle de manière immédiate : elle serait l'ensemble du monde physique, exception faite de toute ce qui porte la trace de la main de l'homme. Pourtant, cette évidence est remise en question par la polysémie du terme, qui nous pousse à nous interroger sur ce que nous considérons comme naturel.

1 Qu'est-ce que la nature ?

A Différents sens qui se rejoignent

- Le terme de nature vient du mot latin *natura* qui désigne « le cours des choses ». La nature désigne donc dans un premier sens **l'ensemble du monde physique, soumis aux lois naturelles**.
- Dans un deuxième sens, est naturel **ce qui s'oppose à ce qui est artificiel**.
- Enfin, dans un troisième sens, la nature **semble s'opposer à la culture**, ce qui ouvre un questionnement sur **l'inné et l'acquis**.

B Les lois naturelles

- La nature, comme monde physique, semble soumise au **principe de causalité**. Ainsi, **Aristote** (384 av. J.-C. – 322 av. J.-C.), dans la *Physique*, explique qu'il y a **une régularité** dans la nature et très peu de hasard, la nature ne faisant rien de superflu ni vain. Il s'agit donc de classer les causes par lesquels les évènements se produisent.
- La physique moderne a eu tendance à substituer au concept de causes celui de **lois de la nature :** ainsi, pour **Auguste Comte** (1798-1857), la révolution fondamentale de la science moderne consiste à avoir renoncé à déterminer les causes de ce qui arrive (la question du « pourquoi ») pour remplacer cette exigence par la recherche de lois qui, elles, se déduisent d'un constat statistique : on constate qu'il y a une constance des relations entre deux phénomènes observés (il s'agit donc bien plus de la question du « comment »).
- Mais pour **David Hume** (1711-1776), la détermination de lois continue trop souvent en sciences de ressembler au principe de causalité : mon esprit pense pouvoir prédire les phénomènes naturels, mais c'est une illusion (voir la démonstration du chapitre 3). Ainsi, il explique, dans le *Traité de la nature humaine*, que **c'est mon esprit qui « invente » la causalité** : je ne fais qu'observer une union constante entre les objets (je constate que chaque matin jusqu'ici le soleil s'est levé) et mon esprit en conclut un rapport de cause à effet et donc croit percevoir **la nécessité** (le soleil doit se lever tous les matins).

2 La distinction entre le naturel et l'artificiel

A La nature se distingue de l'artifice

Dans la *Physique*, **Aristote** définit une chose artificielle (un objet fabriqué) comme ce qui ne possède pas son propre principe d'existence, au contraire des êtres naturels (les êtres vivants) **qui contiennent en eux-mêmes le principe de changement**. Les artifices reçoivent donc leur principe d'existence d'une force extérieure à eux, ils sont créés par une main extérieure. Ce qui est **naturel** (*phusis*) se distingue donc de ce qui est **artificiel** (*technê*).

B Naturalité des objets artificiels ou artificialisation de la nature ?

■ Mais cette distinction entre le naturel et l'artificiel n'est peut-être pas aussi fondamentale qu'elle en a l'air. Ainsi, **René Descartes** (1596-1650) la remet en question, lorsqu'il écrit dans ses *Principes de la philosophie* : « Toutes les choses qui sont artificielles sont avec cela naturelles. » Les objets artificiels font en quelque sorte partie de la nature, puisqu'ils obéissent aux mêmes règles que les objets naturels. « Toutes les règles de mécanique appartiennent à la physique », il ne faut donc faire « aucune différence entre les machines que font les artisans et les divers corps que la nature compose. » Ainsi, la limite entre naturel et artificiel est peu nette en raison de **la naturalité des objets dits artificiels** : tous les processus techniques, au fond, seraient des prolongations des processus biologiques et naturels.

EXEMPLE

Ainsi, on peut prendre l'exemple des organismes génétiquement modifiés (OGM) : il peut sembler absurde, selon leurs défenseurs, de penser qu'il y a une différence essentielle entre une sélection technique et une sélection naturelle qui a toujours existé et qui est au principe de l'évolution des espèces, alors qu'on peut considérer, au contraire, que la technique est la nouvelle voie qu'a trouvée la nature pour continuer à sélectionner.

■ À l'inverse, il peut paraître illusoire de trouver un objet purement naturel, car nous n'aurions plus affaire aujourd'hui qu'à des objets artificiels. Cette idée de l'**artificialisation de la nature** est portée par **Karl Marx** (1818-1883) dans *L'Idéologie allemande* : « cette nature, de nos jours, n'existe plus nulle part, sauf peut-être dans quelques atolls australiens de formation récente ». Il pointe ainsi l'illusion qu'il y a à chercher des objets ni transformés ni conditionnés par le travail humain.

3 Nature et culture

A Distinction entre le naturel et le culturel

a Qu'est-ce que la culture ?

La culture peut être définie dans un premier temps comme **l'ensemble des créations techniques, sociales et spirituelles par lesquelles les être humains transforment la nature et se distinguent des autres espèces vivantes** (par exemple les œuvres d'art, le mariage, ou les rites religieux). En ce sens, ce qui est naturel s'oppose à ce qui est culturel. Notre premier réflexe est donc de penser le couple nature/culture comme une opposition : en entrant dans un monde de culture, on s'arracherait à la nature. La nature serait définie, quant à elle, comme ce qui ne serait pas fabriqué, ce qui me serait donné de manière immédiate, au contraire de la culture, pensée comme artificielle. La nature est ainsi pour **John Stuart Mill** (1806-1873) « tout ce qui arrive sans l'intervention humaine » (*La Nature*).

DÉFINITIONS

Nous pouvons distinguer trois sens au mot **culture** :
- **le sens ontologique** (qui définit l'être même de l'humanité) : est culturel ce qui nous distingue des autres animaux (par exemple, la cuisson des aliments) ;
- **le sens « classique »** : la culture est ici le processus d'instruction et d'éducation qui permet à l'homme de réaliser sa pleine condition d'être humain. L'être humain devient alors dépositaire d'un ensemble de connaissances héritées des générations passées qui font sa qualité d'être humain (par exemple, la connaissance d'un poème de Victor Hugo) ;
- **le sens anthropologique** : la culture peut être aussi un synonyme de civilisation (on parlera ainsi de culture française, ou de culture occidentale).

b L'homme, un être de culture

Ainsi, **Blaise Pascal** (1623-1662) dans la *Préface à un traité du vide*, compare les abeilles aux êtres humains, et montre que les premières ont une vie anhistorique (sans fil historique). Leur « savoir » (la technique de fabrication d'une ruche par exemple) ne vient pas d'un processus d'apprentissage, mais constitue le résultat de la nécessité, qui s'exprime en elles à travers l'instinct. Au contraire, les êtres humains doivent **apprendre tout ce qu'ils savent**, mais peuvent donc aussi **accumuler indéfiniment des connaissances**, au niveau de l'individu comme au niveau de l'espèce, ce qui n'est pas le cas pour les abeilles : « les ruches des abeilles étaient aussi bien mesurées il y a mille ans qu'aujourd'hui, et chacune d'elles forme cet hexagone aussi exactement la première fois que la dernière. »

REPÈRES

Genre/espèce/individu

- **Genre** (du latin *genus*, du grec *genos*, « origine, naissance, race ») : en biologie, on classe les êtres selon une famille, divisée elle-même en genre, divisés eux-mêmes en espèces. Par exemple, l'être humain fait partie de la famille des hominidés, du genre Homo et de l'espèce des Homo Sapiens.
- **Espèce** (du latin *species*, « apparence, aspect ») : ensemble de tous les individus qu'un ou plusieurs caractères communs permettent de classer ensemble.
- **Individu** (du latin *individuus*, « indivisible ») : corps vivant formant un tout.

En biologie, les notions d'individu, d'espèce et de genre sont des catégories qui servent à la classification des êtres : chaque individu fait partie d'une espèce qui elle-même fait partie d'un genre. On s'élève ainsi du plus particulier au plus général.

Les êtres humains semblent donc être les seuls à avoir une culture : ils échappent au déterminisme naturel parce qu'ils ont la capacité de se perfectionner et qu'ils sont animés par un principe de changement. **Jean-Jacques Rousseau** (1712-1778) dans le *Discours sur l'origine et le fondement de l'inégalité parmi les hommes* appelle cela la **perfectibilité**. Mais si les êtres humains ne sont pas déterminés une fois pour toutes par leur nature, leur **culture est donc contingente** (tout ce qui est culturel varie selon les époques et les civilisations) et particulière, alors que **ce qui est naturel est universel et nécessaire.**

REPÈRES

Contingent/nécessaire

- Est **contingent** ce qui pourrait être différent, ou ne pas être.
- Est **nécessaire** ce qui ne peut pas ne pas être, ou qui ne peut pas être autrement.

B La culture n'est pas la négation de la nature

■ Le problème se complexifie quand il s'agit de savoir ce qui est naturel ou culturel en l'être humain. En effet, **la culture n'est pas que la transformation de la nature à l'extérieur de nous, mais aussi en nous.**

■ Or, si ce qui était culturel en l'être humain était une négation complète de ce qu'il est à l'état de nature, autrement dit si la culture avait pour unique but de nous arracher à la nature, alors il serait facile de déterminer ce qui en est de l'ordre de la nature, et ce qui est de l'ordre de la culture. Mais **le culturel ne s'oppose pas au naturel**, n'en est pas sa négation complète, puisque la plupart des pratiques culturelles sont en fait une actualisation de ce qui était déjà en puissance naturellement. À partir de besoins et événements naturels (manger, boire, dormir à l'abri, assurer la préservation de l'espèce, mourir), l'être humain a élaboré des pratiques et systèmes culturels qui, eux, diffèrent selon les civilisations.

EXEMPLE

Ainsi, les coutumes et interdits alimentaires sont une actualisation dans la culture d'un besoin naturel, celui de se nourrir pour se maintenir en vie et en santé.

C Le problème de l'inné et de l'acquis

DÉFINITIONS

- Est considéré comme **inné** un caractère biologique ou physiologique censé relever de la **nature** puisqu'il est présent chez l'être vivant dès la naissance.
- Est considéré comme **acquis** un caractère qu'on acquiert après la naissance, qui dépend de l'environnement et donc de la **culture**.

■ La question de ce qui est **naturel** et ce qui est **culturel** en l'être humain recoupe en fait la distinction entre l'**inné** et l'**acquis**. Or, le débat entre l'inné et l'acquis amène bien souvent à une impasse, parce qu'on a tendance à vouloir tout expliquer par l'un ou par l'autre :
- d'un côté tout serait inné, tout serait déterminé par des lois mécaniques ou génétiques ;
- de l'autre, tout serait acquis, toutes les manifestations qui nous paraissent naturelles seraient le résultat de processus sociaux.

■ Ainsi, même dans le cas d'un objet qui nous paraît le plus naturel possible (notre corps), la limite entre l'inné et l'acquis, le naturel et l'artificiel semble extrêmement **difficile à déterminer**. En effet, notre corps semble être le signe de la matérialité en nous et nous rapprocher des autres êtres vivants : comme eux, nous naissons, avons des besoins corporels et mourrons. Mais selon les cultures, les classes sociales, les genres, les corps vont être plus ou moins minces, plus ou moins musclés, tatoués, percés, modifiés par les habits, et donc transformés par la culture. Les catégories d'inné et d'acquis sont donc bien souvent réductrices.

4 Je mémorise autrement

LA NATURE

Nature/culture
– La nature, universelle et nécessaire, s'oppose à la culture, particulière et contingente.
– La culture n'est pas la négation de la nature en nous.
– Distinguer ce qui est inné et ce qui est acquis pose problème.

Qu'est-ce que la nature ?
– La nature est l'ensemble du monde physique hors intervention humaine, mais aussi ce qui s'oppose à l'artificiel et à la culture.
– La nature obéit-elle au principe de causalité (Aristote) ou bien les lois de la nature ne sont-elles qu'une invention de mon esprit (Hume) ?

La distinction entre le naturel et l'artificiel
– La nature se distingue de l'artifice (Aristote).
– Toutes les choses artificielles sont aussi naturelles (Descartes).
– Chercher des objets purement naturels est de l'ordre de l'illusion (Marx).

 # quiz
Des questions pour réviser
foucherconnect.fr/23tersti2d64

5 La religion

Il s'agit ici de considérer la religion comme un fait et de l'analyser comme tel. De nombreuses religions ont existé, par-delà la variété des temps, des lieux et des peuples : la récurrence et la persistance de ce fait religieux interrogent. De plus, la profusion déroutante des religions humaines nous pousse à nous demander s'il existe un critère permettant d'unifier la notion.

1 La religion : une double étymologie

A *Religere,* (se) recueillir

La **première étymologie possible** du mot religion est le verbe latin ***religere***, qui signifie « (se) recueillir, réfléchir ». Ici, il s'agit de penser la religion d'abord comme vie intérieure et donc de la renvoyer à l'attitude religieuse, c'est-à-dire la **foi** (du latin *fides*, « confiance »). Or, la foi est une notion problématique : est-elle rationnelle (il serait alors logique de croire), rationalisable (l'origine de la foi serait irrationnelle mais nous pourrions en rendre compte a posteriori) ou purement irrationnelle ? Par exemple, le « Dieu des philosophes » est un Dieu rationnel, mais la question se pose de savoir si ce Dieu peut encore être un objet de foi.

DÉFINITION

Le « **Dieu des philosophes** » est une invention des philosophes pour tenter de penser la foi et Dieu comme objets rationnels. On le rencontre pour la première fois chez Aristote, qui le définit comme première cause, premier moteur, afin de résoudre de manière logique le problème de la régression à l'infini des causes. En effet, si on considère que tout ce qui existe a une cause, on va donc chercher la cause d'une chose pour savoir pourquoi cette chose existe. Mais cette cause a elle-même une cause, sinon elle n'existerait pas. Si on remonte de cause en cause, on risque de devoir remonter indéfiniment. Il faut donc trouver une cause qui soit à la fois cause de toutes les autres, et sans cause elle-même. Une des manières de résoudre ce problème est de penser Dieu comme première cause (*prima causa*), et cause de lui-même (*causa sui*).

B *Religare,* relier

- Une **seconde étymologie possible** est le verbe latin ***religare***, qui signifie « attacher, relier ». On peut comprendre ce terme de trois manières.
- La première, c'est **le lien vertical entre le croyant et le divin**, par exemple la relation qu'entretient chaque homme avec Dieu dans les religions monothéistes. C'est l'idée par exemple de la révélation, de la conversion.
- La plupart des religions envisagent à la fois une **rupture** entre un ici-bas (la vie ordinaire) et un au-delà, et un **rapport** entre les deux (mes actions ici-bas ont des conséquences dans l'au-delà). La deuxième manière de comprendre cette étymologie, c'est donc de penser la religion comme **une tentative de relier ces deux niveaux**. On peut alors se demander si une religion de l'immanence, selon laquelle par exemple Dieu n'est pas un être distinct du monde, mais constitue l'intégralité du monde, aurait encore un caractère véritablement religieux. Ne peut-on penser la religion que vis-à-vis d'un objet qui nous transcende ?

REPÈRES

Immanent/transcendant

- Est **immanent** ce qui est du même niveau, ce qui est accessible. Par exemple, on peut dire que les dieux de la mythologie grecque sont immanents : leur aspect, leurs sentiments et leur comportement ressemblent à ceux des êtres humains, et ils interviennent sans cesse dans les affaires des hommes, au point même de se reproduire parfois avec eux.
- Est **transcendant** ce qui va « au-delà », ce qui nous dépasse, ce qui est d'un degré de réalité supérieure. Le Dieu des religions monothéistes est un dieu transcendant.

La troisième manière, c'est celle du lien non pas vertical entre Dieu et le croyant, mais plutôt **le lien horizontal entre les croyants eux-mêmes**. Une des caractéristiques fondamentales des religions n'est-elle pas justement l'existence d'une communauté de croyants qui se réunissent autour d'un ensemble de dogmes, de croyances et de pratiques ?

2 La religion implique-t-elle la croyance en un être divin ?

Le premier critère pour définir la notion de religion que nous pouvons trouver est celui de la croyance en un être divin. Ainsi, la foi en un Dieu est-elle une caractéristique accidentelle ou essentielle de l'attitude religieuse ?

REPÈRES

Essentiel/Accidentel

- Est **essentiel** ce qui appartient à la nature d'une chose, c'est-à-dire ce qui permet de la définir dans le temps, au-delà des modifications superficielles.
- Est **accidentel**, au contraire, ce qui dans une chose peut être modifié ou supprimé sans que la nature de cette chose ne change.

A Foi et divin

a Dieu et le divin

Dans un sens général et commun, est divin ce qui nous dépasse, nous transcende, ce qui semple être d'un degré supérieur à la condition humaine normale. **Au sens strict, est divin ce qui est relatif à Dieu**. Ainsi, dans les *Méditations Métaphysiques*, **René Descartes** (1596-1650) prouve l'existence de Dieu à partir du divin, c'est-à-dire à partir de l'idée de perfection : j'ai en moi l'idée de perfection. Or, je ne suis pas un être parfait. Donc cette idée ne peut venir de moi. Il faut donc supposer l'existence d'un être parfait qui est la cause de mon idée de perfection. Cet être parfait, c'est Dieu. Pour Descartes, cela signifie donc que Dieu existe. Il semble alors qu'il ne peut y avoir de foi qu'en un être « déjà » divin, c'est-à-dire en un ou des dieux. Mais on pourrait envisager le contraire : la croyance en un objet qui ne serait pas divin au départ parce que ce serait plutôt **la foi qui rendrait divin tout ce en quoi elle croit**. Est-ce parce que Dieu est divin que l'attitude religieuse est possible, ou bien est-ce l'attitude religieuse qui implique nécessairement la divinisation de son objet, quel qu'il soit ?

b C'est Dieu qui me fait croire

La première réponse possible est celle des croyants eux-mêmes. **C'est Dieu qui me fait croire, c'est cet être divin qui est cause de l'attitude religieuse**. Ainsi, **Blaise Pascal** (1623-1662), dans *Le Mémorial*, fait une distinction entre le Dieu « des philosophes et des savants », qui serait un dieu rationnel, et le Dieu des écritures, qui lui serait objet de foi. Il écrit ainsi dans les *Pensées* : « Je ne puis pardonner à Descartes ; il aurait bien voulu, dans toute sa philosophie, pouvoir se passer de Dieu ; mais il n'a pas pu s'empêcher de lui faire donner une chiquenaude, pour mettre le monde en mouvement ; après cela, il n'a plus que faire de Dieu ». À l'opposé du « Dieu des philosophes », **le Dieu de Pascal est « sensible au cœur, non à la raison »** : il ne se prouve pas par une démonstration mathématique. La foi implique ainsi une nécessaire incertitude qui la rend possible, parce que sinon il s'agirait d'un constat rationnel, et non de foi : l'acte de foi est rendu nécessaire pour un « Dieu caché ». C'est Dieu qui rend mon cœur sensible, ainsi je crois parce que cet être divin me donne la foi.

c La foi divinise son objet

■ À l'inverse, nous pouvons faire l'hypothèse que **c'est la foi qui divinise nécessairement son objet, quel qu'il soit**. Ainsi, **Friedrich Nietzsche** (1844-1900) écrit dans *Le Gai Savoir* : « Dieu est mort : mais, à la façon dont sont faits les hommes, il y aura peut-être encore pendant des milliers d'années des cavernes où l'on montrera son ombre. » Le philosophe ne proclame pas la fin de la croyance en Dieu (il existe aujourd'hui toujours des croyants), mais constate que dans nos sociétés occidentales contemporaines, **Dieu est devenu une affaire privée et non plus publique**. Il ne fonctionne plus comme principe structurant de la totalité de l'existence personnelle et collective. Mais cet effacement ne signifie pas que la croyance en Dieu comme référent moral collectif ait complètement disparu. Il persiste « comme une ombre », y compris hors de la religion.

EXEMPLE

Nietzsche considère que c'est la croyance en la vérité qui rend possible la science alors même que celle-ci ne pense reposer sur aucune croyance, ce qui revient à diviniser la vérité. L'attitude religieuse, qui consiste à diviniser ce sur quoi elle porte, se retrouve donc en dehors du domaine strict de la religion. La foi moderne dans la science n'est qu'une manière de pallier la mort de Dieu, de transférer les valeurs qui lui étaient traditionnellement attachées sur un autre objet.

■ **Ainsi, la foi implique bien la croyance en un être divin, dans le sens où c'est elle qui rend l'objet divin, qu'il s'agisse de Dieu ou non.**

B La caractéristique essentielle de la religion n'est pas la croyance en un être divin

■ Cependant, **Émile Durkheim** (1858-1917) explique dans *Les Formes élémentaires de la vie religieuse* que **la religion ne peut pas se définir uniquement comme la croyance en un être divin**. En effet, cette définition, héritée de nos traditions monothéistes, a été relativisée par la découverte anthropologique de la diversité extrême des croyances religieuses. Ainsi, selon Durkheim, nous savons maintenant qu'**il existe au moins une religion sans dieu, le bouddhisme :** d'une part, même si certaines formes de bouddhisme tendent à diviniser la figure du Bouddha, la plupart insistent au contraire sur son humanité et d'autre part on ne peut pas non plus réduire le bouddhisme à une « philosophie de vie » car celui-ci génère des pratiques et des communautés religieuses.

■ Dès lors, ce qui caractériserait avant tout une religion serait **l'existence d'une communauté de croyants.** Durkheim remarque qu'il n'existe pas de religion « sans Église », au sens de communauté. La foi, qui se présente comme une affaire personnelle entre le croyant et le divin, prend en fait forme dans le cadre d'une relation horizontale entre les membres d'une communauté. Elle peut donc plutôt se définir comme une **relation à trois parties : le croyant, un dieu et un témoin.** En effet, toute religion implique que le croyant fasse confiance à une personne ou un texte sacré qui témoigne de ce que Dieu s'est manifesté. Il faut que le croyant croit ce que le témoin a vu ou entendu.

■ Enfin, Durkheim considère que la caractéristique essentielle de toute religion est de distinguer **qui est sacré** (c'est-à-dire séparé, mis hors de portée), **et ce qui est profane** (c'est-à-dire accessible). Le rite religieux aurait pour fonction de relier ces deux aspects, sans jamais leur permettre de se rejoindre complètement. Il permettrait ainsi de préparer le croyant à s'approcher, toujours à bonne distance, de ce qui est sacré.

3 Foi et raison

■ **Un autre aspect du fait religieux a presque toujours posé un problème en philosophie.** Si on considère que la philosophie est l'art de la raison, la religion est un concept « gênant » puisque ce qui mène à Dieu dans la foi n'est pas rationnel. Dès le Moyen Âge, la philosophie a donc essayé de démontrer l'existence de Dieu à l'aide de plusieurs arguments.

■ Mais, comme nous l'avons vu avec Pascal, si on réduit Dieu au dieu des philosophes, est-il encore Dieu ? Faut-il donc penser le rapport entre foi et raison comme un rapport de pure opposition ?

A Foi et raison, accordées dans la recherche de la vérité

■ Pour **Thomas d'Aquin** (1224-1274), **foi et raison s'entraident et se soutiennent mutuellement dans la recherche de la vérité**, c'est ce qu'il appelle « la vertu de la patience ».

■ De même, **Averroès** (1126-1198) démontre dans *Le Livre du discours décisif* qu'il n'y a pas de contradiction entre le texte sacré et la démonstration rationnelle.

FOCUS

Averroès explique qu'il y a deux possibilités dans le rapport entre les connaissances que nous apportent les textes sacrés et celles de la philosophie :
- soit il n'y a pas de contradiction, et donc pas de problème à résoudre ;
- soit il y a désaccord, et dans ce cas, comme le texte sacré ne peut pas se tromper, et que ce que j'ai démontré rationnellement ne peut pas être faux, une conclusion s'impose : je n'ai pas bien compris le texte sacré. Il faut donc l'interpréter jusqu'à ce qu'il s'accorde avec la démonstration rationnelle.

B La quête rationnelle de la vérité, contre l'illusion religieuse

■ Cependant, la philosophie moderne et contemporaine a eu tendance à s'éloigner de la question de Dieu et à voir la croyance et la religion comme **une forme d'illusion néfaste**. Ainsi, **pour Karl Marx** (1818-1883), **la religion est une création sociale**, en réponse à l'angoisse humaine. Elle masque à l'être humain sa vraie réalité et l'empêche de se libérer. C'est en cela qu'il considère que « la religion est l'opium du peuple ».

■ Pour **Ludwig Feuerbach** (1804-1872), **la religion comme relation à un Dieu personnel et tout-puissant est une aliénation** : ainsi, dans *L'Essence du christianisme*, il explique que l'être humain a transféré à l'extérieur de lui toutes les qualités proprement humaines, dans un objet qu'il appelle Dieu et qu'il se met à adorer. En comparant sa force et ses connaissances avec celles de l'humanité tout entière, il croit découvrir ses propres limites et donc considère que tout ce qu'il y a d'aspirations infinies en lui (son aspiration à la connaissance, à la beauté, à l'infini, etc.) vient en fait de Dieu. C'est pour cela que Feuerbach considère que c'est l'homme qui a créé Dieu à son image, et non l'inverse.

DÉFINITION

L'**aliénation** signifie le fait d'être privé d'un droit ou d'une qualité. Au sens philosophique, elle désigne le fait de devenir étranger à soi-même parce qu'on est dépossédé de qualités qui nous sont propres ou de biens qui nous reviennent.

4 Je mémorise autrement

LA RELIGION

Foi et raison
– La foi et la raison collaborent pour rechercher la vérité (Thomas d'Aquin).
– Il n'y a pas de contradiction possible entre le texte sacré et la raison (Averroès).
– La religion détourne l'être humain de lui-même et l'empêche de se libérer (Marx, Feuerbach).

La religion : une double étymologie éclairante
– *Religere* : la religion comme vie intérieure, comme foi.
– *Religare* : la religion comme lien. Lien vertical entre le croyant le divin, et l'ici-bas et l'au-delà. Lien horizontal entre les croyants entre eux.

La religion implique-t-elle la croyance en un être divin ?
– Le divin est la preuve de l'existence de Dieu (Descartes).
– C'est Dieu qui provoque la foi (Pascal).
– Toute croyance implique la divinisation de son objet : l'attitude religieuse ne se limite pas au domaine de la religion (Nietzsche).

 # quiz
Des questions pour réviser
foucherconnect.fr/23tersti2d64

6 La technique

Le terme de technique vient du grec *technê*, « art » ou « habileté », et désigne un savoir-faire, c'est-à-dire la capacité à mettre en œuvre des règles dans le but d'obtenir le résultat souhaité. À partir de l'époque moderne, et au contraire de l'art, la technique se définit par sa fin utilitaire. Elle devient alors l'agent d'une conquête scientifique du monde par l'homme, suivant l'injonction de Descartes à devenir « maîtres et possesseurs de la nature. »

1 La technique, un instrument au service de l'homme ?

A Technique et culture

La technique est, au premier abord, **un instrument au service de l'être humain comme être de culture.** En effet, sa maîtrise est un moyen d'élaboration culturelle, c'est-à-dire qu'elle lui permet de construire et de développer sa culture, et cela selon les trois sens du mot « culture » que nous avons identifiés (voir le chapitre 4) :
– au sens ontologique, **la technique permet à l'être humain de se distinguer des autres animaux** (la maîtrise du feu, par exemple, permet la cuisson des aliments) ;
– au sens « classique », **la technique serait le moyen pour l'être humain de réaliser pleinement sa condition** : il devient alors dépositaire d'un ensemble de connaissances qui font sa qualité d'être humain (ainsi, l'invention de l'imprimerie permet une diffusion plus facile, plus rapide et plus large des connaissances) ;
– au sens anthropologique, enfin, **la technique est aussi un critère de classification des civilisations**, dans le temps et dans l'espace (voir la partie 2 C. du cours).

B L'homme, technophile ou technophobe ?

■ Si la technique est cet instrument au service de l'être humain, créé par lui et pour lui, **d'où peut alors venir la méfiance qu'elle semble parfois inspirer ?** D'où vient que l'homme, animal apparemment technophile par définition, puisse devenir technophobe ? Le cinéma de science-fiction contemporain abonde ainsi en exemples de récits dans lesquels des machines et robots, de plus en plus perfectionnés, finissent par prendre le pouvoir sur l'humanité et l'asservir, ou la mettre en danger de disparaître.

■ **L'être humain peut-il donc être dépassé par la technique ?** Faudrait-il décider, à un moment donné, de mettre un frein au développement technique, parce qu'il y aurait une forme de point de non-retour, au-delà duquel la création échapperait à son créateur ? Ou bien est-il dans l'essence même de la technique, dès le départ, de modifier l'homme qui se décide à l'employer ?

2 La caractéristique première de l'homme est de fabriquer des outils

A De l'instrument à l'outil

■ **Le premier objet technique**, celui qui nous paraît le plus simple et le plus directement accessible à concevoir, c'est **l'outil**. Nous pouvons définir ce dernier comme **un instrument artificiel** produit par l'humanité et qui lui permet d'accroître l'efficacité de son travail. Ainsi, l'être humain a commencé par se servir d'instruments, tels qu'une pierre tranchante trouvée dans la nature, puis s'est mis à fabriquer des outils, comme la scie, qui permet au menuisier de couper une planche de bois avec bien plus d'efficacité et de précision.

■ **Le passage de l'instrument à l'outil est donc celui du naturel à l'artificiel**, parce que l'instrument (la pierre) retourne après utilisation à son état naturel, perd sa fonction. Au contraire, l'outil est artificiel, donc fabriqué en vue d'une fin, et l'élaboration et la fabrication d'outils relèvent elles-mêmes d'un geste technique. L'outil est donc la première étape dans l'artificialisation de l'être humain et de son rapport au monde. Mais l'utilisation d'outils n'est-elle pas alors déjà une forme de dénaturalisation ?

B L'outil : le prolongement de la main

En fait, paradoxalement, l'outil, objet artificiel, qui diversifie et accroît les forces de l'homme, n'a pas véritablement été pensé comme un corps étranger, parce qu'à la suite d'**Aristote** (384 av. J.-C. – 322 av. J.-C.), il est considéré comme un prolongement de la main, elle-même qualifiée d'outil. Ainsi, Aristote, dans *Les Parties des animaux*, explique que c'est parce que l'être humain est un animal intelligent, qu'il possède la main. La nature ayant bien fait les choses, aucun être vivant ne se voit doté d'attributs qu'il ne saurait employer à bon escient, or étant le plus intelligent des animaux, il dispose de l'organe le plus polyvalent. Allant à l'encontre de l'idée selon laquelle il est le moins bien pourvu des animaux, et que le recours à la technique serait la marque de sa faiblesse, comme par exemple chez Platon avec le mythe de Protagoras, **Aristote montre que la polyvalence de l'instrument qu'est la main témoigne de sa supériorité**. La main, organe naturel, est déjà qualifiée d'outil : par extension, l'outil va donc être naturalisé, parce qu'il est vu comme le prolongement de la main-instrument, presque comme un organe externe et amovible.

CITATION

« C'est donc à l'être capable d'acquérir le plus grand nombre de techniques que la nature a donné de loin l'outil le plus utile, la main. »

C La transformation technique des sociétés humaines

■ **L'outil est donc à la fois le signe de l'intelligence humaine, mais aussi l'endroit où elle est mise en œuvre**. Au moment de sa conception, de sa fabrication et de son usage premier, il semble bien être maîtrisé par l'être humain, parce que c'est ce dernier qui définit la fin de l'outil, ce pourquoi il est fait. Cependant, au-delà du moment de l'innovation, l'invention d'outils techniques, de plus en plus complexes, dessine et oriente l'évolution des sociétés humaines.

■ Pour **Henri Bergson** (1859-1941), **la caractéristique première de l'humanité n'est pas de savoir, mais de fabriquer des outils**. Il affirme ainsi que si nous regardions la trajectoire des différentes civilisations humaines, nous remarquerions que le point commun à toutes est la maîtrise et la diversification techniques. Bien plus que comme un *Homo sapiens*, il définit l'être humain comme *Homo faber* (« homme artisan »).

Mais Bergson remarque aussi que nous avons tendance, quand nous considérons les civilisations passées, **à les classer et les hiérarchiser selon des innovations techniques** : ainsi, il prévoit que les grandes inventions de notre temps (comme la machine à vapeur) constitueront un jour les caractères essentiels de l'époque, comme les historiens ont identifié des âges « du bronze ou de la pierre taillée. »

FOCUS

Bergson explique ce fait non seulement parce que ces innovations seraient des repères facilement identifiables pour distinguer des périodes de l'histoire humaine, mais surtout parce que **leur invention oriente le développement de ces sociétés** et des êtres humains qui y vivent : « les inventions qui jalonnent la route du progrès en ont aussi tracé la direction. » Nous aurions une forme d'illusion sur la neutralité du progrès technique et de ses répercussions, car nous ne nous rendrions compte des modifications que les innovations techniques apportent, à la fois pour l'homme et pour les sociétés humaines, qu'après-coup, « à retardement ».

3 De l'outil à la machine : le problème de l'automatisation

A La différence entre l'outil et la machine

Une machine peut être définie comme **un objet technique capable d'utiliser une source d'énergie pour réaliser par elle-même, avec ou sans la conduite d'un être humain, une ou plusieurs tâches, en vue d'effectuer un travail mécanique.** Notre première pensée sur la machine a tendance à considérer que celle-ci se distingue de l'outil par son degré de complexité. Ainsi, l'être humain aurait inventé les machines, pour pallier le nombre limité de tâches qu'il peut réaliser en même temps. **Karl Marx** (1818-1883) explique dans *Le Capital* que « le nombre d'outils avec lesquels l'homme peut opérer en même temps est limité par le nombre de ses propres organes ». La machine serait donc un « super-outil ». Par exemple, l'aspirateur permet dans un même mouvement de dégager et d'enlever la poussière du sol, là où le balai guidé par la main ne peut le faire qu'en deux temps.

Cependant, l'historien de la technique **Lewis Mumford** (1895-1990) explique dans *Technique et Civilisation* que **la différence fondamentale entre l'outil et la machine ne se situe pas dans leur degré de complexité**. Ainsi, l'utilisation de certains outils demande des opérations extrêmement complexes, pour l'œil et la main (qu'on réfléchisse à la difficulté qu'il y a pour un enfant à apprendre à utiliser un couteau ou un stylo) alors que certaines machines réalisent des tâches extrêmement simples (par exemple, le marteau-pilon). De plus, **un outil peut avoir des fonctions multiples, et une machine, une seule**. Pour Mumford, la différence se situe bien plus « dans le degré d'indépendance de la machine au cours de l'opération, par rapport à l'habileté et l'énergie de l'opérateur : l'outil se prête à la manipulation, la machine à l'action automatique. » Ainsi, **cette différence réside dans le degré d'autonomisation de l'objet technique vis-à-vis du travail humain**.

CITATION

« En général, la machine accentue la spécialisation des fonctions ; l'outil est plus souple. La raboteuse n'accomplit qu'une seule fonction, tandis que le couteau peut être utilisé pour aplanir du bois, le sculpter, le fendre, pour faire pression sur une serrure ou pour enfoncer une vis. »

B L'automatisation transforme le travail humain

■ C'est à partir de cette question de l'autonomisation de la machine que l'on peut poser **le problème de la maîtrise et du contrôle de celle-ci**. Ainsi, **Hannah Arendt** (1906-1975), dans *Condition de l'homme moderne*, remarque qu'il est tout à fait paradoxal qu'on se soit posé la question de savoir si l'être humain doit s'adapter à la machine, ou la machine s'adapter à la nature de l'être humain, alors qu'on ne s'était jamais interrogé de la même manière pour l'outil. En effet, pour elle, cette discussion est stérile car l'être humain est « un être conditionné pour qui toute chose, donnée ou fabriquée, devient immédiatement condition de [son] existence ultérieure » : il s'habitue aux objets, qu'ils soient naturels ou créés par lui, et **les machines comme les outils lui deviennent donc indispensables dès leur invention**. « L'homme s'est donc adapté à un milieu de machines dès le moment où il les a inventées. »

■ Si le problème de l'adaptation à la machine ne se pose donc pas véritablement pour l'être humain en général, il a en revanche des conséquences concrètes en ce qu'il modifie considérablement **le rythme du travailleur**. Certes, l'outil était au service de l'être humain comme la main est à son service ; en revanche, pendant le temps du travail avec la machine, c'est le rythme mécanique qui s'impose au corps humain, et non l'inverse. **Le passage à l'automatisation transforme donc profondément le travail humain.**

EXEMPLE

L'avènement des machines dans l'industrie textile au XIXe siècle n'a pas contraint la société britannique à des efforts d'adaptation majeurs, mais elle a bel et bien **modifié le rythme du travail pour les ouvriers**. Alors qu'ils en étaient les maîtres dans le cadre du travail manuel, ils se sont retrouvés à **devoir s'adapter au rythme de la machine.**

C La machine, instrument d'aliénation ou de libération ?

■ Ce changement de rythme implique, pour Marx une **aliénation pour le travailleur**. Cette aliénation par la technique comprend, selon lui, deux aspects :
- d'une part, une **séparation se fait entre le travail intellectuel** (conception et connaissance du mécanisme, qui deviennent le propre de l'ingénieur) **et le travail physique** de celui qui opère la machine (gestes répétitifs à un rythme imposé) ;
- d'autre part, **le travailleur est dépossédé de son travail**, et devient un rouage dans une organisation mécaniste, dont il ignore les fins. Là où l'artisan maîtrisait la totalité du processus de fabrication, depuis la conception de l'objet en vue d'une fin connue, jusqu'à la réalisation de ses différentes parties, l'ouvrier, lui, a une vue limitée à la tâche qui lui est assignée, de par cette séparation entre travail intellectuel et physique.

■ *A contrario* de cette vision aliénante et terrifiante de la machine, **on peut mettre en lumière sa dimension libératrice pour la pensée humaine**. On pourrait considérer que les critiques de Marx viennent de ce qu'à un moment donné, les machines n'étaient pas assez complexes, et assez autonomes : il ne peut plus y avoir aliénation du travailleur par la machine, s'il n'est plus nécessaire à son fonctionnement, et le problème de l'aliénation pourrait se résoudre le jour où la machine n'aurait plus besoin de cette attention humaine. C'est l'hypothèse formulée par **Bergson**, qui explique que la différence fondamentale se trouve alors plutôt entre « un mécanisme qui absorbe l'attention, et un mécanisme dont on peut se distraire. »

EXEMPLE

Bergson prend ainsi l'exemple de la machine à vapeur : sa première version nécessitait qu'un travailleur intervienne pendant le processus pour ouvrir et fermer des robinets, jusqu'au jour où un enfant raconte-t-on, lassé d'effectuer ce travail, invente le moyen de le faire faire automatiquement par la machine. Il se retrouve donc libre de s'amuser parce qu'il n'est plus absorbé par la surveillance constante. Bergson explique que « la différence entre les deux machines est radicale : la première retenait l'attention captive, la seconde lui donnant congé. »

■ Dans cette hypothèse, **le dépassement technique, loin de réduire ou d'asservir l'homme, serait pour lui l'occasion de se retrouver.**

4 Les organismes-machines nous menacent-ils ?

L'automatisation croissante de la machine, cependant, nous oblige à penser le terme de ce processus : comment envisager notre rapport avec elle, le jour où sa puissance et son autonomie seront telles qu'elle n'aura plus besoin de l'homme pour fonctionner ? Elle ne serait alors plus machine-outil mais **machine-organisme autonome** : là où l'outil n'était souvent qu'un organe supplémentaire, prolongeant notre propre corps, elle deviendrait un ensemble cohérent d'organes composant une structure fonctionnelle, c'est-à-dire **un organisme**. Ce questionnement est au cœur de ce qu'on peut appeler **le mouvement transhumaniste**.

A Une machine peut-elle penser ?

■ Le premier enjeu de cette autonomisation de la machine, qui finirait par être une véritable intelligence artificielle, est celle **de sa puissance, et de sa concurrence avec l'humanité**. Si elle se met à penser véritablement, pourrait-elle aller jusqu'à prendre le pouvoir ? Nous créons déjà des ordinateurs capables d'apprendre au contact des êtres humains : on peut donc penser que ce n'est qu'une question de temps, avant qu'une forme de pensée plus complète et autonome n'advienne. C'est un scénario de science-fiction des plus courants : l'humanité, dépassée par la surpuissance des machines qu'elle a elle-même créées, est finalement concurrencée, asservie ou menacée par elles.

■ Mais **cette question de la puissance de la création technique face à celle de son créateur n'est en réalité pas la plus préoccupante**, si l'on considère que l'être humain demeure le concepteur et programmateur de ces machines. À l'exemple du codage génétique des cellules, qui les condamne au suicide si elles deviennent néfastes, ou suivant les réflexions amorcées par l'écrivain de science-fiction Isaac Asimov avec ses lois de la robotique, on peut supposer d'inclure dans la programmation une forme de verrou, de « garde-fou » en quelque sorte.

EXEMPLE

Les trois lois de la robotique, formulées par Asimov, sont les suivantes :

« 1. un robot ne peut porter atteinte à un être humain, ni, en restant passif, permettre qu'un être humain soit exposé au danger ;

2. un robot doit obéir aux ordres qui lui sont donnés par un être humain, sauf si de tels ordres entrent en conflit avec la première loi ;

3. un robot doit protéger son existence tant que cette protection n'entre pas en conflit avec la première ou la deuxième loi. »

PHILOSOPHIE

B Humanisation de la machine et technisation de l'être humain

■ Un sujet plus délicat est soulevé par l'**humanisation de l'organisme-machine**, puisqu'on peut constater une nette tendance à la création de robots humanoïdes. Les problèmes pourraient être en effet multiples, sur le plan moral notamment : que penser et que faire de robots qui seraient de véritables androïdes ? Devrons-nous les considérer comme des êtres humains ? Sera-t-il encore moralement acceptable de les traiter comme des êtres entièrement à notre service ? La Corée du Sud, par exemple, réfléchit déjà à une charte éthique des robots, censée empêcher qu'ils soient maltraités par l'humanité.

■ **La question devient plus épineuse encore quand, à l'inverse de cette machine humanisée, c'est l'être humain qui devient un objet technique**. En effet, les limites d'une vie humaine « normale » sont remises en cause par les projets transhumanistes : un être humain a un corps, naît, vit et meurt, a des désirs. L'être humain « augmenté » pourrait-il n'avoir aucune de ces caractéristiques ? L'hypothèse soulève des problèmes éthiques et politiques innombrables.

EXEMPLE

Si on postule que la puissance des ordinateurs sera bientôt telle qu'ils seront capables de simuler un cerveau humain, rien n'empêche d'imaginer que le contenu de ce cerveau, transféré dans une machine, sera enfin débarrassé des contraintes biologiques et pourra s'augmenter et s'améliorer pour devenir toujours plus intelligent. Mais un être humain, sans corps, réduit aux données contenues de son cerveau, sera-t-il encore un être humain ?

■ Enfin, cet effacement progressif de la frontière entre l'humain et la machine constitue-t-il nécessairement une remise en question de la nature humaine ? Si l'on envisage un moment où se généraliserait l'existence d'êtres hybrides, humains au corps modifié ou augmenté par la machine, rien n'oblige cependant à considérer la chose comme catastrophique pour la nature humaine. **Donna Haraway** (née en 1944), dans *Manifeste Cyborg*, suggère ainsi que cette hybridation pourrait être le moyen de **remettre en question des différences conceptuelles et morales** entre êtres naturels et créés, mais aussi, par ricochet, entre diverses espèces naturelles, pour vivre ce qu'elle appelle un « compagnonisme », c'est-à-dire une coexistence enfin pacifiée entre les espèces. De plus, la porosité des frontières entre organismes naturel et artificiel pourrait être **une chance pour l'humanité** : la figure du cyborg, hybride et inclassable, nous permettrait d'abandonner des catégories qui peuvent nous sembler essentielles (genre, ethnies) mais nous empêchent de vraiment « faire humanité ».

5 Je mémorise autrement

LA TECHNIQUE

Les organismes-machines nous menacent-ils ?
– Le problème du contrôle d'une machine plus puissante que l'être humain (le mouvement transhumaniste, Asimov).
– L'humanisation de la machine (Haraway).
– La technisation de l'être humain (Kurzweil, Anders).

La technique, un instrument au service de l'homme ?
– La technique, un moyen d'élaboration culturelle.
– L'être humain, technophile ou technophobe ?

De l'outil à la machine : le problème de l'automatisation
– La machine est un « super-outil » (Marx).
– La machine diffère de l'outil par son degré d'automatisation (Mumford).
– La machine ne se distingue pas de l'outil par son degré d'artificialisation (Arendt) mais elle modifie le rythme du travailleur.
– La machine, instrument d'aliénation (Marx) ou de libération (Bergson) ?

La caractéristique première de l'homme est de fabriquer des outils
– Le premier objet technique est l'outil, qui est artificiel, au contraire de l'instrument.
– L'outil est le prolongement de la main (Aristote).
– L'invention d'outils oriente le devenir des sociétés humaines (Bergson).

 # quiz
Des questions pour réviser
foucherconnect.fr/23tersti2d64

PHILOSOPHIE

7 La vérité

Si le concept de vérité semble à première vue non problématique (il suffirait de vérifier que ce que je dis est bien conforme à la réalité), le problème de la vérité est en fait double. D'une part, il s'agit de savoir si on peut atteindre la vérité : puis-je échapper aux pièges, non seulement du mensonge, mais aussi de l'erreur, et surtout de l'illusion ? D'autre part, si celle-ci est atteignable, on peut se demander comment : existe-t-il une méthode qui garantisse la vérité ?

1 La vérité, une notion problématique

A Vérité et réalité

■ **On peut définir la vérité comme la conformité d'une pensée ou d'une proposition avec son objet.** Dans un premier temps, nous considérerons que cet objet est ce qu'on appelle la « réalité », c'est-à-dire le caractère de ce qui existe. Ainsi, la vérité est « dite », c'est un énoncé, alors que la réalité « est », c'est ce qui nous est donné.

■ Au premier abord, la réalité semble donc être une notion évidente : c'est ce qui est, ce qui existe et qui fait l'objet d'une expérience immédiate. Par exemple, pour savoir si un objet est réel, j'étends la main pour le toucher. La réalité nous est donnée, nous ne pouvons pas la contrôler selon nos désirs (par exemple, si je désire voler comme un oiseau, la réalité se charge de me rappeler à l'ordre). **Jacques Lacan** (1901-1981), psychanalyste français, dit ainsi : « le réel, c'est quand on se cogne ». Savoir si ce que je dis (ou pense) est vrai semble donc à première vue assez simple : il suffirait de vérifier que cela correspond bien à l'**expérience que je fais du réel**. D'ailleurs, dans notre vie quotidienne, nous comptons sur la fiabilité de notre expérience immédiate, notamment à travers nos sens.

■ La vérité s'oppose à **l'erreur**, au **mensonge** et à l'**illusion**. Le problème de l'illusion nous indique déjà que savoir si mon énoncé est vrai ou faux n'est donc en fait pas si simple que cela. En effet, si je crois que mon illusion est une réalité, je croirai que ce que je dis sur elle est vrai, conforme à la réalité, alors qu'il n'en est rien.

DÉFINITIONS

- **Erreur** : le fait de se tromper sur la réalité de l'objet visé.
- **Mensonge** : la volonté délibérée de tromper sur la réalité.
- **Illusion** : une erreur dont la cause est une fausse représentation de la réalité.

B Les problèmes que pose la vérité

■ La vérité pose d'abord le **problème de la fiabilité de mon expérience** : d'une part, ce n'est pas moi qui crée la réalité, elle existe indépendamment de moi, et continue à exister telle qu'elle est, que je sois d'accord ou non. Nous pourrions donc penser que la réalité est objective. Mais d'autre part, je ne peux connaître la réalité que par l'intermédiaire de mes sens. On peut donc se demander si, dans cette médiation des sens, quelque chose de la réalité n'est pas perdu : mes sens sont-ils fidèles ? Sont-ils trompeurs ? Me donnent-ils à voir la réalité telle qu'elle est ?

REPÈRES

Médiat/immédiat :

- Est **médiat** ce qui n'est atteint qu'indirectement, à l'aide d'un intermédiaire, ici le témoignage des sens.
- Est **immédiat** ce qui est atteint directement, sans intermédiaire.

■ La vérité pose ensuite le **problème du relativisme** : la réalité est censée être **objective** mais mon accès à elle, par la médiation de mes sens, est **subjectif**. Donc, la vérité, c'est-à-dire ce que je peux énoncer sur la réalité, passe nécessairement par ma subjectivité. Or, si dans le domaine des croyances, on accepte la diversité (chacun est libre de croire ce qu'il veut), le relativisme devient problématique quand il s'agit de la vérité. Si chacun a sa vérité, il semble alors qu'il n'y ait plus de vérité du tout. En effet, la vérité est censée être **unique** et **universelle** car elle doit obéir au principe de non-contradiction énoncé par **Aristote** (384 av. J.-C.-322 av. J.-C.) dans la *Métaphysique* : on ne peut pas affirmer que quelque chose et son contraire sont vrais en même temps. Comme l'explique Épictète (50-environ 125) dans ses *Entretiens* : « Toutes les opinions sont-elles justes ? Comment pourraient-elles l'être si elle se contredisent ? »

DÉFINITION

Le **relativisme** est un courant de pensée qui considère qu'il n'y a pas de valeurs absolues et que tout se vaut, notamment relativement à une culture donnée. Pour la vérité, c'est considérer que la vérité absolue n'existe pas et que donc elle peut varier selon les individus et les cultures.

■ La vérité pose également le **problème de son unicité**, car, en réalité, la vérité définie comme une conformité avec le réel n'est qu'un type de vérité parmi d'autres : si la vérité est censée être unique, j'y ai cependant accès par différentes facultés (la raison, les sens, l'intuition) et deux vérités n'auront donc pas le même statut. Par exemple, une vérité d'ordre sentimental (« je t'aime ») n'aura pas le même statut qu'une vérité prouvée scientifiquement ; pourtant, les deux peuvent être vraies. De plus, la définition de la vérité comme conformité ne signifie pas la même chose selon le type de vérité : par exemple, une vérité de fait (il y a un rocher sur ma route) diffère d'une vérité conventionnelle, telle qu'une vérité mathématique ($2+2=4$). Dans les deux cas, la vérité est une conformité, mais d'un côté il s'agit d'une conformité d'un énoncé à un réel (il y a un rocher sur ma route) et de l'autre de la conformité d'un énoncé à ses propres lois formelles et construites ($2+2=4$).

REPÈRES

Formel/Matériel

- Est **formel** ce qui concerne la forme. Une vérité est dite formelle quand la pensée est en accord avec ses propres règles (ici les règles de la logique).
- Est **matériel** ce qui concerne la matière. Une vérité est dite matérielle quand la pensée est en accord avec son objet (ici la réalité).

PHILOSOPHIE

■ La vérité pose enfin le **problème de son immédiateté**. Dans le cas de la vérité conventionnelle, il paraît évident que la vérité est le résultat d'une **construction** : par exemple, en mathématiques nous construisons des règles qu'il s'agit ensuite d'appliquer, et un énoncé est alors vrai s'il est conforme à ces règles construites. Au contraire, la vérité de fait nous apparaît comme donnée immédiatement. Mais cette dernière est aussi le résultat d'une construction de mon esprit. Ce point devient évident si l'on prend l'exemple des illusions d'optiques. Ainsi, même dans le cas de la perception la plus immédiate, la plus quotidienne, mon cerveau représente, reconstruit ce que je vois, la vérité n'est donc jamais immédiate.

EXEMPLE

Quand nous regardons le dessin d'illusion dit du « canard-lapin », paru pour la première fois dans un journal munichois le 23 octobre 1892, certains voient un canard, d'autres un lapin, et une fois au courant de l'illusion, chacun peut voir alternativement les deux, mais jamais en même temps.

Welche Thiere gleichen einander am meisten?

Kaninchen und Ente.

C Faut-il chercher la vérité ?

■ Le texte de **Platon** (428 av. J.-C. - 348 av. J.-C), dit de l'allégorie de la caverne (*République*, VII), met en scène un homme qui, une fois sorti de la caverne, délivré de ses chaînes, comprend que ce qu'il prenait pour la réalité n'était qu'une illusion. Quand il retourne dans la caverne pour essayer d'en avertir ceux qui sont toujours enchaînés, ces derniers le rejettent. **Cette allégorie, qui oppose le règne de l'illusion à la découverte de la vérité, montre qu'il est difficile de sortir de l'illusion.** Est-il plus avantageux de la quitter, pour rentrer dans la vérité ? L'illusion semble souvent plus confortable, elle exige moins de nous. Celui qui en est délivré se retrouve bien seul. Pourtant, une fois que nous avons quitté notre illusion, il semble impossible de faire demi-tour, de nier notre découverte de la vérité.

 # texte
Allégorie de la caverne, Platon
foucherconnect.fr/23tersti2d67

■ Par ailleurs, un problème posé par la notion de vérité est celui de **l'instabilité de la réalité** : comme vu précédemment, la vérité se veut universelle, c'est-à-dire vraie en tout temps et en tout lieu, donc comme quelque chose d'absolument fixe. Mais nous avons dit aussi que la vérité peut se définir comme la conformité de ce que je dis à ce qui est, ce qu'on appelle le réel. Or, le réel est au contraire caractérisé par son instabilité. **Dans quelle mesure atteint-on alors le réel ?** Peut-on dire quelque chose de vrai sur ce réel ?

■ Le constat de l'instabilité du monde réel est présent pour la première fois dans la philosophie d'**Héraclite** (544 av. J.-C. - 480 av. J.-C) : « On ne peut descendre deux fois dans le même fleuve. » **Le monde comme réalité incarnée** (c'est-à-dire qui a aussi une matière, et pas seulement une forme, au contraire d'une idée) **change** : tout coule, tout passe, tout pourrit et meurt. Or, **la vérité demande de la stabilité :** en effet, ce qui serait vrai un jour et faux le lendemain ne pourrait pas être vrai. Alors comment connaître le réel, si la vérité doit être immuable, et que le réel est changeant ? On peut alors se demander si la vérité est bien un outil adapté à son objet (le réel, ou si ce n'est qu'une invention de notre part.

2 Y a-t-il une méthode pour atteindre la vérité ?

Si toute vérité est en fait **construite**, qu'on ne peut pas y accéder de manière immédiate, se pose alors la question de savoir comment on peut y accéder, c'est-à-dire **quelle est la méthode à suivre pour être sûr de ne pas se tromper**. Il s'agit ici de se poser la question d'un critère de la vérité : qu'est-ce qui nous permet de nous assurer que ce que nous énonçons est vrai ? Comment distinguer le vrai du faux, si nous voulons, à la suite de René Descartes (1596-1650) « établir quelque chose de ferme et de constant dans les sciences » (première *Méditation métaphysique*) ?

DÉFINITION
Méthode : ensemble de démarches que suit l'esprit pour découvrir et démontrer la vérité.

A Plusieurs critères possibles

a Constater

Le constat constitue un premier critère, d'ordre empirique. Constater, c'est établir un fait par le témoignage des sens. Pour constater qu'il fait beau, je regarde par ma fenêtre. Mais il n'est pas toujours facile de s'entendre sur un constat. De plus, beaucoup de vérités ne sont pas susceptibles d'être vérifiées empiriquement. Où en serait l'astronomie ou la psychologie, si on ne connaissait que ce qui est directement perceptible ? On ne peut donc pas réduire la gamme des vérités possibles à ce qui peut être perçu.

DÉFINITION
Empirique : qui provient de l'expérience des sens.

b Démontrer

- Faute d'avoir été témoin du fait, on peut le démontrer : la **démonstration** est donc un deuxième critère. Le modèle traditionnel est le **syllogisme**, dont la théorie est exposée dans l'ouvrage *Organon* d'**Aristote** (384 av. J.-C. - 322 av. J.-C.) :

  Tout homme est mortel (tout x est y).
  Socrate est un homme (or z est x).
  Donc Socrate est mortel (donc z est y).

DÉFINITION
Démonstration : opération par laquelle une proposition (la conclusion) est établie à partir d'une autre (la prémisse). La démonstration repose donc sur l'inférence, qui renvoie à ce qu'un raisonnement a de valide dans le passage d'une idée à une autre.

- Mais **un raisonnement logiquement valide peut tout à fait être faux**, si on considère sa conformité à la réalité. Cette distinction entre validité logique et vérité conforme au réel est énoncée ainsi par le philosophe **Emmanuel Kant** (1724-1804), dans la *Critique de la raison pure* : « une connaissance peut fort bien être complètement conforme à la forme logique, c'est-à-dire ne pas se contredire elle-même, et cependant être en contradiction. »

EXEMPLE
Imaginons le syllogisme suivant : tous les chats sont gris. Or Garfield est un chat. Donc Garfield est gris. Ce syllogisme est valide logiquement, mais faux en réalité, car Garfield est un chat roux.

PHILOSOPHIE

De plus, même dans le cas d'une démonstration à la fois valide formellement et conforme à la réalité, se pose le **problème de l'indémontrable ou de la régression à l'infini :** comme le fait remarquer **Aristote**, il est impossible de tout démontrer, sous peine de tomber dans ce que l'on appelle une régression à l'infini. Ainsi, en remontant la chaîne des déductions, on doit nécessairement tomber sur une première proposition qui n'est déduite de rien, et qui est donc indémontrable, puisque pour la démontrer, il faudrait remonter de nouveau à une proposition précédente.

C S'appuyer sur l'intuition

Ce problème de la régression à l'infini amène à poser l'existence d'une cause première, qui ne serait elle-même causée par rien : il s'agit de Dieu, qui est défini comme *causa sui*, cause de soi (voir l'encadré p. 256, chapitre 5). Et même sans « utiliser » Dieu comme première cause, il faut nécessairement admettre des propositions premières, qui sont par définition indémontrables, et qui font donc l'objet d'une connaissance immédiate. La démonstration ne se suffit jamais à elle-même, puisque **toute démonstration doit admettre au moins un élément indémontrable**.

DÉFINITION

Intuition : connaissance immédiate et directe de la réalité de la chose, sans passer par la raison.

Cette connaissance immédiate des vérités premières est appelée **l'intuition.** Il n'y a pas lieu d'opposer intuition et démonstration, dans le sens où toute démonstration en appelle à une intuition première, une évidence qui n'a pas besoin de preuve. Ainsi, dans les *Méditations Métaphysiques*, **René Descartes** (1596-1650) explique que **le premier critère de vérité est celui de l'évidence :** est vrai ce dont je peux avoir une idée claire et distincte, sur le modèle de la vérité première qui est celle de savoir que j'existe, parce que je le pense. En effet, Descartes se pose la question de savoir s'il existe une vérité qui puisse résister au doute le plus radical. Dans la *Deuxième Méditation*, il démontre que le fait que j'existe est nécessairement vrai, à chaque fois que je le pense. De plus, je peux avoir une idée claire et distincte de ce que cela veut dire, parce qu'à chaque fois que je pense quelque chose, je me pense moi-même en même temps. J'ai donc une idée claire et distincte de moi-même, comme « chose qui pense » et cette idée est de l'ordre de l'évidence. Je peux donc à partir de là définir un critère de vérité qui serait celui de l'évidence claire et distincte.

B La vérité scientifique

DÉFINITION

Théorie : ensemble de règles, de lois et de concepts visant à proposer une description et une explication d'un ensemble de faits.

Par ailleurs, la présence de propositions indémontrables au sein de toute démonstration nous invite à nous interroger sur le rapport qu'entretient toute théorie scientifique avec la réalité. Loin d'être dans une relation purement descriptive, **les théories scientifiques sont en réalité des modèles d'explication du réel**, d'où le terme de théorie. Cela veut dire que le but d'un modèle scientifique n'est pas essentiellement de décrire la réalité, **mais d'être efficace pour prévoir les phénomènes futurs**. Or, le fait que la vérité en sciences soit d'abord pensée en termes de validité et d'efficacité amène deux conséquences.

La première est qu'**une théorie scientifique est considérée comme vraie tant qu'elle est valide, jusqu'à preuve du contraire.** Le philosophe des sciences **Karl Popper** (1902-1994), dans *Conjectures et réfutations*, explique que c'est même à cela qu'on reconnaît une théorie scientifique : **une théorie ne peut être considérée comme scientifique que si elle est falsifiable**, c'est-à-dire que rien n'empêche qu'elle soit un jour mise en défaut. Ce critère de la falsifiabilité distingue ainsi une théorie scientifique d'un système de croyances dogmatique, c'est-à-dire n'acceptant pas la contradiction et affirmant une vérité considérée comme absolue de manière péremptoire (par exemple, selon Popper, le marxisme et la psychanalyse).

- La deuxième conséquence est que, malgré ce que l'on pense habituellement, **il faut en réalité beaucoup de contre-exemples pour qu'un modèle d'explication du monde soit considéré comme faux**. Ainsi, **Alexandre Koyré** (1892-1944) explique dans les *Études d'histoire de la pensée scientifique* que le progrès scientifique s'est fait par des réfutations successives de théories, et donc sur un temps assez long. Ces théories forment un paradigme, c'est-à-dire un modèle cohérent d'explication du monde. Au début, on réfute des théories qui ne sont pas au centre du paradigme, elles n'entraînent donc pas la remise en question de celui-ci. Puis, au fur et à mesure des réfutations, le paradigme n'est plus cohérent : il ne marche plus pour expliquer le réel, il faut donc en changer. Ce moment où on change de paradigme constitue ce que Koyré appelle une « révolution scientifique », par exemple, la révolution copernicienne.

3 Je mémorise autrement

La vérité, une notion problématique
– Définition de la **vérité** comme conformité à la **réalité**.
– L'établissement de la vérité passe par ma **subjectivité**, pourtant la réalité est censée être **objective**, et la vérité est nécessairement **universelle.**
– La vérité est supposée **unique**, mais il existe différents types de vérité (vérité formelle/vérité de fait).
– L'**illusion** peut être plus confortable que la vérité (allégorie de la caverne).
– La vérité n'est peut-être pas un **outil adapté à son objet**, la réalité (Héraclite).

LA VÉRITÉ

Y a-t-il une méthode pour atteindre la vérité ?
– **Plusieurs critères** possibles pour atteindre la vérité : le **constat** et la **démonstration** (le syllogisme, Aristote).
– Une proposition **logiquement valide** peut être **fausse** (Kant).
– Le problème de la **régression à l'infini** : il n'y a pas lieu d'opposer **démonstration** et **intuition**
– Le critère de vérité comme **idée claire et distincte** (Descartes).
– La vérité scientifique se pense d'abord comme une **efficacité.**
– Une vérité n'est scientifique que si elle est **réfutable** (Popper).

 # quiz
Des questions pour réviser
foucherconnect.fr/23tersti2d64

1 LA JUSTICE

EXPLICATION DE TEXTE

Éléments d'analyse

1. Expliquez : « Il en est des lois de la communauté politique comme des lois du jeu ».

2. Expliquez : « Une bonne loi est celle qui est à la fois nécessaire au bien du peuple et facile à comprendre ».

3. Expliquez : « comme on dresse des haies, non pas pour arrêter les voyageurs, mais pour les maintenir sur le chemin ».

Qu'est-ce qu'une bonne loi ? Par bonne loi, je n'entends pas une loi juste, car aucune loi ne peut être injuste. La loi est faite par le pouvoir souverain, et tout ce qui est fait par ce pouvoir est sûr, et approuvé par tout un chacun parmi le peuple. Et ce que tout homme veut, nul ne saurait le dire injuste. Il en est des lois de la communauté politique comme des lois du jeu : ce sur quoi les joueurs se sont mis d'accord ne saurait être une injustice pour aucun d'eux. Une bonne loi est celle qui est à la fois nécessaire au bien du peuple et facile à comprendre.

En effet, le rôle des lois, qui ne sont que des règles revêtues d'une autorité, n'est pas d'empêcher toute action volontaire, mais de diriger et de contenir les mouvements des gens, de manière qu'ils ne se nuisent pas à eux-mêmes par l'impétuosité[1] de leurs désirs, leur empressement ou leur aveuglement ; comme on dresse des haies, non pas pour arrêter les voyageurs, mais pour les maintenir sur le chemin. C'est pourquoi une loi qui n'est pas nécessaire, c'est-à-dire qui ne satisfait pas à ce à quoi vise une loi, n'est pas bonne.

Thomas Hobbes, *Léviathan*, 1651.

1 Impétuosité : ardeur, fougue, violence.

MÉTHODE

Pour expliquer les phrases extraites du texte, il faut procéder selon la méthode IPEC :
- **idée :** exposer l'idée générale de la phrase et définir les mots importants ;
- **pourquoi :** expliquer pourquoi l'auteur affirme cette idée ;
- **exemple :** soit expliquer l'exemple que donne l'auteur pour illustrer son propos, soit donner un exemple s'il n'y en a pas ;
- **conclusion :** conclure l'argument par une phrase.

2 L'ART

EXPLICATION DE TEXTE

Éléments de synthèse

1. Quelle est la question à laquelle l'auteur tente de répondre ici ?
2. Dégagez les différents moments de l'argumentation.
3. En vous appuyant sur les éléments précédents, dégagez l'idée principale du texte.

Lorsqu'il s'agit de ce qui est agréable, chacun consent à ce que son jugement, qu'il fonde sur un sentiment personnel et en fonction duquel il affirme qu'un objet lui plaît, soit restreint à sa seule personne. Aussi bien disant : « Le vin des Canaries est agréable », il admettra volontiers qu'un autre corrige l'expression et lui rappelle qu'il doit dire : cela m'est agréable. Il en est ainsi non seulement pour le goût de la langue, du palais et du gosier, mais aussi pour tout ce qui peut être agréable aux yeux et aux oreilles de chacun. [...] Ce serait folie que de discuter à ce propos, afin de réputer erroné le jugement d'autrui, qui diffère du nôtre, comme s'il lui était logiquement opposé ; le principe : « À chacun son goût » (s'agissant des sens) est un principe valable pour ce qui est agréable.

Il en va tout autrement du beau. Il serait (tout juste à l'inverse) ridicule que quelqu'un, s'imaginant avoir du goût, songe en faire la preuve en déclarant : cet objet [...] est beau pour moi. Car il ne doit pas appeler beau, ce qui ne plaît qu'à lui. Beaucoup de choses peuvent avoir pour lui du charme ou de l'agrément ; personne ne s'en soucie ; toutefois lorsqu'il dit qu'une chose est belle, il attribue aux autres la même satisfaction ; il ne juge pas seulement pour lui, mais aussi pour autrui et parle alors de la beauté comme si elle était une propriété des choses. C'est pourquoi il dit : la chose est belle et dans son jugement exprimant sa satisfaction, il exige l'adhésion des autres [...] ; et ainsi on ne peut dire : « À chacun son goût ». Cela reviendrait à dire : le goût n'existe pas, il n'existe pas de jugement esthétique qui pourrait légitimement prétendre à l'assentiment de tous.

Emmanuel Kant, *Critique de la faculté de juger*, 1790.

MÉTHODE

- Pour trouver l'idée principale du texte, c'est-à-dire ce qu'on appelle la thèse, il faut se demander pourquoi l'auteur a écrit ce texte, à quelle question il tente de répondre. La thèse est la réponse à cette question. Attention à ne pas confondre la thèse – ce que dit l'auteur sur une question précise – avec le thème – de quoi cela parle en général. La question, ou problématique, peut être formulée sous forme d'alternative (« est-ce que... ou bien... ») pour que le problème soit plus évident.
- Une fois l'idée principale trouvée, on doit se demander comment l'auteur la démontre. Pour cela, il faut « découper » le texte en plusieurs parties, correspondant aux différentes étapes de son argumentation. Pour vous aider, vous pouvez repérer les connecteurs logiques dans le texte : un connecteur logique annonce bien souvent une étape supplémentaire dans l'argumentation.
- Enfin, il ne reste plus qu'à mettre en forme vos réponses dans l'ordre des questions posées (1 Question ou problématique ; 2. Étapes de l'argumentation ; 3. Thèse ou idée principale).

3 LA LIBERTÉ

EXPLICATION DE TEXTE

Commentaire

La loi est-elle la condition de la liberté ?

La loi ne consiste pas tant à limiter un agent libre et intelligent qu'à le guider vers ses propres intérêts, et elle ne prescrit pas au-delà de ce qui conduit au bien général de ceux qui sont assujettis à cette loi. S'ils pouvaient être plus heureux sans elle, la loi s'évanouirait comme une chose inutile ; et ce qui nous empêche seulement de tomber dans les marais et les précipices mérite mal le nom de contrainte. De sorte que, quelles que soient les erreurs commises à son propos, la finalité de la loi n'est pas d'abolir ou de restreindre mais de préserver et d'élargir la liberté ; et dans toutes les conditions des êtres créés qui sont capables de vivre d'après des lois, là où il n'y a pas de loi, il n'y a pas de liberté. Car la liberté consiste à être délivré de la contrainte et de la violence exercées par autrui, ce qui ne peut être lorsqu'il n'y a point de loi ; mais la liberté n'est pas ce que l'on nous dit, à savoir une liberté, pour tout homme, de faire ce qui lui plaît (car qui peut être libre quand n'importe quel homme peut nous imposer ses humeurs ?). Mais c'est une liberté de disposer et d'ordonner comme on l'entend sa personne, ses actions, ses biens et l'ensemble de sa propriété, dans les limites de ce qui est permis par les lois auxquelles on est soumis ; et, dans ces limites, de ne pas être assujetti à la volonté arbitraire de quiconque, mais de suivre librement sa propre volonté.

John Locke, *Deuxième traité du gouvernement civil*, 1690

MÉTHODE

Pour répondre à la partie « Commentaire », on peut suivre la méthode suivante :
- faire une introduction en réécrivant le sujet sous forme d'alternative (« ... ou bien ... ? ») et montrer pourquoi le problème se pose. Annoncer les parties de votre réponse en utilisant des connecteurs logiques ;
- expliquer dans une première partie pourquoi la thèse inverse du texte pourrait être défendue mais pourquoi cette réponse serait nsuffisante ;
- expliquer dans une deuxième partie quelle thèse défend l'auteur en réponse au problème posé ;
- éventuellement exposer en troisième partie les questions qui restent en suspens ;
- conclure en récapitulant le cheminement parcouru et en répondant à la question.

4 LA NATURE

DISSERTATION

Le travail au brouillon : analyser un sujet de dissertation et construire le plan de son devoir.

La culture dénature-t-elle l'être humain ?

MÉTHODE

Pour analyser un sujet de dissertation au brouillon, on peut suivre la méthode suivante :
- définir les concepts importants présents dans le sujet, en relation les uns avec les autres ;
- réécrire le sujet en le problématisant sous forme d'alternative (... ou bien ...) ;
- envisager les différentes réponses possibles au problème posé et les implications de chaque réponse.

Une fois le sujet analysé, la méthode la plus simple pour construire un plan de dissertation est celle dite de la « coquille d'escargot ». Il s'agit de :
- transformer en introduction le sujet en un véritable problème ;
- envisager une première réponse en première partie ;
- montrer en quoi cette réponse est insuffisante (transition) ;
- envisager une deuxième réponse en deuxième partie qui puisse répondre aux objections de la transition ;
- montrer de nouveau en quoi cette réponse est insuffisante (transition) ;
- envisager une troisième réponse en troisième partie qui puisse répondre aux objections de la transition, sans pour autant revenir à la première réponse ;
- résumer le chemin parcouru et donner une réponse au problème (conclusion).

œuvre
Plan en coquille d'escargot
foucherconnect.fr/23tersti2d68

5 LA RELIGION

DISSERTATION

Rédiger un paragraphe de dissertation

Pour s'entraîner à la rédaction de la dissertation, dans le cadre du sujet de type bac « Faut-il ne croire que ce que l'on voit ? », rédiger un paragraphe argumenté défendant la position suivante : « Le principe de la croyance est de ne croire qu'en ce qui est incertain. »

MÉTHODE

- Pour rédiger un paragraphe de dissertation, il faut utiliser des connecteurs logiques entre les phrases ; ne présenter qu'une grande idée par paragraphe ; exposer l'argument, donner un exemple ou une référence philosophique, puis conclure le paragraphe. Exposer ensuite les problèmes qui restent en suspens.
- Suivre cette méthode a l'avantage d'éviter l'argument d'autorité (« cela va sans explication parce que tel philosophe le dit »).

6 LA TECHNIQUE

DISSERTATION

Rédiger l'introduction

Peut-on maîtriser le développement technique ?

MÉTHODE

Dans l'introduction, on doit **analyser le sujet** et **poser un problème**. Il convient d'éviter toute généralité du type : « De tout temps, les hommes ... ». On présente l'introduction comme suit :
- accroche : on montre pourquoi il y a un problème, en mettant à jour un paradoxe au cœur du sujet ;
- problématique : on énonce le problème en reformulant le sujet sous forme d'alternative (... ou bien...) ;
- annonce de plan (une phrase par partie en utilisant des connecteurs logiques).

7 LA VÉRITÉ

DISSERTATION

Une vérité peut-elle être définitive ?

corrigé
foucherconnect.fr/23tersti2d69

HISTOIRE-GÉOGRAPHIE

L'évaluation de l'Histoire-Géographie au bac

L'histoire et la géographie aident les élèves à acquérir des repères temporels et spatiaux, leur permettent de discerner l'évolution des sociétés, des cultures, des politiques et les confrontent à l'altérité par la connaissance d'expériences humaines antérieures et de territoires variés.

1 Les critères d'évaluation

L'histoire-Géographie est évaluée dans le cadre du contrôle continu (soit 40 % du bac) en Première puis en Terminale. Elle figure parmi les disciplines du tronc commun avec un coefficient de 6. Il revient à chaque lycée d'établir son « projet local d'évaluation » et à chaque professeur d'expliquer à ses élèves lesquelles des évaluations fournies entrent ou pas dans le cadre du contrôle continu. Les devoirs comptabilisés pour le bac sont qualifiés de « certificatifs ». Leur coefficient dépend de chaque professeur.

2 L'épreuve orale d'Histoire-Géographie (session de rattrapage)

Vous avez le choix entre **deux sujets portant chacun sur une question obligatoire du programme d'histoire et de géographie**. Ces deux sujets peuvent porter seulement sur l'une des deux matières ou bien à la fois sur l'histoire et la géographie. Ils peuvent être accompagnés éventuellement d'un ou deux documents.

La première partie de l'épreuve correspond à **un exposé** de 10 minutes au maximum. La seconde partie correspond à **un entretien avec l'examinateur**. Celui-ci peut aller au-delà du sujet préparé, tout en restant dans le cadre de la question obligatoire concernée. **Vous disposez de 20 minutes de préparation pour 20 minutes de passage pour traiter cet exercice**.

1 L'affirmation des totalitarismes et la guerre

La Première Guerre mondiale débouche sur la montée des totalitarismes. La brutalisation des sociétés en 1914-1918 a banalisé les violences de masse et contribué à la révolution bolchevique dans une Russie entrée en guerre civile à partir de 1917. Le règlement du conflit en 1918 porte les germes des régimes totalitaires qui se destinent à une nouvelle guerre.

1 Les totalitarismes : des machines de guerre

A Des idéologies liées à la guerre

■ Le totalitarisme désigne principalement :
- le **nazisme** (1933-1945), autour de la personnalité d'**Hitler**, en Allemagne ;
- le **stalinisme** (1928-1953) avec **Staline** en URSS ;
- le **fascisme** de **Mussolini** (1925-1945) en Italie, considéré comme une forme atténuée de ce genre de régime politique.

 # vidéo
La propagande antisémite des nazis
foucherconnect.fr/23tersti2d28

■ Dans leur ambition de **créer une société et un homme nouveaux**, les totalitarismes revendiquent la **confiscation des libertés** et du pouvoir par un **parti unique**. Ils pratiquent le **culte de la personnalité**, l'usage extrême de la **propagande**, l'**endoctrinement** de la population et la **stratégie de terreur** (**système concentrationnaire administré par le Goulag en URSS**). Le nazisme prône la conquête de territoires (**expansionnisme**) et fait de la guerre un outil de domination intérieure et extérieure. Il justifie sa volonté de conquérir un « espace vital » par des arguments raciaux et racistes.

DÉFINITIONS
- **Culte de la personnalité** : propagation de l'image du dirigeant dans toute la société.
- **Propagande** : stratégie de communication du pouvoir qui tente de convaincre l'opinion publique d'adhérer à son idéologie.
- **Expansionnisme** : volonté d'étendre le territoire national au détriment des autres peuples.
- **Goulag** : administration soviétique de gestion des camps de déportation en URSS à partir de 1930.

EXEMPLES
- Le **NSDAP**, en français le **parti national-socialiste des travailleurs allemands**, dénommé « parti nazi », est le parti unique allemand.
- Le **PCUS**, ou parti communiste de l'Union soviétique, est le parti unique en URSS.

■ Les régimes stalinien et hitlérien sont largement responsables du **déclenchement de la Seconde Guerre mondiale**. La **militarisation** de la société, le développement des **industries d'armement**, la désignation d'un adversaire à anéantir et l'opportunité d'étendre le territoire national font de la guerre un **idéal nationaliste**. La guerre se présente ouvertement comme un **combat idéologique** contre les démocraties libérales.

HISTOIRE

Le 23 août 1939, l'Allemagne et l'URSS s'accordent diplomatiquement et militairement à l'occasion du **pacte germano-soviétique.** Bien qu'opposés, les deux totalitarismes d'extrême droite et d'extrême gauche s'allient et prévoient le découpage de la Pologne. L'Allemagne, l'Italie et le Japon forment l'**Axe** en septembre 1940. La première ambitionne de dominer l'Europe centrale et orientale, la seconde espère contrôler la Méditerranée tandis que le Japon prévoit d'agrandir son empire en Asie pacifique. Ces **objectifs impérialistes** conduisent le monde vers un nouveau conflit.

DÉFINITIONS

- **Militarisation** : propagation dans une société des valeurs et de l'esprit militaire de manière à obtenir l'obéissance de la population et son adhésion à l'impérialisme.
- **Impérialisme** : doctrine qui prévoit la construction d'un empire fondé sur la conquête de territoires extérieurs habités par d'autres peuples placés sous domination.

B Le rôle des totalitarismes en 1939-1945

La soif de conquête débouche sur une **volonté d'anéantissement de l'adversaire**. La guerre étend donc la logique de violence extrême. En 1940, l'Allemagne hitlérienne envahit une partie de l'Europe, dont la France, au moyen de la **blitzkrieg** (guerre éclair) qui mise sur la rapidité de l'offensive aérienne et terrestre. Hitler s'allie avec certains pays d'Europe orientale et se retourne contre l'URSS en juin 1941. C'est l'**opération Barbarossa**. La **Wehrmacht** envahit une grande portion du territoire soviétique mais se heurte vers la fin de 1942 à une vaste contre-offensive de l'**Armée rouge**. Les troupes de **Joukov** parviennent à refouler l'invasion allemande et atteignent Berlin en avril 1945. Staline devient le vainqueur d'Hitler.

Alliées puis adversaires, les deux puissances totalitaires font du conflit une **guerre totale**. Leur combat l'une contre l'autre suppose une mobilisation sans précédent des ressources humaines, matérielles et industrielles. L'ampleur de leur mobilisation fait entrer toute la société dans le **combat militaire, économique et idéologique**. L'ampleur du désastre est à la hauteur des moyens mobilisés : en 1945, l'URSS comptabilise environ 20 millions de morts, l'Allemagne au moins 7 millions.

DÉFINITIONS

- **Wehrmacht** : nom donné à l'armée allemande sous le IIIe Reich.
- **Armée rouge** : nom de l'armée soviétique.
- **Guerre totale** : conflit de grande ampleur, aux effets dévastateurs, et qui suppose une mobilisation à la fois militaire, humaine, sociale, politique, économique et financière.

C Les totalitarismes et la logique d'extermination

Le fanatisme nazi aboutit à une logique d'**extermination massive** des populations civiles. Elles subissent localement des **représailles**. Les **crimes de guerre** s'avèrent nombreux. La déportation de dizaines de milliers de Polonais et le massacre de plusieurs milliers d'entre eux dans la forêt de **Katyn** par la police politique soviétique au printemps 1940, témoignent de cette criminelle brutalisation dont les régimes totalitaires sont coupables.

 # audio
1940, l'énigme du massacre de Katyn
foucherconnect.fr/23tersti2d29

■ La guerre et l'invasion des territoires étrangers sont l'occasion d'appliquer les thèses raciales fondatrices du nazisme. Les Juifs et les Tziganes (Roms) en sont les principales victimes. L'**assassinat de masse** conduit à la mort d'un peu moins de 6 millions de personnes (dont 200 000 à 500 000 Tziganes). Les procédés de mise à mort débutent par le regroupement des Juifs et des Roms dans des **ghettos** où 800 000 d'entre eux meurent de faim ou d'épidémie. À partir de décembre 1942, la déportation en Pologne dans six **centres de mise à mort** (anciennement qualifiés de camps d'extermination) conduit aux chambres à gaz 2,7 millions d'individus. Dans les territoires soviétiques envahis par l'Allemagne, 4 **Einsatzgruppen** (unités mobiles d'extermination) procèdent à de nombreux massacres de populations juives, tziganes et d'ennemis politiques (les commissaires politiques communistes). Les corps de 1,3 million de victimes tuées par balle sont enfouis dans d'immenses fosses communes.

■ Le génocide des Juifs (**Shoah**) et des Roms (**Samudaripen**) présente plusieurs singularités. Son ampleur démographique et son étendue géographique à l'échelle de l'Europe. Le procédé industriel de mise à mort (avec l'utilisation du zyklon B dans les chambres à gaz) et l'organisation du « traitement des corps » dépeignent une « industrie de la mort » sans équivalent dans l'histoire.

 # doc
Le bilan de la Seconde Guerre mondiale (en chiffres)
foucherconnect.fr/23tersti2d30

POUR ALLER PLUS LOIN

Nommer le génocide

Le génocide des Juifs est désigné par plusieurs termes. La « Shoah » signifie « catastrophe » en hébreux. Ce terme souligne la spécificité de cette extermination. La « solution finale » est une expression nazie typiquement administrative et qui dissimule la réalité du crime commis. L'« holocauste » (du grec qui signifie « tout brûler ») est un mot qui s'est imposé dans les années 1970 en référence à la crémation des corps des victimes.
Le terme « Samudaripen » (« Tuez-les tous ») désigne le génocide des Roms. Ce mot est concurrencé par « Porajmos » (qui veut dire « dévorer »).

 # synthèse
La genèse et l'affirmation des régimes totalitaires
foucherconnect.fr/23tersti2d31

2 La France dans la guerre (1939-1945)

A Défaite et occupation

■ Incapable d'enrayer l'offensive allemande particulièrement meurtrière, la France subit la **débâcle** en mai-juin 1940. Sa stratégie défensive échoue. L'**exode** d'environ 8 millions de Français fuyant la guerre contribue au traumatisme de cette défaite inattendue. Sous l'autorité du **maréchal Pétain** nommé au poste de président du Conseil, le gouvernement signe l'**armistice** le 22 juin 1940. Cet acte officialise la perte de souveraineté et le statut de vaincu.

DÉFINITIONS
- **Débâcle** : défaite totale d'une puissance engagée dans une guerre.
- **Exode** : mouvement massif d'une population contrainte de fuir un danger.
- **Armistice** : décision politique de mettre un terme aux combats.

■ Dans ce contexte, les 10 et 11 juillet 1940, une majorité parlementaire confie à Pétain les **pleins pouvoirs**. Antirépublicaine, l'extrême-droite dont il partage les idées profite donc de l'occasion pour instaurer un nouveau régime localisé à **Vichy**. Pétain concentre désormais tous les pouvoirs, supprime le principe des élections, interdit les syndicats, les partis politiques et rompt avec l'héritage de la IIIe République. Il entame une **collaboration d'État** avec l'occupant allemand.

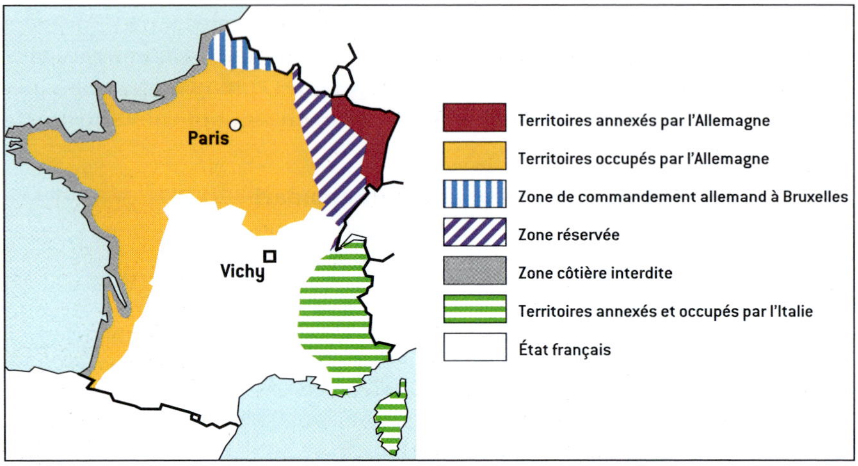

La France de l'armistice

B Le régime de Vichy et la collaboration (10 juillet 1940 - 20 août 1944)

■ L'« État français » du maréchal Pétain prétend instaurer une « **révolution nationale** » dans la zone dite « libre ». La République est jugée responsable de la défaite de 1940. Les lois sur le statut des Juifs légalisent l'**antisémitisme** et la discrimination dès août et octobre 1940. Le Commissariat général aux questions juives détermine le sort des Juifs et contribue à la mise en œuvre de la « solution finale » en France. La propagande vichyste met en valeur le **culte du chef** et propose la nouvelle devise « Travail, Famille, Patrie ». Le pouvoir vichyste valorise les valeurs jugées traditionnelles (**revanche réactionnaire**), souhaite rassembler les Français et se rapproche de l'Église catholique. La jeunesse subit un endoctrinement et les médias la censure. **Vichy est dès lors une forme de fascisme à la française**.

■ Dès l'automne 1940, Vichy collabore avec l'Allemagne hitlérienne. Pétain rencontre Hitler à Montoire le 24 octobre 1940. Le pouvoir pétainiste, par l'action de l'amiral Darlan, participe en Afrique du Nord aux combats contre les Alliés (**collaboration militaire**). Pétain, aidé par Pierre Laval, incite les entreprises françaises à travailler avec le IIIe Reich (**collaboration économique**). La police française est mise au service de l'occupant pour rafler les Juifs (**collaboration policière**). À partir de 1943, Vichy utilise la **Milice française** pour traquer les résistants. Le régime devient particulièrement répressif et lie son destin à celui du IIIe Reich.

C Des résistances à la Résistance française

vidéo
L'appel à la résistance du général de Gaulle
foucherconnect.fr/23tersti2d32

■ L'**appel radiodiffusé du général de Gaulle depuis Londres le 18 juin 1940** marque la naissance de la Résistance française. Il propose de poursuivre les combats et n'accepte pas l'armistice en préparation. De Gaulle organise la « **France libre** » depuis l'extérieur tandis que sur le territoire national, les mouvements résistants, encore dispersés, se multiplient contre l'autorité de l'occupant et celle de Vichy. Les communistes rejoignent massivement la Résistance à partir de l'invasion de l'URSS en 1941. En 1943, **Jean Moulin** préside le **Conseil national de la Résistance** (**CNR**) chargé d'unifier les forces insurrectionnelles sous la tutelle de De Gaulle.

■ Le fait de résistance désigne un ensemble d'actions plus ou moins risquées. L'une des plus dangereuses consiste à rejoindre un **maquis** (groupe de résistants armés). D'autres citoyens publient des journaux clandestins, procèdent à des libérations de prisonniers ou participent à la cache d'enfants juifs. Certains deviennent des passeurs de frontières. D'autres accueillent des soldats étrangers, procèdent au sabotage, c'est-à-dire à la détérioration d'un matériel comme une voie de chemin de fer, à des exécutions ou bien espionnent l'occupant (**renseignement**).

Jean Moulin

■ La Résistance française porte un projet politique et défend les idéaux républicains : ceux de la démocratie, du droit de vote et des Droits de l'homme. Les résistants envisagent les fondements de la République et de l'État-providence qu'ils entendent mettre en place après la Libération. En 1944, avec de Gaulle, des membres du CNR constituent le **Gouvernement provisoire de la République française** (**GPRF**). Il permet au pays de retrouver sa souveraineté et de s'affirmer face aux Alliés entre 1944 et 1946.

synthèse
La France défaite et occupée : Vichy, collaboration et résistance
foucherconnect.fr/23tersti2d33

3 Les bases d'un nouvel ordre mondial en 1945

A Restaurer la paix dans le monde

■ Le 26 juin 1945, les délégués de 51 nations signent à San Francisco la charte de naissance de **l'Organisation des Nations Unies (ONU)**. Ses objectifs sont de maintenir la paix et la sécurité, de défendre la justice et le droit international, d'encourager les États à développer des relations amicales dans le respect des droits de l'homme et des libertés fondamentales.

vidéo
La naissance de l'Organisation des Nations unies (ONU)
foucherconnect.fr/23tersti2d34

HISTOIRE

La charte détermine également le fonctionnement de cette nouvelle institution internationale. Le pouvoir exécutif est confié au **Conseil de sécurité** où siègent les 5 grands vainqueurs de la guerre rejoints par 10 membres provisoires (chaque État détient le droit de veto). La mission délibérative revient à l'**Assemblée générale** où chaque État dispose d'une voix. La dimension judiciaire relève de la **Cour internationale de justice** qui juge des crimes relevant du droit international. L'administration de l'ONU dépend de son **Secrétariat général** et de ses fonctionnaires onusiens. De multiples **agences spécialisées** encouragent la coopération dans les domaines de la santé, de la culture ou de l'alimentation. Les fondateurs de l'ONU lui attribuent la possibilité de prendre des sanctions économiques et de recourir à l'envoi de forces de maintien de la paix (les **casques bleus**). Dès son démarrage, l'ONU est confrontée à des problèmes géopolitiques de taille tels que la décolonisation et la bipolarisation du monde engendrée par la guerre froide.

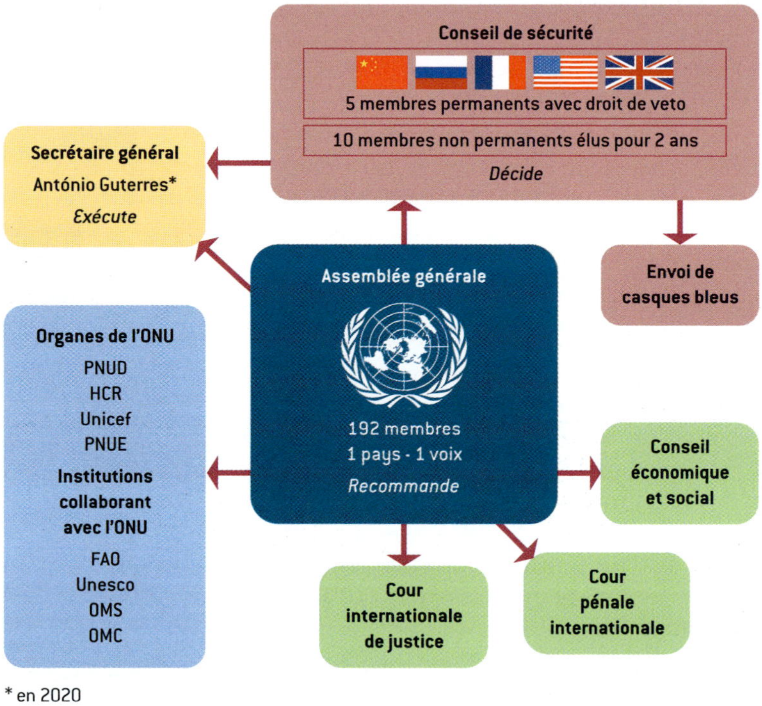

Les institutions de l'ONU de nos jours

B Juger les crimes

De novembre 1945 à octobre 1946, le **tribunal militaire international de Nuremberg** juge 8 organisations et 22 hauts dignitaires nazis pour **crimes contre la paix** et **crimes contre l'humanité**. Cette dernière notion juridique est nouvellement créée pour juger les responsables du génocide. Cet acte de justice internationale condamne à mort 12 dirigeants et se veut un procès pour l'Histoire. Les Alliés entament en Allemagne une **dénazification** et une **épuration** administrative qui visent à couper le pays de ses racines nazies.

DÉFINITIONS

- **Dénazification** : Processus d'élimination du nazisme dans la vie sociale, politique et administrative de l'Allemagne occupée par les Alliés après la Seconde Guerre mondiale.
- **Épuration** : Politique qui vise à extraire de l'administration allemande les anciens responsables nazis.

À partir de janvier 1946, le **Tribunal militaire international de l'Extrême-Orient**, appelé tribunal de Tokyo, juge 28 des principales figures des crimes de guerre, des crimes contre la paix et contre l'humanité commis par le Japon durant son occupation de l'Asie. 7 responsables sont exécutés en 1948. Ce procès témoigne de la volonté d'instaurer un nouvel ordre mondial sur un idéal de justice.

#article
De La Haye à Paris, les archives du Tribunal de Nuremberg plus accessibles que jamais
foucherconnect.fr/23tersti2d35

4 Je mémorise autrement

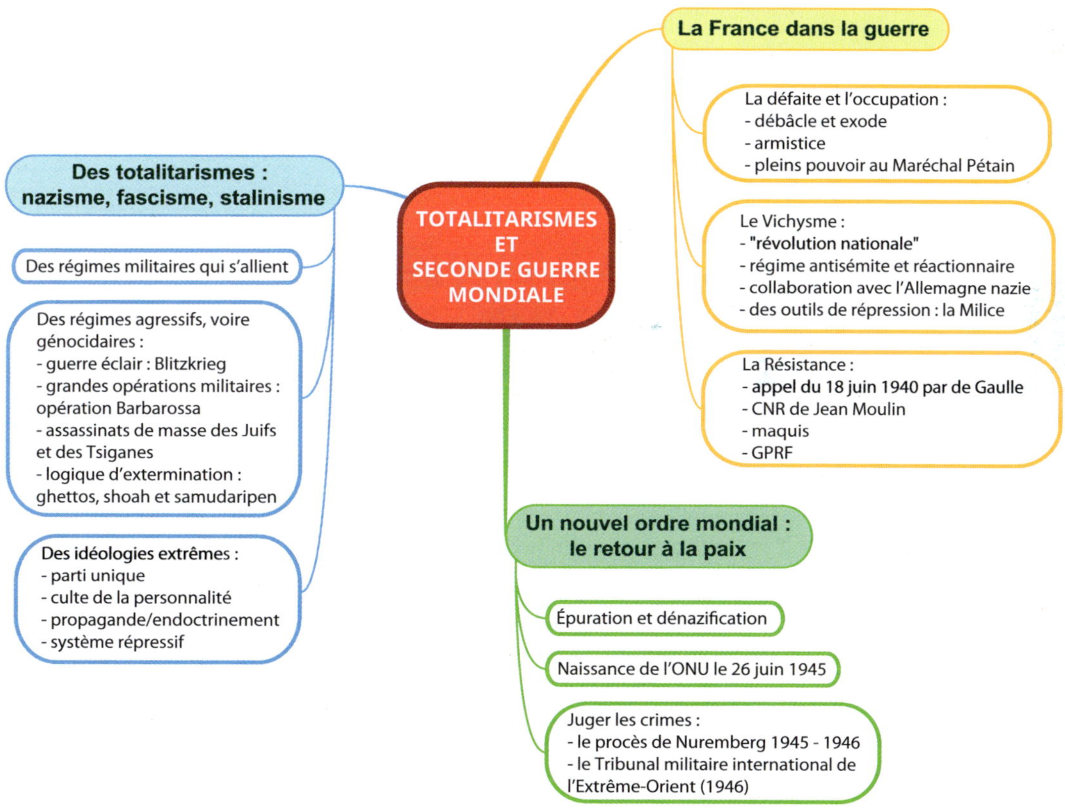

HISTOIRE

Sujet d'étude n°1 : la guerre d'anéantissement à l'Est et le génocide des Juifs

A Le front de l'Est : une guerre entre régimes totalitaires

■ À partir du 22 juin 1941, Hitler ouvre un nouveau front ; il lance l'opération « **Barbarossa** » qui consiste à envahir l'URSS de Staline, pourtant son allié depuis août 1939. Les moyens mis en place sont considérables : 3,8 millions d'hommes, 4 300 chars, 4 380 avions et 47 000 canons. Cette force militaire représente les trois quarts du potentiel militaire allemand.

À SAVOIR

Barbarossa est un nom de code qui désigne l'ancien empereur allemand Frédéric Barberousse.

■ Hitler a plusieurs objectifs : combattre le communisme haï par le nazisme, récupérer les ressources agricoles, pétrolières et industrielles de l'URSS, étendre l'espace vital allemand (*Lebensraum*) au nom de la prétendue supériorité aryenne et au détriment des « sous-hommes slaves ».

■ L'avancée allemande engendre une succession de batailles de grande ampleur à Smolensk, à Kiev puis à Moscou, à Leningrad et à Stalingrad. Ce retournement fait basculer l'URSS dans la guerre totale. Cette invasion spectaculaire l'oblige à entamer une guerre de libération.

B Une conquête qui étend vers l'Est la logique génocidaire nazie

■ Les conquêtes territoriales allemandes en URSS aboutissent à la première phase d'extermination massive des Juifs et des Roms d'Europe. Quatre unités de tueries mobiles constituées de **Waffen SS** et de policiers allemands se chargent de la « Shoah par balles » à l'arrière du front. Des collaborateurs ukrainiens aident les **Einsatzgruppen** à assassiner 1,5 million de personnes dont les corps sont enfouis dans au moins 500 fosses communes.

 # vidéo

Les Einsatzgruppen, la Shoah par balles

foucherconnect.fr/23tersti2d36

■ La propagande nazie parvient à convaincre certains Ukrainiens de procéder à des **pogroms**. Les groupes d'intervention allemands exécutent systématiquement les partisans, les prisonniers de guerre et les membres du parti communiste. La lutte contre le soi-disant « **judéo-bolchevisme** » justifie le crime de masse et la violation des lois de la guerre. Le conflit germano-soviétique inaugure en Europe la stratégie génocidaire du fanatisme nazi.

DÉFINITIONS

- **Waffen SS** : armée raciale et politique au service du nazisme.
- **Pogrom** : terme russe qui désigne un massacre de personnes juives.
- **Judéo-bolchevisme** : expression de l'extrême-droite qui exprime à la fois l'antisémitisme et la haine du communisme soviétique.

Sujet d'étude n°2 : De Gaulle et la France libre

A Organiser la résistance française depuis l'étranger

■ Sous-secrétaire d'État à la guerre et à la Défense nationale, Charles de Gaulle participe aux combats et incarne dès le 18 juin 1940 le refus de l'armistice lors de son appel au micro de la BBC. Il entre dès lors en dissidence. Depuis Londres, il appelle à poursuivre les combats aux côtés du Royaume-Uni et crée les **Forces françaises libres** (**FFL**). Avec le soutien de Churchill, il prend la tête du **Comité national français** qui équivaut à un gouvernement en exil et parvient à légitimer son action auprès des Alliés.

■ En 1943, grâce à Jean Moulin, de Gaulle obtient le ralliement des forces de la Résistance intérieure unies sous l'égide du **Conseil national de la Résistance**. Le 3 juin 1943, la France libre devient officiellement le **Comité français de libération nationale** (**CFLN**) que de Gaulle copréside avec le général Giraud. En juin 1944, à Alger, le CFLN se meut en **Gouvernement provisoire de la République française** (**GPRF**).

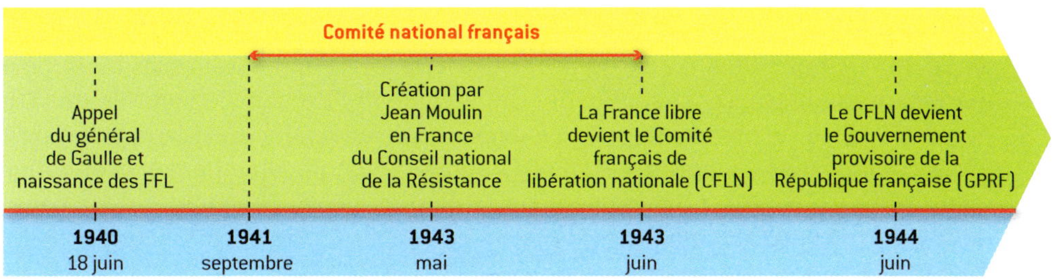

La Résistance française de 1940 à 1944

B Réaffirmer la souveraineté nationale

■ Suite au débarquement allié en Normandie, le 14 juin 1944, de Gaulle revient en France. Le 26 août 1944 il descend triomphalement les Champs Élysées et s'impose comme la figure du renouveau. Il réussit à restaurer l'autorité de l'État républicain et évite que la France ne soit administrée par un gouvernement militaire d'occupation alliée.

■ Dans le courant de la guerre et de la défaite de 1940, de Gaulle réussit donc à réaffirmer la souveraineté nationale et à maintenir vivant l'idéal républicain. Il se présente comme le principal adversaire français du régime de Vichy. Il est le grand artisan de la restauration de l'État de droit dans le contexte de la **Libération**.

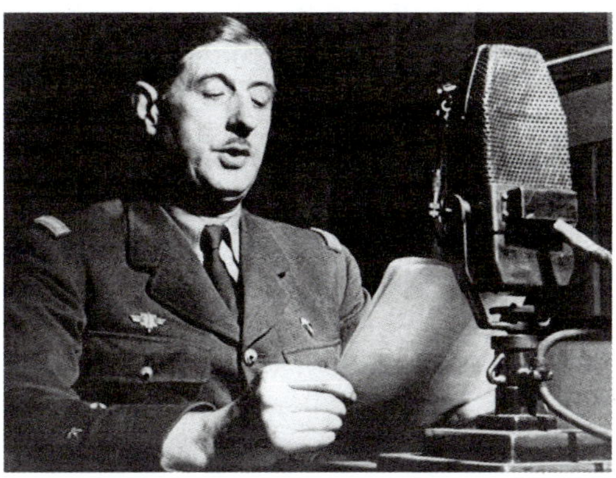

De Gaulle au micro de la BBC en juin 1940

 # quiz
Des questions pour réviser
foucherconnect.fr/23tersti2d37

HISTOIRE

2 Le monde de 1945 à nos jours

La seconde moitié du XXe siècle est marquée par des bouleversements qui mettent en cause l'ordre colonial et mondial. De grandes mutations ainsi que la conjoncture nouvelle de la guerre froide établissent une nouvelle donne. Les changements intervenus en 1989-1991 complexifient la géopolitique mondiale. Le rêve d'un nouvel ordre international fondé sur la paix demeure un objectif à atteindre.

1 La guerre froide et ses enjeux

A La naissance de la guerre froide

■ En 1946, Churchill annonce qu'un « **rideau de fer** » coupe désormais l'Europe en deux parties rivales : l'Ouest sous influence américaine et l'Est sous le contrôle de l'URSS. Un nouveau genre de conflit oppose ces deux camps adverses : c'est la **bipolarisation**. Les deux **supergrands** (États-Unis et URSS) s'opposent idéologiquement et économiquement mais ne s'affrontent pas directement sur le plan militaire. Chacun des deux construit un **bloc** (un groupe d'États alliés).

■ La **guerre froide** débute véritablement lorsque le président américain Truman élabore en mars 1947 sa doctrine du ***containment*** (**endiguement**) qui vise à limiter la propagation du communisme dans le monde. L'URSS réplique par la **doctrine Jdanov** qui accuse les États-Unis d'**impérialisme**. Deux modèles politiques, économiques et sociaux s'affrontent désormais. L'URSS et les États-Unis déploient un **interventionnisme** qui les rend rivaux à l'échelle mondiale.

À SAVOIR

Un nouveau type de conflit idéologique et économique débute. Il ne consiste pas en un affrontement militaire direct mais en une lutte indirecte entre les deux camps en présence.

B Le déroulement de la guerre froide

■ Les États-Unis et l'URSS emploient une **stratégie d'influence** qui sert les intérêts de leur bloc respectif. Les États-Unis lancent le **plan Marshall (1947-1951)** pour aider les pays d'Europe occidentale à se reconstruire tout en privilégiant les entreprises américaines. En 1949, ils élaborent l'**OTAN (Organisation du Traité de l'Atlantique Nord)** qui constitue une alliance militaire et entament leur **pactomanie**. La même année, l'URSS crée le **CAEM (Conseil d'aide économique mutuelle)** chargé d'appliquer le modèle économique soviétique dans les pays satellites. En 1955, le **Pacte de Varsovie** rassemble stratégiquement les pays communistes d'Europe de l'Est autour de l'URSS.

DÉFINITION

Pactomanie : littéralement, la pactomanie est la manie de faire des pactes. Ce terme désigne l'obsession des États-Unis à conclure des alliances stratégiques avec un maximum d'États dans différentes régions du monde.

	1947	1949	1955
États-Unis	Doctrine Truman Plan Marshall	OTAN (Organisation du Traité de l'Atlantique Nord), alliance militaire	
URSS	Doctrine Jdanov	Comecon ou CAEM (Conseil d'aide économique mutuelle) : extension du modèle économique soviétique dans le bloc communiste	Pacte de Varsovie (alliance militaire)

Chronologie de la construction des blocs soviétique et américain

■ Les relations Ouest-Est passent par des phases de **tensions** et de **rapprochements**. Plusieurs crises perturbent les relations américano-soviétiques. En 1948-1949 et en 1961, les deux superpuissances s'opposent au sujet de l'**Allemagne** et de **Berlin** en particulier. L'URSS souhaite faire partir les Occidentaux de Berlin Ouest et soutient en 1961 la **construction du mur de Berlin** par les autorités est-allemandes.

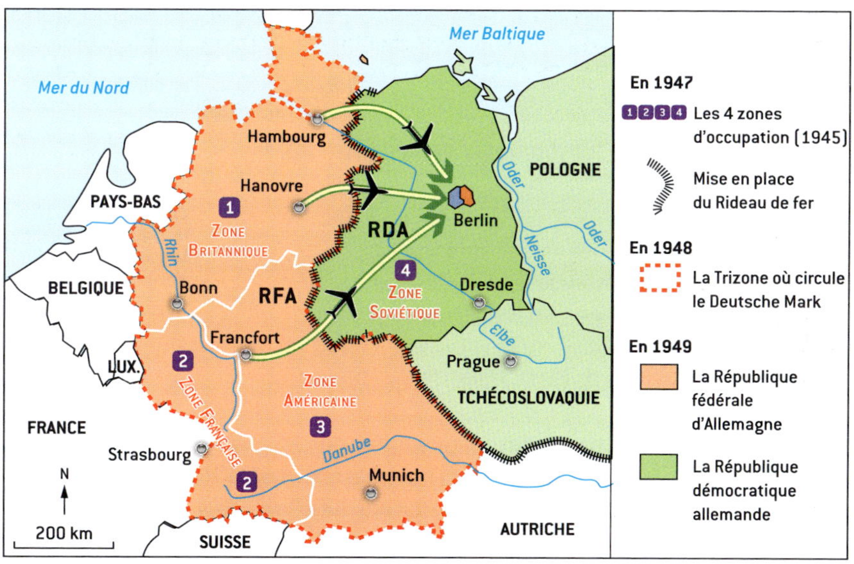

L'évolution de l'Allemagne de 1947 à 1949

■ En 1962, l'URSS cherche à disposer ses missiles atomiques à **Cuba**. Le président américain Kennedy menace Moscou de représailles nucléaires. L'URSS recule.

 # vidéo
La crise de Cuba
foucherconnect.fr/23tersti2d38

■ Les deux supergrands se lancent dans une **compétition technologique** (domaine spatial) et dans la **course aux armements**. Ils s'affrontent indirectement dans des conflits « périphériques » liés à l'expansion du communisme et à la volonté américaine d'y remédier (politique du « **roll back** » ou **refoulement**). Les États-Unis s'engagent dans la **guerre de Corée (1950-1953)** et dans celle du **Vietnam (1963-1973)**. Ils soutiennent la résistance afghane lors de l'invasion du pays par l'URSS en 1979.

DÉFINITION

Course aux armements : désigne la dynamique qui pousse deux États à créer des forces armées les plus puissantes et à obtenir des armements les plus performants.

HISTOIRE

■ La bipartition du monde fait constamment peser le **danger d'une guerre atomique**, notamment lors de la **crise des euromissiles**, en Europe, entre 1977 et 1987. Cependant, la détention d'un arsenal nucléaire par les deux adversaires les oblige à la prudence, c'est **l'équilibre de la terreur**. Au nom de leur sécurité, de la défense de leurs valeurs jugées universelles et de leurs intérêts stratégiques, les deux superpuissances plongent le monde dans la bipartition pendant une quarantaine d'années.

DÉFINITIONS

- **Crise des euromissiles** (1977-1987) : épisode de tensions entre l'URSS, qui déploie en Europe de l'Est ses missiles nucléaires, et les États-Unis qui répliquent de la même manière à l'Ouest.
- **Équilibre de la terreur** : expression qui désigne la menace nucléaire mais aussi l'impossibilité pour les deux supergrands de s'affronter compte tenu du risque à se détruire mutuellement.

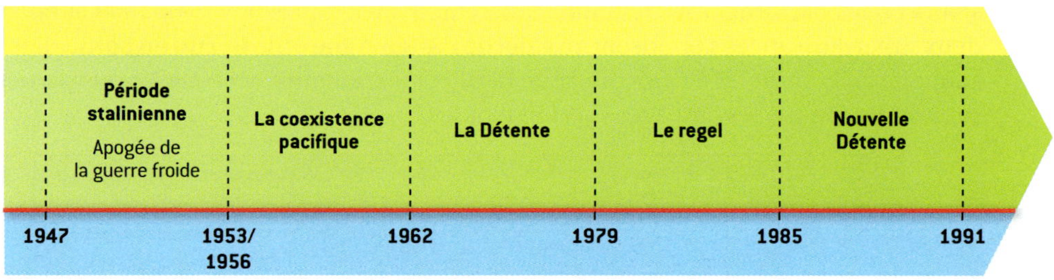

Chronologie de la guerre froide

À SAVOIR

La **Détente** est une période marquant l'amélioration des relations américano-soviétiques de 1962 à 1979.

#synthèse
La guerre froide, conflit idéologique et de puissances
foucherconnect.fr/23tersti2d39

C L'effondrement du bloc soviétique

■ À partir de 1991, le nouveau dirigeant soviétique, Mikhaïl Gorbatchev, entreprend une double réforme de l'URSS. La **Glasnost** (transparence) et la **Perestroïka** (restructuration) réforment profondément le pays et aboutissent à un rapprochement avec les États-Unis. Gorbatchev cherche à réduire les dépenses militaires qui pénalisent très lourdement l'économie soviétique. Il conclut avec le président Reagan une série d'accords de désarmement et met un terme à la crise des euromissiles. Il n'empêche pas la chute des dictatures communistes d'Europe de l'Est en 1989 et retire l'Armée rouge d'Afghanistan.

■ En URSS, Gorbatchev fait face à la **montée des nationalismes**. Une grande partie de l'opinion publique cherche à obtenir **l'indépendance des républiques qui composent l'URSS**. Pour mettre fin aux réformes gorbatchéviennes, les communistes conservateurs tentent un **coup d'État contre Gorbatchev en août 1991**. Ce coup de force échoue mais fragilise le pouvoir du dirigeant de l'URSS. Grâce aux efforts de Boris Eltsine, président élu de la République de Russie, l'URSS est remplacée en décembre 1991 par la **CEI (Communauté des États indépendants)**. Gorbatchev démissionne de son poste. L'URSS n'existe plus.

■ **La disparition de l'URSS met fin à la guerre froide**. Les États-Unis la remportent donc. La disparition de la bipolarisation leur laisse le champ libre. La disparition du communisme multiplie les tensions et les risques de conflit. Le monde de l'après-guerre froide n'est pas synonyme de paix et de stabilité.

2 Les relations internationales depuis 1991

A Une nouvelle donne internationale post-guerre froide

■ La **fin du soviétisme** et l'**échec du communisme** débouchent sur de nombreuses **revendications nationalistes** et sur la naissance de nouveaux États en Europe et en Asie centrale. La quête d'indépendance conduit parfois à des conflits meurtriers, comme en ex-Yougoslavie (1991-1995). L'éclatement de l'URSS déstabilise des régions entières comme le Caucase. La nouvelle Russie tente de s'affirmer sur son espace proche et emploie des moyens militaires pour garantir son unité, comme lors de la **guerre en Tchétchénie** dans les années 1990.

■ Le « nouveau désordre mondial » des années 1990-2000 engendre le développement d'un **terrorisme international** (Al-Qaïda) et débouche le 11 septembre 2001 sur l'**hyperterrorisme** lors des attentats de New York qui tuent environ 3 000 personnes. Le Moyen-Orient demeure une zone instable et le processus de paix entre Israël et l'Autorité palestinienne échoue finalement. Le Moyen-Orient devient un **foyer du terrorisme islamiste**.

DÉFINITIONS

- **Hyperterrorisme** : terrorisme dont les dégâts humains et matériels mais aussi l'impact psychologique s'avèrent particulièrement importants et impactants.
- **Islamisme** : doctrine religieuse qui veut faire de l'islam un outil violent de conquête du pouvoir politique et de domination de la société.
- **Nationalisme** : volonté politique de construire une nation au détriment des autres peuples.

B Le maintien du leadership des États-Unis

■ Dans les années 1990, les États-Unis maintiennent leur **interventionnisme**. Le président George Bush (père) prend la tête d'une coalition internationale pour libérer le Koweït de l'invasion irakienne en 1990-1991 (opération « Tempête du désert »). Qualifiés de « **gendarmes du monde** », les États-Unis prônent la politique de « l'**enlargement** » sous la présidence de Bill Clinton qui souhaite généraliser le libre-échange, le libéralisme et la démocratie dans un monde post-communiste.

DÉFINITION

Enlargement : politique extérieure du président Bill Clinton (1993-2001) qui consiste à diffuser (élargir) le capitalisme libéral et la démocratie dans le monde.

■ Victimes des terribles **attentats du 11 septembre 2001** (notamment contre le World Trade Center de New-York), les États-Unis répliquent par deux guerres contre l'Afghanistan des Talibans (qui abritent O. Ben Laden, responsable de cette vague terroriste) et contre l'Irak de Saddam Hussein accusé de détenir des armes de destruction massive. Dès lors, la puissance américaine conduite par George W. Bush entre dans une logique d'**unilatéralisme** consistant à défendre ses intérêts stratégiques indépendamment de l'opinion de ses alliés et de l'ONU. L'intervention américaine en Irak contribue à déstabiliser la région qui doit faire face de 2006 à 2019 à la menace de l'État islamique d'inspiration salafiste et djihadiste. Les présidences de Barack Obama et de Donald Trump privilégient les intérêts stratégiques américains tout en amorçant un retrait significatif des États-Unis. Cela ne les empêche pas d'aider financièrement et militairement l'Ukraine agresée par la Russie en 2022.

■ Le leadership des États-Unis est enfin limité par **l'émergence du géant chinois** engagé dans une politique d'influence mondiale fondée sur sa prospérité économique. L'arrivée sur la scène internationale des puissances émergentes telles que le Brésil et l'Inde bouleverse la hiérarchie mondiale tandis que la Russie de Vladimir Poutine demeure plus que jamais un adversaire.

3 La décolonisation et l'émergence du tiers-monde

A Les processus de la décolonisation

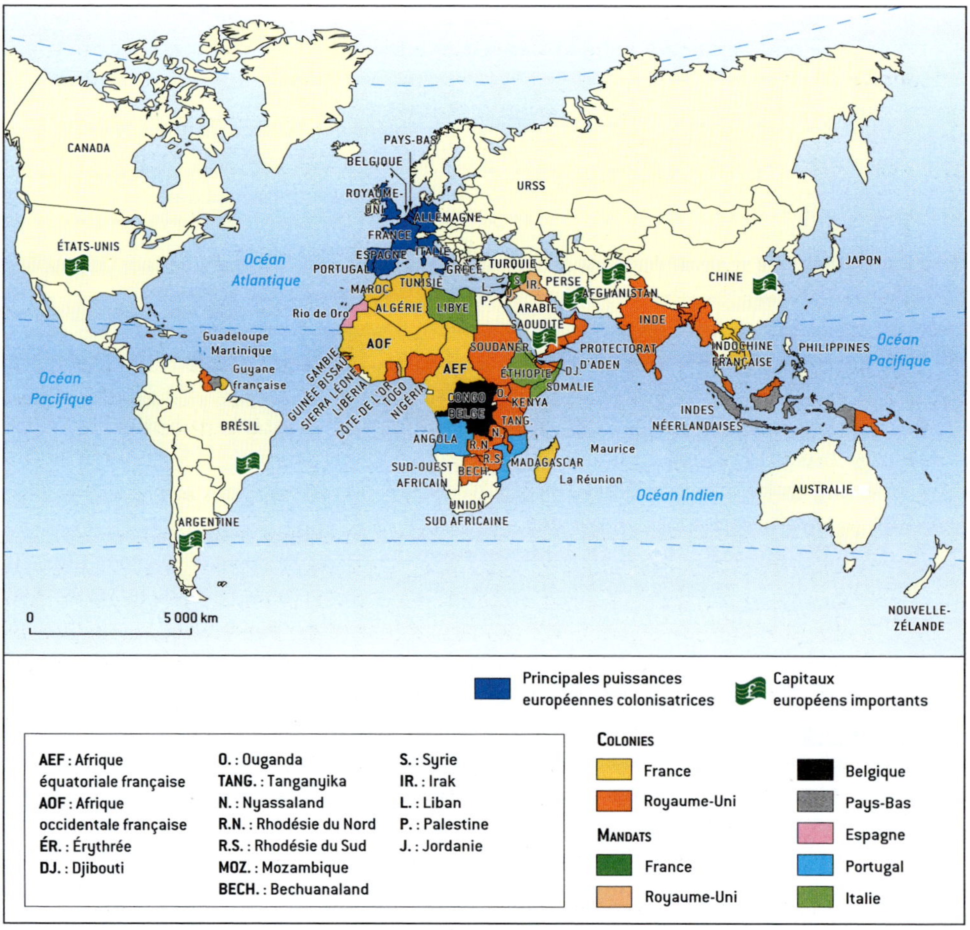

Les empires coloniaux en 1945

■ L'accès des colonies à leur indépendance s'effectue en deux principales vagues. Dans un premier temps, **les pays asiatiques accèdent à leur indépendance à partir de 1945-1947** : l'Indonésie, les Philippines, la Birmanie et l'Inde inaugurent ce processus de **décolonisation.** Ce dernier est le plus souvent négocié à l'exception de l'Indochine française. De 1946 à 1954, un conflit oppose la France aux Vietnamiens dirigés par le leader indépendantiste et communiste Hô Chi Minh. La Chine aide celui-ci à obtenir la victoire contre la métropole.

La signature des **accords de Genève en mai 1954** clôt ce premier conflit de la décolonisation. De grandes personnalités émergent telles que Nehru et Gandhi en Inde ou Soekarno en Indonésie. Les nouvelles élites asiatiques prennent en mains le destin de leur pays.

■ Dans un second temps, **l'Afrique accède aux indépendances**. Le Maghreb ouvre la voie avec le Maroc et la Tunisie en 1956. Cependant, le cas algérien reste problématique. Les Français sont très implantés sur ce territoire et le considèrent comme un prolongement de la France en Afrique du Nord. La guerre d'Algérie dure de 1954 à 1962. Elle s'avère particulièrement meurtrière et engendre bien des traumatismes visibles jusqu'à aujourd'hui. La plupart des pays d'Afrique subsaharienne parviennent pacifiquement à leur indépendance. La situation au Congo belge oblige néanmoins les colons à partir dans l'urgence. Le Kenya est traversé par des violences raciales et l'Afrique du Sud évolue vers un régime d'**apartheid**. Les colonies portugaises (Guinée-Bissau, Angola et Mozambique) n'obtiennent leur indépendance qu'en 1975. Le processus de décolonisation a été rendu possible par la formation des élites africaines qui dénoncent le colonialisme européen. **Léopold Sedar Senghor (Sénégal)** et **Félix Houphouët-Boigny (Côte-d'Ivoire)** incarnent ce mouvement.

DÉFINITION

Apartheid : expression désignant la politique officielle de ségrégation raciale pratiquée en République sud-africaine de 1948 à 1991 au bénéfice de la population blanche et au détriment de la majorité noire.

B La naissance du tiers-monde

■ Les nouveaux États afro-asiatiques sont immédiatement confrontés à des défis intérieurs et extérieurs. Ils cherchent à sortir du **sous-développement** et de la **sous-industrialisation**. Leur population est le plus souvent analphabète et victime de sous-nutrition ou de malnutrition.

À SAVOIR

Le tiers-monde désigne donc les pays les plus pauvres, les plus peuplés et les moins puissants de la planète.

■ Mais le tiers-monde recouvre aussi une dimension politique. En 1955, 29 États d'Afrique et d'Asie se retrouvent en Indonésie pour la **conférence de Bandoung**. À cette occasion, ils proclament leur refus de la bipolarisation du monde engendrée par la guerre froide. Ils affichent leur neutralité et leur choix du **non-alignement** : leur souhait est de n'appartenir ni au bloc américain ni à son rival soviétique. En 1961, se tient à Belgrade, en Yougoslavie, la **première conférence internationale des non-alignés**.

DÉFINITION

Tiers-monde : l'expression provient du démographe et économiste français Alfred Sauvy. En 1952, il reprend à son compte l'expression de « tiers état » pour désigner la frange de la population la plus nombreuse et la plus défavorisée.

■ La recherche d'une « **troisième voie** » incite les pays à se regrouper dans des organisations internationales telles que l'**Organisation de l'unité africaine (OUA)** créée en 1963. À l'ONU, les anciennes colonies se prononcent pour un nouvel ordre international plus équitable, c'est-à-dire davantage fondé sur la reconnaissance de leur identité culturelle et de leurs **intérêts stratégiques et économiques**. Cette revendication débouche en 1964 sur la **Conférence des Nations unies sur le commerce et le développement (CNUCED)**.

■ L'affirmation des pays africains sur la scène mondiale débouche sur le **panafricanisme** qui encourage les États à se montrer solidaires. En Égypte, le président Nasser agit dès 1958 en faveur du **panarabisme** qui vise à regrouper politiquement tous les peuples arabes.

■ L'unité du tiers-monde prend fin dans les années 1970. Ce vaste ensemble commence à se diversifier. Certains pays s'allient finalement à l'un des deux supergrands à l'image de Fidel Castro qui place Cuba dans le camp soviétique. De nouvelles puissances industrielles émergent en Asie (les quatre « dragons ») alors que l'Afrique subsaharienne compte un très grand nombre de **PMA (pays les moins avancés)**. Le tiers-monde laisse la place aux « Suds ».

DÉFINITION

Supranationalité : terme qui désigne la mise en place d'institutions européennes qui bénéficient d'un transfert de souveraineté des États décidés à agir ensemble.

4 Le projet de la construction européenne

A Les débuts de la construction européenne

■ Le projet d'une Europe unie est une ambition ancienne. Cependant, il faut attendre les lendemains de la Seconde Guerre mondiale pour que les bonnes volontés européennes engagent la partie occidentale du vieux continent dans la voie de l'unification. Par rejet de l'ordre nazi et de sa volonté guerrière pour restaurer le rang de l'Europe sur la scène internationale et de manière à ramener la prospérité, les « pères fondateurs » de l'Europe entament le processus communautaire en 1948.

■ **L'OECE (Organisation européenne de coopération économique)**, qui sert à répartir **l'aide financière du plan Marshall**, initie une première forme de coopération entre certains pays européens. La même année, le congrès de La Haye est l'occasion d'afficher la fidélité commune des Européens aux valeurs de la **démocratie** et des **droits de l'homme**. Le **Conseil de l'Europe** qui en découle proclame en 1949 l'adhésion aux libertés fondamentales. La construction européenne commence donc sur le plan politique par l'affirmation de principes opposés à ceux de l'URSS et de ses pays satellites. La guerre froide et sa bipolarisation profitent à l'union des Européens de l'Ouest.

B Une Europe en construction des années 1940 aux années 1980

■ En 1951, 6 États (France, Belgique, Pays-Bas, Luxembourg, Italie, RFA) procèdent à des échanges d'acier et de charbon dans le cadre de la **CECA (Communauté européenne du charbon et de l'acier)**. Cette mise en commun des ressources fondamentales à l'essor économique est pensée par Robert Schuman et Jean Monnet. Un pas fondamental est franchi : pour la première fois, une institution supranationale (la Haute Autorité de la CECA) décide dans l'intérêt collectif.

■ En 1957, la création par les **traités de Rome** de la **CEE (Communauté économique européenne)** vise à mettre en place un **marché commun** entre les six pays de la CECA et une stratégie commune autour de l'énergie atomique (naissance d'**Euratom**). L'intégration communautaire se poursuit dans les années 1960 avec la mise en place de la **politique agricole commune (PAC)**. Ses objectifs sont de permettre la modernisation de l'agriculture dans les pays membres, d'accéder à l'autosuffisance alimentaire et de libéraliser les échanges.

DÉFINITION

Euratom : La communauté européenne de l'énergie atomique instituée par les traités de Rome en 1957 vise l'indépendance énergétique des pays membres de la CEE. Il met en place une coopération dans le secteur du nucléaire civil (et non pas militaire).

■ Dans les années 1970 et 1980, la CEE s'élargit. **L'Europe des neuf** (avec le Royaume-Uni, l'Irlande et le Danemark) devient **l'Europe des quinze en 1986** (avec l'arrivée de la Grèce en 1981 puis du Portugal et de l'Espagne). L'**Acte unique** (1987) harmonise davantage les législations nationales.

C De la CEE à l'Union européenne

■ Les **accords de Schengen** suppriment à partir de 1995 les contrôles systématiques des personnes aux frontières des États signataires. Le **traité de Maastricht de 1992** instaure **l'Union européenne** ainsi qu'une **Union économique et monétaire** qui aboutit en 1999 à la naissance d'une **monnaie commune**, l'**euro**, et à la naissance de la **Banque centrale européenne (BCE)**. Les coopérations entre Européens se confirment dans les domaines industriels, des transports et des études universitaires (**Erasmus**).

DÉFINITIONS

- **BCE** : la Banque centrale européenne est installée depuis 1998 à Francfort, en Allemagne. Cette institution supranationale détient le monopole d'émission de l'euro. Elle fixe la politique monétaire de la zone euro. Celle-ci ne s'étend pas à tous les États membres de l'UE.
- **Erasmus** : programme d'échanges d'étudiants et d'enseignants entre les universités européennes à partir de 1987.

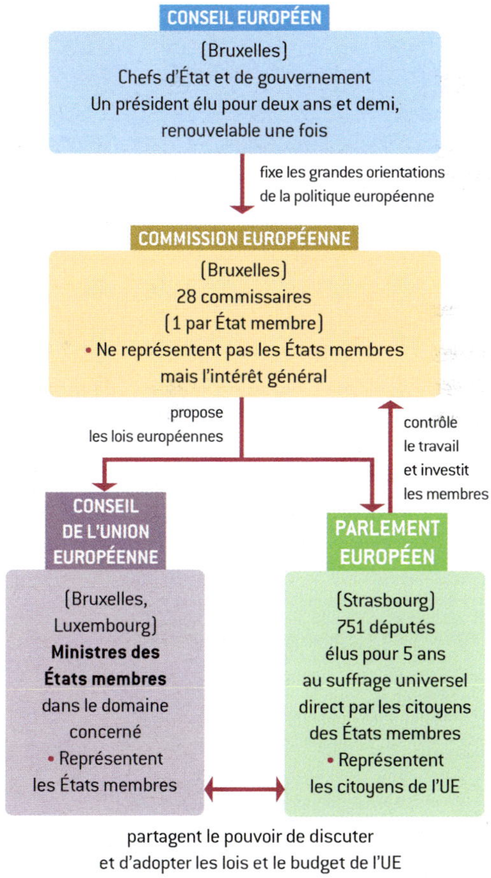

Les institutions européennes

■ De nouveaux élargissements conduisent des nations d'Europe de l'Est à entrer dans l'UE. En 2004, 10 nouveaux pays intègrent l'espace communautaire. Celui-ci atteint les 28 États membres à partir de 2013. La réforme des institutions européennes devient dès lors une nécessité. Le **traité de Lisbonne** y pourvoit en 2007.

Autour de 2010-2020, l'Union européenne reste confrontée à des problèmes et doit relever d'importants défis. Elle demeure sous la protection militaire des États-Unis mais doit gérer la crise financière et économique qui touche notamment la Grèce. L'UE se divise sur la question des migrants à partir de 2017 et doit accepter le **Brexit** (départ du Royaume-Uni). L'invasion du territoire ukrainien par la Russie en 2022 a pour effet de réaffirmer l'unité des pays membres de l'UE solidaires avec l'Ukraine.

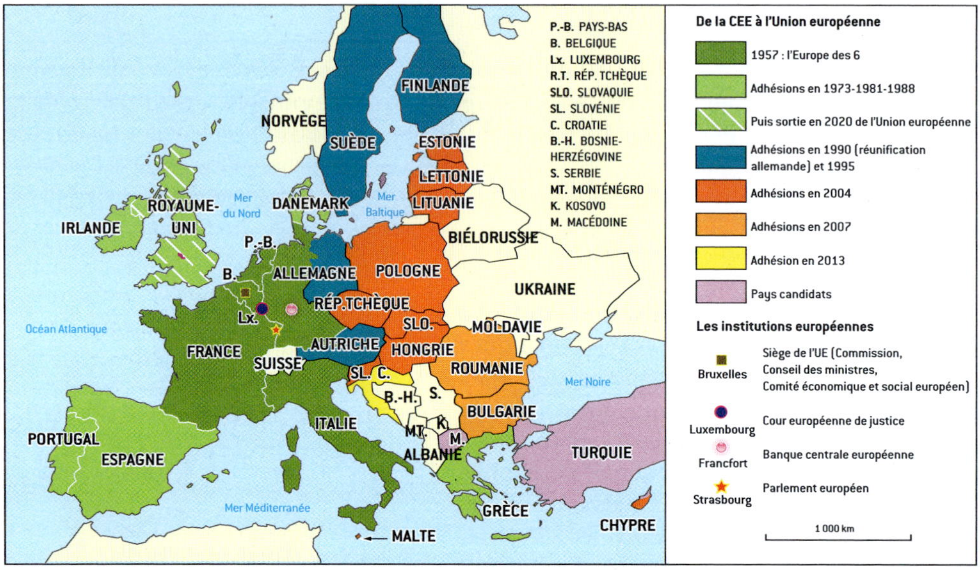

La construction européenne depuis 1957

5 Je mémorise autrement

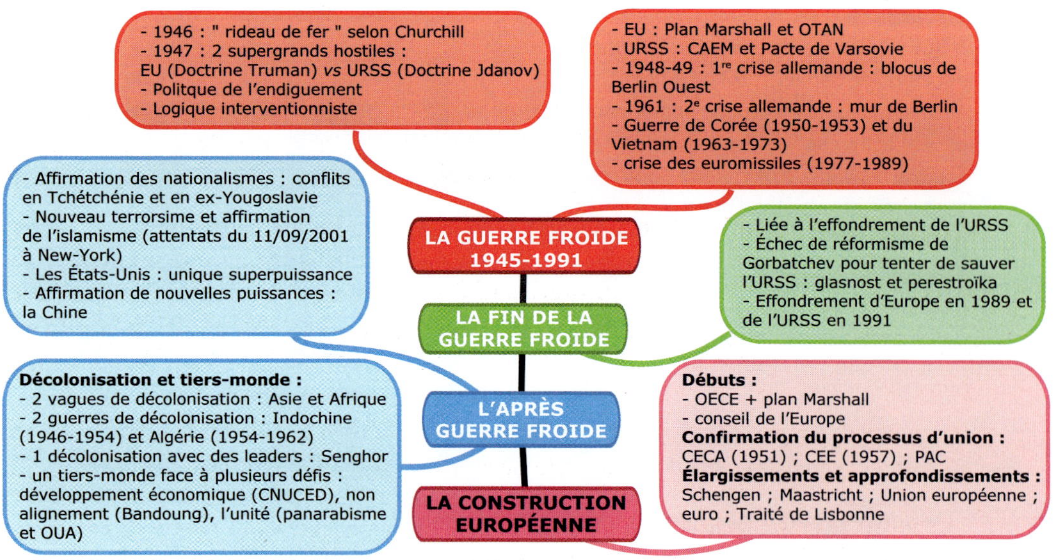

Sujet d'étude n°1 : de Youri Gagarine à la guerre des étoiles

■ La guerre froide engendre une **compétition spatiale** entre l'URSS et les États-Unis. La **course à l'espace** semble dans un premier temps remportée par l'URSS qui envoie le **premier satellite artificiel** dans l'espace, **Spoutnik 1**, le 4 octobre 1957. Un mois plus tard, les Soviétiques mettent en orbite la chienne **Laïka**. Ce double événement astronautique convainc la puissance américaine de rattraper son retard. Elle parvient dès 1958 (année de naissance de la **NASA**) à envoyer dans l'espace le premier satellite de communication.

DÉFINITION

NASA (National Aeronautics and Space Administration) : agence gouvernementale en charge du programme spatial civil des États-Unis et de la recherche aéronautique.

■ La compétition gagne en intensité en 1961. Le soviétique **Youri Gagarine** réalise le premier vol spatial habité. Il devient un héros national et le symbole de l'avancée technologique soviétique. Du côté étatsunien, le **programme Apollo** se fixe pour mission d'emmener des hommes sur la surface de la lune. L'objectif est atteint le **20 juillet 1969**. Ce premier **alunissage** est un événement mondial très largement relayé par les médias et bien préparé par les membres d'équipage comme Neil Armstrong qui pose le module lunaire. La compétition se poursuit dans l'envoi de sondes spatiales, dans l'élaboration d'outils astronomiques et dans l'exploration du système solaire. Dans le cadre de la Détente (amélioration des relations américano-soviétiques de 1962 à 1979), cette course se meut en une collaboration scientifique à partir de 1975.

Capsule Apollo

■ La compétition spatiale n'échappe pas à la logique militaire. La rivalité américano-soviétique aboutit sous la présidence de Ronald Reagan en 1983-1984 au projet « **guerre des étoiles** ». L'**Initiative de défense stratégique** (**IDS**) consiste à élaborer un **bouclier spatial antinucléaire** dans le contexte de crise des euromissiles. Les moyens technologiques et financiers réclamés par un tel projet le rendent irréalisable. Par ce biais, les États-Unis parviennent cependant à exercer sur l'URSS une pression qui contribue à sa chute en 1991.

■ L'espace figure donc comme l'un des terrains de guerre visés par le complexe militaro-industriel des États-Unis. L'ambition de maîtriser et de sécuriser le cosmos se retrouve aux États-Unis. En août 2019, le président Trump officialise le commandement militaire de l'espace pour devancer les ambitions russe et chinoise. Le « Spacecom » devient le 11e commandement militaire du Pentagone. La course à l'espace se militarise et n'est pas près de s'arrêter.

HISTOIRE

Sujet d'étude n°2 : le 11 septembre 2001

■ Le 11 septembre 2001, quatre attentats-suicides perpétrés par 19 terroristes font basculer les États-Unis dans l'**hyperterrorisme**. Deux avions percutent les tours jumelles du World Trade Center de New-York, un autre s'enfonce dans le Pentagone (ministère de la Défense) à Washington tandis qu'un 4e s'écrase en Pennsylvanie. Cette quadruple attaque tue presque 3 000 civils et en blesse plus de 6 000.

■ Les attentats sont revendiqués par l'organisation **Al-Qaïda** dirigée depuis l'Afghanistan par O. Ben Laden. Les terroristes, principalement saoudiens et égyptiens, désignent l'Occident, dont les États-Unis, comme leur principal adversaire. Al Qaïda reproche aux Américains leur soutien à Israël et la présence de leurs forces armées en Arabie saoudite depuis la guerre du Golfe de 1991. L'organisation soutient les attaques terroristes contre les intérêts américains en Afrique et au Moyen-Orient dans le courant des années 1990. L'attaque du 11 septembre ne survient donc pas par hasard.

DÉFINITION

Al Qaïda : terme arabe qui signifie « la base ». Organisation terroriste fondée en 1987 par un Palestinien dont Oussama ben Laden fut l'élève. Inspiré par le djihadisme et le salafisme, le mouvement revendique son rejet de l'interventionnisme occidental.

■ Les conséquences de cette vague terroriste sont nombreuses. Les États-Unis répliquent par une **guerre punitive** contre le régime des Talibans en Afghanistan dès 2001 et par une **guerre préventive** contre l'Irak de Saddam Hussein (2003). À l'inverse du 2e, le 1er conflit obtient l'autorisation de l'ONU. Au nom d'un idéal de justice et de manière à défendre leurs intérêts stratégiques, les États-Unis de G. W. Bush s'engagent dans une **lutte internationale contre le terrorisme** et affirment leur **unilatéralisme**. Ils élaborent une législation spéciale qui les autorise à des arrestations arbitraires et à l'usage de la torture dans des bases militaires telles que celle de **Guantanamo**, à Cuba. La prévention du terrorisme conduit le pays à voter des lois jugées liberticides et renforce le poids du pouvoir exécutif au détriment du législatif.

■ Les attentats du 11 septembre 2001 font brutalement entrer le monde dans le XXIe siècle. Ce dernier s'annonce sous la forme d'une lutte entre le Nord militairement surpuissant et le Sud tenté par le terrorisme. Cet événement fait de la sécurité nationale un argument au service de l'interventionnisme des grandes puissances.

 # quiz
Des questions pour réviser
foucherconnect.fr/23tersti2d37

3 La France depuis 1945 : politique et société

De la mise en place de l'État-providence après la Seconde Guerre mondiale à la naissance de la Ve République en 1958, la France s'engage sur le chemin de la démocratie. Depuis plus de 70 ans, le pays vit dans une République où interviennent de profondes mutations politiques et sociales.

1 Du Gouvernement provisoire de la République française à la Ve République

A Les réformes politiques et sociales de 1944-1946

■ Le **Gouvernement provisoire de la République française (GPRF)** entreprend une vaste réforme politique et sociale conformément au programme du **Comité national de la Résistance (CNR)** élaboré en 1943. Les 4 gouvernements qui se succèdent de juin 1944 à janvier 1946 ont pour mission de **mettre un terme au régime de Vichy**, de **restaurer la République**, de repousser l'éventualité d'une administration militaire alliée et d'encadrer l'épuration en cours. La légalité républicaine est donc rétablie en cette période charnière.

DÉFINITION

Épuration : dans le contexte de la Libération se met en place une épuration légale chargée de juger les anciens responsables vichystes et collaborationnistes. Parallèlement, une épuration extra-judiciaire (illégale) conduit à de nombreux règlements de compte.

■ Une ordonnance du **5 octobre 1944** confère aux femmes le **droit de vote et d'éligibilité**. Le rétablissement de la liberté de la presse garantit un **pluralisme médiatique** à l'origine de la **liberté d'expression et d'opinion**. Le 29 avril 1945, pour la première fois de leur histoire, les femmes françaises participent aux **élections municipales**. L'ordonnance du 19 octobre 1945 établit les bases de la **Sécurité sociale**. Celle du 2 février 1945 reconnaît aux jeunes un statut juridique spécifique en cas de délinquance (**justice pénale des mineurs**). L'ordonnance du 2 novembre 1945 crée l'**Office national de l'immigration** qui aide à l'arrivée de travailleurs étrangers dans une France en reconstruction.

 # audio
21 avril 1944 : le droit de vote accordé aux femmes
foucherconnect.fr/23tersti2d41

■ L'instauration d'une nouvelle République est décidée par **référendum en octobre 1945** au moment où le peuple français renoue avec les élections législatives. La toute jeune IVe République poursuit l'œuvre du GPRF par la mise en place des **allocations familiales** en août 1946. Les années 1944-1946 établissent donc les bases d'un État-providence à la française.

DÉFINITIONS

- **Ordonnance** : décision prise directement par le gouvernement, sans emprunter le circuit législatif habituel.
- **État-providence** : conception politique qui attribue à l'État un grand nombre de missions et de responsabilités économiques et sociales au service du bien-être de sa population.

HISTOIRE

B Naissance, institutions et réformes de la Vᵉ République

a Un contexte de naissance difficile

Née de l'impossibilité de la IVᵉ République à résoudre le conflit algérien, la Vᵉ République se présente comme une **solution politique et institutionnelle** au climat de guerre civile qui menace la France en mai 1958. Sur appel du président de la République René Coty, le général de Gaulle est investi président du Conseil par l'Assemblée nationale, avec les pleins pouvoirs pour six mois, le 1er juin 1958. Il constitue un gouvernement d'union nationale et propose aux Français une **nouvelle constitution** adoptée par référendum avec plus de 79 % des voix en **septembre 1958**. Conformément à la nouvelle Constitution, **de Gaulle est élu président en décembre 1958** au suffrage universel indirect, c'est-à-dire par un collège de 80 000 grands électeurs.

À SAVOIR

L'élection du président au suffrage universel direct date de 1962 ; elle est attribuable à une modification de la Constitution.

b Une nouvelle formule républicaine

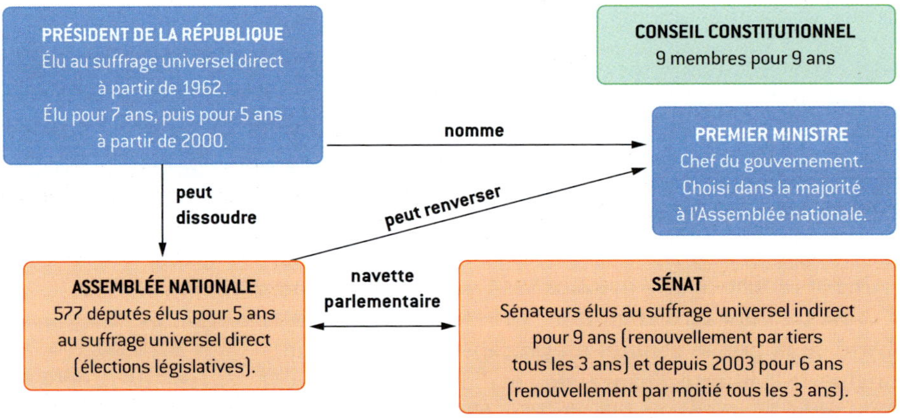

Organigramme des institutions de la Vᵉ République

Un nouvel équilibre des pouvoirs plus favorable à l'exécutif permet l'instauration d'un **régime présidentiel**. Chef des armées et de la diplomatie (le domaine réservé), le président peut légiférer par ordonnance, a le droit de dissoudre l'Assemblée nationale et nomme le Premier ministre. En outre, il lui est permis de consulter les Français par **référendum** et de disposer des **pleins pouvoirs** en cas de crise grave. Cette dimension **présidentialiste des institutions** n'empêche pas le régime républicain de demeurer fondamentalement parlementaire. La loi est élaborée par le **Sénat** et l'**Assemblée nationale** qui forment le **Parlement**, seul autorisé à voter le budget. Par une **motion de censure**, l'Assemblée peut renverser le gouvernement qui reste responsable devant elle. Enfin, le **Conseil constitutionnel** est chargé de veiller à la constitutionnalité des lois et à la légalité des élections. La Vᵉ République se définit donc comme un **régime mixte** ou encore **semi-présidentiel**.

DÉFINITION

Motion de censure : possibilité, par un vote de l'Assemblée nationale, d'obliger le gouvernement à démissionner.

C Une Constitution qui s'adapte aux changements et aux nouvelles exigences

■ À 24 reprises depuis 1958, la Constitution a été modifiée. La procédure attribue cette responsabilité au peuple consulté par référendum ou bien au Parlement réuni en Congrès (Assemblée nationale et Sénat).

■ Les révisions constitutionnelles ont notamment permis aux Français d'**élire au suffrage universel direct le président de la République Charles de Gaulle en 1962**. Sous la présidence de Jacques Chirac, 14 révisions ont été entreprises. En l'an 2000, la durée du mandat présidentiel est passée du septennat (7 ans) au quinquennat (5 ans).

■ Les modifications constitutionnelles visent à :
- améliorer le fonctionnement des institutions ;
- adapter les institutions aux exigences de l'Union européenne ;
- étendre les droits des citoyens ;
- modifier à la marge les pouvoirs du président de la République ;
- moraliser la vie politique française (la question du cumul des mandats) ;
- étendre les compétences des collectivités territoriales.

D Les transformations de la société française

■ Du lendemain de la Seconde Guerre mondiale à nos jours, la société française enregistre de nombreuses mutations. Sur le plan démographique, la population passe de 40,5 à 67,5 millions d'habitants en trois quarts de siècle. Deux phases majeures apparaissent : celle du **baby-boom (1945-1974)** puis celle du **vieillissement démographique**. L'une des solutions au manque de main-d'œuvre provient de l'**immigration**. L'augmentation très nette des flux migratoires dans les années 1950-1960 met davantage les Français au contact de populations originaires d'Europe et des anciennes colonies. L'ouverture de la France se confirme malgré la décolonisation. L'intégration à la construction européenne et la participation renforcée à la mondialisation mêlent davantage les Français aux contextes extérieurs.

■ Les Français, en particulier la jeunesse, rompent avec certaines normes héritées. Ils pratiquent de moins en moins la religion, divorcent plus fréquemment, s'affranchissent du mariage pour vivre en couple (**unions libres** ou **concubinage**) et conçoivent des enfants hors mariage. La **libération de la femme** et la **révolution sexuelle des années 1960-1970** changent les comportements personnels et collectifs. Les Français sont de plus en plus urbains, mobiles. Ils profitent des avantages de l'État providence et aspirent à une ascension sociale. La démocratisation de l'enseignement, la hausse du niveau de qualification des travailleurs et une meilleure protection sociale assurent à la population un **niveau de vie plus confortable**.

DÉFINITION

Libération de la femme : formule qui désigne un mouvement qui défend dans les années 1960-1970 l'autonomie des femmes, la disposition pleine et entière de leur corps et le rejet de la société patriarcale.

HISTOIRE

■ La **modernisation de l'économie** transforme les appareils productifs et change la structure de la population active. Les agriculteurs poursuivent leur lent déclin (disparition d'un tiers des exploitations) ; le monde ouvrier grossit jusqu'aux années 1960 et finit par diminuer. Les employés et salariés dans les services s'avèrent de plus en plus nombreux. La France entre dans la **tertiarisation**. La conscience de classe diminue.

DÉFINITION

Tertiarisation : importance de plus en plus grande du secteur tertiaire (les services) dans la structure économique et sociale d'un pays.

■ Le retournement de la conjoncture économique à partir des années 1970 limite un certain nombre de progrès. Les **chocs pétroliers** de 1973 et 1979, la **fin du système monétaire international** et la **forte diminution des croissances annuelles du PIB** font basculer l'économie dans une nouvelle ère. La pauvreté se développe, l'ascenseur social fonctionne moins bien et les risques du chômage augmentent très largement. Un sentiment d'inquiétude pousse de nombreux Français à s'abstenir de voter ou à porter leurs suffrages sur des mouvements extrémistes. La cohésion sociale est mise à rude épreuve en raison d'un individualisme et d'une difficulté à proposer un projet collectif suffisamment rassembleur. De nouvelles craintes liées au communautarisme, au terrorisme confessionnel et aux problèmes écologiques font craindre l'avenir.

2 La place de la France dans le monde

A Un rayonnement mondial assuré par les territoires ultramarins

■ Le rayonnement international de la France provient de son passé. À la tête du deuxième plus grand empire colonial jusqu'aux années 1960, la France a conservé de cette époque de nombreuses traces de son influence. Les **DROM-COM** (anciennement DOM-TOM), respectivement départements, régions et collectivités d'outre-mer se présentent comme des territoires ultramarins ou ultrapériphériques qui procurent des bases militaires et des **ZEE** à la métropole.

SIGLES

- **DROM-COM** : départements, régions et collectivités d'outre-mer (ces dernières disposent d'une autonomie)
- **ZEE** : zones d'économie exclusive

■ La présence mondiale de la France s'appuie donc sur un ensemble de territoires pour la plupart insulaires en bordure de tous les océans du monde. Cela lui procure le **monopole de l'exploitation des ressources halieutiques** sur trois millions de km². La révision de la Constitution en 2003 procure à chaque territoire un **statut administratif particulier** qui lui confère plus ou moins d'autonomie. Depuis 2011, Mayotte a adopté son statut de département français et en 2018, la Nouvelle-Calédonie a manifesté par référendum son souhait de rester française.

DÉFINITION

Ressources halieutiques : elles désignent les ressources provenant de la mer.

B Un rayonnement culturel et linguistique de premier plan

■ L'ancien contexte colonial procure à la France un **rayonnement culturel et linguistique** remarquable. Créée en 1970, **l'Organisation internationale de la francophonie (OIF)** regroupe 57 États et environ 300 millions de francophones (700 millions en 2050). La langue française demeure en vigueur au sein d'institutions internationales telles que l'ONU et le CIO (Comité international olympique). La **diffusion de la langue française** apparaît comme un vecteur de rayonnement des valeurs républicaines fondées sur la **défense des Droits de l'homme**. Elle facilite les accords de coopération interétatiques et contribue à faire de la France une **puissance de premier rang**.

■ L'**Alliance française** diffuse l'enseignement de la langue française et se distingue comme le **premier réseau culturel mondial**. Elle se fonde sur 1 040 implantations dans 136 pays. 646 000 personnes apprennent chaque année le français. Le pays entretient donc des liens privilégiés avec la partie francophone du monde et dispose à cet effet du deuxième plus vaste réseau diplomatique international après les États-Unis. TV5 Monde et RFI (Radio France International) diffusent l'information à 250 millions de personnes à travers le monde.

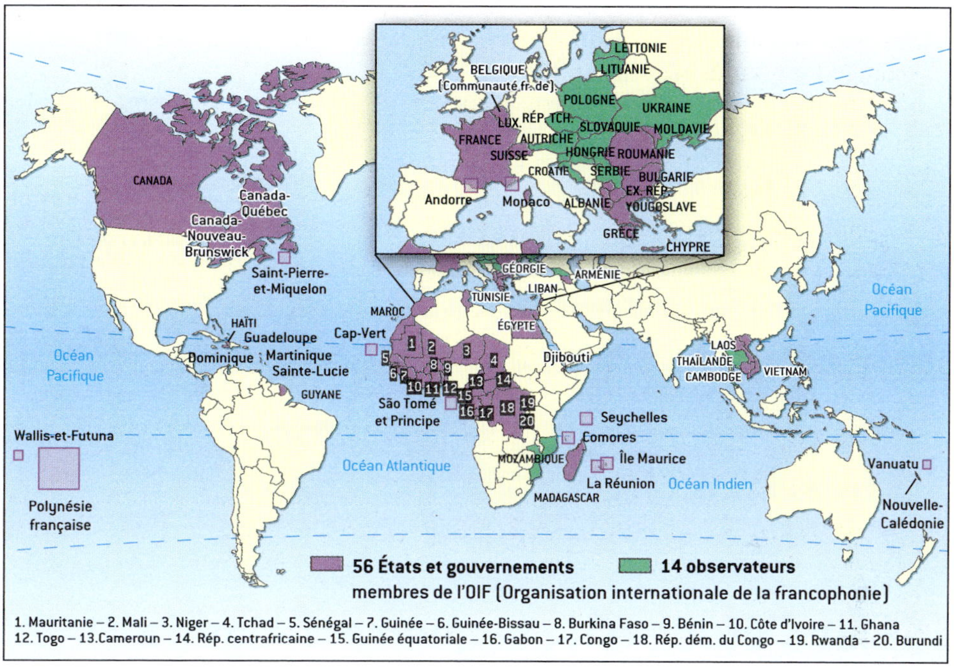

La francophonie dans le monde

 # site internet
L'Organisation internationale de la francophonie
foucherconnect.fr/23tersti2d42

C Un rayonnement diplomatique et stratégique mondial

Les 163 ambassades et les 98 consulats œuvrent en faveur des **intérêts stratégiques de la France**. L'influence de celle-ci s'exerce en premier lieu dans son espace proche, c'est-à-dire au sein de l'Union européenne. Avec l'Allemagne, la France a joué depuis les années 1950 un rôle primordial dans la construction européenne dont elle est l'un des piliers. À l'échelle mondiale, le siège permanent qu'elle occupe au Conseil de sécurité de l'ONU lui attribue le **droit de veto**, ce qui la met au même plan que les États-Unis, la Chine, la Russie et le Royaume-Uni. La France fait partie du « club nucléaire », c'est-à-dire du groupe des très rares États qui possèdent officiellement l'**arme atomique**. Cette caractéristique lui permet de figurer parmi les **plus grandes puissances militaires mondiales**.

HISTOIRE

3 Je mémorise autrement

LA FRANCE DEPUIS 1945

Une société qui change :
- du babyboom au papy-boom ;
- des flux migratoires importants avec l'arrivée de travailleurs, puis regroupement familial ;
- libération de la femme et libération sexuelle ;
- hausse du niveau de vie ;
- une tertiarisation de l'économie
- des 30 glorieuses au ralentissement de la croissance ;
- une modernisation de l'économie.

Une puissance qui s'affirme dans le monde

Territoires ultramarins (DOM-TOM devenus DROM-COM) et ZEE très vaste

Un rayonnement culturel et linguistique :
- OIF ;
- alliance française ;
- médias internationaux.

Une diplomatie mondiale et un rôle stratégique :
- réseau diplomatique étendu ;
- conseil de sécurité de l'ONU ;
- « club nucléaire ».

Les changements politiques :
- 1944-1946 : GPRF ;
- 1946-1958 : IVe République ;
- 1958-nos jours : Ve République ;
- une confirmation des droits : vote des femmes ; pluralisme ; libertés fondamentales ; Droits de l'homme ;
- une politique sociale : Sécurité sociale ; allocations familiales ; État-providence.

La Ve République, un régime semi-présidentiel :
- pouvoir du président très étendus : référendum ; domaine réservé ; dissolution de l'Assemblée nationale ;
- un régime parlementaire : système bicaméral (2 assemblées) → régime mixte ;
- un régime qui s'adapte : 14 révisions de la Constitution (ex : du septennat au quinquennat).

Sujet d'étude n°1 : la guerre d'Algérie

A Aux origines de la guerre d'indépendance

L'Algérie dispose d'une place particulière dans l'Empire colonial français. Conquise à partir de 1830, elle devient dès le dernier tiers du XIXe siècle une **colonie de peuplement** qui accueille de nombreux Français et des Européens. L'Algérie est considérée comme un **prolongement du territoire français**. Dès le début du XXe siècle, se développe un **nationalisme algérien** qui conteste l'ordre colonial en place.

B Un pays en guerre

SIGLES
- **ALN** : armée de libération nationale.
- **FLN** : front de libération nationale.

■ De 1954 à 1962, le conflit oppose les autorités françaises de métropole et d'Algérie au **FLN**. Ce mouvement indépendantiste entame la lutte armée contre l'État français en novembre 1954 et dispose à cet effet de l'**ALN**. La violence s'empare du pays tout entier dès 1955. En 1956, le **contingent** (jeunes Français effectuant leur service militaire) fait face à une guérilla urbaine et rurale généralisée. La brutalisation du conflit se traduit dans les deux camps par l'usage généralisé de la torture.

Les communautés en présence se divisent. Les **Français d'Algérie (pieds-noirs)** se heurtent à la volonté de la métropole de conduire l'Algérie vers l'indépendance à partir de 1959. Une minorité de Français se radicalise et fonde l'**OAS** (Organisation de l'armée secrète) en 1961 pour conserver l'Algérie française. La fidélité d'une partie des Algériens musulmans à la France (**les harkis**) scinde la population en deux camps. Le FLN recourt à la terreur pour convaincre une partie des Algériens de sortir de leur neutralité et emploie la violence à l'égard des mouvements indépendantistes concurrents comme le **Mouvement national algérien** de Messali Hadj. La **guerre d'indépendance** devient donc une **guerre civile**. Le rapatriement d'environ 900 000 pieds-noirs s'ajoute à la tragédie qui se joue en Algérie.

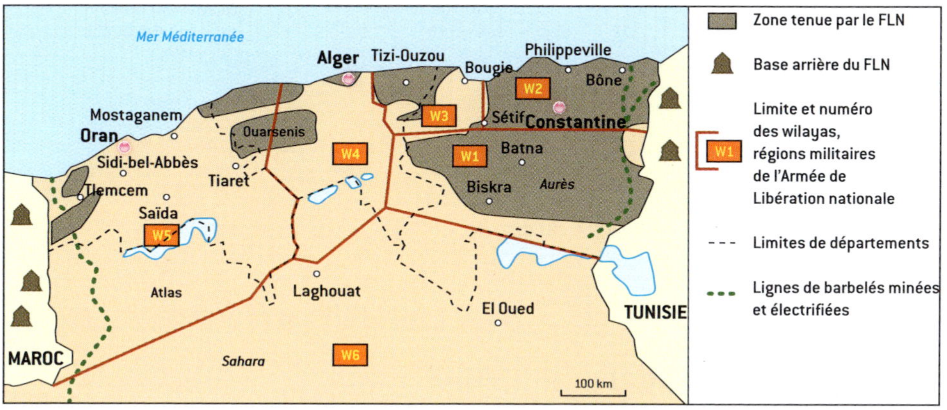

La guerre sur le territoire algérien

C L'impact du conflit

Les répercussions politiques de la guerre d'Algérie sont immenses. L'après-guerre se prépare du côté algérien dès 1958 lorsqu'est créé le **GPRA** (Gouvernement provisoire de la République algérienne). Le FLN se présente comme le principal artisan de la lutte pour l'indépendance et s'apprête à diriger le pays.

En France, les « événements d'Algérie » conduisent à une **très grave crise politique** qui risque de dégénérer en une guerre civile. L'impuissance de la IVe République à rétablir la paix conduit à une **instabilité ministérielle** inquiétante. En mai 1958, craignant un coup d'État militaire à Alger en pleine insurrection, le président de la République René Coty fait appel au **général de Gaulle**. Chargé des pleins pouvoirs, il a la double mission de trouver une solution à la crise algérienne et de proposer une nouvelle Constitution. **La guerre d'Algérie met ainsi un terme à la IVe République** et aboutit à la **naissance de la Ve République en octobre 1958**. De Gaulle entame des négociations et se heurte en avril 1961 à un putsch des généraux français d'Alger. Après l'échec de ce dernier, il met un terme au conflit le **18 mars 1962** par les **accords d'Évian** qui reconnaissent **l'indépendance de l'État algérien**. Le 5 juillet 1962, l'Algérie célèbre officiellement son indépendance.

D Bilan et perspectives

La lourdeur du bilan humain (environ 400 000 Algériens tués et plus de 25 000 Français), la question des harkis et du rapatriement des pieds-noirs, l'embarras provoqué par la question de la torture et la difficulté à revenir sur certaines pages du passé colonial rendent les **relations franco-algériennes difficiles depuis 1962**. La mémoire de la guerre d'Algérie oppose des souvenirs et des interprétations contradictoires entre les deux rives de la Méditerranée.

HISTOIRE

Malgré cela, les deux pays ont maintenu leurs échanges. La France est devenue le principal pays d'émigration des Algériens. Des **accords de coopération** ont aidé au développement de l'Algérie qui fournit aujourd'hui à la France son gaz naturel alors que cette dernière est son deuxième fournisseur commercial. Depuis les années 1990-2000, les différents présidents de la République française ont traduit à l'occasion de voyages (Emmanuel Macron à Alger en février 2017) la nécessité à taire les ressentiments et à envisager la réconciliation. L'avenir des relations franco-algériennes reste donc prometteur malgré le poids du passé.

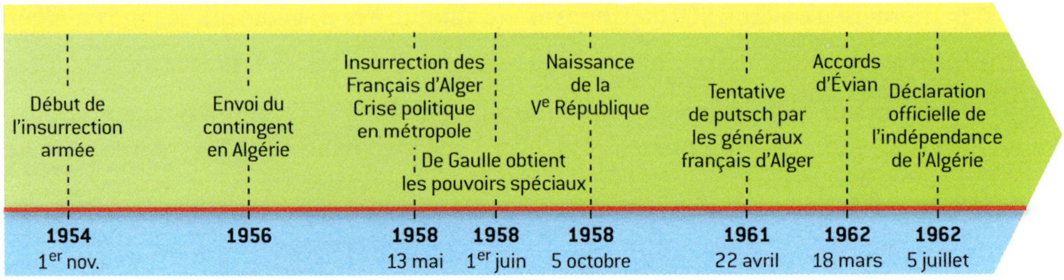

Chronologie du conflit en Algérie de 1954 à 1962

Sujet d'étude n°2 : la condition féminine en France depuis 1944

A De nouveaux droits politiques

■ Depuis 1944, l'histoire des femmes en France est rythmée par un certain nombre d'avancées et de progrès qui leur assurent une **meilleure intégration** et un **plus grand rôle économique, politique, social et culturel**. Leur participation à l'effort de guerre et à la Résistance de 1939 à 1945 leur confère le **droit de vote le 21 avril 1944** conformément au projet constitutionnel élaboré en janvier 1944. En avril et en octobre 1945, les femmes françaises exercent pour la première fois ce droit fondamental qui établit une égalité historique entre les sexes.

■ Le droit à élire procure celui d'être élue. 33 femmes sont élues députées en octobre 1945. En 1947, **Germaine Poinso-Chapuis** devient la première femme ministre. La condition féminine est alors un enjeu essentiel du rétablissement de la démocratie en France après la Seconde Guerre mondiale.

B La conquête de nouveaux droits

■ Les années 1960-1970 constituent une étape essentielle. Le féminisme connaît un nouvel essor sous l'influence des sociétés anglo-saxonnes qui tentent de combattre les discriminations faites aux femmes. Le **mouvement de libération des femmes (MLF)** milite en faveur de l'égalité complète des droits et pour la légalisation de la contraception et de l'avortement. Le **Mouvement français pour le planning familial**, créé en 1960, lutte en faveur du droit au contrôle des naissances. La **loi Neuwirth de 1967** légalise la contraception qui était interdite depuis 1920. Sous la pression des revendications, le pouvoir politique instaure en 1974 le premier Secrétariat d'État à la condition féminine et autorise le remboursement par la Sécurité sociale des moyens de contraception. Arlette Laguiller est la première femme candidate à l'élection présidentielle en 1974. L'année même où l'ONU proclame l'année internationale de la femme, en 1975, la **loi Veil dépénalise l'avortement** sous certaines conditions (loi sur l'**IVG** : interruption volontaire de grossesse). L'émancipation des femmes passe par leur libération sexuelle et par l'affirmation de leur droit à contrôler leur corps.

■ Les plus grandes libertés proposées aux femmes témoignent d'une **révolution sexuelle** qui s'accompagne indissociablement d'une révolution du droit et des mœurs. Le droit garantit aux femmes à partir des années 1970 une vie sexuelle non reproductive qui ne les soumet plus à l'autorité masculine et aux règles sociales en vigueur. La force des normes, de la morale et le poids de la religion reculent. L'image même de la femme change. Le retournement de la conjoncture économique dans les années 1970 engendre la **féminisation de la population active**. L'arrivée massive des femmes sur le marché du travail apparaît comme une solution économique mais aussi comme l'aboutissement d'une **lutte en faveur de leurs droits**.

■ Les années 1990 marquent une nouvelle étape dans l'histoire des femmes en France. **Édith Cresson** est la première d'entre elles à accéder au poste de **Premier ministre en 1991**. La question de la **parité** occupe une place centrale dans le débat politique. Dès 1995, le président de la République Jacques Chirac met en place un Observatoire sur la parité. En 1999, une loi proclame « l'égalité entre les hommes et les femmes ». Une loi de l'an 2000 oblige les partis politiques à présenter un nombre égal de candidats des deux sexes et les soumet à une amende en cas de refus. 19 femmes entrent au gouvernement sous la présidence de Nicolas Sarkozy. Le gouvernement d'Élisabeth Borne atteint en 2022 la parité (21 hommes et 21 femmes).

■ Malgré des avancées politiques certaines, les femmes restent victimes de **fortes discriminations**. Elles ne représentent en 2017 que 32 % des sénateurs et 38 % des députés (contre 5 % en 1945). Elles réalisent encore 80 % des tâches domestiques, sont davantage victimes du chômage, du travail précaire et gagnent en moyenne 20 % de moins que les hommes. Le combat contre l'**inégalité salariale et professionnelle** s'annonce donc comme l'un des grands chantiers sociaux à venir. Les femmes sont enfin bien plus victimes de violences, de viols, voire d'assassinats qualifiés de « féminicides » dès lors qu'elles succombent sous les coups de leur partenaire ou ancien partenaire. Le mouvement #MeToo encourage à la dénonciation des violences faites aux femmes et contribue largement depuis 2017 à la libération de la parole. La protection des femmes devient un sujet de société et une question de justice largement médiatisés.

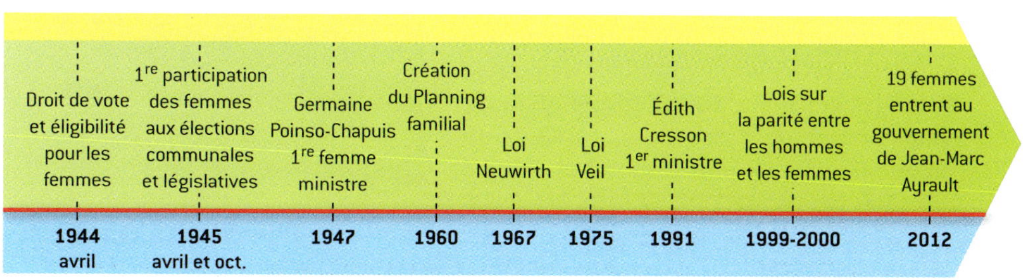

Chronologie de l'histoire des femmes en France depuis la Libération

 # quiz
Des questions pour réviser
foucherconnect.fr/23tersti2d37

HISTOIRE

4 Mers et océans : vecteurs essentiels de la mondialisation

Parce qu'ils recouvrent 71 % de la surface de la planète, les espaces maritimes sont devenus essentiels à la mondialisation. Ils contribuent pour une très grande part aux échanges et sont devenus des espaces stratégiques en cours de militarisation.

1 La maritimisation des économies et des échanges

A Des espaces maritimes riches de ressources

■ Les **ressources halieutiques** sont un élément essentiel à la survie de l'humanité. La pêche fait vivre plus de 400 000 personnes dans l'Union européenne. Ses capacités mondiales ont été multipliées par 5 depuis 1950. Les navires français remontent chaque année plus de 400 000 tonnes de poissons qui entrent dans l'alimentation quotidienne. À l'échelle mondiale, le volume annuel des remontées s'élève à plus de 170 millions de tonnes. La **généralisation de la pêche** et les besoins grandissants d'une humanité en croissance démographique compromettent le renouvellement des espèces marines. La **surexploitation** est aujourd'hui une menace globale. Elle incite à appliquer des **politiques durables** (de quotas) et à envisager d'autres formes d'exploitation comme l'**élevage** (**fermes marines**).

■ Le sous-sol marin regorge de richesses naturelles. Il recèle au moins **un quart des réserves d'hydrocarbures dans le monde**. Cette exploitation répond actuellement à un tiers de la demande mondiale de pétrole et de gaz grâce aux **installations offshore** (plateformes au large) qui captent un pétrole de plus en plus profond et éloigné des côtes.

Plateforme offshore

DÉFINITIONS
- **Maritimisation** : augmentation et concentration des échanges par voie maritime.
- **Ressources halieutiques** : elles désignent les ressources provenant de la mer.

B Des espaces maritimes qui permettent les échanges

■ Au moins 80 % des échanges de marchandises dans le monde sont réalisés à l'aide des **cargos**. Leur nombre a été multiplié par 4 en 40 ans et le volume de marchandises transportées a triplé. Les océans sont ainsi devenus des espaces de mise en relation des sociétés et des continents rendus interdépendants par la globalisation. 50 000 navires de commerce et plus d'un million de marins assurent les échanges internationaux. Parmi eux on compte plus de 5 000 porte-conteneurs et plus de 11 000 pétroliers et chimiquiers.

■ L'explosion du trafic maritime mondial assure principalement le **transport des hydrocarbures, des produits pondéreux** (minerais, charbon) **et des marchandises**. Les câbles sous-marins relient les continents et permettent le transit d'un volume d'informations. Ils assurent donc des échanges immatériels qui facilitent la communication et les transferts financiers.

 # info
Visualisation en direct du trafic maritime mondial
foucherconnect.fr/23tersti2d43

Porte-conteneurs à quai

2 Des espaces maritimes stratégiques

A Des espaces mis en valeur

■ Les **routes maritimes (autoroutes de la mer)** débouchent sur des **hubs portuaires**, voire sur des **façades maritimes**. Les plus importantes d'entre elles se localisent sur les littoraux des États-Unis, au Nord de l'Europe (Northern Range) et au sein du corridor est-asiatique. Les **canaux interocéaniques** de Suez et de Panama ont doublé leur largeur et raccourcissent les trajets maritimes d'un grand nombre de navires marchands.

 # schémas
Les façades maritimes mondiales
foucherconnect.fr/23tersti2d44

■ Les phénomènes de **maritimisation** et de **littoralisation** conduisent les États à développer leurs littoraux. Les ports concentrent des **ZIP** (zones industrialo-portuaires) où se mêlent les unités industrielles de production et les activités commerciales et de transport. Dans cette perspective, la Chine commence à déployer sa **stratégie du « collier de perles »** qui consiste à construire et à prendre le contrôle de dizaines de grands ports de commerce en Asie méridionale, au Moyen-Orient et en Méditerranée. Son projet d'une nouvelle route de la soie est contesté par l'Inde qui y voit une forme d'encerclement.

GÉOGRAPHIE

DÉFINITIONS

- **Hub portuaire** : port de grande dimension, en lien avec un réseau international et qui travaille avec des ports proches et de moindre importance.
- **Façade maritime** : aménagement d'un littoral à l'aide d'un alignement de ports qui assurent l'interface entre les espaces maritimes et terrestres.
- **Littoralisation** : concentration des hommes et de leurs activités sur les littoraux.

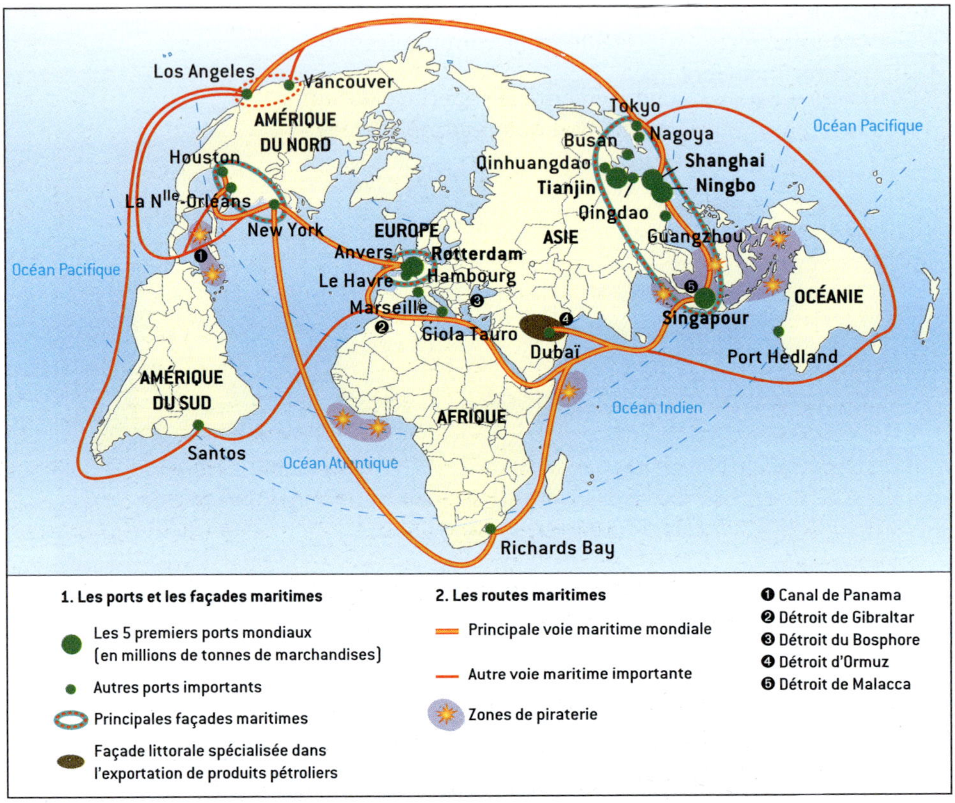

Les principaux ports et les routes maritimes

B Des espaces sous surveillance

■ La **sécurisation des mers et océans** est devenue un enjeu géopolitique fondamental. Les raisons en sont :
- la nécessité à contrôler les points de passage tels que les **détroits** (comme celui de Malacca) ;
- la lutte contre les différentes formes de **piraterie** au large de l'Afrique et en Asie du Sud-Est ;
- la répression de la mondialisation des **trafics** de drogue, d'armes et d'êtres humains qui empruntent les espaces navigables ;
- la nécessité à faire appliquer le **droit international** afin de protéger les ressources, l'environnement et les réserves naturelles marines. La convention des Nations Unies sur le droit de la mer signée à **Montego Bay** en 1982 fixe un code juridique suivi par 157 pays.

 # article
Courrier international : Piraterie dans le Golfe de Guinée
foucherconnect.fr/ 23tersti2d45

■ Les grandes puissances navales telles que les États-Unis, la Chine, la France ou le Royaume-Uni déploient leurs flottes militaires à travers les océans. L'essentiel de la flotte militaire mondiale appartient à une quarantaine d'États. La possession d'une flotte de guerre devient une preuve de puissance et un atout essentiel dans le contexte de la mondialisation. Les États-Unis sont ainsi qualifiés de « **thalassocratie** » (exerçant un pouvoir sur les mers).

 # carte
La présence militaire française dans le monde
foucherconnect.fr/23tersti2d46

C Des espaces convoités

■ Beaucoup d'États essaient d'étendre la superficie de leur **ZEE** (**zone économique exclusive**) qui va jusqu'à 370 km en mer. Le monopole de l'exploitation des ressources par les entreprises du pays propriétaire des eaux contribue à la « **course à la mer** ». La délimitation des ZEE est source de tensions, comme le montrent les exemples du Venezuela contre la Colombie, du Canada contre les États-Unis.

 # vidéo
Russie : Arctique, la nouvelle frontière
foucherconnect.fr/23tersti2d47

■ Cette compétition pour la maîtrise des mers est particulièrement visible dans l'océan glacial Arctique. Les six pays riverains (États-Unis grâce à l'Alaska, Canada, Russie, Islande, Norvège et Danemark, en raison du Groenland) revendiquent le contrôle de l'Arctique afin d'en exploiter les ressources naturelles. Ils cherchent à le **militariser** (multiplication des bases militaires) et à **contrôler les nouvelles routes maritimes** que sont les passages du Nord-Est et du Nord-Ouest. Cette intégration de l'Arctique à la mondialisation constitue une **menace environnementale**. L'Arctique témoigne de la fragilisation des espaces maritimes.

DÉFINITION
ZEE : zone économique exclusive qui correspond aux eaux territoriales d'un État qui possède sur ce territoire marin le monopole de l'exploitation des ressources.

 # article
Tensions dans l'Arctique
foucherconnect.fr/23tersti2d48

3 Je mémorise autrement

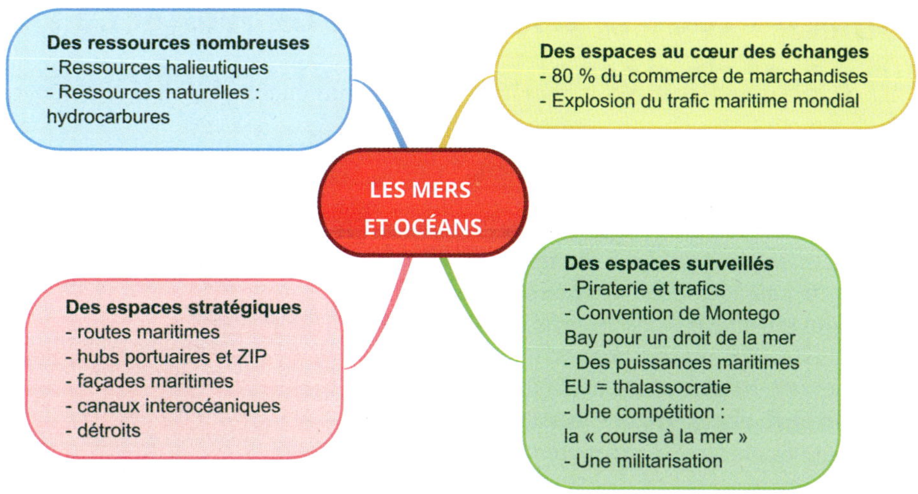

GÉOGRAPHIE

Sujet d'étude n°1 : les réseaux de câbles sous-marins : des infrastructures essentielles de la mondialisation

■ 98 % des **liaisons téléphoniques et internet** entre les continents passent par les 448 câbles sous-marins qui s'étendent sur une longueur totale d'1,3 million de kilomètres. Simplement posés sur le sol marin ou bien enfouis (technique de l'**ensouillage**), les câbles transportés par des **navires câbliers** servent à la télécommunication. Cette pratique remonte aux années 1850 lors de la mise en place d'un réseau télégraphique puis téléphonique (années 1920) intercontinental. Les câbles sont soumis à certains aléas d'origine animale, humaine ou géologique (séismes et éruptions volcaniques). Leur durée moyenne de vie est de 25 ans.

 # vidéo
Internet : des câbles sous-marins pour faire transiter les données
foucherconnect.fr/23tersti2d49

■ Les **lignes de fibres optiques** sont devenues des infrastructures de communication stratégiques à l'échelle mondiale. Lors de conflits, elles peuvent être visées de manière à couper les communications de l'adversaire. Les câbles peuvent faire l'objet d'un véritable espionnage entre nations. Les zones d'**atterrage**, c'est-à-dire d'arrivée des câbles sur le littoral, sont particulièrement surveillées. En 2020, des agents russes ont été repérés autour des installations de télécommunications reliant l'Europe à l'Amérique du Nord.

■ Le marché du câble sous-marin est détenu par une minorité de pays : la **France**, la **Chine**, les **États-Unis** et le **Japon**. Les GAFAM (Google, Apple, Facebook, Amazon et Microsoft) américaines investissent la moitié des sommes. Certaines sociétés collaborent comme les groupes Orange (France) et Telxius (Espagne) pour la pose des 6 600 km du câble transatlantique Dunant en 2020. L'activité est lucrative puisqu'un câble coûte de 30 à 700 millions d'euros selon sa longueur. La géographie du réseau mondial des câbles témoigne d'une **domination technologique, économique et stratégique des pôles majeurs** sur le reste du monde.

 # vidéo
Les dessous des cartes : câbles sous-marins, la guerre invisible
foucherconnect.fr/23tersti2d50

Sujet d'étude n°2 : le détroit de Malacca : un point de passage majeur et stratégique

A Un couloir maritime majeur…

■ Situé entre la Malaisie (Myanmar) et l'Indonésie (île de Sumatra), le **couloir maritime** de Malacca est la porte de sortie des navires qui partent d'Asie pour rejoindre l'océan Indien et le point de passage obligé des pétroliers qui approvisionnent la Chine et le Japon, gros consommateurs énergétiques. Sur une distance d'environ 700 kilomètres et une largeur allant de 35 à 350 kilomètres, ce « **corridor énergétique** » est l'une des zones maritimes les plus fréquentées au monde.

DÉFINITION
Couloir maritime : voie de circulation maritime plus ou moins longue et étroite par laquelle transitent de nombreux navires.

« **Porte océane** » de l'océan Indien avec le Pacifique, le détroit est donc un axe maritime majeur pour le transport mondial et une artère vitale pour les pays de la région, dont le Japon et la Chine qui y réalise 90 % de ses échanges maritimes avec le monde. Environ 75 000 navires y transitent chaque année. Il met en relation l'Europe, le Moyen-Orient avec l'Asie orientale (trafic interrégional) mais il est aussi un outil de liaison entre les pays asiatiques (trafic intrarégional) membres de l'**ANSEA**. Le détroit est également traversé par de nombreux flux transversaux qui relient l'Indonésie, la Malaisie et Singapour. La **littoralisation** qui en découle contribue au développement économique des littoraux. De nombreux ports à conteneurs sont apparus sur les rives du détroit depuis 20 ans.

DÉFINITION

ANSEA (ou ASEAN) : l'association des nations du Sud-Est asiatique est un ensemble économique régional élaboré en 1967. Il regroupe 10 pays asiatiques (Indonésie, Malaisie, Philippines, Singapour, Thaïlande, Brunei, Viêt Nam, Laos, Birmanie, Cambodge).

B ... et un passage stratégique au niveau mondial

Le détroit de Malacca est un point de passage particulièrement stratégique. La Malaisie et l'Indonésie se montrent rivales dans le contrôle qu'elles tentent d'exercer sur le détroit. La convention de Montego Bay décrète en 1982 la liberté d'accès au détroit et elle en fait un « **passage en transit** », c'est-à-dire une **voie navigable internationale**. Elle donne toutefois aux deux États riverains des garanties en matière de sécurité et d'environnement.

Depuis les années 1980, la Chine déploie sur place un **dispositif militaire**. Aujourd'hui, elle contrôle partiellement les deux rives du détroit. Sa flotte militaire dispose des moyens de stopper la navigation. En contrepoids à la présence chinoise, une force navale américano-indienne surveille le détroit. Celui-ci apparaît donc comme un espace commun, où se jouent des **intérêts partagés** (**les flux commerciaux**) mais aussi comme un **espace de rivalités** déterminé par des rapports de force entre les puissances locales et des puissances périphériques comme les États-Unis.

La sécurisation du détroit de Malacca explique en partie sa **militarisation**. Cette voie de passage est en effet devenue une **zone grise**. Les trafics de contrebande et les passages illégaux de populations clandestines s'y multiplient ainsi que les activités de piraterie.

DÉFINITION

Zone grise : zone de non-droit.

La Chine cherche des **voies de transit alternatives** (nouvelle route terrestre de la soie et nouveaux passages en Arctique). Le projet du canal de Kra en Thaïlande demeure une éventualité qui permettrait de détourner une partie du trafic vers le Nord. Victime de son succès, le détroit de Malacca (aux eaux peu profondes) est devenu un goulot d'étranglement sous tension.

 # quiz
Des questions pour réviser
foucherconnect.fr/23tersti2d37

GÉOGRAPHIE

5 Des dynamiques territoriales contrastées au sein de la mondialisation

La mondialisation aide au développement d'une grande portion de la planète mais hiérarchise les territoires. Certains se placent au cœur des processus de commandement et d'échanges tandis que d'autres sont en retard. La mondialisation aboutit à des contrastes qui opposent ses centres-moteurs aux périphéries en marge. Or, ces différences d'intégration s'observent à toutes les échelles.

1 Des accès à la mondialisation très inégaux

A Les cœurs de la mondialisation

a Vers une multipolarité

■ L'intensification de la mondialisation conduit à la **multipolarité**, c'est-à-dire à la **multiplication des pôles créateurs de richesses**. Aux trois pôles majeurs hérités de l'**ancienne Triade** (Amérique du Nord, Union européenne et Asie orientale) s'ajoutent des **pôles émergents** confirmés tels que les **BRICS (Brésil, Russie, Inde, Chine et Afrique du Sud)** et des **pôles secondaires** plus récents comme la Turquie ou les monarchies arabes du Golfe persique. L'Occident doit davantage partager les richesses et n'a plus le monopole du développement. Son poids encore fort est contrebalancé par l'affirmation « des Suds ».

DÉFINITION

Sud et Suds : l'utilisation du mot au singulier a désigné jusqu'aux années 1990 l'ancien tiers-monde alors disparu. La diversification des pays et des situations de développement conduit à employer le mot au pluriel depuis les années 2000.

 # vidéo
Les BRICS
foucherconnect.fr/23tersti2d51

■ Les pôles les plus dynamiques concentrent les trois quarts des échanges commerciaux, accueillent les deux tiers des **firmes transnationales (FTN)**, détiennent les capacités d'innovation les plus importantes et possèdent les **places boursières** les plus actives de la planète. Ils maîtrisent l'essentiel des **flux d'information** et les **flux financiers**. Ils sont les principaux acteurs et bénéficiaires de la **mondialisation**.

b L'importance des villes mondiales et des mégalopoles

■ Les moteurs de la globalisation se retrouvent à l'échelle d'une quarantaine de **villes mondiales**. Véritables concentrations de pouvoirs économiques, politiques et culturels, elles sont les **centres décisionnels de la mondialisation**. Ces espaces urbains en réseau constituent parfois de grandes régions urbaines d'au moins 10 millions d'habitants où plusieurs métropoles s'interconnectent. Ce sont

 # vidéo
Londres, une ville mondiale
foucherconnect.fr/23tersti2d52

les **mégalopoles** telles que celle du **Nord-Est des États-Unis**, de la **dorsale européenne** (de Londres à Milan) ou encore la **mégalopole japonaise** et plus largement le **corridor est-asiatique**.

DÉFINITION

Corridor est-asiatique : bande littorale en fort développement et qui met en relation les principaux hubs portuaires de l'Asie orientale entre eux et avec le monde.

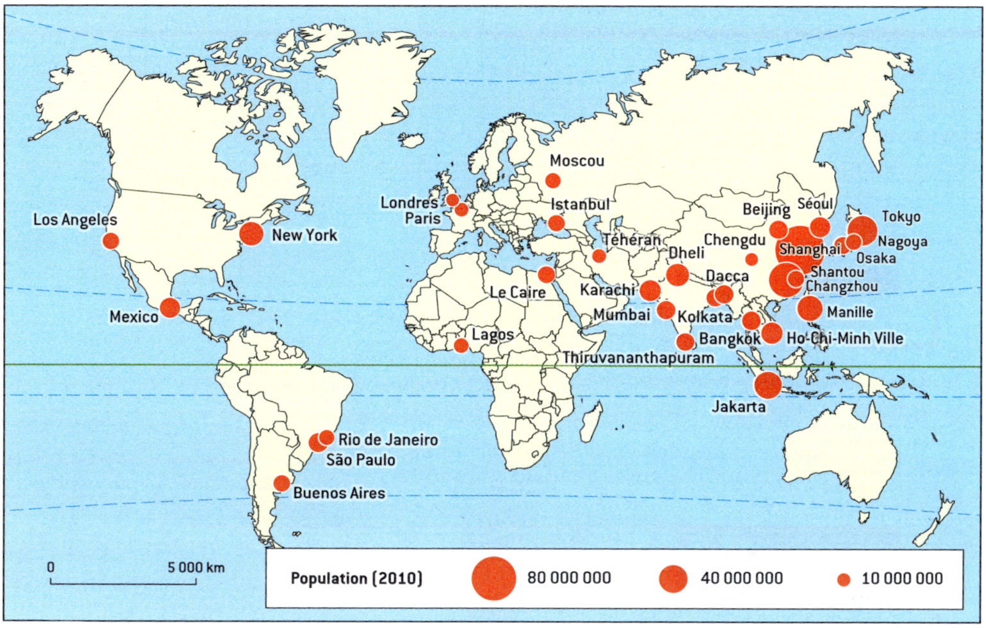

Les agglomérations urbaines de plus de 10 millions d'habitants

■ Les métropoles mondiales sont des **espaces de circulation et de convergence des flux migratoires**. Elles sont les lieux d'habitation des populations les plus aisées et captent l'essentiel du trafic aérien (70 %) grâce à des **hubs**. Leurs activités économiques sont internationalisées et largement tertiarisées. La métropolisation se confirme dans les capitales des pays émergents (São Paulo, Bombay, Istanbul) et en développement. Les métropoles mondiales sont enfin marquées par une forte **ségrégation socio-spatiale**, par des problèmes de **saturation du trafic routier** et par des **phénomènes de pollution** plus accentués dans les Suds.

DÉFINITIONS

- **Hub** : plateforme aérienne ou portuaire mise en réseau. Les hubs rassemblent des lignes de correspondance entre les principaux ports ou aéroports mondiaux.
- **Métropolisation** : généralisation des métropoles dans le monde. Ce phénomène renforce la concentration des hommes et des activités dans de vastes ensembles urbains.

GÉOGRAPHIE

C Le rôle grandissant des littoraux et des façades maritimes

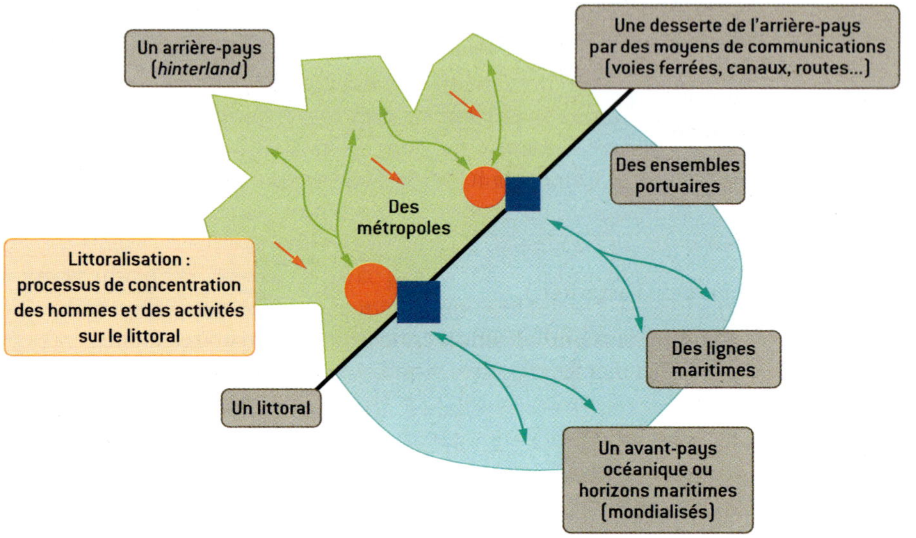

Organisation d'une façade maritime

La multiplication des échanges privilégie les littoraux. La **maritimisation** et la **littoralisation** procurent aux côtes une vocation d'**interface**. Les **façades portuaires** organisent les **échanges maritimes**. Celles de la **Northern Range (rangée nord-européenne)**, de la **Bosrich (mégalopole allant de Boston à Washington)** et du **corridor est-asiatique** polarisent l'essentiel des flux maritimes intercontinentaux. Elles mettent en relation les espaces maritimes avec les ensembles portuaires et l'**arrière-pays (hinterland)**.

DÉFINITIONS

- **Façade portuaire ou maritime** : alignement d'un certain nombre de ports et de ZIP sur un littoral fonctionnant en réseau.
- **ZIP** : zone industrialo-portuaire où se concentrent un espace urbain, des zones de production et d'échanges commerciaux.

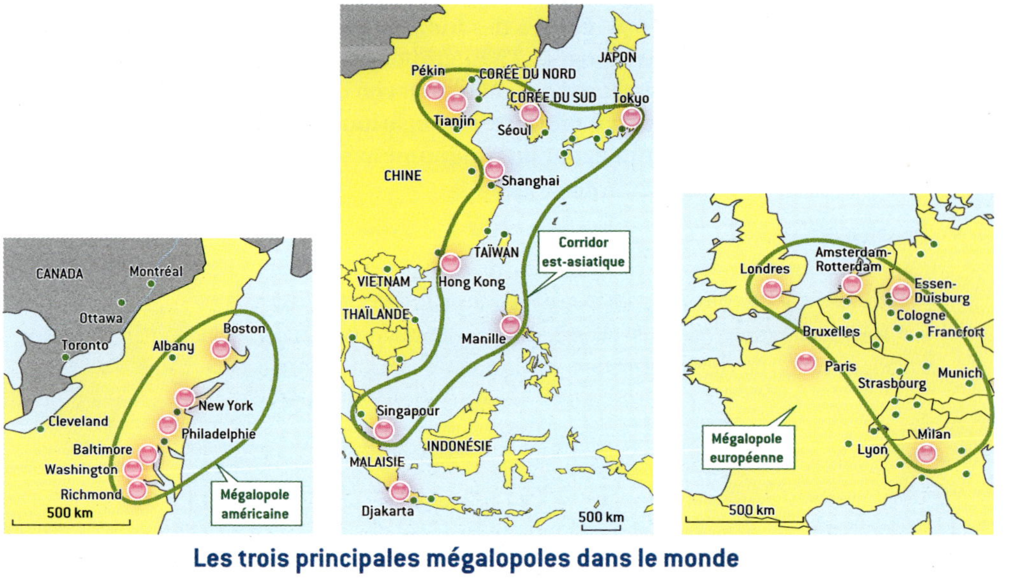

Les trois principales mégalopoles dans le monde

B Les espaces en marge de la mondialisation

■ Une large partie du monde n'est pas encore bien intégrée à la mondialisation. 46 nations forment l'ensemble des **pays les moins avancés** (**PMA**), catégorie élaborée par l'ONU depuis 1971 dans le cadre de la Conférence des Nations unies sur le commerce et le développement. 33 sont en Afrique, 9 en Asie, 3 en Océanie et 1 aux Antilles. Ces pays se caractérisent par un **faible niveau de participation au libre-échange mondial**, par un **IDH très bas** (alphabétisation insuffisante, sous-nutrition et mortalité infantile élevée) et par une **vulnérabilité économique** (endettement et dépendance à l'égard de l'extérieur).

> SIGLE
> **IDH** : indice de développement humain.

■ La faible intégration à la mondialisation concerne des territoires à différentes échelles. Les quartiers défavorisés des métropoles mondiales constituent des poches de pauvreté exclues des dynamiques du libre-échange : c'est le cas des **bidonvilles** en Amérique latine (les **favelas**) ou en Inde (les **slums**). La mondialisation favorise les villes sur les campagnes.

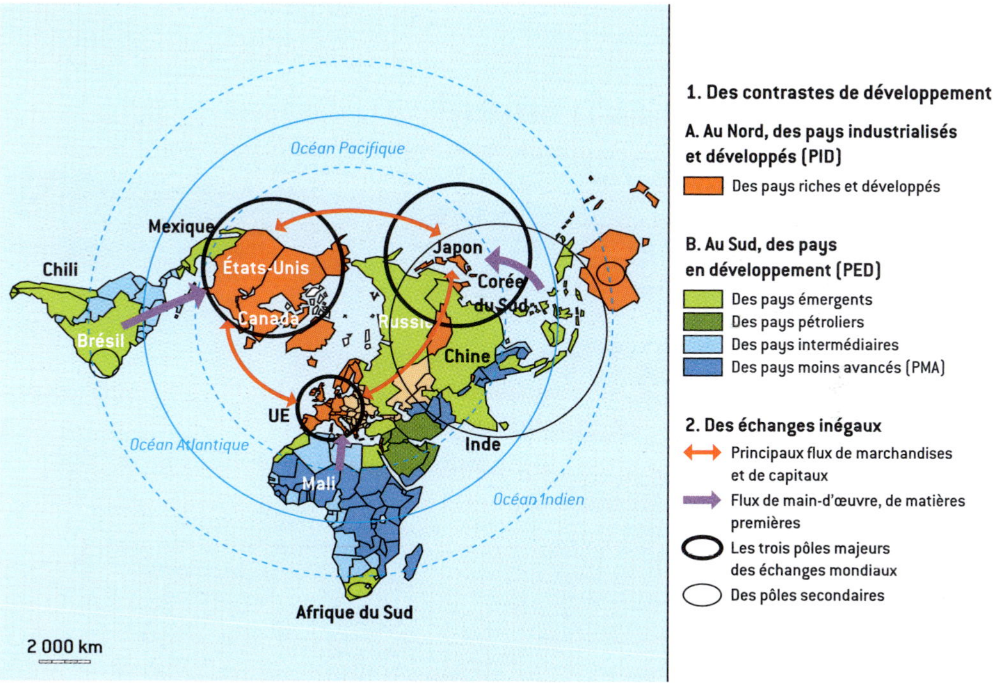

Les inégalités de développement à l'échelle mondiale

2 Des facteurs qui limitent les échanges

A Les facteurs idéologiques et géopolitiques

L'exclusion de la mondialisation est une conséquence du mal-développement. Moins un État est développé, moins il s'intègre aux circuits mondiaux. Moins il participe à la mondialisation, moins il se développe consécutivement. Ce cercle vicieux qualifié de **dynamique négative** s'explique par la déstabilisation engendrée par les **conflits intérieurs** (guerres

GÉOGRAPHIE

civiles comme en Syrie), par le **développement de l'insécurité** (zones grises) et par le **positionnement idéologique de dictatures** qui se marginalisent sur la scène internationale (Corée du Nord, Iran).

> DÉFINITION
> **Zone grise** : zone de non-droit, c'est-à-dire territoire de trafics et d'insécurité où l'autorité de l'État ne s'exerce pas.

B Les facteurs géo-économiques

L'effet d'**enclavement** (isolement) parfois lié à l'**absence de débouché maritime** pénalise les États les plus continentaux (Afrique et Asie centrales). L'exposition à des **aléas naturels** (séismes, cyclones...) ou **sanitaires** (épidémie du sida) freine la croissance économique comme en Afrique subsaharienne. « Angles morts » de la mondialisation, les territoires les plus marginalisés n'attirent pas suffisamment les **investissements directs à l'étranger (IDE)**. La **faiblesse des infrastructures** (transports, hôpitaux, écoles) limite l'implantation des firmes transnationales. Un milliard d'êtres humains vivent dans cette situation qui les maintient dans l'économie informelle faite de trafics, de corruption, de misère et de survie.

3 Je mémorise autrement

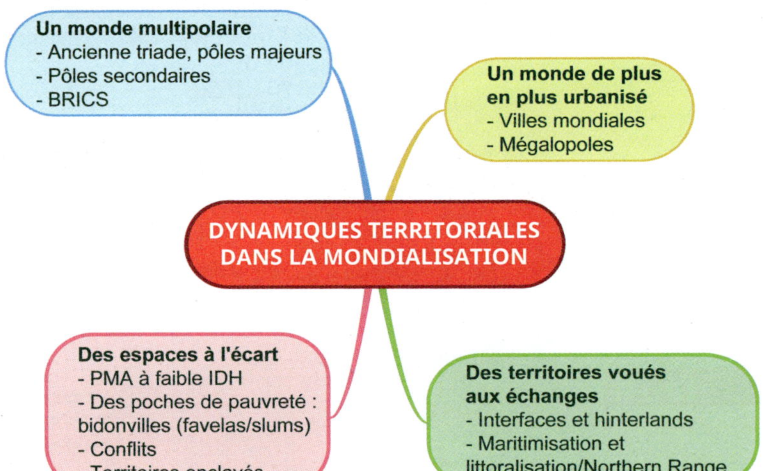

Sujet d'étude n°1 : New York, un centre de la mondialisation

A Un centre décisionnel majeur pour le monde

■ Capitale économique et culturelle du monde, New York n'est plus spécialisée dans les fonctions de production mais dans les activités tertiaires et dans les fonctions de commandement :

– la **bourse de Wall Street** (**NYSE** et **NASDAQ**) capitalise 30 000 milliards de dollars et représente plus d'un tiers de la richesse produite à New York ;
– la **ville dispose de plusieurs CBD à Manhattan** où siègent 22 des 500 plus grandes FTN mondiales (Ralph Loren, Warnermedia, Pfizer) ;
– la **Silicon Alley est le cœur technologique de la ville** où se développent plus de 2 200 start-up. Technopole mondiale spécialisée dans l'Internet et les nouveaux médias, elle est la seconde **tec hub** des États-Unis après la Silicon Valley californienne ;
– la présence de l'ONU fait de New York un **centre de commandement institutionnel** à l'échelle mondiale.

SIGLES

- **NYSE : New York Stock Exchange**. Bourse new-yorkaise de Wall Street qui permet les échanges d'actions.
- **NASDAQ : National Association of Securities Dealers Automated Quotations**. C'est la seconde bourse de New York et le plus grand marché électronique d'actions au monde spécialisé dans les entreprises des hautes technologies.
- **CBD : Central Business District**. Quartier central des affaires.

■ **Septième puissance économique mondiale** à elle seule, New York est une ville cosmopolite (Little Italy ou Chinatown) qui a longtemps été la principale porte d'immigration aux États-Unis (Ellis Island). On y recense 150 nationalités (phénomène du **brain drain**). Sa **skyline** (plus de 50 immeubles ou *skyscrapers* dont la hauteur dépasse les 200 mètres) révèle aux yeux du monde son dynamisme économique.

DÉFINITIONS

- **Brain drain** : « drainage des cerveaux ». Capacité d'un pays à attirer à lui les travailleurs étrangers les plus qualifiés.
- **Skyline** : ligne d'horizon faite par les gratte-ciel (**skyscrapers**) dont la hauteur est signe de puissance.
- **Tec hub** : un hub (une concentration) d'entreprises de hautes technologies.

 # vidéo
New-York, une métropole globale
foucherconnect.fr/23tersti2d53

Skyline new-yorkaise vue depuis l'océan

B Une ville qui attire le monde mais qui reste ségréguée

■ Le rayonnement de New York se fonde sur la **présence d'institutions de rang mondial** telles que le **Metropolitain Museum of Arts** ou le **Guggenheim Museum**. La ville possède un patrimoine mondialement reconnu (statue de la Liberté) et qui attire chaque année plus de 12 millions de touristes étrangers et 55 millions de visiteurs américains. L'**industrie du divertissement** (Broadway connue pour ses comédies musicales) et du **spectacle** (*entertainment*) procure à New York une renommée internationale (salle de concert de Carnegie

GÉOGRAPHIE

Hall). Elle est l'une des c**apitales mondiales de la mode, de l'édition, de l'art contemporain et du luxe**. Les **centres universitaires** proches de New York comptent parmi les plus **prestigieux au monde** : Columbia, Princetown et Yale en sont les fleurons.

■ New York demeure une ville marquée par des **contrastes socio-spatiaux** importants. On parle d'une ville « duale », c'est-à-dire à la fois peuplée de gens riches (*upper class*) et de personnes dans la grande pauvreté (*homeless*/sans domicile fixe). Des poches de pauvreté correspondent aux quartiers marqués par une homogénéité ethnique (population afro-américaine du Bronx). Ces espaces de relégation (**ghettos**) sont les plus pollués et les plus exposés aux nuisances et aux risques. Inversement, la **gentrification**, visible sur les **fronts d'eau** (portions urbaines en bordure d'un rivage bien aménagé) touche des zones comme le quartier de Williamsburg.

DÉFINITION

Gentrification : conquête d'un quartier par des classes sociales supérieures (embourgeoisement) dont la présence engendre une hausse des prix immobiliers.

C Une mégapole au cœur des échanges

New York rassemble 8,4 millions d'habitants dans sa limite administrative et 22 millions au total avec sa proche périphérie. Elle est l'**hypercentre** de la mégalopole qui compte environ **50 millions d'habitants**. Ce foyer de peuplement majeur est structuré par un vaste réseau de transports à l'échelle régionale et mondiale :

- New York se présente comme un **hub aérien mondial** qui rassemble 3 aéroports (JFK, La Guardia et Nework) connectés à Manhattan par un réseau ferroviaire et routier très développé. JFK comptabilise 60 millions de passagers annuels ;
- le **bassin portuaire** de New York lui garantit une activité commerciale et touristique qui renforce sa vocation d'interface. Le port new-yorkais est le 3e du pays et a fait l'objet de travaux importants afin d'accueillir les plus gros navires de commerce et de croisière.

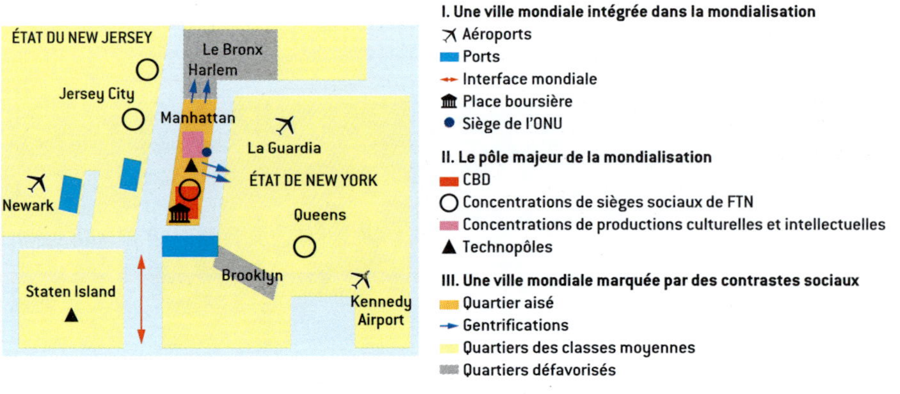

Sujet d'étude n°2 : l'aéroport de Paris-Roissy-Charles de Gaulle : un hub au cœur des échanges européens et mondiaux

A Un hub stratégique et une plate-forme multimodale en mutation

■ Inauguré en 1974, l'aéroport Roissy-Charles de Gaulle (Roissy-CDG) est le 10e pôle aéroportuaire mondial et le 2e en Europe. En 2018, 72,2 millions de passagers ont transité par ce **hub**. 148 compagnies aériennes sont hébergées et assurent 1 300 vols quotidiens. Parmi elles, Air France-KLM occupe une place centrale en tant que 5e transporteur aérien européen.

■ Au transport des personnes s'ajoute le **trafic de marchandises (le fret)** qui atteint 2 millions de tonnes annuelles permettant à ce pôle logistique d'être le premier en Europe. L'entreprise américaine de courrier aérien FedEx a d'ailleurs choisi Roissy-CDG pour y implanter son principal centre européen.

 # vidéo
Le hub de FedEx de Paris-Roissy-CDG
foucherconnect.fr/23tersti2d54

■ Les infrastructures aéroportuaires comprennent 4 pistes et 3 aérogares. Le réseau aérien couvert par la compagnie nationale Air France s'étend au monde entier et permet de relier Paris à environ 325 métropoles européennes, américaines, africaines et asiatiques. Roissy-CDG aide donc la France à intégrer les circuits du libre-échange. Il est un atout majeur pour l'intégration du pays à la globalisation.

■ Le vaste ensemble aéroportuaire de Roissy-CDG permet la connexion de réseaux de transports de plusieurs natures et à différentes échelles. Les autoroutes A1 (Lille-Paris) et A104 (Francilienne) convergent à la hauteur de Roissy. Le RER B stationne dans l'aéroport. La ligne TGV dispose d'une gare en plein aéroport pour relier Lille, Londres, Bruxelles, Lyon, Marseille, Nantes et Bordeaux. Roissy-CDG apparaît donc comme un **véritable point de jonction entre l'Europe du Nord et l'Europe du Sud**. Il assure une **intermodalité** qui met donc en réseau les axes de communication régionaux, nationaux, européens et mondiaux.

DÉFINITION
Intermodalité : Possibilité offerte en un même lieu d'emprunter des transports différents et reliés à des réseaux à différentes échelles.

GÉOGRAPHIE

Vue aérienne de l'aéroport Roissy-Charles de Gaulle

■ La construction d'une ligne ferroviaire vers 2025, le **CDG Express,** afin de relier l'aéroport à la gare de l'Est ainsi que le projet du Grand Paris (ligne 17 du métro) vont davantage insérer Roissy-CDG au réseau des transports régionaux centrés sur la capitale. Le prolongement de la Francilienne devrait en faciliter l'accès. Le projet d'un 4e terminal géant devrait permettre d'accueillir 40 millions de passagers supplémentaires à partir de 2037, c'est-à-dire l'équivalent du trafic annuel d'Orly (500 vols supplémentaires par jour). **Roissy CDG ambitionne donc de devenir le premier aéroport d'Europe**, devant Londres.

B Un hub qui réaménage son territoire proche

■ L'essor de l'aéroport a transformé son espace proche en pôle économique où travaillent 86 000 employés. Bassin d'emplois majeur en Île-de-France, la zone aéroportuaire représente plus de 4 % du PIB francilien, environ 6 % de l'emploi régional, 1,2 % de la richesse nationale et 1,5 % des emplois en France.

■ Roissy-CDG capte donc la main-d'œuvre d'un territoire périurbain habité par 600 000 personnes du Val-d'Oise, de la Seine-Saint-Denis et de la Seine-et-Marne.

■ L'espace logistique et aéroportuaire est entouré d'une **périphérie de zones d'activités** telles que **Roissy Tech**, **Paris Nord II**, **Paris Nord Villepinte**. Ces espaces comprennent le plus grand parc des expositions en France, le troisième plus grand centre commercial français (Aéroville), un parc d'activités international où l'on trouve des entreprises spécialisées dans les services, la recherche-développement, les hautes technologies, les activités d'entreposage, la grande distribution et l'hôtellerie (présence d'une trentaine d'hôtels avec une capacité de 8 000 chambres). Roissy CDG a donc beaucoup transformé et considérablement développé son espace proche.

 # quiz
Des questions pour réviser
foucherconnect.fr/23tersti2d37

6 Les lieux de l'influence française dans la mondialisation

La France dispose d'un rayonnement international ancien et renouvelé. Cette influence est renforcée par l'Union européenne et par la mondialisation. La puissance française s'affirme en un certain nombre de lieux où se joue le destin mondial du pays.

1 Un rayonnement hérité de l'histoire

A Un rayonnement linguistique et culturel essentiel

■ L'ancien contexte colonial procure à la France un rayonnement qui s'ancre en premier lieu dans ses **DROM-COM** (anciennement DOM-TOM). Ces territoires ultramarins ou ultrapériphériques procurent à la France une présence mondiale, sur presque tous les océans du globe. La détention de la 2e plus grande **ZEE** (**Zone d'économie exclusive**) au monde procure des avantages économiques et stratégiques. Mayotte est le dernier territoire devenu français en 2011 tandis que la Nouvelle-Calédonie a fait démocratiquement le choix de rester française.

■ La langue française est la 5e langue la plus parlée dans le monde. Créée en 1970, l'**Organisation Internationale de la Francophonie** (**OIF**) regroupe presque 300 millions de francophones dans 54 États (avec 7 États associés et 27 pays observateurs). Langue officielle à l'ONU (qui siège à New York), à l'OTAN (Organisation du traité de l'Atlantique Nord), dans l'Union européenne et au CIO (Comité International Olympique), le français apparaît comme un vecteur de diffusion culturelle qui facilite les accords de coopération et qui renforce l'attractivité de la France à l'échelle internationale.
L'**Alliance française** se charge de l'enseignement du français dans 136 pays et permet à environ un demi-million de personnes d'apprendre la langue française chaque année. 500 établissements scolaires français à l'étranger enseignent à plus de 330 000 élèves. La stratégie mondiale de médias francophones tels que France 24 et RFI (Radio France International) diffuse l'information en français dans 130 pays.

 # vidéo
Le tour du monde de la francophonie
foucherconnect.fr/23tersti2d55

■ La France bénéficie d'une image positive en raison de l'importance accordée à sa culture. Le prestige de ses institutions culturelles (musées), l'attractivité exercée par son patrimoine (44 000 monuments historiques et 49 sites classés au patrimoine mondial), l'importance de ses universités et Grandes Écoles procurent au pays une renommée internationale. Les 98 **instituts français** à l'étranger déploient une action culturelle de grande ampleur. Le Louvre s'exporte depuis 2006 à Atlanta et depuis 2017 à Abou Dabi où la prestigieuse université de la Sorbonne enseigne à 500 étudiants. Le centre Pompidou a ouvert une annexe à Shanghai et à Malaga (Espagne).

■ La France se place en 9e position des nations scientifiques dans le monde (en nombre de publications). Les articles de ses chercheurs représentent 2,4 % des publications scientifiques mondiales. L'affirmation des pays émergents renforce la compétition scientifique mondiale. Le classement de la France dans la productivité scientifque a tendande à reculer légèrement. 60 % des travaux scientifiques français se réalisent désormais au sein d'une coopération internationale. La science française a bien intégré la communauté scientifique mondiale. Les Mathématiques demeurent la discipline où la France brille le plus. Elle a cependant besoin de la coopération européenne pour rester leader en physique, en astronomie et en technologies spatiales.

B Un rayonnement diplomatique et humanitaire

■ Avec 163 ambassades et 98 consulats, la France dispose du 3e plus grand **réseau diplomatique** mondial après les États-Unis et la Chine. L'influence diplomatique s'exerce prioritairement au sein de l'espace communautaire européen dont la France est l'un des piliers. Son siège permanent au Conseil de Sécurité de l'ONU lui attribue le droit de veto, ce qui met la France sur le même plan que les plus grandes puissances mondiales. Le pays appartient au « **club nucléaire** » qui rassemble les 5 États détenteurs officiels de l'arme atomique.

■ La **présence humanitaire** de la France est l'une des plus importantes au monde. L'État français et les **ONG** (organisations non gouvernementales comme Médecins sans frontières) répondent à un certain nombre de situations d'urgence. Le **Centre de crise et de soutien** rattaché au ministère des Affaires étrangères insère les problématiques humanitaires à la diplomatie française.

 # vidéo
Les ONG, des acteurs incontournables de la solidarité internationale
foucherconnect.fr/23tersti2d56

C Un rayonnement militaire

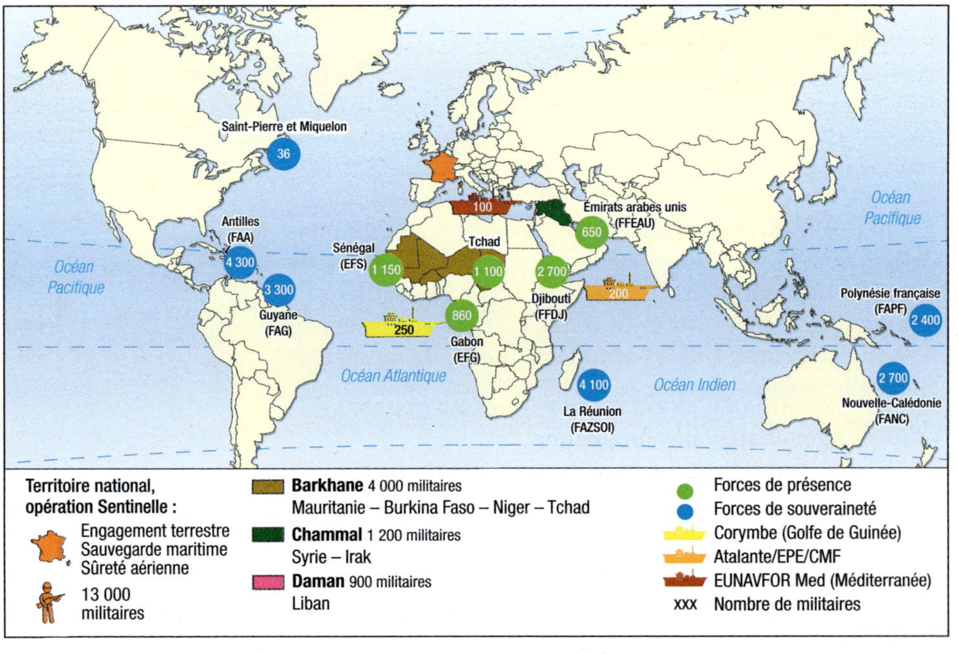

Le déploiement opérationnel des forces armées françaises

La **présence militaire** française dans le monde contribue à la sécurisation des « zones grises », à la lutte contre le terrorisme, à la protection des Français expatriés et au maintien de la paix dans des États menacés d'éclatement. Ce déploiement de forces s'effectue au nom de l'État français ou bien dans le cadre de l'ONU (casques bleus), de l'OTAN ou de l'Union européenne. En 2022, 36 600 soldats sont déployés sur le territoire national et à l'étranger dans le cadre de missions spéciales. Les deux principales d'entre elles sont les **opérations Barkhane** et **Chammal** (armée de l'air au Moyen-Orient, notamment en Syrie). 2 700 militaires stationnent à Djibouti, véritable place forte africaine internationale qui sécurise les routes maritimes stratégiques régionales. Les opérations militaires extérieures sont ainsi devenues un élément structurel de l'activité militaire française. Depuis 1995, 106 opérations militaires ont été effectuées à l'étranger.

 # vidéo

L'opération Chammal, quand les forces françaises luttent contre Daech

foucherconnect.fr/23tersti2d57

D Des entreprises françaises de plus en plus actives à l'étranger

La diaspora française à l'étranger se compose d'environ 1,5 million d'expatriés. Ils aident les 30 000 entreprises françaises positionnées à l'étranger à conquérir des parts de marché. Les start-up françaises localisées en dehors des frontières nationales ont vu leur nombre augmenter de 25 % en 2018. Ce succès de la « french tech » témoigne de l'importance des investissements réalisés dans le cadre d'une économie de plus en plus internationalisée. Les entrepreneurs français privilégient les pays les plus développés tels que les États-Unis et l'Europe. 6e plus gros investisseur mondial, la France connaît des succès importants. Ses FTN (Areva, Orange, Bouygues, Axa, Danone, L'Oréal) figurent parmi les groupes les plus performants au monde. Spécialisé dans le luxe, LVMH possède ainsi 5 500 boutiques sur tous les continents et emploie 150 500 personnes pour un chiffre d'affaires de 64,2 milliards d'euros en 2021.

2 Un rayonnement français qui rend le territoire national attractif

A Un pays qui héberge de nombreuses organisations internationales

■ La place que la France occupe dans le monde la destine à accueillir le **siège d'organisations internationales** de premier ordre. C'est à Paris qu'elles se localisent le plus souvent :
- l'**UNESCO** : Organisation des Nations Unies pour l'éducation, la science et la culture ;
- l'**OCDE** : Organisation de coopération et de développement économiques ;
- l'**OIF** : Organisation internationale de la Francophonie ;
- l'**ASE** : Agence spatiale européenne ;
- l'**AEMF** : Autorité européenne des marchés financiers.

■ Lyon est la métropole française la mieux placée après Paris (1er rang en Europe). Elle accueille notamment les sièges d'Interpol (Organisation internationale de police criminelle) et du CIRC (Centre international de recherche sur le cancer) tandis que Strasbourg abrite le siège d'une dizaine d'organisations européennes (dont le Conseil de l'Europe, la Cour européenne des droits de l'homme ou l'Eurocorps).

B Un pays qui attire les investissements étrangers

■ En 2019, la France confirme son attractivité en devenant le 5e pays qui reçoit le plus d'investissements directs étrangers. Le pays attire pour son marché intérieur, ses infrastructures de communication et de transport, sa tradition et son tissu industriels, enfin pour ses capacités d'innovation.

GÉOGRAPHIE

■ 28 600 entreprises étrangères se sont installées en France. Elles emploient 2,1 millions de personnes. En 2021, 1 222 nouveaux projets témoignent de l'attractivité de la France (461 000 emplois grâce aux entreprises américaines). L'implantation des compagnies étrangères sur le territoire national profite aux grandes villes et accentue l'internationalisation de l'économie française en 2020 et 2021.

C Un pays acteur des événements mondiaux et du tourisme

■ De 2015 à 2025, la France organise **9 événements mondiaux** dont la **COP 21 (en 2015)**, l'**Euro de football (en 2016)**, la **Ryder Cup (en 2018)**, la **coupe du monde de rugby à XV (en 2023)** et les **Jeux Olympiques d'été (en 2024)** qui mobilisera une douzaine de villes. En mesure d'héberger 1 million de touristes, le pays dispose des infrastructures hôtelières, sportives et de communication pour la tenue d'événements d'une telle importance.

■ La France reçoit un peu moins de **90 millions de touristes** et se présente comme la **première destination touristique mondiale**. Cette activité engendre 56 milliards d'euros de recettes en 2018, ce qui place le pays en **3e position mondiale (derrière les États-Unis et l'Espagne)**. Ce poids touristique ne doit pas faire oublier que la France est seulement un pays de transit pour beaucoup d'Européens qui traversent le territoire national afin de rejoindre un autre État. Le tourisme bénéficie prioritairement à la capitale, à sa région et à certains littoraux, notamment méditerranéens. L'activité touristique demeure par ailleurs soumise à certains aléas tels que le risque terroriste ou l'épidémie de Covid 19 qui prive le pays de ses millions de visiteurs étrangers en 2020.

 # synthèse
Le tourisme en France
foucherconnect.fr/23tersti2d58

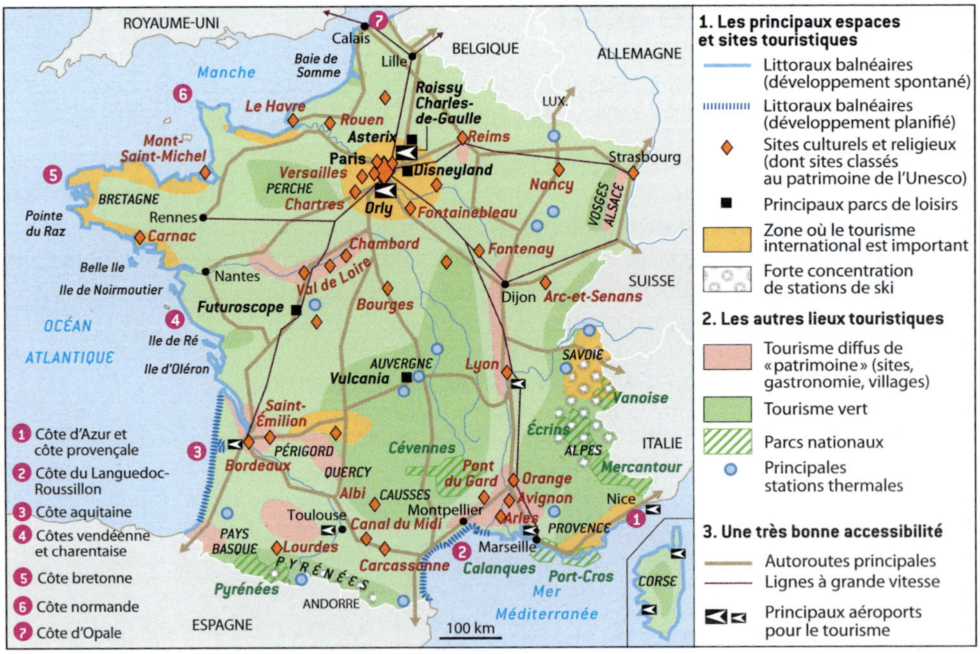

Les principaux lieux du tourisme en France

3 Je mémorise autrement

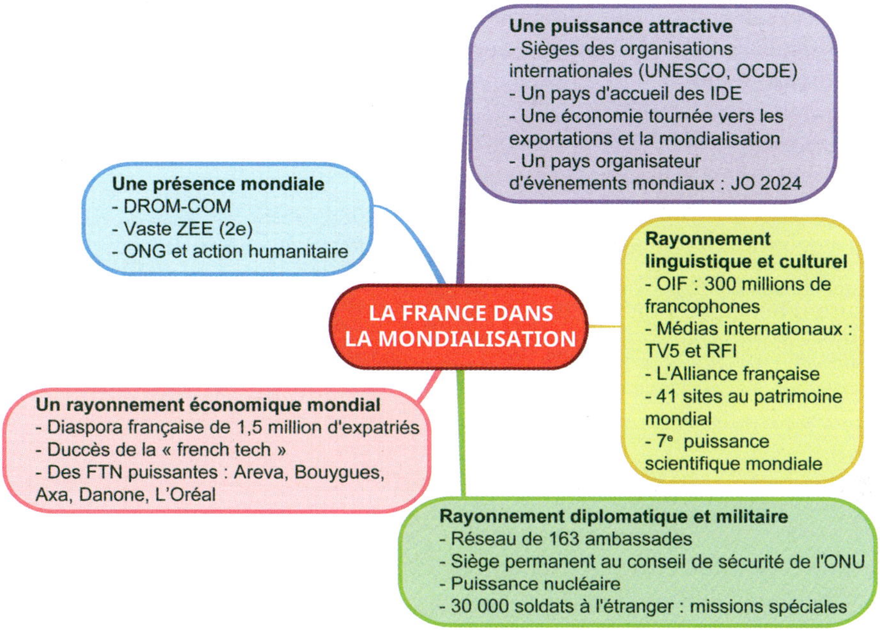

Sujet d'étude n°1 : le centre spatial guyanais de Kourou

A Un territoire ultramarin ancré dans la compétition spatiale internationale

■ La Guyane abrite l'unique **port spatial** européen à Kourou : le **centre spatial guyanais** (**CSG**), composé d'un **centre de recherche spatiale** et d'une **base de lancement** pour la France et l'Union européenne. Ce site, créé en 1964, est géré conjointement par le **CNES**, le groupe **Arianespace** et l'**ASE**. La Guyane offre l'avantage de se situer assez proche de l'équateur, ce qui facilite le **lancement des fusées** et la **mise en orbite** des satellites. Territoire français suffisamment grand, stable, peu exposé aux aléas et peu peuplé, le site de Kourou offre un avantage stratégique et succède au site de Hammaguir, en Algérie, devenue indépendante. Kourou a servi depuis 1968 à lancer les **fusées Diamant** (années 1960), **250 fusées Ariane** (de Ariane 1 à sa 6e version à partir de 2020), des **fusées russes Soyouz** et des **petits lanceurs Vega.**

 # vidéo
Le centre spatial de Kourou
foucherconnect.fr/23tersti2d59

SIGLES
- **ASE** : agence spatiale européenne.
- **CSG** : centre spatial guyanais.
- **CNES** : centre national d'études spatiales.

■ Le CNES possède 65 000 hectares nécessaires à son activité. Un nouveau plan d'investissement de 180 millions d'euros prévoit la **modernisation des infrastructures** de manière à procéder à un **lancement tous les 5 jours** au lieu de deux semaines pour le moment. Le CSG doit notamment faire face à la concurrence améri-

GÉOGRAPHIE

caine. Ses installations placées sous la surveillance de l'armée française (forces armées en Guyane) comprennent :

- un centre technique et un aérodrome ;
- plusieurs ensembles de lancement avec divers bâtiments ;
- le centre de contrôle Jupiter qui pilote les opérations de lancement et qui assure la communication avec les médias ;
- les zones de production des lanceurs ;
- des zones industrielles Seveso pour les entreprises partenaires ;
- un musée de l'espace.

DÉFINITIONS

Lanceur spatial : fusée capable de porter dans l'espace et de mettre en orbite un ou plusieurs satellites.

Site Seveso : site industriel considéré comme potentiellement dangereux en raison de la manipulation de produits à risques. Un tel site suppose des mesures de sécurité importantes à l'intérieur des installations et autour.

B Un fort impact sur la Guyane

Le centre spatial génère **800 emplois directs** (CNES, Arianespace, forces de sécurité), **2 500 emplois indirects** (sous-traitance), **1 320 emplois induits** chez les entreprises liées au secteur spatial (EuroPropulsion, Regulus et Air Liquide) et quelques centaines de missions temporaires. Ce gisement assure **15 % du PIB guyanais**, garantit **58 millions d'euros de recettes fiscales** et représente **80 % des exportations guyanaises**. Le centre spatial est donc un **atout considérable pour le développement du territoire guyanais** et la diversification de son économie. Le CNES contribue à la formation d'étudiants grâce à un partenariat avec l'université de Guyane et aide au développement numérique du territoire.

Le centre spatial guyanais constitue un élément fort de l'aménagement du territoire régional mais aux yeux des Guyanais, sa contribution en faveur du développement n'est pas jugée suffisante. La population souhaite que le CSG aide davantage à la modernisation des infrastructures de communication et qu'il fasse travailler un plus grand nombre de PME locales (taux de chômage de 22 %).

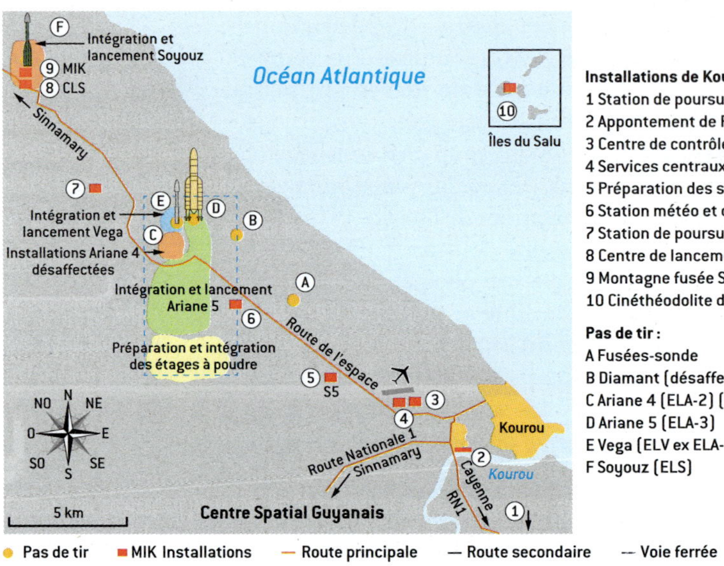

Installations de Kourou :
1 Station de poursuite de la montagne des Pères
2 Appontement de Pariacabo
3 Centre de contrôle des lancements
4 Services centraux CNES
5 Préparation des satellites (EPCU)
6 Station météo et de poursuite
7 Station de poursuite des satellites (ESA)
8 Centre de lancement Soyouz
9 Montagne fusée Soyouz
10 Cinéthéodolite de l'Île Royale

Pas de tir :
A Fusées-sonde
B Diamant (désaffecté)
C Ariane 4 (ELA-2) (désaffecté)
D Ariane 5 (ELA-3)
E Vega (ELV ex ELA-1 Ariane)
F Soyouz (ELS)

Les installations du centre spatial guyanais

Sujet d'étude n° 2 : Disneyland Paris, un marqueur de l'intégration de la France dans la mondialisation

A Le premier parc de loisirs européen devenu un pôle économique majeur

■ Depuis son ouverture en 1992, le **parc d'attractions Disneyland Paris** a accueilli plus de **375 millions de visiteurs.** 44 % d'entre eux sont français et 56 % viennent d'Europe (17 % de Britanniques, 9 % d'Espagnols...). 16 millions de visiteurs ont fréquenté le site en 2021. Cette zone est devenue l'un des **principaux atouts touristiques régionaux, nationaux et européens.** Presque 8 milliards d'euros ont été investis, dont 9 % à partir de fonds publics. La fiscalité a rapporté plus de 7 milliards d'euros. 3 000 fournisseurs (dont 490 d'origine européenne) alimentent le parc en produits et matériaux. Le développement spectaculaire de Disneyland Paris en fait aujourd'hui le **5e pôle hôtelier français (8 500 chambres).** 55 restaurants et 13 cafés permettent de servir chaque année 21 millions de repas. Avec 16 000 emplois locaux directs et 40 000 emplois indirects, **Disneyland Paris est le premier employeur de France sur un seul site.**

■ Les deux parcs à thèmes (Disneyland et Walt Disney Studios) ont largement aidé au **développement des activités tertiaires** environnantes. 2 centres de congrès organisent chaque année 850 événements. Disney Village se présente comme une zone commerciale et de divertissement à proximité immédiate du premier parc. Celui-ci a agi comme un **moteur économique régional et national.** Il a permis la sortie de terre d'un centre commercial de grandes dimensions (Val d'Europe) dans une agglomération dont la population a été multipliée par 30 en 10 ans.

 # info
25 ans d'Euro Disney : avant, il y avait des champs
foucherconnect.fr/23tersti2d60

Vue aérienne de Disneyland Paris

GÉOGRAPHIE

B La construction d'un nouveau réseau d'axes de transport

L'arrivée du parc Disneyland Paris a largement contribué au **développement des transports**. 3 accès à l'autoroute A4 ont été réalisés ainsi qu'une gare RER et une gare TGV reliée à une cinquantaine de villes européennes et à l'aéroport de Roissy-Charles de Gaulle. La gare de Marne-la-Vallée-Chessy assure l'interconnexion entre la ligne du RER A et le réseau TGV parcouru par les trains Thalys (vers l'Europe du Nord), Eurostar (vers Londres) et par les TGV à destination des grandes villes françaises (dont les TGV à bas coût Ouigo). Au centre d'un réseau de lignes de bus et de gares routières, le parc Disneyland Paris assure une **intermodalité digne d'une métropole française**.

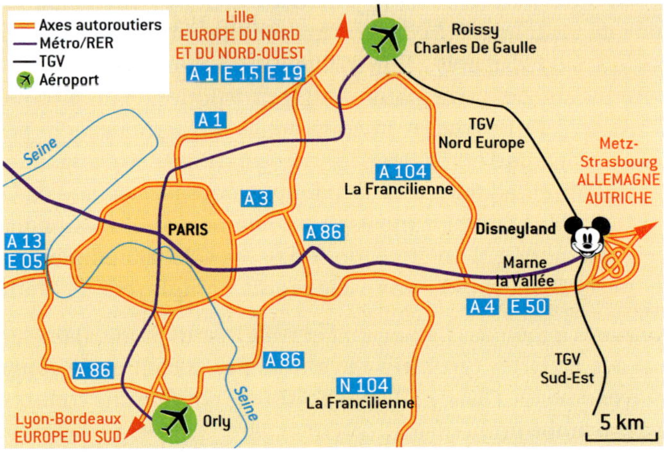

Le réseau des transports autour du parc Disneyland Paris

quiz
Des questions pour réviser
foucherconnect.fr/23tersti2d37

1 L'AFFIRMATION DES TOTALITARISMES ET LA GUERRE

1. Dites à quelle personnalité est lié chacun des trois régimes totalitaires :
- Fascisme :
- Stalinisme :
- Nazisme :

2. Donnez trois caractéristiques d'un régime totalitaire.

3. Qu'entend-on par « parti unique » ? Donnez deux exemples.

4. Reconstituez les événements liés au rôle de l'Allemagne dans la Seconde Guerre mondiale :
- Août 1939
- Septembre 1939
- Juin 1940
- Juin 1941

5. Attribuez le terme qui correspond aux points suivants :
- Génocide à l'encontre des Juifs :
- Enfermement des populations juives dans des quartiers réservés et à l'écart :
- Unités mobiles d'extermination des Juifs en URSS envahie :
- Déplacement des populations civiles françaises au début de l'invasion allemande :
- Renoncement par la France à poursuivre la guerre en 1940 :

6. Pourquoi peut-on dire que la France perd sa souveraineté à partir de juin 1940 ?

2 LE MONDE DE 1945 À NOS JOURS

1. Rédigez deux ou trois phrases d'explications qui comprennent les termes suivants : « rideau de fer », bloc, supergrands, doctrine Jdanov.

2. Identifiez les grands événements de la guerre froide en lien avec l'Allemagne :
- 1945 :
- 1948-49 :
- 1961 :
- 1989 :
- 1990 :

3. Trouvez le terme correspondant à chacune des explications ci-dessous :
- Volonté américaine de refouler le communisme dans le monde :
- Coupure du monde en deux au temps de la guerre froide :
- Les 2 volets de la politique réformiste de Gorbatchev :
- La structure internationale qui succède à l'URSS après 1991 :
- L'état du monde après les bouleversements post-guerre froide :
- Politique extérieure américaine en faveur de l'expansion de la démocratie et des Droits de l'homme :

4. Datez les événements suivants :
- Indépendances du Maroc et de la Tunisie :
- Début et fin de la guerre d'Algérie :
- Conférence de Bandoung :
- Création de l'OUA :

5. Question de réflexion : À quels défis les anciennes colonies se retrouvent-elles confrontées au moment de leur indépendance ?

6. Identifier les sigles suivants : CECA, CEE, PAC, BCE.

3 LA FRANCE DEPUIS 1945 : POLITIQUE ET SOCIÉTÉ

1. Identifiez les sigles suivants : GPRF, CNR.
2. Quels sont les phases politiques qui correspondent aux périodes suivantes en France ?
- 1944-1946 :
- 1946-1958 :
- 1958 à nos jours :
3. Donnez deux événements socio-politiques qui prennent place en France de :
- 1944 à 1946 :
- 1958 à 1962 :
4. Du temps de la Ve République, qui compose :
- Le pouvoir législatif ?
- Le pouvoir exécutif ?
5. Sous la Ve République, comment sont désignés ou élus :
- Les députés :
- Les sénateurs :
- Le Premier ministre :
6. Question de réflexion : Pourquoi peut-on dire de la Ve République qu'elle instaure un régime semi-présidentiel ?

 # corrigé
foucherconnect.fr/23tersti2d61

ENTRAÎNEMENT AU CONTRÔLE CONTINU

Première partie : Questions

1. Citez le nom de deux personnalités historiques et de leur régime politique à l'origine des totalitarismes.
2. Justifiez cette phrase : Les régimes totalitaires sont à la fois partenaires et adversaires.
3. Définissez la bipolarisation dans le contexte de la guerre froide.
4. Reconstituez la chronologie de la guerre froide en attribuant un événement à chaque date mentionnée.
- 1947 :
- 1949 :
- 1955 :
- 1961 :
- 1962 :
5. Quels sont les pouvoirs du président en France sous la Ve République ?
6. Donnez deux outils au service du rayonnement culturel de la France dans le monde.

Deuxième partie : Analyse de documents

Document 1

Affiche du mouvement « Paix et liberté », association anticommuniste et antisoviétique française. Années 1950. « Jo-Jo » fait référence au prénom de Joseph Staline.

Document 2

**Boris Efimovic, lithographie « Washington's dove of peace », 1953.
Traduction : « La colombe de la paix de Washington. Bien qu'ils la déguisent sournoisement, ils ne cacheront pas ses tripes sordides. »**

1. Relevez dans chacun des deux documents les symboles permettant d'identifier les deux pays visés par ces images.
2. De quoi la colombe est-elle normalement le symbole ? Pourquoi devient-elle ici symbole de mensonge ?
3. Pourquoi peut-on dire de ces deux documents qu'ils sont des supports de propagande ?

 # corrigé
Corrigés des entraînements au contrôle continu
foucherconnect.fr/23tersti2d62

4 MERS ET OCÉANS : VECTEURS ESSENTIELS DE LA MONDIALISATION

1. Donnez un exemple de :
- Façade maritime :
- Hub portuaire :
- Canal interocéanique :
- Détroit :

2. Pourquoi les mers et océans peuvent constituer des « zones grises », c'est-à-dire des espaces où le droit ne s'exerce pas ?

3. Télécharger le planisphère en scannant le QR code suivant et identifiez les océans, localisez les principales façades maritimes, 2 hubs portuaires mondiaux et les principales routes maritimes.

 # doc Planisphère
foucherconnect.fr/23tersti2d76

4. Comment se nomme :
- La tentative de fixer un droit international sur les mers et océans ?
- La stratégie chinoise de développement de routes maritimes commerciales ?
- La puissance des États-Unis sur les mers et océans ?

5. Définissez les sigles suivants : ZEE, ZIP.

6. Question de réflexion : Pourquoi les mers et océans sont-ils des espaces très convoités aujourd'hui ?

5 DES TERRITOIRES INÉGALEMENT INTÉGRÉS DANS LA MONDIALISATION

OBJECTIF BAC

1. Téléchargez le planisphère en scannant le QR code suivant et complétez le avec les notions suivantes : BRICS, pôles majeurs, 3 mégalopoles, 3 villes mondiales.

 # doc Planisphère
foucherconnect.fr/23tersti2d76

2. Définissez les sigles suivants : BRICS, FTN, PMA, IDH, IDE.

3. Donnez un exemple de mégalopole.

4. Donnez deux termes synonymes de bidonville.

5. Fixez le bon nombre ou pourcentage à chacun des phénomènes suivants :
- Nombre minimum d'habitants d'une ville mondiale :
- Pourcentage du trafic aérien réalisé par les villes mondiales :
- Nombre de personnes vivant d'un travail informel dans le monde :

6. Pourquoi parle-t-on de multipolarité pour désigner le monde d'aujourd'hui ?

6 LES LIEUX DE L'INFLUENCE FRANÇAISE DANS LA MONDIALISATION

1. Situez les éléments suivants : un DROM, un COM, un pays francophone, un territoire de déploiement de l'armée française à l'étranger.
2. Donnez la signification des sigles suivants : OIF, ONU, CIO, RFI, ONG.
3. Identifiez 3 événements sportifs mondiaux tenus en France depuis 2016.
4. Apprenez la carte des principaux lieux touristiques en France. Fournissez les renseignements suivants :
- Nom d'une région avec un fort tourisme international :
- Un exemple de région avec un tourisme patrimonial :
- Un exemple de parc national :
- Un aéroport essentiel pour le tourisme régional (en dehors de la région parisienne) :
5. Quelle est l'organisation culturelle mondiale dont le siège se trouve à Paris :
6. Question de réflexion : Pourquoi peut-on dire que la France dispose d'un certain rayonnement économique à l'échelle internationale ?

corrigé
foucherconnect.fr/23tersti2d61

ENTRAÎNEMENT À L'ÉPREUVE FINALE

Première partie : Questions

1. Téléchargez le planisphère en scannant le GR code suivant. Localisez et identifiez : un port d'importance mondiale, une voie maritime de première importance, un canal interocéanique, une façade maritime majeure.

doc
Planisphère
foucherconnect.fr/23tersti2d76

2. Qu'est-ce qu'une ZEE ? En quoi est-elle stratégique pour un État ?
3. Quel terme désigne la définition suivante : plateforme aérienne ou portuaire d'importance mondiale et mise en réseau ?
4. Donnez trois types d'espaces en marge de la mondialisation aux échelles locale, nationale et internationale.
5. Pourquoi la francophonie assure-t-elle à la France un rayonnement international ?
6. Sur la carte de la France accessible via le QR code suivant, localiser : une région où le tourisme international est très développé, un littoral balnéaire aménagé par un plan de l'État, une région avec un tourisme liés au patrimoine ou à la gastronomie et les zones de forte concentration de stations de ski.

doc
Carte de la France
foucherconnect.fr/23tersti2d79

Deuxième partie : Analyse d'un document

1. Montrez que le parc d'attraction Disneyland Paris est bien intégré au réseau des transports régionaux.
2. Montrez que le parc est également bien intégré à des réseaux de transports nationaux, voire internationaux.
3. En dehors des transports, quel impact le parc a-t-il eu sur l'aménagement de son territoire périphérique ?

4. En guise de synthèse, dites en quoi le parc d'attraction a profondément changé sa région et a contribué à son développement économique.

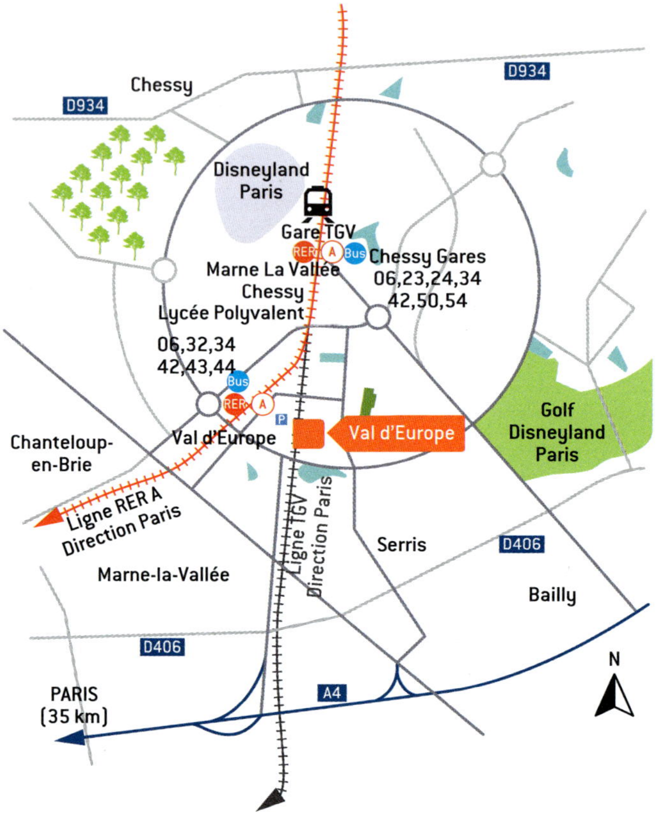

Plan du parc Disneyland Paris et de sa périphérie

corrigé

Corrigés des entraînements au contrôle continu

foucherconnect.fr/23tersti2d62

ANGLAIS

ANGLAIS

L'évaluation de l'Anglais au bac

L'anglais est évalué au cours d'épreuves de contrôle continu en Première et en Terminale, ainsi que par les notes des bulletins scolaires, qui comptent pour 40 % de la note finale. Ces évaluations portent sur cinq compétences : la compréhension de l'oral et de l'écrit, l'expression écrite et l'expression orale en continu et en interaction.

1 Les épreuves de contrôle continu en Terminale

1er temps	2e temps
Épreuve écrite : – compréhension de l'oral – compréhension de l'écrit – expression écrite	**Expression orale**
1 h 30 hors temps d'écoute du document audio ou vidéo	10 minutes sans préparation

2 Premier temps : l'épreuve écrite

A La compréhension de l'oral

Vous effectuez trois écoutes espacées d'une minute d'un ou de deux documents audio ou vidéo d'une durée totale d'une minute et trente secondes.

a La première écoute

- Lisez le **titre** de l'enregistrement écrit au tableau avant d'écouter le document audio ou vidéo.

- Identifiez le **type de document** : audio (a recording) ou vidéo (a video).

the news *les informations*
a news item *une nouvelle*
a report *un reportage*
a testimony *un témoignage*
an interview *un entretien*
a conversation *une conversation*
a dialogue *un dialogue*
a speech *un discours*
a passage from a radio show *un extrait d'une émission de radio*

- Définissez le **thème général** du document.

The main topic of the video is**...** *Le sujet principal de la vidéo est...*
The recording deals with/is about**...** *L'enregistrement parle de...*

- Soyez attentif aux **indices sonores** : musique, bruits, etc.

- Repérez le **nombre de voix** : masculine (a man/men), féminine (a woman/women), d'enfant (a child/children), d'adolescent (a teenager).

- Prenez des **notes** pendant l'écoute, mais attendez la **fin** de la première écoute pour commencer à remplir le questionnaire.
- Il faut accepter de ne pas comprendre tous les mots. Notez les **mots et expressions accentués** qui sont les mots-clés.
- Vous avez un **laps de temps** après la première écoute pour essayer de reconstituer le sens général du document à partir des mots et groupes de mots que vous avez notés.
- Cela vous permet d'**anticiper** des mots que vous connaissez déjà. Par exemple, si la conversation porte sur le cinéma, vous allez sans doute entendre : director, film, script, premiere, actor, actress...

REMARQUE

Pendant la vidéo, il faut regarder l'écran, car les images permettent souvent de comprendre des éléments de la narration en voix off ou d'un entretien. En revanche, il ne s'agit pas de décrire les images.

b La deuxième écoute

- Elle permet de compléter les informations rassemblées lors de la première écoute.
- Prêtez attention aux noms, dates, chiffres, lieux...
- Commencez à remplir le questionnaire.

c La troisième écoute

À l'issue de la troisième écoute, vous utilisez l'heure et demie dont vous disposez comme vous le souhaitez pour rendre compte du document oral, en français, de manière libre ou guidée, puis pour traiter la compréhension de l'écrit et le sujet d'expression écrite en anglais.

REMARQUE

Pour progresser en compréhension de l'oral, il faut vraiment une pratique régulière. Ces sites vous seront très utiles :
- Elllo (English Listening Lesson Library Online) avec les scripts ;
- News in levels : les informations en trois niveaux de difficulté ;
- et bien sûr : BBC, Voice of America, toutes les séries et les talkshows.

B La compréhension de l'écrit

La compréhension de l'écrit est évaluée à partir d'un ou deux textes écrits. Vous en rendez compte en français ou en anglais, selon la consigne indiquée, de manière libre ou guidée. Pour réussir, suivez ces étapes.

a Anticipez le contenu

- Lisez les informations fournies avec le texte pour déterminer :

- le **titre** du texte, pour anticiper son contenu ;
- la **date de publication**, afin de situer l'article dans le temps ou de le mettre en rapport avec un événement que vous connaissez ;
- la **source** : roman, site internet, journal à sensations, journal de qualité, hebdomadaire d'information.

■ **Lisez l'article crayon en main** pour répondre aux 4 questions en WH- : who? (*de qui parle-t-on ?*), where? (*où cela se passe-t-il ?*), when? (*quand cela a-t-il lieu ?*), what? (*de quoi parle-t-on ?*).

b Analysez les consignes

■ Vérifiez que vous comprenez bien ce qu'il convient de faire.
Answer the following questions. *Répondez aux questions suivantes.*
Choose the major theme. *Choisissez le thème principal.*
Which arguments are put forward? *Quels sont les arguments mis en avant ?*
True or false? Right or wrong? *Vrai ou faux ?*
Pick out a sentence which indicates that... *Relevez une phrase qui indique que...*
Complete the following table. *Complétez la grille suivante.*
Explain in your own words. *Expliquez avec vos propres mots.*
Choose the correct ending. *Choisissez la fin qui convient.*
Match each sentence on the left with an element on the right. *Associez chaque phrase à gauche avec un élément à droite.*

■ Si vous devez **citer le texte,** repérez les passages pertinents, soulignez-les et notez le numéro de la ligne.
Justify by quoting the text. *Justifiez en citant le texte.*

c Répondez aux questions de compréhension détaillée

Les questions qui portent sur le lexique vous demandent de trouver des équivalents ou des synonymes dans le texte.
Find equivalents of these words or groups of words in the text. *Trouvez les équivalents de ces mots ou groupes de mots dans le texte.*
Pick out phrases from the text that show... *Trouvez des expressions dans le texte qui montrent...*
Match the words and their equivalents. *Associez les mots à leurs équivalents.*
Fill in the gaps with words taken from the text. *Remplissez les trous avec des mots tirés du texte.*

REMARQUES
- Respectez l'ordre des questions.
- Reportez les repères : numéro de l'exercice et, le cas échéant, la lettre repère. Exemple : 1. a.
- Faites précéder les citations du numéro de la ligne.
- Réécrivez intégralement les phrases à compléter dans un exercice type texte à trous et soulignez l'élément introduit.

C L'expression écrite

Votre capacité à rédiger en langue anglaise est évaluée dans cet exercice. Il peut être demandé de rédiger un récit qui fait suite au texte ou un dialogue, ou bien de répondre à une question.

a Analysez la consigne

■ S'agit-il d'écrire un **récit** ?
Imagine a continuation to the story. *Imaginez une suite à l'histoire.*
The narrator reports what happened to him. *Le narrateur rapporte ce qui lui est arrivé.*

■ Ou bien faut-il rédiger un **dialogue** ?
Imagine the conversation. *Imaginez la conversation.*
Write the dialogue between the two characters. *Écrivez le dialogue entre les deux personnages.*

■ Est-ce pour un **journal** ?
Write an article to be published on your school website. *Écrivez un article qui doit être publié sur le site de votre école.*
You are a journalist interviewing Thomas about his actions, his hopes for the future and his feelings. Write the interview. *Vous êtes un journaliste réalisant un entretien avec Thomas concernant ses actions, ses espoirs pour l'avenir et ses sentiments. Écrivez l'entretien.*

■ S'agit-il de répondre à une **question** ?
Explain the following sentence. *Expliquez la phrase suivante.*
Comment on the statement. *Commentez l'affirmation.*
What kind of life would you like to have in the future? *Quel genre de vie aimeriez-vous avoir à l'avenir ?*
In your opinion, *À votre avis,*
What are the advantages and disadvantages of...? *Quels sont les avantages et désavantages de... ?*

b Choisissez les éléments à prendre en compte

■ À quelle **personne** devez-vous écrire : première ou troisième ?

■ Quel **temps** faut-il utiliser ?

■ Quels **éléments du contexte** faut-il prendre en compte : lieu, époque, psychologie des personnages, sentiments et émotions, etc. ?

REMARQUE
Faites une relecture attentive pour contrôler l'orthographe, les pluriels, les accords, les temps, etc. Assurez-vous que vous avez respecté le nombre de mots demandé. Tout dépassement de plus ou moins 10 % du nombre de mots demandé est sanctionné.

3 Second temps : l'évaluation de l'enseignement technologique en langue vivante (ETLV)

Cette évaluation mesure votre capacité à communiquer en anglais sur des travaux effectués au cours du cycle terminal en ETLV, en lien avec votre enseignement de spécialité. Le jury est composé de deux enseignants, l'un pour l'enseignement technologique, l'autre pour l'anglais.

A Prise de parole en continu pour une durée de 5 minutes

■ Vous apportez un **dossier** constitué pendant l'année en ETLV en fonction de votre spécialité, portant sur des projets technologiques ou scientifiques conduits en enseignement de spécialité.

■ Annoncez le sujet.
First of all/to start with/to begin with, I'd like to present the subject of my work. *Tout d'abord/pour commencer, j'aimerais présenter le sujet de mon travail.*

This year I have worked on the topic of... *Cette année j'ai travaillé sur le thème de...*
The document I'd like to talk about is entitled... *Le document dont j'aimerais parler a pour titre...*
The document raises the question of whether... *Le document soulève la question de savoir si oui ou non...*
It refers to/mentions/points out/underlines... *Cela se réfère à/mentionne/indique/souligne...*
He indicates/shows/suggests/proves that... *Il indique/montre/suggère/prouve que...*

■ Montrez les liens entre les documents.
There is a relationship between the first and the second document. *Il y a un lien entre le premier et le deuxième document.*
Both the article and the film prove/make us realize that... *L'article comme le film prouvent/nous font comprendre que...*
The documents are contrasted/dissimilar. *Il y a un contraste entre les documents/ils sont dissemblables.*
The first document is different/differs from the second one in so far as... *Le premier document est différent du second dans la mesure où...*

■ Donnez votre conclusion personnelle
To conclude/as a conclusion, I'd say that... *Pour conclure, je dirais que...*
To my mind/in my view/in my opinion/as far as I am concerned, I personally believe that... *À mon avis/en ce qui me concerne, je crois personnellement que...*
I wonder if... *Je me demande si...*
I can't believe that... *Je ne peux croire que...*
I am surprised/amazed/interested because... *Je suis surpris(e)/étonné(e)/ intéressé(e) parce que...*

■ Proposez des solutions
We should face up the challenge. *Nous devrions faire face au défi.*
A means to improve the situation is to... *Un moyen d'améliorer la situation est de...*
A way to make things change is to... *Une manière de faire changer les choses est de...*
We should learn a lesson from it. *Nous devrions en tirer une leçon.*
The gap between... and... needs to be bridged. *Le fossé entre... et... doit être comblé.*

B Entretien avec le jury pour une durée de 5 minutes

Cet entretien a pour fonction d'évaluer votre **capacité à communiquer**. Le jury vous pose des questions sur ce que vous venez de dire, demande des explications ou des informations complémentaires en anglais.

1 Identities and exchanges

Cultural identity is the feeling of belonging to a group. It is related to nationality, ethnicity, religion, social class, generation, locality. The migration of a large number of people from another culture may trigger identity problems for both the migrants and the native population.

1 First steps

A Nationality and citizenship are different

- **Nationality** is acquired by birth, adoption or marriage. Having a nationality is crucial for receiving full recognition under international law. Indeed, Article 15 of the Universal Declaration of Human Rights declares that "Everyone has the right to a nationality" and "No one shall be arbitrarily deprived of his nationality nor denied the right to change his nationality".

- **Citizenship** is a legal relationship between a state and a person that gives him or her certain rights and responsibilities. It does not have to accompany nationality. In Mexico, for example, a person acquires nationality at birth but receives citizenship only upon turning 18: Mexican children, therefore, are nationals but not citizens.

- Similarly, not all American nationals are also American citizens. People born in the "outlying possessions of the United States" can get an American passport and live and work in the United States, but cannot vote or hold elected office.

B Migration and identity stress

- **Migration** has contributed to the richness in diversity of cultures and ethnicities in developed countries.

- **Migrants** experience multiple stresses that can impact their mental well-being, including the loss of cultural norms, religious customs, social support systems and changes in identity. The rates of mental illness are increased in some migrant groups.

C Mexican migration crisis in the United States

- Mexico has become the single-largest source of unauthorized migration to the United States, according to administration officials.

- **A large percentage of Mexicans** declare a fear of persecution, a claim that prevents their rapid deportation. United States courts must process nearly 1 million claims for political asylum.

2 Useful words

to belong *appartenir*
a challenge *un défi*
citizenship *la citoyenneté*
a claim *une revendication*
a culture shock *un choc culturel*
a departure *un départ*
to deprive of *priver de*
developed countries *les pays développés*
developing countries *les pays en voie de développement*
diversity *la diversité*
expectations *des attentes*
to fit in *s'intégrer*
to impact *influer*
an incentive *une incitation*
to inherit *hériter*
the loss *la perte*
political asylum *l'asile politique*
a rate *un taux*
recognition *la reconnaissance*
to settle down *s'installer*
to shift *changer*
to struggle *lutter*

3 Improve your grammar

POINT GRAMMATICAL

Le prétérit simple

◗ Formation

Verbes réguliers : **Did** they struggle? They struggle**d**. They **didn't/did not** struggle.

Verbes irréguliers : Did she lose it? She lost it. She didn't/did not lose it.

◗ Emploi : le **prétérit simple** indique qu'une action a eu lieu à un moment précis du passé, coupé du présent. C'est l'**aspect ponctuel** de l'action qui est important.

They **migrated** in 2019. *Ils ont migré en 2019.*

Le present perfect

◗ Formation : le **present perfect** se forme avec **have/has** suivi du verbe au participe passé.

They **have already** requested asylum. *Ils ont déjà demandé l'asile.*

◗ Emploi : avec le **present perfect**, celui qui parle fait un bilan. C'est le résultat de l'action qui importe.

After discussion, the migrants **have decided** to settle down. *Après discussion, les migrants ont décidé de s'installer.*

Le **present perfect** s'emploie donc avec **already, just, recently, ever, never, not... yet, for** + durée, **since** + point de départ.

How long have you struggled? I **have struggled for** ten years. *Depuis combien de temps luttes-tu ? Je lutte depuis dix ans.*

Since when has he **denounced** the system? He **has denounced** the system **since** it started. *Depuis quand dénonce-t-il le système ? Il le dénonce depuis qu'il s'est installé.*

EXERCICES CORRIGÉS

EXERCISE 1

Put the verbs in the right form.

a. They (show) signs of discontent since the end of last week.
b. The government (not change) policy for ages!
c. They (wait) for so many years before deciding to leave.
d. They (migrate) a few years ago.
e. When they (arrive) in 2000, they (find) it difficult to adjust.

EXERCISE 2

Translate the sentences into English.

a. Les nouveaux venus ont quitté leur pays à cause de la guerre.
b. Les migrants ont éprouvé beaucoup de difficultés depuis leur arrivée.
c. Il y a quelques mois, un grand nombre de migrants ont péri en traversant la mer.
d. Depuis que leur situation s'est améliorée, ils ont opté pour plus de sérénité.

CORRIGÉ

Exercise 1

a. have shown b. has not changed c. have waited/have been waiting d. migrated e. arrived ... found

Exercise 2

a. The newcomers left their country because of the war. b. The migrants have experienced a lot of difficulties since their arrival. c. A few months ago a great number of migrants died while crossing the sea. d. Since their situation changed, they have opted for more serenity.

 # exo corrigé
Exercices corrigés supplémentaires d'anglais
foucherconnect.fr/23tersti2d73

 # quiz
Des questions pour réviser
foucherconnect.fr/23tersti2d18

4 Learning with mind map

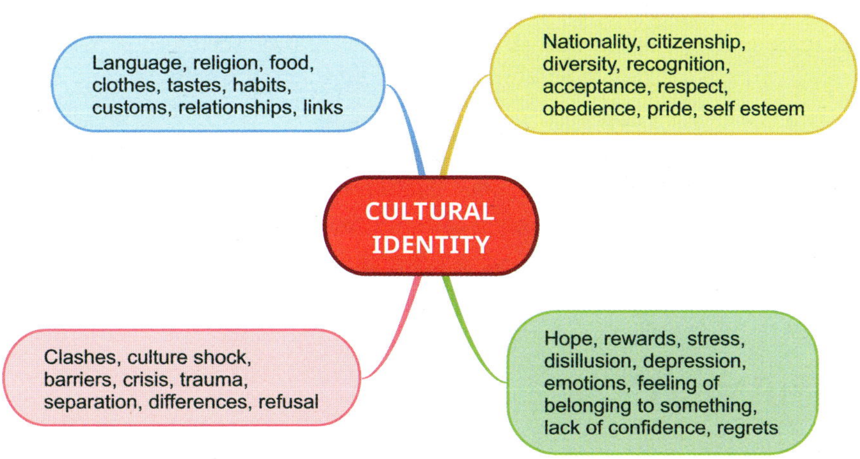

ANGLAIS

2 Public and private spheres

Public and private spheres are considered two distinct realms. The public sphere is the realm of politics where strangers come together to engage in the free exchange of ideas, and is open to everyone; whereas the private sphere is a smaller, enclosed realm that is only open to those who have permission to enter it, such as a home.

1 First steps

A The public sphere versus the private sphere

- **Feminists** say that the public sphere is the realm of adult men; the private sphere that of women and children. They argue that this division masks women's subordination and perpetuates gender inequality.
- They seek to achieve **equal treatment** and opportunity for women and men across different fields of work and culture, and equal respect in a variety of roles. Their goal is to put an end to discrimination, to ensure that no one is denied their rights due to factors such as race, gender, language, religion, sexual orientation, political or other beliefs, nationality, social origin, class, or wealth status.

B Social media and public sphere

- Today a great percentage of the world's population has access to Facebook, Twitter or the Internet in general. As a result, those who wish to be **politically active** have always a variety of platforms to rely on. There are many examples of how Internet communication turned into action, starting from how Philippine President Estrada was stripped of his power back in 2001 to how Egyptians used Facebook and Twitter as tools for their uprising in 2011.
- Yet there is the problem that all the data that are produced and stored online can be accessed, which is a **threat to personal privacy** and affects the public sphere theory balance. For example, Google has databases that keep a record of your actions, and Facebook not only has access to private information but also uses that information for advertising purposes.

C Forms of action

Demonstrations, riots, marches, strikes, boycotts are movements used by **protesters and activists**. NGOs are here to defend and protect people and our planet.

2 Useful words

to account for *justifier*
to achieve *atteindre*
to ban *interdire*
to blame *accuser*
to compensate *indemniser*
to demand *exiger*
to deny *nier*
to gather *se rassembler*

guilt *la culpabilité*
harmful *nocif(ve)*
an inquiry *une enquête*
to jeopardise *compromettre*
to judge *juger*
a lawsuit *un procès*
an NGO *une ONG*
powerful *puissant(e)*
privacy *l'intimité*
a protester *un(e) manifestant(e)*
to ruin *abîmer*
a sign *une pancarte*
to slander *calomnier*
a spokesman/woman *un(e) porte-parole*
to stand up for *défendre*
to sue *poursuivre en justice*
a tool *un outil*
to threaten *menacer*

3 Improve your grammar

POINT GRAMMATICAL

Exprimer une quantité indéterminée

Some

– Quantité non précisée : **Some protesters**. *Certains manifestants.*

– Réponse affirmative attendue : **Do you need some help?** *Veux-tu que je t'aide ?*

Any

– Éventail d'éléments : **They use any platform**. *Ils utilisent n'importe quelle plateforme.*

– Réponse négative attendue : **Is there any solution?** *Il n'y a pas de solution, n'est-ce pas ?*

No/Not any

Nie l'existence : **There was no/not any threat**. *Il n'y avait aucune menace.*

Les pronoms composés de *some*, *any* et *no*

- **Somebody/someone** *quelqu'un*
- **Something** *quelque chose*
- **Somewhere** *quelque part*
- **Anybody/anyone** *n'importe qui*
- **Anything** *n'importe quoi*
- **Anywhere** *n'importe où*
- **Nobody/no one** *personne*
- **Nothing** *rien*
- **Nowhere** *nulle part*

EXERCICES CORRIGÉS

EXERCISE 1

Express the opposite as in the example.

Some protesters marched → No protester marched.

a. There are some obstacles to the approach.
b. Some activists find it easy to demonstrate.
c. Some reports have been published.
d. Some investments have materialised.

ANGLAIS

EXERCISE 2

Translate the sentences into English.

A. Y a-t-il quelqu'un qui pense que les manifestations sont inutiles ?
b. Avez-vous quelque chose à dire contre les mouvements sociaux ?
c. N'importe qui peut mettre en cause une décision impopulaire.
d. Tu ne devrais pas dire n'importe quoi sur l'efficacité de ces méthodes.
e. Quelqu'un veut investir dans le projet.
f. Il ne reste rien des revendications du mois dernier.
g. Ne dis rien de tout cela à personne.
h. La solution doit se trouver quelque part.
i. On peut trouver des conflits n'importe où.

CORRIGÉ

Exercise 1

a. There is no obstacle to the approach. **b.** No activist finds it easy to demonstrate. **c.** No report has been published. **d.** No investment has materialised.

Exercise 2

a. Is there anyone who thinks that demonstrations are useless? **b.** Do you have anything to say against social movements? **c.** Anybody can challenge a decision that is not popular. **d.** You should not say anything about the efficiency of these methods. **e.** Someone wants to invest into the project. **f.** There is nothing left of last month's claims. **g.** Say nothing about all this to anyone. **h.** The solution must be found somewhere. **i.** Conflicts can be found anywhere.

 # quiz
Des questions pour réviser
foucherconnect.fr/23tersti2d18

4 Learning with mind map

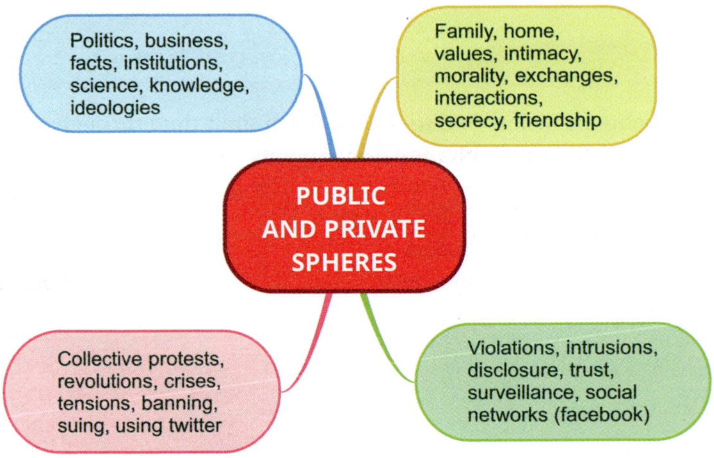

3 Art and power

All of the arts contribute to a society: music, theatre, literature, poetry, dance, cinema, as well as the visual arts, such as painting, sculpture and photography. This contribution depends on the social context, the artist's goal, the genre and subject matter, and the public.

1 First steps

A Art reflects a society

- Each **artistic period** reflects the moral, political, intellectual, and religious feelings of the society of the times. It is a window into the society which produced it.

- For instance, the paintings on the walls of the Lascaux caves indicate that man's relationship to animals was very important. The Egyptians told their complete history through their hieroglyphic writing. The gothic art works of the Middle Ages show the Western World at the time was predominately Christian, etc.

B Art has always been appropriated

- **Patronage** of musicians, painters, architects and sculptors has always existed. For kings, popes and very wealthy people, it was a way to endorse their political ambitions, social positions, and prestige. The Roman Catholic Church in France and Italy, and Protestant groups in England and Holland sponsored art and architecture, as seen in churches, cathedrals and temples.

- **Official portraits** elevate the subject by putting it in an elaborate setting, sitting on a throne with a sceptre or mounted on a horse. Today, portrait paintings are still commissioned by governments, corporations, groups, clubs, and individuals.

C Artists can also use art as a political tool

- Some artists choose to respond to the events of their time through art and, by doing so, they hope to influence or help **change their society**.

- Art can contribute to **social change** through the imagery it gives and the ways it can be used to communicate deep feelings and needs.

- **Public art** – artwork that is placed in public areas and accessible for public appreciation – promotes a sense of community.

2 Useful words

aesthetics *l'esthétique*
an artist *un(e) artiste*
an art gallery *une galerie d'art*
to capture *capturer*
to carry out *mener à bien*
censorship *la censure*

to challenge *défier*
a commission *une commande*
to create *créer*
dance *la danse*
to endorse *cautionner*
to express oneself *s'exprimer*
to focus on *se concentrer sur*
freedom of expression *la liberté d'expression*
a glimpse of hope *une lueur d'espoir*
involved in *impliqué(e) dans*
large scale *à grande échelle*
literature *la littérature*
a mural *une peinture murale*
a museum *un musée*
an oil painting *une peinture à l'huile*
to paint *peindre*
a piece of music *un morceau de musique*
a photograph *une photographie*
a patron *un(e) mécène*
patronage *le mécénat*
politically committed *engagé(e) politiquement*
to produce *produire*
rewarding *gratifiant(e)*
a sculpture *une sculpture*
self-esteem *la confiance en soi*
the setting *le décor*
to sponsor *sponsoriser*
to spread a message *répandre un message*
a studio *un atelier*
a visual means *un moyen visuel*
a work of art *une œuvre d'art*

3 Improve your grammar

POINT GRAMMATICAL

Les constructions verbe + verbe

En français, lorsque deux verbes se suivent, le second est à l'infinitif. En anglais, il y a trois possibilités selon la nature du premier verbe.

- **La base verbale** se trouve après :

– **les auxiliaires de modalité : can/could, may/might, must, will/would, shall/should.**

Artists can **influence** society. *Les artistes peuvent influencer la société.*

– **make, let, would rather, had better.**

The painting makes people **feel** the cruelty of war. *Cette peinture fait ressentir aux gens la cruauté de la guerre.*

Let me **dance** with you! *Laisse-moi danser avec toi !*

I would rather not **see** this play. *Je préférerais ne pas voir cette pièce.*

You had better **do** it right. *Tu ferais mieux de bien le faire.*

- **L'infinitif** s'emploie après les **verbes indiquant une pression sur autrui** comme **ask, want, order, expect, require, tell, urge, force, I'd like you...**

I'd like/want/expect him **to paint** my portrait. *J'aimerais/je veux/je m'attends à ce qu'il peigne mon portrait.*

- La forme ***V-ing*** *se trouve après :*

– **les verbes de goût et de préférence comme like, love, enjoy, prefer, hate...**

I like singing. *J'aime chanter.*

– **certains verbes et expressions :**

I can't stand/bear feeling underestimated. *Je ne supporte pas de me sentir sous-estimé(e).*

I don't care/mind stopping work. *Cela m'est égal d'arrêter le travail.*

I can't help challenging rules. *Je ne peux m'empêcher de défier les règles.*

It is worth fighting for. *Cela vaut la peine de se battre pour cela.*

EXERCICES CORRIGÉS

EXERCISE 1

Rewrite the sentences using *can('t)*, *may(n't)* or *must(n't)*.

a. He knows how to attract interest.
b. Are you incapable of accepting the situation?
c. It is impossible for me to help them.
d. It is important that you don't give up now.
e. It is necessary for him to follow the rules.
f. It is forbidden to cross the border.
g. I don't want you to say so.

EXERCISE 2

Put the verb between brackets into the right form.

a. The patron asked the artist (paint) his portrait.
b. The sculptors cannot bear (be) exploited.
c. They were required (gather) and (make) their demands.
d. The architect did not want (run) the risk of being dismissed.
e. They knew it was worth (challenge) the decision.
f. They thought it would enable them (reach) their goals.

EXERCISE 3

Choose the right answer.

1. They refused ... the wall.
a. to build **b.** building **c.** build **d.** to building
2. They were ready ... the project.
a. supporting **b.** to support **c.** to supporting **d.** support
3. They couldn't help ... .
a. protest **b.** protests **c.** protesting **d.** to protest
4. They were accused of ... all the volunteers.
a. mobilise **b.** mobilised **c.** to mobilise **d.** mobilising
5. They would like the government ... their policy.
a. supporting **b.** to support **c.** to be supporting **d.** support
6. They made him ... his portrait.
a. to paint **b.** painting **c.** paint **d.** to painting
7. They were encouraged ... themselves.
a. to express **b.** express **c.** to expressing **d.** expressing
8. It isn't worth ... if you're not going to act.
a. complain **b.** to complain **c.** complained **d.** complaignant

ANGLAIS

CORRIGÉ

Exercise 1

a. He can attract interest. b. Can't you accept the situation? c. I can't help them. d. You mustn't give up now. e. He must follow the rules. f. You mustn't cross the border. g. You mayn't say so.

Exercise 2

a. to paint b. being c. to gather … to make d. to run e. challenging f. to reach.

Exercise 3

1. **a.** to build 2. **b.** to support 3. **c.** protesting 4. **d.** mobilising 5. **b.** to support 6. **c.** paint 7. **a.** to express 8. **d.** complaining.

 # quiz

Des questions pour réviser

foucherconnect.fr/23tersti2d18

4 Learning with mind map

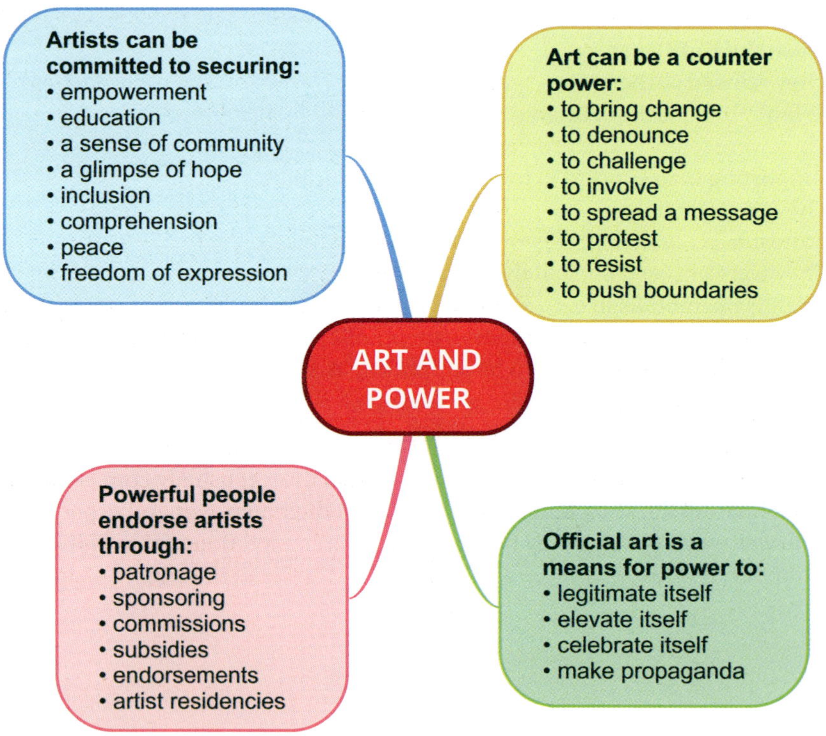

4 Citizenship and virtual worlds

The political landscape has changed in the last decades due to the role played by the Internet. Social media has reshaped political communication by influencing the way politicians interact with citizens and each other. However, its role in increasing political commitment and electoral participation is neither clear nor simple.

1 First steps

A Campaigning online

There are infinite possibilities for politicians to campaign in the virtual world:
- **social media platforms**, such as Twitter, Facebook and YouTube, provide new ways to stimulate citizen engagement in electoral campaigns and elections. Politicians and parties can communicate faster and reach citizens in a more targeted manner;
- **websites and blogs** allow voters to stay informed about politicians' electoral platforms and interact with each other;
- **the Internet** enables candidates to raise money and send out their messages, which are multiplied when shared, so that new audiences can be reached.

B Raising awareness

■ **Digital citizens** understand their roles and responsibilities in digital society, have intelligent technology behaviour, and make appropriate choices when using technology. It means that they respect themselves and others, protect private information, stay safe online, limit the time they spend online, manage their digital footprints, respect intellectual property and report cyberbullying.

■ **Citizen journalism** was made possible by the development of the Internet, new technologies, social platforms and grass-roots media: they allow anyone to gather news and share their personal experience of an event in real time. It usually comes from people who are in the heart of the story and are tell it through their own eyes and experience. A famous example was when the death by immolation of Mohamed Bouazizi in Sidi Bouzid, Tunisia, in December 2010 went viral on the Internet and became the trigger element of the Arab Spring.

C Online activism

■ **Internet activism** is the use of electronic communication technologies by citizen movements to deliver information to large or specific audiences. Social media, e-mail, and podcasts are used to spread awareness of a social cause, raise funds, or organizing a campaign. It is meant to increase users' engagement and maximize the numbers of views of campaign pages.

■ **Clicktivism** is the word used to point out the fact that political activism's reduced to a mouse-click with little or no real commitment to the cause.

■ **Crowdfunding** is a way to raise small amounts of money from a large number of people *via* social media and crowdfunding sites. It is often used for disaster relief, community-oriented social projects and medical expenses. Experts expect crowdfunding to become a $300 billion industry by 2025. Yet, its use has been criticised for funding frauds, especially costly and fake medical treatments.

2 Useful words

accurate *exact(e), précis(e)*
to campaign *faire campagne*
to check *vérifier*
citizen journalism *le journalisme citoyen*
clicktivism *l'activisme en ligne*
crowdfunding *le financement participatif*
a digital citizen *un citoyen numérique*
the digital footprint *l'empreinte numérique*
content *le contenu*
cyberbullying *la cyberintimidation*
evidence *des preuves*
fake news *l'infox, les fausses nouvelles*
a follower *un(e) adepte*
to go viral *se propager*
harmful *dommageable, dangereux(se)*
identity theft *le vol d'identité*
inappropriate *inapproprié(e)*
an influencer *un(e) influenceur(se)*
misinformation *la désinformation*
online activism *le militantisme en ligne*
personal data *les données personnelles*
political commitment *l'engagement politique*
to raise awareness *susciter une prise de conscience*
to rely on *faire confiance à*
safe *sauf(ve), sûr(e)*
to share information *partager des informations*
to spread, spread, spread *répandre*
to target *cibler*
a user *un(e) utilisateur(rice)*
a voter *un(e) électeur(rice)*
a whistleblower *un(e) lanceur(se) d'alerte*

3 Improve your grammar

POINT GRAMMATICAL

Choisir un pronom relatif

Les pronoms relatifs servent à relier deux propositions. Le choix du pronom dépend de l'antécédent (le nom qui le précède).

Humain

– **Sujet : who.**

Citizen journalism comes from people who are in the heart of the story. *Le journalism citoyen provient des gens qui sont au cœur de l'histoire.*

– **Complément : that/Ø**. Le pronom relatif en position de complément d'objet direct peut être supprimé.

She is the voter that/Ø I met. *C'est l'électrice que j'ai rencontrée.*

– **Complément prépositionnel : that/Ø.**

The people Ø you are sending a message to are my friends. *Les gens à qui tu envoies un message sont mes amis.*

– **Complément de nom : whose.**

He is an activist whose posts have many followers. *C'est un activiste dont les messages ont de nombreux adeptes.*

Non- humain

– Sujet : which/that.

She has deleted personal data **that** could prove inappropriate. *Elle a effacé des données personnelles qui pourraient s'avérer inappropriées.*

– Complément : which/that/Ø.

I saw the video **which/that/Ø** the activists posted. *J'ai vu la vidéo que les militants ont publiée.*

– Complément prépositionnel : that/Ø. Le pronom relatif est sous-entendu quand le verbe est suivi d'une préposition.

This is the book **that/Ø** I heard so much about. *C'est le livre dont j'ai tant entendu parler.*

– Complément de nom : whose.

The party **whose** campaign is the most efficient wins the elections. *Le parti dont la campagne est la plus efficace gagne les élections.*

That se trouve après :

– un superlatif : It's the worst event **that** I have ever witnessed. *C'est le pire événement que j'aie jamais vu.*

– **only** : The only thing **that** counts is raising awareness. *La seule chose qui compte est de susciter une prise de conscience.*

– **no** : It's no surprise **that** they use TikTok. *Ce n'est pas étonnant qu'ils utilisent TikTok.*

– **all** : All **that** I know is written here. *Tout ce que je sais est écrit ici.*

Where, **when**, **why** s'emploient si l'antécédent est :

– un lieu : This is the site **where** young people are encouraged to register to vote. *C'est le site où l'on encourage les jeunes à s'inscrire pour voter.*

– un moment : That was the time **when** I read the post. *C'est le moment où j'ai lu le message.*

– une cause : That is the reason **why** they shared the information. *C'est la raison pour laquelle ils ont partagé l'information.*

EXERCICES CORRIGÉS

EXERCISE 1

Choose the right answer.

1. Citizens ... rights are not respected should be protected.
a. who **b.** whose **c.** whom **d.** that
2. The campaign ... he referred to was primordial.
a. ø **b.** who **c.** whose **d.** whom
3. I remember the time ... women could not vote.
a. where **b.** why **c.** when **d.** whose
4. All ... he's telling you is to read his message.
a. who **b.** which **c.** that **d.** what
5. He is somebody ... you can rely on.
a. what **b.** whose **c.** whom **d.** ø
6. The laws ... strengthen protection for citizens improve their lives.
a. who **b.** which **c.** that **d.** what

ANGLAIS

EXERCISE 2

Fill in the blanks with the right relative pronouns.

a. Despite the challenges ... citizens face, they are active online.

b. Women, ... rights have so often been forgotten, are new actors in a lot of fields in ... they have become involved.

c. These activits are people ... can bring hope since the actions ... they are undertaking are a symbol of their fight.

d. The UN, ... unique international character is recognised, can take action on a wide range of issues ... the world is faced with.

EXERCISE 3

Translate the sentences into English.

a. Les questions dont il s'occupe sont capitales.

b. L'activiste donc les message a retenu notre attention est le dirigeant.

c. C'est la seule chose qui ne soit pas possible.

d. C'était l'époque où les gens ne partageaient pas leurs données personnelles en ligne.

CORRIGÉ

Exercise 1

1. **b.** whose 2. **a.** ø 3. **c.** when 4. **c.** that 5. **d.** ø 6. **c.** that

Exercise 2

a. that/ø b. whose ... which c. who ... that/ø d. whose ... ø

Exercise 3

a. The questions ø he is dealing with are essential. b. The activist whose message drew our attention is the leader. c. This is the only thing that is not possible. d. It was the time when people did not share their personal data online.

 # quiz

Des questions pour réviser

foucherconnect.fr/23tersti2d18

4 Learning with mind map

CITIZENSHIP AND VIRTUAL WORLDS

Good digital citizens
- respect themselves and others
- protect private information
- stay safe online
- limit the time spent online
- manage their digital footprints
- respect intellectual property
- report cyberbullying

Good reasons to use social media
- stay up to date with news and current events
- share knowledge
- make friends
- keep in touch with what friends are doing
- share photos or videos with others
- find funny or entertaining content
- research products to buy
- meet new people

Ways to raise awareness
- citizen journalism
- participative democracy
- awareness campaign
- a whistleblower
- to share information
- to check news

Dangers
- Internet addiction
- cyber harassment
- cyber bullying
- identity theft
- digital manipulation
- frauds
- clicktivism

5 Fiction and reality

Fiction gathers illusions and imagination. Reality consists of the things in life that are commonly observed and verified to exist. It is often said that fiction feeds on reality: real people and actual situations can be turned into characters and stories. But fiction can affect reality, too: tales and mythologies have shaped the world and, on an individual level, a story can also have a profound impact.

1 First steps

A The blurry lines between fact and fiction

- The lines between fact and fiction are more blurred today than ever before. Information sources have multiplied and stories arrive faster and with considerable urgency. In social media, it is often hard to tell what is real and what is arranged.
- Yet stories do not need to be real to be effective. For instance, in reality television, the people are real, but the situations are not. This does not make the programmes less enjoyable. Reality television works because we know it is staged.
- But when people discover a supposedly real story is invented, they feel their emotions have been played with and their trust is deceived. And if it happens too often, they start to doubt the source.

B The power of fairy tales

Fairy tales always remain a part of a person's life. In childhood, when parents read fairy tales to their children, it lets them know about the unknown world and helps them better prepare to the reality of the harsh world. In adulthood, when it seems we have forgotten fairy tales, a part of them remains with us as something important it taught us.

C When science-fiction becomes reality

Quite a few things that once only existed in science-fiction films or literature have become a reality. Already in the mid-19th century, Jules Verne wrote about a manned spaceflight to the moon, as well as the exploration of the oceans in submarines. His ideas have inspired scientists who tried to put them into practice. From talking robots to self-driving cars, modern technology was envisioned in films and books long before it became reality.

2 Useful words

adulthood *l'âge adulte*
attractive *attirant(e)*
blurred *flou(e)*
to bury oneself in *se plonger dans*
to deceive *tromper*
to draw the line *fixer la limite*
to embody *symboliser, représenter*
to escape from *s'échapper de*
a fairy tale *un conte de fées*
harmful *blessant(e)*

harsh *dur(e), rude*
to identify oneself to *s'identifier à*
to injure *blesser*
to live in a fantasy world *vivre dans un monde imaginaire*
to lure into *attirer dans*
promising *prometteur(se)*
to provide *fournir*
a trap *un piège*
a would-be model *un soi-disant modèle*

3 Improve your grammar

POINT GRAMMATICAL

Exprimer une éventualité avec un auxiliaire de modalité

Les auxiliaires de modalité permettent d'exprimer différents degrés de certitude quant à la réalisation d'une action.

- **Must** exprime une quasi-certitude.

Parents **must** be aware of the dangers. *Les parents doivent être conscients des dangers.*

- **Can** évoque une possibilité.

He **can** make false promises. *Il est probable qu'il fasse de fausses promesses.*

- **May** renvoie à une probabilité de 50/50.

It **may** prove wrong. *Cela peut se révéler faux.*

- **Could** indique une incertitude.

It **could** be a difficult task. *Cela pourrait être une tâche difficile.*

- **Might** suggère que c'est presque impossible, très incertain.

He **might** devise a new reality. *Il pourrait concevoir une nouvelle réalité.*

- **Would** s'emploie pour une supposition irréelle.

That **would** threaten the child. *Cela menacerait l'enfant.*

- **Should** indique que c'est invraisemblable.

In case it **should** happen. *Au cas où cela devrait se produire.*

EXERCICES CORRIGÉS

EXERCISE 1

Translate the sentences into French.

a. He should be able to read all these novels
b. Don't tell them. It would make them feel bad.
c. They must be aware of the dangers.
d. What you maintain may prove wrong.
e. That can be the worst thing to do.
f. This might cause them to regret it.
g. That could account for the difficulties.
h. He can be telling the truth! You never can tell.

EXERCISE 2

Fill in the blanks with a modal.

a. I'm pleased you don't believe it. You ... be so disappointed.
b. Why don't you give it a try. You ... be surprised. Who knows?
c. The story is so true to life, she ... very well believe it is real.
d. It is so extraordinary that they won the prize that they ... be delighted.
e. They don't know what to do next: they ... take the risk if they feel like it.
f. Due to their age, it ... be difficult to advise them.

CORRIGÉ

Exercise 1

a. Il devrait être capable de lire tous ces romans. b. Ne leur dites pas. Cela les ferait se sentir mal. c. Ils doivent être au courant des dangers. d. Ce que vous soutenez peut s'avérer faux. e. Il se peut que cela soit la pire chose à faire. f. Il se pourrait que cela les fasse le regretter. g. Cela pourrait expliquer les difficultés. h. Il se peut qu'il dise la vérité ! Vous ne pouvez pas savoir.

Exercise 2

a. would b. could/might c. could d. must e. can f. may/might/could.

quiz
Des questions pour réviser
foucherconnect.fr/23tersti2d18

4 Learning with mind map

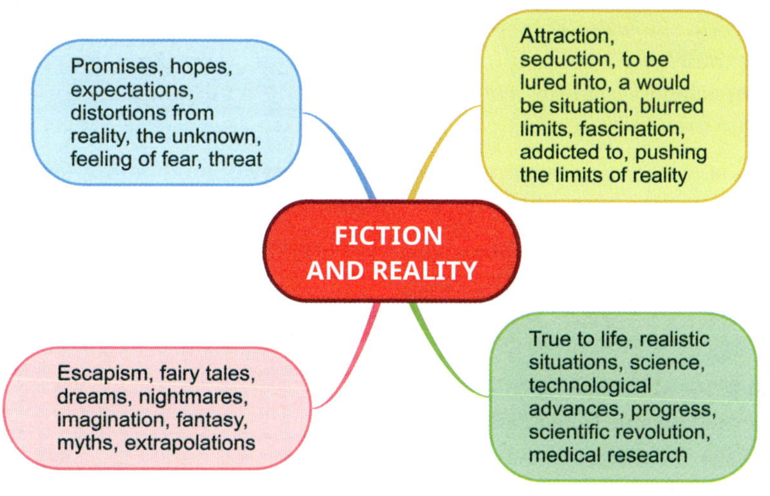

ANGLAIS

6 Scientific innovations and responsibility

The various advances in technology and science produce an improvement in the human condition. People become happier in terms of quality of life through the application of the scientific and technological breakthroughs. However, many people worry about the ethical issues raised by some innovations.

1 First steps

A Scientific breakthroughs contribute to improving people's lives

- **Medical research** has made it possible to eradicate some major diseases, find treatments against illnesses and lengthen life expectancy.
- **Broadband connectivity** gives people access to learning resources that allow them to gain education and improve their skills.
- **Information technology** is a means to increase democratic participation, strengthen political community, boost economic development and provide people with resources and opportunities.
- **Space exploration** has many benefits that have largely contributed to expand the human frontiers of science. Man has gained knowledge and realised that theories regarding the universe are true.
- **The global navigation system** (GPS) helps delivery of food grains, fossil fuels or metal ores, using networks of satellites that also enable satellite Internet and satellite phones.
- **Nuclear power** is a deterrent that secures peace.

B Advances raise numerous ethical questions

- Many people are questioning the benefits of scientific progress because some discoveries have been destructive and deadly.
- In the field of **genetics**, people will have to decide how much they wish to use the huge knowledge that the deciphering of genes brings.
- **Genetically modified organisms** are used in biological and medical research, the production of pharmaceutical drugs, experimental medicine and agriculture, but we may worry about their effects.
- **Pollution** generated by industrial waste, car fumes and planes destroys our environment.
- **Space exploration** is very costly and the money could better be used to solve earthly problems.
- **Nuclear and chemical weapons** are a threat to humanity's survival.

2 Useful words

advances *des avancées*
to alter *modifier*
available *disponible*
to ban *interdire*
to boost *donner de l'élan à*
to breach a right *violer un droit*
a breakthrough *une percée*
a cell/mobile phone *un téléphone portable*
to charge with *accuser de*
cloning *le clonage*
concerns *des préoccupations*
to connect/link to *relier à*
a deterrent *un moyen de dissuasion*
digital footprint *l'empreinte numérique*
to empower *donner du pouvoir à*
to gather data *collecter des données*
Genetically Modified Organisms (GMOs) *les organismes génétiquement modifiés (OGM)*
to improve skills *améliorer des compétences*
to infringe on a right *enfreindre un droit*
an innovation *une innovation*
a means to *un moyen de*
to monitor *contrôler, surveiller*
opportunities *des chances, occasions*
to raise ethical issues *soulever des problèmes éthiques*
to question *mettre en cause*
reckless *imprudent(e)*
to rely on *se reposer sur*
right to privacy *droit à la vie privée*
to run the risk *courir le risque*
security *la sécurité*
a smart speaker *une enceinte intelligente*
to stem from *provenir de*
to store records *conserver des enregistrements*
to strengthen *renforcer*
to subscribe to *s'abonner à*
surveillance *la surveillance*
to update *mettre à jour*
an upgrade *une amélioration*

3 Improve your grammar

POINT GRAMMATICAL

Exprimer une condition

Dans les subordonnées conditionnelles introduites par **if** (si), **even if/even though** (même si), **whether** (si oui ou non) ou **unless** (à moins que), la concordance des temps se fait comme en français.

- ***If* + présent ... *will* + verbe :** le présent indique que la condition est réalisable et que l'événement peut se produire.

If they install a facial recognition system, residents will file a complaint. *S'ils installent un système de reconnaissance faciale, les résidents porteront plainte.*

- ***If* + prétérit modal ... *would* + verbe** : le prétérit ne renvoie pas à des événements passés, mais indique que des faits sont soumis à une condition irréelle.

If they installed a facial recognition system, residents would file a complaint. *S'ils installaient un système de reconnaissance faciale, les résidents porteraient plainte.*

- ***If* + *pluperfect* ... *would have* + participe passé** : le *pluperfect* indique que la condition ne s'est pas réalisée dans le passé.

If they had installed a facial recognition system, residents would have filed a complaint. *S'ils avaient installé un système de reconnaissance faciale, les résidents auraient porté plainte.*

ANGLAIS

EXERCICES CORRIGÉS

EXERCISE 1

Choose the right answer.

1. If a new online service ... available, I will use it.
a. is **b.** was **c.** had been
2. The economy will change, if technology ... .
a. develops **b.** will develop **c.** has developed
3. If citizens had easier access to services, it ... communication.
a. favoured **b.** will favour **c.** would favour
4. The Earth will disappear if scientists ... developing hazardous technologies.
a. keep **b.** kept **c.** had kept
5. If there was no technological progress, people's lives ... not improve.
a. will **b.** would **c.** would have
6. People would not question progress if there ... not so many problems.
a. was **b.** would be **c.** were
7. If doctors didn't eradicate diseases, more people ... every year.
a. will die **b.** would die **c.** would have died
8. If he had access, he ... the files.
a. had destroyed **b.** will destroy **c.** would destroy
9. I would have been surprised if he ... the information.
a. will update **b.** had updated **c.** updated
10. If I could afford a computer, I ... one.
a. will buy **b.** had bought **c.** would buy

EXERCISE 2

Match each condition and the appropriate ending.

a. If you hurry,
b. If you work enough,
c. If he didn't download spam,
d. If you surfed more on the Net,
e. If I wasn't so poor,
f. If you had told me,
g. If he hadn't bought a smartphone,
h. If they hadn't had access to the files,

1. you would be better informed.
2. I would buy a Blackberry.
3. I would have given him one.
4. they would have been depressed.
5. he wouldn't have viruses.
6. you'll catch up with progress.
7. I would have helped you.
8. you'll be a computer wizard.

EXERCISE 3

Translate the sentences into English.

a. S'il passait moins de temps sur les réseaux sociaux, il se porterait mieux.
b. S'il n'était pas si timide, il aurait plus d'amis.
c. Si j'étais toi, je n'utiliserais pas cette technologie.
d. Si vous aviez besoin d'un ordinateur, je vous prêterais le mien.
e. Que ferait-il s'il n'avait pas de connexion internet ?
f. Quels conseils lui donneriez-vous si vous étiez à ma place ?
g. Si ces étudiants parvenaient à se connecter, ils pourraient mettre à jour les fichiers.

CORRIGÉ

Exercise 1

1. **a.** is 2. **a.** develops 3. **c.** would favour 4. **a.** keep 5. **b.** would 6. **c.** were 7. **b.** would die 8. **c.** would destroy 9. **b.** had updated 10. **c.** would buy

Exercise 2

a6. – b8. – c5. – d1. – e2. – f7. – g3. – h4.

Exercise 3

a. If he spent less time on the social media, he would be better off. b. If he was not so shy, he would have more friends. c. If I were you, I wouldn't use this technology. d. If you needed a computer, I would lend you mine. e. What would he do if he had no Internet connection? f. What advice would you give him if you were in my place? g. If these students managed to log on, they would be able to update the files.

4 Learning with mind map

 # quiz
Des questions pour réviser
foucherconnect.fr/23tersti2d18

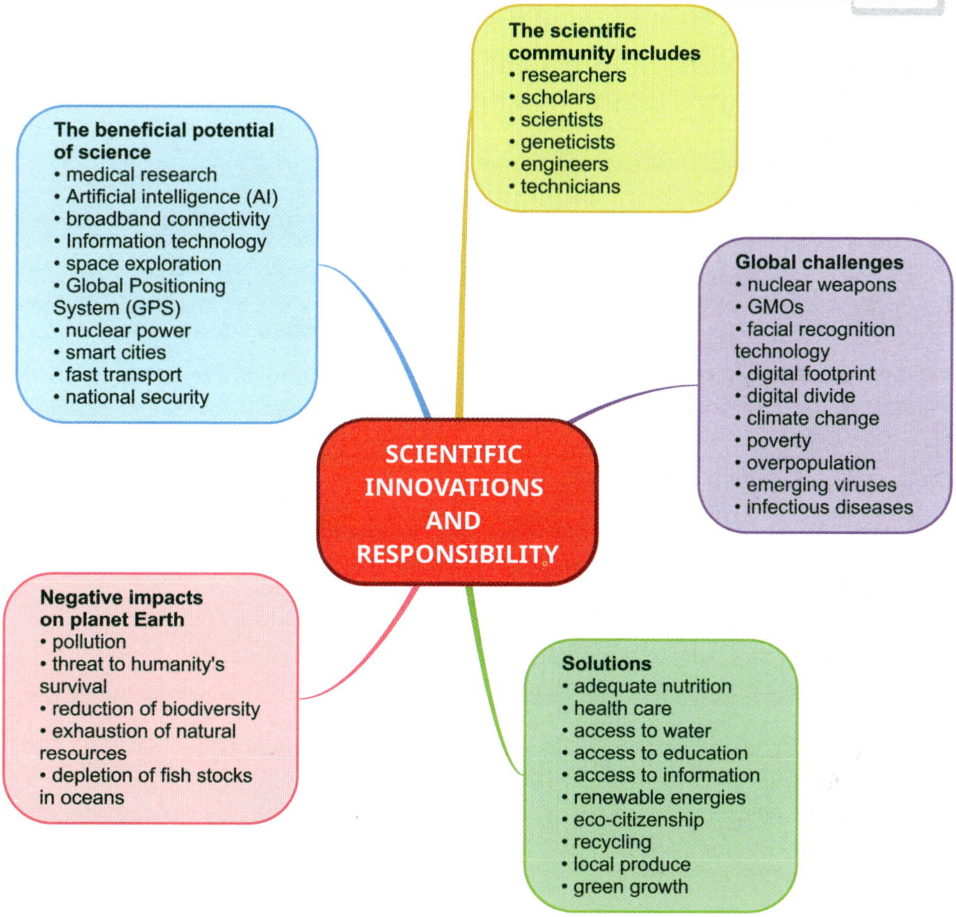

ANGLAIS

7 Diversity and inclusion

On December 10th, 1948, the United Nations voted the International Declaration of Human Rights to secure fundamental rights for all human beings on planet Earth: the right to life, liberty, personal security, freedom from discrimination, slavery and torture, and freedom of belief and religion, of speech and of the press.

1 First steps

A Definitions

- **Diversity** means understanding and accepting differences between people, including race, ethnicity, gender, age, religion or disability.
- **Inclusion** means creating a collaborative, supportive and respectful environment that increases the participation and contribution of all.
- Diversity exists everywhere, however it does not mean that inclusion follows. Acceptance of each other's differences is a starting point, but **true inclusion** only occurs when the benefits and advantages of diversity are recognised and valued.

B What has been done so far

- In **schools**, kids are encouraged to be inclusive by reaching out to others, as social exclusion can impact emotional wellbeing and academic achievements.
- Many **universities** have developed programmes to improve the inclusion of minority students.
- **Companies** pay attention to diversity and inclusion because it is a way to attract the right employees with the best minds and skills.
- In the **European Union**, diversity education is offered to small and medium-sized businesses to develop their capacity to include people of different countries and cultures.

C What still needs to be done

- **Gaps** in health, education and wages between men and women need to be closed.
- **Disadvantaged communities** should have access to adequate transportation and housing.
- **Sport** should be more inclusive and understand the benefits that diversity brings.
- **Disabled people** should be given easier access to public places.
- **Migrants** should be more readily accepted because they are key drivers in economic growth across the world.

2 Useful words

a bias *un préjugé*
abuse *la maltraitance*
affirmative action *des mesures antidiscriminatoires*
to bring about change *apporter des changements*
a charity *une organisation caritative*
broad-minded *large d'esprit*
compulsory *obligatoire*
defenceless *sans défense*
disabled people *les handicapé(e)s*
discriminatory *discriminatoire*
to empower *donner du pouvoir à*
entitled to *qui a droit à*
excluded *exclu(e)*
to exploit *exploiter*
the gender gap *le fossé entre les sexes*
the glass ceiling *le plafond de verre*
grass roots *de base, de terrain*
to harm *faire du mal à*
heavy labour *du travail pénible*
illiteracy *l'illettrisme*
inequality *l'inégalité*
to lodge a complaint *porter plainte*
to look up to a role model *admirer un modèle*
a low-income family *une famille aux revenus modestes*
marginalised *marginalisé(e)*
a plight *une situation désespérée*
poorly-paid *peu payé(e)*
poverty *la pauvreté, la misère*
a preconceived idea *une idée préconçue*
a prejudice *un préjugé*
to raise awareness *rendre conscient(e) de*
to segregate against *mettre à part*
to voice demands *exprimer des revendications*
a volunteer *un(e) bénévole*

3 Improve your grammar

POINT GRAMMATICAL

Comment relier deux noms

▸ On utilise **of** lorsque deux noms entretiennent des relations de :
– contenant/contenu : **a glass of water** *un verre d'eau* ;
– partie/tout : **part of the problem** *une partie du problème* ;
– activité/objet : **conditions of employment** *les conditions d'emploi* ;
– quantité : **the majority of the time** *la plupart du temps*, **a lot of players** *beaucoup de joueurs* ;

▸ On forme un **mot composé** quand **le premier nom qualifie le deuxième** à la manière d'un adjectif. Le premier nom est toujours au singulier. Ils sont très nombreux en anglais. L'identification se fait par :
– le lieu : **the US team** *l'équipe des États-Unis* ;
– le moment : **a daydream** *un rêve éveillé*, **a night shift** *une équipe de nuit* ;
– la matière : **leather shoes** *des chaussures en cuir* ;
– la valeur : **a million-dollar player** *un joueur valant un million de dollars* ;
– le type : **gender discrimination** *la discrimination entre les sexes*, **the labour code** *le Code du travail*, **human rights violations** *les violations des droits de l'homme*, **a sport event** *un événement sportif*, **the soccer league** *la fédération de football*.

▸ On utilise un **cas possessif** (ou génitif ou **'s**) si le premier nom est :
– une personne : **the volunteers' opinion** *l'opinion des bénévoles* ;
– un groupe de gens : **the world's population** *la population du monde* ;
– une unité de temps : **today's paper** *le journal d'aujourd'hui*, **a day's work** *une journée de travail*.

ANGLAIS

EXERCICES CORRIGÉS

EXERCISE 1

Translate into English using *of* or *'s*.

a. les conséquences de leur action b. la déclaration du porte-parole c. le pouvoir de solidarité d. la vie des joueuses e. l'augmentation du nombre de bénévoles f. un voyage de six jours g. le sens de la vie h. les demandes des entraineurs i. un avenir de changement j. la nécessité d'une vision commune k. un certain nombre de gens l. le respect des Droits de l'Homme

EXERCISE 2

Make compound nouns.

a. ethics in sports b. aid for development c. leaders of a club d. organisations that are anti-globalisation e. a project for development f. a style of life g. a conference for the press h. issues of health

EXERCISE 3

Choose the right answer.

1. The ... has increased fast.
a. support's fans **b.** support of fans' **c.** fans' support **d.** fans support
2. The ... on women players has increased.
a. proportion of spending **b.** spending proportion **c.** spend proportion **d.** proportion's spend
3. Megan Rapinoe is ... .
a. the best soccer player the world **b.** the world best soccer player **c.** world best soccer player **d.** the world's best soccer player
4. Money will begin flowing before ... .
a. end of year **b.** the end of year **c.** the end-year **d.** the year's end
5. Was the ... commitment genuine?
a. volunteers's **b.** volunteers **c.** volunteer **d.** volunteers'
6. The ... can do much to solve problems.
a. creative information use **b.** information creative use **c.** creative use of information **d.** information use creative.
7. The ... is quite different from other countries.
a. development American soccer system **b.** Americans soccer development system **c.** American development system soccer **d.** development of the system of American soccer

CORRIGÉ

Exercise 1

a. the consequences of their action b. the spokesperson's announcement c. the power of solidarity d. women players' lives e. the increase of the number of volunteers f. a six days' travel g. the meaning of life h. coaches' demands i. a future of change j. the necessity of a common vision k. a certain number of people l. respect of Human Rights

Exercise 2

a. sports ethics b. development aid c. club leaders d. anti-globalisation organisations e. a development project f. a lifestyle g. a press conference h. health issues

Exercise 3

1. **c.** fans' support 2. **a.** proportion of spending 3. **d.** the world's best soccer player 4. **d.** the year's end 5. **d.** volunteers' 6. **c.** creative use of information 7. **d.** development of the system of American soccer

4 Learning with mind map

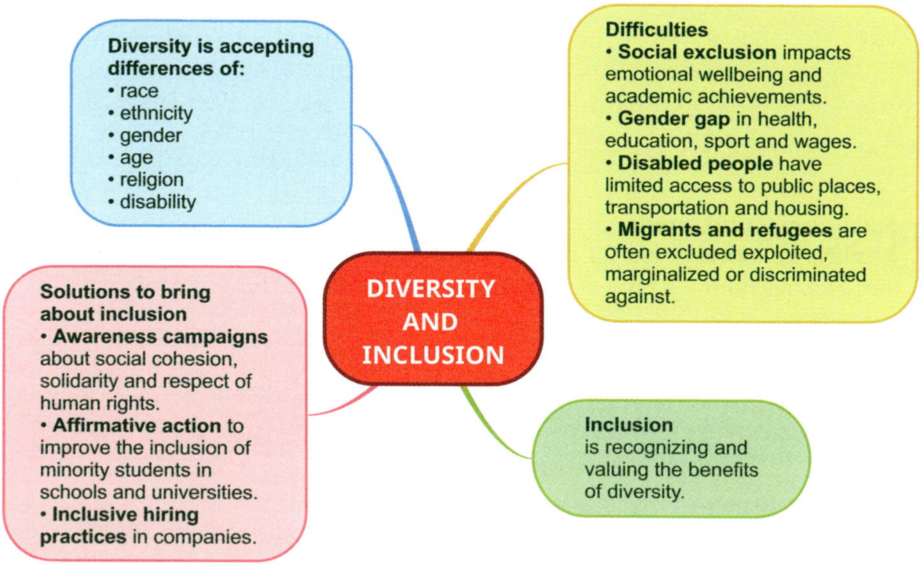

 # quiz
Des questions pour réviser
foucherconnect.fr/23tersti2d18

ANGLAIS

8 Territory and memory

What does it mean to identify with a particular place or nation and have a sense of belonging in an increasingly globalised world? When a group has lived and died on a particular area of land for years, decades, or centuries, it is easy to imagine that their essence is passed into the land.

1 First steps

A Cultural heritage

- **Cultural heritage** is an expression of the ways of living developed by a community and passed on from generation to generation. It includes customs, practices, places, objects, artistic expressions and values

- **Each society chooses** what is worthy of being preserved for future generations and what is not for both cultural and political reasons. So, cultural heritage is the result of a process of memory and oblivion that characterizes every human society.

- **All cultural heritages** must be respected and safeguarded because all peoples contribute to the culture of the world.

B Individual memory is part of collective history

- **Basic historical documents** are useful to write history, but they cannot give it a flow and an emotional meaning. What matters is the memory of how events and their consequences have impacted personal individual or collective lives.

- Even if **individual memory** or **family memory** do not feature historical facts and characters, they present accounts that capture a historical period and context.

2 Useful words

an Aborigine *un(e) Aborigène*
an account *un compte-rendu*
an ancestor *un(e) ancêtre*
an ancient site *un site antique*
to belong *appartenir*
a bond *un lien*
collective memory *la mémoire collective*
concern *l'inquiétude*
cultural heritage *le patrimoine culturel*
a disease *une maladie*
disrespect *le manque de respect*
to impact *frapper*
knowledge *la connaissance*
a phenomenon(a) *un (des) phénomène(s)*
to preserve *conserver*
recognition *la reconnaissance*
remembrance *le souvenir*
to retain *garder*
to safeguard *sauvegarder*
scorn *le mépris*
a tribe *une tribu*
unrest *l'agitation*
values *les valeurs*
to voice *exprimer, faire savoir*

3 Improve your grammar

POINT GRAMMATICAL

La forme interrogative

▶ Une **question fermée** commence par un auxiliaire. On ne peut y répondre que par **yes** ou **no**. L'intonation est montante.

Do they preserve the rainforest? *Préservent-ils la forêt tropicale ?*

▶ Une **question ouverte** commence par un pronom interrogatif. La réponse comporte une précision de lieu, date, âge, nom... L'intonation est descendante.

▶ Pronoms interrogatifs :

What does it mean? *Qu'est-ce que cela veut dire ?*
What did he want it for? *Pour quelle raison l'a-t-il voulu ?*
When will they preserve the forest? *Quand préserveront-ils la forêt ?*
Where were you born? *Où es-tu né ?*
Which generation do you prefer? *Quelle génération préfères-tu ?*
Who is threatening you? *Qui vous menace ?*
Whose turn is it? *À qui le tour ?*
Why is he concerned? *Pourquoi est-il inquiet ?*
How are you? *Comment allez-vous ?*
How far is the reservation? *À quelle distance se trouve la réserve ?*
How deep is the crisis? *Quelle est la profondeur de cette crise ?*
How long have they lived here? *Depuis combien de temps habitent-ils ici ?*
How many residents are there? *Combien de résidents y a-t-il ?*
How much is it? *Combien cela coûte-t-il ?*
How often do they meet? *À quelle fréquence se rencontrent-ils ?*
How old are you? *Quel âge avez-vous ?*

EXERCICES CORRIGÉS

EXERCISE 1

Ask someone questions about...

a. his name **b.** his age **c.** his place of residence **d.** his job **e.** his working hours **f.** his place of work **g.** his salary

EXERCISE 2

Write the questions to get these answers.

a. This celebration occurs once a year.
b. They're going to share the event.
c. We only stayed a few hours.
d. It was their community.
e. It was a ten o'clock when they started.
f. The one with white and blue stars.
g. Their cultural heritage was recognised years ago.
h. They have lived in the rainforest for years.
i. Millions of people came.

CORRIGÉ

Exercise 1

a. What's your name? b. How old are you? c. Where do you live? d. What's your job/what do you do? e. How many hours do you work? f. Where do you work? g. How much do you earn?

Exercise 2

a. How often does the celebration occur? b. What are they going to share? c. How long did you stay? d. Whose community was it? e. What time was it when they started? f. Which one was it? g. When was their cultural heritage recognised? h. How long have they lived in the rainforest? i. How many people were there?

4 Learning with mind map

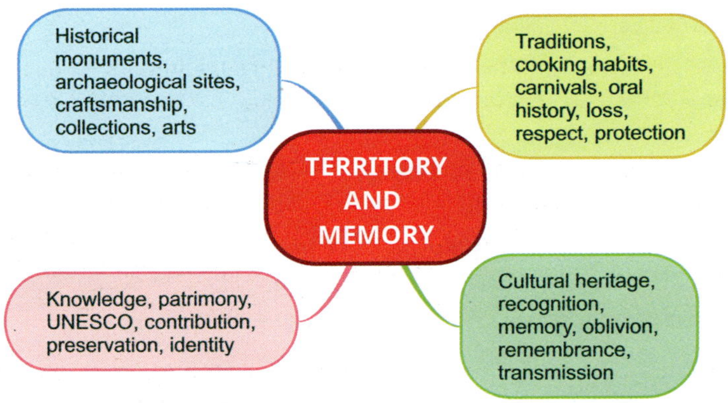

 # quiz
Des questions pour réviser
foucherconnect.fr/23tersti2d18

who used the chemical on their property, making it the largest glyphosate litigation to date. By owning Monsanto, Bayer faces lawsuits from over 13,400 plaintiffs in the US.

Around a hundred local and international NGO's organised the Parisian march against Bayer-Monsanto, including Greenpeace, Good Planet Foundation and Climate Action Network, as protestors walked with signs reading "No to Monsanto, yes to my health."

NGOs seem somewhat sceptical on the politician's speech. "We've been hearing a lot about environment during this EU parliament campaign, but there is no time for promises any more, we want action. What we are denouncing is the commodification of living species, the ecological genocide by agrochemicals and shady lobbying policies. Victims must be compensated, we demand a new kind of agriculture."

"Thousands gather in France, worldwide for annual march against Monsanto", by Aude Mazoué, france24.com, May 19th, 2019.

1. monter en puissance

1. What are the claims against Monsanto?
2. What happened to Paul François and why?
3. What did NGOs organise in Paris and why?
4. What do NGOs demand?

EXPRESSION ÉCRITE

Bob Marley wrote and sang a song that said "Get up, stand up, stand up for your rights". Comment on these lyrics and say to what extent NGOs' role is dedicated to this purpose. Try to name a few NGOs. (150 words)

USEFUL PHRASES

They put pressure on… *Ils mettent la pression sur…*
They fight against the violation of human rights. *Ils se battent contre la violation des droits de l'homme.*
They provide humanitarian assistance. *Ils offrent de l'assistance humanitaire.*

COMPRÉHENSION DE L'ORAL

Watch the video *An NGO rescues children in a sweatshop* and answer the questions.

1. What did members of the NGO do?
2. How old were the children?
3. What does the man say about the children's living conditions?
4. How much did the children earn?
5. Where is their boss?
6. Will anybody be arrested?
7. What big brand's name can you hear at the end of the video?

 # vidéo
An NGO rescues children in a sweatshop
foucherconnect.fr/23tersti2d27

EXPRESSION ORALE

If specific protection (Basic Human Rights) is valid for all persons, some people are more in need of protection against violations than other. Discuss. Quote a few examples.

ANGLAIS

3 ART AND POWER

COMPRÉHENSION DE L'ÉCRIT

Read the text and answer the questions in your own words.

Challenging Trump's idea of a "big, beautiful wall"

Ever since he started campaigning for the United States presidency in 2016, Donald Trump has been promising to build a "big, beautiful wall" along the US-Mexico border. In response to this pledge[1], Enrique Chiu, a Mexican artist and a former immigrant to the US, embarked on a large-scale mural project on the existing border fence to challenge Trump's notion of a "beautiful wall".

Since Election Day in the US in December 2016, Chiu has been working with more than 3,800 volunteers to paint uplifting[2] messages of peace and togetherness along the Mexico-facing side of the US-owned border fence. Once completed, the "Mural of Brotherhood" will stretch for a mile in Tijuana in the West of Mexico, and will continue through shorter segments across Tecate, Mexicali, Ciudad Juarez, and Nacozari, to finally reach Reynosa in the south.

"The murals spread messages of peace to people crossing the border by car or on foot", Chiu wrote in an email. "They're also intended to be a final glimpse of hope for migrants risking danger as they cross northward." The existing fence and proposed wall "are a sign of rejection and exclusion. The Mexican people, the Hispanics and Latinos are the ones that hit that wall. A wall of incomprehension".

Chiu speaks out of his own personal experience as an immigrant. Born in Guadalajara, Mexico, he crossed the border with the US with his mother when he was eight. The two lived in Los Angeles without legal status for one year before returning to Mexico. Later in his life, Chiu returned to the US to attend California State University, Long Beach, on a student visa and remained in the country for 12 years. "When I was living in California, I was living the American dream. I went to school, I had my business, I had my house, my gallery, my studio, three cars. I had everything there", he said.

In 2009, he decided to return to Mexico to become part of Tijuana's flourishing arts scene. "You can live the American dream in Mexico, too, and you can do whatever you want", he said.

"3,800 Volunteers Have Joined an Artist to Challenge Trump's Idea of a 'Big, Beautiful Wall' on the US-Mexico Border",
by Hakim Bishara, hyperallergic.com, June 24th, 2019.

1. promesse, serment 2. stimulants

1. Say who Enrique Chiu is and describe his project.
2. What is Enrique Chiu's goal?
3. According to Enrique Chiu, what messages does the mural bring?
4. What do we learn about Enrique Chiu's personal experience as an immigrant?
5. Which elements of the American dream does Enrique Chiu refer to?
6. Why did Enrique Chiu return to Mexico?
7. Why is Enrique Chiu happy with his move?

CIVILISATION

In 2017, the Trump administration tested eight wall prototypes in San Diego, California. They were graded by their effectiveness and their aesthetics on their side facing the US. Yet none of these prototypes passed the US military's penetrability test. In 2018, eight improved models finally passed the penetrability tests. However, a battle between Trump and the Democrats in Congress over money for the wall stopped the President from carrying out his plan.

EXPRESSION ÉCRITE

Do you agree with Enrique Chiu when he says that art can bring peace and togetherness? Quote specific examples. (180 words)

USEFUL PHRASES

to be a testimony to *témoigner de*
the savagery and misery of war *la sauvagerie et le malheur de la guerre*
a tool to foster social change *un outil pour créer le changement social*

COMPRÉHENSION DE L'ORAL

Watch the video "New mural in Boyle Heights honors groundbreaking women" and answer the questions.

1. When did Isabel Peinado start painting the mural "Empowerment" in Boyle Heights, Los Angeles?
2. What does Isabel's mural celebrate?
3. Name some of the 16 role models that Isabel chose to represent.
4. What does Richelle Huizar say the mural is a tribute to?
5. According to Council member José Huizar, where did the mural movement start?
6. Why was the mural movement stopped?
7. When was the ban lifted?
8. How long did it take Isabel to complete the mural?

 # vidéo
New Mural In Boyle Heights Honors Groundbreaking Women
foucherconnect.fr/23tersti2d20

EXPRESSION ORALE

Look at the official portraits of two famous American presidents: President Franklin Delano Roosevelt and President Barack Obama. Describe the paintings and say what differences you can notice between the two.

 # picture
President Franklin Delano Roosevelt by Frank O. Salisbury
foucherconnect.fr/23tersti2d21

 # picture
President Barack Obama by Kehinde Wiley
foucherconnect.fr/23tersti2d22

COMPRÉHENSION DE L'ÉCRIT

Read the text and answer the questions in your own words.

How Gen Z and TikTok are shaping politics

As the war in Ukraine escalated, many Gen-Zers[1] used TikTok to learn about what was going on. It became a key news source, even offering some of the first glimpses of the Russian invasion, as young Ukrainian creators documented what was happening in their hometowns. However, Russian sympathisers have also used TikTok to spread harmful misinformation. This is why Joe Biden's government identified top content creators who would then be able to share accurate information with their millions of followers. TikTok influencers have the power to educate swiftly en masse, which is vitally important as events move quickly. [...]

In 2020, after the murder of George Floyd, many young people took to TikTok to spread awareness of the Black Lives Matter protests. There was an outpouring[2] of support for the Black community on TikTok, and the #BlackLivesMatter hashtag now has over 30 billion views. Content creators posted videos highlighting protests, running through the history of the Black Lives Matter movement, and explaining effective allyship[3]. It led to CNN declaring TikTok a "hub[4] for #blacklivesmatter activism". [...]

Political activism surrounding the climate crisis and sustainability is a hot topic for young people on TikTok. This topic appears across all micro-communities on the app – from fashion accounts recommending sustainable clothes lines, to makeup gurus sharing ethical products. Climate change is a big concern for Gen Z, with one survey finding that 83% of them are concerned about the health of the planet. With that in mind, it's no surprise that there are some users leveraging[5] TikTok to educate and advocate for greener policies – and their audiences are engaged, educated, and growing. [...]

Ahead of a Trump rally in Tulsa, K-pop fans took to TikTok to deliver a masterclass on registering for the event and selling out tickets – with no intention of ever showing up to see President Trump. The result? A million ticket reservations, but only 6,200 actual attendees, (less than half the 19,000 venue capacity). "Political Tiktok" made its views visible through empty seats. Naturally it also led to a series of high-profile news articles underlining this powerful show of online activism.

Another organisation using TikTok to enact direct action in the political sphere is Tok the Vote. This group was described as a "creator-led effort" to get Gen Z registered to vote for the US presidential elections in November 2020 and, according to the campaign group, its TikTok-specific tool had been used by around 3,500 TikTokers "to register, check their status or request an absentee ballot". Voter registration continues to be a lively topic on TikTok, where #registertovote has over 62 million views, and popular content creators can be relied on to encourage their followers to register to vote whenever elections roll around. Perhaps consequently, Gen Z voter turnout was at an all-time high...

TikTok Politics & Activism: How Gen-Z and TikTok are Shaping Politics © fanbytes.co.uk. D.R.

1. nés entre 1997 et 2010 2. déluge 3. soutien aux communautés 4. centre d'activité 5. profitant de

1. Give the reason why Joe Biden's administration identified the most prominent influencers on TikTok.

2. Say why the American news channel CNN declared TikTok a "hub for #blacklivesmatter activism".

3. List the forms of political activism surrounding the climate crisis and sustainability on TikTok.

4. What were the results of the anti-Trump action launched by K-pop fans on TikTok?
5. What are the aim and the results of the group Tok the Vote?

EXPRESSION ÉCRITE

Do you believe TikTok is an appropriate platform for political activism? (200 words)

USEFUL PHRASES

to foster open discussions *engendrer des discussions ouvertes*
It goes to prove how... *Cela tend à prouver à fuel point...*
It just happens to be... *C'est tout simplement...*
It remains to be seen if. *Il reste à voir si...*

COMPRÉHENSION DE L'ORAL

Watch the video "Digital Literacy: Digital Citizenship" and answer the questions.

vidéo
Digital Literacy:
Digital Citizenship
foucherconnect.fr/23tersti2d23

1. According to Alma, why do young people need to control the negative aspects of technology? (0.00 to 0.16)
2. What did Alma realise when she looked up herself in Google? (0.26 to 0.44)
3. Say what the danger is of letting so much information about you on social media. (0.44 to 1.03)
4. Describe Alma's reaction after she attended a digital citizenship class? (1.03 to 1.12)
5. Why is cyberbullying especially dangerous for young people? (1.12 to 1.50)
6. Mention Alma's advice to young people when they are the victims of cyberbullying. (1.50 to 2.13)

EXPRESSION ORALE

As you see it, what are the main benefits of digital education?

5 FICTION AND REALITY

COMPRÉHENSION DE L'ÉCRIT

Read the text and answer the questions in your own words.

How *Star Wars'* Jedi were inspired by the Knights[1] Templar

What many might not know is the idea of the Jedi was heavily influenced by the real history of the Knights Templar. The Knights Templar were a medieval religious order of knights created in the early 12th century following the First Crusade. The Order was created in 1119 by French knight Hugh de Payne but would consist of knights from all over Europe. The Templar knights originally patrolled the roads and protected pilgrims in the newly created Christian states in the Holy Land but became rich and powerful over the next two centuries. The Templars' sudden downfall[2] in the early 14th century at the hands of a French King who sought[3] their riches fuelled[4] popular imagination for centuries – including, it seems, Star Wars. The Jedi are an ancient order of guardians who protect the peace and justice in the Galactic Republic in *Star*

ANGLAIS

Wars. The Jedi Order operated independently, much like the Knights Templar – who answered only to the Pope. The Jedi lived by the Jedi code, while the Knights Templar lived by a monastic rule, known initially as the Primitive Rule, which was bestowed[5] on them by prominent leaders of the Church at the Council of Troyes in 1129. These were a strict set of rules by which the Templars lived their dual lives as warriors and monks[6] and which bears a resemblance to the Jedi code. Although the *Star Wars* films do not detail the content of the Jedi's code, similarities in the philosophies can be seen. For example, in *Revenge of the Sith* (2005), Yoda tells Jedi knight Anakin Skywalker "attachment leads to jealousy; the shadow of greed that is". Both the Jedi and Templars were ended by conspiracies led by tyrants. In the climax of the prequel[7] trilogy, the Jedi were the last obstacle left to prevent the villainous Darth Sidious from completing his plan to rule the galaxy. So Darth Sidious falsely accused the Jedi of treason and had his soldiers massacre the unsuspecting Jedi. Both the Jedi and the Templars also suffered an attack on their temples. In *Revenge of the Sith*, the Jedi are murdered when Darth Vader leads an army into the Jedi Temple, while the Templars were arrested in a dawn raid by French soldiers at their Paris Temple on the infamous Friday the 13th in 1307.

How Star Wars' Jedi were inspired by the Knights Templar,
by Patrick Masters, 7 july 2022 © The Conversation France.

1. chevaliers, 2. chute, 3. recherchaient, 4. alimentaient, 5. accordé, 6. moines, 7. préquelle (une œuvre dont l'histoire précède celle d'une œuvre antérieurement créée)

1. Who did the Templar influence centuries later?
2. What do the Templars and the Jedi have in common?
3. Who is the Jedi's main enemy?
4. What happened to the Templars and the Jedi in the end?

EXPRESSION ÉCRITE

What is your opinion about science-fiction movies? Illustrate with examples. (180 words)

USEFUL PHRASES

It stimulates the imagination. *Cela stimule l'imagination.*
It often extrapolates a possible future. *Cela extrapole souvent un avenir possible.*
Science-fiction has influenced many of the technological advances that we have today. *La science-fiction a influencé nombre des avancées technologiques que nous avons aujourd hui.*
There is relationship between ... and .... *Il y a un lien entre... et...*
They make us realise that... *Ils nous font comprendre que...*
It is different/differs from ... in so far as... *C'est différent de ... dans la mesure où...*

COMPRÉHENSION DE L'ORAL

Watch the video *The Matrix – Artificial intelligence and humans* and answer the questions.
In the science-fiction movie *Matrix*, the Matrix is a simulated reality inside which millions of people are trapped.

1. What was the first Matrix meant to be?
2. Did the first Matrix succeed? Explain why.
3. Why was the Matrix redesigned?
4. What is the conclusion given at the end of the video?

 # vidéo
The Matrix – artificial intelligence and humans
foucherconnect.fr/23tersti2d24

EXPRESSION ORALE

Can you quote a film in which humans lost their power to control machines?

6 SCIENTIFIC INNOVATIONS AND RESPONSIBILITY

COMPRÉHENSION DE L'ÉCRIT

Read the text and answer the questions in your own words.

Residents fight back against facial recognition technology

Last year, residents of Atlantic Plaza Towers, a rent-stabilized apartment building[1] in Brooklyn, found out that their landlord was planning to replace the key fob entry system[2] with facial recognition technology. The goal, ostensibly, was to modernise the building's security system.

But some residents were immediately alarmed by the prospect: they felt the landlord's promise of added security was murky at best[3], and didn't outweigh[4] their concerns about having to surrender sensitive biometric information to enter their own homes.

Last week, lawyers representing 134 concerned residents of the building filed an objection[5] with the state housing regulator. It is the first visible opposition in New York City to the deployment of such technology in the residential realm. "We're calling ourselves the Rosa Parks of facial recognition in residential buildings", said Icemae Downes, a resident who has lived in the building since 1968 and was part of a residents' protest last week. "We're standing up to say: 'No, we don't feel this is right.'" [...]

Nelson Management said that the technology is intended to boost security, and that it has "engaged a leading provider of security technology for proposed upgrades, which has assured ownership that data collected is never exposed to third parties and is fully encrypted."

The building complex already has a security guard and its common areas are wired with several security cameras. And the residents say they already feel heavily watched. Last month, when some of them gathered in the lobby to discuss the facial recognition system, building management sent them a notice with pictures taken from a security camera and a warning that the lobby was not "a place to solicit, electioneer, hang out or loiter." Landlords, however, don't have the authority to ban peaceful assembly in this way.

"The Tenants Fighting Back Against Facial Recognition Technology",
by Tanvi Misra, Citylab.com, May 7th, 2019.

1. un immeuble à loyer réglementé 2. système de badge électronique 3. au mieux louche 4. contrebalançait 5. déposer une plainte

1. Why does the landlord plan to install facial recognition technology in the Atlantic Plaza Towers?
2. What are the reasons why the residents object to the project?
3. Why do the residents compare themselves to Ms Rosa Parks?
4. What argument in favour of the project is used by Nelson Management, the company that will install the facial recognition technology in the Atlantic Plaza Towers?
5. Why do residents already have the feeling that they are heavily monitored?

CIVILISATION

Ms Rosa Parks (1913-2005) is known for her role in the boycott of the buses in Montgomery, Alabama. In December 1955, she refused to give up her seat to a white passenger. The National Association for the Advancement of Colored People (NAACP) led by reverend Martin Luther King Jr, went to her defence after her arrest for civil disobedience in violating Alabama segregation laws. She became an international icon of passive resistance to racial segregation.

EXPRESSION ÉCRITE

Do you agree that new technologies are a tool of empowerment for people around the world or do you see them as a threat to their privacy? (160 words)

USEFUL PHRASES

to look forward to + V-ing *attendre avec impatience de*
it can help make their lives easier *cela peut aider à rendre leurs vies plus faciles.*
to breach the right to privacy *enfreindre le droit à la vie privée*

COMPRÉHENSION DE L'ORAL

Watch the video on CBC news and answer the questions.

vidéo
Toronto's waterfront could show the future of data collection
foucherconnect.fr/23tersti2d25

1. What does Sidewalk Labs (owned by Google's parent company Alphabet) intend to do in Toronto?
2. What kind of data would be collected in this smart city?
3. What is the question raised by the collection of data?
4. What argument does Rohit Aggarwaia of Sidewalk Labs oppose to citizens' concerns?
5. What is the project's greatest challenge?
6. Name the three cities that have similar projects of using AI (artificial intelligence).

EXPRESSION ORALE

Comment on this quote by Esther Harold, CEO of the consulting firm Privacy Professor: "The rise of connected smart speakers means that we are now handing over more data than ever before about our daily lives to technology companies."

7 DIVERSITY AND INCLUSION

COMPRÉHENSION DE L'ÉCRIT

Read the text and answer the questions in your own words.

Equal pay lawsuit

The United States Soccer Federation (USSF) is a not-for-profit entity that employs more than 500 people, current and former members of the men's and women's national teams. The players depict the USSF as engaged in gender discrimination on the basis of pay and other conditions of employment, including allegedly substandard travel accommodations and training conditions. Although the magnitude of pay disparity depends on method of calculation and context of the data, United States Women's National Team (USWNT) players have been paid less than male counterparts on the United States Men's National Team (USMNT). In certain situations, the complaints contends[1], USWNT players earn just 38% of what USMNT players earn. [...]

As the case develops, USSF will raise a number of defences. One defence will be that, even if the pay disparities between the USWNT and USMNT are morally or societally "unfair", their unfairness was accepted as part of a larger employment deal where both sides give and take.

A second defence will be that any disparity in pay reflects market realities and consumer preferences rather than USSF discrimination. While the USWNT is undoubtedly more successful than the USMNT as a team, the global market for men's soccer is more lucrative and thus, arguably, warrants[2] higher wages. The USSF could acknowledge that this disparity might reflect sexism on the part of soccer fans, but it could also contend that it is not responsible for such sexism. Instead, the USSF could explain, it is simply responding to the market *as it is*, rather than as it ought to be.

Don't expect the players to accept such a defence. In the complaint they appear to anticipate it by claiming, "the USSF admits to such purposeful gender discrimination even during times when the USWNT earned more profit, played more games, won more games, earned more championships, and/or garnered higher television audiences."

"Inside USWNT's New Equal Pay Lawsuit vs. U.S. Soccer and How CBA, EEOC Relate", by Michael McCann, www.si.com, March 8th, 2019.

1. soutenir 2. garantit

1. What do women soccer players accuse the United States Soccer Federation (USSF) of?
2. What are the two arguments that USSF will use for its defence?
3. Say why is it particularly difficult to understand why female soccer players are less paid than their male counterparts.

EXPRESSION ÉCRITE

Do you agree that diversity in sport is important? How could sports be made more inclusive? (180 words)

USEFUL PHRASES

to respect one another *se respecter les uns les autres*
to break down barriers *faire tomber les barrières*
to focus on educating players and fans *se concentrer sur l'éducation des joueurs et des supporters*

COMPRÉHENSION DE L'ORAL

Watch the interview with Taylor Twellman, a retired American international soccer player.

 # vidéo
Twellman: U.S. Soccer Needs To Address 'Pay-To-Play' System
foucherconnect.fr/23tersti2d26

1. What does a report advise US soccer to do with its $100 million surplus?
2. Why does Taylor Twellman criticise the pay-to play system of US soccer?
3. What does he advise to do with the $100 million surplus?
4. What is the second important point according to Taylor Twellman?
5. How much can it cost to go through coaching education?

EXPRESSION ORALE

As you see it, how can you promote inclusion in the workplace?

COMPRÉHENSION DE L'ÉCRIT

Read the text and answer the questions in your own words.

The Amazon rainforest was once a human success story

A season of intense, human-caused wildfires in the Amazon rainforest has scorched[1] thousands of square miles of forest, blackened the skies over São Paulo, and sparked international concern about the fate of the most biodiverse landscape on the planet.

Tens of thousands of independent wildfires have been deliberately set by humans in the Amazon this summer, making the destruction of the rainforest a purely anthropogenic phenomenon egged on[2] by the far-right regime of Brazilian President Jair Bolsonaro. [...]

Amazonian tribes were decimated by diseases and genocide in the wake of[3] European colonization. Some populations have begun to recover in recent decades, and roughly one million Indigenous people live in the Brazilian Amazon today.

Many of the crops[4] favored by Indigenous populations are particularly adept at sucking carbon out of the atmosphere. "The Amazon forest can be considered a natural-cultural heritage site of global importance. We have a lot to learn from Indigenous societies who have developed such sophisticated practices of fire management without causing large-scale deforestation."

It is an amazing example of local traditions producing global benefits. Sadly, many of the ancient sites that show strong signs of Indigenous influence are clustered[5] in the southern Amazon, which is now undergoing a very different type of anthropogenic transformation: rapid deforestation and harsh wildfires.

Bolsonaro ran a campaign that was openly hostile to the rights of tribes and communities that live in the rainforest. "Bolsonaro has this terrible reputation across the world and he deserves to have it because he's a terrible person", said Eduardo Góes Neves, an archeologist at the University of São Paulo.

"We say no to mining in our lands, no to deforestation", said O-É Kaiapo Paiakan, a member of the Xinguan Indigenous group. "No more invasions and disrespect. No more pesticides in our rivers and foods. No more criminal fires in the forest. We are with you, standing for the Amazon."

Neves had just returned from the field and had seen the harrowing effects of the deforestation and wildfires up close. However, he also felt encouraged by how the disaster has galvanized Brazilians to support the natural and cultural preservation of the rainforest. "I see a lot of destruction and fire, mostly in the southwest Amazon, but also you see a lot of people doing wonderful things like agroforestry, or Indigenous people getting politically stronger and having their voices heard", Neves noted. "Indigenous people are the ones who can show us the way to have this wonderful forest back", he said. "I think there is hope."

"The Amazon Rainforest Was Once a Human Success Story. It Could Be Again",
by Becky Ferreira, vice.com, September 9th, 2019.

1. brûlé 2. exacerbé 3. à la suite de 4. cultures 5. rassemblés

1. Who is to be held responsible for the wildfires in the rainforest?
2. What impact do wildfires have on Indigenous tribes living in the rainforest?
3. How did Indigenous tribes living in the rainforest react?
4. What was the reaction of Brazilians?

EXPRESSION ÉCRITE

How important is the preservation of the rainforest and other places in the world inhabited by local tribes? Give examples to illustrate your point of view. (150 words)

USEFUL PHRASES

To question ourselves *Nous interroger*
How can we preserve and treasure this cultural heritage? *Comment pouvons-nous préserver et chérir ce patrimoine culturel ?*
We have so much to learn. *Nous avons tant à apprendre.*

COMPRÉHENSION DE L'ORAL

Watch the video "I'm Aboriginal but I am not..." and answer the questions

1. What is Alice Springs?
2. What are the living conditions of the 40.0000 Aborigines?
3. What is the reality of Aborigines' life compared with?
4. What are the most severe evils Aborigines suffer from?
5. What is the life expectancy of the Indigenous population compared with that of white Australians?

vidéo
I'm Aboriginal, But I'm Not...
foucherconnect.fr/23tersti2d71

CIVILISATION

Aboriginal Australians have a special bond to the land and country. A current theory holds that they came out of Africa about 70,000 years ago, which would make Aboriginal Australians the oldest population of humans living outside Africa. Today, about three per cent of Australia's population has Aboriginal heritage. Aboriginal Australians still struggle to retain their ancient culture and fight for recognition—and restitution—from the Australian government.

EXPRESSION ORALE

Would you say that cultural heritage is in crises because of wars, trafficking, natural disasters, climate change and tourism? Discuss and illustrate with examples.

corrigé
foucherconnect.fr/23tersti2d19

GRAND ORAL

GRAND ORAL

1 Présentation de l'épreuve du Grand Oral

Le Grand Oral fait partie des épreuves finales du baccalauréat. Il est noté sur 20 points et son coefficient est 14.

1 Les objectifs

■ Conformément au *BO* spécial n°2 du 13 février 2020, on attend de l'élève des qualités d'expression orale, d'argumentation et de synthèse.

■ L'élève doit être capable de s'exprimer en public, debout, de convaincre et d'interagir avec son jury. Celui-ci est composé de deux professeurs, dont un de spécialité et un de l'enseignement général. Durant l'épreuve du Grand oral, il doit être capable de proposer au jury les solutions à deux problématiques en lien avec l'enseignement de spécialité pour lequel le programme prévoit la réalisation d'une étude approfondie.

 # doc
BO n °2 du 13 février 2020
foucherconnect.fr/23tersti2d09

2 L'organisation de l'épreuve

■ Le candidat devra choisir au cours de l'année deux questions qui portent sur ses enseignements de spécialité. Le jour de l'épreuve, il sera interrogé par le jury sur l'une des deux questions.

■ Le candidat a alors 20 minutes de préparation. Il dispose de brouillons qu'il remettra au jury pour lui exposer un schéma ou encore le plan de l'exposé s'il le désire.

■ L'épreuve se présente en trois parties :
- **première partie** : 5 minutes d'exposé oral ininterrompu ;
- **deuxième partie** : 10 minutes de questionnement et d'échanges entre le candidat et le jury. Les questions portent sur des connaissances liées au sujet traité dans le cadre de l'enseignement de spécialité ;
- **troisième partie** : 5 minutes d'échanges avec le jury afin de souligner la cohérence entre l'exposé fourni et le projet d'études supérieures du candidat envisagé via la procédure *Parcoursup*, voire son projet professionnel.

 # grand oral
Vidéos pour préparer l'épreuve
foucherconnect.fr/23tersti2d78

2 Se préparer à l'épreuve du Grand Oral

Durant l'épreuve du Grand Oral, l'étudiant sera interrogé sur l'une des deux questions portant sur l'enseignement de spécialité. Il devra les choisir durant son année de terminale pour préparer au mieux sa présentation.

1 Se préparer à l'épreuve au cours de l'année

A Bien définir ses questions

L'étudiant dispose de l'année pour déterminer ses deux questions, distinctes l'une de l'autre. Pour bien les choisir, ces dernières doivent :
- éclairer l'un des grands enjeux du programme de spécialité ;
- être suffisamment claires pour pouvoir apporter une explication aisée et riche ;
- amener à une réflexion autour du projet d'orientation et/ou professionnel du candidat.

B La structure de l'exposé oral

■ Il est conseillé aux élèves de présenter un exposé structuré à l'aide d'un raisonnement logique. L'exposé se compose de trois parties : l'**introduction**, le **développement** et la **conclusion**.

■ L'introduction présente le sujet. Elle comprend une accroche, la question et le plan de l'exposé.

■ La conclusion fournit des pistes de réflexion autour du sujet abordé.

C Les conseils pour préparer l'épreuve

■ Pour chacun des deux questionnements, choisissez un sujet qui vous plaît, qui attise votre curiosité.

■ Fournissez un travail personnel régulier pour acquérir suffisamment de connaissances et de recul sur vos sujets en accord avec votre professeur encadrant. Prenez le temps de travailler au CDI, dans une bibliothèque et bien sûr grâce aux outils numériques dont vous disposez.

■ Organisez vos idées au fur et à mesure de vos recherches en vue d'un exposé structuré.

■ Entraînez-vous à l'oral, si possible à plusieurs, et chronométrez-vous pour atteindre les 5 minutes réglementaires d'exposé.

■ N'oubliez pas que les meilleurs exposés sont ceux qui ont été préparés suffisamment tôt et qui ont occasionné un travail approfondi. L'élève doit être en mesure de bien répondre aux questions et de montrer qu'il maîtrise son sujet.

D Exemples de questions en terminale STI2D

- En quoi l'innovation technologique peut-elle aider l'homme à préserver la biodiversité ?
- L'homme peut-il améliorer son confort tout en limitant son impact sur l'environnement ?
- Pourquoi est-il important de prendre en compte les contraintes d'accessibilité dès la conception d'un bâtiment ?
- Les batteries : obstacles ou atouts du monde connecté ?

E Exemples de questions en terminale STL

- En quoi la culture subaquatique que nous avons expérimentée a-t-elle un intérêt pour contribuer selon moi, à la lutte contre le changement climatique ?
- Comment étudier les environnements propices au plancton ?
- Les gels hydroalcooliques sont-ils mauvais pour la santé ?
- Les cosmétiques peuvent-ils être dangereux pour notre peau s'ils ne contiennent pas de conservateurs ?

2 Le jour J

A Le temps de préparation

Le candidat dispose de 20 minutes pour se préparer. Durant ce temps, il est important de ne pas tout écrire sur les brouillons. Il est conseillé d'indiquer l'introduction, la conclusion et les notions clés. Ces dernières doivent être rédigées de manière organisée.

B L'exposé

- Lors de l'exposé, il est important d'adopter une attitude convenable devant le jury. En effet, maîtriser son sujet ne suffit pas, l'attitude est primordiale pour faire bonne impression. Pour cela :
  - parlez distinctement et utilisez un vocabulaire précis et éviter le registre familier ;
  - n'hésitez pas à faire des pauses pour rythmer votre exposé et ainsi le rendre dynamique afin d'éviter la monotonie, ce qui peut ennuyer le jury.
- Évitez de réciter par cœur les contenus appris. Adoptez une démarche orale de réflexion, d'analyse.
- N'essayez pas non plus de tout expliquer, tout dire. Le temps à disposition vous oblige à être synthétique. Parler durant 5 minutes équivaut à 3 000 ou 4 000 signes, ce qui correspond à une page et demie seulement.

C Les questions du jury

- Dans un premier temps, le jury peut revenir sur ce qui a été dit lors de la présentation. Il est alors possible pour le candidat d'anticiper quelques questions lors de l'élaboration de l'exposé afin d'éviter toute surprise.

■ Lors de l'échange avec le jury, il est important de montrer que vous êtes à l'écoute lorsqu'il vous pose une question. Aussi, n'hésitez pas à signaler lorsqu'une question n'est pas claire ou si vous désirez davantage de précision afin d'éviter le hors sujet.

■ Les questions du jury peuvent également porter sur l'ensemble du programme de terminale.

D Les critères d'évaluation

Lors de l'épreuve, différents critères seront pris en compte pour évaluer le candidat. En effet, le jury portera une attention particulière à :
- sa qualité à s'exprimer ;
- sa prise de parole en continu ;
- ses connaissances sur son sujet ;
- sa capacité à interagir avec le jury ;
- sa capacité à construire une argumentation.

E Perfectionnez votre préparation

Scannez le QR code et consultez les vidéos suivantes pour préparer votre épreuve du Grand Oral :
- 1. Travailler sa voix
- 2. Travailler sa posture et sa gestuelle
- 3. Prendre conscience de l'importance du regard
- 4. Faire une bonne première impression
- 5. Se préparer à deux pour gagner en détermination
- 6. Parler sans notes avec naturel
- 7. Savoir attirer l'attention
- 8. Savoir écouter pour bien argumenter
- 9. Se préparer physiquement
- 10. Se préparer mentalement
- 11. Se préparer par la respiration
- 12. Faire le calme en soi
- 13. Apprendre à réguler ses émotions

grand oral
Vidéos pour préparer l'épreuve
foucherconnect.fr/23tersti2d78

Crédits

p. 60 : ph © Kampan - stock.adobe.com

p. 76 : ph © Ponchy - stock.adobe.com

p. 131 : ph © alexlmx 2018

p. 114 : © grafatom - stock.adobe.com

p. 229 : ph © Vera & Arturo Schwarz Collection of Dada and Surrealist Art / Bridgeman Images © Association Marcel Duchamp / Adagp, Paris 2020

p. 231 : ph © Christie's Images / Bridgeman Images © Succession Brancusi - All rights reserved / Adagp Paris 2020

p. 258 : ph © commons.wikimedia.org

p. 273 : ph © SPPS/Rue des Archives

p. 277 : ph © Keystone-France/Gamma Rapho

p. 287 : ph © Matty Symons - stock.adobe.com

p. 298 : ph © Yurii - stock.adobe.com

p. 299 : ph © Suphanat - stock.adobe.com

p. 309 : ph © Karel Miragaya - stock.adobe.com

p. 312 : ph © Andrea Izzotti - stock.adobe.com

p. 319 : ph © Yann Arthus-Bertrand/hemis.fr

p. 323 g : coll. Archives Hatier

p. 323 d : coll. Blavatnik archives

PAPIER À BASE DE FIBRES CERTIFIÉES

Hatier s'engage pour l'environnement en réduisant l'empreinte carbone de ses livres. Celle de cet exemplaire est de : 1.7 kg éq. CO_2 Rendez-vous sur www.hatier-durable.fr

Achevé d'imprimer en Italie par L.E.G.O. S.p.A. - Lavis (TN)

Dépôt légal : 17000-5/01 - Juin 2023